Titus Simon

Kirmeskind

Roman

Silberburg-Verlag

Prof. Dr. Titus Simon, geboren 1954 in Backnang, verheiratet, drei erwachsene Kinder, studierte Rechtswissenschaften, Sozialarbeit, Pädagogik und Journalistik. Er arbeitete zwischen 1975 und 1992 mit jugendlichen Gewalttätern, in der Obdach- und Wohnungslosenhilfe und beim NABU Baden-Württemberg. 1992 bis 1996 hatte er die Professur »Jugend und Gewalt« an der Fachhochschule Wiesbaden inne, 1996 wurde er an die Hochschule Magdeburg-Stendal berufen. Er lebt heute als freiberuflicher Schriftsteller in Oberrot (Landkreis Schwäbisch Hall).

1. Auflage 2014

Umschlaggestaltung: Anette Wenzel, Tübingen,
unter Verwendung einer Fotografie von
© SLUB/Deutsche Fotothek/Rössing, Roger & Rössing, Renate.
Lektorat: Gertrud Menczel, Böblingen.
Druck: Gulde-Druck, Tübingen.
Printed in Germany.

ISBN 978-3-8425-1344-0

Der Maronimann

Leonore Winter verließ mit beiden Kindern ihre Wohnung in der oberen Wallstraße. Seit es kalt geworden war, trug sie lange Hosen. Jetzt, Mitte der Sechzigerjahre, führte dies noch immer dazu, dass Männer freche oder gar schlüpfrige Bemerkungen machten. Und auch ihre Geschlechtsgenossinnen zeigten sich, wenngleich meist hinter vorgehaltener Hand oder hinter ihrem Rücken, empört. »Immer muss sie auffallen!« oder: »Wieder mal typisch!«, das waren noch die mildesten Kommentare, die über dieses als anzüglich empfundene Verhalten abgegeben wurden. Sie ahnte das, aber es berührte sie kaum.

Schon als junges Mädchen hatte sie sich gegen alle Konventionen gewehrt und gegen Verbote aufgelehnt. Manches von dem, was sie getan hatte, war gefährlich. Und die heimliche Liebe zu dem Juden Jakob Winter, ihrem späteren Mann, während der Nazizeit brachte gleich mehrere Leben in Gefahr. Deshalb musste die Beziehung anfangs im Verborgenen bleiben. Als aber Jakob als Einziger seiner Familie aus der Hölle von Riga zurückkehrte, fanden sie sich erneut. Ihr kompliziertes Verhältnis schien in ruhigeren Bahnen zu verlaufen. Sie heirateten, es kamen zwei Kinder. Doch dann brach der rast- und heimatlos Gewordene, der vom Schicksal Getriebene nach Amerika auf. Das lag nun sechs Jahre zurück. Als Leonore endgültig genug hatte vom Warten, reichte sie die Scheidung ein. Jetzt war Aron neun, seine Schwester Helene acht Jahre alt.

Es hatte zu schneien begonnen. Sie zog der Kleinen die Kapuze des Anoraks über die Wollmütze und schloss den Reißverschluss bis zum Anschlag.

»Au«, klagte das Mädchen, »du tust mir weh.«

Offensichtlich hatte sie ein zartes Fitzelchen Haut eingeklemmt.

»Stell dich nicht so an«, sagte Leonore und nahm das Kind energisch an der Hand. Der Junge bestand darauf, alleine zu laufen.

Auf dem unteren Teil der Wallstraße war nicht geräumt worden. Der Schnee knirschte unter den Sohlen. Die alten Gemüsegärten, in denen bereits in wenigen Jahren Einfamilienhäuser und ein Kindergarten gebaut werden sollten, lagen brach. Der Schnee bedeckte die abgeräumten Beete. An einzelnen Stellen ragten leere Strünke, aber auch Rosenkohl und anderes Wintergemüse empor.

Als sie aus der Fornsbacher Straße in die Hauptstraße einbogen, rannte der Junge voraus, um dann sogleich wieder vor einem der Schaufenster des Bekleidungsgeschäfts *Kronenladen* stehen zu bleiben. Helene versuchte sich von der Hand ihrer Mutter zu befreien, was ihr nicht gelang. Fasziniert starrte der Junge auf einen übermannsgroßen Nikolaus. Wie von magischen Kräften angetrieben, bewegten sich dessen Glieder. Gleichmäßig hob und senkte sich der rechte Arm. Die Hand hielt eine Rute umfasst. Der Mechanismus im linken Arm brachte einen Jutesack zum Schwingen. Geheimnisvolle Ausbeulungen ließen darauf schließen, dass der Sack nicht leer sein konnte.

Einige Minuten ließ Leonore ihre Kinder gewähren. Mit Helene an der Hand stellte sie sich neben Aron. Ihre eigene Kindheit kam ihr in den Sinn. Nur wenig gab es zu Nikolaus. Die Zeiten damals waren hart. Und zudem war der Vater Kommunist und als solcher den christlichen Bräuchen nicht besonders zugetan. Den Stiefel füllte die Mutter. Einen Apfel gab es, eine Handvoll Nüsse, selten mal eine Apfelsine. Jetzt hatten es die Kinder besser.

Während das Mädchen mit kindlichem Respekt den riesigen Weihnachtsmann betrachtete, stand ihr Bruder fasziniert vor dem Wunder der Mechanik. Bis zu seiner Scheitelhöhe hatte sich auf der Schaufensterscheibe ein eisiger Beschlag gebildet. Der Junge hauchte dagegen und rubbelte mit dem Wollfäustling so lange kleine Sichtfenster in das dünne Eis, bis er auch die Stiefelspitzen der Figur sehen konnte. Er trat ganz nahe an die Scheibe heran und schaute nach oben. Am meisten beeindruckten ihn nämlich zwei große dunkle Augen, die sich über dem wallenden Rauschebart im Takt der Armbewegungen öffneten und schlossen. Natürlich wusste er, dass dies alles nicht durch Zauberhand geschah. Eine Maschine, vielleicht ein elektrischer Antrieb, musste dahinter stecken. Wie das mit Armen, Sack und Rute funktionierte, konnte er sich einigermaßen vorstellen. Aber das Öffnen und Schließen der Augen war ein Rätsel für ihn. Steckte da ein zusätzlicher Mechanismus dahinter? Und worauf beruhte dann die Gleichförmigkeit der Bewegungen von Augen und Armen? Er überlegte und kam dabei ins Träumen.

Zwei halbwüchsige Burschen machten seinem Grübeln ein Ende. Unbemerkt waren sie neben ihn getreten. Er nahm die beiden erst wahr, als der eine grinsend zum anderen sagte: »Guck amol, dem seine Glotzböbbel.«

Diese seltsam nüchterne, ja geradewegs abfällige Bemerkung zerstörte jeglichen Zauber. Sie riss Aron in die Wirklichkeit zurück.

»Kommt jetzt«, mahnte die Mutter streng. Wenige Meter weiter passierten sie eine Baustelle, die man kurz nach Beginn der Kälteperiode eingestellt hatte. Halbhohe Mauern ruhten unter unberührtem Schnee, ließen ahnen, dass hier Großes entstand. Großes zumindest, wenn man die Maßstäbe der kleinen Stadt anlegte. Die Baustelle war abgesperrt. Obwohl es noch Tag war, brannten rußend bereits zwei Petroleumlampen, die man in Richtung der angrenzenden Gassen an den zu Gittern umfunktionierten Armierungsmatten verdrahtet hatte. Es war schwierig geworden, in die angrenzende NSU-Werkstatt einzufahren. Der Hauptstraße zu, wo die örtliche BP-Tankstelle ihren Platz hatte, war kein Betrieb.

Im Herbst hatte Aron in Grüppchen anderer Kinder und auch erwachsener Schaulustiger noch fasziniert dabei zugesehen, wie eine an einem Autokran hängende Abrissbirne immer wieder aufs Neue gegen die Giebelwand eines altehrwürdigen Fachwerkhauses donnerte. Die Füllungen aus Stein und Putz wurden rasch eingedrückt. Allein das Gebälk, obwohl sichtlich morsch und angefressen von den Jahrhunderten, wehrte sich mit Vehemenz. Immer wieder mussten Zimmerleute in die Staubwolke hinaufsteigen und allzu Widerständiges durchsägen.

Nur wenige Schritte vom *Kronenladen* entfernt drängte sich ein Rudel Kinder vor dem Schaufenster einer Buchhandlung, die im hinteren Teil auch Spielwaren feilbot. Man sagte immer noch *Burckhardt*, wie die einstigen Besitzer hießen, obwohl der Laden schon seit etlichen Jahren von zwei jungen Frauen geführt wurde, Schwägerinnen, die nicht der traditionsreichen Buchhändlerfamilie entstammten.

Die Ursache des Gedrängels dieser großen Kinderschar war eine weihnachtlich geschmückte Installation, in der sich weitaus mehr bewegte als an dem riesigen Nikolaus im Schaufenster des *Kronenladens.* Mittels mehrerer kleiner Motoren und etlicher raffiniert angebrachter Transmissionen schien eine riesige Menagerie von Steifftieren lebendig geworden zu sein. Hirsche zogen einen Schlitten durch den weihnachtlichen Wald. Zwei kleine Bären in Lederhosen zersägten einen Stamm. Zwei noch kleinere saßen auf einer Wippe, die sich gleichförmig mal auf der einen, mal auf der anderen Seite hob. In einer Küche kochte die Igelmutter für ihre Jungen. Von hoch oben, das ganze Gewimmel und Gewusel kühn überblickend, winkte ein Affe den kindlichen Gaffern freundlich zu.

»Nur ganz kurz«, bettelte Helene und zerrte erneut an der Hand ihrer Mutter. Leonore gewährte ihnen auch diese kleine Freude, wohl wissend, dass beide die bewegliche Menagerie während der letzten zwei Wochen schon mehrmals auf dem Nachhauseweg von der Schule und zu anderen Gelegenheiten bestaunt hatten. Sie ging einige Schritte weiter und studierte gelangweilt die Auslage eines mit Folie abgedeckten Zeitschriftenständers. Noch immer berichteten etliche Blätter über den Kennedy-Mord. Seriöses wurde mit immer wilderen Verschwörungstheorien verwoben.

Es verlief, wie sie es zuvor vermutet hatte. Als mehrere sanfte Mahnungen nichts fruchteten, musste sie beide Kinder resolut von dem Schaufenster wegzerren. Erneut setzte leichter Schneefall ein. Die Menschen hasteten nun schneller auf beiden Seiten der Fahrbahn an den Geschäften vorbei. In einer Viertelstunde würden die Läden schließen. Und die wenigsten würden am Nachmittag nochmals aufmachen. Es war Heiligabend. Leonore hatte es nicht eilig. Zuvor hatte sie aus der Drogerie noch eine Tüte Hustenbonbons geholt. Dies tat sie ohne ernsten Anlass, nur zur Vorsorge, falls über die Festtage jemand krank würde. Gestern schon hatte sie Urlaub genommen und alles eingekauft, was die kleine Familie während der Weihnachtstage benötigte. Gemeinsam gingen sie auf der linken Seite die Hauptstraße hinunter, bis sie das Geschäft des alten *Kachel* erreicht hatten, der hochbetagt noch immer jeden Tag im Laden stand. Sie kaufte dort einen weiteren Satz Wachskerzen. Schon nach wenigen Schritten standen sie auf dem Marktplatz. Vor dem Rathaus war eine mächtige Weißtanne aufgestellt worden. Noch blieb die Beleuchtung ausgeschaltet. Etwas dahinter, ganz an die Wand neben der Rathaustreppe gerückt, befand sich eine winzige Bretterbude. Davor stand ein Maronenofen, in dessen eisernem Aufsatz normalerweise Esskastanien geröstet wurden. Leonore liebte die honigfarbenen heißen Nüsse. Doch jetzt war der Ofen kalt. Zu ihrer nicht geringen Enttäuschung wurden keine heißen Maronen zubereitet. Ein kleiner drahtiger Mann hatte soeben damit begonnen, eine Zeltbahn abzubauen, die als einfache Dachabdichtung der Bretterbude diente. Leonore kannte den Mann. Es war der Vater ihrer Freundin Caroline, der Schausteller Friedrich Schürbel, den alle, die mit ihm vertraut waren, nur Frédéric nannten.

»Was ist denn los?«, fragte sie sichtlich enttäuscht. »Verkaufst du keine Maronen mehr?«

Der Mann unterbrach seine Arbeit nicht. Beim Aufrollen der Zeltbahn sah er flüchtig zu ihr auf. »Ach, du bist's. Schluss, aus, Ende. Die Stadtoberen haben darauf bestanden, dass ich die Bude bis spätestens Mittag des Heiligabends abbaue.«

»Aber dann verlierst du ja die Kundschaft, die zum Weihnachtskonzert auf den Marktplatz kommt.«

»Genau das ist ja der Grund. Mein Stand würde die getragene Stimmung stören. Außerdem sei zu wenig Platz für die Musiker.«

»Aber die Kapelle steht doch immer am Fuß der Treppe.«

»Was weiß ich.« Der Alte machte eine abfällige Handbewegung. »Wahrscheinlich haben sich die hiesigen Geschäftsleute wieder mal daran gestört, dass ein Auswärtiger eine Idee hatte, auf die sie selbst nicht gekommen sind.« Dass er stark erregt war, sah man nun unschwer an seinem roten Kopf, von dem sich eine alte Narbe deutlich sichtbar blassrosa abhob.

Leonore hatte den Eindruck, dass Schürbel sich in Rage reden würde. »Trotzdem, habt schöne Weihnachten«, sagte sie deshalb rasch. »Und grüß mir Caroline ganz herzlich. Sie soll sich mal wieder melden.«

Am Abend, wenige Minuten, bevor es sechs Uhr läutete, kam die kleine Familie wieder auf den Marktplatz. Der war bereits voller erwartungsfroher Menschen. Die meisten standen auf den Gehwegen, die den Marktplatz einrahmten. Von Schübels Maronistand war nichts mehr zu sehen. So wie jetzt alles angeordnet war, hätte er auf keinen Fall gestört. Die Musiker der Stadtkapelle standen bereits vor der Rathaustreppe. Einige rauchten, andere nippten an heißen Getränken. Manche hatten ihr Instrument auf die Treppe oder in den Schnee gestellt, der das Pflaster bedeckte. Man war bereit. Nun mischten sich auch diejenigen, die im Fünfuhrgottesdienst gewesen waren, unter die erwartungsfrohen Schaulustigen, die bereits ihre Plätze eingenommen hatten. Begehrt waren die winzigen Eingangsbereiche der Ladengeschäfte, vor allem jene, zu denen Stufen hinaufführten.

Leonore hatte einen dunklen Mantel angezogen und zum Schutz gegen möglichen Schneefall einen schwarzen Hut aufgesetzt, den sie das Jahr über nur selten trug. Einige Bekannte nickten ihr zu. Der eine oder andere wünschte ihr ein frohes Fest. Dann erblickte sie einen Mann, den sie als einen der Rathausoberen erkannte, den Stadtbaumeister Otto Hipp. Er war in Begleitung eines jungen Mannes, seines Sohnes Rüdiger. Aron, der sich mittlerweile der Hand seiner Mutter entwunden hatte, stand dem jungenhaft wirkenden Mann einen Augenblick lang gegenüber. Wortlos lächelte er ihn an. Jahrzehnte später würde Aron per Zufall auf einen bemerkenswerten, aber leider wenig bekannt gewordenen Roman stoßen, *Grand Hotel Abgrund*, verfasst von eben jenem Rüdiger Hipp, der viel zu früh, nur wenige Tage nach seinem Vater, gestorben war.

Der alte Hipp kannte Leonore Winter, eine geborene Schimmelpfennig, nur flüchtig, so wie ein Rathausbeamter eine zurückgezogen lebende Bürgerin in einer Kleinstadt eben kannte. Er lupfte grüßend den Hut, wollte zügig weitergehen, noch einen Platz finden, von dem aus er das Weihnachtskonzert sowohl gut sehen als auch gut hören konnte. Der junge Mann folgte grußlos seinem Vater.

»Einen Moment noch, Herr Hipp.«

Hipp, der es nicht mochte, wenn er ohne seine Amtsbezeichnung *Stadtbaumeister* angesprochen wurde, antwortete knapp und fragend: »Ja, bitte?«

»Hat das sein müssen, dass man den Maronimann noch an Heiligabend fortjagt wie einen Köter? Jetzt hätten die Leute eine Freude gehabt und der Mann hätte noch einen guten Umsatz gemacht.«

»Das geziemt sich nicht«, antwortete Hipp streng. »Im Übrigen habe ich mit dieser Entscheidung unseres Hauses nichts zu tun. Frohe Weihnacht.«

Leonore sah sich suchend nach ihren Kindern um. Aron entdeckte sie auf dem Rand des Marktbrunnens. Er war zu anderen Jungen hinaufgeklettert, um eine bessere Sicht auf die Kapelle und das weitere Treiben zu haben. Helene fand sie in der Einmündung der Mittelgasse in Begleitung eines gleichaltrigen Mädchens, wahrscheinlich einer Schulkameradin. Unruhig sah sie immer wieder zu ihrem Sohn hinüber. Sie wusste, dass sie irgendwann an diesem Abend ihren Kindern noch eine Enttäuschung bereiten musste. Lange hatten beide darauf gehofft, dass vor der Bescherung noch ein Paket ihres Vaters ankommen würde. Jakob schickte schon hin und wieder Geschenke aus Amerika, Kleidung, Schokolade, manchmal auch Spielsachen. Aber in diesen Dingen war er unzuverlässig. Selten einmal kam ein Paket rechtzeitig vor Ostern, Weihnachten oder Kindergeburtstagen. Am Nachmittag hatte der Briefträger ein Paket angeliefert. Nach einem flüchtigen Blick auf den Absender hatte sie es nicht übers Herz gebracht, die Freude der Kinder zu dämpfen, die meinten, es handle sich um die Weihnachtsgeschenke ihres Vaters. Aber das Paket war von Caroline. Es enthielt neben zwei Tafeln Schokolade für die Kinder und einem Viertelpfund besten Bohnenkaffees abgelegte, aber noch brauchbare Knabenbekleidung ihrer Söhne, die beide wesentlich älter als Aron waren.

Flying Fish

Die Begegnung mit Leonore befeuerte Schürbels finstere Gedanken, was nicht das Geringste mit dieser Frau zu tun hatte, die er sehr schätzte und die wohl die einzige enge Freundin seiner Tochter Caroline war. Sein Verdruss ging auf diesen Ort zurück, auch wenn er hier schon seit mehreren Jahrzehnten als allein verantwortlicher Schausteller die kleinen Rummel befuhr, die ein- oder zweimal im Jahr stattfanden. Dass man ihn zwang, seinen Stand abzubauen, ehe er beim Weihnachtskonzert der einheimischen Stadtkapelle einen letzten größeren Umsatz machen konnte, passte ins Bild, war aber bei Weitem nicht seine schlimmste Erfahrung. Ein Erlebnis mit gewaltiger Tragweite bewegte ihn noch heute. Es hatte sich in den allerletzten Kriegstagen ereignet. Wenn er, was gottlob nur selten vorkam, von Alpträumen geplagt wurde, standen sie meist in irgendeiner Beziehung zu den damaligen Vorgängen.

Am Ende des Lautertals musste er den zweiten Gang einlegen, obwohl er nichts anderes als die Teile der zerlegten Maronenbude und den Ofen auf der Pritsche hatte. Sein *Henschel HS 90* sah recht schnittig aus, rot, den großen sechszackigen Stern inmitten der Fronthaube. Doch dem modernen Unterflurmotor fehlte es an Pferdestärken, was vor allem im Schaustellergeschäft misslich war. Den hölzernen Systembau, den er in Murrhardt zur Kastanienrösterei umfunktioniert hatte, verwendete er normalerweise für die Schießbude. Seine Leute würden überrascht sein, wenn er bereits jetzt nach Hause kam. Er hatte seine Frau gebeten, man möge mit der Bescherung nicht auf ihn warten. Bis der Ofen erkaltet und die Bude abgebaut sei, wäre es schnell neune. Und dann wäre er vor zehn Uhr nicht in Seelbach. Er würde mit ihnen noch ein Glas Wein trinken. Ein bisschen hatte er sich auch davor gefürchtet, Heiligabend nur in kleinem Kreise zu verbringen. Es war das erste Mal, dass sein Sohn Willi mit seiner eigenen Familie feiern wollte. Da steckte wohl dessen Frau dahinter, die behauptet hatte, die Kinder seien jetzt schon groß. Sie sollten auch einmal erleben, wie sich Weihnachten in der eigenen kleinen Familie *anfühlt*. Sie hatte tatsächlich »anfühlt« gesagt, als ob Weihnachten ein Stoff oder ein Pelz wäre, über den man prüfend mit der Hand streicht. Nach dem Mauerbau konnte seine Tochter Heiderose nun schon das dritte Weihnachten nicht aus der Zone ausreisen, was seine Frau noch mehr quälte als ihn. Vor wenigen Tagen, am 17. Dezember, war ein Passierscheinabkommen in Kraft getreten. Westberliner durften über Weihnachten erstmals nach zweieinhalb Jahren ihre Verwandten im Ostteil der Stadt besuchen. Aber Nichtberliner blieben weiterhin aus der DDR ausgesperrt. Und für ihre Tochter gab es ebenfalls keinerlei Besuchsmöglichkeit. So würde am Abend nur Caroline bei ihnen sein, die wahrscheinlich mehr, als sie es sich anmerken ließ, darunter litt, dass auch ihre beiden Söhne erstmals Weihnachten woanders feierten. Ludwig, der ältere, hatte bereits angekündigt, dass er das Fest auf dem Köcherhof begehen würde, den er von seinem anderen Großvater geerbt hatte. Und von Hans, dem jüngeren der beiden, fehlte jede Spur. Angeblich war er in Hamburg. Von dort hatte er eine Postkarte geschrieben. Aber niemand wusste Genaueres, auch seine hiesigen Freunde nicht. Die hatte Caroline allesamt aufgesucht oder angerufen. Er war mit einem Italiener ausgebüchst, nachdem sie zuvor zusammen mit mindestens noch einem weiteren Beteiligten seinen Bruder Ludwig aufs Übelste verprügelt hatten. Irgendeine Weibergeschichte. Schauerlich. Obwohl Frédéric und seine Brüder wilde Gesellen gewesen waren, hatte es so was nie gegeben. In der Sippe wurde zusammengehalten. Der Vater hätte Derartiges niemals geduldet. Aber seine Enkel hatten keine Väter. Der leibliche Vater von Ludwig, Carolines erster Mann, war im Krieg umgekommen. Der Vater von Hans war ein ehemaliger Besatzer, ein Negersoldat der Amis. Kein richtiger Neger, irgendwie trug er auch indianisches Blut in sich. Er war kein übler Kerl gewesen, freundlich, höflich, großzügig. Er kam gerne ins *Haller Eck,* die Kneipe, die seine Frau seit 1942 in Seelbach betrieb. Das Anwesen hatte früher einmal einem jüdischen Matzenbäcker gehört, der den Deportationen der württembergischen Juden durch rechtzeitige Flucht ins Ausland entgangen war. Wie zu ihrer Entschuldigung betonten die Schürbels immer wieder, dass sie das Haus von einem Schwäbisch Haller SA-Mann günstig gekauft hätten, der seinerzeit mit der Einrichtung einer Schankwirtschaft überfordert gewesen sei. Nach dem Krieg hatten sie lange damit gerechnet, dass jemand das Haus zurückfordern oder zumindest eine Ausgleichszahlung fordern würde. Aber bis zum heutigen Tag war nichts dergleichen geschehen.

Als Caroline im Frühjahr 1946 hochschwanger war, verschwand der Bursche. Damit blieb seine Tochter mit zwei Jungen zurück, deren Väter, wenngleich aus unterschiedlichen Gründen, nie mehr gesehen wurden. Beide Kinder litten sehr darunter, jedes auf seine Weise. Ludwig, der Ältere, entwickelte mit zunehmendem Alter eine trotzige Aggression, die mit Schuldzuweisungen an seine Mutter einherging und ein ums andere Mal den Familienfrieden ins Wanken brachte. Der Jüngere flüchtete sich schon als Kleinkind in imaginäre Welten. Anfangs stellte er sich vor, wie es wäre, wenn sein Vater plötzlich wieder auftauchen und ihm mit Anerkennung und Stolz gegenübertreten würde. Als der Junge älter wurde, träumte er davon, nach Amerika aufzubrechen und dort seinen Vater zu suchen und auch zu finden. Dass dem so war, erahnte Frédéric Schürbel aus den ständig wiederkehrenden Fragen und einem wachsenden Interesse an Amerika, dem Leben dort und den Möglichkeiten, dorthin zu gelangen.

Wenn er jetzt an Hans dachte, beschlichen ihn Kummer und Sorge. Niemand wusste, wo er sich derzeit aufhielt, ob es ihm gut ging und ob er zumindest mit dem Allernotwendigsten versorgt war. Er hatte eine Dummheit gemacht, aber das war aus Sicht des Großvaters kein Grund, einfach das Weite zu suchen. Über Generationen hatte es in ihrer Familie immer wieder Angehörige gegeben, die als Wanderschauspieler und Rummelplatzbeschicker in Not oder in Schwierigkeiten geraten waren, wie sie sich für Fahrende seit alters her an vielen Orten auftaten. Er selbst war ja bis weit ins Erwachsenenalter hinein auch kein Kind von Traurigkeit gewesen, hatte in der Kriegs- und Nachkriegszeit im großen Stil schwarz gehandelt und auch sonst nichts von dem ausgelassen, was das Leben ihm angeboten hatte. Aber deshalb einfach abhauen? Abhauen, das gab's in ihrer Familie nicht.

Hans war noch immer sein Lieblingsenkel. Umso mehr schmerzte es ihn, dass er gruß- und ankündigungslos verschwunden war. Schon als Kind war er ein gelehriger Schüler gewesen, wenn er ihm die artistischen Fertigkeiten nahegebracht hatte, die in seiner Sippe von einer Generation zur nächsten weitergegeben wurden. Im Unterschied zu seinem älteren Bruder war er äußerst begabt, jonglierte mit leichter Hand, war auf dem niederen und später auch auf dem hohen Seil erstaunlich sicher. Es machte ihm Spaß, immer wieder neue Dinge auszuprobieren.

Voller Wehmut dachte der Alte an die frühen Fünfzigerjahre, als der Kleine mit Beginn der kalten Jahreszeit ihn mit einer von Jahr zu Jahr wachsenden Emsigkeit bei den notwendigen Holz- und Streicharbeiten unterstützte, die an Wagen, Buden, Schaukeln und Karussellpferdchen zu verrichten waren. Und wenn es draußen stürmisch und kalt war, zogen sie sich ins Haus zurück und bastelten aus Holzresten allerhand Spielzeug. Natürlich durften die *lustigen Ringkämpfer* in der Spielzeugkiste eines Schaustellerkindes nicht fehlen, aus Sperrholz ausgesägte Gliederpuppen mit beweglichen Armen und Beinen, die so auf eine Schnur aufgefädelt wurden, dass zwei Kinder mit den hölzernen Kraftmännchen Ringkämpfe veranstalten konnten. Angeleitet vom Großvater bastelte

Hans Dosenkreisel, Ballschleuder und Ballfänger, Rollwägelchen mit Tanzfiguren und einen Wellenhüpfer. Als Können und Geduld des Jungen dazu ausreichten, machten sich beide in der Vorweihnachtszeit an den Bau eines Kugeltreppenspiels. Man sah dem Kerlchen deutlich an, wenn es in einer Tätigkeit aufging. Nichts konnte ihn ablenken. Die Zungenspitze ragte zwischen den Schneidezähnen hervor, ein Zeichen von Konzentriertheit und Begeisterung. Hans leimte den vierseitigen Rahmen exakt auf die Kanten eines rechteckigen Grundbrettchens. Nach dem Trocknen wurde vorsichtig ein Deckbrettchen aufgenagelt, in das der Junge zuvor ein quadratisches Fensterchen gesägt hatte. Währenddessen hatte der Großvater fünfzehn gleich große Holzstückchen gefertigt, die, dachziegelartig aneinandergefügt, die Fächer der Kugeltreppe bildeten. Nun musste nur noch am Ende der Konstruktion eine Fußleiste quer auf den Boden genagelt werden, damit die zu stark geschossene und somit in den Hohlboden fallende Kugel wieder von selbst nach vorne rollte. Die dafür verwendeten Nägel durften das Bodenbrett nicht durchstoßen. Probleme gab es ausgerechnet mit der Kugelrinne, die nur aus einem schmalen Brettchen und zwei beidseitig aufgenagelten Leisten bestand. Beim ersten Mal hatten sie es an Länge fehlen lassen. Auch bei steilstmöglicher Aufstellung rollte die grauweiß marmorierte Murmel nicht bis ans Ende der Kugeltreppe. Rasch wurde eine längere Rinne gefertigt. Mit den Farben, die sonst für die Ausbesserungen am Kinderkarussell und an den Schiffschaukeln Verwendung fanden, wurden schließlich die Außenseiten des Spiels grün, die Kugeltreppe, die Fußleiste und die Kugelrinne rot gestrichen. Hans spielte damit stundenlang und hingebungsvoll, Ludwig hingegen eher missmutig. Ein korrekt ausgetragener Wettbewerb wollte zwischen den beiden schon im Kindesalter so ungleichen Brüdern nicht in Gang kommen. Dieser bestand höchstens in einer sich gegenseitig überbietenden Verklärung des jeweiligen Vaters, wobei Ludwig schon früh den abgeschmackten und in der Familie keineswegs geschätzten Begriff *Heldentod* ins Spiel brachte. Hans hatte dagegen mehr als genug damit zu tun, als leicht erkennbarer Abkömmling eines *Negersoldaten, der sich aus der Verantwortung geschlichen hat*, gegen dessen weitere Verunglimpfung anzukämpfen. Seine Vaterverehrung konnte sich an keiner konkreten Gestalt orientieren. Seine Mutter besaß zwei winzige Schwarzweißfotos, auf denen er im Kreis seiner Kameraden zu sehen war. Es waren somit in erster Linie seine Träume und Phantasien, die ihm Hoffnung gaben und die notwendige Stabilität verliehen, um sich in einer keineswegs immer wohlgesonnenen Umgebung behaupten zu können.

Als Frédéric Schürbel den roten Lastwagen auf die Hoffläche des *Haller Ecks* lenkte und den leise dröhnenden Motor abstellte, hatte sich sein Missmut über die frühe Einstellung des Maronenverkaufs weitgehend verflüchtigt. So konnte er wenigstens am Abend mit den beiden Frauen zusammen sein, die noch mehr als er darunter litten, dass vollkommen unklar war, wo sich Hans augenblicklich aufhielt.

Einmal, Hans war schon etwas älter, vielleicht elf oder zwölf, hatten sie während des ausgehenden Winters ein Segelschiff gebaut. Der Junge hatte in seiner Sehnsucht nach Amerika darauf bestanden, dass man sich möglichst genau an einem berühmten amerikanischen Schiff orientieren sollte. Nun besaß Frédéric Schürbel ein 1872 in Berlin gedrucktes *Handbuch der Seemannschaft*, das er in den turbulenten Jahren nach dem Ersten Weltkrieg im Tausch gegen eine Flasche *Gfinkelten* von einem vormaligen Marinesoldaten erhalten hatte. Beim gemeinsamen Durchblättern des verstaubten Buches stießen sie auf die Bauskizze des Baltimoreklippers *Flying Fish*, einem wendigen Zweimastsegler.

Daraus entwickelte sich ein mehrwöchiges Enkel-Großvater-Projekt. Frédéric Schürbel förderte den Ehrgeiz des Jungen, indem er ihn zuerst die Teile maßstabsgetreu mit einem roten Kopierstift auf Transparentpapier übertragen ließ. Diese Zeichnungen wurden, was Rumpf und Aufbauten anging, auf geeignete Hölzer übertragen und anschließend ausgesägt und glattgeschliffen. Zur Stabilisierung bauten sie in die Mitte des Schiffsbodens einen Schwertkasten. Nachdem der Bugklotz und ein Heckbrett angeschraubt waren, wurden der Vordersteven, Deckaufbauten und das Rumpfgerippe montiert. Mühe bereitete das Einsetzen des Schwertkastens und des beweglichen Schwertes, das mittels eines Nagelbolzens in den Kastenwänden gelagert wurde. Sie mussten Kasten und Schwert mehrmals wieder herausnehmen, ehe der Schnurmechanismus störungsfrei funktionierte, mit dem das Schwert in flachen Gewässern eingezogen werden konnte. Das langwierige Aufnageln der Plankenbrettchen auf das Rumpfgerippe erledigte Hans alleine. Der Großvater war aber dabei behilflich, die Stöße und Fugen mit Leim und Fensterkitt abdichten zu helfen.

Mittlerweile, es war bereits Mitte März, war es nochmals so kalt geworden, dass sie die restlichen Arbeiten an einen Tisch in der großen Wirtshausküche verlagerten. Die Großmutter schimpfte über das Hämmern, den Holzstaub und die Leimreste auf dem Tisch, ließ die beiden aber gewähren. Währenddessen schob sie Teiglinge in den in die Wand eingelassenen Ofen, der aus jener Zeit stammte, als hier noch der Matzenbäcker David Leonberger die ungesäuerten Brote ausgebacken hatte.

Hans bohrte mit großer Geduld die beiden Mastlöcher in das Deck. Darüber wurden zur weiteren Stabilisierung der aufragenden Masten zwei Mastschuhe genagelt. Jetzt wurde die Außenseite des Rumpfes mit Bleiweiß grundiert, verkittet und geschliffen. Bis zur Wasserlinie strichen die beiden das Schiff zinnoberrot, darüber beizten sie das Holz und strichen es nochmals aufwändig samt der Masten und Deckaufbauten mit Bootslack. Schnell waren zwei Nagelbänke gefertigt, die mit Schnüren belegt wurden, die als Schiffstaue dienten. Dann wurde maßstabsgetreu aufgetakelt und vertäut. Zigarrenringe fungierten als Bullaugen. Kleine, aus Holzresten gefertigte Deckskanonen wurden so auf Deck platziert, dass das Schiff ausbalanciert in einem wassergefüllten Zuber schwamm. Am Ende befestigten sie eine aus unterschiedlich dicken Drahtenden gebogene Reling. Nachdem die beiden Bastler noch einige Fähnchen angebracht hatten, malte der Großvater mit einem feinen Pinsel den Namen *Flying Fish* auf die Steuer- und Backbordseite des Bugs.

An einem sonnigen Sonntag im April unternahmen die beiden am Rande der Innenstadt von Seelbach erste Tests an einem strömungsarmen Abschnitt des kleinen Flüsschens Seel, das um diese Jahreszeit reichlich Wasser führte. Zur Sicherheit hatten sie an dem Schiff eine Halteleine befestigt. Gleich am Ufer legte der Großvater zur Feinjustierung noch einige Schrotkügelchen auf, die er anschließend auf dem Deck so verklebte, dass sie aussahen, als wären sie die Munition der Deckskanonen.

Am darauffolgenden Sonntag unternahm die Familie einen Ausflug an den Fornsbacher Waldsee. Ludwig weigerte sich mitzukommen. Weder Ermahnungen der Mutter noch die Schmeicheleien von Großmutter Berta fruchteten etwas. Auch die Aussicht auf eine Bootsfahrt oder ein Eis stimmten ihn nicht um. Am abgeflachten Ufer des Badesees wurde die *Flying Fish* feierlich zu Wasser gelassen. Rasch sammelte sich um die Schaustellerfamilie eine kleine Kinderschar. Neidvolle Augen verfolgten die Fahrt des imposanten Segelschiffs, das Hans voller Stolz an einer langen Leine hielt. An dieser entlang war eine dünne Schnur lose befestigt, mit deren Hilfe er auch das aus Messingblech gefertigte Ruderblatt steuern konnte. Nur hin und wieder musste der Großvater leise Anweisungen geben.

Er verschloss den Wagen. Die Bude würde er erst an einem der nächsten Tage abladen. Seine Frau Luise schien offensichtlich mitbekommen zu haben, dass er das Haus aufschloss. Sie empfing ihn bereits an der Treppe.

»Wieso bist du schon zurück?«, fragte sie, und ohne eine Antwort abzuwarten, fuhr sie fort: »Ich leg noch ein paar Bratwürste in die Pfanne. Kartoffelsalat ist genug da. Du kannst schon mal in den Keller gehen und Wein mit hochbringen.«

Wortlos befolgte er ihre Anweisung. Wann immer er den noch aus den Zwanzigerjahren stammenden Lichtschalter betätigte und die gekalkten Sandsteine des Kellergewölbes vor sich hatte, krochen erneut die Erinnerungen an die Tage und Nächte hervor, die sie hier unten während der letzten Kriegstage verbracht hatten.

Die Töchter der Besiegten

Am ersten der beiden Tage, die Schürbel gleich mehrere dramatische Ereignisse bescheren würden, war er bereits vor dem Morgengrauen losgefahren. Rötlichgelbe Strahlen der aufgehenden Sonne verbargen sich hinter diesigen Nebelschleiern. Milchiges Licht verstärkte die beklemmende Ruhe eines verlassenen Landstrichs. Niemand schien an diesem Morgen auf der breitgewalzten, löchrigen Chaussee zwischen Spiegelberg und Sulzbach unterwegs zu sein. Dann endlich tauchte sein Gespann im unteren Lautertal auf. Das Bild, das Friedrich Schürbel auf dem Bock des Leiterwagens bot, der gemächlich zwischen den Weilern dahinruckelte, besah sich aus der Ferne wie eine beschauliche Ausflugsfahrt. Der einsame Kutscher saß leicht nach vorne gebeugt auf einer zerschlissenen Decke, die er auf das rissige Holz gelegt hatte. Nur sparsam machte er von der Peitsche Gebrauch. Hin und wieder berührte er damit den mageren Rücken des gesprenkelten Wallachs. Gelegentlich ertönte ein heiseres »Hüh« oder ein schmatzendes Schnalzen. Der Gaul ging gleichmäßig im Schritt. Jede noch so kleine Temposteigerung hätte ihn rasch an seine Leistungsgrenze gebracht, was Schürbel wusste und beachtete.

Dass die Zeiten nicht normal waren und alles aus den Fugen geraten war, konnte man daran erkennen, dass der Pferdewagen auch in der nächsten Stunde das einzige zivile Fahrzeug blieb, das an diesem heiteren Aprilmorgen auf der Chaussee verkehrte. Zuvor hatte Schürbel Löwenstein großräumig umfahren. Er nahm an, dass dort kein Durchkommen wäre, denn es hatte geheißen, der Ort sei durch Luftangriffe am 14. April erheblich zerstört worden. Am Ende fürchtete er auch die Beschlagnahmung seines ärmlichen Fahrzeugs. Möglich war auch, dass die Amerikaner ihn kurzerhand zur Beseitigung der herumliegenden Trümmer heranzögen. Derartiges hatte er in Lichtengrün erleben müssen, wo in kurzen, heftigen Kämpfen um die Reichsstraße 39 mehrere Dutzend Wohnhäuser und Scheunen zerstört worden waren.

Kurz vor Lautern hätte ein unkundiger Beobachter den Eindruck gewonnen, das Gespann sei von einem Militärkonvoi von der Straße gedrängt worden. Tatsächlich aber hatte der Fuhrmann Pferd und Wagen eilig auf den Seitenstreifen eines zertrampelten Ackers bugsiert, als erst leiser, dann aber schnell lauter werdender Motorenlärm das Herannahen einer Fahrzeugkolonne ankündigte. Schürbel erhob sich vom Bock. Um sicherzugehen, reckte er beide Hände in die Höhe. Ein Dutzend Lastwagen und Jeeps rasten an ihm vorbei. Mal gleichgültige, mal feindselige Blicke streiften ihn. Ein Schwarzer, der seinen Helm keck in den Nacken geschoben hatte, verdrehte die Augen. Dann grinste er. Die meisten Soldaten beachteten ihn nicht. Sie saßen dicht gedrängt auf den Ladeflächen und Bänken. Noch war der Krieg nicht vorbei, noch bestand die Möglichkeit, dass etliche der jungen Burschen, die soeben an ihm vorübergeprescht waren, in den letzten Gefechten im Südosten ums Leben kamen.

Mitte März hatte man Friedrich Schürbel zum Volkssturm einberufen, ihn, den fast Fünfundfünfzigjährigen. Am Sammelpunkt in Wüstenrot vernahm er das erste Mal seit langem den Aufruf seines richtigen Vornamens, auf den er getauft worden war und der in seinen Papieren stand. 1917 hatte man ihm in einem französischen Kriegsgefangenenlager den Namen *Frédéric* verpasst, den er angenommen und während der letzten Jahrzehnte als Künstlernamen geführt hatte. Manche seiner alten Weggefährten witzelten, damit sei es ihm in der Zeit nach dem ersten Krieg besser gelungen, sich den erlebnishungrigen Weibern in München und Berlin zu nähern, wo er als Kleindarsteller in einem armseligen Wanderzirkus auftrat.

An diesem Sammelplatz drängte sich ein wenig wehrhaft wirkender Haufen älterer Männer und junger Burschen, viele davon waren fast noch Kinder. Zuerst ertönte ein schneidiger Durchhalteappell eines ortsfremden Offiziers. Anschließend wurde ihnen eine spärliche Ausrüstung ausgehändigt, an Waffen vor allem Karabiner und Panzerfäuste. Schürbel wurde mit anderen einem älteren Leutnant zugeordnet, dem zwei Finger der rechten Hand fehlten. Zudem hatte ihm ein kleiner Splitter auch das linke Knie dauerhaft geschädigt, was ihn zu einem merkwürdig anzuschauenden Gang verdammte. Schon während der ersten Begegnung mit dem Mann, der aus dem Westfälischen stammte, erwuchs in Schürbel das Gefühl, dass man sich – im Rahmen der gegebenen Möglichkeiten – auf dessen Umsicht und Vernunft verlassen konnte.

Leutnant Pennekamp sorgte dafür, dass die fanatischen Hitlerjungen strategische Bewachungsaufgaben im Niemandsland übernahmen. Als die amerikanischen Verbände Mitte April aus dem Unterland in die Löwensteiner Berge vorrückten, ließ der Offizier die verbliebenen älteren Jahrgänge nochmals antreten. Nach einem prüfenden Blick in die Runde gab er den Befehl, sich in kleinen Gruppen an Punkte zurückzuziehen, an denen »die Herren Volkssturmmänner mit den örtlichen Gegebenheiten vertraut« seien. Er vermied Begriffe wie *aus dem Staub machen* und *verdünnisieren*. Aber ein jeder hatte verstanden.

Im ersten Krieg hatte Frédéric Schürbel als Infanterist gedient. Zuletzt steckte er in den verlustreichen Kämpfen, die sich Deutsche und Engländer an der Somme lieferten. Nach einer der zahlreichen, aber letztendlich sinnlosen Wiedereroberungen verlorener Stellungen blieb er beim englischen Gegenstoß in einem Krater so lange liegen, bis der Feind das Gelände wieder vollständig kontrollierte. Bei nächstbester Gelegenheit begab er sich in die Obhut der Briten. Die behandelten ihn mit distanzierter Freundlichkeit und überstellten ihn, zusammen mit zahlreichen anderen Gefangenen, zwei Tage später an die Franzosen. Zuvor aber freute er sich über die erste englische Zigarette seines Lebens. Die als Verpflegung ausgegebenen gebackenen Bohnen mit Tomatensoße schmeckten ganz fürchterlich, waren aber ein geeigneter Stoff, um dem nagenden Hungergefühl zu begegnen. In den deutschen Stellungen schoss man schon lange streunende Katzen, und wenn der Kohldampf nicht mehr auszuhalten war, machte man sich über die Ratten her. Diese bevölkerten die Gräben in größerer Zahl als die verlausten Gestalten, von denen Pfaffen behaupteten, sie seien die Krone der Schöpfung.

Im Lager der Franzosen ging es gemächlich zu. Es gab Seife, genügend zu essen und hin und wieder sogar zwei Schöpfkellen Wein pro Kopf. Als Friedrich Schürbel, Spross einer alten Schaustellerdynastie, im Kriegsgefangenenlager Belloy-sur-Somme Wächter und Bewachte mit allerlei Kunststücken, Pantomimen und Jonglagen unterhielt, erhielt er von französischer Seite den Namen Frédéric.

Kurz vor Sulzbach wurde das Gespann an einem provisorischen *Checkpoint* gestoppt. Mehrere Angehörige der Military Police kommandierten mit ruppigen Befehlen das einzige zivile Fahrzeug von der Straße. Nachdem ein längerer, in Richtung Backnang fahrender Konvoi durchgelassen worden war, durfte Schürbel seine Fahrt fortsetzen. Ab Bartenbach benutzte er ausgetrampelte Graswege entlang der Murr, um gar nicht erst mit den Militärtransporten in Berührung zu kommen. Noch tobten in der Ferne letzte Gefechte. Entsprechend nervös war der Feind. Der Feind? Oder doch die Befreier? Das Leben hatte Schürbel gelehrt, dass es besser war, keine schnellen Festlegungen zu treffen, sondern die Entwicklungen abzuwarten und genauestens zu studieren. Während der letzten Jahre hatten sie schwer gelitten. Die Tochter war eingesperrt gewesen. Die Schaustellerei kam immer mehr zum Erliegen und wurde schließlich ganz verboten. Immerhin war niemand aus der Schürbelschen Linie umgekommen. Welch ein Glück!

Er blickte gedankenverloren auf den Rücken des mageren Gauls, dessen Knochen deutlich unter dem scheckigen Fell hervortraten. Das Tier gehörte dem Heilbronner Transportunternehmer Konrad Winkle, dem man während des Krieges zuerst die Lastwagen und später auch noch die Pferde beschlagnahmt hatte. Wahrscheinlich war längst alles an den verschiedenen Fronten verschüttgegangen. Lediglich den Klepper hatten sie ihm gelassen. Am 4. Dezember 1944 ging das gesamte Anwesen der Winkles im Feuersturm verloren, den der bislang schwerste Luftangriff auf Heilbronn ausgelöst hatte. Winkle und seine Frau hatten glücklicherweise tags zuvor eine Familie samt deren Habseligkeiten nach Unterheinried gebracht. Weil anderntags ein halber Sack Kartoffeln und ein, vielleicht auch zwei Liter Milch zu kriegen waren, blieben sie über Nacht, anfangs in einem Kinderzimmer, dann, nach Ertönen der Alarmsirene, den Rest der Nacht im notdürftig mit Balken verstärkten Gewölbekeller. Nur auf Umwegen gelangten sie zwei Tage später zu ihrem Haus, genauer gesagt, zu dem, was davon übrig geblieben war.

Kurz vor Mittag des Nikolaustages erreichten Bertha und Konrad Winkle auf dem Kutschbock eines Leiterwagens das etwas abseits von Lichtengrün gelegene Schürbel'sche Anwesen. Ihnen voraus fuhr Bürgermeister Jocher auf dem Fahrrad. Mehrmals musste er anhalten, um den Kontakt zu dem Gespann nicht abreißen zu lassen.

Frédéric Schürbel hantierte um diese Zeit in der Scheune, in welcher der Großteil des Schaustellerfuhrparks untergestellt war. Auch bei ihm hatte man die einzige Zugmaschine und später auch die Pferde requiriert, die er sich besorgt hatte, um wenigstens noch im Umland auf die Kirmes fahren zu können. Schließlich wurde selbst das verboten. Es könne nicht angehen, Rummelplatzvergnügungen abzuhalten, während *an allen Fronten unsere Soldaten in heldenhaftem Kampfe* stünden, beschied man ihm wie auch seinen Kollegen. Hätte seine Frau nicht den Ausschank in Seelbach betrieben, wäre es für die Familie ganz bitter gekommen. Die Tochter Caroline, die den Köcherhoferben geheiratet hatte, war vom eigenen Schwiegervater wegen angeblicher »Rassenschande« angezeigt worden. Man hatte sie allein aufgrund dieser Aussage zu drei Jahren Gefängnis verurteilt. Caroline, die das Vergehen immer abgestritten hatte, wurde durch geschickte Interventionen höherer SS-Angehöriger, die zum Freundeskreis ihres Mannes gehörten, vorzeitig entlassen, ohne rehabilitiert zu sein. Gott sei Dank waren ihre Brüder Willi und Leopold bereits in amerikanischer Gefangenschaft. Das war unschön, aber nicht mehr lebensgefährlich.

Der Dorfbürgermeister traf ihn dabei an, wie er Metallteile aussortierte, die dringend einer Reparatur bedurften. Manches hatte man bei ihm schon requiriert, was als Rohstoff in den Schmelzen der Rüstungsindustrie gelandet war. Irgendwann musste das ja ein Ende haben. Eines Tages würde man wieder losziehen. Die Menschen, die jetzt so darbten, sehnten sich bestimmt nach einer Zerstreuung, nach den kleinen Freuden und Vergnügungen, die eine Kirmes, ein Stadtfest oder ein Rummel zu bieten hatten. Und wenn es wieder so weit war, wollte Schürbel seinen Fuhrpark in Ordnung gebracht haben. Wenn nur der Willi bald wieder zurückkäme! Ohne den war das Geschäft nicht mehr zu betreiben. Caroline hatte jetzt für den Kleinen zu sorgen. Seine Frau Luise, die von allen, die mit ihr vertraut waren, nur Liesel genannt wurde, fuhr schon lange nicht mehr mit. Früher hatte sie gebrannte Mandeln, Zuckerwatte und all das andere Zeug verkauft. Aber das lange Stehen machte ihr Probleme. Außerdem war sie in der Wirtschaft unabkömmlich.

»Friedrich«, rief der Bürgermeister laut und schlug mit einem Holzscheit an das Scheunentor.

Der Gerufene trat ins Freie, musterte zuerst die Amtsperson, die ihm zeitlebens nie sonderlich wohlgesonnen gewesen war, dann den Leiterwagen, auf dem allerlei Habseligkeiten verstaut waren. Das Ehepaar Winkle verharrte schweigend auf dem Bock. Man kannte sich flüchtig. Der magere Gaul stand regungslos im Geschirr, hielt den Kopf gesenkt.

Jocher löste den Lederriemen, an dem er eine Aktentasche umgehängt hatte und entnahm dieser ein amtliches Schreiben. »Schürbel, ich muss die beiden bei dir einquartieren. Sie wurden in Heilbronn ausgebombt. Hier, lies.« Er reichte ihm mit herrischer Geste das Blatt Papier.

Der Angesprochene nahm es entgegen, ohne einen Blick darauf zu werfen. Er wusste, dass ihm keine Wahl blieb. Schon seit Längerem wurden Ausgebombte aus allen Teilen Deutschlands in der Gegend einquartiert. Ihm wies man nur zwei Personen zu. Im Haus war genügend Platz. Das war beinahe ein Glück. Zumal sie auch noch einen Gaul mitbrachten. Es hätte schlimmer kommen können. »Kommt mit«, sagte er und ging in Richtung Haus.

Im Lauf der nächsten Wochen arrangierte man sich, arbeitete zusammen, behalf sich mit Schwarzmarktgeschäften, die Winkle durch Hinweise auf mögliche *Geschäftspartner* mit vorbereiten half und die von dem gewitzten Schausteller zum Abschluss gebracht wurden, was beider Schaden nicht war.

Schürbel durfte auch den Gaul benutzen. Als die amerikanischen Verbände aus den Löwensteiner Bergen in Richtung Kocher und Murr vorrückten, sah der Senior der Schaustellerfamilie den Zeitpunkt gekommen, dringend notwendige Schmiede- und Schweißarbeiten in der Werkstatt eines weitläufig befreundeten Murrhardters vorzunehmen. Nach Rücksprache mit Winkle spannte er den Gesprenkelten vor den fahrbereiten Leiterwagen und warf dann die ausgebauten Eisenteile auf die Pritsche. Er deckte die Ladung nicht ab, da davon auszugehen war, dass er auf der mehrstündigen Fahrt des Öfteren angehalten und kontrolliert würde.

»Willst du nicht noch ein paar Tage warten?«, fragte der Fuhrunternehmer, während er seinem neuen Hauswirt dabei half, eine schwere Verstrebung der Schiffschaukel auf die Ladefläche zu hieven.

»Es muss ja weitergehen«, antwortete Schürbel und sah dabei den Frager zweifelnd und zugleich voller trotziger Entschiedenheit an. »Eine andere Chance haben wir nicht.«

Der Schausteller kam schneller voran, als er erwartet hatte. Bereits am frühen Nachmittag erreichte er Murrhardt. Schon aus der Ferne war zu erkennen, dass der Ort beschossen worden war. Die Brücke, die über die Murr zur Innenstadt führte, war wohl noch von Pionieren der Wehrmacht gesprengt worden. Im Niedrigwasser des Flusses lag eine eilig verlegte Behelfsbrücke. Das Pferd war zu schwach, um den Wagen auf der anderen Seite den kurzen steilen Anstieg zur Uferkrone hinaufzuziehen. Zitternd blieb es auf halber Höhe stehen. Geistesgegenwärtig legte Schürbel einen Holzkeil unter das linke Vorderrad. Ältere Männer, einige Burschen und etliche Kinder eilten herbei und unterstützten den Fuhrmann beim Schieben.

Auf beiden Seiten des Flüsschens war eine größere Anzahl Häuser, Nebengebäude und Werkstätten zerstört worden. An einigen Stellen hatten die Bewohner bereits mit dem Beseitigen der Trümmer begonnen. In der oberen Innenstadt begegnete Schürbel eine feindselige Hektik. Militärfahrzeuge standen wild durcheinander, Befehle und unverständliche Rufe hallten durch die Stadt. Eine Militärstreife verbot ihm die Weiterfahrt über den Marktplatz hinaus. Er wendete sein Gespann, kutschierte an der *Sonne Post* vorbei, vor der ebenfalls Militärfahrzeuge standen, die hektisch beladen wurden. In Höhe der öffentlichen Badeanstalt fragte er ein gebücktes altes Weiblein, wie er denn auf anderem Wege zur Werkstatt des Schlossers und Schmieds Edmund Lauch gelangen könnte. Sie wies ihm den Weg durch den Stadtgarten und fügte resignierend hinzu: »Da därfet Se oigatlich net fahra. Aber des spielt jetzt au koi Roll meh.«

Er hatte Edmund Lauch im ersten Krieg unmittelbar vor den Kämpfen an der Somme kennengelernt. Eine Freundschaft war nicht entstanden, denn nur wenig später wurden sie durch die Gefangennahme Schürbels wieder getrennt. Aber man war sich in jenen schrecklichen Tagen landsmannschaftlich verbunden gewesen und dieser Umstand hatte sie während der letzten 25 Jahre immer wieder zusammengeführt.

Als er sein Gefährt vor dem Lauch'schen Anwesen zum Stehen brachte, konnte er auch hier die hektische Aufgeregtheit spüren, die überall in der Stadt herrschte. Lauch kam ihm mit schnellen Schritten entgegen, begrüßte ihn mit Handschlag. Noch ehe er ihn fragen konnte, was denn der Grund für die ungewöhnliche Stimmung sei, sagte der: »Du musst deinen Gaul in den Stall neben der Werkstatt bringen. Spann aus, denn du kommst heute nicht mehr nach Hause, außer du fährst gleich wieder zurück.«

Was denn los sei, wollte Schürbel wissen.

»Es heißt, die Amis ziehen wieder ab und die Franzosen kommen. Das bedeutet nichts Gutes. Fremdenlegion, Araber, Neger. Und mach dir immer klar: Der Krieg ist noch nicht zu Ende. Ich muss auf meine Töchter aufpassen. Meine Frau ist mit unserer Jüngsten bei ihrer Tante drunten in der *Galabre*.«

Der Schlosser meinte damit eine winzige Siedlung, die sich den Fluss entlang bis zur Burgermühle zog. Angeblich hat dort um die Jahrhundertwende eine größere Zahl italienischer Straßenbauer gehaust, was im Volksmund zu der merkwürdigen Gebietsbezeichnung geführt haben soll.

»Sie sorgt für ihre kranke Tante. Ich habe ihr gesagt, dass sie sich heut Nacht mit der Kleinen auf dem Katzenlauf verstecken soll. Die Besatzer gehen nicht sofort in die Häuser der Armen. Eher wüten sie bei den Reichen.«

»Also wird uns nichts geschehen«, sagte Schürbel mit einem schelmischen Grienen. »Ich bin nicht reich und so richtig bist du's auch nicht. Wenn es dich beruhigt, bleibe ich heute Nacht hier. Im *Camp de Prisonniers de Guerre* habe ich ja einige Brocken Französisch gelernt.«

Eine Zeitlang noch hörte man aus der Stadtmitte das Dröhnen der anfahrenden Lastwagen und das kreischende Quietschen wendender Panzer. Als die Amerikaner abgezogen waren, lauschte der ganze Ort verängstigt in die gespenstische, unwirkliche Stille des späten Nachmittags. Wer nicht noch ganz dringende Angelegenheiten zu erledigen hatte, blieb im Haus und begann damit, sich auf die kommende Nacht einzurichten. Es gab keinen Strom. Kerzen waren in vielen Haushalten knapp. Einige hatten Petroleum gehortet und füllten damit alte Lampen. Andere kratzten Wachsreste zusammen und formten Lichterstummel. In manchen Wohnungen war die einzige Lichtquelle der flackernde Feuerschein, der durch einen herausgenommenen Ring oder die schräg gestellte Feuerklappe des Küchenherdes drang. Lediglich die Kinder hatten daran ihre Freude. Mit großen Augen betrachteten sie die rasch wechselnden Licht- und Schattenwürfe an den Wänden und der Decke.

Schürbel ging hinters Haus und schöpfte aus einer Regentonne einen Eimer Wasser. Er trug ihn in den kleinen Stall, in dem gerade mal zwei Pferdeboxen und ein Schweinekoben Platz fanden und stellte ihn in Reichweite des Pferdes auf den gestampften Boden. Gierig soff das Tier den Eimer leer. Er füllte ihn erneut und machte sich mit einer Sichel auf zu der Wiese auf der anderen Straßenseite. Das junge Gras stand noch nicht hoch genug, weshalb er seine Bemühungen bald aufgab. Er ging wieder in den Stall und schüttete einen Rest Hafer in den Holztrog. Danach ging er zum Wohnhaus zurück. Während er die ausgeschliffenen Sandsteinstufen zur Haustür hinaufschlurfte, brandete in der Innenstadt Lärm auf. Lastwagenmotoren dröhnten. Hin und wieder war das metallene Krachen zu hören, das entstand, wenn ein ungeübter Fahrer mit falsch dosiertem Zwischengas einen anderen Gang einlegte.

Als der Gast wieder in die Stube kam, stand Lauch am geöffneten Fenster. Die beiden Mädchen, die zu Hause geblieben waren, waren nicht zu sehen, hatten sich wohl in ihre Kammer zurückgezogen. Ohne sich umzudrehen, sagte der Hausherr lakonisch: »Die Franzosen sind da. Möge der Herr uns beistehen.«

Unaufgefordert setzte sich Schürbel auf einen Stuhl. Nach einer Weile hörte er Lauch fragen: »Hast du die Haustür abgeschlossen?«

»Selbstverständlich. Und den Eisenriegel hab ich auch vorgelegt. Aber das wird wenig nützen. Möglicherweise macht sie das nur noch wilder.«

Die Dämmerung senkte sich herab. Lauchs älteste Tochter Annemarie bereitete in der Küche eine Hafermehlsuppe zu. Der Gast räumte den vollständigen Inhalt seines zerschlissenen Rucksacks auf den Küchentisch. Von einem Brotlaib hatte er unterwegs einen Kanten abgeschnitten. Das Einmachglas Schweineschmalz war noch ungeöffnet. Freudiges Erstaunen löste ein kleines Säckchen Zucker aus. Sparsam süßten sie den Tee, den Leonie, die Jüngere, aus getrockneten Brombeerblättern zubereitet hatte.

»Du hast noch Zucker?«, fragte Lauch.

»Ich rauche nicht und konnte deshalb vor Weihnachten Zigaretten und Abschnitte der Raucherkarte gegen insgesamt sieben Kilo Zucker eintauschen. Das hier ist der Rest.«

Sie versammelten sich um den Küchentisch. Eine einzelne Kerze warf spärliches Licht auf die beiden Männer und Lauchs Töchter. Schweigend löffelten sie die Suppe. Den faden Geschmack hatte man mit etwas Petersilie verbessert, die in winterschwachen Trieben in Blumentöpfen wuchs. Sie standen seit Herbst auf der Fensterbank und mussten vor dem Lüften immer auf den Boden gestellt werden. »Kein Salz mehr im Haus«, sagte Leonie leise. Es klang wie eine Entschuldigung.

»Wenn ich das nächste Mal komme, bringe ich welches mit. Ich habe Kontakte nach Friedrichshall.«

»Du bist ja richtig drin im Schwarzhandel«, murmelte der Schlosser. »Pass bloß auf, dass man dich nicht eines Tages wegsperrt.«

»Schlimmer als bei denen, die jetzt untergehen, wird's schon nicht werden. Die hätten einen am Schluss wegen so was noch aufgehängt.« Und vielsagend fügte er hinzu: »Man wird sich in nächster Zeit organisieren müssen.«

»Lasst von dem Brot die Hälfte für morgen übrig«, mahnte der Schlosser, als die Mädchen begannen, Brotscheiben auf der Herdplatte zu rösten. Noch warm wurden sie mit Träubles-Gsälz aus dem Vorjahr bestrichen. Nach dem Essen schöpfte Leonie mit einem blechernen Schöpfer heißes Wasser aus dem Schiff des Herdes in einen hölzernen Trog, gab aus einem Eimer etwas kaltes hinzu und spülte das Geschirr, was leicht von der Hand ging, denn sie hatten kaum Fettes gegessen. Früh zogen sich die beiden Töchter in ihre Kammer zurück.

»Du schläfst in der Stube auf der Chaiselongue«, sagte der Hausherr. »Morgen früh können wir deine Sachen richten. Mal sehen, was der kommende Tag sonst noch bringt.«

»Man muss einen Tag nach dem anderen nehmen. Alles andere hat jetzt keinen Sinn.«

Es war noch vor Mitternacht. Frédéric Schürbel hatte das Gefühl, eben erst eingeschlafen zu sein. Schreie und Lärm hatten ihn hochfahren lassen. Er sprang aus dem Bett und ging barfuß zu den höher gelegenen Schlafräumen. Im Flur standen die Mädchen in ihren Nachthemden. Annemarie klopfte an das elterliche Schlafzimmer. »Vater, Vater, wach auf! Da will jemand ins Haus.«

Mit schief sitzender Nachtmütze öffnete Edmund Lauch die Kammertür. Unten hörte man Holz splittern.

»Ihr hättet nicht abschließen sollen«, flüsterte Leonie.

»Kommt«, sagte Schürbel. »Wir legen uns alle ins Bett. Eddi, du auf der einen, ich auf der anderen Seite, die Mädchen in die Mitte. Wenn sie kommen, spreche ich sie auf Französisch an.«

Leonie weinte. Annemarie lag schweigend neben Schürbel, die Decke unters Kinn gezogen. Er spürte, wie sie zitterte. Ihre Zähne klapperten.

»Ganz ruhig«, flüsterte er und regte sich nicht.

Es dauerte nur wenige Minuten, bis die Haustür so weit zertrümmert war, dass von außen Schloss und Riegel geöffnet werden konnten. Schwere Stiefel knallten auf die Fliesen des Hausflurs. Dann hörte man Getrampel die Treppen herauf, Klirren, Flüche. Türen wurden geöffnet und wieder zugeschlagen. Nun kamen sie ganz nach oben. Die Kammertür wurde aufgerissen und donnerte gegen den ausladenden Kleiderschrank. Die Lichtkegel zweier Taschenlampen bestrichen das merkwürdige Arrangement. Zwei Männer fortgeschrittenen Alters in einem Bett, zwischen ihnen zwei junge Mädchen.

»Ah, les filles allemandes«, grunzte eine Stimme. Offensichtlich war der Mann betrunken. Wahrscheinlich hatten sie in den Stunden zuvor aus den Kellern der Wirtschaften das geplündert, was sich zuvor nicht schon die Amerikaner geholt hatten. Den meisten GIs hatte der Most nicht geschmeckt. Bauernschnaps und Most würde somit in der einen oder anderen Schänke noch vorhanden gewesen sein.

»J'ai vécu en France.« Eine bessere Notlüge als die, dass er in Frankreich gelebt habe, fiel Frédéric Schürbel auf die Schnelle nicht ein. Hoffnungsvoll fügte er hinzu: »Nous sommes des amis.«

Die Soldateska umstand das Bett. Die meisten schienen Marokkaner zu sein. Auch zwei Schwarzafrikaner waren darunter, aber auch Männer, die wie Europäer aussahen. Waren das die berühmt-berüchtigten Leclerc-Truppen, von denen in den letzten Tagen so viel die Rede gewesen war?

Nun zogen zwei der Eindringlinge an den Federbetten. Edmund Lauch hielt seines noch einen Moment lang fest. Einer schlug mit der Faust nach ihm, was ihn zwang, die Arme schützend vor das Gesicht zu halten. Die schwere Daunendecke glitt zu Boden.

»Les filles!« Ein Soldat, der in der einen Hand eine Weinflasche hielt, griff mit der anderen nach Annemaries linkem Knöchel. Nun fassten auch andere Hände nach den Beinen der Mädchen, die sich schreiend an ihren Vater und an das Kopfende des Ehebettes klammerten.

Blitzschnell sprang Frédéric Schürbel aus dem Bett und wandte sich an einen Soldaten, den er für einen Höhergestellten hielt. »Les filles pas, s'il vous plaît. Je suis un ami.« Mehr wusste er auf Französisch nicht zu sagen, weshalb er mit verzweifelter Geste auf sich zeigte. »Résistance.«

»Alle waren im Widerstand«, antwortete der Hellhäutige, der in der Tat den Rang eines Sergeanten begleitete, in gut verständlichem Deutsch.

»Ich bitte Sie«, flüsterte Schürbel und trat noch näher an den Mann heran.

Dieser zog plötzlich die Pistole und richtete sie auf den Flehenden. »Wenn du noch einen Schritt machst, ist das ein Angriff auf die französische Armee.«

Mehrere Männer schleiften die Mädchen zur Tür hinaus. Den Versuch des verzweifelten Vaters, vom Bett aufzustehen, unterbanden die Eindringlinge mit brutalen Schlägen.

»Rührt euch nicht aus dem Zimmer«, zischte der Hellhäutige, ehe er die Tür hinter sich zuwarf. Die Meute stampfte feixend und johlend in den ersten Stock hinunter.

Schürbel tastete auf dem Nachttischchen nach einer Kerze und entzündete sie mit zitternden Fingern. Schluchzend, mit verzerrtem Gesicht, die Fingernägel in die Kopfhaut gekrallt, wälzte sich Lauch auf dem Bett. Schürbel stellte einen umgefallenen Schemel auf. Stumm und hilflos hockte er darauf, die Ellenbogen auf den Oberschenkeln abgestützt, den Kopf zwischen den geballten Fäusten.

Als von unten ein Wimmern ertönte, sprang der verzweifelte Vater vom Bett auf und wollte zur Tür hinaus. Schürbel schnellte empor und umklammerte Lauch von der Seite. Der Schlosser besaß eine unbändige Kraft. Aber der kleine Schausteller stand ihm nur wenig nach und die Verzweiflung beflügelte seine Kräfte. Mit eisernem Griff umklammerte er den bebenden Leib. Er presste seine Stirn an das Kinn des anderen. »Wenn du jetzt runtergehst, erschießen sie dich.«

»Dann erschießen sie mich eben«, schluchzte der Gequälte und drängte weiter in Richtung Tür, die Schürbel jetzt mit dem Rücken blockierte.

»Das Elend der Mädchen wird dann noch größer und das deiner Frau auch.«

Der Verweis auf die Frau, die mit der Jüngsten bei der kranken Tante geblieben war, ließ Lauch völlig zusammenbrechen. Auch den beiden konnte etwas geschehen sein. Waren auch sie der Gewalt dieser Bestien ausgeliefert? Schürbel geleitete den schluchzenden Mann zum Bett hinüber, auf das er sich willenlos setzen ließ. Wortlos legte der Schausteller den Arm um Lauchs bebende Schultern.

Am anderen Morgen wurde bekannt, dass auch in anderen Häusern Vergewaltigungen stattgefunden hatten. Unmittelbar nach Ablauf der nächtlichen Ausgangssperre war eine Nachbarsfrau zum hochbetagten Arzt Dr. Mürther gelaufen und kam mit ihm im Schlepptau ins Lauch'sche Anwesen. Schürbel hatte die Mädchen in ihre Kammer gebracht und ihnen die Waschschüssel mit heißem Wasser gefüllt. Mehr konnte er in diesem Augenblick nicht für sie tun. Der alte Arzt hatte an diesem Morgen schon mehrere Frauen und Mädchen untersucht und gelegentlich auch mit Hilfe fürsorglicher Nachbarsfrauen Spülungen mit essigsaurer Tonerde vorgenommen sowie Wunden und Schürfungen desinfiziert. Vor allem aber hatte er versucht, Trost zu spenden.

Während Dr. Mürther in der Kammer der Mädchen hantierte, warf Schürbel einen Blick in das eheliche Schlafzimmer. Lauch war erst am Morgen von einer tiefgreifenden Erschöpfung überwältigt worden. Der alte Schausteller fand ihn angezogen auf dem Bett liegend. Mit offenem Mund lag er auf dem Rücken. Er atmete kaum, sah aus wie ein Toter. Ein plötzliches Schnarchen hatte in diesem Moment etwas Beruhigendes.

Schürbel schlurfte in die Küche, warf Späne und Spächtele auf die spärliche Glut und legte Minuten später einige dickere Scheite nach. Das Wasser war immer noch abgestellt. Er kannte einen Brunnen auf dem Weg zum Felsenmeer. Mit zwei leeren Eimern verließ er das Haus. Die Sonne ging soeben auf, die Luft war frisch und klar. Er ließ die Stadt hinter sich. Der

Weg würde nicht länger als eine Viertelstunde dauern. Vor einem einsam am Waldesrand stehenden Haus traf er auf eine Frau mittleren Alters, die auf eine Gartenhacke gestützt in der Einfahrt stand.

»D' Franzosa send do«, rief sie dem einsamen Wasserholer zu. Dann wies sie auf die Straße, die weiter den Berg hinauf in Richtung des Weilers Vorderwestermurr führte. »Vor wenige Dag send hier no osre nuff.«

Schürbel hob zur Erklärung die beiden leeren Metalleimer. »Ich muss weiter«, sagte er laut und stapfte in Richtung des Brunnens, der zweihundert Meter vom Haus entfernt am Rande eines bewaldeten Abhangs in Stein gefasst war. Zügig füllte er die Gefäße. Noch war es früh im Jahr, der Strahl war kräftig. Früher, wenn er als junger Bursche im Hochsommer auf gelegentlichen Wegen vom Ebnisee ins Murrtal an dem Brunnen eine kurze Rast eingelegt hatte, tröpfelte manchmal nur noch ein dünnes Rinnsal aus dem rostigen Eisenrohr.

Gemächlich ging er zur Stadt zurück, bemüht, so wenig wie möglich zu verschütten. Die Wasserleitungen waren vermutlich infolge des heftigen Beschusses der letzten Tage an einigen Stellen zerstört worden. Man musste sich für alle Eventualitäten wappnen. Eine Viertelstunde vom Haus entfernt einen Brunnen zu haben, war in diesen Zeiten ein Glück.

Im Wasserschiff des Herdes blubberte beruhigend die restliche Füllung. Er legte zwei dicke Scheite nach. Dann schöpfte er einige Kellen heißes Wasser und brühte damit in einer Kanne einige Teelöffel Ersatzkaffee auf, den er im Küchenbuffet in einem Schraubglas gefunden hatte. Schließlich füllte er zwei bauchige Tassen zur Hälfte, rührte reichlich von seinem Zuckervorrat darunter und ging in Richtung der Mädchenkammer. Eine Tasse stellte er auf der Flurkommode ab und klopfte leise an die Tür.

»Seid ihr wach?«, flüsterte er, nachdem er die Tür einen Spalt geöffnet hatte. Annemarie lag zugedeckt in ihrem Bett und blickte zur Decke. Leonie hatte sich ebenfalls hingelegt. Sie verharrte mit dem Rücken zu dem Eintretenden. Über ihre

Schultern lief ein sachtes Zittern. Lautlos ließ sie ihren Tränen freien Lauf.

»Trinkt das, das wird euch guttun.« Mehr wagte der alte Schausteller, der in seinem Leben schon so viel gesehen und mitgemacht hatte, nicht zu sagen. »Trinkt, bevor es kalt wird.«

Er schloss leise die Tür, ging in die Küche zurück, füllte das nun fast leere Schiff wieder auf und stellte den zweiten Eimer auf den Wasserstein. Fast erleichtert ging er hinunter in die Werkstatt. Lauch wollte er heute nicht um Unterstützung bitten. Schweigend machte er sich daran, die defekten Teile eines nach dem anderen von der Pritsche des Ackerwagens zu laden. Was er selbst reparieren konnte, wollte er jetzt erledigen. Strom für das Schweißgerät war nicht vorhanden. Also galt es die Esse anzufeuern und das zu schmieden, was auf andere Weise nicht zu reparieren war. Die Feuerschüssel war geputzt. Daneben lag noch etwas Schmiedekohle. Die würde reichen.

Als er die schwere Strebe vom Karren wuchtete, die zur Schiffschaukel gehörte, durchfuhr ihn ein ernüchternder Gedanke. Viele Jahre, nur unterbrochen von der Haftzeit, hatte seine Tochter die Schiffschaukel auf allen Jahrmärkten, Rummelplätzen und Volksfesten betreut. Aufgrund all des Elends, das hier um ihn herum geschah, hatte er kein einziges Mal daran gedacht, wie es jetzt wohl um seine Tochter stand. Der würde schon nichts passieren, sagte er sich mehrmals, um sich zu beruhigen. Immerhin war sie im Besitz von Entlassungspapieren, mit denen sie belegen konnte, dass sie im Dritten Reich eingesperrt gewesen war. Doch das war noch immer nicht vollständig untergegangen. Aber es konnte höchstens noch ein paar Tage dauern. Und bis zum Ende würde weiter gestorben.

Frédéric Schürbels Tochter Caroline hatte bittere Zeiten durchlebt. Ihr Mann, der Erbe des Köcherhofes, galt einige Monate lang als vermisst. Die letzte persönliche Nachricht kam aus Italien. Unmittelbar vor der Geburt ihres Sohnes Ludwig war sie zu ihrer Mutter nach Seelbach gezogen. Sie konnte damals nicht wissen, dass Franz zum Zeitpunkt der Geburt seines Sohnes bereits tot war. Die einige Wochen später eingehende Benachrichtigung des Roten Kreuzes hätte sie stutzig machen müssen. Angehörige von Gefallenen wurden über die Wehrmachtsdienststellen informiert. Ein Jahr später brachte Caroline in Erfahrung, dass ihr Mann von einem amerikanischen Militärtribunal zum Tod verurteilt worden war. Man hatte ihn und einige andere in amerikanischen Uniformen hinter den Linien der US-Armee gefangengenommen.

Mit dem Kleinen am Rockzipfel würde es in Zukunft wohl nicht immer möglich sein, dass seine Tochter mit ihm auf den Jahrmärkten unterwegs war. Obwohl, Generationen von Kindern hatten in Karren gelebt, noch dazu in solchen, die viel elender waren, als die, die ihnen heute als Unterkunft dienten.

Edmund Lauch kam nicht herunter und Schürbel wollte ihn jetzt nicht bedrängen. So begann er damit, in der Feuerschüssel der Esse ein Holzfeuer zu entzünden. Als einige dicke Scheite gut brannten, warf er einige kleine Kohlestücke auf das lodernde Holz. Da auch für den elektrisch betriebenen Blasebalg der Strom fehlte, nahm er einen kleineren Handblasebalg von der Wand und presste Luft zwischen die Kohle. Nachdem er weitere Brocken aufgelegt hatte, ging er hinaus, um Gras für den Gaul zu schneiden. Das wenige, was er fand, ergänzte er mit dem Rest Hafer, den er auf dem Wagen hatte. Danach schöpfte er mit einem Eimer Wasser aus dem Regenfass und stellte es in Reichweite der knochigen Kreatur.

In der Werkstatt stocherte er mit einem Schürhaken in der Glut und blies sie noch mehrmals mit dem Blasebalg an. Dann brachte er eine Wagenverstrebung zum Glühen, hämmerte auf dem uralten Amboss auf sie ein, hielt sie wieder in die Glut und brachte sie mit wuchtigen Schlägen in die gewünschte Form. Jetzt, da es bereits auf Mittag zuging, obsiegten Gedanken an die Zukunft über das Grauen, das er noch am Morgen aufgrund der Geschehnisse der vergangenen Nacht empfunden hatte. Man musste sich für die Zukunft wappnen, auch wenn das Elend der Gegenwart dies unmöglich zu machen schien.

Frédéric Schürbel hatte keinen Zweifel daran, dass seine und seiner Familie Zukunft schon in Bälde wieder auf den Kirmesfesten und Rummelplätzen lag. Dafür musste er jetzt arbeiten, auch wenn momentan die Schankwirtschaft seiner Frau ihr Auskommen sicherte. Neben seinen Schwarzmarktgeschäften versteht sich. Schürbels mobile Lebensweise erwies sich in diesen Tagen als Vorteil. Er hatte Verbindungen, kannte Orte, Hehler, Schwarzschlächter, ja sogar Leute, die so rare Güter wie Medikamente und Benzin horteten, um sie gegen Gold und wertvolle Pelze einzutauschen. Hier in Murrhardt kannte er einen, der bereits wenige Tage nach dem Einmarsch der Amerikaner im großen Stil damit begonnen hatte, Schuhleder aus der örtlichen Produktion in den umliegenden Dörfern gegen hochwertige Lebensmittel einzutauschen. Und er selbst hortete noch über hundert Liter Salatöl in einem Versteck bei Lichtengrün.

Als er die Ausbesserungen an seinen Gerätschaften beendet hatte, war es kurz nach halb zwölf. Er ging ins Haus zurück. Aus der Kammer der Mädchen vernahm er keinen Ton. Vielleicht hatte ihnen der Arzt ein Beruhigungsmittel gegeben. Er traf Edmund Lauch in der Küche. Zusammengesunken saß er auf einem Schemel vor dem erkaltenden Herd. Schürbel räumte die Asche in den Blecheimer, schob mit der Brikettzange die wenigen Glutbrocken zusammen und legte einige trockene Reiser auf, die sofort lustig in die Höhe brannten. Rasch warf er einige Spächtele in die auflodernden Flammen. Nach kurzem Warten schob er zwei trockene Scheite durch die kreisrunde Öffnung.

»Eddi, ich versuche, Brot zu organisieren.«

Lauch reagierte nicht.

Schürbel ging wieder hinunter, hantierte beiläufig am abgestellten Leiterwagen und blickte sich unauffällig um. Als er sicher war, dass ihn niemand beobachtete, legte er zwischen den Metallstreben und einigen Jutesäcken eine roh gezimmerte Holzkiste frei, entnahm eine Zweiliterkanne, die Salatöl enthielt, und füllte kleine Portionen in zwei Schraubgläser, die er vorausschauend mitgenommen hatte. Er verschloss sie fest, wickelte jedes in einen leidlich sauberen Lappen und steckte sie in einen noch älteren zweiten Rucksack, den er während der Herfahrt als Rückenpolster verwendet hatte.

Der Römerweg war menschenleer, auch auf der Riesbergstraße begegnete ihm niemand. Von hinten näherte er sich der Bäckerei Kinzer. Die Tür zur Backstube war verschlossen. Er klopfte mehrmals, lauschte an der Tür. Als sich niemand regte, ging er zur Vorderseite. Er sah sofort, dass hier heute nicht gebacken worden war. Die beiden Schaufenster hatte man notdürftig mit alten Brettern verrammelt, die Ladentür war abgeschlossen.

Schürbel blickte sich um. Nur wenige Menschen hasteten mit schnellen Schritten über den Platz am Oberen Tor, am *Löwen* vorbei oder die Hauptstraße hinunter, die offiziell immer noch *Adolf-Hitler-Straße* hieß. In der angrenzenden Seegasse war noch eine andere Bäckerei. Dass der Merklinger-Bäck gebacken hatte, konnte er daran erkennen, dass ihm ein dunkelhäutiger Soldat entgegenkam, der grinsend mit mehreren länglichen Weißbroten jonglierte. Hin und wieder fiel eines auf den Boden. Zu seiner Überraschung folgten dem Spaßvogel zwei weitere Uniformierte, die zwei junge Frauen zwischen sich führten. Eine der beiden kannte er flüchtig. Die große Frau mit den dunklen Locken war Leonore Schimmelpfennig, die gelegentlich mit seiner Tochter ausgegangen war. Ihr Vater war Kommunist gewesen. Man hatte lange nichts mehr von ihm gehört.

Schürbel wusste von seiner Tochter, dass Leonore Schimmelpfennig eine heimliche Beziehung zu einem jungen Juden unterhalten hatte, bis dieser zusammen mit anderen Hohenloher Juden im November 1941 zuerst in ein Sammellager auf dem Stuttgarter Killesberg gebracht und dann einige Tage später nach Riga verschleppt worden war. Der Mann hatte offensichtlich überlebt, denn er war als Angehöriger der amerikanischen Streitkräfte in der Gegend gesehen worden. Aber vielleicht war auch das nur ein Gerücht oder die Folge einer Verwechslung. Der Anblick der dunkelhaarigen Frau löste die Erinnerung an diesen Juden und überdies ein mulmiges Gefühl aus, betrieb doch seine Frau ihre Schankwirtschaft in einem Anwesen, das bis 1938 dem Seelbacher Matzenbäcker Leonberger gehört hatte. Würden sie das Geschäft womöglich eines gar nicht mehr fernen Tages räumen müssen?

Er verdrängte diesen Gedanken. Es war offensichtlich, dass die beiden bewaffneten Uniformierten Leonore Schimmelpfennig und ihre Begleiterin abführten.

»Kann ich etwas für dich tun? Soll ich jemandem Bescheid sagen?«, rief er ihr zu, worauf ihn einer der beiden Soldaten sofort lautstark beschimpfte.

Die Frau schüttelte ihre kurzen dunklen Locken. »Ich habe niemanden hier. Es droht mir auch keine Gefahr.«

Im Bäckerladen herrschte ein großes Durcheinander. Die Franzosen hatten den Bäcker im Morgengrauen aus dem Bett geworfen, ihm einen Sack Mehl und andere Zutaten gebracht. Dann hatte man ihn gezwungen, französische Weißbrote zu backen. Dabei befand er sich unter ständiger Aufsicht eines Wachpostens. Jetzt lärmten mehrere einheimische Frauen und Männer im Verkaufsraum und forderten lautstark Brot.

»Tut mir leid, Herrschaften«, rief der Bäcker sichtlich verzweifelt. »Die Leclerc-Soldaten haben mich gezwungen, nur für sie zu backen. Dann haben sie alles mitgenommen. Ich habe kein Brot.«

Noch eine Viertelstunde lang beschimpften und bedrohten die Hungernden den Bäckermeister, der mit um Verständnis bittenden und bedauernden Gesten auf die leergeräumten Brotregale deutete.

Nach und nach verließen die Einheimischen unverrichteter Dinge den Laden. Dies geschah weniger, weil sie dem Bäcker Glauben schenkten, sondern aus Angst vor einem erneuten Auftauchen französischer Soldaten. Schürbel kannte den Bäcker seit dem Ende des ersten Krieges. Während der letzten Monate hatten sie bereits einige heimliche Tauschgeschäfte miteinander gemacht. Er grüßte den sichtlich erschöpften Mann mit knappen Worten. Dann sagte er: »Heinz, ich will nicht lange drum rumreden. Heute Nacht haben sie Edmund Lauchs Töchter vergewaltigt. Ich habe einen Viertelliter Salatöl bei mir. Dafür gibst du mir für die Familie zwei Laibe Brot.«

»Friedrich, ich habe nichts.« Der Bäcker war einer der wenigen, die Schürbel mit seinem richtigen Vornamen anredeten.

»Red nicht. Ich wette, du hast noch einige Brote im Keller. Ein Viertelliter Salatöl ist wenigstens vier Brote wert.«

Stumm blickte der Bäcker auf die Gasse hinaus. Dann verschloss er die Ladentür. Mit einem »Komm« wies er den Besucher an, ihm zu folgen.

Wie Schürbel vermutet hatte, stiegen sie in einen geräumigen Gewölbekeller hinab. An Deckenhaken hing ein gutes Dutzend Brote in Leinensäckchen. Man schützte sie so vor Mäusen. Heinz Merklinger nahm einen Sack herunter, der zwei Brote enthielt. Im dunklen Keller entnahm Schürbel seinem Rucksack eines der beiden Gläser mit Salatöl und verstaute die Laibe. Der Bäcker führte ihn zu einer seitlichen Luftschutztür, die über eine außen liegende Treppe nach oben führte. Er schob die beiden schweren Riegel zurück und sah vorsichtig hinaus.

»Du kannst jetzt los«, raunte er dem anderen zu und schob diesen sogleich in Richtung der Treppe. »Und kein Wort, zu niemandem. Hast du mich verstanden?« Rasch schloss er die Tür und verriegelte sie wieder.

Als Frédéric Schürbel das Haus im Römerweg wieder erreicht hatte, waren die Frau des Schlossers und die jüngste Tochter wieder zurück. Er traf die Mutter weinend und von Selbstvorwürfen gequält in der Stube an. Die Jüngste, eine blasse, schmächtige Dreizehnjährige, saß beim Vater auf der Chaiselongue und rührte sich nicht. Im Haus der alten Tante waren sie unbehelligt geblieben. Das wenig vorteilhafte Aussehen des alten Weibes hatte sich als hilfreich erwiesen. Aus einem Berg von Decken ragte ein faltiger Kopf. Zahlreiche Haare wucherten im Gesicht. Bertha Lauch saß in ihrer Hilfsschwesterntracht neben dem Bett und legte der Alten feuchte Tücher auf die Stirn. Den Eindringlingen rief sie unrichtig, aber für diese verständlich zu: »malad«, was die Männer nach einem flüchtigen Blick auf das hässliche Gesicht der Tante zum Weitergehen veranlasste. Erst als die Mutter sich draußen umgesehen hatte, wühlte sich das schweißnasse Mädchen aus dem Deckenberg.

Am anderen Morgen stellte das alte Weib unter Flüchen und Verwünschungen fest, dass man ihre beiden Ziegen aus dem Stall geholt hatte, der sich im seitlich gelegenen Garten an das kleine Haus schmiegte. »Jeder Bissa soll denne Dagdiab im Hals stecka bleiba«, rief sie schrill ein ums andere Mal über die Murr hinüber und riss drohend ihren ebenhölzernen Gehstock in die Höhe.

Als Bertha Lauch davon erfuhr, was ihren beiden älteren Töchtern angetan worden war, machte sie sich bittere Vorwürfe, weil sie diese nicht mit zur Tante genommen hatte.

»Meisterin«, versuchte Schürbel zu trösten, »drei Mädchen hätte deine Tante nicht unter ihren Federbetten verstecken können. Dann hätten sie auch noch die Kleine mitgenommen.«

»Eddi«, wandte er sich an den Schlosser, der immer noch regungslos neben seiner Jüngsten kauerte, »ich mach mich jetzt auf den Weg, sonst bin ich bis zum Beginn der nächtlichen Ausgangssperre nicht zu Hause.« Umständlich nestelte er einen der beiden Brotlaibe aus dem Rucksack und legte ihn auf den ovalen Stubentisch. »Den lasse ich euch hier. Für die Werkstattnutzung bringe ich dir gelegentlich eine Flasche Schnaps vorbei.«

Er lächelte hilflos und verlegen. Ohne nach den beiden älteren Töchtern zu sehen, die ihre Kammer immer noch nicht verlassen hatten, ging er aus dem Haus. Kurz überlegte er, ob er mit dem Gespann erneut durch den Stadtgarten fahren sollte. Schließlich wählte er die Strecke über eine unzerstörte Brücke, die sich auf dem Gelände der örtlichen Lederfabrik befand. Er hatte die Absicht, den Weg über Steinberg ins Rottal zu nehmen, um bei einem Bauern in Hohenstraßen sein zweites Salatölglas gegen wenigstens zwei Liter Milch einzutauschen, die Ludwig, der Kleine von Caroline, dringend benötigte. Er war froh, die Stadt hinter sich zu lassen, in der man an jeder Ecke spüren konnte, dass sich in der vergangenen Nacht viele Tragödien wie im Haus von Edmund Lauch ereignet hatten. Ihm kamen die beiden Frauen in den Sinn, die ihm auf dem Weg zum Merklinger-Bäck von Soldaten flankiert begegnet waren.

Doch entgegen dem ersten Eindruck und den schlimmen Befürchtungen, die diese anscheinend willkürliche Verschleppung bei ihm auslöste, hatte die beiden Frauen ein wesentlich günstigeres Los getroffen. Leonore Schimmelpfennig und die Kaufmannstochter Heidi Karst hatten sich in dem überfüllten Bäckerladen gleich an der Eingangstür befunden. Sie waren somit die Erstbesten, die der französischen Streife ins Auge fielen und sofort geeignet schienen. Diese hatte man losgeschickt, um weibliche Arbeitskräfte auszuheben, die in der französischen Offiziersunterkunft für Ordnung sorgen sollten.

Noch in der Nacht war die Nolff'sche Villa, die bereits den Amerikanern als Unterkunft gedient hatte, für die wenigen französischen Offiziere erneut beschlagnahmt worden. Nach dem spät eingenommenen Abendessen wurde das gebrauchte Geschirr einfach aus dem Fenster geworfen. Doch schon am nächsten Tag wurde den Einquartierten klar, dass diese spezielle Entsorgungstechnik über kurz oder lang dazu führen würde, dass sämtliches Geschirr gebraucht und zerbrochen war. Man führte die beiden Frauen in die Küche, die sich in einem schauerlichen Zustand befand. Zwischen Geschirrstapeln, benutzten Töpfen und halbvollen Flaschen hatte sich ein Uniformierter Platz geschaffen und schnipselte Gemüse in einen riesigen Kochtopf. Der Mann besaß offensichtlich Autorität. Wortlos, nur mit einer knappen Handbewegung, schickte er die Eskorte weg. Ohne sich von seinem Küchenhocker zu erheben, musterte er die Frauen von oben bis unten.

Jean war Engländer. Weshalb er als Engländer in einer französischen Einheit diente, war ebenso sein Geheimnis wie sein französischer Vorname. Seine Anwesenheit und seine Ausstrahlung beruhigten die jungen Frauen. Von dem, was er kochte, durften sie so viel essen, wie sie wollten. Allerdings war es ihnen streng verboten, etwas mit nach Hause zu nehmen. Ihre Arbeitszeit war nicht festgelegt. Sie endete erst, wenn alle anfallenden Aufgaben erledigt waren. Zuarbeiten in der Küche, Spülen, Putzen und Bettenmachen gehörten dazu, auch das Waschen und die Pflege der Offizierswäsche, was von allen Tätigkeiten die meiste Zeit in Anspruch nahm. Dauerte der Dienst über den Beginn der Sperrzeit hinaus, so wurden sie von einer Eskorte nach Hause begleitet.

Leonore wohnte erst seit wenigen Tagen in einem kleinen Zimmer bei einer lebensfrohen Witwe in Untermiete. Mit ihrem Vater, der nach dem frühen Tod der Mutter weiterhin alleine in Seelbach lebte, verstand sie sich nicht. Das lag weniger daran, dass der Alte ein überzeugter Kommunist war, der gleich nach dem Einmarsch der Amerikaner unter Einheimischen und Flüchtlingen die Suche nach Gleichgesinnten aufgenommen hatte. Leonore teilte viele seiner politischen Auffassungen. Streit gab es aber regelmäßig darüber, wie sie zu leben hatte und mit welchen Männern sie ihre wechselnden Beziehungen einging. An ihrer ersten, nur im Verborgenen gelebten Liebe zu Jakob Winter hatte er keineswegs kritisiert, dass es sich um einen Juden und dadurch nach den Bestimmungen der Nürnberger Gesetze um verbotene *Rassenschande* handelte. Christian Schimmelpfennig störte sich daran, dass der Bursche ein Kapitalistensöhnchen war. An dieser Sicht änderte selbst die schleichende und schließlich endgültige Enteignung nichts, der die Besitzer der Winter'schen Spiegelfabrik ausgesetzt waren. Seit der Deportation Ende des Jahres 1941 galt der Junge als vermisst. Niemals erhielt Leonore oder ein anderer Seelbacher ein Lebenszeichen. Viele tuschelten darüber, dass von den Deportierten, die aus den hohenlohischen Dörfern und Kleinstädten stammten, keiner mehr am Leben war, also auch Jakob Winter nicht.

Leonore wurde als ausgebildete Fotolaborantin zur Arbeit in einer großen fototechnischen Reproduktionsanstalt in Ansbach verpflichtet. Unter strengster Geheimhaltung wurden dort die Fotonegative der Frontberichterstatter entwickelt. Anhand von Probeabzügen entschieden regelmäßig anreisende Propagandaoffiziere darüber, welche Fotos für den Abdruck in den gleichgeschalteten Tageszeitungen und Illustrierten freigegeben wurden. Im Rahmen dieser Tätigkeit hatte Leonore häufig Bilder in den Händen gehabt, die die Gräuel des Krieges eindeutig belegten. Während ihre Kolleginnen darauf erpicht waren, Schnappschüsse von berühmten Fliegern und U-Boot-Fahrern behalten zu dürfen, war Leonore anfangs bestrebt, heimlich gefertigte Abzüge von Bildern aus dem Werk zu schmuggeln, die Hinweise auf Kriegsverbrechen geben konnten. Schließlich folgte sie den Mahnungen ihres Vaters, der ihr klarmachte, dass sie als Tochter eines bereits mehrfach inhaftierten Kommunisten als Erste verdächtig wäre, wenn derartige Fotos einmal in die falschen Hände geraten sollten.

»Du musst dir die Bilder genau einprägen«, hatte er gesagt. »Du darfst sie im Kopf herausschmuggeln, aber nicht auf Papier.«

Im August 1944 hatte man sie zum Kriegshilfsdienst nach Augsburg eingezogen, wo sie als *Blitz-Mädel* Flakscheinwerfer zu bedienen hatte. Acht Monate später wurde die gesamte Einheit *zur weiteren Verwendung nach Hause entlassen*. Da es eine derartige weitere Verwendung nicht gab, saß Leonore in den ersten Maitagen 1945 buchstäblich vor dem Nichts. An eine fototechnische Tätigkeit war in der nächsten Zeit nicht zu denken. Immerhin erwies sich die Begegnung mit der abenteuerlustigen Hedwig Moser als Glücksfall, die ihr mit den Worten »in diesen wirren Zeiten müssen schräge Vögel zusammen zwitschern« eine bescheidene Unterkunft anbot.

Obwohl es streng verboten war, schmuggelte Leonore jeden Abend kleinere Mengen Lebensmittel aus der Nolff'schen

Küche. Jean bemerkte das möglicherweise, doch er sagte nichts. Zu diesem Zweck trug sie unter einer weiten Kittelschürze zwei stabile Strumpfhalter, an die sie mit wenigen Stichen Tuchbeutelchen genäht hatte. Darin transportierte sie kleine Stücke Wurst, Käse oder flache Konserven, alles sehr zur Freude ihrer Wirtin, mit der sie spät abends im Schein einer Petroleumlampe ihre Schätze teilte.

Bereits am 2. Mai beschlich Leonore das Gefühl, dass sich die Stimmung unter den Legionären gewandelt hatte. Nervös hasteten die Männer durch das Gebäude. Lastwagen fuhren vor. Man verlud Kisten, leichtes Kriegsgerät und auch einiges von dem, was in den Murrhardter Geschäften und Privathäusern geplündert worden war. Am frühen Abend kam Jean in die Küche und eröffnete den beiden Frauen, dass sie am anderen Morgen nicht zu kommen brauchten.

»Wir rücken ab«, sagte der englische Koch und gab jeder der beiden ein kleines Spankistchen, das mit Lebensmitteln gefüllt war. Ein Brot war dabei, einige Büchsen amerikanische Militärverpflegung und zur großen Freunde der beiden Frauen jeweils drei Schachteln amerikanische Zigaretten. Das würde einen abendlichen Festschmaus geben. Und zu tauschen hatte man nun auch etwas!

»Damit könnt ihr euch schon mal an die anderen gewöhnen.« Jean lächelte verschmitzt. »In ein paar Tagen sind die Amerikaner wieder hier.«

Schürbels beschwerliche Rückreise aus Murrhardt endete erst spät in der Nacht. Er fuhr zunächst nicht zum Anwesen in Lichtengrün, sondern nach Seelbach ins *Haller Eck,* wo seine Frau, die Tochter und der Enkel Ludwig lebten. Das komplette Obergeschoss war von den Amerikanern beschlagnahmt worden. Die beiden Gastzimmer waren durch Familien überbelegt, die der Flüchtlingsstrom aus der Tschechoslowakei in dem hohenlohischen Städtchen stranden ließ.

Er traf seine Frau und die Tochter in der Wirtshausküche an. Caroline hantierte mit ruhigen Bewegungen am Herd. Liesel Schürbel knetete in einer riesigen Emailleschüssel Brotteig. Geschickt drehte sie mit der linken Hand das Gefäß, während sie mit der rechten unter die gewaltige Masse griff und das Unterste nach oben kehrte.

Als er die Küche betrat, blickte sie einen winzigen Moment lang auf, blies sich eine graue Strähne, die unter dem Kopftuch hervorlugte, aus dem Gesicht und sagte: »Gott sei Dank, du lebst.« Ihr gleichmütiger Tonfall wollte nicht so recht zur Dramatik ihrer Worte und den damit zum Ausdruck gebrachten Ängsten passen.

Beide Frauen waren damit beschäftigt, die einquartierten Amerikaner zu bekochen. Das war eine gewaltige Aufgabe, die allerdings mit dem Vorteil verbunden war, dass jeden Tag größere Mengen Lebensmittel in die Schankwirtschaft geliefert wurden. Caroline hatte den in die Wand eingelassenen Backofen angefeuert, der neben dem ausladenden Herd stand. Er stammte noch aus den Zeiten, als hier eine *Matzedeie*, eine jüdische Matzenbäckerei, betrieben wurde. Jetzt sollte Brot für dreißig Soldaten gebacken werden, die auf unbestimmte Zeit im Ort stationiert waren. Niemand, auch die Offiziere nicht, konnte sagen, ob sie länger blieben oder schon morgen abrücken würden. Noch war der Krieg nicht zu Ende. Jeden Augenblick konnte ein neuer Schrecken drohen.

Frédéric Schürbel begrüßte seine Tochter mit einem Klaps auf die Schulter. »Hab dir Milch für den Kleinen mitgebracht.« Die Tochter nickte schweigend, ohne von ihrer Arbeit abzulassen. Zum Abendessen zogen sie sich in ein kleines Zimmerchen zurück. Von oben hörte man das Lärmen, Lachen und Trinken der Soldaten, das überlagert war von der finsteren Gewissheit, dass für jeden immer noch die Gefahr bestand, an einem der allerletzten Kriegstage umzukommen. Luise Schürbel brachte den Flüchtlingen ein ganzes Brot in das kleine Hinterzimmer, ehe sie sich erschöpft an den Tisch setzte, auf dem Vater und Tochter reichlich angerichtet hatten. Der Kleine schlief in seinem Bettchen. Obwohl sie genügend zu essen hatten, war die Stimmung gedrückt.

Froh machte sie allein der Umstand, dass Willi, der Jüngste, als Volkssturmmann gleich in Gefangenschaft geraten und Caroline jetzt hier bei der Mutter war. Franziska war im Kriegshilfsdienst in der Nähe von Pforzheim. Seit den letzten großen Bombardements der Goldstadt hatte man nichts mehr von ihr gehört. Gleiches galt für ihren Zwillingsbruder Leopold. Immerhin hatte sie vor Weihnachten eine Karte des Roten Kreuzes erreicht, aus der hervorging, dass er schon im vergangenen Sommer in der Normandie in amerikanische Gefangenschaft geraten war. Aber das war bekanntlich kein Zuckerschlecken und von ihm persönlich hatten sie keinerlei Lebenszeichen erhalten.

Allerdings hatten Schürbels noch weitere Sorgen. Die Schankwirtschaft war mittlerweile ihre wichtigste Einnahmequelle geworden. Aber wie es nach dem Krieg weitergehen würde, wusste keiner. Der Matzenbäcker Leonberger war mit Frau und Kindern rechtzeitig ausgewandert. Müssten sie das Anwesen räumen, wenn er oder ein anderes Familienmitglied zurückkam? Und würden sie darüber hinaus gar bestraft?

»Man erzählt sich in Seelbach, Jakob Winter sei im Ort gesehen worden«, murmelte Luise Schürbel, nachdem sie den letzten Bissen geschluckt hatte.

»Ist er entkommen?«, fragte der Alte.

»Muss er dann ja wohl«, mischte sich die Tochter ein. Sie habe gehört, dass er jetzt eine amerikanische Uniform trage. Wie das zustande gekommen sei, wisse aber niemand genau.

»Ich habe Leonore in Murrhardt gesehen«, sagte Frédéric Schürbel. »Die Franzosen haben sie vor einer Bäckerei abgeführt. Erst waren die Amis in der Stadt, dann kamen die Franzosen und haben Schreckliches angerichtet.«

»Unsere haben noch viel schrecklichere Schandtaten begangen«, fauchte Caroline und seufzend fuhr sie fort: »Hoffentlich passiert Leonore nichts. Sie ist so ein feiner Mensch, mutig und hilfsbereit. Auf die konnte ich mich immer verlassen, obwohl wir uns manchmal lange nicht gesehen haben.«

»Der wird schon nichts passieren«, beschwichtigte die Mutter. »Ihr Vater war einige Zeit im KZ. Der war doch bei den Kommunisten.«

»Wenn die Sieger über die Frauen herfallen, fragen sie nicht vorher nach der Gesinnung«, sagte Schürbel. Und an seine Tochter gewandt fuhr er fort: »Caroline, trag immer deine Entlassungspapiere bei dir. Damit sie gleich sehen, dass du bei den Nazis eingesperrt warst.«

»Das Beste wird sein, wenn du in nächster Zeit hierbleibst und nicht aus dem Haus gehst«, mahnte ihre Mutter.

Caroline war zwischenzeitlich aufgestanden und hatte das Geschirr auf ein Holztablett geräumt. »Ich kann schon selbst für mich sorgen. Macht euch um mich keine Gedanken.«

Am anderen Morgen spannte Frédéric Schürbel noch vor Tagesanbruch den Gaul an, dem er zuvor reichlich Grasschnitt hingeworfen hatte. Unmittelbar nach Ablauf der nächtlichen Ausgangssperre fuhr er los. Er wählte den kürzeren Weg über den Köcherhof, obwohl der mehrere Kilometer über einsame Waldstrecken führte. Winkle wartete möglicherweise bereits ungeduldig auf den Wagen und das Pferd. Als sich das Tal bereits weitete, kam ihm ein anderer Einspänner entgegen. Schürbel hätte auf diese Begegnung gerne verzichtet, sie war nun aber nicht mehr zu vermeiden. Unschwer konnte er erkennen, dass der Köcherhofbauer in die Gegenrichtung kutschierte.

Friedrich Lang hatte seinen Braunen vor den Gummiwagen gespannt. Wütend hielt er Zügel und Peitsche. Über seinen Schultern lag ein schwerer, gewachster Fuhrmannsmantel, der eigentlich viel zu warm für diese Jahreszeit war. Schon von Weitem rief er seinem Gegenschwieger zu: »Schiffschaukelbremser, mach Platz, sonst landest du im Graben.«

Schürbel, der den Alten nicht fürchtete, wusste um dessen cholerisches Wesen. Der Leiterwagen gehörte nicht ihm, also fuhr er, so weit es möglich war, an den Grabenrand heran und brachte das Pferd zum Stehen. Der Gummiwagen polterte vorbei. Lang würdigte ihn keines Blickes. Doch als er schon fast vorbei war, drehte er sich plötzlich um und rief spöttisch: »Mit dem Klepper kommsch nemme weit!«

Ohne noch einmal anzuhalten, erreichte Schürbel das Anwesen in Lichtengrün. Schon aus der Ferne konnte er sehen, dass Konrad Winkle bereits auf ihn wartete. Sichtlich ungeduldig stand er auf dem Hof. »Wird Zeit, dass du kommst«, begrüßte er den Ankömmling. »Wir gehen nach Heilbronn zurück. Dort ist der Krieg vorbei. Mal sehen, ob von unserem Sach noch was übrig ist. Immerhin haben wir mit unserem Trümmerhaufen genügend Baumaterial.« Er lachte sarkastisch.

Zu zweit luden sie die Metallstreben vom Wagen und brachten sie in die Scheune. Schürbel stellte die Holzkiste in den Hausflur. Dann luden sie mit Hilfe der Frau das Wenige wieder auf, was sie aus ihrem Heilbronner Anwesen geborgen und mitgebracht hatten. Schürbel überlegte kurz, ob er bis zur Abzweigung mitfahren sollte, denn im Augenblick hielt ihn nichts in Lichtengrün. Dann entschied er sich anders und schüttelte den beiden, die bereits auf dem Kutschbock Platz genommen hatten, zum Abschied die Hand.

»Viel Glück«, rief er ihnen zu, als der Fuhrunternehmer den hageren Gaul anziehen ließ.

»Danke«, erwiderte dieser. Dann drehte er sich nochmals um: »Und vielen Dank für die Unterkunft. Ich hoffe sehr, dass ich mich eines Tages bei dir revanchieren kann.«

Langsam ruckelte das Gefährt über den ausgefahrenen Schotterweg. Schürbel sah den beiden nach, bis sie hinter einer langgezogenen Linkskurve verschwunden waren.

Die Waldkuh

Schon früh im Herbst des Jahres 1946 kündigte sich ein besonders kalter Winter an. Bereits im Oktober gab es regelmäßig Frostnächte. An den meisten Novembertagen stieg das Thermometer nicht mehr über null Grad. Sogar im amerikanischen Sektor kam es zu einer dramatischen Verschlechterung der Versorgungslage. Im Hohenlohischen hielt sich hartnäckig das Gerücht, dass es in der russischen und in der französischen Zone bereits zahlreiche Hungertote gegeben habe. Trotz der regelmäßig eingehenden Pakete von Louis, dem jüngsten der drei Schürbel-Brüder, und der Schwarzmarktaktivitäten des Patrons selbst war der Mangel sogar für die Angehörigen der Schaustellerfamilie deutlich zu spüren. Die Suppen und Eintöpfe, die es im *Haller Eck* gab, wurden dünner und fleischarmer. Das Brot, das im Ofen der ehemaligen *Matzedeie* gebacken wurde, enthielt weniger Weizenmehl, mehr Roggen, mehr und mehr Kartoffeln und eine größer werdende Zugabe von fein gemahlenem Eichelgranulat.

Die männliche Kundschaft verbreitete im Gastraum üble Gerüche, da die meisten nun ihren selbst angebauten Knaster in kurzen Pfeifen oder als Zigaretten rauchten, die sie zuvor in Maisliesche gerollt hatten. Die weniger Geschickten verklebten, sehr zum Ärger ihrer Frauen, das Maisblatt mit etwas Mehl, das, in klares Wasser eingerührt, ausreichend Klebekraft entwickelte. Raucherkarten, die den gelegentlichen Bezug von Tabakwaren möglich machten, waren auf die männliche Bevölkerung beschränkt. Manchmal wurden nur Zigarren oder Stumpen ausgegeben. Dann machten sich die Zigarettenraucher daran, diese am Küchentisch fein zu zerkleinern und in die zurechtgeschnittenen und getrockneten Deckblätter der Maiskolben zu rollen.

Im Unterschied zu den Städtern hatte die Bevölkerung Hohenlohes wenigstens genügend Brennmaterial, auch wenn es an Kohlen und Briketts fehlte. Die Feuer in den Küchenherden wurden den ganzen Tag über unterhalten. Wer nicht im Freien oder bei der Arbeit war, hielt sich bis zum Schlafengehen vorwiegend in der Küche auf. Über den heißen Herdplatten waren den ganzen Herbst über Pflaumen und Obstschnitze getrocknet worden.

Im Dezember fielen die Temperaturen noch weiter ab. Der Schaustellerbetrieb, der eben erst wieder angelaufen war, kam erneut vollkommen zum Erliegen. Was für die Erwachsenen ein deprimierendes und zugleich bedrohliches Ereignis darstellte, führte für Carolines Kinder zu einem großen Vergnügen. Großvater Frédéric beschäftigte sich ausdauernd mit den beiden Jungen. Dem zweieinhalbjährigen Ludwig brachte er den Purzelbaum bei. Aus Holzabfällen fertigte er verschieden große Bauklötze. Mit viel Geschick schnitzte er jedem Enkel ein Holzpferd, wobei ihm der kleine Hans mit großen wachen Augen geduldig aus seinem Bettchen zusah. Die fertig geschnitzten Pferdchen strich er in der Farbe der Schaustellerwagen grau. Augen und Nüstern malte er mit winzigen Strichen alter Teerfarbe, die lange nicht richtig trocknen wollte. Aus blauen und roten Wollfäden flocht er das Zaumzeug. Schließlich fertigte er Pferdeschweife aus zurechtgeschnittenen Hanffäden, die die Flaschner zur Abdichtung von Rohrleitungen verwendeten.

Zum Leidwesen der Mutter entwickelte sich bereits im frühen Kindesalter zwischen den beiden Brüdern ein schwieriges Verhältnis. Es war vor allem Ludwig, der seinen kleinen Bruder ärgerte und drangsalierte, wo er nur konnte. Immer wieder nahm er dem Kleinen sein graues Pferdchen weg, weil er den Eindruck hatte, dass es schöner sei als sein eigenes. Am nächsten Tag vertauschte er es erneut. Fing der Kleine nach des Großvaters ermunternder Einweisung damit an, aus Holzbauklötzen einen Turm zu bauen, setzte Ludwig alles daran, das Konstrukt wieder zu zerstören. Obwohl Caroline sehr genau darauf achtete, dass beide Kinder von den wenigen Süßigkeiten, die es gab, gleich viel erhielten, gab es auch darum regelmäßig Streit.

Vor Weihnachten des Jahres 1946 gab es kaum noch Zucker. Großvater Schürbel gelang es aber, noch zwei Kilogramm für etwas Rauchfleisch zu ergattern, das er zuvor im Tausch gegen etliche Stumpen erhalten hatte. »Nichtraucher haben einfach mehr vom Leben«, sagte er bei solchen Gelegenheiten gern.

Die Tage vor Weihnachten waren bitterkalt. In den vier Besatzungszonen waren schon zahlreiche Menschen erfroren. Nicht selten waren es Alte und Kranke, die nicht mehr dazu in der Lage waren, ihre Wohnungen oder Notunterkünfte warm zu halten. In den Städten grassierte die Tuberkulose. Auch die Zahl der an Flecktyphus Erkrankten stieg erschreckend an. Mittels Plakatanschlägen wurde gewarnt: »Vermeide und töte die Laus – sonst tötet sie dich!«

Im Kreis der Schaustellerfamilie konnte ein verhalten fröhliches Weihnachtsfest gefeiert werden. Bis auf ein Zimmer, das unverändert von einem Flüchtlingsehepaar bewohnt wurde, stand das Anwesen der Familie wieder zur Verfügung. Im Sommer hatten die Amerikaner die Beschlagnahmung der oberen Räume aufgehoben.

An Heiligabend wurde bereits mittags der Ofen in der guten Stube angefeuert. Willi hatte mit dem Holzvergaser einen halben Zentner Briketts und zwei Papiersäcke Kohlenstaub organisiert, den sie in selbstgeklebte Tüten abfüllten und ebenfalls zum Heizen verwendeten. Luise schmückte mit Caroline den Baum, den sie aus Lichtengrün mitgebracht hatten. Christbaumschmuck war aus der Vorkriegszeit noch reichlich vorhanden. Man hatte allerdings so wenige Kerzen, dass man sie halbieren musste, um gerade mal eine halbe Stunde etwas Lichterglanz zu erzeugen.

Kurz bevor es dunkelte, kam Heiderose am Bahnhof an. Der Zug hatte erhebliche Verspätung, aber alle waren glücklich darüber, dass die Anreise geklappt hatte. Als Letzte kam Franziska, die vor einem halben Jahr überraschend Arbeit in einem kleinen Ludwigsburger Lebensmittelladen gefunden hatte. Trotz strengster Rationierung brachte sie fünf Orangen mit. Ihre Mutter spöttelte, dass der Juniorchef das eine Auge auch noch zugedrückt habe, das er von Anfang an auf sie geworfen hätte.

Luise genoss die große Gästeschar an ihrem Esstisch. Sie hatte auch das im vorderen Zimmer untergebrachte Ehepaar Seidlitz eingeladen, das froh darüber war, den Heiligabend nicht alleine verbringen zu müssen. Sie hatten im Osten ihr Eigentum verloren. Schlimmer war freilich, dass ein Sohn 1943 gefallen war und der andere als vermisst galt.

Zu essen gab es an diesem Abend reichlich. Mutter Schürbel hatte zusammen mit ihrer Ältesten große Mengen Kartoffelsalat gemacht und aus dem wenigen Fleisch Fleischküchle zubereitet. Das Brät wurde mit Karotten, Kartoffelstückchen und Semmelbröseln gestreckt. Dazu gab es Eingemachtes vom letzten Sommer, Kraut, Mohrrübensalat, saure und süßsauer eingelegte Gurken, später dann Pflaumenkompott, Nüsse und getrocknete Apfel- und Birnenschnitze. Vor der Bescherung tranken die Erwachsenen noch einen Schnaps.

Franziska schenkte den Erwachsenen selbst bemalte, kleine Holzkästchen, die früher einmal der Aufbewahrung der *Volksgasmasken* gedient hatten. Für Hans und Ludwig hatte Willi kleine Lastwägelchen aus Holz gebastelt. Die Räder eierten ein wenig. Dafür ließen sich die Fahrzeuge sogar lenken. Luise erhielt ein Tuch, das ihr Mann gegen etliche *Aktive* eingetauscht hatte. Frédéric, Willi und der stille Herr Seidlitz bekamen gestrickte Fäustlinge. Luise hatte für dessen Frau einen Schal gestrickt, den Frau Seidlitz verlegen entgegennahm. Sie selbst hatten nämlich keine Geschenke mitgebracht, was freilich niemanden störte. Da nichts anderes mehr vorhanden war, hatte Luise für ihre Töchter drei hübsche Broschen aus ihrem Familienschmuck genommen und in Stanniolpapier eingewickelt.

Nach dem Essen wurden für die Kinder nochmals die Lichter des Baumes angezündet. Manche Erwachsene waren davon mehr berührt als die beiden Jungen. Ludwig schob eifrig sein Lastauto über die blankgescheuerten Dielen, dabei Motorengeräusche nachahmend. Hans lag im Bettchen und blickte unverwandt auf den Lichterbaum. Frédéric reichte den Männern Zigarren und zündete sich zur Feier des Tages ausnahmsweise selbst eine an. Den zur Verdauung gereichten Schnaps tranken auch die Frauen.

Als man die Kerzen am Christbaum löschen musste, kochte Luise auf dem Küchenherd einen guten Bohnenkaffee. Gerade noch rechtzeitig war am Mittag des Vierundzwanzigsten das lange ersehnte Paket aus Amerika eingetroffen. Sie brach zwei Tafeln Schokolade in kleine Stückchen und stellte sie in einem Schälchen neben die Plätzchen, die sie zusammen mit Caroline gebacken hatte. Dass sie viel Nüsse und wenig Weißmehl verwendet hatte, war nicht weiter schlimm, denn sie enthielten reichlich Zucker und Honig.

Frédéric hatte bereits im Herbst bei einem Löwensteiner Winzer eine Kiste Rotwein organisiert, aus der er zwei Flaschen für die weitere Gestaltung des Heiligen Abends auf die Kommode stellte. Luise war im Begriff, darauf anzustoßen, es sei ein großes Glück, dass niemand aus dieser Familie im Krieg geblieben war. Gerade noch rechtzeitig fiel ihr ein, dass dieser Trinkspruch in Anwesenheit des Ehepaars Seidlitz eine unpassende, ja taktlose Bemerkung gewesen wäre. So hob sie das Glas und sagte nur: »Ich wünsche euch allen nochmals ein schönes Weihnachtsfest.«

Um neun Uhr setzte die Stromsperre ein, vorausschauend hatte man aber drei dicke Kerzen bereitgestellt. Hans war mittlerweile eingeschlafen und Caroline rollte das Kinderbett in den ungeheizten Nebenraum. Ludwig war noch aufgekratzt. Er ließ sich aber von seinem Onkel Willi ohne Schwierigkeiten ins Bett bringen, nachdem dieser versprochen hatte, ihm noch eine kleine Geschichte zu erzählen. »Aber kein Märchen«, war die einzige Bedingung, die der Junge noch stellte.

Willi ließ sich von der bitteren Kälte inspirieren und improvisierte die Geschichte von einem kleinen Hund und einer Katze, die sich normalerweise spinnefeind waren. Da sie in der großen Kälte zu erfrieren drohten, überwanden sie ihre alte Feindschaft und kuschelten sich im Hundekörbchen aneinander, um sich gegenseitig zu wärmen. Ludwig dachte noch einen Moment darüber nach, ob dies eine wahre Geschichte sein konnte. Dann schlief er ein.

Nach und nach rückten die Erwachsenen an den Stubenofen heran. Nicht nur draußen, sondern auch im Haus wurde es kalt und kälter. Willi hatte die Aufgabe übernommen, das Feuer zu unterhalten. Auf mehrere Scheite Holz schob er eine Tüte mit gepresstem Kohlenstaub und schloss schnell wieder die Ofentür, ehe die glühenden Partikel anfingen, durch die Luft zu wirbeln.

Luise stellte eine der dicken Kerzen auf ein niederes Tischchen, das sie zwischen die Sitzrunde und den Ofen schob. Allmählich verstummten die Gespräche. Man hing seinen Gedanken nach. Hoffnungen mischten sich mit Befürchtungen. Leidvolle Erinnerungen paarten sich mit Wünschen für eine bessere Zukunft. Man saß noch lange zusammen, vielleicht dachten manche an die eiskalten Betten in den ungeheizten Schlafräumen. Willi hatte sich schon am Nachmittag weitsichtig bereit erklärt, in der Stube auf der Chaiselongue zu schlafen. Einmal kam Franziska vom Abort zurück und rieb sich über dem heißen Stubenofen die Hände. Der Wassereimer auf dem Klo sei eingefroren, berichtete sie.

Bis Neujahr nahm die Kälte weiter zu. Für Willi und Frédéric Schürbel gab es neben der Beschaffung von Heizmaterial wenig zu tun. Der Alte hatte vor Weihnachten einige notwendige Reparaturen durchgeführt. Sorgen bereitete ihm die Elektrik der beiden Häuser in Seelbach und Lichtengrün. Da sein Vorrat an Speiseöl mittlerweile aufgebraucht war und die neue

Zigarettenlieferung seines Bruders anderen Tauschgeschäften dienen sollte, hatte er im Moment nichts, was er gegen dringend benötigte Elektroartikel eintauschen konnte. Diese waren neu gar nicht und gebraucht nur äußerst schwer zu bekommen. Also machte er sich mit klammen Fingern daran, aus Eschenholz zwei Rohlinge zu schneiden. Aus diesen fertigte er mit Hilfe von Raspel, Schnitzmesser und Handbohrer zwei Gehäuse für Elektrostecker. Die Kontakte hämmerte er aus flachen Messingstreifen, die er zu runden Stiften formte. Man musste sich zu helfen wissen. Da man Heizplatten ohnehin nur während der Zeit betätigte, in der die Stromsperre aufgehoben war, war die Gefahr eines Überhitzungsbrandes gering. Man musste allerdings während des Kochens in der Nähe der Platte bleiben. Im Lichtengrüner Anwesen gab es lange Zeit gar keinen Strom. Man lebte darin wie in den Zwanzigerjahren. Wenigstens hatte man dort genügend Brennholz zur Verfügung.

Willi hatte von einem Plünderer eine Kiste mit Koppelschlössern der Hitlerjugend gegen ein getragenes Paar Schuhe eingetauscht. Der Mann freute sich über die Schuhe und meinte, ein besonders gutes Geschäft gemacht zu haben. Er sah die Koppelschlösser als unbrauchbar an, da sie Hakenkreuz und Adler trugen und die Alliierten die Zurschaustellung von NS-Symbolen unter Strafe gestellt hatten. Willi hämmerte die verbotenen Zeichen von hinten flach und schliff die nach außen gewölbte Fläche mit Hilfe des mächtigen Schleifsteins ab, der mittlerweile seinen Platz in der Waschküche gefunden hatte. Seine *entnazifizierten*, silbrig glänzenden Gürtelschnallen waren ein begehrtes Produkt.

Im oberen Stockwerk des *Haller Ecks* hatten die Amerikaner bei ihrem Abzug mehrere leicht beschädigte Feldbetten zurückgelassen. Zwei davon hatte Frédéric Schürbel repariert, indem er zurechtgeschnittene Stücke des Spannstoffs mit der Lederahle über gerissene Stellen genäht hatte. Ursprünglich hatte er die Absicht gehabt, aus den restlichen Holzrahmen Kleinholz zu machen, indem er einfach die Metallgelenke abmontierte. Als er aber den Verbund stabiler Holzleisten auf dem Küchenboden vor sich liegen sah, kam ihm eine andere Idee. Mit großem Geschick fertigte er unter Verwendung der Metallverbindungen ein stabil stehendes robustes Gestell für ein einfaches Spinnrad. Im Fundus des Schaustellerbetriebs hatte er etliche Holzscheibenräder. Er suchte ein passendes aus und ließ sich von einem Drechsler eine mittig verlaufende Nut in die Lauffläche fräsen. Derselbe Handwerker stellte ihm unterschiedlich große Spulen her – und fertig war ein einfaches Handspinnrad.

Willi verwendete das restliche grobe Gewebe der Liegeflächen als Bespannung eines leichten Holzkoffers, den er sich aus der Rückwand eines alten Schrankes gefertigt hatte. Mit diesem ging er an sonnigen Tagen *hausieren*, wie er es nannte. Er tauschte an den Haustüren der Bauern und Dörfler seine umgearbeiteten Koppelschlösser gegen allerhand Nützliches, vor allem aber gegen Essbares ein. Einmal erfreute er beim Heimkommen seine Mutter, als er ihr von einem Tauschhandel eine Messingwärmflasche mitbrachte, die ein geschickter Flaschner aus den leeren Gehäusen von Tellerminen fertigte. Da es im Haushalt nicht genügend Wärmflaschen gab, hatte die alte Dame tagsüber einen glatten Feldstein in der Bratröhre des Herdes erhitzt und mit Handtüchern umwickelt in ihr Bett gelegt.

Die Versorgungslage spitzte sich in den darauffolgenden Wochen weiter zu. Die große Kälte und der Schnee ließen auf manchen Strecken den Zugverkehr zusammenbrechen und auch die wenigen Postbusse fuhren nicht, wodurch vielen Städtern die Möglichkeit genommen war, Hamsterfahrten in die Dörfer zu unternehmen. Luise Schürbel hatte sich schweren Herzens dazu durchgerungen, ihre Schänke nur noch freitags, samstags und sonntags zu öffnen. Außer Dünnbier und Most hatte sie nur wenig anzubieten. Speisen gab es ein Vierteljahr lang nur an den Sonntagen. Es fehlte an allem und außerdem war die Heizerei der Öfen und des Herdes eine Qual. Sie hatte Wasser in den Beinen und der Rücken war zerschunden. Auf den Rummelplätzen und in der Kneipe hatte sie sich buchstäblich krumm gearbeitet. Trotzdem stand sie immer noch jeden Tag sehr früh auf. Sie heizte die Öfen und den Herd der Wirtschaftsküche mit dem Holz, das eines ihrer Kinder oder der Mann in großen Kisten schon am Vorabend bereitgestellt hatte. Den Gasherd nützte sie immer gleich nach der Aufhebung der Gassperre. Frühmorgens war der Gasdruck stärker und konstant. Wenn es auf Mittag zuging, ließ der Druck gewaltig nach, bis das Gas irgendwann gänzlich versiegte. Im städtischen Gaswerk kämpften die Mitarbeiter mit Leitungen, die in der Kälte barsten, der Widerspenstigkeit der veralteten Anlage, die seit den Zwanzigerjahren nicht erneuert worden war, und gegen den Koksklau. Es genügte längst nicht mehr, dass man das Gaswerk mit Hilfe der Amerikaner mit einem hohen Maschendrahtzaun umgeben hatte, den Stacheldrahtrollen krönten. Die Diebe kamen nachts, schnitten mit Bolzenschneidern Löcher in den Zaun und schafften den Koks zentnerweise weg. Im Volksmund nannte man den Diebstahl von Brennstoff und Lebensmitteln mittlerweile *fringsen*, hatte doch der Kölner Kardinal Frings in seiner Silvesterpredigt davon gesprochen, dass es in der Zeit größter Not keine Sünde sei, Kohlen zu klauen, um dem Kältetod zu entgehen. Mittlerweile drehte nachts ein Wachmann seine Runden, der als Einziger weit und breit mit Genehmigung der Militärbehörden eine Pistole tragen durfte.

Da nach Kriegsende sämtliche Schusswaffen abgegeben werden mussten, wovon Jagdwaffen nicht ausgenommen waren, lag die Jagd darnieder. Ab und zu gingen Besatzungsoffiziere in den Wald, wo sie in ihrer Unerfahrenheit aber nur wenig schossen. Das Wild hatte sich vorübergehend stark vermehrt. Jetzt, in der großen Kälte, drängten die Rehe bis in die Hausgärten der kleinen Städte. Besitzer der Jagden, aber auch Unbefugte, gingen dazu über, Fallen zu stellen, in denen regelmäßig Tiere grausam verendeten.

Als Willi eines Tages mit der einfallenden Dämmerung seine Tauschgeschäfte einstellte und sich schnurstracks auf den Heimweg machte, nahm er eine Abkürzung durch den Wald, die ihn in die Nähe des Köcherhofs brachte. Trotz der Kälte musste er plötzlich austreten. Fluchend verließ er den verschneiten Weg und stapfte wenige Meter in Richtung kahler, hängender Waldhaselsträucher. Als er sich erleichtert hatte und sich daran machte, mit klammen Fingern die Knöpfe seines Hosenschlitzes zu schließen, ließ er seinen Blick über den verschneiten Waldboden schweifen. Für einen winzigen Augenblick meinte er eine Bewegung gesehen zu haben. Obwohl er davon überzeugt war, sich getäuscht zu haben, ging er, neugierig geworden, zu der Stelle. Er fand ein Reh, das sich wohl schon vor etlichen Stunden mit dem rechten Hinterlauf in einer Drahtschlinge verfangen hatte, die man in perfider Weise direkt auf einem als solchem unschwer erkennbaren Wildwechsel angebracht hatte. Das Tier hatte keine Kraft mehr, um aufzustehen. Der Draht hatte sich tief in den Lauf eingeschnitten und wand sich wohl schon um den Knochen. Die tiefe Rille blutete schwach. Kurzerhand zog Willi sein Messer, tötete das Reh, löste den Draht und packte das tote Tier in seinen Rucksack, nachdem er die Wunde notdürftig mit einem Lappen umwickelt hatte. Die anderen darin befindlichen Dinge, die er gegen seine Koppelschlösser eingetauscht hatte, verstaute er in seinem Koffer. Er nahm dann einen Umweg in Kauf, um nicht über den Köcherhof gehen zu müssen. Stunden später betrat er die geräumige Küche des *Haller Ecks* durch den Hintereingang.

Seine sichtlich beunruhigte Mutter begrüßte ihn mit den Worten: »Wo bleibst du denn? Ich habe mir schon Sorgen gemacht.«

Er wuchtete den Koffer auf den blankgescheuerten Holztisch, der bereits in der Matzenbäckerei zum Inventar gehört hatte, und stellte den Rucksack daneben. Schweigend leerte er den Koffer und stapelte die Dinge auf den Tisch, die er im Lauf des Tages erhandelt hatte. Eine Flasche Schnaps hatte er bekommen, zwei Brote, ein Kästchen, in dem sich auf sichere Weise acht Eier transportieren ließen, und etliche Kilo Kartoffeln.

Wie um die Spannung zu steigern, öffnete er den Rucksack nicht gleich. Er lächelte seiner Mutter zu, die ihn halb zweifelnd, halb erwartungsvoll ansah. Mit einem Ruck warf er das tote Reh auf den Tisch und eilte zum Spülstein hinüber, um mit einem nassen Lumpen das Innere seines Hamsterrucksacks gründlich zu säubern.

»Na?«, fragte er und strahlte dabei über das ganze Gesicht.

»Mein Gott! Junge, du hast ja gewildert!«, rief die Mutter aus und schlug die Hände vors Gesicht.

»Deswegen wird man heute nicht mehr gehängt – und außerdem hatte sich das arme Tier bereits in einer Schlinge verfangen. Ich habe es gefunden und lediglich von seinen Qualen erlöst.«

Nach der ersten Schrecksekunde setzte schnell wieder Mutter Schürbels Sinn fürs Geschäftliche ein. »Dann können wir am Sonntag Rehbraten anbieten«, sagte sie voller Elan. »Der wird weggehen wie warme Semmeln. Nein, er wird noch viel besser weggehen.«

»Mutter, das können wir nicht«, entgegnete Willi. »Oder hast du eine *Permission* oder einen Bezugsschein?«

In den darauffolgenden Tagen versammelte sich der gesamte Schürbel-Clan mehrfach in der guten Stube und aß Reh in verschiedenen Variationen. Das Ehepaar Seidlitz erhielt ebenfalls eine Portion. Frédéric Schürbel speiste mit gemischten Gefühlen, denn während des Essens kamen ihm allerlei Dinge in den Sinn, die er gegen einen Rehrücken oder eine Keule hätte eintauschen können.

Anders als die Schwestern, die nach Neujahr wieder abgereist waren, blieb Caroline auf Anraten der Mutter noch einige Wochen in Seelbach. Im Lichtengrüner Haus wäre das Leben erheblich beschwerlicher gewesen. Strom gab es keinen und die Gefahr, dass der Brunnen zufror und mehrmals täglich mit einem an einem Seil hängenden schweren Eisenstück aufgeschlagen werden musste, war bei den jetzt herrschenden Temperaturen unvermeidlich.

»Wir müssen jetzt einfach zusammenrücken. Wo fünf sich wärmen, müssen auch acht Menschen nicht frieren.« Sie hatte das Ehepaar Seidlitz mitgezählt, das sich in den Kältetagen öfter als sonst in der großen Küche oder, wenn er angefeuert wurde, vor dem Kachelofen der guten Stube einfand.

Mittlerweile waren nicht nur die Wasserleitungen eingefroren, sondern auch der Notvorrat, den die Mutter vorausschauend in eine Zinkbadewanne eingefüllt hatte, die in der Waschküche stand. Um deren Platzen zu verhindern, entfachte Willi unter der Wanne zwei kleine Feuerchen. Man brachte das geschmolzene Wasser nach oben und füllte alles auf, was irgendwie dafür geeignet war. Immer mehr Menschen waren jetzt darauf angewiesen, Trinkwasser von den wenigen Entnahmestellen zu holen, die von Gemeindebediensteten am Laufen gehalten wurden. Das übliche samstägliche Bad in der Waschküche entfiel. Caroline schleppte eine kleinere Zinkbadewanne in die Küche, um wenigstens die beiden Kinder zu baden. Das Badewasser wurde auf dem Küchenherd im großen Waschkessel erhitzt. Zuerst badete Caroline den Älteren, anschließend kam Hans an die Reihe. Saßen beide zugleich in der Wanne, endete das wöchentliche Bad regelmäßig in einem wilden Herumgespritze. Waren die Jungen blitzsauber geschrubbt und frisch angekleidet, weichte die Mutter verdreckte Kinderkleidung in dem noch lauwarmen Wasser ein. Das erkaltete Seifenwasser war am Ende immer noch gut genug, um damit den Hausflur zu schrubben, was aber jetzt unterblieb, denn auf dem Steinboden hätte sich in den Frostnächten sofort eine Eisschicht gebildet.

Obwohl Horst Seidlitz den Schürbels zur Hand ging, hatten die drei Männer große Probleme, in Seelbach genügend Brennmaterial zu organisieren. Die im Sommer geschlagenen Vorräte waren nahezu aufgebraucht. Willi hatte sich daran gemacht, die Blockrahmen der im Krieg eingebauten Luftschutzfenster zu zerkleinern. Der alte Schürbel ging mit Seidlitz wenigstens einmal täglich mit einem Handleiterwagen in den nahen Wald, um eine Ladung Bruchholz zu sammeln. Dessen Brennwert war freilich gering. Und weil die halbe Bevölkerung auf der Suche nach Brennbarem durch die Wälder streifte, wurde der Weg von Tag zu Tag länger. Willi hatte einmal mit dem Holzvergaser eine Fahrt nach Lichtengrün unternommen, da man dort reichlich Holz eingelagert hatte. Allerdings hatte er während der Hin- und Rückfahrt etwa die Hälfte dessen für den Antrieb verbraucht, was er zuladen konnte. Sinn machte so eine Fahrt nur, wenn man einen Anhänger benutzen konnte. Dafür war allerdings die Zugkraft des Holzvergasers zu schwach.

Am 17. Januar, es war ein Donnerstag, wurde es noch kälter. Caroline, die als Erste aufgestanden war, bemerkte es daran, dass sich in einem Eimer, der in der Küche fern des Herdes in einer Ecke stand, eine dünne Eisschicht gebildet hatte. Vorsichtig blies sie in die Reste schwacher Glut, die noch im Herd vorhanden war, warf eine Handvoll trockener Holzspäne und einige Spächtele darauf. Bald hatte sie das Feuer auf diese Weise wieder in Gang gebracht, was sie freute, denn mittlerweile waren selbst Streichhölzer knapp.

Als das Feuer lustig brannte, schrotete sie in einer Kaffeemühle getrocknete Gerste. Mit Wasser und etwas Salz knetete sie einen Teig, den sie in Form länglicher Plätzchen auf der noch nicht zu heißen Herdplatte buk. Mit etwas Marmelade war das ein passables Frühstück, zu dem es, wie an allen Tagen nach Neujahr, nur Ersatzkaffee gab. Den Rest Bohnenkaffee aus der Sendung des Schwagers hütete die Mutter wie ihren Augapfel. Es würde Ostern werden, bis wieder eines dieser segensreichen Pakete aus Amerika eintreffen würde.

Trotz der bitteren Kälte ging Willi an klaren Tagen mit seinen Koppelschlössern auf Tour. Mittlerweile hatte er, einer Anregung Carolines folgend, aus der restlichen Bespannung der maroden Feldbetten einige Gürtel in der passenden Breite gefertigt. Die ersten vier, an die er bereits Koppelschlösser angebracht hatte, nahm er mit, um zu sehen, ob sich komplette Gürtel als Tauschware eigneten. Er hatte damit guten Erfolg.

Deshalb fertigte er anderntags weitere Riemen. Durch einen Zufall gelangte er auch in den Besitz weiterer Koppelschlösser. Man hatte ihn beauftragt, das frühere Gemeindearmenhaus zu entrümpeln und das, was nicht mehr verwertbar war, mit dem Holzvergaser auf den Müllplatz zu bringen. Das Gebäude hatte ab 1937 als Heimstätte der örtlichen Hitlerjugend gedient. Neben allerhand überflüssigem Plunder mit geringem Heizwert fand er in einem wackeligen Schrank einen Pappkarton mit rund drei Dutzend Koppelschlössern des Jungvolkes. Die glänzende Messingplatte war lediglich mit einer *Siegrune* versehen, die sich leicht ausschleifen ließ, so dass der Hosenbund vorne mit einer breiten, messingglänzenden Platte verziert werden konnte. Diese Schließen waren vor allem bei den jungen Burschen äußerst begehrt, die ihre Mütter so lange bedrängten, bis diese etwas von ihren knappen Vorräten gaben, um ihre Söhne zufriedenzustellen. Besonders in den Haushalten, in denen die Väter fehlten, gingen die Geschäfte leicht vonstatten. Manchmal tat es Willi regelrecht leid, wenn er mitansehen musste, wie verhärmte Mütter von halbwüchsigen Burschen zum Tausch überredet wurden.

Aus Knochen, Kopf und Fleischresten des Rehs kochte Luise Schürbel eine vorzügliche Fleischbrühe, aus der sie unter Zugabe von Graupen, Kartoffeln und Rübenschnitzen einen ansprechenden Eintopf zubereitete, der am darauffolgenden Sonntag mit einem Stück Brot als Mahlzeit in den Verkauf gelangte. Weil Luise Schürbels Kochkünste berühmt waren, kamen in der kargen Zeit auch Gäste aus bürgerlichen Kreisen ins Haus, die früher hier nicht verkehrt hatten.

Das Gericht wurde allseits gelobt, auch vom Leiter des Forstamts, der mit seiner Frau und zwei kleinen Töchtern an einem Tisch saß. Was denn das für Fleisch gewesen sei, das sich noch in etlichen Fasern in dem Eintopf befunden habe, fragte er die Wirtin, als diese den Tisch abräumte.

»Na, was wohl? Rindfleisch natürlich«, murmelte sie halblaut, ohne dabei den Grünrock anzusehen.

»Ein merkwürdiges Rind muss das gewesen sein«, sagte der Forstbeamte. Ein verschmitztes Lächeln huschte über sein wettergegerbtes Gesicht, ehe er fortfuhr: »Bestimmt war es eine Waldkuh, eine von der kleinen rotbraunen Rasse.«

Allmählich ging dieser bislang fürchterlichste aller Winter zu Ende. Selbst Hochbetagte konnten sich nicht an eine schlimmere Frostperiode erinnern. Es hieß, in Deutschland seien mittlerweile mehrere Tausend Menschen erfroren. Vor allem betroffen waren diejenigen, die in den provisorischen Unterkünften der Trümmerstädte hausten. Auch verhungert seien viele. In den Wochen bis Ostern war selbst bei den bislang so gut versorgten Schürbels so wenig zu essen vorhanden, dass man die Schankwirtschaft einige Wochen vollständig schließen musste, denn die Hungernden hatten keine Freude daran, kaltes Dünnbier zu trinken, ohne damit in irgendeiner Weise Abhilfe gegen den Kohldampf schaffen zu können.

Für die Ernährung der Familie reichte es noch, aber die Speisefolge wurde immer eintöniger. Morgens Eichelkaffee mit Gerstenplätzchen oder Graubrot. Marmelade war vorhanden. Streichfett gab es nur gelegentlich, Butter höchstens über den Schwarzmarkt oder durch Willis Tauschgeschäfte. Die warmen Speisen sättigten. Aber meistens bestanden sie aus Kartoffeln, Rüben, Kraut und Graupen. Weizenmehl, Teigwaren, Reis, Zucker, Salz, Speiseöl und Fleisch waren knapp.

In den dürftigen Auslagen der Buchhandlungen fand man jetzt immer häufiger Ratgeber mit Tipps, wie man mit dem Wenigen, was es noch gab, schmackhafte Speisen zubereiten konnte. Kuchen wurden aus Trockenfrüchten und Nüssen gebacken. Ihre Qualität stieg oder fiel mit dem Vorhandensein oder dem Fehlen von Zucker oder anderen Süßstoffen. Da Sahne eine Rarität war, die es offiziell nirgends zu kaufen gab, wurde mit abstrusen Rezepten experimentiert, so etwa mit einer Anleitung, aus wässrigem Kartoffelbrei eine Art Sahneersatz herzustellen.

Mutter Schürbel war gegenüber derartigen Neuerungen nicht sehr aufgeschlossen: »Kartoffeln kommen mir nicht auf den Kuchen. Es reicht, wenn man damit das Brot streckt.«

Das Osterpaket von Onkel Louis wurde sehnlichst erwartet, und als es einen Tag vor Gründonnerstag tatsächlich eintraf, löste es noch mehr Freude aus als die früheren Sendungen. Als habe Frédérics jüngster Bruder den zunehmenden Mangel an Fleisch und Wurst geahnt, enthielt der schwere Karton nicht nur, wie sonst auch, mehrere Dosen Corned Beef. Dieses Mal hatte er außerdem vier Büchsen Dosenschinken eingepackt, zehn Dosen Ölsardinen und eine Stange Maryland-Zigaretten, was vor allem Willi freute. Dieser hatte sehr zum Ärger seines Vaters doch noch mit dem Rauchen angefangen, vorgeblich, um den Hunger zu dämpfen. Und dann hatte Onkel Louis weitsichtig noch etwas beigelegt, was mittlerweile auch knapp geworden war: Zahnpasta.

Wenn Willi abends nach Hause kam, lieferte er die eingetauschten Waren vollständig bei seiner Mutter ab, die darauf achtete, dass zuerst die leicht verderblichen Nahrungsmittel aufgebraucht wurden. Während Frédéric nach dem Abendessen zuvor unterbrochene Arbeiten fortführte, machte sich Willi hin und wieder daran, für Hans und Ludwig Spielzeug herzustellen. Aus Brettchen bastelte er einfache Wägelchen. Wie schon bei seinen Weihnachtsgeschenken verwendete er für die Räder flach abgesägte Astscheiben. Aus Tannenzapfen, an denen er mit kleinen Ästchen Schwanz und Beine anbrachte, fertigte er Schafe. Es war ein leichtes, Wesensunterschiede zwischen den Brüdern schon im Umgang mit diesem einfachen Spielzeug festzustellen. Hans hielt die kleinen Überraschungen seines Onkels lange und vorsichtig in der Hand, streichelte sachte darüber und betrachtete sie mit unbändiger Freude. Ludwig zerlegte die Schafe in seinem turbulenten Spiel alsbald wieder in ihre Einzelteile und zerstörte auch manche der stabileren Spielsachen. Es gab dann gewöhnlich Streit um das, was Hans verblieben war. Mischten sich die Mutter, der Onkel oder die Großmutter mahnend ein, steigerte das die Wut des Älteren auf seinen kleinen Bruder.

Auch im darauffolgenden Winter verbrachten Großvater Frédéric und Onkel Willi mehr Zeit mit den Jungen als in späteren Jahren. In den warmen Monaten hatten sie auf einigen armseligen Rummelplätzen gestanden. Die Einnahmen in alter Währung deckten kaum die Kosten. Lediglich die Tauschgeschäfte mit GIs, die sich vom Besuch der Rummelplätze Kontakte zu *Froileins* versprachen, rechtfertigten Aufwand und Mühen. Willi zog ab Herbst wieder regelmäßig mit Rucksack und Holzkoffer los. Von einer seiner Touren brachte er das meterlange Stück eines Handlaufs mit, das er aus einem zerstörten Wohnhaus geborgen hatte. Es eignete sich mit seinem feinen Profil zur Herstellung eines Kessels für eine Spielzeuglokomotive, die Ludwig sofort für sich beanspruchte. An kalten Abenden saß Willi oft stundenlang vor dem wärmenden Küchenherd und schnitzte zwei passabel aussehende Eselchen. Ludwig erhielt ein graues mit schwarzer Mähne und Hans ein schwarzes mit grauer Mähne. Von beiden Farben hatte der Vater immer noch einige Kannen aus Wehrmachtsbeständen gebunkert.

Großvater Schürbel kam eines Tages mit einem Sack ungebrauchter Flaschenkorken an, die zu dieser Zeit schwer zu bekommen waren, da sie importiert werden mussten. Er hatte sie von einem Schwarzhändler namens Gisbert Schütz erhalten, einer äußerst zwielichtigen Gestalt, der seine Geschäfte zuvor in Köln betrieben hatte, bis ihm dort der Boden zu heiß geworden war. Nach Backnang, wo er sich eine Zeitlang aufhielt, war er durch Zufall geraten. Er blieb, weil er dort die Möglichkeit sah, seine früheren Geschäfte wieder aufzunehmen, die vor allem aus Schiebereien mit Benzin und knappen Medikamenten bestanden. Nebenbei war es war ihm gelungen, aus der französischen Besatzungszone eine ganze Tonne neuer Flaschenkorken zu organisieren. Obwohl das Produkt Mangelware war, gingen damit die Geschäfte nur schleppend. Deshalb benötigte er ein sicheres Zwischenlager. Er hatte darauf gesetzt, dass ihm die württembergischen Winzer die Korken aus den Händen reißen würden. Aber man hatte jetzt andere Sorgen. Manche Produzenten verkauften den Wein, den sie nicht abliefern mussten, direkt aus dem Fass an ihre Kunden. Vielerorts wurden gebrauchte Korken gesammelt und wiederverwendet. Zahlreiche Weinberge wurden gar nicht bewirtschaftet. Viele arbeitsfähige Männer waren gefallen oder befanden sich immer noch in Kriegsgefangenschaft. So begann Schütz damit, das lästig gewordene Gut so einzutauschen, dass er wenigstens keinen Verlust dabei machte. Frédéric Schürbel ergatterte einen ganzen Sack gegen zwei Flaschen Schnaps. Da man eine so große Menge im Haushalt und in der Schankwirtschaft nicht benötigte, fertigte der Großvater aus einem Teil der Korken kleine Tiere. Er hatte sich das seinerzeit während des ersten Kriegs in der Gefangenschaft von einem Kameraden abgeschaut. Aus einem oder mehreren Korken entstand der Leib. Unterschiedlich geformte Holzspieße wurden als Beine, Schwänze oder Hälse in den Korpus gesteckt. Aus Korken geschnittene Köpfe wurden auf das andere Ende des Hölzchens gespießt, das als Hals fungierte.

Während Hans voll kindlicher Begeisterung die wachsende Menagerie auf dem Boden in kleinen Gruppen aufstellte, hatte sein Bruder für die mühselige Fertigung nur wenig übrig. Er brachte seinen Unmut dadurch zum Ausdruck, dass er mit seiner Lokomotive in die aufgestellte Herde fuhr, wobei immer wieder Tiere zerbrachen. Der Großvater ließ ihn eine Zeitlang gewähren. Doch irgendwann wurde es auch dem Alten zu bunt. Er drohte seinem Enkel an, er werde die Lokomotive auf den Schrank stellen, wenn er sein Zerstörungswerk nicht einstelle.

Da der Rohstoff schier unerschöpflich zur Verfügung stand, fertigte Hans nun selbst einfache Tiere. Eines Tages vermisste die Großmutter die letzte Schachtel Streichhölzer, die sie in der Schublade des Küchentisches verwahrt hatte. Auf der Suche nach dem knappen Gut fand sie ihren Enkel in einer

Ecke des kalten Flurs, wo er mit vor Eifer glühenden Backen weitere Tierchen bastelte. Die Verwendung der Streichhölzer enthob ihn der Mühe, den Großvater oder den Onkel darum zu bitten, eine ausreichende Zahl an Holzstiften zu schnitzen. Zu seinem Leidwesen bestand die Großmutter darauf, dass er sämtliche noch tauglichen Streichhölzer umgehend zu ihr in die Küche zurückbrachte.

Arturo

Ohne Hast schürte Frédéric Schürbel den Holzvergaser. Bei dem Bild, das er abgab, als er gebückt an der Feuerung hantierte und bedächtig die langen Scheite vom Leiterwagen nahm und in die Brennkammer legte, beschlich Caroline das erste Mal der Eindruck, dass ihr Vater alt geworden war. Es würde nicht mehr lange dauern, bis sie abfahren konnten. Sie hatte einen Termin auf dem Seelbacher Rathaus. Dort war sie getraut worden, dort wurden die standesamtlichen Unterlagen der Familie ihres Mannes geführt. Erst 1947 hatte sie über das Internationale Rote Kreuz Genaueres über dessen Hinrichtung erfahren. Sie wusste nun, dass man ihn in der Nähe von Salerno erschossen hatte. Und es gebe eine Grabstelle, in der er zusammen mit anderen Hingerichteten beigesetzt worden sei. Ihr Leben war so viel komplizierter geworden. Auch vom Vater ihres zweiten Kindes fehlte jede Spur.

Im Sommer 1945 war Caroline dem amerikanischen Sergeanten Arturo Rodriguez begegnet. Bis dahin hatte sie jeden Kontakt mit GIs vermieden. Sie war lebenserfahren genug, um zu wissen, dass die Jungs weniger auf feste Bindungen als auf kurze Liebesabenteuer aus waren. Ihr Vater hatte damals einen ersten, letztendlich erfolglosen Versuch unternommen, das Schaustellergeschäft wieder in Gang zu bringen. Zwei Tage hatte man gebraucht, um die Wagen mit geliehenen Kaltblütern über die kurze Entfernung bis Heilbronn zu transportieren. Dort, zwischen den Ruinen, war ein ärmlicher Rummel aufgebaut worden. Wie früher betreute Caroline die

Schiffschaukel. Die Leute kamen nur spärlich. Kinder und Jugendliche lungerten zwischen den Karussells und Buden herum oder warfen hungrige Blicke auf das Wenige, was eine junge Mitreisende am Gastronomiestand feilbot. Im Angebot waren lediglich Bratäpfel ohne den üblichen Schokoladenüberzug und schwach kandierte Haselnüsse, die sie im letzten Herbst selbst gesammelt, getrocknet und in großen verzinkten Büchsen eingelagert hatten. Unter die einheimische Jugend hatten sich viele Flüchtlingskinder gemischt, die sich auf dem Rummelplatz etwas Abwechslung von dem armseligen Leben in den Notunterkünften erhofften. Das Kinderkarussell, an dem ihr Vater arbeitete, stand die meiste Zeit, denn die Stadtverwaltung hatte den Schaustellern nur vier Stunden Strom zugestanden. In der übrigen Zeit war bloß der Betrieb der Schiffschaukel möglich.

Es gab auch ein paar Wurfbuden. Die jungen Burschen konnten mit Stoffbällen auf leere Dosen werfen, die man zu einer vierstöckigen Pyramide aufgetürmt hatte. Der Betrieb der sonst immer beliebten Schießstände war untersagt. Die Militärverwaltung hatte sogar einen Kollegen eingesperrt, weil er der Anordnung nicht nachgekommen war, sämtliche Luftgewehre seiner Schießbude bis zu einem festgelegten Termin an einer eigens eingerichteten Sammelstelle abzuliefern. Frédéric Schürbel erinnerte die spärliche Nachfrage an den trostlosen Haller Jakobimarkt im Juli des Jahres 1931. Er stand mit seinem Karussell neben dem *Modernen Theater*, in dem kein Theater gespielt, sondern eine Monstrositätenschau gezeigt wurde. Die Leute kamen und gafften, aber die wirtschaftliche Lage war so verheerend, dass sie sich kaum einmal eine Fahrt gönnten oder etwas kauften. Die Schiffschaukel war noch nie so selten in Betrieb gewesen. Auch das Kinderkarussell stand die meiste Zeit still. Die Krämer und Hafner verzeichneten ebenso jämmerliche Umsätze wie die Schausteller.

An jenem Sonntag im Sommer 1945 regnete es in Heilbronn, was den Umsatz weiter schmälerte. Am frühen Nachmittag fuhr ein Jeep auf das durchweichte Gelände. Für einen kurzen Augenblick stellte dies für die wenigen Gaffer und Flaneure, die sich um diese Zeit noch auf dem Rummelplatz befanden, eine größere Attraktion dar als die wenigen Fahrgeschäfte, die mit Geschick und Muskelkraft ihrer Betreiber in Gang gebracht werden konnten. Ein kleiner schlanker Soldat wälzte sich lässig vom Beifahrersitz und bahnte sich den Weg durch die Bubenschar, die den Wagen umlagerte und das übliche »Chewinggum, Chewinggum« anstimmte. Der Fahrer schien sich für den kläglichen Rummel nicht sonderlich zu interessieren. Er blieb im Jeep, ignorierte das Betteln der Kinder und zündete sich aufreizend lässig eine Zigarette an.

Arturo Rodriguez hatte schlechte Laune. Der drahtige Mann mit dem bronzenen Teint hatte sich erhofft, hier nette Mädchen treffen zu können. Er hatte vermutet, dass Rummelplätze zu den wenigen Orten gehörten, an denen sich Mädchen in Begleitung ihrer Freundinnen ohne die Eltern oder andere Erwachsene aufhalten durften. Der anhaltende Sommerregen hatte die Besucherzahl arg reduziert. Weit und breit war keines der luftigen Sommerkleidchen zu sehen, die die keckeren unter den deutschen Mädchen in den Monaten nach Kriegsende zu tragen wagten. Mit gesenktem Kopf, beide Hände in den Hosentaschen vergraben, tänzelte er zwischen den Pfützen hindurch, sorgsam darauf bedacht, dass seine frisch gebürstete Ausgehuniform keine Dreckspritzer abbekam. Mäßig interessiert inspizierte er den Verkaufswagen, hinter dessen Theke eine magere blonde Frau auf Kundschaft wartete.

Er war bereits im Begriff, das unwirtliche Gelände wieder zu verlassen, als sein Blick auf eine junge Frau fiel, die unter dem Dach eines abgeschalteten Kinderkarussells Schutz vor dem Regen gefunden hatte. Er schlenderte hinüber. Die Frau saß auf einem der kleinen Holzpferdchen, auf denen sonst die Kinder Platz nahmen und voller Entzücken ihre Runden drehten, immer darauf hoffend, dass die Fahrt noch eine Runde weiter ging und noch eine und vielleicht noch eine allerletzte.

Die Frau schien ihn nicht zu beachten. Sie hatte einen roten Pullover über einen blauen Männeroverall gestreift. Das lange, in der Nässe strähnig gewordene dunkelblonde Haar trug sie entgegen der jetzt gängigen Nachkriegsmode vollkommen offen, was ihr in Verbindung mit ihrer merkwürdigen Kleidung das Aussehen einer verwegenen Außenseiterin gab.

Der Soldat trat unter das Stoffdach. »Nichts los heute?«, fragte er auf Deutsch.

»Nein, Herr Soldat.«

»Warum so, wie sagt man bei Ihnen, so formal?« Er lachte verlegen. Seine Deutschkenntnisse waren bescheiden, aber er hatte sich in den letzten Wochen im Unterschied zu den meisten seiner Kameraden darum bemüht, die Sprache des Landes zu lernen, das sie soeben besiegt hatten. Möglicherweise hatte das mit seinem Vater zu tun, der als junger Mann aus Mexiko illegal in die Staaten gekommen war und seinen Kindern bei jeder passenden Gelegenheit erzählt hatte, dass seine einzige Chance auf eine bessere Zukunft darin bestanden hatte, schnellstmöglich die Sprache der Einheimischen zu lernen.

»Ich verstehe nicht, was Sie meinen«, antwortete die Frau. »Vielleicht meinen Sie ›förmlich‹. Warum ich mich so förmlich ausdrücke? Wenn Sie das meinen, so hat das damit zu tun, dass Sie ein Fremder sind. Ganz einfach, ich kenne Sie nicht.« Sie sah ihn herausfordernd an.

Als sie sich später an diese erste Begegnung erinnerte, kam ihr in den Sinn, dass sie ihren Mann ebenfalls am Fahrgeschäft ihres Vaters kennengelernt hatte. Es war auf dem Cannstatter Wasen gewesen, kurz vor dem Krieg. Franz Lang kam mit einem Kameraden. Beide waren in Uniform. Franz hatte sich später gelegentlich darüber lustig gemacht, dass sie ihn bei seinen Versuchen, ihr mit besonderer Kunstfertigkeit an der sich überschlagenden Schiffschaukel zu imponieren, mit »Herr Soldat« angesprochen hatte.

»Sind Sie heute Abend noch da?«, fragte der Sergeant.

»Ich muss arbeiten. Vielleicht schließen wir auch früher. Sie sehen ja, es ist nicht viel los.«

Arturo Rodriguez holte sich mehrere Abfuhren. Sie war nicht einfach für eine Stange Zigaretten oder zwei Paar Damenstrümpfe zu haben. Aber er kam beharrlich. Wahrscheinlich war dies sein stärkster Wesenszug: Beharrlich zu sein, nicht lockerzulassen und dabei geduldig und ohne Hast zu agieren. Er fragte sie häufig, auf welchen Jahrmärkten sie zu finden sein würde. Nicht immer bekam er eine Antwort.

Einige Wochen nach ihrer ersten Begegnung betrat Sergeant Arturo Rodriguez Luise Schürbels Schänke in Seelbach. Ohne die anderen Gäste zu beachten, setzte er sich so an einen freien Tisch, dass er den gesamten Raum überblicken konnte. Sein Vater war zwar illegal in die USA gekommen, aber 1917 hatte er sich registrieren lassen. Um der Abschiebung zu entgehen, meldete er sich freiwillig zur Armee und bekam nach seiner unbeschadeten Rückkehr in die Staaten die erhoffte Einbürgerung. Arturos Mutter war eine Afroamerikanerin, die in der Kantine arbeitete, in der sein Vater regelmäßig zu Mittag aß. Der Verbindung entstammten fünf hübsche Kinder, von denen Arturo das älteste war. 1942 ließ auch er sich als Freiwilliger mustern und gehörte am Ende zu den wenigen, die die Landung in der Normandie, die schweren Kämpfe in den Ardennen und am Ende den Vormarsch überlebten, den die GIs verharmlosend *The Rhine Drive* nannten.

Er ließ sich von Caroline ein Bier bringen, dann noch eins. Ohne viel zu reden stand er auf, legte eine Dollarnote auf den Tisch und ging. Nach ein paar Tagen kam er wieder, trank erneut zwei Bier, sprach ein paar Worte mit Caroline und verließ früh das Lokal. Rodriguez war bis über beide Ohren in die junge Frau verliebt, deren sicheres Auftreten und herber Charme ihn faszinierten. Sie ließ ihn weiterhin abblitzen. Aber Arturo Rodriguez unterschied sich in seiner Ernsthaftigkeit von den herumalbernden jungen Burschen, die jetzt überall den deutschen *Froileins* nachstellten. Und er verfügte über eine Eigenschaft, die sie auch bei ihrem Mann geschätzt hatte. Er ließ sich nicht entmutigen, warb leidenschaftlich und zäh um sie, ohne aufdringlich zu sein. Er brachte Geschenke mit, die in diesen Tagen hilfreich und praktisch, aber nicht protzig waren. An einem Wochenende ließ sie sich von ihm zu einer Tanzveranstaltung nach Heilbronn einladen. Nach einigen Wochen hatte er ihre Liebe zuletzt dadurch gewonnen, dass er einen ganzen Sonntag lang mit ihr redete, ohne den Versuch zu machen, sie zu küssen oder etwas Zärtlichkeit zu erhaschen. Und es gefiel ihr auch, dass er nicht viel Aufhebens um sich machte. Die meisten Besatzungssoldaten traten Caroline zu laut, zu dreist und mit zu viel dümmlicher Arroganz auf. Das Ansehen der jungen Frau litt allerdings durch diese Beziehung gewaltig, zumal der Sergeant die dunkle Hautfarbe seiner Mutter geerbt hatte. »Schäma sott se sich«, wurde im Ort getuschelt. »Jetz, wo se woiß, dass die Amis ihran Moh verschossa hend.«

Während er sich um Caroline bemühte, ging Arturo sogar ihrem Vater zur Hand, tat den einen oder anderen notwendigen und richtigen Handgriff, besorgte ihm Schrauben, Beschläge und Schmierfett. In den heißen Augusttagen schien er sie endgültig für sich gewonnen zu haben. Sie schliefen ein paarmal miteinander. Es geschah immer im Freien, in lauen Sommernächten. Sie nahm ihn nicht mit zu sich nach Hause.

»Schämst du dich mit mir?«, fragt er sie eines Nachts, als sie auf einem Wiesenhang hoch über Fornsbach nackt auf einer Decke saßen. Einige schwache Lichter ließen die Lage des Dorfes erahnen. Bei Tageslicht konnte man von hier oben die starken Zerstörungen aus den letzten Kriegstagen noch gut erkennen. Er machte eine schüchterne Bewegung, um ihr über das Haar zu streichen. Sie wich zurück. »Was ist los mit dir?«, fragte er.

Sie schwieg.

»Sag es mir.«

»Also gut. Ich muss dir sagen, dass ich ein Kind habe, einen Jungen.«

Er richtete sich auf. Gegen den dunklen Waldhintergrund konnte sie sein Gesicht nicht mehr erkennen. Ein Streichholz flackerte auf. Er zündete sich eine Zigarette an und stieß den Rauch des ersten Zuges in den blauschwarzen Nachthimmel.

»That's no problem«, sagte er nach einer Weile. »Ich habe auch ein Kind, ebenfalls einen Sohn.«

»In den Staaten? Bist du verheiratet? Du trägst gar keinen Ring.«

Er lachte, kam dabei aber durch den Rauch seiner Zigarette ins Husten.

»Nein, keine Angst, ich betrüge niemanden. Ich hätte sie geheiratet, aber sie wollte nicht. Sie wollte keinen heiraten, der in den Krieg zieht. Ihr Onkel ist im Ersten Weltkrieg gefallen. Die Tante blieb mit drei Kindern zurück.«

»Dann kannst du sie heiraten, wenn du zurückgehst.«

»Bist du eifersüchtig?«

Das Leben mit Arturo erwies sich danach als völlig unproblematisch. Ab jetzt kam er auch zu ihr und beschäftigte sich ausgiebig mit Ludwig. Er brachte Verpflegung mit: Kaffee, Kondensmilch, Corned Beef, Haferflocken für das Kind, Schokolade. Er machte das diskret und trat dabei niemals in der Rolle des großzügigen Gebers auf, dem nun zwingend ein Liebeslohn zustand. Sie passten gut zusammen, auch weil er sie nicht kontrollierte. Jeder akzeptierte die Eigenheiten des Partners, ließ ihm Freiheiten.

Natürlich zerrissen sich viele das Maul über ihre Beziehung, wie sie es auch über die vielen anderen taten, die jetzt, da das von amerikanischer Seite erlassene Fraternisierungsverbot aufgehoben worden war, immer häufiger gesehen wurden.

Arturo besuchte sie von nun an nur noch in Lichtengrün. »Du möchtest nicht, dass ich in das Lokal deiner Mutter komme, stimmt's? Du willst nicht, dass die Leute über uns reden.«

»Ach, Unsinn. Die Leute reden auch so.«

Sie verschwieg ihm, dass man sehr schlecht über sie sprach. Auch das hässliche Schimpfwort *Negerhure* hatte sie schon vernommen, obwohl er gar kein Afroamerikaner, sondern Abkömmling einer dunkelhäutigen Mutter und eines mexikanischen Vaters war. Aber solch feine Unterscheidungen wurden von denen, die sich eifrig in übler Nachrede hervortaten, nicht vorgenommen.

Manchmal fuhren sie samstags weg. Sie nahmen Ludwig immer mit. Arturo ging geradezu väterlich mit dem Jungen um. Er überforderte ihn nicht, erwartete für die kleinen Spielzeuggeschenke und die Schokolade keine übermäßige Dankbarkeit. Er schnitzte ihm eine Flöte und spielte darauf kleine Melodien, die anders waren als die, die man hier kannte.

Der Sommer 1945 blieb Caroline Lang in weitaus besserer Erinnerung als der großen Mehrzahl ihrer Landsleute. Sie hatten ihr Auskommen und das nicht nur, weil Arturos Mitbringsel die Versorgungslage deutlich verbesserten. Hin und wieder erhielt ihr Vater ein gut gefülltes Paket von seinem Bruder Louis, der es in den USA zu einem erfolgreichen Vergnügungsunternehmer gebracht hatte. Auf Anraten eines alten Bekannten hatte sie aufgrund ihrer Verurteilung wegen *Rassenschande* bei den Behörden den Antrag gestellt, als rassisch, religiös oder politisch Verfolgte anerkannt zu werden. Nachdem diesem Antrag aufgrund des zweifelsfreien Unrechts ihrer damaligen Verurteilung stattgegeben wurde, bekam sie eine Sonderlebensmittelkarte mit damals fürstlichen 2500 Kalorien pro Tag. Ihr Vater, das gewiefte Schlitzohr, war in zahlreiche Schwarzmarktgeschäfte verwickelt, ohne jemals von der Polizei oder den Ordnungsbehörden überführt werden zu können.

Caroline bestellte am Haus in Lichtengrün einen großen Gemüsegarten, was nicht nur die Ernährungslage der Familie weiter verbesserte, sondern auch Entspannung und Freude für sie bedeutete. Niemand mischte sich hier in ihre Arbeit ein. Harte Arbeit war ihr nicht fremd. Beim Vater und auf dem Köcherhof hatte sie schon als junge Frau ganz anders hinlangen müssen. Und wenn es ihr danach war, setzte sie sich auch mal eine halbe Stunde in die Sonne. Bei gutem Wetter konnte sie ihren Sohn an einem schattigen Platz auf einen Teppich setzen oder er spielte für sich alleine mit dem, was er ums Haus herum fand.

Der heiße August ging in einen warmen September über. Sie genoss das Zusammensein mit Arturo Rodriguez, der ihr mit seiner ruhigen und dennoch Selbstsicherheit ausstrahlenden Art Halt gab. Als Ende Oktober ihre Regel ausblieb, war ihr klar, dass sie schwanger war. Ihr Zyklus funktionierte wie ein Uhrwerk. Das Ausbleiben der Menstruation konnte somit keinen anderen Grund haben. Als sie ihrem Geliebten davon berichtete, zeigte er keine besonders heftige Reaktion – weder große Freude noch Entsetzen. Er reagierte äußerst sachlich, ohne dabei den geringsten Zweifel an seiner Verlässlichkeit zu wecken. Sie trafen sich weiterhin regelmäßig, schliefen miteinander und gingen, solange man ihr die Schwangerschaft noch nicht ansah, gelegentlich in Clubs oder zu Tanzveranstaltungen.

Am 1. Mai 1946 arbeitete Caroline zum letzten Mal im *Haller Eck*. Ihre Schwangerschaft war nicht mehr zu übersehen. Bereits nach den Osterfeiertagen hatte sie ihre Mutter gebeten, nur noch in der Küche arbeiten zu dürfen. Das Geschwätz, das im Ausschank regelmäßig auf sie einprasselte, die ewige Fragerei, wer eigentlich der Vater sei und ob bald eine Hochzeit anstünde, gingen ihr auf die Nerven. Arturo wollte sie am übernächsten Wochenende in Lichtengrün besuchen. Die Tage zuvor sei er nach Bayern abkommandiert. Man habe im Internierungslager Dachau einige versprengte Angehörige der *División Azul* ausfindig gemacht, die auf der Flucht vor der Roten Armee in amerikanische Gefangenschaft geraten waren. Er müsse bei den geplanten Verhören der spanischen Freiwilligen, die im Osten für das Dritte Reich gekämpft hatten, Dolmetscheraufgaben übernehmen.

Caroline freute sich auf das Wiedersehen in zehn Tagen. Ihr Bruder Leopold war aus kurzer Gefangenschaft zurückgekehrt und fuhr sie und Ludwig am Donnerstag der darauffolgenden Woche mit Vaters Holzvergaser nach Lichtengrün. Aus der Küche ihrer Mutter hatte sie einige Nahrungsmittel und Zutaten für einen Kuchen mitgenommen. Rechtzeitig wurde der Nusskranz fertig. Wohlgeformt stand er auf dem

Küchentisch. Wenn er jetzt noch so gut schmeckte, wie er aussah, könnten sie an beiden Wochenendtagen schön Kaffee trinken. Doch Arturo Rodriguez kam nicht. Er kam nicht am Samstag, an dem Caroline bis spät in der Nacht wach blieb und auf ihn wartete, und auch nicht am Sonntag.

Montag früh fischte sie mit Hilfe einer Messerklinge eine Handvoll Groschen aus einem Porzellansparschwein. Dann radelte sie mit Ludwig im Kindersitz zum Postamt in der Ortsmitte. Es dauerte fast eine Stunde, bis sie unter der ihr bekannten Telefonnummer mit Arturos Einheit verbunden wurde.

Man wisse nicht, wo er sich derzeit aufhalte, wurde ihr mitgeteilt.

Er habe doch einen Auftrag in Dachau gehabt. Ob er noch dort sei? Ob er sich dort verspätet habe?

Darüber könne man einer Unbefugten keine Auskunft geben.

Sie hätte am liebsten in den Hörer gebrüllt, dass sie sein Kind unter ihrem Herzen trage. Aber sie unterließ es, denn sie wusste, dass dies nutzlos gewesen wäre. Anschließend bat sie in einem zweiten Anruf die Vermittlung, sie mit dem Lager in Dachau zu verbinden.

Das Fräulein vom Amt teilte ihr freundlich mit, dass sie nicht befugt sei, eine derartige Verbindung herzustellen.

Caroline machte noch einen letzten Versuch bei der Stammeinheit ihres Freundes. Sie verlangte den einzigen Kameraden Arturos, dessen Namen sie kannte. Man teilte ihr mit, er sei nicht in der Kaserne, er habe Streifendienst.

Ratlos radelte sie nach Hause zurück, getragen von der vagen Hoffnung, dass Arturo zwischenzeitlich eingetroffen sei oder sich zumindest in den nächsten Tagen melden würde. Dennoch machte sie sich Sorgen. Er konnte ernsthaft erkrankt oder in einen Unfall verwickelt gewesen sein.

Am nächsten Wochenende brachte sie Ludwig zu ihrer Mutter und rief vom *Haller Eck* Leonore Schimmelpfennig in dem Lokal an, in dem sie gelegentlich als Aushilfskellnerin tätig war. Leonore erzählte ihr, dass sie wieder mit Jakob Winter zusammen war, der jetzt die Verbindungen zwischen der Ludwigsburger Militärverwaltung und der *United Nations Relief and Rehabilitation Administration* koordinierte, der in Backnang ein Lager für *Displaced Persons* unterstellt war.

Jakob und Leonore lebten eine für damalige Verhältnisse ungewöhnlich offene Beziehung. Dies hing zum einen damit zusammen, dass Leonore sich zum Prinzip gemacht hatte, niemals von den Männern abhängig zu sein, zu denen sie ein engeres Verhältnis hatte. Wirksamer noch war der Umstand, dass der Holocaustüberlebende Jakob Winter sich stets mit der Frage quälte, wo er denn nach all dem, was in den letzten Jahren geschehen war, überhaupt noch zu Hause sein könne. Sie trafen sich regelmäßig, aber es gab auch Zeiten, in denen er die Wochenenden alleine in Backnang blieb, die er meist im *Olmert's* verbrachte. Das war ein bekannter Club, der damals höchst erfolgreich von einem aus Galizien stammenden Juden namens Fischel Olmert betrieben wurde. Hin und wieder ging Leonore deshalb auch alleine aus. Dass man darüber tuschelte, schien sie nicht im Geringsten zu stören. So kam sie Carolines Wunsch gerne nach, mit ihr am Wochenende die Clubs und Bars abzuklappern, in denen Arturo gelegentlich verkehrte.

Leopold fuhr sie mit dem Holzvergaser nach Hessental. Sie hielten vor einer Bar, in der Caroline bereits mehrfach mit Arturo gewesen war. Die beiden Frauen wurden eingelassen. Leopold, der schon geahnt hatte, dass ihm der Eintritt verwehrt werden würde, wollte zurück nach Schwäbisch Hall fahren, wo er einen Freund zu treffen hoffte.

»Hol uns um zwölf wieder ab«, rief Caroline ihrem Bruder zu, während er noch einige lange Holzscheite in den Schwelofen warf.

So früh am Abend war das Lokal nur schwach besucht. In beinahe unangenehmer Lautstärke lief hektische Musik. Einige einzelne Männer und drei Paare saßen an der Theke oder an kleinen runden Tischen. Der Barkeeper reichte ihnen die bestellte Coca-Cola. Ein zweiter Mitarbeiter, der wie der Barkeeper ein leichtes weißes Jackett trug, putzte Gläser, die er zwischendurch übertrieben lange gegen das Licht hielt. Zum Wechseln der empfindlichen Schellackplatten zog er sich weiße Leinenhandschuhe an, die er sofort wieder auszog, wenn er sich wieder ans Gläserputzen machte. Der Angestellte war offensichtlich ein Liebhaber des Bebop. Häufiger als anderes waren Titel von Charlie Parker und Dizzy Gillespie zu hören. Auf Leonores Wunsch legte er Parkers *Bird* auf.

Caroline kannte den Barkeeper von früheren Besuchen. Sie nippte an ihrem Glas und sprach gelegentlich ein paar Worte mit Leonore. Nach einer Weile stand sie auf, ging zum Tresen. Leicht in Richtung des Barmanns gebeugt, fragte sie diesen: »Weißt du, wo Arturo steckt?«

»Arturo? Welcher Arturo?«

»Nun stell dich nicht so an. Du weißt doch, mit wem ich gelegentlich hier war. Du hast mit ihm gesprochen.«

»Ach so, der Mexikaner«, entgegnete der Mann hinter dem Tresen beiläufig.

»Kannst du mir sagen, wo er ist?«

»So genau weiß ich das nicht.« Er dehnte den Satz wie Kaugummi.

»Lüg mich nicht an«, brauste Caroline auf, die spürte, dass der Mann mehr wusste, als er zu sagen bereit war.

»Frag mal Glenn. Glenn und Arturo stecken immer zusammen.«

»Jetzt scheinst du dich wieder zu erinnern. Buddy, ich glaube, du willst mich bescheißen. Kommt Glenn heute noch?«

Der Barkeeper zuckte grazil mit den Schultern. Während er einem neuen Gast einen Gin Tonic zubereitete, sagte er ausweichend: »May be, but it's not sure.«

Sie bestellte eine zweite Cola. Während Leonore reserviert einige Worte mit den Männern wechselte, die sie ansprachen, unterhielt sich Caroline munter mit allen, die ihr über den Weg liefen. Einige Gäste machten ihr Avancen, was sie geschickt mit einem koketten Lächeln und einigen erlernten amerikanischen Redewendungen in harmloses, unverfängliches Geplauder überleitete. Nach einer guten Stunde legte ihr der Barmann die feuchte Hand auf den Unterarm und deutete mit einer Kopfbewegung in Richtung Eingang.

»Dort drüben ist Glenn.«

Sie wartete, bis der Neuankömmling seine Freunde begrüßt und einen Drink bestellt hatte.

»Hi, Glenn«, rief sie ihm zu.

Er erwiderte ihren Gruß mit einer dezenten Umarmung.

Sie sah ihn an und fragte: »Weißt du, wo Arturo abgeblieben ist? Ich suche ihn seit Tagen.«

»Du suchst ihn seit Tagen?«

Caroline bemerkte sofort, wie der Uniformierte ihre Fragen abzublocken versuchte. »Wo steckt er?«, insistierte sie.

»Hat er dir nichts gesagt?«

Caroline nahm sich eine Zigarette aus Glenns offen herumliegender Schachtel. Sie steckte sie in den Mund, ohne sie anzuzünden.

»Du sollst doch nicht rauchen«, mischte sich Leonore ein.

»Ich rauche doch nicht.« Und an Glenn gewandt, entgegnete sie ihm: »Nein, er hat nichts gesagt.«

»Seltsam. Er wollte dir doch Bescheid sagen. Merkwürdig, dass er das vergessen hat.«

»Was wollte er mir denn sagen? Und verarsch mich nicht!«

»Arturo ist doch zurück in die Staaten. Er hat doch längst seine Punkte beisammen gehabt.«

Caroline schwieg einen Moment. Sie lächelte gequält ihrem Spiegelbild entgegen, das ihr mit einigen matten Durchbrechungen von der silberglänzenden Rückwand der Bar entgegenblickte. Sie zündete die Zigarette an, inhalierte hektisch einige Züge und sagte wie zu sich selbst: »Ich glaub es nicht.«

Mittlerweile war das Lokal gut gefüllt. Noch immer wurde Bebop gespielt. Zwei Paare tanzten mit sichtlichem Vergnügen ihre eigenen wilden Schrittkombinationen.

Laut verlangte Caroline einen doppelten Whiskey, den der Barmann mit der Bemerkung »aber mehr als einen kriegst du nicht« vor sie hinstellte. Sie stürzte ihn hinunter und verlangte einen zweiten.

Leonore schritt energisch ein. »Lass das, Schätzchen, das macht die Sache auch nicht besser.«

Der Barkeeper schüttelte mitleidig den Kopf.

Erst Wochen später erfuhr Caroline Lang durch einen Zufall, dass ihr Geliebter keineswegs schon in die USA zurückgekehrt war. Um der Verantwortung für das Kind aus dem Weg zu gehen, hatte er sich nach Wiesbaden versetzen lassen. Da die Zahl der *Brown Babys* ein Jahr nach Kriegsende deutlich zu steigen begann, wurde es gängige Praxis, die als Väter infrage kommenden Männer *aus dem Feuer zu nehmen*, indem man sie an eine entfernt gelegene Dienststelle versetzte.

Caroline hatte sich in den Kopf gesetzt, Arturo Rodriguez persönlich zu sagen, was sie von ihm hielt. Sie setzte alle Hebel in Bewegung, um seine Dienststelle in Wiesbaden ausfindig zu machen. Das dauerte mehrere Tage. Wiesbaden war übervoll mit Einheiten, Administrationen und Spezialdiensten. Deren Telefonnummern waren den deutschen Telefonvermittlungen häufig unbekannt. Hinzu kam, dass sich ihre amerikanischen Gesprächspartner meist als wenig kooperativ erwiesen. Es galt die stillschweigende Übereinkunft, jemanden, der in *Uncle Sam's Army* diente, der möglichweise zahllose Todesgefahren heil überstanden hatte, nicht an eines dieser deutschen *Froileins* zu verpfeifen, selbst wenn sie schwanger war.

Caroline fasste den Entschluss, selbst nach Wiesbaden zu fahren. Ihr Vater, den sie um den Holzvergaser bat, versuchte es ihr auszureden. Den Wagen könne er ihr nicht überlassen. Wer solle ihn fahren? Und außerdem würde er dringend im Geschäft benötigt.

Sie fuhr mit dem Zug und nahm sich in Bahnhofsnähe ein billiges Zimmer. Anderntags begann sie mit ihren Nachforschungen. Sie lief und fuhr kreuz und quer durch die Stadt. Per Anhalter gelangte sie zu den Soldatenunterkünften in mehr oder weniger entlegenen Vororten. Ihr sich sichtbar wölbender Bauch erwies sich als Vorteil. Wann immer ein Platz in den an ihr vorüberfahrenden Jeeps, Trucks und Limousinen frei war, wurde sie mitgenommen. Am späten Nachmittag wurde sie fündig. In Wiesbaden-Dotzheim stieß sie auf Arturos Einheit, seine ehemalige Einheit. Nach einigem Hin und Her und ihrer lautstark vorgetragenen Absicht, nicht ohne Auskunft zu gehen und andernfalls hier auszuharren, bis man sie einsperren oder wegtragen würde, schickte man nach einem Vorgesetzten.

Nach einer halben Stunde betrat ein Captain den Aufenthaltsraum des Wachgebäudes, in dem man ihr einen Stuhl zugewiesen hatte, begrüßte sie mit Handschlag und führte sie in ein kleines Büro. Ob sie einen Kaffee wolle, fragte er. Sie verneinte, er sei ihr nicht bekömmlich. Sie wolle mit dem Sergeanten Arturo Rodriguez sprechen. Sie habe herausgefunden, dass er hier sein müsse.

Der Offizier, ein schlanker, dunkelhaariger Mann, musterte sie wohlwollend. »Ist er der Vater Ihres Kindes?«, fragte er in passablem Deutsch.

»Das ist er. Aber ich will es ihm nicht anhängen. Er hat nichts zu befürchten. Ich will ihn nur fragen, weshalb er sich so feige aus dem Staub gemacht hat.«

»Er hat sie also sitzen lassen, wie man hier sagt?« Nachdenklich nahm er das glatte Kinn zwischen Daumen und Zeigefinger der linken Hand. Kurz schwieg er, dann beugte er sich zu ihr herüber. »Ich bedaure das sehr. Das ist keine Floskel. Ich bin ein zutiefst religiöser Mensch. Aber ich kann Ihnen nicht helfen. Sergeant Arturo Rodriguez ist letzte Woche aus der Armee entlassen worden. Er weilt bereits in den Staaten.«

Caroline lehnte sich zurück und verschränkte die Arme. Erst jetzt fiel ihr das mechanische Schlagen einer Lüftungsklappe auf, die unter der Decke an der Außenwand zum Kasernenhof angebracht war. »Ist das die bei Ihnen gebräuchliche Lüge?«, fragte sie. »Schützen Sie so Ihre Leute?«

»Wie kommen Sie darauf?«

»Dasselbe hat man mir schon mal in Hessental mitgeteilt. Später hat es sich als unwahr erwiesen.«

»Gnädiges Fräulein, glauben Sie mir. Er wurde hierher versetzt. Das ist nichts Ungewöhnliches. Aber er hatte nur noch ein paar Wochen abzuleisten. Ich kann Ihnen gerne die Liste der Personen zeigen, die letzte Woche verabschiedet wurden. Sie werden den Namen Rodriguez darauf finden.«

»Also gut.« Sie war aufgestanden. »Es bleibt mir nichts anderes übrig, als Ihnen zu glauben.«

Das Kind kam am 23. Juni 1946 in Seelbach zur Welt. Es war eine Hausgeburt. Sie verlief ohne Komplikationen. Es war ein schönes Kind, ein Junge. Drei Monate später wurde er auf den Namen »Hans« getauft. Caroline hätte ihm gerne den Vornamen des Vaters gegeben. Fatalerweise hieß auch der verhasste Schwiegervater Friedrich und Frédéric kam für sie nicht infrage. Hans war ein unbelasteter, unscheinbarer Name. Er soll ein Hans im Glück werden, dachte sie.

Auf den zweiten Sonntag im September wurde zur Taufe geladen. Ihr in den USA lebender Onkel Louis hatte zwei reichhaltig gefüllte Pakete geschickt. Die moralischen Bedenken des Pfarrers hatte Frédéric Schürbel mit einer geschlachteten Gans zerstreut. Die anschließende Tauffeier wurde in der eigenen Gaststätte ausgerichtet. Mit der Sendung des Bruders und dem, was der stolze Großvater organisiert hatte, konnte ein für die damalige Zeit üppiges Mahl für die zahlreichen Gäste aufgetischt werden. Ein Murrhardter Kaufmann, der im großen Stil schwarz mit Schuhleder handelte, hatte dem alten Schürbel gegen die Zigaretten aus der Sendung seines Bruders ein Schweineviertel besorgt. Damit war schon einiges zu machen. Vor dem Essen zeigte man allen Gästen nochmals den Täufling und legte ihn dann in ein Bettchen, das die Großmutter im freien Teil der Speisekammer aufgestellt hatte. Alle konnten sehen, dass es ein süßes Kind war. Und alle registrierten, dass die Hautfarbe des Kindes dunkler war als die anderer Neugeborener, unwesentlich zwar, aber unübersehbar.

Auch wenn sich bislang noch niemand getraut hatte, den Kleinen als *Negerkind* zu bezeichnen, wurde an einzelnen Tischen der Taufgesellschaft mit zunehmendem Alkoholkonsum der eine oder andere Scherz gemacht, nur leise und hinter vorgehaltener Hand, aber eindeutig in der Aussage.

»Der könnte später im Zirkus auftreten«, sagte einer.

»Das nun nicht gerade«, erwiderte ein anderer und zog genüsslich an seiner Zigarre, »aber man könnte Frédéric vorschlagen, er soll den Jungen in ein Indianergewand stecken. Das passt doch gut auf die Kirmes. Da kann man doch eine zusätzliche Attraktion draus machen.«

»Stellt ihn doch einfach an die Schießbude. ›Schießen mit Winnetou‹. Das wird ein Kracher.«

»Du weißt doch, dass Schießbuden verboten sind. Die Amis dulden keine Gewehre in deutschen Händen.«

»Bis der Junge groß genug ist, hat sich längst wieder der Wind gedreht. Glaubt mir, es wird nicht lange dauern, dann geht es mit den Amis gegen die Russen.«

Die Nachricht von der Geburt des *Amibankerts* verbreitete sich rasch. Als Friedrich Lang davon erfuhr, sah er eine neue Gelegenheit gekommen, den Kampf um das Sorgerecht für seinen Enkel Ludwig wieder aufzunehmen. Er nahm sich in Heilbronn einen Anwalt, den er von früher kannte. Der Mann war Parteigenosse gewesen und hatte erst vor Kurzem wieder seine Zulassung zum Anwaltsberuf erhalten. Er half dem alten Gesinnungsfreund gerne, zumal dieser sein Engagement durch mehrere Gaben Geräuchertes zu fördern wusste.

Der Anwalt schrieb eine Einlassung, in der er darauf hinwies, dass die früher einmal getroffene Feststellung, wonach Caroline Lang, geb. Schürbel, zu einer sittenlosen Lebensführung neige, im Kern weiterhin Gültigkeit besäße. Sie böte keine Gewähr dafür, Ludwig, den Sohn eines gefallenen Frontsoldaten, in angemessener und sittenstrenger Weise erziehen zu können, was eine störungsfreie Entwicklung des Kindes in hohem Maße gefährde.

Das zuständige Jugendamt scheute eine rasche Entscheidung. Zwar förderten erneut angesetzte Hausbesuche Indizien zutage, die belegten, dass die Mutter kein sittenstrenges Leben führte und auch wenig Einsicht in die Belehrungen des Amtes entwickelte. Auf der anderen Seite war zu berücksichtigen, dass es sich um eine Kriegerwitwe handelte. Auch war die Häuslichkeit sauber und das Kind war, im Unterschied zu vielen anderen, materiell gut versorgt. Schließlich belegten ihre Papiere, dass sie als Verfolgte des Nationalsozialismus anerkannt war. Letzteres fand zwar in der Bevölkerung keine Sympathien, führte aber zu einem Status, der in besonderer Weise bei der Besatzungsmacht Unterstützung fand. Hinzu kam, dass die Frau durch ihre Beziehungen zu Angehörigen der Militärverwaltung nicht nur geschützt war, sondern auch einigen Ärger machen konnte. Aus all diesen Erwägungen, von denen die meisten im amtlichen Bescheid keine Erwähnung fanden, lehnte Gottfried Bauer, der zunächst kommissarisch eingesetzte Leiter des Kreisjugendamtes, das Begehren von Friedrich Lang erneut ab. Der Bescheid war mit dem Hinweis versehen, dass ihm die Möglichkeit der Klage vor dem Familiengericht offenstehe.

Der Holzvergaser

»Es ist gleich so weit«, sagte ihr Vater. »In einer Viertelstunde können wir starten.«

Zwei Jahre lag die Währungsreform hinter ihnen. Langsam verschwanden die mit Holzgas betriebenen Fahrzeuge aus dem Straßenbild. Sie passten nicht mehr in die neue Zeit, in das beginnende Wirtschaftswunder. Schürbel hatte seinen Holzvergaser behalten und hielt ihn weiterhin akribisch instand. Das Gefährt war zuverlässig, auch wenn die Heizerei viel Zeit kostete und gelegentlich unterwegs Holz nachgelegt werden musste. In der Kabine hatten vier Personen Platz. Die Reichweite des Wagens machte es möglich, von Lichtengrün in die nächstgelegenen Städte Heilbronn, Schwäbisch Hall und Seelbach zu gelangen.

Nach den bitteren Zeiten war der Patron der weithin bekannten Schaustellerfamilie froh, dass wieder ausgefahren werden konnte. Man musste nach vorne schauen. Nur dann ging es. Es blieb nicht aus, dass er dieser Devise gelegentlich untreu wurde. Dann kramte er die amtlichen Quittungen hervor, die man ihm nach der Beschlagnahmung seiner ersten Zugmaschine und der vier Gäule in die Hand gedrückt hatte. »Rückgabe nach dem Endsieg« stand auf den Belegen. Der neue Staat, dessen war er sich sicher, würde seine Forderungen an das untergegangene Dritte Reich nicht erfüllen. Es blieb alles *perdu*. Die armen Pferde waren sicher elendig verreckt und die Reste seiner Zugmaschine rosteten irgendwo in der russischen Steppe vor sich hin. Und wenn sie doch noch intakt war, so tat sie in einer fernen Kolchose ihren Dienst. Für ihn war sie jedenfalls unerreichbar.

Dass das Schaustellergeschäft 1943 gänzlich zum Erliegen kam, lag keineswegs nur an der Beschlagnahmung von Pferden und Zugmaschinen. Es gab keine jungen Mitreisenden mehr, denn arbeitsfähige Männer dieses Alters wurden zum Arbeitsdienst oder zur Wehrmacht einberufen. Die Versorgungslage machte die Beschaffung notwendiger Güter schwerer und am Ende unmöglich. Viele städtische Festplätze und dörfliche Festwiesen, auf denen die traditionellen Vergnügungen ihren Ort hatten, wurden nun gänzlich anders genutzt. Manchmal baute man Gemüse oder Kartoffeln an, um die Versorgungslage der Bevölkerung zu verbessern. Vor allem in den Städten errichtete man auf diesen Flächen Notunterkünfte für Zwangsarbeiter, Ausgebombte und Flüchtlinge.

Der Umstand, dass er 1946 überhaupt wieder mit dem Wagen, dem Kinderkarussell und der Schiffschaukel losziehen konnte, beruhte im Wesentlichen auf der Weitsicht seiner Frau. Die Schankwirtschaft entwickelte sich in den ersten Monaten nach Kriegsende zu einer kleinen Goldgrube. Liesels Fleiß und die Mithilfe von Caroline ließen das Geschäft florieren. Ein paar Wochen arbeitete noch Klara Stern mit, die mit gefälschten Papieren unter dem Namen Lizzi Huntzinger bis 1943 mit den Schaustellern mitgezogen war und die restliche Kriegszeit in der Schankwirtschaft ausgeholfen hatte. Im Sommer 1945 ging sie zurück nach Österreich, nicht ohne zuvor seiner Frau noch verraten zu haben, dass Schürbel sich seine nicht ungefährliche Hilfe mit gelegentlichen Liebesnächten im Schaustellerwagen hatte entlohnen lassen. Die Krise zwischen den Eheleuten währte nur kurz. Sie wich letztendlich einer pragmatischen Geschäftigkeit.

»Dein Vater war zeitlebens ein Hurenbock«, sagte Liesel bei passender Gelegenheit zu ihrer ältesten Tochter.

Frédéric Schürbels Schwarzmarktgeschäfte ermöglichten die Ausgabe von Speisen, ohne dass die Gäste in jedem Fall die entsprechenden Abschnitte der Lebensmittelkarten abliefern mussten. Das war streng verboten, brachte aber erhebliche Gewinne, denn bezahlt wurde nun nicht mit der wertlosen Reichsmark, sondern in Naturalien, meist Zigaretten, Alkohol, amerikanischen Konserven, gelegentlich sogar mit Schmuck und Teilen hochwertiger Kleidung. Liesel Schürbel hatte ein gutes Gespür dafür, was die Gäste als fairen Preis empfanden. Und da niemand das Lokal mit dem Gefühl verließ, übervorteilt worden zu sein, stieg die Zufriedenheit der Gäste und somit der Umsatz.

Nur so war es möglich geworden, dass der Schausteller gleich nach der Währungsreform einen größeren Lastwagen anschaffen konnte. Nach und nach hatte er die in der Schänke erwirtschafteten Wertsachen gegen Dollars eingetauscht. Die Amerikaner waren sehr interessiert an guten Armbanduhren und suchten häufig auch ein Schmuckstück für ihre Liebste zu Hause. Nach dem Umtausch in die neue Deutsche Mark erstand Schürbel aus freigegebenen Beständen der Besatzungsmacht einen sechs Jahre alten *Mercedes Benz L 3000 S*, nachdem er sich zuvor einen Bezugsschein der Militärbehörde besorgt hatte. Der Lastwagen war ursprünglich ein Wehrmachtsfahrzeug gewesen und stand seit Kriegsende auf einem bewachten Areal mit Beutefahrzeugen. Sein fester Aufbau über der Ladefläche war für die Zwecke eines Schaustellerbetriebs ideal, da man darin Werkzeuge, den neu angeschafften DKW Stromerzeuger und andere wertvolle Gegenstände sicher verschließen konnte.

Auf den Rummelplätzen konnten jetzt wieder richtig gute Geschäfte gemacht werden. Das Volk, allen voran die Jugend, suchte Vergessen, Ablenkung, Zerstreuung und Ausschweifung. Die neue Währung hatte einen Wert. Und die Menschen gaben wieder mehr Geld für Vergnügungen aus. Auf Kinder und Jugendliche übte das Herumlungern zwischen Buden und Karussells seit jeher einen besonderen Reiz aus. Mit seinem Fahrgeschäft kam Schürbel bereits wieder ins Bayrische, in die südliche Kurpfalz und in die Landkreise Göppingen, Nürtingen und Esslingen. Es kamen nun wieder bessere Jahre. Die Rummel konnten jetzt wieder störungsfrei und unbeschwert abgehalten werden, ohne Stromsperre, frühe Sperrzeiten und fehlende Wasserversorgung. Er musste nur aufpassen, dass er den Anschluss nicht verpasste. Denn noch immer zog er so herum wie vor dem Krieg, mit Kinderkarussell, Schiffschaukel und einem Wagen, aus dem früher seine Frau und neuerdings wechselnde Mitreisende Schokoladenäpfel und Zuckerwatte verkauften. Jetzt, da es quasi über Nacht wieder alles zu kaufen gab, konnte man auch wieder gebrannte Mandeln anbieten. Ja, man musste darauf achten, dass man am Ball blieb. Noch immer lag die schon vor dem Krieg in Erwägung gezogene Anschaffung eines Kettenkarussells in weiter Ferne. Und auf den großen Veranstaltungen wie dem Cannstatter oder dem Unterländer Volksfest waren *Selbstfahrer* die neue Attraktion für die Jugend, mit Fahrzeugen, die in wenigen Jahren unter dem amerikanischen Begriff *Autoscooter* ihren Siegeszug um die Welt antreten würden.

Frédéric Schürbel warf einen prüfenden Blick in die Feuerung, legte nochmals mehrere Scheite nach und zündete sich eine *Juno* an. Er machte ein paar Züge, begann zu husten, weshalb er mit einer Mischung aus Verlegenheit und Verschmitztheit zu seiner Tochter hinübersah.

»Es geht gleich los. Noch diese *Aktive*, dann können wir fahren. Dass wir damals die Karosse hier gefunden haben, war ein Glücksfall für uns.« Fast zärtlich strich er über das Dach des Wagens. »Für unsere kleinen Fahrten ist er doch noch gut genug.«

Im April 1945 war der *Mercedes 170 V*, den man im vorletzten Kriegsjahr in Heilbronn mit einem Holzvergaser ausgestattet hatte, aus der Luft zusammengeschossen worden. Flüchtende Wehrmachtsoffiziere wollten sich damit aus der umkämpften Stadt absetzen. Zwei Insassen wurden getötet, darunter der Fahrer. Der Wagen war von der Fahrbahn abgekommen und stark beschädigt im Unterholz liegengeblieben. Die drei Überlebenden setzten ihre Flucht zu Fuß fort. Das hatte sich auf dem gewundenen Anstieg nach Löwenstein ereignet. Als die Amerikaner wenige Tage später das umliegende Bergland besetzten, lag der *170 V* noch immer neben der Straße. Ein Panzer hatte das beschädigte Vehikel tiefer in die Büsche gedrückt. Dort lag er, bis der Krieg aus war.

Demnächst ist er komplett *perdu*, hatte der Schausteller gedacht, als er zum dritten Mal an der Stelle vorbeikam – und nach einer plötzlichen Eingebung, dass dieser Holzvergaser unverzichtbar für einen Neustart seines Schaustellerbetriebs werden könnte, zögerte er keinen Augenblick mehr zu handeln.

Gleich nach Einbruch der Dunkelheit kam er mit dem Ochsengespann und dem Knecht eines Bauern aus Stangenbach zurück. Die zeitweilige Ausleihe der Ochsen hatte einiger Überredungskünste bedurft und kostete ihn letztendlich fünf Liter Salatöl. Auch Caroline und ihre Mutter machten sich mit auf den Weg. Jede trug eine Petroleumlampe. Energisch schärfte der Alte ihnen ein, bei jedem noch so fernen Fahrzeuggeräusch die Lampen zu löschen. Denn längst hatte die Ausgangssperre begonnen. Der Karren war schwerer als erwartet. Nur mit Mühe gelang es ihnen, den Mercedes mit Hilfe der Ochsen und unter Verwendung starker Rundhölzer aufzurichten. Auch als das Fahrzeug wieder auf der Straße stand, hatten die Ochsen größte Mühe, die drei Kilometer lange Strecke zu einer abgelegenen Schmiede zu bewältigen. An jeder noch so leichten Steigung mussten alle schieben. Schürbel lenkte mit einer Hand durch das zerbrochene Fenster der Fahrertür und zitterte darum, dass ihnen keine Militärstreife entgegenkäme.

Der alte Schmied arbeitete zwei Wochen daran, den Mercedes wieder fahrbereit zu machen. Der Schausteller hatte zwischenzeitlich drei Autoscheiben und einige andere Teile auf Schrottplätzen, in Werkstätten oder im freihändigen Tausch gegen Zigaretten organisiert. Der Schmied, der seine beiden Söhne im Krieg verloren hatte, erhielt für seine Arbeit einen Zentner Kartoffeln, drei Kilo Rindfleisch und vier Flaschen Schwarzgebrannten. Das reduzierte Schürbels Vorräte erheblich, aber mit dem Holzvergaser könnten sie wieder die Rummelplätze anfahren. Zumindest hatten sie sich das so gedacht. Aber bis es so weit war, mussten noch zahlreiche Hürden genommen werden.

Schon bei ihrer zweiten Fahrt wurden sie in Mainhardt von einer Streife der amerikanischen Militärpolizei angehalten.

Wo ihre *Permission* sei?

Was für eine Genehmigung?

Kein Deutscher dürfe ein benzin- oder dieselgetriebenes Fahrzeug führen und auch für die Verwendung eines Holzvergasers müsse eine Erlaubnis vorliegen. Beim nächsten Mal würde das Fahrzeug beschlagnahmt.

Mehrere Wochen war der Holzvergaser stillgelegt. Sie benötigten mehrere Genehmigungen von amerikanischen Stellen und dem Landratsamt. Auch die Wiederaufnahme ihres Fahrgeschäftes verzögerte sich bis ins Frühjahr 1946. Ab diesem Zeitpunkt wurden in manchen Orten wieder erste Frühlingsfeste und Rummel abgehalten. Und für die neuerliche Anmeldung des Gewerbes bedurfte es vorab einer weiteren *Permission* der Militärbehörden. Dabei erwies es sich als hilfreich, dass Frédéric Schürbel in den beginnenden Entnazifizierungsverfahren als *unbelastet* eingestuft wurde. Caroline galt sogar als *Verfolgte des Nationalsozialismus*, was ihr außer der besseren Lebensmittelkarte noch einige weitere Vergünstigungen eingebracht hatte. Noch wichtiger aber war, dass dadurch das Zulassungsverfahren für die Wiederaufnahme des Fahrgeschäfts beschleunigt vonstattenging.

Nun stellte sich heraus, dass der Holzvergaser zwar hervorragend dafür geeignet war, Personen über kleinere Entfernungen zu transportieren. Als Zugmaschine für die Schaustellerkarren taugte er aber nur bedingt. Selbst die kleinen Steigungen der Hohenloher Ebene wurden zu Hindernissen, die vielerorts nur unter kräftiger Mithilfe von Bauern überwunden werden konnten. Diese leisteten, wie bereits in früheren Jahrhunderten, Spanndienste, indem sie Ochsen oder Kaltblüter vorspannten. All das reduzierte seinen Vorrat der

»guten Dinge«, wie er es nannte, denn die Bauern machten das nur selten unentgeltlich. Es war geradezu ein Glücksfall, wenn ein amerikanischer Truck anhielt und die Amerikaner ihn unter gutmütigem Spott die Steigung hochbeförderten.

Immerhin hatte der Betrieb im Frühjahr 1947 wieder zwei Rösser, und als der Sohn Willi ein paar Monate später endgültig beschloss, in die Fußstapfen seines Vaters zu treten, konnte der Schaustellerbetrieb wieder gewinnbringend geführt werden. Die Menschen gierten nach Zerstreuung und die selbstgemachten kandierten Haselnüsse – eine Idee der Mutter – fanden reißenden Absatz. Die Trommeln, in denen Zuckerwatte und gebrannte Mandeln hergestellt wurden, blieben bis zur Währungsreform eingemottet. Zucker war ein zu wertvolles Gut, das man nicht in großen Mengen für die Herstellung profaner Schleckware einsetzen konnte.

Mit einer Durchschnittsgeschwindigkeit von knapp 40 Stundenkilometern tuckerten sie nach Seelbach. Gelegentlich überholte sie ein Jeep. Der Vater hatte seine sichtliche Freude daran, wenn er ein Ochsen- oder ein Pferdegespann überholen konnte. Im Ort setzte er Caroline direkt vor dem Rathaus ab und fuhr dann weiter. Während sie auf dem Amt die Dinge regelte, wegen denen sie vorgeladen worden war, wollte er in einem Metallwarengeschäft nach bestimmten Teilen suchen, die er dringend brauchte.

Caroline musste noch eine halbe Stunde warten, ehe sie an der Reihe war. Die Unterlagen des Internationalen Roten Kreuzes lagen nun auch dem Standesamt vor. Erst jetzt konnte der Tod ihres Mannes amtlich festgestellt werden. Sie hatte noch ein Schriftstück zu unterzeichnen, das bereits die Unterschriften ihrer Schwiegereltern enthielt. Einen Augenblick war sie darüber ungehalten. Sie verkniff sich jedoch eine Bemerkung und setzte ihren Namen an die vorgesehene Stelle.

Der Standesbeamte drückte ihr die Hand. »Erst jetzt sind Sie offiziell Witwe. Das hat auch zur Folge, dass sich das Jugendamt um vormundschaftliche Angelegenheiten kümmern wird. Wenn Sie klug sind, sehen Sie im Jugendamt einen Partner.«

Als sie nach draußen kam, hatte es zu regnen begonnen. Ihr Vater stand neben dem Mercedes und hatte zum Schutz gegen den Regen eine alberne Bommelmütze aufgesetzt. Ich muss sie ihm dringend wegnehmen und ihm eine neue stricken, dachte Caroline. So kann der Mann doch nicht rumlaufen!

Seit dem Sommer 1947 lebte Caroline erneut in ständiger Angst davor, dass man ihr einen oder gar beide Jungen wegnehmen könnte. Als Ludwig 1944 zur Welt kam, war dessen Vater bereits tot. Sie wurde zu einer alleinerziehenden Witwe eines Gefallenen, was im letzten Kriegsjahr und in der Nachkriegszeit ein häufiger und weithin akzeptierter Status war. Friedrich Lang, ihr Schwiegervater, hatte schon mehrfach den Versuch unternommen, bei der Jugendbehörde das Sorgerecht für den Enkel zu erstreiten. Was Ende des Dritten Reiches noch beinahe gelungen wäre, war im Nachkriegs-Württemberg nicht möglich. Caroline war aufgrund einer Denunziation ihres Schwiegervaters zu einer Haftstrafe verurteilt worden. Der Alte, der sie aufgrund ihrer Unangepasstheit immer gehasst hatte, ertappte sie dabei, wie ihr der polnische Zwangsarbeiter Feliks Wieczek einen Kuss gab. Das war gegen ihren Willen geschehen, und obwohl nicht mehr passiert war, glaubte das Sondergericht der Darstellung ihres Schwiegervaters, der behauptete, es habe zuvor ein Beischlaf stattgefunden. Sie wurde in das Frauengefängnis Gotteszell gebracht. Den jungen Polen hatte man einige Wochen später im Beisein zahlreicher anderer Zwangsarbeiter und Kriegsgefangener wegen *Rassenschande* gehängt. Unter diesen Umständen hatten die unter Aufsicht der amerikanischen Militäradministration stehenden deutschen Behörden keine Möglichkeit, dem Wunsch des Köcherhofbauern nachzukommen.

Carolines ledige Mutterschaft war weitaus weniger anerkannt. Ihrem am 23. Juni 1946 geborenen zweiten Sohn Hans war unschwer anzusehen, dass der Vater indianische und afroamerikanische Wurzeln hatte. Der süße Junge war nicht schwarz. Seine Hautfarbe war nur um eine winzige Nuance dunkler als die anderer Kinder. Aber das genügte, um die Mutter als *Schokoladenhure* zu brandmarken, die für ein paar Stangen Zigaretten, einige Tafeln Schokolade und ab und zu ein paar neue Damenstrümpfe mit einem Farbigen Verkehr hatte.

So kam es, dass Caroline Lang, die ansonsten weder Tod noch Teufel fürchtete und der noch nicht einmal die Haft in Gotteszell etwas hatte anhaben können, von der Vorstellung geplagt war, dass man ihr einen oder gar beide Söhne wegnehmen könnte. Und diese Furcht war keineswegs unbegründet. Denn die Behörden sahen damals das Kindeswohl bei einer ledigen Mutter grundsätzlich als gefährdet an.

Wanda Rubiczek

Im April und im Mai 1947 gastierte der Schaustellerbetrieb das erste Mal wieder auf dem Cannstatter Frühlingsfest. Um an den Standort zu kommen, hatte man die Wagen nach Hessental geschleppt und dort auf einen Güterzug verladen. Der ergraute Senior hatte sich lange mit der Frage beschäftigt, ob eine derartige Anstrengung überhaupt sinnvoll sei. Schließlich hatte ihn sein alter Schaustellerkollege Toni Deichmann mit zwei Argumenten gewinnen können. Zum einen machte er ihm klar, dass man jetzt dabei sein müsse, um in den hoffentlich später wieder besseren Zeiten seinen Standplatz gesichert zu haben. Entscheidender war gewesen, dass Deichmann Schürbel angeboten hatte, seine Wagen vom Cannstatter Bahnhof zum vorgesehenen Standort zu bringen. Er war einer der wenigen, der bereits wieder eine instandgesetzte Zugmaschine sein Eigen nannte.

Caroline ging dieses Mal nicht mit auf Tour. Sie blieb mit beiden Kindern auf dem Lichtengrüner Anwesen, wohin sie sich nach der Geburt des kleinen Hans zurückgezogen hatte. Ihr Vater war nicht glücklich darüber, dass sie zu Hause blieb. Er hätte es lieber gesehen, dass die Kinder von der Großmutter versorgt wurden und Caroline die Schiffschaukel oder den Wagen mit den süßen Verführungen übernahm. Seit Lizzi Huntzinger vor einem knappen Jahr nach Wien zurückgegangen war, bestand das Personal, das die Schürbel'schen Fahrgeschäfte auf den Rummelplätzen präsentierte, nur noch aus Männern. Neben seinem Sohn Willi begleiteten sie vor allem junge Burschen, die als Mitreisende das Abenteuer suchten.

An einem sonnigen Maimorgen saß Caroline mit geschlossenen Augen auf der Bank neben der Haustür. Einige Minuten lang prüfte sie, wie kräftig die Sonne bereits schien. Dann stand sie abrupt auf und schleppte das lindgrün gestrichene Kinderbettchen mitsamt dem schlafenden Kleinkind vor das Haus. Sie deckte den Kleinen sorgfältig zu und befestigte mit Wäscheklammern ein dünnes, lichtdurchlässiges Leinentuch so am Gitter des Bettchens, dass der Kopf des Kindes vor zu starker Sonneneinstrahlung und vor Fliegen geschützt war. Ein kleiner Hund, den ihr der Vater im letzten Jahr mitgebacht hatte, döste im Hausflur. Sie überlegte kurz, ob sie den Radioapparat einschalten sollte, unterließ dies aber und machte sich daran, Bettdecken und Kopfkissen aus den Fenstern des Erdgeschosses in die Sonne zu hängen. Zuvor hatte sie bereits zwei Geranienkästen aus der Halterung genommen und auf den Boden vor der Hauswand gestellt. Dann ging sie zurück in die Küche. Auf dem Herd waberte ein Waschkessel. Kräftig stieß sie mehrmals mit dem Wäschestampfer hinein. Seifenlauge schwappte über, lief in kleinen Rinnsalen die Außenwand des Kessels hinunter und verdampfte zischend auf der heißen Herdplatte. Dann rührte sie noch ein paar Mal kräftig mit dem mächtigen Kochlöffel um und presste erneut die Kinderwäsche aus. Sie legte einige Scheite nach und rührte nochmals in dem Topf, als sie eine weibliche Stimme vernahm, die fragte: »Sind Sie Frau Lang?« Zugleich klopfte die Frau, die an der Küchentüre stehen geblieben war, an den hölzernen Türpfosten.

Erschrocken drehte sich Caroline um. Hierher kam, abgesehen von den Familienangehörigen und dem Briefträger, nur selten jemand. Und wenn es doch einmal vorkam, dann hörte man ein Gespann oder ein Motorfahrzeug vorfahren. Auch der Hund hatte nicht gebellt. Als sie sich der Besucherin zuwandte, erblickte sie eine hagere, blasse Person, die ein streng geschnittenes Kostüm trug, in dessen wehrmachtsgrauem Grundton sich winzige dunklere Einsprengsel verloren.

Die Frau, die sich die Mühe gemacht hatte, mit dem Postbus anzureisen und die letzte Strecke zu Fuß zu gehen, war mit einem amtlichen Auftrag in das versteckt gelegene Anwesen gekommen. Nachdem sie den Bus in Lichtengrün verlassen hatte, war sie ins dortige Rathaus gegangen, wo sie zuvor ihr Kommen angemeldet hatte. Damit verband sie die Erwartung, dass man für sie auf dem Wege der Amtshilfe eine Fahrgelegenheit bereitstellen würde.

»Leider muss ich Sie enttäuschen«, hatte das neue Mädchen im Vorzimmer des Bürgermeisters genuschelt. »Wir haben nur einen einzigen Wagen und mit diesem sind die Herren unterwegs, um eine seit der Vorkriegszeit zurückgestellte Flurbereinigung wieder in Angriff zu nehmen.«

Darüber, wer *die Herren* waren, ließ sich das junge Ding nicht weiter aus. Nach einer umständlichen Wegbeschreibung machte sich die Frau im grauen Kostüm daran, die knapp drei Kilometer zum Schürbel'schen Anwesen zu Fuß zurückzulegen.

»Sie können es gar nicht verfehlen«, rief ihr die Rathausmitarbeiterin noch hinterher. »Auf dem Gelände sieht es aus wie bei Wondraczeks hinter dem Sofa. Überall Kruscht. Sie erkennen sofort, dass Sie bei den Schaustellern gelandet sind.«

Die Frau straffte ihren Rücken und ignorierte die abfällige Bemerkung, die in erster Linie Flüchtlinge diskreditierte. Zu gerne hätte sie erwidert, dass so manche Wondraczeks, Kalleweits und Cebullas bis zu ihrer Vertreibung weitaus kultivierter gelebt hatten als die tumben Hohenloher, aber das hätte nur bei Leuten für Verstimmung gesorgt, deren Zuarbeit man vielleicht eines Tages benötigte.

Wanda Rubiczek war im Spätsommer 1944 als Begleiterin eines Kindertransports aus dem ostpreußischen Pillkallen nach Künzelsau gekommen. Die blasse, drahtige Frau war schon lange Zeit beim Fürsorgeamt des gleichnamigen Landkreises beschäftigt gewesen und bekleidete mehrere Ehrenämter in der NS-Volkswohlfahrt und der NS-Frauenschaft. Gerne hätte sie sich nicht nur um anderer Leute Plagen gekümmert, sondern dem Führer eines oder gar mehrere Kinder geschenkt. Doch hatte sich eine angemessene Verbindung mit einer kulturell und rassisch ebenbürtigen Person in ihren jungen Jahren nicht ergeben. Mit Ausbruch des Krieges wurden die Gelegenheiten hierfür noch rarer, und so war Fräulein Rubiczek ledig geblieben. Sie ertrug ihr Schicksal mit Würde, sah darin zunehmend ihre persönliche Bestimmung. Mehr und mehr entwickelte sie sich zu einer fanatischen Anhängerin der aktuellen Rassenlehre, was sie nicht davon abhielt, sich mit großem Engagement auch für Kinder einzusetzen, an deren arischer Herkunft Zweifel bestanden.

Der Umstand, dass sie ohne familiäre Bindungen in Pillkallen lebte, hatte ihre vorgesetzte Stelle dazu bewogen, sie mit der Organisation und Leitung des Kindertransportes zu betrauen. Dessen Zustandekommen betrachtete der Landrat als seinen persönlichen Erfolg. Trotz der dramatischen Entwicklung an der Ostfront war der Bevölkerung bislang untersagt worden, sich nach Westen abzusetzen. Dem obersten Kreisbeamten war jedoch daran gelegen, seine Frau und seinen elfjährigen Sohn aus der Gefahrenzone zu bringen. Seiner Argumentation, dass eine vorübergehende Verschickung der Kinder die vor Ort bleibenden Erwachsenen von Erziehungs- und Versorgungsaufgaben entlaste und noch mehr in die Lage versetze, »sich der vornehmsten aller Aufgaben, der Mitwirkung an der Verteidigung der Heimat zu widmen«, wurde gefolgt.

Als Verantwortliche setzte er die stets loyale Wanda Rubiczek ein, nicht ohne sie zuvor heimlich instruiert zu haben, seine Frau zu einer der weiteren Transportbegleiterinnen zu machen. Er köderte seine Mitarbeiterin mit den Worten: »Sie wird Ihnen bei der Beschaffung der notwendigen Reiseverpflegung eine große Hilfe sein.«

Bereits einige Tage nach der Ankunft in Künzelsau wies man der erfahrenen Fürsorgerin eine Stelle auf dem Jugendamt des Nachbarlandkreises zu, wo man angesichts der wachsenden Aufgaben dringend weitere qualifizierte Mitarbeiterinnen benötigte. Es erwies sich nach Kriegsende als weise Entscheidung, dass sie im Hohenlohischen nicht mehr in ihre alten Betätigungsfelder in der Frauenschaft und der Volkswohlfahrt zurückgekehrt war. Da keinerlei andere Hinweise vorlagen, galt sie als unbelastet und wurde bereits im Juli 1945 wieder eingestellt.

Caroline konnte das Gesicht der unangemeldeten Besucherin gegen das sonnenhelle Rechteck der geöffneten Tür nur in Umrissen erkennen.

»Was wünschen Sie?«

»Sind Sie Frau Lang, geborene Schürbel?«

»Wer will das wissen?«, fragte sie keck.

»Frau Lang, ich bin die für Sie und Ihre Kinder zuständige Fürsorgerin des Kreisjugendamtes. Erinnern Sie sich nicht an mich? Ich war doch bereits vor zwei Jahren mehrmals bei Ihnen.«

»Ach so, Sie sind das. Aber die Sache ist erledigt. Der alte Lang kriegt den Jungen nicht.«

»Darum geht es nicht. Es gibt einiges zu besprechen. Gestatten Sie, dass ich eintrete? Am Tisch lassen sich manche Dinge besser bereden.«

Wortlos trat die Jüngere zur Seite, was Wanda Rubiczek veranlasste, durch den warmen Dampf der im Waschkessel brodelnden Wäsche hindurch ins Haus zu gehen. Caroline nahm das Kleinkind aus seinem Bettchen und folgte ihr.

»Spiel schön draußen«, ermahnte sie Ludwig, den Dreijährigen. »Die Mama ist gleich wieder zurück.«

Sie betraten die Wohnstube. Die Fürsorgerin musterte die Räumlichkeit. Sie war einfach gehalten. Auf einem Nähmaschinentischchen türmte sich frisch gebügelte Bettwäsche. Vor der Couch stand das Töpfchen des größeren Jungen. Aber sonst schien alles soweit in Ordnung zu sein. Bei ihren zahlreichen Hausbesuchen hatte sie schon weitaus Schlimmeres gesehen.

Die Hausfrau wies ihr einen Stuhl zu, setzte sich auf die gegenüberliegende Seite und fragte, noch ehe der ungebetene Gast Platz genommen hatte: »Was wollen Sie?«

Wanda Rubiczek zögerte mit der Antwort. Sie hatte wenig Lust, der ledigen Mutter zweier Kinder die Lenkung des Gesprächs zu überlassen. Sie setzte sich umständlich an den Tisch und entnahm ihrer Handtasche einen Notizblock und einen kurzen Bleistift. Dann fingerte sie ihre Brille aus einem Pappetui und sah flüchtig die Daten und Stichworte durch, die sie am Vortag anhand der Akte fein säuberlich notiert hatte. Als sie damit fertig war, richtete sie sich auf und fixierte Caroline, die gedankenverloren mit den Spitzen ihres fülligen Haares spielte, mit einem strengen Blick.

»Frau Lang, haben Sie meinen Brief nicht gelesen?«

Caroline Lang lehnte sich schweigend zurück und verschränkte die Arme. Sie ahnte, dass ihr diese Frau Schwierigkeiten bereiten würde. Aber sie fühlte sich dieser neuen Herausforderung gewachsen. Seit der Haftentlassung war sie nicht mehr gewillt, sich von irgendjemandem grundlos drangsalieren zu lassen. Die Monate im Frauengefängnis hatten sie nicht zerbrechen, sondern robuster und unerschrockener werden lassen. Sie hatte gelernt, das Elend zu ertragen. Daraus schöpfte sie Kraft. Selbstverständlich war ihr bewusst, dass sie als alleinstehende Frau mit unkonventioneller Lebensführung allerhand Anfeindungen ausgesetzt war. Aber sie war entschlossen, sich zu behaupten und, wenn nötig, sich zu wehren. Und dazu waren ihr alle Mittel recht.

Sie musterte die Fürsorgerin. In den ersten Nachkriegsmonaten hatte diese aufgrund der erneuten Interventionen des Schwiegervaters Hausbesuche vorgenommen, unangemeldet, schon damals in dem dezent gesprenkelten grauen Kostüm, das sie bereits in Ostpreußen häufig als Dienstkleidung getragen hatte. Obwohl ihr bewusst war, dass sie in dieser Umbruchszeit nicht mehr berechtigt war, einer Mutter wegen angeblicher *Rassenschande* Erziehungsunfähigkeit zu unterstellen, wurde sie, ohne dass der Köcherhofbauer davon ahnte, zu dessen heimlicher Verbündeter. Das beruhte weniger auf einer ausgeprägten Sympathie für Ludwigs Großvater. Aber in Abwägung aller Umstände, die sie als vormals Ortsfremde über das Studium der Akte und mehrfache persönliche Vorsprache in Erfahrung bringen konnte, schien ihr der Verbleib des Kindes bei der leiblichen Mutter nicht geboten zu sein. Deren ungebrochene Leichtfertigkeit war für die Fürsorgerin offensichtlich, zumal die Frau schon 1946 ein zweites Kind zur Welt brachte, dieses Mal unehelich und von einem Erzeuger, der sich längst aus dem Staub gemacht hatte und bei dem es sich offensichtlich um einen farbigen Amerikaner handelte. Die Neigung, sich mit Ausländern einzulassen, schien bei der nunmehr zweifachen Mutter ungebrochen zu sein. Nur war es dringend geboten, in dieser finsteren neuen Zeit Begriffe wie *Rassenschande* außen vor zu lassen, auch wenn das gesunde Volksempfinden gottlob noch nicht so verrottet war, dass ein derartiger Lebenswandel breite Unterstützung gefunden hätte.

Wanda Rubiczek war erfahren genug, um sich an Verurteilungen und derben Beschimpfungen niemals offen zu beteiligen. Als *Negerliebchen*, *Schokoladenhure* oder *Zigarettenschickse* wurden die Frauen bezeichnet, die sich mit farbigen Besatzungssoldaten einließen. Vorlaute schwäbische Witzbolde skandierten schenkelklopfend: »Jedes Amihürle trägt a Armbandührle.« Sogar die Kirche warnte vor der »ungezügelten Leichtfertigkeit der jungen Menschen«, die häufig gar nicht abschätzen könnten, worauf sie sich für einige Nahrungs- und Genussmittel und ein paar Seidenstrümpfe einließen.

Aus der Sicht der Fürsorgerin kam bei Caroline Lang noch erschwerend hinzu, dass sie unverändert, wenngleich nicht mehr in der früheren Häufigkeit, im Schaustellerbetrieb ihres Vaters mitarbeitete, was einer ausreichenden und fördernden Betreuung ihrer Kleinkinder höchst abträglich schien. Daran änderte auch der Umstand nichts, dass in solchen Fällen in der Regel die Großmutter mütterlicherseits einsprang. Auch die Tatsache, dass sie noch bei jedem ihrer früheren Besuche den Haushalt der Alleinerziehenden in ordentlichem Zustand vorgefunden hatte, es weder in der Küche noch in den Wohnräumen etwas auszusetzen gab und die Kleidung der Kinder einfach, aber zweckmäßig und sauber war, konnten ihr einmal gefälltes Urteil über Caroline nicht nachhaltig beeinflussen.

Und nicht nur aus diesem Grund drohte der jungen Mutter auch in den Nachkriegsjahren Gefahr. Mit der Gründung der Bundesrepublik Deutschland wurde das Besatzungsstatut deutlich gelockert, jedoch keineswegs aufgehoben, was sich insbesondere in den Konturierungen vieler politischer Entscheidungen zeigte. Die neuen Parlamente befassten sich häufig mit Vorgaben der Militärbehörden und auch den Kommunalverwaltungen flatterten immer wieder Vorgänge in die Amtsstuben, die von amerikanischen Stellen auf den Weg gebracht worden waren und häufig eine Zusammenarbeit mit diesen notwendig machten.

Gottfried Bauer, der die Leitung des Kreisjugendamtes zunächst kommissarisch übernommen hatte, war nun dauerhaft in diese Funktion gewählt worden. Durch die Staatsgründung und den Erlass eines Jugendwohlfahrtsgesetzes, das unmittelbar an die Zeit vor 1933 anknüpfte, die schwerfällige Jugendgesetzgebung des Landes Württemberg-Baden und die ebenfalls zu beachtenden jugendpflegerischen Vorgaben der Amerikaner war eine so große Unübersichtlichkeit entstanden, dass er kaum in der Lage war, allen Anforderungen in der notwendigen Ausführlichkeit nachzukommen. Regelmäßig begann er deshalb einen Arbeitstag zunächst damit, das umfangreiche Aktenmaterial, welches sich auf seinem Schreibtisch stapelte, zu sichten und nach Dringlichkeit zu ordnen. Ehe er an diesem Morgen die Unterlagen neu sortierte, ging er an eines der beiden Fenster und öffnete die beiden Flügel, denen immer noch ein neuer Anstrich fehlte. Die Farbe war bereits an vielen Stellen abgeblättert. Noch immer herrschte allenthalben Mangelwirtschaft und für die Auffrischung von Amtsstuben schien es überhaupt keine Mittel zu geben.

Eine Zeitlang stand er mit in den Hosentaschen vergrabenen Händen vor dem geöffneten Fenster. Es regnete unablässig. Hin und wieder beugte er sich hinaus und sah nach unten, wo das in kleinen Rinnsalen abfließende Wasser in rasch größer werdende Pfützen platschte. Er mochte es, wenn zerstäubender Regen seinen Hinterkopf besprühte. Nach wenigen Minuten schloss er das Fenster, fuhr sich über das feuchte Haar und ging mit energischen Schritten an seinen Arbeitsplatz. Vor allen anderen wollte er heute eine Aufgabe erledigen, die als Vorgang schon einige Tage auf seinem Schreibtisch lag. Das Sozialministerium des Landes Württemberg-Baden hatte durch einen Runderlass alle Jugendämter beauftragt, in ihrem Zuständigkeitsbereich die Zahl der unehelich geborenen Besatzungskinder festzustellen. Dabei sollte zwischen hellhäutigen und farbigen Kindern unterschieden werden und auch danach, ob die Vaterschaft festgestellt worden war oder nicht. Ferner sei festzuhalten, welche dieser unehelich geborenen Kinder mittlerweile in später geschlossenen Ehen aufwuchsen. Der schwierigste Teilauftrag lag darin, jene Kinder farbiger Väter ausfindig zu machen, deren Mütter weiterhin in die Sitte und Moral gefährdender Weise unverheiratet mit wechselnden Partnern intimen Verkehr pflegten. In diesen Fällen, wie auch beim Vorliegen ausgeprägter wirtschaftlicher Not und insbesondere dann, wenn die Mütter noch minderjährig oder gar schwachsinnig waren, sei auf diskrete Weise zu prüfen, ob farbige Kinder, die unter derart ungünstigen Verhältnissen aufwuchsen, nicht besser zur Adoption in die USA vermittelt werden könnten.

Gottfried Bauer war darüber informiert, dass sich in den Vereinigten Staaten mehrere karitative Organisationen gegründet hatten, die Adoptionen der in Deutschland geborenen *Brown Babys* in besser situierte afroamerikanische Familien vermittelten. Die Aktivistinnen dieser Vereinigungen waren von dem Wusch beseelt, jene armen Wesen nicht in dem Land aufwachsen zu lassen, in dem vorgeblich *rassisch Minderwertige* noch vor nicht allzu langer Zeit umgebracht worden waren.

Der Amtsleiter hatte sich von seinem Sekretariat eine Liste jener Fälle erstellen lassen, in denen farbige Kinder bei ledigen Müttern lebten. Das war schnell und unkompliziert geschehen, da man allen ledigen und zugleich minderjährigen Müttern bereits einen gesetzlichen Vormund für das unehelich geborene Kind zugeordnet hatte. Nun musste nur noch kenntlich gemacht werden, welches dieser Kinder farbig und von einem amerikanischen oder französischen Besatzungssoldaten gezeugt worden war. Zuletzt mussten unter den erwachsenen Müttern jene ausfindig gemacht werden, deren Lebensführung für ein gesundes und sittliches Aufwachsen ihrer unehelichen Kinder ungeeignet erschien.

Bauer empfand diese Arbeit als äußerst lästig, sah allerdings auch die Möglichkeit, einen Teil des dramatisch wachsenden Aufwandes abzubauen, der den Jugendämtern als Folge der ungezügelten Lebensweise einer zunehmenden Zahl junger Frauen aufgebürdet wurde. Im Verlauf der nächsten Tage besprach er die aufgelisteten Fälle mit den Bezirksfürsorgerinnen. Ausstehende Klärungen sollten bis spätestens Ende Januar erfolgen. Schließlich konnte man nicht wissen, wie lange die Militärbehörden im Verbund mit gemeinnützigen US-Organisationen diesen Adoptionstransfer noch durchführten. Irgendwann gingen Interesse und Nachfrage zurück. Man musste also unter den Ersten sein, wenn man von diesem Programm profitieren wollte.

Gottfried Bauer war mit sich zufrieden. *Adoptionstransfer* sei doch ein guter Begriff, sagte er im Kreise seiner Mitarbeiterinnen. Er werde der anstehenden Aufgabe gerecht und habe keinen negativen Beiklang. Schon jetzt gebe es unter den neu gewählten Kreisräten defätistisches und der Sache abträgliches Geschwätz. *Negerkinderexport* hatte doch tatsächlich einer jüngst im Jugendwohlfahrtsausschuss getönt. Dieser Kretin besaß nicht das geringste Gespür dafür, dass derartiges Maulheldentum die erfolgreiche Durchführung leicht gefährden konnte.

Einige Tage nach dieser Zusammenkunft in Bauers viel zu engem Büro fuhr die Fürsorgerin Wanda Rubiczek nun schon zum wiederholten Male mit dem Postbus nach Lichtengrün, um einen weiteren Hausbesuch bei Caroline Lang zu machen. Wie immer trat sie diese Fahrt äußerst ungern an, aber Derartiges gehörte nun mal zu ihren Pflichten und Aufgaben. Lästig war schon die umständliche Anreise. Aber schlimmer noch war das maßlose Auftreten dieser Weibsperson, die ihren Umgang mit wechselnden Liebhabern nie abgestritten hatte, ihr häufig mit einer Zigarette im Mund entgegentrat und einmal sogar die Unverschämtheit besessen hatte, ihr zu raten, sie solle sich doch einen Kerl suchen. Genau so hatte sie sich ausgedrückt. Sie wäre dann vielleicht weniger verkniffen.

Da sich das impertinente Weibsbild häufig mit beiden Kindern bei ihrer Mutter in Seelbach aufhielt, hatte sie ihr dieses Mal vorab eine Postkarte geschickt, mit der sie ihr Kommen ankündigte. Missgelaunt stieg Wanda Rubiczek als eine der Letzten aus dem Postomnibus. Seit Tagen hatte es nicht aufgehört zu regnen. Sie spannte ihren Schirm auf, überlegte kurz, ob sie aufs Rathaus gehen und dort um eine Transportmöglichkeit zu dem abgelegenen Anwesen bitten solle, verwarf diesen Gedanken aber sofort wieder. Man hatte sie schließlich schon einmal abgewimmelt. Und bis das, wenn überhaupt, positiv entschieden gewesen wäre, hatte sie ihr Ziel längst zu Fuß erreicht.

Sie traf die Frau und die beiden Kinder zu Hause an. Caroline Lang war mit den Vorbereitungen für das Mittagessen beschäftigt. Das ältere Kind spielte mit Bauklötzen, die der Schaustellergroßvater aus Holzabfällen ausgesägt und anschließend fein säuberlich abgeschmirgelt hatte. Hans schlief in seinem Kinderbett in der Stube, das die Mutter durch die geöffnete Tür im Blick hatte.

Wanda Rubiczek klopfte an und fragte: »Frau Lang, darf ich eintreten? Sie haben meine Anmeldung erhalten. Oder nicht?«

Ohne aufzublicken trieb die Angesprochene weiter mit kräftigen Kreisbewegungen die Kurbel des gusseisernen Fleischwolfs an. Mit der anderen Hand drückte sie kleine

Fleischstücke in den Einfüllstutzen, nahm dann den passenden Stopfer und presste das Fleisch in die rotierende Mahlschnecke.

»Ich kann Sie nicht daran hindern zu kommen. Aber es gibt nichts zu bereden. Hier ist alles in bester Ordnung. Oder wollen Sie wieder einmal das Kinderzimmer inspizieren und meine Schränke durchstieren?« Sie hielt mit ihrer Arbeit inne, hob den Kopf und sah die Fürsorgerin herausfordernd an.

Wanda Rubiczek betrat die Küche und sah sich routiniert darin um. »Frau Lang, es ist ein Irrtum zu glauben, dass der Zweck unserer Tätigkeit nur darin besteht, Menschen in Unruhe zu versetzen oder sie sogar ins Unglück zu stürzen. Uns geht es allein um das Wohl der Kinder, darum, dass sie gerade in dieser schwierigen Zeit in geordneten Verhältnissen aufwachsen.«

»Wenn es das ist, kann Ihr Besuch heute kurz ausfallen. Meine Jungen leben in geordneten Verhältnissen.« Sie blickte zu ihrem Ältesten hinüber. Ludwig hatte sein Spiel mit den Bauklötzen unterbrochen und sah zu der fremden Frau auf. Nichts deutete darauf hin, dass er sie wiedererkannte. Caroline drehte weiter die Kurbel des Fleischwolfs, obwohl die letzten Hackfleischfäden längst in der Schüssel gelandet waren, die vor dem Tisch auf einem weiß lackierten Hocker stand.

»Frau Lang, Sie wissen, dass es nicht nur darum geht, dass die Kinder satt und sauber sind. Es geht auch darum, sie in einer Umgebung aufwachsen zu lassen, die ihrer Entwicklung förderlich ist. Sie führen ein unstetes Leben und haben oft nicht die Zeit, bei ihnen zu sein.«

»Wer sagt das?« Caroline Lang wischte ihre fleischfeuchten Hände an einem karierten Küchentuch ab und trat an die ungebetene Besucherin heran. »Frau …« Sie zögerte, als ob ihr der Name der Fürsorgerin entfallen sei.

»Rubiczek«, half diese weiter.

»Frau Rubiczek, schon seit meiner Kindheit wird über mich schlecht geredet. Unsere Familie ist einiges gewohnt. Und wir halten auch einiges aus, das müssen Sie mir glauben.«

Unaufgefordert nahm die Fürsorgerin auf einem freien Stuhl Platz. Caroline Lang fuhr mit der Essenszubereitung fort. Sie mischte Weckmehl, das sie zuvor selbst aus altbackenen Milchbrötchen hergestellt hatte, fein gehackte Zwiebeln, Eier und Petersilie unter das Hackfleisch, knetete alles gut in der Schüssel durch, gab Salz, Pfeffer, einen Hauch getrocknete Kräuter und einige Tropfen aus der Maggiflasche hinzu. Kräftig fuhr sie mit beiden Händen in den Fleischbrei. Als die Zutaten zu ihrer Zufriedenheit durchmischt waren, stellte sie eine Pfanne auf die heiße Herdplatte, gab Gänseschmalz hinein und formte aus der Paste gleichmäßige Rundlinge. Ehe sie diese in das nunmehr erhitzte Fett legte, klopfte sie die klebrigen Kugeln mit einem Holzschaber flach. Zwischendurch hob sie den Deckel einer zweiten Schüssel und rührte den bereits am Morgen zubereiteten Kartoffelsalat nochmals durch. Sie kostete davon, nickte zufrieden und verschloss die Schüssel wieder mit dem riesigen Aluminiumdeckel.

»Ist Ihnen das mit zwei Kindern nicht zu viel? Sie arbeiten in der Gaststätte Ihrer Mutter, sind mit Ihrem Vater auf Rummelplätzen unterwegs. Da fehlen Ihnen doch oft die Zeit und die Kraft.«

»Nein, das ist überhaupt kein Problem. Wenn ich dem Vater und meinem Bruder helfe, sind die Kleinen bei meiner Mutter.«

»Wir könnten dafür sorgen, dass Ihr Jüngster in gute Hände kommt.«

Caroline Lang hielt erschrocken in ihrer Tätigkeit inne. Sie brauchte einige Sekunden, bis sie die Tragweite des soeben Ausgesprochenen erfasst hatte.

In ihr Schweigen hinein fuhr Wanda Rubiczek fort: »Es gibt ein Programm, über das Mischlingskinder zu amerikanischen Adoptiveltern vermittelt werden. Haben Sie schon einmal davon gehört?«

»Verlassen Sie sofort mein Haus.« Caroline Lang wirkte beherrscht. Es bedeutete für sie eine gewaltige Anstrengung, sich unter Kontrolle zu halten. Ihre Gedanken überschlugen sich. Jetzt nur nicht durchdrehen, dachte sie. Die alte Schachtel sollte keinen Grund haben, in ihren Bericht schreiben zu können, man habe sie bedroht. Schnell konnte eine ledige Mutter als unzurechnungsfähig und damit als unfähig zur Erziehung ihrer Kinder hingestellt werden.

»Überlegen Sie sich das in Ruhe. Man muss ja nichts überstürzen. Aber Ihr Kind«, sie blickte durch die geöffnete Stubentür zu dem Bettchen, in dem der kleine Hans immer noch schlief, »Ihr Kind wird es hier einmal schwer haben, wenn es größer wird. Und Sie als ledige Mutter werden oft nicht die Kraft aufbringen können, ihn vor all dem zu schützen, was möglicherweise einmal auf ihn zukommen wird.« Sie stand auf und machte Anstalten, zu gehen. »Denken Sie darüber nach«, wiederholte sie noch einmal und verschwand ins Freie.

Carolines Gedanken und Gefühle wirbelten durcheinander. Erinnerungen an schreckliche Erlebnisse kamen hoch und drohten sie zu überwältigen. Bilder aus Gotteszell tauchten auf, dem Ort, von dem sie manchmal gedacht hatte, dass sie ihn nicht lebend verlassen würde. Sie musste an das Sondergericht denken, an entwürdigende Momente, an Männer, die ihre perfiden Unterstellungen und Fantasien zur Richtschnur ihres verbrecherischen Handelns machten. Ihr toter Mann kam ihr in den Sinn und der Augenblick, als man ihr die Todesnachricht überbrachte. *Gefallen auf dem Feld der Ehre.* Erst später wurde die Wahrheit über seinen Tod offenbar.

Dem Besuch der Fürsorgerin folgten Wochen der Ungewissheit und viele Stunden, in denen die sonst so starke Caroline zu verzweifeln drohte. Sie besprach sich mit ihrem Vater. Er war seinerzeit auf ihren Vorschlag hin von Amts wegen zum Vormund für Hans eingesetzt worden. Aber was war das wert? Sie hatte von Fällen gehört, in denen die Vormundschaft aus unersichtlichen Gründen aufgehoben oder ein Wechsel vollzogen wurde. Jetzt, da sie sich kundig machte, erfuhr sie von jungen Müttern, die man gedrängt hatte, einer Adoption durch afroamerikanische Eltern zuzustimmen und die, nachdem man ihnen diese Zustimmung abgenötigt hatte, einen Vordruck zu unterschreiben hatten, womit sie ihr Einverständnis gaben, später nicht nach dem Verbleib des Kindes zu forschen.

Gerade jetzt fehlte ihr Jakob Winter, den sie hätte um Rat fragen und der sich auf der amerikanischen Seite hätte umhören können. Aber Jakobs Beziehung zu Leonore war inzwischen zerbrochen. Im Herbst 1947 war er auf abenteuerlichen Wegen nach Palästina ausgewandert. Leonore lebte immer noch in Murrhardt. Lange hatte sie sich mit Gelegenheitsarbeiten in der Gastronomie durchgeschlagen. Mittlerweile hatte sie eine Festanstellung bei der Strumpffabrik ARWA. Sie gehörte zu den ersten Beschäftigten und zu denen, die die Standortverlagerung von Backnang nach Unterrot mitmachten. Leonore besaß zahlreiche Kontakte zu Offizieren der US-Armee, was noch aus der Zeit resultierte, als sie in Backnang mehreren Offizieren den Haushalt führte.

Am frühen Abend des Tages, an dem Wanda Rubiczek erneut Unruhe in das ohnehin aufgewühlte Leben der jungen ledigen Mutter gebracht hatte, legte Caroline die beiden Jungen etwas früher als sonst in ihre Bettchen. Dann fuhr sie mit dem alten Fahrrad ihrer Mutter zum Lichtengrüner Postamt. Sie stürzte in die Telefonzelle und bat die Vermittlung, sie mit der Murrhardter *Linde* zu verbinden, in der ihre Freundin noch immer gelegentlich bediente.

»Du hast großes Glück«, begrüßte sie Leonore, nachdem der Wirt sie ans Telefon gerufen hatte, »ich arbeite jetzt nur deshalb, weil ich mit Conny getauscht habe, die heute Geburtstag hat.«

Geduldig hörte sie sich Carolines Bericht an und schlug ihr dann vor, am kommenden Samstag gemeinsam ins *Olmert's* zu gehen. Dort sei zwar nicht mehr so viel los wie früher. Aber alles in allem sei es in dem Backnanger Club immer noch sehr vergnüglich. Und als ihr Chef sie drängte, sich gefälligst wieder um die Gäste zu kümmern, schloss sie mit den Worten: »Vielleicht treffen wir dort jemanden, der dir in deiner Angelegenheit einen Rat geben kann.«

Im *Olmert's* verkehrte bis zur Währungsreform neben zahlreichen GIs ein Großteil der örtlichen Hehler und Schieber. Leonore kannte Fischel Olmert, den Betreiber des nach ihm benannten Clubs seit den Eröffnungstagen. Er hatte den Holocaust überlebt. Allerdings hauste er nie mit den anderen Versprengten im Backnanger DP-Lager, was die wildesten Vermutungen und Spekulationen auslöste. Er selbst förderte die Gerüchtebildung dadurch, dass er auch guten Bekannten nichts über sich mitteilte und niemals einer der wechselnden Legendenbildungen entgegentrat. Manche meinten, er arbeite für den amerikanischen *CIC*. Da er aus dem Osten stammte, machte eine Zeitlang das Gerücht die Runde, er sei ein Doppelagent, habe sowohl für die Sowjets als auch für die Amerikaner gearbeitet.

In der ersten Zeit firmierte der Club unter dem einprägsamen Namen *Fischel's Bar*. Später war das Lokal in das seriösere *Olmert's* umbenannt worden. Von Anfang an stieß der Besitzer auf Vorbehalte der Einheimischen. Man neidete ihm das Geschäft, bruddelte darüber, dass der hergelaufene Jude für den Barbetrieb eine Lizenz der Besatzungsmacht erhalten hatte, gastronomieerfahrene Backnanger hingegen nicht.

Die beiden Frauen nahmen ungeniert am Tresen Platz. Von den wenigen, die um diese frühe Stunde bereits im Lokal waren, kannte Leonore die meisten. Hin und wieder kamen jüngere GIs dazu. Mittlerweile waren die meisten, die im April 1945 hierhergekommen waren, längst wieder zurück in den Vereinigten Staaten. Der Umstand, dass die Bürschlein, die jetzt hier eingesetzt wurden, keine Kriegsteilnehmer waren, machte den Umgang mit ihnen leichter. Sie waren gut genährt, unbedarft, erlebnishungrig und Frauen gegenüber äußerst freigiebig. Nachdem Jakob nach Palästina gegangen war, hatte Leonore nur noch einmal eine kurze Affäre mit einem Captain gehabt. Das war noch in jener Zeit gewesen, als sie zwei anderen Offizieren den Haushalt in einer beschlagnahmten Wohnung in der Aspacher Straße führte.

Fischel Olmert stand selbst hinter dem Tresen. »Wie immer?«, fragte er Leonore nach der Begrüßung, und als sie wortlos genickt hatte, stellte er ihr ein Sodawasser mit Eis hin. »Und was möchten Sie?«, fragte er Caroline.

Sie überlegte kurz und sagte dann: »Bringen Sie mir eine Cola.«

Die Freundinnen plauderten noch eine Zeitlang über dieses und jenes, bis Leonore abrupt ihre Hand auf Carolines Unterarm legte und zu ihr sagte: »Also Schätzchen, erzähl mal von deinem Problem. Du willst doch, dass ich dir helfe.«

»Ob du mir helfen kannst, weiß ich nicht. Aber vielleicht kennst du jemanden an verantwortlicher Stelle, der mir einen Rat geben kann. Eine dieser reizenden Damen von der Handtaschenbande, eine im streng geschnittenen grauen Kostüm, war schon mehrmals bei mir. Vor ein paar Tagen tauchte sie wieder auf und eröffnete mir, es sei das Beste für Hans, wenn ich ihn zur Adoption freigebe.«

»Die spinnt doch.«

»Dieselben Damen, die vor gar nicht allzu langer Zeit kein größeres Ziel vor Augen hatten, als ihrem heiß geliebten Führer treu zu dienen, behaupten jetzt, dass es diesen braunen Kindern nicht zugemutet werden könne, in einem Land aufzuwachsen, in dem es dunkelhäutige Menschen noch immer schwer hätten. Das ist doch pervers. Oder habe ich da was nicht begriffen?«

Leonore steckte sich eine dieser neuen *Collie*-Zigaretten in den Mund und bekam von einem rasch herbeigeeilten Sergeanten bereits Feuer, noch ehe sie Streichhölzer aus ihrer roten Handtasche gekramt hatte. Sie nickte dem Uniformierten dankend und zugleich auf Distanz gehend zu, paffte ein paar Züge – richtiges Rauchen hatte sie sich nie angewöhnt – und legte beruhigend ihren freien Arm um Caroline. »Also, erstens bist du Kriegerwitwe. Wenn sie dich das nächste Mal belästigen, sagst du, es sei eine Ungeheuerlichkeit, die man dir nach dem erfahrenen Leid und den unverändert schweren Aufgaben, vor die du ohne Mann gestellt bist, zumutet.

Sag doch einfach, du wirst dich an einen Parlamentarier wenden.«

Caroline setzte mehrfach zur Entgegnung an. Sie kam jedoch nicht zu Wort, was nur ganz selten vorkam. Sie hob beide Hände. »Stopp, stopp, stopp! Leonore, das wird zu nichts führen. Die großen Parteien im neu gewählten Bundestag finden das Adoptionsprogramm ganz in Ordnung. Von ›Augenmaß‹ sprach eine der wenigen weiblichen Abgeordneten. Und wenn ich mich an deine Leute wende, nutzt das nichts.«

Caroline spielte mit dieser Bemerkung auf die KPD-Mitgliedschaft von Leonores Vater an, der vor 1933 Gemeinderat seiner Heimatstadt Seelbach gewesen war, gemeinsam mit dem Juden Pinchas Spighel, der 1941 zu den Ersten gehört hatte, die nach Riga deportiert wurden. Man hatte nie mehr etwas von ihm gehört.

Einen kurzen Augenblick verlor sich Leonore in Erinnerungen an jenen rührigen älteren Herrn, der oftmals unter dem Vorwand, man müsse noch etwas besprechen, bei ihnen zu Hause aufgetaucht war. Vater machte darüber gelegentlich launige Bemerkungen, aus denen hervorging, dass der in bitterer Armut lebende Spighel gierig ein paar Schmalzbrote oder – wenn es sie gab – koscher hin, koscher her, ein paar Schälrippchen verdrückte. Besonders erpicht war er auf frische Sülze gewesen, die der Vater nach einem alten Familienrezept selbst zubereitete.

»Du hörst mir ja gar nicht zu«, maulte Caroline.

»Verzeih mir, ich habe mich in die Vergangenheit verirrt. Leider ist Jakob nicht mehr hier. Er hätte bestimmt einen Weg gewusst, auch wenn die Amis sich jetzt immer mehr aus den zivilen Verwaltungsangelegenheiten zurückziehen.«

»Hast du was von ihm gehört? Wie geht es ihm?«

Bruchstücke unangenehmer Erinnerungen legten sich auf Leonores gute Laune. Sie paffte drei, vier Züge und nahm einen Schluck. »Er ist jetzt in Israel mit der Frau verheiratet, der er wahrscheinlich sein Leben verdankt. Er hat mir ein paarmal geschrieben, meistens irgendwas Nichtssagendes. Er war meine erste große Liebe«, seufzte sie. »Als er 1945 zurückkam, hab ich ihn nach Jahren das erste Mal hier im Lokal wieder getroffen.«

Sie wandte sich an den Mann hinter dem Tresen, der aufmerksam seine Gäste bediente, immer freundlich war, sich aber nie unaufgefordert in die Gespräche anderer einmischte. »Weißt du noch, Fischel, wie Jakob und ich uns hier am Tresen wiedergesehen haben, damals am Ostersamstag 1946, du hattest deinen Laden erst wenige Wochen vorher aufgemacht.«

Ein wehmütiges Lächeln legte sich auf das schmale Gesicht des einzigen Überlebenden einer weit verzweigten galizischen Familie. »Klar, das war ja ein spektakulärer Auftritt von dir. Du kamst zur Tür herein wie Marlene Dietrich, nur eben nicht blond, also vielleicht doch eher wie Zara Leander.«

»Du Witzbold«, unterbrach sie ihn. »Red doch nicht so blödes Zeug. Ich hab damals in zwei Kneipen ausgeholfen, bis spät in die Nacht noch den Boden vom Schankraum gescheuert, nachdem die letzten Gäste ihr Dünnbier ausgetrunken hatten. Von wegen Zara Leander! Eine Putze vom Lande oder meinetwegen das Aschenputtel. Das wären passendere Vergleiche.« Sie lachte.

»Aber statt einem harmonischen Wiedersehen gab es erst einmal einen handfesten Krach«, fuhr Olmert mit einem Lächeln fort, während er gleichzeitig einem anderen Gast einen Drink mixte.

Leonore fuhr sich durchs Haar. »Erst war er sauer, dass es für mich in den Jahren, in denen ich nichts von ihm hörte, auch andere Männer gegeben hatte. Dann, als wir wieder zusammen waren, war er plötzlich nicht mehr sicher, wo er hingehörte. Immer hat er über der Frage gebrütet, wo er leben sollte, wo sein Zuhause war.«

»Das geht uns allen so«, sagte Olmert. Er wischte gedankenverloren mit einem blütenweißen Tuch über den Tresen. »Wir Überlebenden wissen das alle nicht mehr. Wir können nicht dahin zurück, wo wir früher gelebt haben, wo unsere Wurzeln sind, wo wir vor dem großen Elend auch glückliche

Tage hatten. Als ich den Laden hier aufgemacht habe, war ich fest davon überzeugt, dass ich nach Palästina ausreisen würde, sobald sich ein Weg fände, und wäre er noch so abenteuerlich. Jetzt bin ich hier hängen geblieben und grüble täglich darüber nach, ob das ein Fehler ist, ob es nicht besser wäre, zu gehen. Die Deutschen mögen uns Juden nicht. Und jetzt, wo sie wieder ihren eigenen Staat, nein sogar zwei Staaten haben, nehmen die Gemeinheiten wieder zu – und ewig können uns die Besatzungsmächte nicht schützen.«

»Sag mal«, unterbrach ihn Leonore, »erinnerst du dich noch an den Mitarbeiter von Jakob, einen freundlichen, patenten Burschen. Ich glaube, er hieß Miller. Der kannte sich gut in rechtlichen Angelegenheiten aus. Meine Freundin hat ein ernstes Problem. Vielleicht weiß dieser Junge einen Ausweg. Hast du eine Ahnung, wo er stecken könnte?«

Olmert zuckte mit den Schultern. »Das ist lange her, ich glaube nicht, dass er noch da ist. Er hat Jakob damals bei der Zusammenarbeit mit den Leuten unterstützt, die das Backnanger DP-Lager verwaltet haben. Jetzt sind kaum noch welche da, man wird es wohl in nächster Zeit auflösen. Die meisten sind haste, was kannste nach Israel, als die Unabhängigkeit ausgerufen wurde. Ich hab gehört, dass einige dort in diesem wahnsinnigen Krieg gefallen sind. Der Hölle von Auschwitz und Treblinka entronnen, um dann im gelobten Land umzukommen. Das kann wirklich nur einem Juden passieren. Das ist doch *Meschugas.*« Er schüttelte bedauernd den Kopf. »Leonore, ich weiß nicht, ob der Mann noch in Deutschland ist. Hierher kam er nur selten, eigentlich immer nur in Jakobs Begleitung.«

Zwei Wochen später erhielt Leonore eine Postkarte von Fischel Olmert. Seine Suche nach Miller war erfolglos gewesen. Immerhin hatte er herausgefunden, dass der Mann nach Beendigung seiner Dienstzeit bereits im letzten Jahr in die Staaten zurückgekehrt war.

Brown Baby Plan

Einige Wochen nach ihrem letzten Zusammentreffen mit Leonore, es war ein sehr heißer Sommertag, ging Caroline mit einer blechernen Gießkanne vors Haus und goss die Geranienstöcke, die vor den Fenstern des Erdgeschosses hingen. Es war das erste Mal nach dem Krieg, dass sie zusammen mit ihrer Mutter, die immer schlechter auf den Beinen war, wieder Geranien in die Kästen gepflanzt hatte, in denen man über viele Jahre hinweg Küchenkräuter gezogen hatte, um die faden Suppen, Getreidebreie und Brotkuchen etwas schmackhafter zu machen. »Kind«, hatte die Mutter voller Elan gesagt, »irgendwann muss das Leben wieder in seinen gewohnten Bahnen verlaufen. Und dazu gehören auch Geranien vor dem Fenster.«

Um die Blumen gießen zu können, musste sie sich an einigen Stellen gehörig strecken. Als sie von einem Fenster zum nächsten ging, erblickte sie auf dem holprigen Schotterweg, der von der Landstraße zu ihrem Anwesen führte, einen Mann auf einem Fahrrad. Es war der Briefträger. Caroline konnte unschwer erkennen, dass sich der Beamte in der Gluthitze schwertat, zumal er mehrere Posttaschen an seinem schweren Drahtesel hatte und zu allem Übel auch noch Uniform tragen musste. Er bremste quietschend ab, holte mehrmals tief Luft und stellte dann das schwere Rad vorsichtig an die Hauswand. Dann nahm er die Mütze ab und wischte sich mit einem großen Taschentuch den Schweiß aus dem Gesicht.

»Carolin, Carolin«, keuchte er. »Mit dir macht m'r scho ebbas mit. Heidanei, isch des a Hitz.«

»Willsch ebbas zom Trinka?«

»Des wär nett.«

»Was willsch? An Moscht?«

»Bei der Hitz wär des net zom empfehla. Höchschtens a Moschtschorle.«

Als Caroline ein großes, jeweils zur Hälfte mit Sommermost und Wasser gefülltes Glas brachte, hatte sich der Briefträger bereits wieder einigermaßen berappelt. Er trank das Glas auf einen Zug zur Hälfte aus und stellte es auf die Treppe zur Haustür. Dann entnahm er seiner Umhängetasche einen Umschlag und hielt ihn Caroline entgegen.

»Du, i han dir a Eischreiba.«

»A Eischreiba? Für mi? Des isch meischtens nix rechts.«

»Du muosch dahanna unterschreiba.«

Der Briefträger verstaute das unterzeichnete Dokument, trank das Glas leer, dankte und schob sein Fahrrad in die Gegenrichtung. Während er leicht schwankend davonradelte, öffnete sie mit zitternden Fingern den amtlichen Umschlag. Genau in diesem Augenblick kam Hans angerannt. In der Hand hielt er eine grünlich schillernde Raupe. »Mama, guck.«

Mit Mühe brachte sie das Kind dazu, das Tier wieder ins Gras zu setzen. Mit bangem Herzen nahm Caroline das Schreiben heraus. Das Jugendamt bestellte sie zu einer Besprechung. Sie sollte die Geburtsurkunde von Hans und ihren Personalausweis mitbringen. Ziel dieser Besprechung, zu der auch eine gewisse Fanny White aus Mannheim anreisen würde, wäre eine nochmalige sachgerechte Erörterung der Frage, ob sich durch eine Freigabe zur Adoption durch ein geeignetes amerikanisches Ehepaar nicht bessere Perspektiven für den Jungen böten. Frau White würde hinzugezogen, um den *Brown Baby Plan* zu erläutern, über den schon eine Reihe erfolgreicher Adoptionen durch gutsituierte afroamerikanische Familien erfolgt sei.

Normalerweise war Caroline Lang nur schwer aus der Fassung zu bringen. Nachdem sie das Schreiben zweimal überflogen hatte, zitterten ihr die Knie. Sie suchte Halt am Gartenzaun, um nicht zu stürzen. Rasch setzte sie sich auf die oberste

Stufe der Eingangstreppe. Sie würde einer Adoption auf gar keinen Fall zustimmen. Sie würde kämpfen. Aber sie wusste nicht, wie sie es angehen musste, um damit durchzukommen.

Leonore schalt sie später eine große Närrin. »Es hat dir niemand verboten, jemanden zu dieser Besprechung mitzunehmen. Dein Vater hat damals die Vormundschaft übertragen bekommen.«

»Der konnte doch beim besten Willen nicht mit. Sie waren mit dem Aufbau in Esslingen beschäftigt. Er hätte dort mehr als einen halben Tag gefehlt.«

»Dann hättest du mich fragen können, du dummes Huhn.«

Die Besprechung auf dem Jugendamt hatte sehr sachlich begonnen. Zu Beginn bot man ihr sogar eine Tasse Kaffee an. Zwar war es nur *Kathreiner Malzkaffee*, Ersatzkaffee also, aber immerhin. Fanny White war eine gutaussehende Afroamerikanerin, die ihre tiefglänzenden schwarzen Haare geglättet trug, was mittlerweile viele dunkelhäutige Amerikanerinnen taten. Ihr grünes Kostüm ließ sie streng, beinahe militärisch wirken, obwohl sie nicht bei der Army angestellt, sondern als Journalistin beim *Afro American* tätig war, einer Zeitschrift, die eigens für in Deutschland stationierte afroamerikanische US-Soldaten herausgegeben wurde. Sie kam gleich zur Sache: »Frau Lang, in den letzten drei Jahren wurden bereits mehrere hundert Kinder erfolgreich an adoptionswillige Eltern in den *United States* vermittelt.« Fanny White sprach mit hörbarem Südstaatenakzent ein grammatikalisch einwandfreies Deutsch. Unter anderen Umständen hätte Caroline sie als Erstes gefragt, wo sie so gut Deutsch gelernt habe.

Noch ehe sie etwas erwidern konnte, ergriff Gottfried Bauer, der Jugendamtsleiter, das Wort. »Frau Lang, wir wissen, dass Sie sich im Rahmen Ihrer bescheidenen Möglichkeiten außerordentlich um Ihre beiden Söhne bemühen. Meine Mitarbeiterin«, er schaute bei diesen Worten einen Moment lang zu Wanda Rubiczek hinüber, die bislang schweigend das Geschehen verfolgt hatte, »konnte sich in Ihrem Haushalt mehrfach davon überzeugen, dass die Jungen in einer reinlichen Umgebung aufwachsen und auch genügend zu essen bekommen, was heute immer noch nicht überall selbstverständlich ist. Aber Sie müssen begreifen, dass es für Sie als Alleinstehende, die, soweit ich das den Akten entnehmen kann, zu sehr unterschiedlichen Zeiten im Schaustellerbetrieb Ihres Vaters oder der Schänke Ihrer Mutter tätig ist, immer schwieriger wird, in angemessener Weise für *beide* Jungen zu sorgen.«

»Darüber brauchen Sie sich nicht den Kopf zu zerbrechen!«, schnaubte Caroline.

Beschwichtigend hob Bauer beide Hände. Fanny White verfolgte mit verschränkten Armen den Disput. Hin und wieder blickte sie geradezu demonstrativ auf ihre Armbanduhr.

»Überlegen Sie mal«, fuhr Bauer fort, »wie das sein wird, wenn übernächstes Ostern der Ältere und im Jahr darauf Hans in die Schule kommt. Sie können dann nicht mehr beliebig die Kinder bei Ihrer Mutter lassen. Die wird schließlich auch nicht jünger.«

»Machen Sie sich darüber mal keine Gedanken. In meiner Familie ist man seit mehreren Generationen gewohnt, solche Anforderungen zu bewältigen.«

Fanny White meldete sich zu Wort, indem sie sich nach vorne beugte und mehrmals energisch mit dem hinteren Ende eines in Deutschland immer noch recht teuren Kugelschreibers auf den blanken Tisch klopfte. »Frau Lang, wenn Hans eines Tages in die Schule kommt, fangen die Probleme erst richtig an. Ein farbiges Kind in einem Dorf wie das, in dem Sie wohnen. Er wird angefeindet, gehänselt, verspottet, eventuell sogar geschlagen werden. Man wird ihn als Kind einer *Negerhure* beschimpfen. Ich weiß, er ist ziemlich hellhäutig und sein Vater ist nur zur Hälfte Afroamerikaner …«, fuhr sie rasch fort, als sie sah, dass die Mutter im Begriff war aufzustehen und den Raum zu verlassen, nachdem das beleidigende Schimpfwort gefallen war.

Caroline Lang blieb stehen. »Glauben Sie nicht, dass es für viele Kinder besser wäre, wenn Ihre Organisation damit anfangen würde, Väter, die sich mir nichts, dir nichts aus dem Staub gemacht haben, in Amerika aufzuspüren und wenigstens dafür zu sorgen, dass ein regelmäßiger Unterhalt gezahlt wird?«

»Das ist nicht unsere Aufgabe. Und ich muss Sie auch nicht daran erinnern, dass Deutschland den bislang schrecklichsten aller Kriege angezettelt und verloren hat. Auch wenn Sie jetzt wieder eine eigene Regierung haben, unterliegt Ihr Land weiterhin einem besonderen Statut. Dazu gehört auch, dass die Angehörigen einer Armee, die maßgeblich zum Sieg über Hitler beigetragen hat, in ihrer Heimat einen besonderen Schutz genießen. Wenn Sie schriftlich die Einwilligung zur Adoption Ihres zweiten Kindes geben, haben Sie mehr Kraft und Zeit dafür, sich um den Älteren zu kümmern. Umgekehrt erfährt Hans eine besondere Förderung. Es gibt Stiftungen, die adoptierende Familien großzügig unterstützen. Und wenn der Junge begabt ist, besteht die Möglichkeit, dass ihm eine derartige Organisation sogar ermöglicht, zu studieren. Aber wichtiger ist, dass er in einer Umgebung aufwächst, in der seine Hautfarbe nichts Ungewöhnliches ist.«

»Sein Vater hat mir nichts davon erzählt, dass die Rassen in den Staaten gleichberechtigt seien«, erwiderte Caroline scharf. »Sind sie weißen Amerikanern gleichgestellt?«

»Sie weisen auf ein ernstes Problem hin.« Man merkte an der abgeklärten Reaktion Fanny Whites, dass sie derartige Debatten nicht zum ersten Mal führte. »Immerhin sind weiße und farbige Soldaten jetzt in der Armee gleichgestellt und es ist nur eine Frage der Zeit, bis das in sämtlichen Lebensbereichen der Fall sein wird. Aber Ihr Kind wird auf keinen Fall jene alltäglichen Diskriminierungen erfahren, denen es in diesem Land ausgesetzt sein wird.«

»Dann sollten Sie alle mit dafür sorgen, dass sich das ändert. Aber kommen wir zum Wesentlichen. Was wird passieren, wenn ich mich weigere?« Nachdem Caroline Lang mit dieser Frage für eine plötzliche Wendung im Gesprächsverlauf gesorgt hatte, herrschte einen Augenblick lang völlige Stille.

Wanda Rubiczek blickte erbost zu ihr herüber, sagte aber nichts. Die Aktivistin des *Brown Baby Plan* blickte erstaunt zu Gottfried Bauer hinüber, der mit starrem, nach unten gerichteten Blick die vor ihm liegenden Unterlagen akkurat aufeinanderlegte und dann mit beiden Händen vom Tisch nahm. Die meisten deutschen Mütter, denen Fanny White bisher begegnet war, reagierten ängstlich und unsicher, hatten häufig das Kainsmal des *Amiflittchens* oder der *Schokoladenhure* verinnerlicht. Noch nie hatte sich eine dieser Frauen so selbstbewusst gewehrt. Sie war fast geneigt, dieser Deutschen Respekt zu zollen. Dann bliebe das Kind eben hier. Bei der großen Zahl farbiger Soldaten würden künftig noch mehr Brown Babies geboren werden. Natürlich wusste sie auch um die Interessenslage vieler Jugendbehörden. Für Orte, an denen US-Streitkräfte stationiert waren, wurde die steigende Zahl der Mischlingskinder zu einer heiklen Betreuungs- und Kostenfrage, da die Frauen häufig alleine blieben und in der Mehrzahl der Fälle bei den Vätern kein Unterhalt eingetrieben werden konnte. Jedes Kind, das in den USA adoptiert wurde, war aus der Sicht der deutschen Behörden ein aufwendiger Fall weniger.

»Denken Sie daran, dass wir der Amtsvormund sind und wir in diesem Fall die Vormundschaft auf Ihren Vater übertragen haben. Wenn es die Umstände verlangen, müssen wir diesen Bescheid aufheben.« Bauer schien seine Fassung wiedergewonnen zu haben.

»Wollen Sie mich erpressen?«

Energisch schüttelte der Leiter des Kreisjugendamts den Kopf. »Niemand will Sie erpressen. Sie sollten sich abgewöhnen, in uns immer Ihren Gegner zu sehen. Wir sind einzig und allein dem Kindeswohl verpflichtet, und ob es uns gefällt oder nicht, kann dies im Einzelfall bedeuten, dass das Vormundschaftsgericht Ihre fehlende Zustimmung zur Adoption substituiert.«

»Was heißt das?«

Bauer zögerte kurz und fuhr dann fort: »Das kann bedeuten, dass das Gericht beschließt, das Kind auch im Falle Ihrer Zustimmungsverweigerung zur Adoption freizugeben. Dies kann geschehen, wenn es nach Abwägung aller Umstände aus fachlicher und juristischer Sicht das Beste für Ihr Kind wäre.«

»Nach Ihrem Verständnis ist es wohl besser für ein Kind, wenn man es der Mutter wegnimmt.«

»Im Einzelfall kann das zutreffen, ja.«

»Nehmen wir einmal an, ich unterschreibe. Wäre es dann möglich, dass ich das Kind unter anderen Umständen wieder zu mir nehme, etwa in dem Fall, dass ich eines Tages heirate und der Mann willens ist, es wie sein eigenes zu behandeln?«

Ehe Bauer etwas erwidern konnte, verschaffte sich Fanny White mit einer energischen Geste Gehör. »Das Prinzip der Adoption ist erst einmal nicht umkehrbar. Das ist sowohl deutsches als auch amerikanisches Recht. Eine Änderung könnte nur eintreten, wenn die Adoptiveltern sich nachträglich als ungeeignet erweisen. Allerdings schließen wir das durch unser umsichtiges und mehrstufiges Auswahlverfahren weitgehend aus. Wenn Sie einwilligen, erklären Sie auch, dass Sie keine selbstständigen Nachforschungen nach dem Verbleib des Kindes aufnehmen.«

Panik stieg in Caroline auf, die bisher diese Verhandlungen mit einer für sie erstaunlichen Beherrschung geführt hatte. »Ich soll erklären, dass ich mein Kind nie mehr wiedersehen werde? Ich unterschreibe gar nichts.«

Gottfried Bauer schüttelte verärgert den Kopf. »Frau Lang, ich habe Ihnen doch bereits erklärt, dass Ihre Zustimmung durch uns und im Zweifelsfall durch eine gerichtliche Entscheidung überflüssig gemacht werden kann. Sie sollten die Sache nicht unnötig verkomplizieren.«

»Nein, ich werde das nicht unterschreiben.« Caroline Lang war aufgesprungen und beugte sich mit aufgestützten Händen über den Tisch. Sie wirkte in diesem Augenblick energisch und kraftvoll. Nur diejenigen, die mit ihr vertraut waren, hätten an ihrer leicht zitternden Unterlippe erkannt, dass sie äußerst erregt, ja, einem Zusammenbruch nahe war. »Sie können mir nicht so mir nichts, dir nichts mein Kind wegnehmen. Wir leben nicht mehr in der Hitlerei, auch wenn das manche hier vielleicht bedauern.« Sie blickte zu Wanda Rubiczek hinüber, die während der gesamten Erörterung kein einziges Mal das Wort ergriffen hatte.

»Frau Lang, ich muss schon sehr bitten«, kam daraufhin von Fanny White, die ahnte, dass wohl heute mit dieser renitenten Person nichts mehr zu machen sein würde. »Noch immer leben Sie in einem Land, in dem Kinder wie der kleine Hans es äußerst schwer haben. Durchdenken Sie die Dinge nochmals in aller Ruhe. Vielleicht können wir in einigen Wochen einmal unter vier Augen miteinander sprechen.«

Sie riss einen Zettel aus ihrem Notizblock und notierte ein paar Ziffern. »Hier, ich gebe Ihnen meine Telefonnummer.«

»Ja«, murmelte der Amtsleiter nun zustimmend, der die erneute negative Darstellung der Situation in Deutschland aus dem Mund der Amerikanerin als verzerrt und anmaßend empfand. »Es ist wirklich das Beste, wenn Sie sich alles nochmals in Ruhe überlegen.«

Als Caroline das ungepflegte Gebäude verließ, in dem das Kreisjugendamt seit dem Herbst 1945 provisorisch untergebracht war, wurde sie von der tiefstehenden Sonne geblendet. Sie fühlte sich, als ob man ihr die Beine weggezogen hätte. Ihr Kreislauf begann verrückt zu spielen. Rasch setzte sie sich auf die oberste Stufe der steinernen Treppe und legte das Gesicht in beide Hände. Sie wusste nicht, was sie in dieser vertrackten Angelegenheit als Nächstes unternehmen sollte. Ihr Herz klopfte stärker als sonst, ihr Atem ging stoßweise. Wie kam dieser verdammte Kerl eigentlich dazu, sie so in der Misere zurückzulassen? Sie hatte Arturo Rodriguez von Anfang an vertraut. Er war kein wilder Draufgänger, kein Luftikus gewesen. Er war vielleicht kein schöner Mann. Aber seine stets an den Tag gelegte bedächtige Zurückhaltung und ein hohes Maß an Klugheit hatten ihr imponiert. Nie und nimmer hatte sie damit gerechnet, dass er sich eines Tages auf diese Weise aus dem Staub machen würde. Aber selbst das hatte er mit Bedacht und Klugheit in die Wege geleitet.

Mit einem Mal spürte sie einen sanften Druck auf ihrer Schulter. »Geht es Ihnen nicht gut, gnädige Frau?«, fragte eine tiefe, wohlklingende Stimme hinter ihr. »Kann ich Ihnen helfen?«

Erschrocken sah Caroline auf. Ein freundliches Gesicht lächelte ihr von oben herab entgegen. Sie schätzte den Mann auf Ende dreißig. Er hatte kein Jackett an. Über einem hellblauen Hemd leuchtete eine auffallende hellrote Krawatte. Trotz der immer noch großen Hitze trug er einen dieser modernen amerikanischen Hüte, einen schmalkrempigen *Trilby* von Stetson. Nun beugte er sich besorgt zu ihr herunter und musterte ihr Gesicht.

»Nein, nein, es geht schon.«

»Kann ich Sie irgendwohin bringen?«

»Nein, ich muss nur zur Bushaltestelle.«

»In dieser Verfassung kann ich Sie unmöglich alleine mit dem Bus fahren lassen. Sie sind ja leichenblass. Ich bringe Sie nach Hause. Es ist mir ein Vergnügen, zumal ich mein neues Wägelchen noch einfahren muss.«

Widerstandslos ließ sie sich von dem Fremden aufhelfen. Er hakte sie unter und führte sie zum Parkplatz hinter der Stadtkirche. Unter einer Kastanie stand ein nagelneuer *Borgward Hansa 1500 S.* Der Mann schaute prüfend in den Himmel, murmelte dann: »Es wird halten«, und begann mit einigen Handgriffen, das schwarze Stoffverdeck nach hinten zu klappen. Dann nahm er sein hellbraunes Jackett vom Beifahrersitz, warf es auf die schmale Rückbank und sagte mit einer einladenden Geste: »Steigen Sie ein.«

Während der Fahrt durch die Stadt sprachen sie wenig. Hin und wieder musterte sie der Fremde schweigend von der Seite. Erst als sie auf die holprige Landstraße nach Lichtengrün abgebogen waren, fragte er: »Hat man Sie auf dem Landratsamt schlecht behandelt?«

»Das kann man wohl sagen«, sagte sie und holte mehrmals tief Luft. »Man will mir mein Kind abpressen, meinen Jüngsten.«

»Inwiefern?«

»Der Vater ist ein amerikanischer Soldat.«

»Ich verstehe«, sagte der Fremde sichtlich reserviert.

»Nichts verstehen Sie. Das Jugendamt hat versucht, mir die Einwilligung zur Adoption abzunötigen. Das Kind soll zu Adoptiveltern nach Amerika vermittelt werden.«

»Ich wollte Ihnen nicht zu nahe treten. Ich meine nur begriffen zu haben, dass man es den Müttern solcher Kinder nicht leicht macht.«

»Sind wir Menschen zweiter Klasse, dass wir uns Derartiges gefallen lassen müssen?«, brauste Caroline auf.

»Regen Sie sich nicht auf. Wenn Sie im Recht sind, wird sich alles finden.«

»Sie haben gut reden.«

Beide schwiegen eine Zeitlang. Dann zeigte Caroline Lang dem unbekannten Fahrer die Abzweigung zum elterlichen Anwesen. Am Ende des Schotterweges rollte der Wagen aus und blieb hinter einem dreirädrigen Kleinlastwagen *Tempo Hanseat* stehen, mit dem am Morgen ihre Schwester Franziska gekommen war, um während ihrer Abwesenheit die Kinder zu betreuen.

»Danke schön.«

»Kann ich hereinkommen?«

»Besser nicht. Meine jüngere Schwester passt auf die Kinder auf.«

»Ich heiße übrigens Rolf Hermann. Und wen habe ich soeben gefahren?«

»Sie dürfen Caroline zu mir sagen.«

»Sehen wir uns wieder?«

»Ich weiß es nicht. Vielleicht begegnen wir uns irgendwo.«

Sie stiegen beide aus. Er reichte ihr die Hand. Unwillkürlich blickte sie darauf. Er trug keinen Ring.

»Danke nochmals.«

»Es war mir ein Vergnügen.«

Als sie das Haus betrat, spielten beide Jungen mit zwei kleinen Blechautos, die ihnen ihre Tante mitgebracht hatte. Franziska war Leopolds Zwillingsschwester und besuchte ihre Herkunftsfamilie nur selten. Sie war zwei Jahre jünger als Caroline und hatte bereits als Zwanzigjährige einen Mann geheiratet, der darauf bestand, dass sie sich aus dem Schaustellergeschäft vollkommen zurückzog. »Ich möchte keine Frau, die zwischen Buden und Karussells ständig zum Freiwild grober Kerle wird«, hatte er gesagt und keine Widerrede zugelassen. Das war Franziska gar nicht so unrecht gewesen. Im Unterschied zu ihren Geschwistern war sie nicht vom Virus der Schaustellerei infiziert.

Ihr Mann Karl-Heinz kam schwerkrank bereits im August 1945 aus der Gefangenschaft zurück, schwebte lange zwischen Leben und Tod, überwand die Tuberkulose aber soweit, dass er ein leidlich normales Leben führen konnte. 1947 übernahm er das kleine Lebensmittelgeschäft seiner Eltern in Ludwigsburg, in dem Franziska von Anfang an engagiert mitarbeitete.

Da sie selbst keine Kinder hatte, hatte sie sofort zugesagt, als Caroline verzweifelt eine Kinderbetreuung gesucht hatte. Die Mutter hatte Grippe, der Vater war mit den Brüdern in Esslingen und Leonore konnte nicht bei der Arbeit fehlen. Caroline und Franziska hatten nie ein besonders enges Verhältnis zueinander gehabt. Dazu waren sie zu verschieden. Aber jetzt war die Jüngere gerne bereit, ihre Schwester im Rahmen ihrer Möglichkeiten bei der Bewältigung des Schlamassels zu unterstützen, in dem sie momentan gefangen schien. Sie begrüßte ihre ältere Schwester mit den Worten: »Das war aber ein attraktiver Mann. Du hast mir gar nichts von ihm erzählt.«

»Das konnte ich auch nicht«, erwiderte die Angesprochene. »Ich habe ihn soeben erst kennengelernt. Er hat mir angeboten, mich nach Hause zu fahren. Und wie war es mit den Kindern?«

»Kein Problem. Sie haben nett gespielt. Ich habe ihnen Tee und Honigbrote gemacht. Und wie ist es für dich gelaufen?«

»Sie wollen mir den Kleinen wegnehmen. Ich soll zustimmen, dass er von farbigen Eltern in Amerika adoptiert wird.«

»Darauf wirst du dich hoffentlich nicht einlassen.«

»Auf keinen Fall.«

»Und wie geht es jetzt weiter?«

Caroline blickte zum Stubenfenster hinaus. Erst nach einigen Minuten bemerkte Franziska am schwachen Beben der Schultern, dass ihre große Schwester weinte. Sie konnte sich nicht daran erinnern, dass sie dies in ihrer gemeinsam verbrachten Kindheit auch nur ein einziges Mal erlebt hatte.

Der Spider-Mann

Einige Monate später trat eine unerwartete Wendung in Carolines Angelegenheiten ein. Sie wurde von einer Seite auf den Weg gebracht, von der sie dies nicht erwartet hatte. Schon die ganze Zeit seit Kriegsende erhielt die Familie Schürbel regelmäßig Päckchen und Pakete aus den USA, die das harte Leben der Nachkriegszeit hin und wieder etwas leichter und angenehmer machten. Die Sendungen stammten alle von Onkel Louis, einem der beiden Brüder Frédérics.

Auch der jüngste der drei Abkömmlinge von Karl Schürbel hatte die Mahnung des Vaters verinnerlicht, die dieser ihnen beim Ausbruch des ersten Krieges mit auf den Weg gegeben hatte. Der Heldentod, hatte das Familienoberhaupt seinen Söhnen eingetrichtert, sei nichts für das fahrende Volk, sei eher den Abkömmlingen der besseren Kreise vorbehalten. Als Louis 1916 verschüttet und anschließend von seinen bis zur Erschöpfung grabenden Kameraden geborgen wurde, dachten alle, er sei tot. Nach kurzer Ohnmacht kam er zur Freude der Umstehenden wieder zu sich, freilich ab jetzt offensichtlich mit einem Nervenleiden behaftet, das zu regelmäßig wiederkehrenden Anfällen führte. Louis Schürbel galt von nun an als *Kriegszitterer*. Anderthalb Jahre verbrachte er in Reservelazaretten und Heilstätten, wo ihn lediglich die ständig schlechter werdende Verpflegung störte. Verwundert reagierten Schwestern und Krankenpfleger auf seine unablässig vorgetragenen Wünsche nach Papier, auf dem er tagelang komplizierte Kringel und spinnenartiges Getier zeichnete.

Nach Kriegsende legten sich die Zitteranfälle auf wundersame Weise, was einzelne Zeitgenossen zu bösartigen

Spekulationen verleitete. Louis Schürbel wanderte 1921 in die Vereinigten Staaten aus. Dort reüssierte er bereits nach wenigen Jahren im Schaustellergeschäft und gründete noch in den Zwanzigerjahren den ersten von einem halben Dutzend Vergnügungsparks. Die geheimnisvollen Kringel und Fabelwesen, die er in den Lazaretten und Genesungsheimen gezeichnet hatte, entpuppten sich als vorläufige Studien für neue Fahrgeschäfte. Berühmt wurde der *Spider,* den Louis Schürbel im Reservelazarett Colmar gezeichnet hatte, ein krakenähnliches Karussell, das alsbald auf allen großen Rummelplätzen und in den Vergnügungsparks in Amerika, Australien und Europa auftauchte.

Im Frühsommer 1951 hatte Louis seinem Bruder telegraphiert, dass er sich in nunmehr fortgeschrittenem Alter noch einmal in der alten Heimat umsehen wolle. Man wisse ja nicht, wie lange dies noch möglich sei. Auch müsse er mit ihm, Frédéric, ein ernsthaftes Wort darüber reden, weshalb er die Hilfe des Bruders in den Jahren nach dem letzten Krieg immer wieder ausgeschlagen habe. Es wäre ohne weiteres möglich gewesen, dessen Fahrgeschäfte mit einem amerikanischen *Autoscooter* oder dem neuesten *Spider* zu bereichern. Was bislang noch nicht zustandegekommen sei, könne auch jetzt noch in die Wege geleitet werden.

Louis Schürbel traf schließlich am 2. August 1951 in Lichtengrün ein. Frédéric hätte seinen Bruder viel lieber in Seelbach empfangen. Louis bestand jedoch darauf, sich im Stammhaus der Familie zu treffen. Man solle bloß keine Umstände machen. Er nehme sich von amerikanischen Stellen ein Leihauto und residiere in Heilbronn oder in Schwäbisch Hall, je nachdem, wo ein geeignetes Hotel zu finden sei.

Er landete in Frankfurt am Main und fuhr mit dem Zug nach Mannheim, wo er bei einem alten Freund nächtigte, der dort im Range eines Brigadegenerals stationiert war. Der Freund überließ ihm ein amerikanisches Zivilfahrzeug, einen zweitürigen 48er *Buick Roadmaster Sedanette*, mit dem er am anderen Tag staunend und zugleich von vielen Menschen bestaunt durch ihm mittlerweile fremd gewordene Landstriche fuhr, die vielerorts noch von Zerstörung, an anderen Stellen bereits von weit gediehenen Wiederaufbaubemühungen geprägt waren.

Onkel Louis, wie ihn alle nannten, legte einen imponierenden Auftritt hin. Im Grunde genommen erfüllte er die Erwartungen derer, die seinem Besuch entgegengefiebert hatten.

Frédéric konnte sich leicht vorstellen, wie sein jüngerer Bruder, den er seit drei Jahrzehnten nicht mehr zu Gesicht bekommen hatte, sein würde. Seine Kinder Caroline, die angereisten Zwillinge Franziska und Leopold sowie Willi hatten ihren Onkel noch nie gesehen und entwickelten demnach überbordende Erwartungen und Fantasien, denen ihr Onkel allerdings in geradezu sprachlos machender Weise zu entsprechen schien.

Pünktlich zur angegebenen Zeit bog ein dunkelblauer Buick auf die Schotterpiste zum Schürbel'schen Anwesen ein. Zwei Männer saßen darin. Louis hatte seinen Bruder Anton in Munzlingen abgeholt, wo dieser seit mehreren Jahrzehnten eine Gastwirtschaft besaß. Daneben hatte er bereits vor dem Krieg eine Kette von Imbissbuden aufgebaut, die von seinen Angestellten oder Subunternehmern auf großen Stadtfesten und Märkten in ganz Süddeutschland betrieben wurden. Anton Schürbel war ein zurückhaltender, beinahe introvertierter Mann, der wenig Kontakt mit seinem Bruder Frédéric pflegte, obwohl es zwischen beiden niemals zu einem Zerwürfnis gekommen war. Ohne jemals darüber gesprochen zu haben, führten es beide auf die wachsende Arbeitsbelastung und ihre unterschiedlichen Naturelle zurück. Auf der Fahrerseite der mächtigen Limousine stieg ein drahtiger Endfünfziger aus. Der Gast trug einen hellen Leinenanzug und einen senffarbenen, breitrandigen Stetson. Er musterte die vor dem Haus versammelten Familienmitglieder, lachte breit und sagte mit überraschend deutlichem amerikanischem Akzent: »Schön, wieder zu Hause zu sein.«

Er ging auf sie zu, umarmte zuerst seinen Bruder Frédéric, den er in die Seite puffte und dann mit erhobenem und hin- und herwackelndem Zeigefinger schalt: »Du Schlingel, warum hast du denn nie meine Hilfe angenommen?«

Er ließ sich die Namen seiner Neffen und Nichten und der beiden Großneffen nennen. Willi erklärte seinem Onkel, dass Heiderose, die Zweitjüngste, mit ihrem Mann in der sowjetischen Besatzungszone lebe und leider die weite Reise nicht machen könne. Außerdem werde der Übertritt in eine der Westzonen von Mal zu Mal schwieriger.

Louis schlug Anton lachend auf die Schulter. »Ist es nicht ein großes Glück, dass kein einziges Familienmitglied in diesem verdammten Krieg umgekommen ist? Meine beiden Söhne standen im Kampf gegen die Japsen. Beide haben überlebt. Carl, der Ältere, ist sogar in japanischer Gefangenschaft gewesen. Er kam völlig abgemagert und krank zurück. Aber auch er lebt und es geht ihm wieder gut. Stellt euch mal vor, es hätte ohne Weiteres sein können, dass meine Boys gegen eure Jungs zum Einsatz gekommen wären, unvorstellbar, das Ganze.«

Immer noch kopfschüttelnd trat er an Caroline heran, die ihre Arme um die Schultern der beiden Jungen gelegt hatte, die vor ihr standen und den fremden Mann mit großen Augen schüchtern und fragend ansahen. »Du also bist Caroline«, sagte er. Er betrachtete sie kurz, dann streichelte er ihr sanft über die linke Wange. »Du also bist das tapfere Mädchen.«

Stumm reichte ihm Ludwig die Hand zum Gruß.

»Du bist Ludwig, ja?« Dann streichelte er dem Jüngeren über den Kopf, der dastand wie zu einer Salzsäule erstarrt. Er machte keinerlei Anstalten, den Fremden zu begrüßen. »Und du also bist Hans, wie ich ein halber Amerikaner.«

Zusammen mit Frédéric ging er als Erster ins Haus. »Ja, Friedrich« – so hatte er ihn seit Ende des Ersten Weltkriegs nicht mehr genannt –, »auch wenn man schon so lange in den Staaten lebt, fühlt man sich doch nur als halber Amerikaner, auch wenn das dort niemand von mir behaupten würde und keinem meiner Freunde und Geschäftspartner in den Sinn käme. Es ist hier drinnen.« Er schlug sich mit der Faust auf die Brust. »Man kann nicht aus seiner Haut. Man wurde als Deutscher geboren und hat auf Deutsch zu denken und zu träumen begonnen.«

In der Stube drängte sich ein Dutzend Menschen um den Kaffeetisch. Die Frauen hatten Kuchen und Torten gebacken. Liesel hatte auf Anraten ihres Mannes einen Käsekuchen gemacht. Das sei immer des Bruders Lieblingskuchen gewesen. Nirgends in den Staaten kriege der einen ordentlichen Käsekuchen, selbst seine Frau sei an dieser Aufgabe gescheitert.

Von Anfang an dominierte Louis die Tischrunde, ohne dabei anmaßend oder arrogant zu wirken. Er berichtete von den schweren ersten Jahren, als er sich als Hilfsarbeiter und Mitreisender bei Fahrgeschäften verdingt habe. Davon, wie er das Glück hatte, den Betrieb eines alt und müde gewordenen Schaustellers übernehmen zu können, und wie ihm in den Sinn kam, dass man entweder ein ganz Großer werden oder scheitern müsse.

Bereits sein erster Vergnügungspark in Pittsburgh wurde ein Erfolg, der es ihm ermöglichte, seine Erfindungen umzusetzen und das *Business*, wie er sagte, zu revolutionieren. Im nächsten Jahr wolle er die Geschäftsleitung seiner sechs Vergnügungsparks auf seine Söhne übertragen und sich nur noch der Weiterentwicklung von *Funny Puke Machines* widmen.

Was das heiße, fragte Caroline.

Er lachte. »Ich entwickle lustige Kotzmaschinen«, erklärte er verschmitzt. »Und du, Friedrich«, wandte er sich an seinen Bruder, »du überwindest deinen Stolz und nimmst im Interesse deiner Familie und zur Wahrung der alten Traditionen mein Angebot an. Ihr bekommt auf dem Seeweg einen *Autoscooter* und einen *Spider.* Nicht als Geschenk, sondern als Dauerleihgabe. Ihr seid sozusagen mein Testbetrieb für Europa. Die Länder Europas liegen noch immer am Boden. Aber die Menschen sehnen sich nach Amüsement.«

Frédéric Schürbel machte eine abwehrende Geste. Aber die Jungen zeigten ihre unverhohlene Freude. Willi jauchzte laut auf. Er war im Begriff, in Vaters Fußstapfen zu treten, obwohl Leopold der Ältere von beiden war. Leopold träumte davon, eine Landmaschinenwerkstatt zu eröffnen und hatte gleich nach seiner Rückkehr aus der Kriegsgefangenschaft noch eine einschlägige Ausbildung absolviert. Einen entscheidenden Impuls hatte ein amerikanischer Farmer gesetzt, bei dem er als dienstverpflichteter *Prisoner of War* wertvolle Erfahrungen machen konnte. Wenn die Zeiten wieder besser wurden, könnte man mit dem Import leistungsfähiger Traktoren von *John Deere* ein einträgliches Geschäft beginnen. Noch während des Kaffeetrinkens überlegte er, ob es lohnend sein könnte, den Onkel um Unterstützung zu bitten.

»Es wird Zeit, endlich mal was anderes zu präsentieren als das Karussell und die alte Schiffschaukel«, wandte sich Willi an seinen Vater.

»Großvaters Schiffschaukel? Habt ihr die noch?«, fragte Louis.

Frédéric nickte verlegen.

»Behaltet die auf jeden Fall und behandelt sie pfleglich. Eines Tages werden die alten Sachen wieder gefragt sein. Und das Kinderkarussell? Wie viele Generationen ist es bereits mit den Schürbels auf Rummelplätzen unterwegs?«

»Willi wäre erst die dritte«, erwiderte Frédéric. Unser Vater hat damit angefangen. Großvater Leopold war noch mit einer Wanderbühne unterwegs.«

»Stimmt«, sagte Anton, der bislang geschwiegen hatte.

»Ist das grauweiß gesprenkelte Holzpferd noch auf dem Karussell?«, fragte Louis. »Das war immer mein Lieblingsplatz.«

Allen, die bei dieser Wiedersehensfeier anwesend waren, blieb dieser Tag in besonderer Erinnerung. Frédéric dachte auch später noch hin und wieder darüber nach, weshalb sein kleiner Bruder es so weit gebracht hatte, obwohl er als Kind immer als Träumer gegolten hatte. Er tat dies ohne den geringsten Anflug von Neid, eher mit Verwunderung darüber, dass so etwas möglich war.

Die Jüngeren hingen dem Gast an den Lippen, hörten seinen Geschichten und Anekdoten zu wie die barfüßigen Kinder, die vor Sonnenuntergang auf dem Djemaa el Fna in Marrakesch den Erzählungen lauschen, die, untermalt vom Flötenspiel und vom Tam-Tam der Trommeln, von weißbärtigen Märchenerzählern vorgetragen werden.

Als es dunkel wurde, gab es ein kaltes Abendessen, zu dem Bier, Wein und Schnaps gereicht wurden. Zwischenzeitlich holte der Gast mehrere Kartons aus dem Buick, aus denen er Geschenke an alle Anwesenden verteilte. Für die Männer stellte er Whiskey und Cognac, für die Frauen Parfüms und für die Kinder Kleinspielzeug und Süßigkeiten auf den Tisch. All die schönen Dinge hatte er im Mannheimer PX-Laden erstanden, da er nur mit kleinem Gepäck nach Frankfurt geflogen war.

Es war schon weit nach Mitternacht, als Louis sich erhob. Er hatte maßvoll getrunken und wollte noch in sein Hotel fahren. Franziska und Leopold waren, weil sie anderntags früh aufstehen mussten, schon nach zehn Uhr aufgebrochen. Franziska nahm einen Umweg in Kauf und brachte ihren Zwillingsbruder mit dem Dreiradlaster nach Hause. Anton blieb über Nacht und bekam ein Lager auf der Wohnzimmercouch gerichtet. Ehe der Gast das Haus verließ, sagte er noch: »Das nächste Mal macht ihr mir einen schönen Wurstsalat mit schwarzer Wurst, Zwiebeln, Essig und Öl.«

Während die anderen längst zu Bett gegangen waren, saßen Frédéric und sein jüngster Sohn Willi noch in der Küche und wogen bei weiterem Bier- und Schnapskonsum das Angebot ab, das ihnen Louis unterbreitet hatte.

»So kommen wir einen großen Schritt weiter«, drängte Willi seinen Vater. »Du musst deinen Stolz zügeln. Es geht nicht nur um dich, sondern um die Familie und in besonderer Weise um mich. Caroline wird nicht mehr voll einsteigen. Leo zieht sich mehr und mehr zurück. Der hat andere Interessen. Hat er noch nicht mit dir gesprochen? Seit die D-Mark da ist, erneuern immer mehr Kollegen ihr Angebot. Du siehst doch jeden Tag selbst, was plötzlich möglich ist. In zwei, drei Jahren machen wir mit dem alten Kinderkarussell und der Schiffschaukel nicht mehr den Umsatz, den wir zum Überleben brauchen. Vater, ergreif die Gelegenheit. Onkel Louis tut es nicht weh, wenn er uns hilft, und es ist keine Schande, auf sein Angebot einzugehen. Er ist ein feiner Mensch, eine ehrliche Haut.«

Der Alte hatte seinen Sohn noch nie so lange reden hören. Er schenkte sich noch einen *Laird's Old Apple Brandy* ein, hielt das Glas zum wiederholten Male prüfend vor die trübe Milchglasfunzel, die die Küche nur unzureichend erhellte und trank es in einem Zug leer. »Ich werd's mir überlegen, Bub, vielleicht hast du ja Recht.«

Louis Schürbel war von seinem ersten Besuch in der alten Heimat auf eine Weise berührt, die er nicht erwartet hatte. Anton, Friedrich und er waren in jungen Jahren eine verschworene Gemeinschaft gewesen, die aus dem harten, arbeitsreichen Leben und der uralten Einsicht resultierte, dass Fahrende nur überleben konnten, wenn die Sippe zusammenstand. Nach dem ersten Krieg war alles durcheinandergeraten. Anton hatte das Leben im Karren gänzlich aufgegeben. Der kleine Familienbetrieb nährte in dieser unsicheren Zeit nur noch einen Erben und dessen Angehörige. Ihm als dem Jüngsten war bereits während des Krieges klar geworden, dass er, wenn er überlebte, sein Glück und Auskommen woanders suchen musste. Jetzt, da er alles erreicht hatte, was ein Mensch in seinem Leben erreichen konnte, begann die Sehnsucht nach der alten Großfamilie wieder in ihm zu keimen. Natürlich liebte er seine Frau Hedy noch immer und sein größtes Glück war, dass seine beiden Jungs den letzten Krieg überlebt hatten. Und obwohl es ihm an Freunden in der neuen Heimat nicht mangelte, löste die Wiederbegegnung mit den ärmlichen Verhältnissen seiner alten Heimat gewaltige Gefühlsregungen in ihm aus. Er war kein Fantast. Er wusste, dass er niemals mehr auf Dauer zurückkehren würde. Aber einige Wochen zu bleiben und abzuwarten, bis sich diese heftigen Empfindungen wieder gelegt hatten, war eine Option.

Am anderen Tag gab er die umfangreichsten und teuersten Telegramme auf, die bis dahin jemals vom Postamt Schwäbisch Hall aus abgeschickt worden waren. Seine beiden Söhne instruierte er umfangreich über die Aufgaben, die seiner Meinung nach vorrangig im Betrieb zu erledigen waren. Seine Frau bat er, sie möge doch nachkommen. Es sei an der Zeit, dass sie seine Brüder und deren Familien kennenlerne. Und anschließend könne man gemeinsam noch einige schöne Orte besuchen, Heidelberg beispielsweise, Rothenburg oder Neuschwanstein. Und vor dem Rückflug könne man auch noch ein paar Tage in der Schweiz verbringen. Er sei selbst noch nie dort gewesen und man werde nicht jünger.

Er gab dem aufnehmenden Postbeamten ein stattliches Trinkgeld, worauf dieser leise und verlegen murmelte, dass er es eigentlich nicht annehmen dürfe. Dann instruierte er ihn darüber, wohin man ihm eingehende Antworten zustellen solle. Beim Verlassen des Postamtes grüßte er die hinter ihm angewachsene Schlange griesgrämig dreinblickender Haller Bürger mit großer Freundlichkeit.

Er schlenderte über den Haalplatz, durchquerte die ungepflegten Ackeranlagen, trank einen Kaffee im *Café Ableitner* und beschloss, die noch anstehenden Dinge vom Hotel aus zu regeln. Immerhin gab es neben der Rezeption ein weiteres Telefon für Hotelgäste. Der *Resident Officer* für den Landkreis verhielt sich in der von ihm vorgetragenen Angelegenheit äußerst reserviert und verwies auf die Begrenztheit seiner Befugnisse, die in diesem Fall ein Eingreifen ohne das Placet einer höheren Stelle nicht zuließen. Liege dieses vor, werde man umgehend tätig werden, das könne er ihm zusagen. Es dauerte eine ganze Weile, bis Louis mit dem Chef der Militärbehörde für Württemberg-Baden verbunden wurde. Das immer noch lückenhafte deutsche Telefonnetz war mit den selbstständig aufgebauten Schaltungen der amerikanischen Dienststellen nur schwer zu verbinden. Der Mann, den er sprechen wollte, war ein Colonel, dessen Großvater nach 1870 aus dem Schwäbischen in die Staaten ausgewandert war. Der Vater des Mannes und Hedys Mutter waren miteinander verwandt. Louis hatte ihn in den Dreißigerjahren bei einem Familientreffen kennengelernt. Seither war der Kontakt nie völlig abgerissen.

Was die beiden an diesem Morgen freundschaftlich besprachen, führte zwei Wochen später dazu, dass der Landrat ein Schreiben der obersten Militärbehörde erhielt, dem zu entnehmen war, dass der Knabe Hans Lang, geboren am 23. Juni 1946 in Seelbach, aus dem Programm zur Adoptionsvermittlung, dem sogenannten *Brown Baby Plan*, herauszunehmen sei.

Da das geltende Besatzungsstatut die Handlungsspielräume deutscher Behörden noch immer begrenzte, gab der Landrat, auch wenn ihm das Ganze höchst seltsam und der Vorgang für eine Intervention von höherer Stelle zu banal und zu nichtssagend vorkam, eine eilig erstellte Abschrift an seinen Jugendamtsleiter weiter. Die Textpassagen, die dem Landrat wichtig erschienen, unterstrich er fein säuberlich mit Lineal und rotem Kopierstift. Die Abschrift selbst versah er mit dem Vermerk »So zu verfahren«. Lange grübelte er über einen Zusatz, der dem offiziellen Schreiben noch handschriftlich angefügt, ferner mit einem Stempel der Militärbehörde und einer Unterschrift versehen war. Dem Appendix war zu entnehmen, dass im Falle einer wirtschaftlichen Notlage des Kindes oder der Mutter umgehend die *Hedwig and Louis Schürbel Foundation*, postlagernd Pittsburgh / Pennsylvania / USA zu informieren sei.

Seltsame Dinge geschahen heutzutage. Immerhin, im Bedarfsfall würde dem Jugendamt – und damit letztendlich der Allgemeinheit – ein unnützer und rassisch doch zweifelhafter Esser weniger auf der Tasche liegen. Auch Gottfried Bauer kam nach kurzer Irritation zu dem Schluss, dass alles in allem nun doch eine Lösung des Problems gefunden sei, die zwar seinem Verständnis von Jugendfürsorge nicht entsprach, mit der man aber leben konnte.

Einzig Wanda Rubiczek reagierte mit Entsetzen und ohnmächtiger Wut. Dass sie keine Möglichkeit mehr erblickte, an der nun getroffenen Regelung etwas zu ändern, steigerte ihren Ingrimm.

Sommerliebe

In der Küche sah es unappetitlicher aus als sonst. Caroline hatte Rote Bete geerntet und machte sie ein. Die tiefroten Rüben waren bereits abgekocht. Soeben hatte sie damit begonnen, den noch warmen Kugeln die Haut abzuziehen. Zuvor hatte sie den Küchentisch dick mit Zeitungspapier ausgelegt, um das Eindringen der unvermeidlichen Spritzer in die Holzoberfläche zu verhindern. Sie wusste aus Erfahrung, dass ihre Hände auch nach mehrmaligem Schrubben noch tagelang gerötet bleiben würden. Gerade als sie sich mit spitzen Fingern daranmachte, die Haut einer größeren Rübe zu lösen, vernahm sie das Geräusch eines über den Schotterweg ruckelnden Wagens. Sie erwartete niemanden. Wer war der unangemeldete Besucher? Und was konnte er wohl von ihr wollen?

Durch das geöffnete Küchenfenster erkannte sie den Borgward, in dem sie vor wenigen Monaten der freundliche Mann nach Hause gefahren hatte, der sie zuvor auf den Stufen des Landratsamtes in ihrem Elend aufgelesen hatte. Eilig schrubbte sie die Hände notdürftig mit Scheuerpulver und deckte den Topf mit der noch ungeschälten Roten Bete mit einem Geschirrtuch ab.

Noch immer hatte das Haus in Lichtengrün keine Klingel. Rasch fuhr sie sich durchs Haar, löste die Schürze und ging auf den Flur hinaus, dem Besucher entgegen. Sie begrüßte ihn mit den Worten: »Das ist ja eine Überraschung.«

»Hallo«, sagte der Fremde. »Erinnern Sie sich noch an mich? Ich hatte gerade in der Gegend zu tun. Da dachte ich, ich komm mal auf einen Sprung vorbei.«

Sie führte den unangemeldeten Gast in die Küche. »Entschuldigen Sie die Unordnung. Ich bin gerade dabei, Rote Bete einzumachen. Aber Sie haben Glück. Ich schäle gerade erst die Rüben. Wenn ich schon dabei gewesen wäre, die Einmachgläser zu füllen, hätte ich die Arbeit nur schlecht unterbrechen können.«

»Störe ich?«, fragte der Mann. Wie bei ihrer letzten Begegnung trug er ein modisches Nylonhemd und eine etwas zu auffällige Krawatte. Hut und Jackett hatte er im Wagen gelassen.

»Sie sehen doch, dass Sie stören. Was fragen Sie? Aber jetzt, da Sie nun mal da sind, kriegen Sie zumindest einen Kaffee. Soll ich einen kochen?«

Der Mann nickte. »Wo sind die Kinder?«, fragte er. »Sie haben mir erzählt, dass Sie zwei kleine Jungen haben.«

»Der Kleine schläft«, sagte Caroline. »Deshalb kann ich Sie leider nicht ins Wohnzimmer bitten, sein Bettchen steht tagsüber dort. Ludwig, der Große, spielt draußen. Ach, da ist er schon.« Lachend zeigte sie durchs Fenster.

Beide konnten sehen, wie ihr Ältester das fremde Auto begaffte. Dabei hielt er respektvoll Abstand. Caroline stellte den Wassertopf auf den Herd. Dann schüttete sie löslichen Kaffee in eine Kanne. »Wir können den Kaffee hinter dem Haus trinken«, schlug sie vor. »Dort steht ein Tischchen.«

Der Gast nickte zustimmend. Im Gehen fragte er: »Wie geht es Ihnen? Das letzte Mal hatten Sie ja arge Schwierigkeiten mit dem Amt.«

»Das Hauptproblem ist erst einmal erledigt«, sagte Caroline, während sie sich setzte. Vorsichtig trank sie einen ersten Schluck. »Aber eine alleinstehende Mutter bekommt die Fürsorge erst dann vom Hals, wenn die Kinder auf eigenen Beinen stehen.«

»Sind Sie noch immer alleinstehend?«, fragte der Besucher und sah dabei Caroline forschend an.

»Warum interessiert Sie das?«

»Nur so.«

»Nur so?«

Er sah sie schweigend an. Sie hielt seinem Blick stand.

»Sie sind eine interessante Frau«, sagte er nach einer Weile.

»Trotz des Amibalgs?«

»So hab ich das bei unserer ersten Begegnung nicht gesagt und auch nicht gemeint.«

Beide schwiegen. Caroline sah einer Hummel nach, die gemächlich über das Gras schwebte. »Ich muss Ihnen ein Geständnis machen«, sagte sie nach einer Weile, ohne den Blick vom Flug des Insekts abzuwenden.

»Ein Geständnis?«

»Es ist mir schrecklich peinlich, aber ich habe Ihren Namen vergessen.«

Der Fremde lachte laut und anhaltend. »Sie sind wirklich ein origineller Mensch. Ich heiße Rolf Hermann, aber sagen Sie einfach Rolf zu mir.«

Wieder schwiegen beide. Hin und wieder sah der Mann forschend zu Caroline hinüber.

»Und nun?«, fragte sie nach einer Weile und sah ihn herausfordernd von unten an.

Er warf einen Blick auf seine Armbanduhr. »Oh, ich muss wieder los. Mein Kunde wartet schon.« Er zögerte einen Moment, ehe er fortfuhr: »Darf ich Sie an einem Wochenende mal zu einer kleinen Ausfahrt abholen? Sie und die Kinder?«

Caroline sagte nichts. Widerstreitende Gedanken gingen ihr durch den Kopf.

»Wir könnten ein Eis essen«, sagte er rasch. »Und dann könnten wir Boot fahren, am Ebnisee zum Beispiel. Das macht doch auch den Jungen Spaß.«

»Und wann?«

»Sie sind einverstanden?«

»Aber machen Sie sich keine falschen Hoffnungen.«

»Natürlich nicht«, sagte er. Die Erleichterung war ihm deutlich anzusehen.

Caroline blieb noch eine Zeitlang hinter dem Haus sitzen. Sie hörte, wie der Wagen gestartet wurde und sich langsam über die Schotterpiste entfernte. Sie hatte wenig Lust auf eine weitere unverbindliche Liebschaft. Das hatte nur wenig mit den Problemen zu tun, die ihr das Jugendamt in regelmäßigen Abständen bereitete. Auch das Gerede über ihren angeblich so unmoralischen Lebenswandel ließ sie weitgehend kalt. Das hatte sie von ihrer Freundin Leonore gelernt. Die hatte immer das getan, was sie für richtig hielt, und sich nicht im Geringsten darum geschert, was andere dachten oder sagten.

Doch es gab einen gravierenden Unterschied. Caroline war eine Schaustellerin mit zwei vaterlosen Kindern, eines davon galt in den Augen vieler bösmeinender Menschen als Amibankert. Selbst wenn das Jugendamt ein Auge auf die unkonventionell lebende Leonore geworfen hätte, bestünde in ihrem Fall weit weniger die Gefahr, dass ihr die Kinder entzogen würden. Zu schnell würde da der Vorwurf laut, dass dies einzig und allein aufgrund unverändert weiterbestehender antisemitischer Vorurteile geschehe. Denn der Vater von Leonores Kindern war Jude.

Entscheidender war, dass Caroline die schnellen Liebesabenteuer zuwider geworden waren. Sie strengten sie mehr und mehr an. Zwar fand sie immer problemlos einen, der mit ihr ausging, und Männer, die sie sexuell begehrten, gab es mehr als genug. Aber die Kerle suchten meist das Weite, wenn die Kinder ins Spiel kamen. Und bislang hatte noch keiner gesagt, er wäre gerne länger mit ihr zusammen und bereit, mit ihr und den Kindern eine Familie zu gründen. Es gab welche, die waren ganz nett zu den Jungen gewesen, brachten ihnen, wenn sie ins Haus kamen, Spielzeug oder Schokolade mit. Anderen hatte man sofort angemerkt, dass sie die Kinder als störende Belästigung empfanden, besonders dann, wenn ihre Anwesenheit schnellen Sex oder abendliches Ausgehen verhinderte. Es kam vor, dass Ludwig nicht ins Bett wollte, quengelte, nicht einschlief. Ein andermal musste ein Rendezvous abgesagt werden, weil Hans Fieber hatte und es auf die Schnelle nicht möglich war, das Kleinkind von Lichtengrün zu ihrer Mutter nach Seelbach zu bringen.

An einem heißen Sonntag bog ein mit vier Personen besetztes Fahrzeug an der Ebniseekreuzung in Richtung Welzheim ab. Rolf Hermann hatte Caroline und ihre beiden Söhne am Morgen abgeholt. Obwohl es noch nicht spät war, drängten sich auf den in der Nähe des Gewässers gelegenen Wegen, Wiesen und Waldrändern zahlreiche Menschen, die der staubigen Hitze der Städte und Dörfer wenigstens für einen Tag entfliehen wollten. Viele kamen jetzt in den eigenen Autos, die jeden freien Flecken zwischen dem Dorf und der Ebniseekreuzung zuparkten. Die Postbusse, die mehrmals bis Mittag den See anfuhren oder an der einen Kilometer entfernt gelegenen Kreuzung hielten, waren mit Ausflüglern überfüllt. Dazu kamen Wanderer und Radfahrer. Alle Seebesucher waren von dem Wunsch beseelt, an dem wie angekündigt heißen Tag Abkühlung zu finden. Schon am späten Vormittag hatten die vier am Bootsverleih Schlange stehen und längere Zeit warten müssen, bis ein Kahn frei wurde. Beide Kinder saßen das erste Mal in einem Ruderboot. Ludwig beugte sich immer wieder über die Bordwand und versuchte mit der Hand die Wasseroberfläche zu berühren, was ihm nur in den Augenblicken gelang, in denen das Boot sich bei einem Wendemanöver leicht auf die Scitc neigte.

»Pass auf«, mahnte Caroline ihren Ältesten, wenn er es gar zu toll trieb. »Du kannst noch nicht schwimmen.«

Hans saß still neben seiner Mutter und betrachtete aufmerksam das gleichmäßige Rudern des Mannes, der ihm gegenübersaß. Später, als sie ein Eis essen wollten, bekamen sie an den im Freien aufgestellten Tischen des nur während der Sommermonate geöffneten kleinen Cafés keinen Platz.

»Wir holen uns ein Eis am Kiosk«, schlug Caroline vor. Auch dort drängte sich ein dichter Pulk. Meist waren es Kinder, die nach den beliebten Schleckereien anstanden: Waffeln mit Cremefüllung und mit Schokolade überzogen, Fünferschlotzer, Gummibärchen, die für einen Pfennig auch einzeln verkauft wurden, Brause als Stäbchen oder als prickelndes Pulver, Bärendreck, Eis und süßer Sprudel. Es dauerte eine ganze Weile, bis Rolf Hermann, der Mühe hatte, sich gegen die drängelnden Kinder und jungen Burschen zu behaupten, mit viermal Eis am Stiel dem Geschiebe entfliehen konnte. Caroline, Hans und Ludwig hatten sich auf eine breite Steinmauer gesetzt, die wie eine künstliche Landzunge in den See hineinragte. Hin und wieder rannten hinter ihnen nasse Jungen vorbei, die am Ende der Mauer unter Geschrei und Gekreische kopfüber oder mit einem gewaltigen Platscher ins Wasser sprangen.

»Die schönsten Liegeplätze sind belegt«, sagte Rolf Hermann, während er sich neben die anderen setzte und seine Beine über der Wasseroberfläche baumeln ließ.

»Die anderen Seen in der Gegend werden auch überfüllt sein«, meinte Caroline.

»Ich kenne ganz in der Nähe von hier einen schönen Platz.«

Eine halbe Stunde später bog der Wagen an einem riesigen Baum von der Landstraße ab. Gewaltige Äste überspannten die Fahrbahn nahezu vollständig.

»Das ist ja ein Mordsbaum«, sagte Caroline.

»Geradezu majestätisch. Das ist die Königseiche.« Rolf Hermann lenkte den Wagen noch einige Meter auf einen Grasweg und stellte ihn dann am Waldrand ab. »Dort hinten ist ein schöner Platz. Und die Kinder können gefahrlos herumtollen.«

Sie erreichten nach wenigen Schritten eine kleine Lichtung. Rolf Hermann breitete eine Decke aus. Bereits nach wenigen Minuten waren Hans und Ludwig nicht mehr zu halten. Sie sprangen auf und brachen sich Haselnussruten ab, mit denen sie durch die Gegend rasten und wilde Gefechte veranstalteten.

»Passt auf!«, rief Rolf Hermann ihnen nach. »Dort hinten steht ein Bienenhaus. Von dem solltet ihr euch fernhalten.«

Die Kinder waren im Wald verschwunden. Caroline zog ihr Kleid aus, unter dem sie einen Badeanzug trug. »Wenigstens ins Wasser hätten wir noch gehen können«, schmollte sie.

»Das machen wir auf der Rückfahrt oder wir fahren nachher schnell am Aichstruter See vorbei.«

Sie legte sich zurück. Sonnenblitze schossen durch das Geäst und trafen ihr Gesicht. Sie schloss die Augen. Stille umgab sie. Von den Kindern waren nur ferne Laute zu hören. Hin und wieder vernahm sie dazu das Surren oder das Summen eines geflügelten Insekts. »Schön«, flüsterte sie mit geschlossenen Augen.

Einige Minuten später spürte sie ein feines Ziehen an ihrem Achselhaar. Als sie die Augen öffnete, blickte sie in das verschmitzt lächelnde Gesicht des Mannes, der ihr die Rispe eines vom Samen befreiten Grashalms in die Härchen gedreht hatte.

»Lass das«, sagte sie ohne Vorwurf und schloss wieder die Augen.

»Ist doch nur Spaß.«

»Gib mir lieber einen Kuss.«

Von nun an trafen sich Rolf und Caroline regelmäßig. Er sei verheiratet, gestand er auf Nachfrage. Sie hätten keine Kinder und seine Frau unterhalte ein nun schon länger währendes Verhältnis mit einem französischen Colonel.

Als er ihr am Ende des ersten gemeinsamen Sommers eröffnete, er wolle sich von seiner Frau trennen und so bald wie möglich die Scheidung einreichen, brach Caroline in schallendes Gelächter aus, das ihn irritierte und zugleich wütend werden ließ. Die Leute an den Nebentischen warfen kritische Blicke auf dieses Weibsstück, das so ungebührlich lachte.

Sie hatten sich, wie schon des Öfteren, im *Café Erdbeer* getroffen, das an den Hang geschmiegt über dem Fornsbacher Waldsee lag. Die Kinder konnten hier ungezwungen im Freien toben. Wenn sie genügend oft die Steintreppen hinunter- und wieder heraufgerannt waren, kamen sie irgendwann japsend zur Ruhe.

Caroline nahm eine Zigarette aus Rolfs Schachtel und steckte sie mit einem Lächeln in den Mund, ohne sie anzuzünden oder um Feuer zu bitten.

»Was ist denn daran so lustig?«, fragte er. Man konnte unschwer heraushören, dass ihn Carolines hemmungsloses Lachen ziemlich verärgert hatte.

»Rolf, wir sollten ehrlich zueinander sein. Jeder Mann, der noch eine Partnerin hatte, als er mich kennen lernte, tischte mir irgendwann diese charmant gemeinte Lüge auf, er wolle sich von seiner Frau oder der Verlobten trennen, er entscheide sich für mich – und das mit den Kindern sei überhaupt kein Problem.«

»Ist es auch nicht.«

»Rolf, es ist wirklich schön, dich gelegentlich zu treffen, und wenn wir zusammen sind, bist du auch nett zu den Kindern. Sie freuen sich auf dich. Aber du wirst niemals deine Frau verlassen und mit einer wie mir zusammenleben, die aus einem Schaustellerkarren stammt. Deine Frau wird eines Tages Alleinerbin der Firma ihres Vaters. Wenn du die Scheidung einreichen würdest, wärst du sofort deine Stellung los.«

»Meine Frau und ich pflegen eine offene Beziehung. Ich habe mich an ihren Jean-Claude gewöhnt und sie weiß über uns Bescheid.«

Er legte seine Hand auf ihre Fingerspitzen. Sie zog die ihre zurück und sah sich schweigend nach den Kindern um, ehe sie die Bedienung heranwinkte. »Bringen Sie mir bitte noch eine heiße Schokolade.« Dann lehnte sie sich zurück und fixierte Rolf Hermann mit festem Blick. Unmerklich kniff sie dabei das linke Auge zu. »Rolf, lassen wir es so, wie es ist. Du bist mein Liebhaber. Vielleicht ist deine Frau wirklich so tolerant. Aber viel wahrscheinlicher ist doch, dass jeder nur solange seiner Wege gehen kann, wie der Schein gewahrt bleibt. Du bist doch ein wirklich erfolgreicher Landmaschinenvertreter. Dein Schwiegervater und deine Frau sind mit deiner Arbeit zufrieden. Wenn du sie öffentlich brüskierst, bricht alles auseinander. Aber solange ihr eure Seitensprünge diskret handhabt, ist alles in schönster Ordnung.«

Rolf Hermann richtete sich auf. Der sonst so leger wirkende Mann saß steif auf dem Klappstuhl. Einen Moment lang hatte Caroline den Eindruck, dass nun ein Wutausbruch folgen würde. Doch er hatte sich im Griff. Beherrscht fragte er: »Ist das das Bild, das du von mir hast?«

»Ehrlich gesagt, ja.«

Schweigend fuhren sie vom Waldsee zurück nach Lichtengrün. Einige Wochen verstrichen, ehe er sie wieder besuchte. Es war schon Anfang Oktober. Beide Jungen waren außer Haus. Ludwig blieb den Samstag beim Großvater auf dem Köcherhof. Hans war bei der Großmutter in Seelbach.

Wild und zügellos fielen die beiden Liebenden übereinander her. Die Zeit, bis es dunkel wurde, verbrachten sie im Bett.

»Du warst lange nicht mehr hier«, sagte sie in die sich ausbreitende Dunkelheit hinein.

»Stimmt nicht. Ich war zweimal mit dem Wagen hier. Aber kein Mensch war zu Hause. Es wird Zeit, dass du dieses einsame Loch mit Telefon ausstattest.«

»Das Haus ist alt, aber kein Loch«, protestierte sie.

»Meinetwegen. Aber einsam ist es, das kannst du nicht abstreiten.«

Caroline und Rolf lebten von nun an ihre Liebe, ohne sich Fragen zu einer gemeinsamen Zukunft zu stellen. Es war eine Beziehung, die sich ausschließlich aus den Momenten inniger Begegnungen speiste. Im Gegensatz zu Arturo, dem leiblichen Vater von Hans, kam er auch regelmäßig ins *Haller Eck* und schwatzte freundlich mit Carolines Mutter. Da er auf die Jagd ging, brachte er hin und wieder einen Hasen mit, was Frédéric Schürbel dazu verleitete, ihn den »Hasenfreier« zu nennen. Der Alte sprach wenig mit Rolf, im Unterschied zur Mutter, die dem charmanten Plauderer gerne zuhörte, ohne von ihrer bereits früher gefassten Meinung über ihn abzurücken. »Der Bursche ist ein ganz gerissener Filou. Er verdreht dir den Kopf und eines Tages merkst du, dass du alt geworden bist und allein im Leben stehst.«

Faun

Im März 1952 konnte der Schaustellerbetrieb eine gebrauchte Zugmaschine erwerben. Eine große Stuttgarter Spedition musterte einen 1937 in Dienst gestellten *Faun Radschlepper* aus, den sie zwei Jahre nach dem Krieg aus unzerstörten Wehrmachtsbeständen zugeteilt bekommen hatte. Der Erwerb dieser Maschine war die erste größere Anschaffung, die nicht der alte Schürbel, sondern sein Sohn Willi auf den Weg brachte. Der *Z 66* war eine robuste, zuverlässige Zugmaschine. Allerdings hatte das alte Ross für die Erledigung des wachsenden Geschäftsvolumens der Stuttgarter Firma, das zu Transporten über immer größere Distanzen führte, eine zu geringe Höchstgeschwindigkeit.

Frédéric Schürbel war glücklich über diesen Kauf. Willi hatte sich als geschickter Verhandlungsführer erwiesen. Und die Maschine taugte für ihre Zwecke, ja sie war das Beste, was sie jemals in der Geschichte des Unternehmens für den Transport der Wohnwagen und Fahrgeschäfte eingesetzt hatten.

Zwei Monate später saß Caroline Lang am Steuer. Sie fuhr den Faun gern, obwohl sie erst vor einem halben Jahr als eine der ersten Frauen im Landkreis den Führerschein Klasse II erworben hatte.

Zusammen mit ihrem Bruder hatte sie in Crailsheim zwei Wohnwagen angehängt, die nun nach Backnang mussten. Auf der dortigen Bleichwiese sollte ab dem nächsten Wochenende der jährliche Frühjahrsrummel stattfinden. Die während des Krieges errichteten und später von Flüchtlingen bewohnten Baracken waren nach und nach wieder abgerissen worden.

Jetzt war es wieder möglich, die Buden und Karussells auf den angestammten Plätzen aufzustellen.

Wenn die beiden Jungen gut untergebracht waren, machte sie die Fahrten gerne, auch wenn das langsam fahrende Gespann den Unmut der von Tag zu Tag zahlreicher werdenden Autofahrer auslöste. Aus diesem Grund wählte sie gelegentlich Nebenstrecken, die häufig sogar Abkürzungen darstellten. So bewältigte sie die Strecke von Schwäbisch Hall nach Stuttgart lieber nicht mehr über die viel befahrene Bundesstraße, sondern nahm eine Abkürzung, die nach Seelbach und von dort über einen befestigten Waldweg führte. Sie kannte auf dieser Strecke jede noch so schwache Krümmung. Es war der Schotterweg, der den Köcherhof durchquerte. Dort hatte sich im Krieg die Tragödie ereignet, die den polnischen Fremdarbeiter Feliks Wieczek das Leben gekostet und sie geradewegs ins Gefängnis gebracht hatte.

Inzwischen machte es ihr nichts mehr aus, ihren Zug ohne Halt über diesen Weg zu lenken. Die Sonne durchdrang allmählich die diesigen, wabernden Wolkenschleier. In der Nacht hatte es geregnet, aber heute würde ein schöner Tag werden. Dort, wo die Sonne schon wärmte, erhoben sich dampfende Schwaden von der grauglänzenden Schotterpiste. Die Natur zeigte sich in leuchtend buntem Blätterkleid. Das nasse Laub reflektierte das Licht noch intensiver als sonst. Das prächtige Farbenspiel endete im letzten abfallenden Waldstück, nach dem sich die Wiesen und Felder des Hofes in das sich weitende Tal zu erstrecken begannen.

In der Waldsenke war der Nebel noch nicht aufgestiegen. Caroline umklammerte fröstelnd das Lenkrad des dröhnenden Faun. Plötzlich schälte sich aus dem Nebel ein unerwartetes, nur undeutlich zu erkennendes Hindernis. Fluchend trat sie auf die Bremse und legte den ersten Gang ein. Nun konnte sie einen abgestellten Leiterwagen erkennen, der ungefähr zur Hälfte mit Stangenholz beladen war. Weit und breit war niemand zu sehen. Im Schritttempo gelang es ihr, das Hindernis mit der Zugmaschine zu umfahren. Die etwas schmaleren

Anhänger dürften problemlos vorbeirollen. Sie schaute kontrollierend in den fleckigen Außenspiegel. Langsam schoben sich die Wohnwagen an den Spitzen des überstehenden Stangenholzes vorbei. Während sie noch in den Spiegel sah, glitt das rechte Vorderrad der schweren Zugmaschine über den rechten Grabenrand, und noch ehe sie gegensteuern konnte, versank das mächtige Rad im feuchten Moder.

Caroline fluchte lautstark in einer Weise, die man von einer Frau nicht erwartet hätte. Das Frontrad schlitterte den schlammigen Graben entlang, fuhr sich fest und wühlte sich mit jedem weiteren Gasgeben tiefer in den weichen Untergrund.

Nach einigen vergeblichen Anläufen, wieder frei zu kommen, machte sie den Motor aus, stieg aus der Fahrerkabine und machte sich nach einem flüchtigen Blick auf das Malheur auf den Weg zum Hof, um Hilfe zu holen. Sie hatte genügend Erfahrung mit Zugmaschinen, um zu wissen, dass es mindestens eines Traktors bedurfte, um den schweren Radschlepper wieder auf den Weg zu hieven.

Als nach dem Verlassen des Waldes die roten Ziegeldächer des Wohnhauses, der Scheunen und Stallgebäude sichtbar wurden, beschlich sie eine große Bitternis. Inständig hoffte sie, nicht den Köcherhofbauern, sondern seinen jüngsten Sohn anzutreffen, mit dem sie sich immer gut verstanden hatte. Gustav war wesentlich jünger als ihr Mann gewesen. Bis zum Tod von Franz hatte er immer im Schatten seines Bruders gestanden, der ihm bei jeder passenden Gelegenheit das Gefühl zu vermitteln versuchte, dass er zu nichts tauge, ja, dass er *dumm wie Saubohnenstroh* sei. Oder schlimmer noch, er sei *dumm wie Gras*. Niemals hatte er auch nur den geringsten Zweifel daran gelassen, dass der Jüngere nicht zum Bauern tauge und somit nicht auf dem Hof bleiben könne.

Aber es kam anders. Nachdem Franz 1944 von den Amerikanern hingerichtet worden war, sah sich der alte Bauer dazu gezwungen, dem Jüngeren das spätere Erbe des Hofes in Aussicht zu stellen, obwohl auch er ihn schon als Kind in drastischer Weise mit dem Vorwurf überhäuft hatte, er tauge nichts, er habe zum Bauer nicht das Zeug. Nach Beendigung der achtjährigen Volksschule hatte Gustav eine Lehre als Landmaschinenmechaniker absolviert und war anschließend sofort zum Arbeitsdienst und nachfolgend zur Wehrmacht einberufen worden.

Caroline folgte dem lauten Rattern und Kreischen, das aus der kleinen Scheuer nach draußen drang. Sie wusste, dass der Alte nur selten Holz gesägt hatte. Wahrscheinlich war hier ihr Schwager am Werk. Als sie das offene Scheunentor erreicht hatte, stellte sie mit Erleichterung fest, dass ihre Vermutung richtig gewesen war. Ihr Schwager stand vor der Kreissäge und schnitt Meterholz zu spaltbaren Hurgeln.

Das Kreischen der Säge und das unruhige Rattern und Schlagen des Treibriemens übertönten ihre Schritte, weshalb sie seitlich an ihren Schwager herantrat, um ihn nicht zu sehr zu erschrecken. Als er sah, wer ihn da mit einem Mal von der Seite antippte, blickte er erstaunt von der Arbeit auf. Zuerst sägte er das eingelegte Rundholz noch zweimal durch. Dann beugte er sich mit ausgestrecktem Arm nach vorne, um den noch aus den Dreißigerjahren stammenden Elektromotor abzustellen.

»Das ist ja eine Überraschung«, sagte er statt einer Begrüßung. »Dass du jemals wieder auf den Hof kommst, war ja nicht unbedingt zu erwarten.« Und nach kurzem Zögern fuhr er fort: »Gut schaust du aus.«

»Gustav, ich brauch deine Hilfe. Ich hab da hinten im Wald den Zug in den Graben gesetzt.«

»Mitsamt der Zugmaschine?«

»Der Faun steckt mit dem rechten Vorderrad im Schlamm.«

»So, einen Faun habt ihr jetzt.« Gustav Lang schwieg einen Moment und überlegte, was zu tun war. Zögernd fuhr er fort: »Das wird schwer. Mit dem Bulldog allein geht das nicht. Wir brauchen eine Seilwinde.«

»Du hilfst mir?«

»Was bleibt mir anderes übrig. Aber geh besser hinten um die Scheuer herum ohne mich zu deinem Zug. Der Alte sollte dich nicht sehen.«

»Wie geht es so auf dem Hof?«

»Na, wie soll es uns schon gehen.«

»Du bist noch unverheiratet?«

»Verlobt«, sagte er mit hörbarem Stolz.

»Das freut mich für dich.«

Es war ein hartes Stück Arbeit, bis die Zugmaschine wieder aus dem Graben gezogen war. Caroline hängte die beiden Wohnwagen ab und ruckelte mit dem Faun ein Stück nach vorne. Gustav war mit dem Allgaier-Schlepper gefolgt. Er saß ab und besah nachdenklich die vertrackte Situation. Dann befestigte er eine alte Wehrmachtsseilwinde an einer kräftigen Buche. Mit einer Umlenkrolle erhöhte er die Zugkraft. Unter dem Einsatz von Seilwinde und Traktor sowie der zusätzlichen Nutzung der Motorkraft des Faun gelang es, das rechte Vorderrad auf die Grabenkante zu hieven. Das anfangs noch durchdrehende Rad schleuderte Schlamm, schwere Erdbrocken und Steine mehrere Meter weit. Endlich fand der Koloss Halt. Caroline fuhr noch einige Meter nach vorne, um dann sogleich wieder rückwärts zu rangieren. Gustav half ihr, die Wohnwagen anzuhängen.

»Was bin ich dir schuldig?«, fragte Caroline, nachdem sie den Motor abgestellt und das Führerhaus verlassen hatte.

»Ach was, nichts.« Ihr Schwager machte eine abwehrende Handbewegung. Er zögerte und fuhr dann fort: »Caroline, ich wollt dir schon lange was sagen. Es ist mir etwas unangenehm.« Er stockte.

»Leg schon los«, munterte sie ihn auf.

»Du weißt doch vielleicht, dass ich mit der Stallmaiers Helga zusammen bin. Wir heiraten demnächst.«

»Ich hab davon nichts gewusst. Aber was ist daran unangenehm? Ich kenne die Familie. Der Vater ist ein vierschrötiger Bock, aber die Helga ist doch ein ganz lieber Mensch.

Vielleicht eine Spur zu schüchtern. Wirklich, ich freue mich für euch.«

Gustav hatte seine Mütze abgenommen und drehte sie verlegen in beiden Händen.

»Caro, ich hätte dich gerne zur Hochzeit eingeladen. Aber du weißt, dass das nicht geht.«

Die junge Frau lachte hell auf und sagte: »Gusti, darüber brauchst du dir wirklich keine Gedanken zu machen. Der Alte würde die Gichter kriegen. Das ist mir schon klar. Aber ich muss jetzt dringend weiter. Vielen Dank nochmal, ich werd mich bestimmt mal revanchieren.«

Vorsichtig lenkte sie den Zug über die sanft abfallende Schotterpiste. Mit Schmunzeln dachte sie an das soeben Gehörte. Mit Gustav und Helga hatten sich zwei gefunden, die ein gemeinsames Schicksal teilten und vielleicht gerade deshalb eine ausgeprägte Seelenverwandtschaft aufwiesen. Ihr Schwager war auch immer ein Schüchterner gewesen. Sein älterer Bruder und der Vater hatten ihm bei allem, was er tat und sagte, das Gefühl gegeben, dass er nicht fähig sei, etwas zustande zu bringen, und somit ihren Anforderungen nicht genügte.

Ausgerechnet der Krieg hatte ihn selbstbewusster und eigenständiger werden lassen. Caroline versuchte diesen Gedanken und die dahinter stehende fatale Logik abzuwehren. Aber es war nun einmal nicht von der Hand zu weisen. Erst über das erzwungene Verlassen des Hofes wuchsen Gustavs Selbstbewusstsein und Unabhängigkeit. Und der Tod des Bruders bedeuteten sowohl Schrecken als auch Befreiung, auch wenn er sich solche Gedanken immer verbot.

Hundefett

Nach seiner Rückkehr hatte Gustav zum Leidwesen des Alten noch nicht zugesagt, an Stelle seines umgekommenen Bruders den Hof zu übernehmen.

Einmal hatte er zum Vater gesagt: »Du hast mir immer vorgeworfen, dass ich zu blöd dafür bin. Jetzt lasse ich mich nicht zum Lückenbüßer machen. Ich kann gut auf eigenen Beinen stehen.«

Der Köcherhofbauer hatte den aufkommenden Groll unterdrückt. Ihm war klar, dass der Junge als Mechaniker im wieder in Gang gekommenen Wirtschaftsleben überall eine Stelle als Facharbeiter finden würde.

Gustavs Zögern war zum damaligen Zeitpunkt kein Kokettieren und auch frei von heimlichen Rachegelüsten für die in der Kindheit erlittenen Kränkungen. Er war sich einfach nicht schlüssig, wog ständig all die Dinge gegeneinander ab, die ihm fortlaufend durch den Kopf gingen. Zuerst wollte er heiraten. Dann würde man weitersehen.

Seine Verlobte übte keinen Druck auf ihn aus. »Kommt Zeit, kommt Rat«, hatte sie ihm bereits mehrfach geantwortet, wenn er ihr gegenüber die lästige Angelegenheit zur Sprache brachte.

Gustav hatte Helga durch ihren Bruder kennengelernt, der sein Bettnachbar im Reservelazarett Heilbronn gewesen war. Unmittelbar nach der Entlassung aus der Gefangenschaft machte er sich auf den Weg nach Sulzbach, um in Erfahrung zu bringen, wie es um den ehemaligen Kameraden stand. Er fand das verwahrloste Haus am Ortsrand. Als er klingelte, öffnete ihm eine verschüchterte, schreckhaft wirkende junge Frau.

Aus dem ersten Stock dröhnte das Gebrüll ihres Vaters: »Wer kommt denn jetzt schon wieder? Noch nicht mal im eignen Haus hat man seine Ruhe!«

Instinktiv zog Gustav Lang die Eingeschüchterte ein Stück auf den ungepflasterten Hof. Ob der Bruder da sei?

Nein, der Gesuchte wohne nicht mehr hier.

»Vielleicht sehen wir uns mal wieder«, verabschiedete er sich, was gemessen an seiner sonst gegenüber Frauen an den Tag gelegten Zurückhaltung geradezu keck war.

Helgas Vater Helmut war im ganzen Gäu als übler Zeitgenosse bekannt und gefürchtet. Jedem seiner vier Kinder hatte er einen Vornamen gegeben, der ebenfalls mit »H« anfing. Helga war die Älteste der Stallmaierkinder, dann kam die ein Jahr jüngere Hedwig, die als Erste das Haus verlassen hatte. Sie hatte einen Schneider aus Calw geheiratet. Ihr Bruder Horst, den Gustav zu treffen hoffte, war 1944 als Sechzehnjähriger noch einberufen und bei der Verteidigung Heilbronns erheblich verwundet worden. Nach seiner Rückkehr aus kurzer amerikanischer Kriegsgefangenschaft hatte er sich nach einer brachialen Auseinandersetzung mit dem Vater in die französische Zone abgesetzt und dort vergeblich versucht, in die Fremdenlegion zu gelangen. Diese konnte aus einem großen Reservoir kampferprobter Männer schöpfen. Nach einem kürzeren Aufenthalt in einer Notunterkunft für versprengte Flüchtlingskinder schickte man den minderjährigen Burschen wieder in die amerikanische Zone zurück.

Das jüngste Kind Harald war ein Nachzügler gewesen. Dem fünf Jahre nach seinem Bruder Geborenen machte sein Vater von klein auf das Leben zur Hölle. Der Mutter warf er vor, sie habe »damals« nicht aufgepasst. Wenn er betrunken war, was oft vorkam, ließ er seinen jüngsten Sohn zu sich herantreten, stierte ihn minutenlang an, ehe aus ihm herausbrach, es wäre doch besser gewesen, wenn man ihn damals abgetrieben hätte. Anfangs wusste der Junge mit dieser Formulierung nichts anzufangen. Sie wirkte bedrohlich und niederschmetternd, aber was gemeint war, blieb ihm unklar. Seine Schwestern gaben ihm ausweichende Antworten. Die Mutter versuchte ihn mit der Bemerkung zu trösten, er wisse doch, dass der Vater unbedacht daherrede, wenn er etwas getrunken habe.

Horst klärte ihn eines Tages über den Wortsinn auf. Das hinterließ in Harald eine tiefe Kränkung, die sich ihm mit jedem weiteren väterlichen Ausbruch tief in die Persönlichkeit eingrub. Die Verletzung konnte erst vierzig Jahre später zu heilen beginnen, als er seinem Vater ein letztes Mal unter hochdramatischen Umständen begegnete.

Seit Frédéric und Willi Schürbel das Fahrgeschäft wieder erfolgreicher betreiben konnten, reiste Harald Stallmaier hin und wieder mit. Frédéric war einer der wenigen, der Haralds Vater nicht fürchtete, von dem es hieß, er sei in den Dreißigerjahren Kommunist gewesen. Kein Mensch wusste, wovon der Mann lebte und was sein eigentlicher Beruf war. Über einen längeren Zeitraum hinweg versuchte er sich in rasch wechselnden Beschäftigungsverhältnissen, was ihm den abfälligen Beinamen *Achttagschlosser* eingetragen hatte.

Seit dem Ende des Krieges betätigte er sich als unbedeutender Hehler und Schwarzhändler. Immerhin waren seine Kontakte zur Besatzungsmacht so weit gediehen, dass er von der Militäradministration als Feldschütz eingesetzt wurde, um den zunehmenden Ackerdiebstählen zu begegnen. Selbst den Amerikanern fiel schon nach kurzer Zeit auf, *that they had trusted the cat to keep the cream*, dass sie auf gut Deutsch wohl den Bock zum Gärtner gemacht hatten.

Ein Feldschütz, der sich auf dem Nachhauseweg auf den Äckern und in den Gärten anderer Leute die Taschen füllte, war nicht zu gebrauchen. Stallmaier wurde einige Wochen eingesperrt, was ihn nicht weiter störte. Die Verpflegung sei ganz vorzüglich gewesen, erzählte er später.

Nach der Haftentlassung schlug er sich mit rasch wechselnden Geschäften durch, von denen selbst die engsten Angehörigen die genauen Details niemals erfuhren. Kurz nach der Währungsreform begann er damit, frei laufende Hunde einzufangen, die er auf seinem verlotterten Anwesen in mehrere leer stehende Schweinekoben pferchte. Am frühen Nachmittag fuhr er mit einer alten NSU, an der ein geschlossener *Eberle-Anhänger* befestigt war, nach Backnang. Der Kantinenchef der aus Berlin in den Südwesten verlagerten AEG Fernmeldetechnik überließ ihm mit Freuden die täglich anfallenden Küchenabfälle, ohne zu ahnen, was sein Abnehmer damit vorhatte. Dieser mästete die Hunde mit dem übelriechenden Brei. Hatte ein halbes Dutzend Tiere genügend Fett angesetzt, pferchte er sie in den Anhänger und brachte sie zu einem Metzger nach Spiegelberg, der die Hunde schlachtete.

Stallmaier war ausschließlich an dem ausgelassenen Fett interessiert, dem insbesondere ältere, aus Ostpreußen und Pommern stammende Flüchtlinge unglaubliche Heilkräfte zuschrieben. Bei den Kaschuben wurde schon von alters her heißes Hundefett zur Bekämpfung der Schwindsucht getrunken. Angeblich diene es als Salbe auch der Heilung entzündeter Gelenke bei Menschen und Zugtieren. Eingenommen helfe es nicht nur gegen Tuberkulose, sondern auch gegen andere Lungenkrankheiten. Äußerlich aufgetragen kuriere es Husten, Halsschmerzen und Zerrungen, vor allem aber lindere es Gicht, Rheuma und Arthrose.

Der vierschrötige Kerl hatte sich in kurzer Zeit einen genügend großen Kreis von Abnehmern aufgebaut. Ostpreußische und kaschubische Flüchtlinge waren darunter, auch einige Deutschstämmige aus dem Kurland. Aber es gab auch etliche Einheimische, die auf die Heilkraft des Präparats schworen. Um Ekel und Abscheu zu dämpfen und peinliche Nachfragen zu vermeiden, pries er sein unter der Hand verkauftes Produkt als *Heilbalsam* an. Seine Frau und Helga wussten von diesen Geschäften und empfanden tiefe Abscheu. Aber sie schwiegen aus Furcht vor den cholerischen Ausbrüchen des Mannes und widersprachen nicht, wenn er von ihnen verlangte, Einmachgläser zu reinigen, in die er das flüssige heiße Fett abfüllte.

Auch später noch, als sie längst mit Gustav Lang verheiratet war, sprach Helga nicht darüber. Er wusste allerdings davon aus den Erzählungen und Anekdoten, die in den Dörfern kursierten. Instinktiv hatte er begriffen, dass es besser war, seine Frau nicht auf das Treiben ihres Vaters anzusprechen. Auch er hatte während seiner Kindheit Schlimmes in seiner Familie erlebt und ahnte, dass das Aufreißen alter Wunden aufs Neue Schmerzen bereiten und letztendlich niemandem helfen würde.

Obwohl er Helga ehrlichen Herzens liebte, sah er der anstehenden Hochzeit mit gemischten Gefühlen entgegen. Sein eigener Vater stand dem künftigen Schwiegervater an Grobheit und cholerischen Ausbrüchen in nichts nach. Sie unterschieden sich lediglich durch den Reichtum des einen und die Armut des anderen. Zudem war der Köcherhofbauer immer noch ein respektierter, von manchen geachteter, von anderen gefürchteter Mann. Dem alten Stallmaier aber brachte man neben der Furcht in erster Linie eine nicht offen gezeigte Verachtung entgegen, weswegen Friedrich Lang nach Gustavs Offenlegung seiner Heiratsabsichten voller Wut gebrüllt hatte: »Da könnt'sch glei au oine aus'm Karra nemma«, womit er zweifelsfrei auf die Herkunft seiner älteren Schwiegertochter anspielte.

Immerhin war Gustav zur großen Verblüffung des Vaters kühn genug gewesen, ihm, wohl ebenfalls in Gedanken an Caroline, zu erwidern: »Das sind nicht die Schlechtesten. Und im Übrigen bin ich weder gezwungen, auf dem Hof zu bleiben, noch darauf angewiesen, dass du mir deine Zustimmung erteilst.«

Die Hochzeit ging leidlich friedlich vonstatten. Ganz aufmerksamen Beobachtern blieb nicht verborgen, dass sich die Väter der Jungvermählten nicht grün waren. Aber beide hielten sich den Tag über zurück und gingen sich, so gut es ging, aus dem Weg. Und als der alte Stallmaier spät in der Nacht schnapstrunken laut zu werden begann, drängten ihn seine Söhne und Heinz, der Mann seiner jüngeren Tochter Hedwig, zuerst mit vereinten Kräften ab, um ihn dann im passenden Moment in ein Auto zu verfrachten, in dem man ihn nach Hause fuhr.

Mittlerweile hatte sich das frisch vermählte Paar darauf verständigt, auf dem Hof zu bleiben. Im Wissen um das Wesen seines Vaters ließ Gustav diesen weiterhin darüber im Unklaren. In sonntägliche Essrunden flocht er gelegentlich eine Bemerkung ein, die vermuten ließ, dass er im Begriff war, wieder in die Metallbranche zu wechseln. Zu lange hatte er unter dem Vater und seinem älteren Bruder gelitten, Wutausbrüche und den beleidigenden Spott ertragen. Selbst als man ihn zur Wehrmacht einberief, setzte ihn der Alte mit der Bemerkung herab, er würde überhaupt kein richtiger Soldat, er könne es sich in der Etappe gut gehen lassen, während Franz schon in den ersten Kriegsmonaten gezeigt habe, dass er aus einem völlig anderen, einem richtig harten Holz geschnitzt gewesen sei.

Der Köcherhofbauer übersah dabei völlig, dass sich die Gefährdungen für diejenigen, die im Nachschub eingesetzt wurden, aufgrund der rasanten technischen Entwicklung der Kriegsführung vervielfacht hatten. Während man im ersten Krieg mit den Gespannen häufig außerhalb der Reichweite des feindlichen Feuers fuhrwerkte, war spätestens seit der Invasion an der Kanalküste alles, was sich bewegte, den alliierten Angriffen aus der Luft ausgesetzt. Nach dem *D-Day* fuhr Gustav mit einem Deutschbalten Munitionstransporte. Es bedurfte großer Umsicht und einer gehörigen Portion Glück, um den ständigen Geschosshagel zu überleben, mit dem US-Kampfflieger alles belegten, was auf den westwärts führenden Straßen und Wegen unterwegs war. Dreimal gelang ihnen die rechtzeitige Flucht in einen Straßengraben, ehe der Lastwagen in Flammen aufging und die gefährliche Fracht wenig später explodierte. Kurz darauf überstand Gustav auch den vierten direkten Angriff auf das von ihm gesteuerte Transportfahrzeug unbeschadet. Er kroch aus einer Vertiefung und sah sich nach seinem Beifahrer um. »Andris, Andris«, rief er laut und ging suchend auf eine Baumgruppe zu, in der er den immer lustigen Kurländer vermutete.

Mit ansteckender Begeisterung hatte ihm dieser auf ihren oftmals langen Fahrten von seiner Heimatstadt Kuldiga erzählt, die jetzt wieder, wie schon im 17. Jahrhundert, Goldingen hieß. Er schwärmte von der angeblich breitesten Stromschnelle Europas, die quer im Fluss Venta lag, der auf den deutschen Karten mit dem Namen Windau eingezeichnet war. Im Frühjahr und im Herbst sah man dort die Lachse springen, die ihren flussaufwärts gelegenen Laichgebieten entgegenstrebten. Und jedes Mal erzählte er von der roten Backsteinbrücke, auf der er vor dem Krieg an warmen, hellen Abenden mit seiner Liebsten flaniert war.

Gustav fand Andris tot im Gebüsch – von der Leuchtspurmunition der feindlichen Flieger zerhackt. Er konnte nichts weiter für den lieben Kerl tun, als die Lider über den blauen Augen zu schließen, die in diesem Moment den Augen eines Kindes ähnelten und nun starr in den Himmel gerichtet waren. Dann nahm er die eine Hälfte der Hundemarke seines Freundes an sich und marschierte los, um seine Einheit zu Fuß zu erreichen.

Im Herbst 1944 wurde Gustav Lang dann selbst schwer verwundet. Es gelang ihm nicht mehr, das Führerhaus rechtzeitig zu verlassen. Er hatte aber großes Glück: Der Wagen geriet nicht in Brand, sodass ein Unteroffizier ihn nach Beendigung des Luftangriffs aus dem allradgetriebenen Dreitonner bergen konnte. Nach längeren Lazarettaufenthalten in Straßburg und Bühl verlegte man ihn ins Heilbronner Reservelazarett. Dort lernte er den jüngeren Bruder seiner späteren Frau kennen, der im Gegensatz zu ihm schwer darunter litt, dass er aufgrund seiner Verletzung einige Zeit *in den Entscheidungsschlachten des Endkampfs* fehlen würde.

Zu gerne hätte ihm Gustav gesagt, dass die erlittene Verwundung möglicherweise dazu beitragen könnte, den Krieg zu überleben. Aber er verkniff sich diese Bemerkung. Schon des Öfteren waren ihm fanatisierte Hitlerjungen aufgefallen, denen er zutraute, einen alten Soldaten, der die Lage richtig einschätzte, wegen »wehrkraftzersetzender Äußerungen« zu denunzieren. Und das brachte einen in den quälenden Wochen des Untergangs mit größter Wahrscheinlichkeit an den Galgen. Sanft und gespenstisch zugleich schwangen die Gehenkten an Alleebäumen und Laternenmasten hin und her, um die Hälse rasch gefertigte Schilder mit Aufschriften wie: »Ich Feigling habe Führer und Vaterland im Stich gelassen« oder: »So enden Volksverräter«.

Kaum genesen wurde Gustav Lang nach einem erneuten schweren Luftangriff am 20. Januar 1945 mit anderen Rekonvaleszenten des Heilbronner Reservelazaretts dazu herangezogen, bei der Bergung der Leichen mitzuhelfen, die noch an vielen Stellen unter den Trümmern lagen. Obwohl es bitterkalt war, roch es überall in der Stadt nach Verwesung und dem beißenden Rauch brennender Dachstühle. An diesen Gestank sollte sich Gustav Lang bis ins hohe Alter erinnern.

Die Kommandos, die zur Bergung der Leichen zusammengestellt wurden, bestanden ausnahmslos aus erfahrenen Soldaten, von denen die meisten ihre Verletzungen noch nicht richtig auskuriert hatten. Um Gustav bildete sich in diesen Tagen eine Gruppe von vier Landsern, die sich darin einig waren, sich an dem vom fanatischen Kreisleiter ausgerufenen *Endkampf um Heilbronn* nicht zu beteiligen. Im Wissen um die tödliche Gefahr einer Desertion beschafften sie sich Maschinenpistolen und machten sich mit einem gefälschten Fahrbefehl in einem Holzvergaser aus dem Staub, mit dem sie zuvor die geborgenen Leichen zu einem der zentralen Sammelpunkte transportiert hatten. Sie waren bereit, die sie kontrollierenden »Kettenhunde« der Feldgendarmerie notfalls über den Haufen zu schießen. Das Unternehmen nahm einen guten Verlauf. An einem der ersten Albaufstiege begaben sie sich in amerikanische Gefangenschaft.

Da er ahnte, wie sein Vater reagieren würde, hatte Gustav nach seiner Heimkehr mit keinem Wort die letzten Episoden seiner Soldatenzeit erwähnt. Es genügte vollkommen, Entlassungspapiere zu besitzen und einige Schachteln Zigaretten, Seife und Corned Beef nach Hause zu bringen.

Letzteres wäre nicht nötig gewesen, denn der Köcherhofbauer hatte durch die Tauschgeschäfte der unmittelbaren Nachkriegszeit, vor allem aber während des Hungerwinters 1946/47, weiteren Wohlstand angehäuft. Obwohl nicht alles seinen Wert behielt, konnte sich Friedrich Lang von dem, was von seinen langjährigen Schwarzmarktgeschäften übrig blieb, 1950 einen Traktor und einen modernen Heuwender anschaffen. Mit dem Hof ging es wieder bergauf, auch wenn die Frau über viele Jahre hinweg krank darniederlag. Bis 1948 hatte er in Anton Kaluza, einem Flüchtling aus dem oberschlesischen Leobschütz, einen arbeitsamen Knecht. Das Haus und das Federvieh versorgten die jungen Mägde, die man in dieser Zeit ohne Mühe aus dem Kreis der Schulentlassenen anstellen konnte. Friedrich Lang achtete dabei stets darauf, dass es sich um Mädchen handelte, die von einem Bauernhof stammten. Sie hatten bereits zu Hause mitarbeiten müssen und wussten, was zu tun war. Und wenn doch mal eine darunter war, die seiner Meinung nach die Arbeit scheute, war es ein Leichtes, entsprechenden Ersatz zu bekommen.

Als Anton Kaluza nach der Währungsreform den Hof verließ, wurde letztmalig ein Knecht eingestellt. Wilhelm Beutel war bereits Anfang vierzig. Er litt an einer leichten geistigen Behinderung und hatte nach dem frühen Tod seiner Eltern schon etliche Jahre in Heimen und Anstalten verbracht. Er erwies sich aber als guter Arbeiter, der eine große Ausdauer an den Tag legte und stets dankbar dafür war, dass er auf dem Hof leben konnte.

Die einzige Sorge, die den Köcherhofbauern umtrieb, resultierte aus der vertrackten Unklarheit darüber, was später einmal aus dem stattlichen Hof werden sollte. Dabei wusste er die ständigen Anspielungen seines einzig verbliebenen Sohnes wohl zu deuten. Das war die Retourkutsche dafür, dass er ihm bereits als Kind das Gefühl vermittelt hatte, ein Versager oder zumindest einer zu sein, der seinem älteren Bruder nicht das Wasser reichen konnte. Friedrich Lang hatte unter dem Tod seines Ältesten weitaus mehr gelitten, als er zuzugeben bereit war. Die beiden Töchter ließen sich nicht mehr blicken. Noch immer träumte er davon, dass sein Enkel Ludwig in seinem Haushalt aufwachsen und unter seiner Erziehung zu einer starken Persönlichkeit heranwachsen würde. Aber das Jugendamt machte ihn nach wie vor nicht zum Vormund. Selbst als »die Hur«, wie er seine Schwiegertochter unverändert nannte, von einem Amerikaner ein zweites Kind bekam, änderte sich daran nichts. Er musste mit seinem Jüngsten zurechtkommen, ob er wollte oder nicht.

Der Ernst des Lebens

Die wenigen Jahre vor seiner Einschulung blieben für Hans die unbeschwertesten bis weit in das Erwachsenenalter hinein. Seine Mutter war geschickt darin, Widrigkeiten und Anfeindungen so weit als möglich von ihm und seinem Bruder fern zu halten. Am liebsten war er in der Schänke in Seelbach. Die Großmutter verwöhnte ihn, wo sie nur konnte. Es gab allerhand zu hören und zu sehen und wenn besonders großer Trubel war, kümmerte sich niemand um ihn. Er suchte sich eine ruhige Ecke und konnte so oftmals viel länger aufbleiben, als es seinem Alter entsprach. »Um Gottes willen, das Kind ist ja noch auf«, klagte die Großmutter dann, wenn offensichtlich wurde, dass auch Caroline ihn noch nicht ins Bett gebracht hatte.

Wenn der Großvater zu Hause war, nahm er sich viel Zeit für beide Enkel. Er spielte mit ihnen, machte mit ihnen einfache akrobatische und turnerische Übungen und in der kalten Jahreszeit fertigte er mit viel Geschick Spielzeug für die begeisterten Jungen. Auch ihr Onkel Willi kümmerte sich um sie.

Eine deutliche Wendung nahm das Leben von Hans, als er in die Schule kam. Eine im Großen und Ganzen doch sorglose Kindheit wich für den dunkelhäutigen Jungen nun tatsächlich dem »Ernst des Lebens«, in dem er immer wieder aufs Neue Beleidigungen und Herabsetzungen erfuhr. Meistens ertrug er sie still, aber gelegentlich setzte er sich mit unbändiger Heftigkeit zur Wehr. Er stand nun nicht mehr in dem Maße unter der Kontrolle und dem gleichzeitigen Schutz seiner resoluten

Mutter oder der in allen Belangen des Lebens durchsetzungsfähigen Großeltern. Das Ausgeliefertsein an eine manchmal feindselige Umwelt wurde zu einer weiteren Herausforderung neben dem, was nun die Schule von ihm forderte. Wenn er im Erwachsenenalter an diese Zeit zurückdachte, kam er aber zu dem Schluss, dass er gerade in jenen schlimmen Momenten viel für das spätere Leben gelernt hatte.

Das Schuljahr begann nach den Osterferien mit einem Gottesdienst in der Stadtkirche. Nach der Segnung des Pfarrers drängte alles nach draußen. Hans hatte soeben die Kirchentür hinter sich gelassen, als er einen schmerzhaften Tritt spürte. Empört sah er sich um und bemerkte sofort das grinsende Gesicht eines Dicken, der darauf bedacht war, von ihm Abstand zu gewinnen. Eltern und Kinder schlenderten in großen Trauben in Richtung des Schulhauses. Einzig Caroline und Hans gingen nebeneinander. Man sah sich verstohlen nach ihnen um, abfällige Bemerkungen über den *Amibalg* unterblieben aber. Die Erstklässler hielten unterschiedlich große Schultüten umklammert. Auch an diesen sah man, wer zu den Armen und wer zu den besser Situierten gehörte, auch wenn es Einzelne gab, die versuchten, einen nicht vorhandenen Wohlstand vorzutäuschen. Zwischen den Kindern und Eltern schlenderten die Lehrer und Lehrerinnen, die die neuen ersten Klassen übernehmen sollten. Während Hans unablässig damit beschäftigt war, die Hand seiner Mutter abzuwehren, die ihn wie gewohnt führen wollte, trat eine junge Frau mit einer lose gesteckten Hochfrisur an seine Mutter heran und fragte: »Sind Sie Frau Lang? Und ist das der kleine Hans?«

Caroline nickte und antwortete: »Ja, das ist mein Sohn Hans.«

»Ich bin Jutta Schweigler und werde in den nächsten zwei Jahren die Klassenlehrerin Ihres Sohnes sein.«

»Woher wussten Sie, dass es sich um Hans handelt?«

»Nun, ich habe davon gehört, dass das Kind einen farbigen Vater hat.«

»Na, dann können Sie ihn ja schon mal auf Ihrer Anwesenheitsliste abhaken!«

»Das machen wir erst morgen. Heute sollen die Kinder nur begrüßt werden. Schüler der zweiten Klassen singen einige Lieder als Willkommensgruß. Dann gehen die Abc-Schützen in ihre Klassenzimmer.«

Die Lehrerin machte bereits Anstalten, auf andere Mütter zuzugehen. Doch dann besann sie sich anders, legte Caroline die Hand auf den Oberarm und sagte leise: »Frau Lang, ich werde mich um Ihren Jungen kümmern. Er wird es bei mir, soweit es in meiner Macht steht, gut haben.«

Die folgenden Wochen wurden für Hans nicht einfach. Er war kleiner als die meisten anderen Jungen, dafür aber recht kräftig und äußerst geschickt und wendig. Sein Großvater hatte ihm etliche Übungen beigebracht, die ein angehender Akrobat beherrschen musste. Auch wenn die Schaustellerei Derartiges nicht mehr verlangte, wollte Frédéric Schürbel von der alten Tradition nicht lassen, allen Kindern möglichst viel von dem mitzugeben, was schon die Altvorderen auf der Bühne oder im Zirkusrund vorgeführt hatten. Damit hätte der Junge eigentlich im Sport glänzen können. Mühelos gelangen ihm der Handstand und der Überschlag. Auch am niederen Reck machte ihm keiner der Mitschüler etwas vor. Das Problem war der Sportlehrer, einer, der noch unverblümt von den Kreis-, Gau- und Reichssportfesten der Hitlerzeit schwärmte. Ein Junge mit etwas dunklerem Teint passte nicht in seine Fantasien über Leistungsturnen und völkische Massenspiele.

Glücklicherweise wurde Hans die ersten beiden Schuljahre vorwiegend von Fräulein Schweigler unterrichtet. Lediglich in Sport und Religion hatte er andere Lehrer. Religion unterrichtete der beleibte Stadtpfarrer, der bereits in den unteren Klassen größte Mühe hatte, für ein Mindestmaß an Ruhe und Aufmerksamkeit zu sorgen.

Obwohl Fräulein Schweigler stets schützend und vermittelnd eingriff, gab es immer wieder Momente, in denen Hans sich als Außenseiter fühlte, und manchmal geschahen Dinge, die ihn regelrecht erschütterten, weil er nicht mit ihnen gerechnet hatte. Auch bei der Einschulung hatte sich gleich ein solcher Vorfall ereignet, der die Aufmerksamkeit aller auf Hans lenkte und ihn zutiefst verunsicherte. Nach einer kurzen Begrüßung hatte die Lehrerin die Eltern gebeten, nun den Raum zu verlassen. Sie begann damit, den neu Eingeschulten das Klassenzimmer zu zeigen und die einzelnen Ausstattungsgegenstände kindgerecht zu erklären. Dann stellte sie die Regeln und Abläufe vor, an denen sich die Klasse von nun an während der Unterrichtsstunden und in den Pausen zu orientieren hatte. Darauf bedacht, diesem ersten Schultag einen heiteren Abschluss zu verleihen, ließ sie die Kinder einen Blick in ihre Schultüten werfen. Jedes sollte erzählen, was die eigene beinhaltete. Süßigkeiten und die seltenen Orangen befanden sich darin, bei manchen auch kleine Malheftchen oder kleine Bändchen mit Kindergeschichten.

Die Schürbel-Oma, die viele Jahrzehnte auf den Rummelplätzen den Wagen mit gebrannten Mandeln und anderen Leckereien betreut hatte, hatte die Schultüte ihres Enkels reichlich mit Mandeln, Magenbrot, türkischem Honig und kandierten Früchten gefüllt. Für Hans stellten diese Dinge keine Überraschung dar, ja, sie bereiteten ihm eine leichte Enttäuschung. Viel lieber hätte er in seiner Tüte ein *Mecki-Heftchen* gefunden oder wenigstens ein paar Wachsmalstifte. Als er vor der versammelten Klasse über den Inhalt seiner Schultüte berichtete, unterschied sich das erheblich von den kleinen Einschulungsgeschenken der anderen Kinder und es begann um ihn herum zu tuscheln und zu wispern.

Jeder Erstklässler durfte nun noch etwas aus seiner Tüte naschen. Dann war der erste Schultag beendet, der den Beginn eines langen Weges markierte. Die Kinder stürmten aus dem Klassenzimmer. Als sie über den langen Flur in Richtung des Treppenhauses rannten, wurde Hans von zwei kräftigen Jungen angerempelt. Der dickere der beiden war derselbe, der ihm beim Verlassen der Kirche einen Tritt verpasst hatte.

»Angeber«, zischte der eine. »Du bist ein Angeber.«

Der Dicke gab ihm einen Stoß, der ihn taumeln ließ. Als im Eingangsbereich die ersten Mütter auftauchten, die auf ihre Kinder gewartet hatten, ließen die beiden aber wieder von ihm ab.

Von jetzt an war Hans nur noch selten mit dem Onkel und dem Großvater auf Rummelplätzen unterwegs. Caroline half ihrer Mutter weiterhin am Wochenende und an einzelnen Abenden in der Schänke. Sie hatte sich mit finanzieller Unterstützung ihres Vaters einen gebrauchten knallgelben *Lambretta*-Motorroller gekauft, mit dem sie, ohne auf andere angewiesen zu sein, von Lichtengrün nach Seelbach und nachts wieder nach Hause kam. Nach der Währungsreform war die Zahl der Gäste, die noch im *Haller Eck* verkehrten, stetig zurückgegangen.

Caroline machte sich immer mehr Sorgen um Ludwig. Schon früh versuchte er zu demonstrieren, dass er *zu dieser Familie* nicht gehörte. Wenn es zu Konflikten kam, drohte er damit, er werde, sobald dies möglich sei, zu seinem anderen Großvater auf den Köcherhof ziehen. Dort werde nämlich auch das Andenken an seinen Vater gewahrt, der als Held gestorben sei, was in dieser Familie niemanden interessiere. Im Gegenteil, man ziehe den Vater in den Schmutz, bezeichne ihn gar als Verbrecher.

»Niemand bezeichnet deinen Vater als Verbrecher«, versuchte Caroline zu beschwichtigen.

»Hat nicht Onkel Willi immer gesagt, die SS waren Verbrecher und wir alle müssen jetzt dafür büßen?«

»Damit hat Willi nicht deinen Vater persönlich gemeint.«

»Natürlich hat er ihn gemeint. Weshalb steht denn sonst im Wohnzimmer noch nicht mal ein Bild von meinem Vater? In der Wohnstube auf dem Köcherhof hängen so schöne Fotografien, auf denen der Vater zu sehen ist.«

»Ich hänge ja auch kein Bild des Vaters von Hans auf.«

»Das ist doch was ganz anderes«, empörte sich der Junge. »Der hat dich schließlich sitzen lassen!«

Diese Bemerkung versetzte Caroline einen heftigen Stich. Sie versuchte dennoch, ruhig zu bleiben und sagte nur: »Ludwig, du hast kein Recht zu solch unverschämten Bemerkungen.«

Mehr und mehr wandte sich der Junge von der Familie seiner Mutter ab. Sogar seinem Großvater Schürbel gegenüber verhielt er sich immer reservierter, obwohl dieser sich weiter darum bemühte, beiden Jungen dasselbe Maß an Zuwendung zukommen zu lassen.

Hatte Ludwig anfangs die Ausflüge und Autofahrten mit Rolf Hermann genossen, so weigerte er sich nun häufig mitzukommen, wenn es hieß, man fahre am Sonntag an den Ebnisee oder nach Langenburg. Stattdessen verkehrte er jetzt häufiger auf dem Köcherhof. Der Bauer hatte ihm zu seinem zehnten Geburtstag ein Fahrrad geschenkt, ein gebrauchtes zwar, aber eines, an dem nichts fehlte. Und als der Junge von einem Jagdgenossen des Großvaters einen Fuchsschwanz geschenkt bekommen und die begehrte Trophäe am Lenker befestigt hatte, verspürte er das erste Mal seit Langem so etwas wie Glück. Und Friedrich Lang war immer noch von dem Wunsch beseelt, sein Enkel möge eines Tages doch zu ihm auf den Hof ziehen und diesen später übernehmen. Bislang hatte Gustavs Frau Helga lediglich zwei Mädchen zur Welt gebracht. Nach den beiden schweren Geburten war es recht ungewiss, ob aus dieser Ehe noch ein Anwärter auf den Hof hervorgehen würde.

Zwei Jahre nach der Währungsreform war die Altbäuerin des Köcherhofes verstorben. Schon fast zwei Jahrzehnte war sie über lange Phasen hinweg bettlägerig gewesen. Sie starb im Winter an einer eigentlich harmlosen Lungenentzündung. Aber der ausgezehrte Leib brachte die notwendigen Widerstandskräfte nicht mehr auf. Man begrub sie im kalten Februar des Jahres 1951 auf dem Seelbacher Friedhof. Mit großem Verdruss erkannte Friedrich Lang unter den zahlreich erschienenen Trauergästen seine Schwiegertochter Caroline, die sich auch noch erdreistet hatte, unter der weitläufigen Verwandtschaft Aufstellung zu nehmen, links und rechts die beiden dick vermummten Buben neben sich. Gustav hatte ihm ins Ohr geflüstert, er solle darum kein Aufhebens machen und die Schwägerin mit ruhiger Gelassenheit einfach ignorieren. Wie sich das schon anhörte: mit ruhiger Gelassenheit. Bis an sein Lebensende würde er diesem verfluchten Weibsstück nicht gelassen begegnen können.

»Immerhin war die Mutter auch Ludwigs Großmutter«, fuhr Gustav unbeirrt fort. Der Alte hatte Caroline schließlich keines Blickes gewürdigt und war am Ende froh, dass sie beim anschließenden Leichtrunk nicht zugegen war.

Bereits kurz nach Ablauf des Trauerjahres eröffnete Friedrich Lang seinem Sohn und allen anderen, die es hören wollten, dass er die Absicht habe, wieder zu heiraten. Er sei noch zu jung, um sein restliches Leben als alleinstehender Witwer zu verbringen.

»Du wirst sonderbar, Vater«, entfuhr es Gustav, was einen Tobsuchtsanfall seines Vaters auslöste. Er lasse sich noch nicht aufs Altenteil drängen und schon gar nicht von ihm zum Hanswurst machen. Von seinem Sohn erwarte er mehr Respekt.

»Außerdem«, fauchte der Köcherhofbauer, »brauchst du dir keine Sorgen zu machen. Die Maria ist bereits Ende vierzig. Ich hätte noch leicht eine jüngere kriegen können, eine, die noch im gebärfähigen Alter ist.«

Niemand konnte sagen, wie die Verbindung mit der bislang unverheiratet gebliebenen Maria Dörfler aus Mosbach zustande gekommen war. Einige munkelten, eine der alten Betschwestern, die überall ihr Ohr dran und ihre Finger drin hätten, habe das Zustandekommen dieser Eheschließung gezielt arrangiert, so, wie es auf dem Land immer noch gang und gäbe war. Die Hofbauerswitwe wäre infrage gekommen oder auch die noch rüstige Gerda Ott, deren Mann nicht aus dem Krieg heimgekehrt war. Sie hatte dessen frühere Mesnertätigkeit übernommen, um sich wenigstens einen kargen Lebensunterhalt zu sichern.

Maria Dörfler war eine stille, melancholisch wirkende Frau, die so gar nicht zu dem Großspur und Choleriker Friedrich Lang passen wollte. Aber das galt bereits für die verstorbene Altbäuerin. Möglicherweise hatte er sie mit Versprechungen aus dem fernen Mosbach gelockt. Oder ihre eigenen Verwandten hatten sie gedrängt, doch nicht mehr länger ihrem Verlobten nachzutrauern, der bereits 1929 im Steinbruch verunglückt war. Vielleicht hatte sie selbst eingesehen, dass es im Leben noch mehr gab, als all ihre Gedanken und Gefühle an einen Verstorbenen zu hängen.

Ihr sanftes Wesen und ihre Rechtschaffenheit machten es ihr leicht, mit Gustav, Helga und dem neuen Knecht Wilhelm, der von allen nur Hemme gerufen wurde, ein konfliktfreies und freundliches Auskommen zu finden. Gustav hatte nach Aushang des Hochzeitstermins den Pfarrer aufgesucht und ihn gebeten, vor der Eheschließung ein ernstes Wort mit dem Vater zu reden. Dieser sei mit seiner ersten Frau schändlich umgegangen. Er, Gustav, mache sich heute noch bittere Vorwürfe, nicht stärker zugunsten der Mutter eingegriffen zu haben. Pfarrer Beck war ein erfahrener Mann, der mit der Wesensart und den Absonderlichkeiten der Landbevölkerung im Allgemeinen und speziell denen seiner hiesigen Gemeindemitglieder gut vertraut war, und versprach, sein Möglichstes zu tun.

Die Hochzeit wurde im bescheidenen Rahmen gefeiert. Nach der kirchlichen Trauung fuhr die Festgesellschaft auf den Köcherhof, wo bei idealem Maiwetter das Festmahl im Freien eingenommen wurde. Gustav und Helga führten Regie. Wilhelm hatte aus rohen Brettern lange Tafeln gezimmert, über die weiße Tücher gelegt wurden. Unter den zahlreichen Helfern befanden sich auch Gustavs älteste Schwester Hermine und deren Mann Heinz, die unverändert in Stuttgart lebten. Nach seiner Entlassung aus russischer Kriegsgefangenschaft konnte der Schwager wieder in der Motorengießerei der Firma Daimler-Benz anfangen, wo er bereits vor 1942 gearbeitet hatte.

Pauline, die jüngere der beiden Lang-Schwestern, war auch dieser Feierlichkeit ferngeblieben. Seit sie in frühester Jugend den Hof verlassen hatte, war sie kein einziges Mal zurückgekehrt. In Begleitung eines Mannes, von dem niemand wusste, in welchem Verhältnis sie zu ihm stand, war sie im letzten Jahr zur Beerdigung der Mutter gekommen. Sie hatte ihre Geschwister stumm begrüßt, dabei den Vater keines Blickes gewürdigt und danach im hinteren Teil der Kirche fernab der Familie Platz genommen. Zusammen mit dem Unbekannten trat sie erst an das geöffnete Grab, als der Vater bereits am Friedhofsausgang angekommen war. Weshalb sie den Hof verlassen und in der Crailsheimer Gegend begonnen hatte, ihr eigenes Leben zu führen, wusste einzig ihre Schwester. Ihr älterer Bruder Franz hatte die Gründe noch ein Jahr vor Kriegsende von der Schwester erfahren. Aber Franz war schon seit mehr als zehn Jahren tot.

Als ihre Mutter wieder einmal krank darniederlag, hatte der Vater seine jüngere Tochter im Stall belästigt. Es war nicht zum Äußersten gekommen. Der Alte hielt Pauline mosttrunken von hinten umklammert und berührte sie unsittlich. In Panik hatte sie ihm einen Zinken der Mistgabel in den Stiefel gerammt, worauf er sie vor Schmerz brüllend losgelassen hatte. Sie konnte flüchten und achtete von nun an jeden Tag darauf, dass sie ihre Arbeiten möglichst weit entfernt vom Vater verrichtete. Auch Jahre später rasten ihr Schauer über den Rücken, wenn sie sich des stoppeligen Gesichts erinnerte, welches sie an Hals und Wangen streifte, oder sich die mostsauren Ausdünstungen vergegenwärtigte, die dem schmatzenden Maul entströmten. Niemals wieder konnte sie dem Geruch des Mostes etwas Angenehmes abgewinnen. Bis zum Todestag des Vaters kehrte sie nicht mehr auf den Köcherhof zurück.

Narben

Im Herbst 1953 waren die Nachwehen des Ostberliner Arbeiteraufstandes immer noch zu spüren. Die Großmächte hatten kräftig mit den Säbeln respektive den Panzerketten gerasselt. In vielen Gesprächen schwang die Befürchtung mit, dass es in Mitteleuropa doch wieder zu einem bewaffneten Konflikt kommen könnte.

Ende Oktober traten Rolf und Caroline eines Sonntags nach dem Mittagsimbiss aus einem Kaisersbacher Wirtshaus. Caroline verspürte den Wunsch, einen Abstecher nach Murrhardt zu machen, um ihre Freundin Leonore zu besuchen. Sie bat Rolf, ihr diesen Wunsch zu erfüllen und sie dorthin zu chauffieren. Sie hatte Leonore, die sich nach wie vor unverdrossen durch die Widrigkeiten ihres Lebens kämpfte, schon lange nicht mehr gesehen. Caroline wusste, dass sie seit Jahren früh mit dem Zug zur Arbeit nach Unterrot fuhr und erst spät abends wieder nach Hause kam. Wie sie ihr erzählt hatte, liebte sie ihre Tätigkeit bei der Strumpffabrik ARWA, obwohl sie dort mehr als schlecht bezahlt wurde. Anfangs erhielt sie nur 45 Pfennig in der Stunde, weniger als die Hälfte dessen, was ungelernte Männer verdienten. Der Betrieb war rasant gewachsen. Nylon- und Perlonstrümpfe fanden jetzt reißenden Absatz. Nach dem überstandenen Elend der Kriegs- und unmittelbaren Nachkriegszeit wollten die Menschen nicht nur gut essen und trinken. Man leistete sich wieder was und dazu gehörte auch, dass sich die Frauen wieder schick anzogen. Fast schien es so, als streiften sie mit den abgetragenen, zerschlissenen Kleidern auch die Erinnerungen an das Grauen und die bittere Not der letzten Jahre von sich ab. Mittlerweile hatte sich Leonore zur stellvertretenden Leiterin der Aufmacherei hochgearbeitet. Sie verdiente nun besser, aber noch immer reichte es vorne und hinten nicht. Die aus der Fertigung kommenden Strümpfe wurden hier durchgesehen, entsprechend ihrer Qualität als erste, zweite oder dritte Wahl ausgewiesen und anschließend den Frauen weitergereicht, die die Strümpfe erst paarweise zusammenlegten und dann in Kartons verpackten.

Rolf Herrmann hatte auf Carolines Bitte hin nur gelächelt und war mit einem charmanten »Kein Problem, Madame« eingestiegen. Mit geschlossenem Verdeck passierten sie im Ausflüglertempo den um diese Jahreszeit nur noch schwach besuchten Ebnisee.

Seit Jakob Winter Ende 1947 illegal in Palästina eingereist war, war Leonore allein geblieben. Zweimal schon hatte diese starke Frau Caroline in großer Not geholfen. Zuerst im Jahr 1946, als Arturo kommentarlos verschwunden war, und zuletzt vor dreieinhalb Jahren, als ihr die Schwierigkeiten mit der Fürsorge über den Kopf zu wachsen drohten.

Wie es Leonore wohl jetzt erging? Sie fuhren den Anstieg nach Ebni hinauf und weiter durch den Wald in Richtung Althütte. Dort wies ein Verkehrsschild die Straße nach Murrhardt aus. Während sie erneut durch ein kurzes Waldstück fuhren, ging Caroline durch den Sinn, dass zwischen ihr und Leonore eigentlich immer eine merkwürdige Beziehung bestanden hatte. Waren sie wirklich gute Freundinnen gewesen? Manchmal hatten sie sich sehr häufig gesehen, dann monatelang nicht. Aber sie hatte sich während ihrer ganz großen Krisen immer auf diese Frau verlassen können, obwohl sie bislang noch keine Gelegenheit bekommen hatte, sich zu revanchieren.

In Murrhardt hielt Rolf Hermann direkt vor den *Murrlichtspielen*. Er blieb im Auto sitzen, während Caroline die wenigen Schritte zu dem Haus ging, in dem ihre Freundin gleich nach Kriegsende untergekommen war. Gelangweilt sah er zum Eingangsbereich des Kinos hinüber, vor dem etliche Jugendliche herumlümmelten. Andere betrachteten neugierig die verglasten Aushänge, unschlüssig, ob es sich lohnen könnte, das stets knappe Geld in eine Kinokarte zu investieren. Ein Platz auf dem Sperrsitz kostete immerhin eins zwanzig, im Parkett eins fünfzig, in der Loge zwei Mark. Viele konnten sich das nicht leisten, obwohl sicher die meisten gerne den Nachmittagsfilm *Tarzan, der Verteidiger des Dschungels* angeschaut hätten. An der Tür hing ein weiteres Plakat, wohl die Ankündigung der Abendvorstellung: *Briefträger Müller* mit Heinz Rühmann und Heli Finkenzeller.

Rolf blickte auf seine Armbanduhr. Es war zehn Minuten vor drei. Gleich würde die Nachmittagsvorstellung beginnen. Verblüfft stellte er fest, dass er mit Caroline noch nie im Kino gewesen war. Es blieb ihm keine Zeit, sich darüber weitere Gedanken zu machen. Mit energischen Schritten hastete sie die Lindengasse entlang. Auf dem Weg zum Auto machte sie eine unmissverständliche Geste. Offensichtlich hatte sie ihre alte Freundin nicht angetroffen. Sie stieg ins Auto. »Fahr los. Sie wohnt nicht mehr hier. Aber ihre frühere Vermieterin kannte ihre neue Adresse. Ich erkläre dir, wie du da hinkommst.« Sie schüttelte den Kopf.

»Was ist los?«, fragte er.

Leise lachte sie auf. »Es ist nicht zu fassen. Stell dir vor, der Kerl, von dem sie sich 1947 getrennt hat, ist aus Israel zurückgekehrt. Und nicht nur das. Die beiden haben letztes Jahr still und leise geheiratet. Nicht zu fassen.«

Sie fuhren zum *Café Graf* und kauften als kleines Mitbringsel eine hübsche Dose mit Keksen.

»Wenn wir sie nicht antreffen, können wir die selber essen«, meinte Caroline.

»Das ist deine ganz besondere Stärke«, sagte Rolf Hermann und lachte leise. »Du findest immer praktische Lösungen.«

Von der Gasse, in der sie geparkt hatten, dauerte es keine zwei Minuten, bis sie vor einem neu erbauten Sechsfamilienhaus standen. Die Stadt dehnte sich jetzt nach allen Seiten aus.

Durch den Zuzug der Flüchtlinge war die Bevölkerung um mehr als die Hälfte angewachsen.

Caroline fand den Namen Jakobs auf dem Klingelbrett. Sie läutete im dritten Stock bei Winters. Nach wenigen Sekunden wurde der elektrische Türöffner betätigt. Also war jemand zu Hause. Leonore empfing sie vor der Wohnungstür.

Mit dem Ausruf: »Menschenskind! Caroline!« begrüßte sie ihre alte Freundin. »Dass du mal den Weg zu mir findest.«

»War ja auch schwer genug«, entgegnete die Angesprochene. Und während sie, etwas außer Atem geraten, Leonore umarmte, flüsterte sie: »Hättest ja mal was von dir hören lassen können. Zum Beispiel, dass du jetzt wieder mit ihm zusammen bist. Ist er da?«

Leonore nickte, reichte Rolf Hermann die Hand und sagte: »Kommt mal rein. Ich hab gerade einen Tee gemacht.«

Jakob Winter saß am kleinen Tisch in der Küche. Caroline schien er noch hagerer geworden zu sein, als sie ihn von früheren Begegnungen in Erinnerung hatte. Im Radio wurde Jazz gespielt. Vermutlich hörten sie einen amerikanischen Sender. Man sah ihm an, dass er über den unangekündigten Besuch nicht sonderlich erfreut war. Mürrisch erhob er sich, begrüßte zuerst Caroline, dann ihren Begleiter: »Winter.«

»Angenehm, Rolf Hermann.«

Leonore versuchte die Stimmung zu entkrampfen. »Jetzt setzt euch doch erst einmal hin. Ich hole noch einen Stuhl aus dem Wohnzimmer. Jakob, stell doch bitte noch zwei Tassen auf den Tisch.

»Das passt ja gut«, sagte Caroline. »Wir haben Kekse mitgebracht.«

Leonore schenkte den Tee ein und war alsbald in ein reges Gespräch mit ihrer alten Freundin vertieft, die sie so lange nicht gesehen hatte. Anfangs sprachen die beiden Männer nur wenig miteinander. Dann erkundigte sich Rolf Hermann nach dem Leben in Israel und beging dabei die Unvorsichtigkeit, Jakob Winter nach den Gründen zu fragen, weshalb er das dortige Leben aufgegeben habe und nach Deutschland zurückgekehrt sei. Der Angesprochene sah ihm mit einem spöttischen Grinsen in die Augen und entgegnete: »Sie wollen jetzt wahrscheinlich von mir hören, dass der ewige Jude zu einem unsteten Leben verdammt ist und wir nicht dazu taugen, dauerhaft an einem Ort zu leben.« Und in die Verwirrung seines Gegenübers hinein fragte er geradezu überfallartig: »Wo waren Sie während des letzten Krieges?«

Einen Augenblick lang hörte Caroline nicht auf den Fluss der heiteren Geschichten, die Leonore vor ihr ausbreitete. Sie hatte Rolf Hermann noch nie gefragt, was er während des Krieges gemacht hatte. Mit einem Mal erschien ihr jetzt der sonst so Wortgewandte recht wortkarg. Nach kurzem Zögern murmelte er halblaut: »Na, was wohl? Dasselbe, was die meisten Angehörigen unserer Jahrgänge auch gemacht haben. Arbeitsdienst. Wehrmacht. Kriegseinsatz. Gefangenschaft.«

Als Jakob mit wachem Habichtsblick nachsetzte: »Wo überall in Europa waren Sie im Einsatz?«, sah Leonore den Zeitpunkt gekommen, dem Gespräch eine andere Wendung zu geben.

»Kinder«, sagte sie eine Spur zu laut, »wir können doch froh sein, dass wir es bereits wieder so weit gebracht haben.« Als sie bemerkte, dass Jakob etwas erwidern wollte, drückte sie unter dem Tisch energisch seine linke Hand.

Jakob Winter hätte sonst wohl versucht, dem ihm fremden Begleiter von Caroline Lang zu erläutern, dass sein Leben vor allem vom Verlust sämtlicher naher Verwandter und des Familienbesitzes geprägt war und es ihm deshalb schwer gefallen war, im jungen Staat Israel ständig Leuten zu begegnen, die ebenfalls unter der Ermordung nahestehender Menschen litten. Vermutlich hätte er wie in früheren derartigen Gesprächen hinzugefügt, dass er sich auch in Deutschland nicht mehr zu Hause fühle.

Später, als Caroline und Rolf wieder im Wagen saßen und in die bereits fortgeschrittene Dämmerung hinein zu ihr nach

Hause fuhren, ergriff sie als Erste das Wort. »Ich wundere mich, dass Leonore wieder mit ihm zusammen ist.«

Rolf Hermann erwiderte nichts. Er schien sich auf die Fahrt zu konzentrieren.

»Du hast mir nie erzählt, wo du im Krieg gewesen bist«, sagte sie nach einer Weile.

Rolf sah zu ihr hinüber, ehe er erwiderte: »Und? Ist das heute noch von Bedeutung?«

Ohne ihn anzusehen antwortete sie: »Es gibt Menschen, für die das sehr wohl von Bedeutung ist.«

Sulzbach lag hinter ihnen. Rolf Hermann beschleunigte und schaltete einen Gang höher. »Du weißt doch, bei welchem Haufen ich gewesen bin.«

»Nein, das weiß ich nicht.«

»Du hast doch schon öfters über die Narbe gestreichelt, die ich auf der Innenseite des linken Oberarms habe.«

»Natürlich kenne ich die Stelle.«

»Hast du dich nie gefragt, wo ich die herhabe?«

»Nein, das habe ich nicht, sonst hätte ich dich gefragt.«

»Dort war einmal eine kleine Tätowierung, ein ›A‹ in Frakturschrift, ein Hinweis auf meine Blutgruppe. Ich dachte, du kennst das von deinem verstorbenen Mann.«

»Du hast mir nie gesagt, dass du ihn kanntest.«

»Ich kannte ihn nicht. Ich bin ihm wirklich nie begegnet. Aber du hast mir die Familienbilder gezeigt. Es gibt ein Foto von ihm, da ist er in Uniform.«

»Warst du etwa auch bei der SS? Warum hast du mir das verschwiegen?«

»Caroline, seit wann kennen wir uns?«

»Das tut doch nichts zur Sache. Ich will mit keinem Schwein zusammen sein.«

Er bremste so plötzlich und so heftig, dass Caroline mit der Stirn fast die Windschutzscheibe berührt hätte. Die Reifen quietschten. Scharf fuhr er rechts ran. »Ich will dir mal was sagen. Ich dulde nicht, dass du so mit mir redest. Ich war kämpfende Truppe, 10. Panzer-Division ›Frundsberg‹, verlegt nach Tarnopol, dann Normandie, schließlich Heeresgruppe Weichsel, 1944 zum Leutnant befördert. Die Tätowierung hat mir damals ein Arzt rausgeschnitten. Vielleicht war das eine übereilte Handlungsweise, sie hat außerdem auch gar nichts genutzt. Die Amis haben alle, die anstelle der Blutgruppentätowierung eine Narbe hatten, genauso von den anderen Kriegsgefangenen abgesondert, auch mich, obwohl ich keine Verbrechen begangen habe.«

»Aber man hat ein Recht darauf, zu wissen, mit wem man es zu tun hat«, erwiderte Caroline mit trotzigem Unterton.

Während der restlichen Fahrt schwiegen beide. Caroline dachte an eine frühere Begegnung mit Jakob Winter, die nun schon etliche Jahre zurücklag. Er bekleidete damals einen Posten in der amerikanischen Militäradministration und hatte sie einmal zusammen mit Leonore in Lichtengrün besucht. Ludwig war noch ein Säugling, Hans noch nicht auf der Welt gewesen. Die beiden hatten ihr einige Sachen mitgebracht, die damals, Anfang '46, Mangelware waren. Besonders gefreut hatte sie sich über mehrere Pakete amerikanischer Babynahrung. Merkwürdig, dachte sie, an was man sich alles erinnert, während andere, vermeintlich wichtigere Dinge längst in Vergessenheit geraten sind.

Jakob Winter war 1947 verschwunden, kehrte aber Ende 1951 wieder nach Deutschland zurück. Caroline beschlich das unbestimmte Gefühl, dass dieser Mann Leonore nicht immer guttat. Und ihre Intuition trog nicht. Leonore und Jakob lebten in einem komplizierten Verhältnis, das ständig von der Frage durchdrungen war, die ihn nicht losließ: »Wo bin ich wirklich zu Hause?« Derzeit hielt er sich mit einem schlecht bezahlten Job als Sprengmeister in einem Steinbruch über Wasser und lebte ansonsten mit wachsender Apathie in den Tag hinein.

Das Jesuskind mit der langen Nase

Vor dem Schuleintritt bestand Hans' einziges, für ihn spür- und sichtbares, Problem in seinem Bruder Ludwig, der eifersüchtig darüber wachte, dass der »Bastard«, wie ihn der Köcherhofbauer nannte, nicht mehr bekam als er selbst. Obwohl Ludwig gerne bei den Schürbel-Großeltern war, hatte er gelegentlich den Eindruck, dass der Großvater den Kleinen bevorzugte. Das lag auch daran, dass Hans geschickt und gelenkig war, weshalb sowohl der Großvater als auch ihr Onkel Willi mit ihm einfache akrobatische Übungen machten. Bereits im Alter von fünf Jahren konnte der Kleine einen Handstand, was Ludwig nicht gelang. Zwei Jahre später spazierte er über das Drahtseil, das einen Meter hoch zwischen der Deichsel eines abgestellten Schaustellerwagens und einem Längsbalken des Schuppens gespannt war. Wenn Ludwig glaubte, niemand anderes sei in der Nähe, schlich er an seinen eifrig übenden Bruder heran und zerrte ihn an einem Bein vom Seil, wovon dieser mehrfach Schrammen davontrug und einmal heftig aus der Nase blutete.

Je häufiger die Mutter Ludwig zurechtwies, umso mehr feindselige Regungen entwickelte der gegen seinen Bruder. Und mehr als einmal erhielt er eine Ohrfeige, weil die Mutter mit angehört hatte, dass er zu dem Jüngeren sagte: »Du bist gar nicht mein richtiger Bruder, du bist ein Amibankert.«

»Negerbankert«, so sagte Großvater Lang gelegentlich, wenn Ludwig auf dem Köcherhof zu Besuch und bei dieser Gelegenheit von dem Kleinen die Rede war. Zu Hause traute er sich dann allerdings doch nicht, diesen Ausdruck zu verwenden, zumal Hans auch viel heller, somit kein richtiges Negerkind war.

Dass die anfangs auch in der Schulklasse vorherrschende Isolation von Hans durchbrochen wurde, lag wesentlich am mit Feingefühl gepaarten Geschick von Fräulein Schweigler. Mit Bedacht schuf sie Gelegenheiten, bei denen Hans im Unterricht mit kleinen Erfolgen aufwarten konnte. Aber sie achtete auch darauf, dass der kleine Wirbelwind nicht überheblich wurde. Auf dem Pausenhof und während der kurzen Pausen, die sie im Klassenzimmer verbrachten, kam es gelegentlich vor, dass die resolute, an körperlicher Kraft den Jungen keineswegs unterlegene Gastwirtstochter Helga Voss den kleinen Hans vor Angriffen und Hänseleien anderer Jungen in Schutz nahm. Gelegentlich sprang ihr ihre Freundin Annemarie Rückert bei, deren Vater trotz seiner schweren Kriegsverletzung wieder als Maurer arbeitete.

Gegen sich hatte er vor allem eine vierköpfige Blase, die der jähzornige Bäckersohn Walter Braun anführte. Seine Vormachtstellung beruhte auf zwei Sachverhalten. Zum einen neigte er zu unbeherrschten Ausbrüchen, die von den anderen Kindern gefürchtet wurden. Wichtiger aber noch war der Umstand, dass er hin und wieder jene, die ihm gewogen waren, mit Wecken und Kuchen aus der Backstube des Vaters versorgte.

Das vor allem war der Grund dafür, weshalb Alfred Burger seine Nähe suchte. Der großgewachsene Sohn des örtlichen Schlossers, den alle nur Freddi nannten, litt regelmäßig unter Hungerattacken, obwohl er zu Hause eine zwar einfache, aber ausreichende Kost erhielt. Hunger hatte häufig auch der Flüchtlingsjunge Bernd Stamm. Aber er buhlte nicht um die Brocken, die Walter verteilte. Sein Vater war ein wohlhabender pommerscher Bauer gewesen. Seine 1944 gen Westen geflüchtete Mutter stammte aus Masuren. Die Grünwälder Magd war gleich nach der Schule auf den Hof ihres späteren Schwiegervaters gekommen.

Bernds Vater litt lange unter dem Verlust seines Hofes und schwerer noch unter der herablassenden Behandlung durch die schwäbischen Krautbauern, die ihn auch deswegen schmerzte, weil er weitaus mehr Flächen bewirtschaftet hatte als die fünf größten Lichtengrüner Landwirte zusammen. Bis zur Beschlagnahmung durch die Organisation Todt hatte er schon vor 1943 mit einem *Primus P 22* geackert, als die Mehrzahl der schwäbischen Bauern noch mit Ochsen oder Pferden pflügte. Um seine Familie ernähren zu können, arbeitete der kräftige Mann, dem die Scholle so sehr fehlte, bei einer Heilbronner Spedition als Möbelpacker. Die Mutter, die mit zunehmender Dauer des Lebens in der Fremde gemütskrank wurde, ging zweimal in der Woche bei fremden Leuten putzen, um zum kärglichen Auskommen der Familie etwas beizutragen.

Der vierte im Kreis derer, die Hans unverhohlen als »seine Feinde« bezeichnete, war Heinz Klenk, Sohn des gleichnamigen Vaters, der bereits in vierter Generation einen Kolonialwarenladen führte. Den Erfordernissen des Geschäftslebens folgend erweiterte er 1956 sein Geschäft zu einem der ersten Konsum-Läden im Heilbronner Umland. »Man muss mit der Zeit gehen«, sagte der Senior zu allen passenden wie auch zu manchen unpassenden Gelegenheiten. Sein Junior hatte vor allem Vaters Ermahnung verinnerlicht, wonach er als Sohn eines örtlichen Geschäftsmannes immer darauf achten müsse, mit welchen Freunden er sich umgab. Der Schüler Heinz hatte den Eindruck gewonnen, dass Walter und Alfred die Stärksten in seiner Klasse wären, weshalb er deren Nähe suchte. Zudem entstammten sie angesehenen örtlichen Familien. Dass Bernd Stamm zu ihrer Clique gehörte, nahm er in Kauf. Er erwähnte ihn gegenüber den Eltern nur selten und dann auch nur beiläufig und brachte ihn, anders als Walter und Alfred, niemals mit nach Hause.

Der Umstand, dass Hans die starken Mädchen auf seiner Seite hatte, half ihm nur in der Schule. Niemand, nicht einmal Walter, traute sich, die derben Püffe der großgewachsenen

Helga zu erwidern. Das Mädchen verfügte über außerordentliche Kraft, die aus harter Arbeit und langen Botengängen resultierte, die es von klein auf zu erledigen hatte. Zigmal musste sie, nachdem sie rasch ihr Mittagessen hinuntergeschlungen hatte, in den Keller steigen, um Flaschengebinde oder Krüge mit Most nach oben zu bringen. Das stärkte ihre Ausdauer und gab ihr auch die Kraft, die die Jungs in ihrer Klasse fürchteten. Hinzu kam natürlich, dass es für Jungen ehrenrührig war, ein Mädchen zu schlagen. Man unterließ es, wenn man sich nicht dem allgemeinen Spott aussetzen wollte.

Immer dann, wenn Hans den Nachhauseweg gemeinsam mit den Klassenkameradinnen absolvierte, blieb er unbehelligt. Das war freilich an den Nachmittagen ganz anders, an denen die Mädchen unter sich blieben und die Jungen durch Gassen und Gärten streunten oder sich auf dem Dorfsportplatz zum Fußballspielen trafen. Obwohl Hans über Geschick und Talent verfügte, schloss ihn Walters Clique regelmäßig aus. Gelegentlich vertrieben sie ihn und andere, die den Versuch unternahmen, für ihn Partei zu ergreifen, von den seitlichen, leidlich gepflegten Rasenflächen des Platzes, der um den Mittelkreis und vor beiden Toren ziemlich ramponiert war.

Die Osterferien des Jahres 1954 gingen mit scheußlichem Wetter zu Ende. Schneeschauer wechselten sich mit Frühjahrsgewittern ab, mit denen man wegen der herrschenden Kälte nicht gerechnet hatte.

Während der ersten beiden Schuljahre erfuhr Hans reichlich Zuwendung und Unterstützung durch das stets freundliche, immer etwas atemlose Fräulein Schweigler. Es ging niemals so vonstatten, dass Mitschüler auf den Gedanken kommen konnten, er werde bevorzugt. Das hätte ihm eher geschadet. Die Lehrerin griff mit großem Geschick die Konflikte und Rempeleien auf, die ihr zu Gehör kamen. Und sie besaß auch ein feines Gespür dafür, was die Kinder ohne ihre Vermittlung selbst regeln konnten. Im Unterricht arbeitete sie die seltenen Beispiele heraus, in denen die Stärkeren für die

Schwächeren einstanden. Sie konnte dabei darauf zählen, dass die wortgewandten Mädchen ihr Anliegen unterstützten und mit zu einem Klima beitrugen, in dem kein Kind Angst haben musste. Hans nahm diese Unterstützung eher unbewusst wahr und fühlte sich wohl damit, auch wenn ihm zu viel Zuwendung manchmal peinlich war.

Mit Beginn des dritten Schuljahres änderte sich vieles, was bislang dazu beigetragen hatte, dass Hans gerne in die Schule ging. Entscheidenden Anteil daran hatte die neue Klassenlehrerin. Hertha Golombeck war 1942 aus dem Warthegau nach Württemberg gelangt, als man dort die jungen Lehrer reihenweise zur Wehrmacht eingezogen hatte. Bruchlos wurden ihr Aufgaben entsprechend ihres seitherigen BDM-Rangs übertragen. Ihr fremdartiges und harsches Wesen schreckte einige der älteren Mädchen ab, die durch sie an Führungsaufgaben herangeführt werden sollten. Aber sie hatte in den Konflikten mit einzelnen örtlichen Gruppenleiterinnen die Gauführerin auf ihrer Seite.

Nach Kriegsende wurde sie von der Besatzungsmacht von der Ausübung des Lehrerberufes suspendiert. Eine Zeitlang schlug sie sich gegen Naturalentlohnung mit Privatunterricht durch. Sie entwickelte in dieser Zeit erstaunliche Fähigkeiten bei der Bewirtschaftung ihres kleinen Gartens. In der Vorweihnachtszeit erschloss sich ihr durch einen Zufall ein zusätzlicher Broterwerb. Sie konnte sehr gut zeichnen und hatte die Mutter einer ihrer wenigen Privatschülerinnen porträtiert. Als in dem Haus wieder einmal Besatzungssoldaten einquartiert wurden, fiel einem Offizier die ausdrucksstarke Zeichnung auf, die in einem schlichten Holzrahmen an der Stubenwand hing. Wer das gezeichnet habe? Die Mutter berichtete von der Lehrerin, die von nun an Soldaten porträtieren konnte, die die Bleistift- und Kohlezeichnungen mit Lebensmitteln vergüteten.

Sie betrachtete diese Zeitspanne nicht als Buße, sondern als Bewährungsprobe. Sie bereute nichts und lernte zugleich, sich mit politischen Meinungsäußerungen zurückzuhalten.

Alles hat seine Zeit, dachte sie und nahm an, dass dieser Moment der völligen Niederlage nichts anderes sein konnte als eine Zeit der Prüfungen und des Innehaltens, bevor ein neuer Gang des ewig währenden Kampfes zwischen Hell und Dunkel, zwischen den nordischen Kräften und den slawisch-asiatischen Horden ausbrechen würde. 1947 wurde sie als Minderbelastete wieder in den Schuldienst übernommen. Dies geschah zunächst auf Probe. Ab Ostern 1948 beschäftigte man sie wieder als vollwertige Lehrkraft.

Die Kinder der dritten Klasse hatten niemals das Gefühl, von einer immer noch überzeugten Nationalsozialistin unterrichtet zu werden. Fräulein Golombeck war allen gegenüber eine äußerst strenge Lehrerin. Aber es gab feine und feinste Nuancierungen, die sich insbesondere in der Form der körperlichen Züchtigung zeigten. Obwohl sie selbst aus dem Osten nach Württemberg gekommen war, litten insbesondere die Flüchtlingskinder unter ihrer Knute. Während die Söhne der alteingesessenen Kaufleute und Handwerker gelegentlich Ohrfeigen bekamen, wurden Bernd Stamm, Karl Krachmanitz und einige andere selbst bei leichteren Vergehen nach vorne zitiert, über die von den dort sitzenden Mitschülern freigeräumte erste Bank gelegt und mit Hieben auf den Hosenboden bestraft. Ungeachtet der Frage, ob dies mehr oder weniger Schmerzen verursachte als eine Ohrfeige oder Tatzen auf die ausgestreckten Finger der linken Hand, war diese Form der Bestrafung besonders demütigend. Die Tortur begann bereits, wenn die Schüler von ihr mit ganz leiser Stimme, die fast einem Zwitschern glich, nach vorne gebeten wurden. Dem schlaksigen Karl liefen schon gleich die Tränen über das Gesicht, die er ungeschickt zu verbergen suchte. Bernd Stamm hingegen stand mit finsterem Gesichtsausdruck auf und schlurfte in einer Weise nach vorne, die die Lehrerin vor allem deswegen provozierte, weil sie nichts dagegen unternehmen konnte. Denn der Flüchtlingsjunge konnte völlig zu Recht erwidern, dass er immer so laufe. Hertha Golombeck schlug besonders fest zu, wenn sich der Sohn des Möbelpackers mit Schwung über die Schulbank gelegt hatte. Der Junge gab keinen Wehlaut von sich und weinte niemals. Wenn das monotone Schlagen sein Ende gefunden hatte, suchten seine Füße fast bedächtig den Fußboden. Mit einem energischen Schwung richtete er sich wieder auf. Mit demselben verschlossenen Gesichtsausdruck, mit dem er bereits nach vorne gekommen war, ging er wieder auf seinen Platz zurück. Dabei vermied er jeglichen Blickkontakt, auch den mit seinen Freunden.

Das Problem von Hans bestand nicht so sehr darin, dass er von der Lehrerin geschlagen wurde. Dies geschah recht selten. Die berüchtigten Stockhiebe auf den Hintern musste er in zwei aufeinanderfolgenden Schuljahren nur ein einziges Mal über sich ergehen lassen. Die Sonderbehandlung, die Hans durch die neue Klassenlehrerin erfuhr, lag in der subtilen Betonung seines Andersseins. Sie förderte mit einem Lachen sein artistisches Geschick. Sie ließ ihn bei passenden Gelegenheiten zu ihrer eigenen und zur Freude seiner Mitschüler allerhand Kunststücke machen, die ihm sein Onkel und sein Großvater beigebracht hatten. Hertha Golombeck machte den Jungen mit der geringfügig dunkleren Hautfarbe zum Äffchen, das niedliche Possen reißen durfte, wodurch seine Andersartigkeit deutlich zu Tage trat und für alle sichtbar wurde. Einige der Mädchen, allen voran Helga Voss und Annemarie Rückert, entrüsteten sich heimlich über die Schweinerei, die ihrem Freund widerfuhr. Anders als bei der stets aufgeschlossenen Jutta Schweigler war es im Beisein von Fräulein Golombeck undenkbar, Derartiges ohne rüde Abmahnung anzusprechen.

Hans versuchte sich so normal und unauffällig wie möglich zu geben. Das ihm merkwürdig erscheinende Verhalten der Lehrerin führte sogar dazu, dass er sich beim Lernen mehr anstrengte als in den beiden zurückliegenden Schuljahren. Im Turnen war er ohne Konkurrenz und auch im Rechnen war er einer der Fixesten. Im Zeichnen konkurrierte er nur mit dem Pfarrerssohn Claudius Beck, der später als Einziger aus dieser Klasse aufs Gymnasium wechselte, und der Försterstochter

Gabi Fischer, die eine besondere Begabung für Pflanzen- und Tierbilder besaß.

In den Adventstagen des Jahres 1954 waren während der Zeichenstunde alle Kinder damit beschäftigt, mit Buntstiften das klassische Krippenmotiv zu malen. Ochs, Esel, Schafe, Hirten und die Heiligen Drei Könige durften nicht fehlen. In der Mitte beugten sich Joseph und Maria über das Kind, dessen Heiligkeit von Hans mit einem gelungenen Strahlenkranz zum Ausdruck gebracht wurde. Auch der Stern, der Hirten und Könige aus der Ferne zum Geburtsort des Kindes geführt hatte, gelang ihm außerordentlich gut. Er musste sich dabei nur die Sterne in Erinnerung rufen, die sein Großvater einst an den Himmel des Kinderkarussells gemalt hatte. Am Ende der Stunde reihten sich die Kinder vor dem Pult der Lehrerin auf. Jedes hatte sein Werk vorzuzeigen, das mit einer Note bewertet wurde, die Fräulein Golombeck am rechten unteren Rand des Bildes und ein weiteres Mal in ihrem roten Notenbüchlein vermerkte.

Wohlwollend betrachtete sie das Werk von Hans. An die Leistung von Gabi Fischer, die bis jetzt als Einzige eine glatte Eins erhalten hatte, reichte seine nicht ganz heran. Dafür waren deren Tierdarstellungen zu überlegen und auch die menschlichen Figuren wurden von ihr in einer äußerst reifen Weise plastisch angelegt. Aber der kleine Kerl hatte die Krippe fein gezeichnet und sein Stern war sogar noch besser gelungen als jener der Försterstochter. »1–2« schrieb sie an den unteren rechten Rand, und während sie ihr Namenskürzel anbrachte, sagte sie: »Prima, Hans, wirklich ganz prima.«

»Aber des Jesuskindle hat doch an ganz saumäßiga Zinka«, maulte der Bäckerssohn Walter Braun, der unmittelbar hinter Hans an die Reihe kommen sollte und diesem die herausragende Beurteilung missgönnte.

Nun erkannte auch Fräulein Golombeck, was sie ob des Gesamteindrucks und vieler gelungener Details übersehen hatte. Hans hatte dem Jesuskind, wie auch den abgebildeten erwachsenen Personen, übertrieben lange Nasen gezeichnet.

Seine Lehrerin brach in ein lautstarkes, beinahe schrilles Lachen aus, das auch nicht aufhören wollte, als erste Tränen über ihre rotfleckigen Wangen liefen. Nun stimmten auch andere Mitschüler in das Gelächter ein. Hans war nicht beschämt, er fühlte nur eine unglaubliche Wut und hatte, noch ehe das Lachen abschwoll, bereits den Vorsatz gefasst, es Walter, dieser Petze, bei der erstbesten Gelegenheit heimzuzahlen. Und die an Perfidie kaum zu überbietende Situation wurde vollends unerträglich, als Fräulein Golombeck nun die Kappe von ihrem Füllfederhalter schraubte, dessen rote Tinte grell durch das Sichtröhrchen schimmerte. Dann forderte sie von Hans das Bild zurück, strich die »1–2« durch und setzte eine »2« darüber. Anschließend änderte sie auch die Bewertung in ihrem Notenbüchlein. Blass und mit gesenktem Kopf ging der Junge an seinen Platz zurück.

Zumindest einem verging das Lachen schneller, als er denken konnte. Als Walter Braun seine erwartete Vier erhalten hatte, legte die Lehrerin ihren Füllfederhalter auf die Pultablage und gab dem Jungen ansatzlos eine schmerzhafte Kopfnuss. »Walter, du schreibst bis morgen hundert Mal: ›Ein deutscher Junge verpetzt keinen Kameraden.‹ Hast du mich verstanden?«

Nun lachten diejenigen, die den vierschrötigen Bäckerjungen nicht mochten und zuweilen unter ihm zu leiden hatten. Hans hatte in das schadenfrohe Lachen und Keifen nicht mit eingestimmt. Er saß mit gefalteten Händen auf seinem Platz und starrte vor sich hin. Plötzlich spürte er, wie sich von hinten eine Hand auf seine Schulter legte. »Der braucht endlich mal eine Abreibung. Ich helfe dir«, zischte eine Stimme.

Und danach grummelte ein anderer: »Ich bin dabei. Der Angeber braucht dringend eins auf die Mütze.«

Dieses ungewöhnliche Unterstützungsangebot kam für Hans vollkommen überraschend. Es kam von Karl Krachmanitz und dem neben ihm sitzenden Otto Kugler. Unterschiedlicher als die beiden hätten Jungen ihres Alters kaum sein können. Das Flüchtlingskind Karl war ein lustiger, unbedarfter Zeitgenosse, immer zu Streichen aufgelegt, während Otto eher still und in sich gekehrt war.

Karl lachte viel und hatte regelmäßig Ärger mit den Lehrern. Dass er ein schlechter Schüler war, der Jahr für Jahr das Klassenziel nur gerade so erreichte, hätte eigentlich seinen Frohsinn dämpfen müssen. Karl schien die schulische Misere aber nicht sonderlich zu berühren. »Meinen Eltern ist das auch piepegal. Mein Vater sagt, auf dem Bau werden jetzt viele Leute gebraucht, Schulnoten sind da gar nicht so wichtig.«

So wuchs eine für die damalige Zeit recht ungewöhnliche Familienübereinkunft. Die Eltern waren zufrieden, wenn der Junge versetzt wurde und keine Zeit verlor. Er selbst investierte gerade so viel, dass dieses Ziel erreicht wurde, auch wenn die Versetzung manchmal auf Messers Schneide stand.

Karl Krachmanitz war wie Hans ein Außenseiter im Dorf, so wie auch beider Eltern zu denen gehörten, die im Alltag nicht immer einen leichten Stand hatten. Karls Vater hatte bereits in seiner oberschlesischen Heimat nur als Hilfsarbeiter und Handlanger gearbeitet. Als er nach der Kriegsgefangenschaft seine Frau in einer Crailsheimer Notunterkunft wiederfand, verdingte er sich für schlecht bezahlte Notstandsarbeiten, ehe er in Lichtengrün beim Kohlenhändler Alfred Wurst erneut eine Anstellung als Hilfsarbeiter fand. Das war ausschlaggebend dafür gewesen, dass die kleine Familie in diesen ihr bislang völlig fremden Ort zog. Karl focht dies nicht sonderlich an. Er war glücklich darüber, der Notunterkunft entflohen zu sein, streunte Nachmittage lang umher, war schon als kleiner Junge auf allen Sport- und Bolzplätzen zu finden und schien auch keine Probleme damit zu haben, wenn ältere Jungen ihn als *Flüchtling* oder *Wasserpolnischen* verspotteten.

Er hatte sich abgewöhnt, zu Hause davon zu berichten, seit er einmal seinen Vater beim Abendbrot gefragt hatte, was eigentlich ein *Rucksackdeutscher* sei. Dieser hatte sich so fürchterlich aufgeregt, dass seine Mutter fluchtartig die winzige Küche verließ, als er zu brüllen begann: »Rucksackdeutsche sind die, die heute den Bauerntölpeln für schlechtes Geld die schwere Arbeit abnehmen. Das sind die, die alles verloren haben und sich jetzt auch noch von Leuten, die mehr Glück gehabt haben, eine lange Nase zeigen lassen müssen.«

Er hielt atemlos inne, nahm einen Schluck Pfefferminztee und fuhr dann ruhiger fort: »Merk dir zwei Dinge, mein Junge. Wer den Schaden hat, braucht für den Spott nicht zu sorgen. Aber man muss sich nichts gefallen lassen, vor allem dann nicht, wenn man seine Arbeit tut.«

Karls Banknachbar Otto Kugler war ein ernster, verschlossener Junge. Er war das Jüngste von vier Kindern. Die Familie litt schrecklich darunter, dass sich der Vater mittlerweile im elften Jahr in russischer Kriegsgefangenschaft befand. Vor einem halben Jahr war Ottos Gefühlswelt vollständig durcheinandergeraten. Er hatte den ungefähren Zeitpunkt vom letzten Fronturlaub des Vaters erfahren. Dadurch wurde ihm mit einem Mal klar, dass der so lange Vermisste wohl der Vater der älteren Geschwister war, seiner aber auf keinen Fall sein konnte. Erst Jahre später würde er erfahren, dass seine Mutter in den Wirren der letzten Kriegstage zusammen mit anderen jungen Frauen von französischen Soldaten vergewaltigt worden war – und zu allem Unglück auch noch als Einzige nach diesem Vorfall ein Kind bekam.

Die tief sitzende Angst der Mutter, die mit einer wachsenden Depression einherging, rührte nicht nur aus diesem traumatischen Erlebnis. Im gleichen Maß, wie sie hoffte, ihren Mann eines Tages wieder in die Arme schließen zu können, fürchtete sie sich vor diesem Augenblick. Wie würde ihr Heinz reagieren? Würde er ihr glauben? Oder würde er sich wütend und enttäuscht von ihr abwenden? Im Dorf sprach man heute nicht mehr über das schreckliche Geschehen, obwohl Ottos Mutter von wenigstens sieben anderen Opfern wusste. Heidi Mohn, ein neunzehnjähriges, fröhliches Mädchen, hatte sich wenige Tage später umgebracht. Man fand sie an einem Strick hängend in der Scheune ihres Onkels.

Vor allem Ottos sechs Jahre älterer Stiefbruder ließ ihn von da an spüren, dass mit ihm etwas nicht stimmte, dass er anders war. Noch ahnte auch der Ältere nicht, was tatsächlich vorgefallen war. Später würde er ihn gelegentlich im Streit einen *Franzosenbankert* nennen, was erst sein Ende fand, als aus dem kleinen, schmalen Otto ein kräftiger Jungarbeiter geworden war, der 1965 während des Faschingstreibens seinen Stiefbruder grün und blau prügelte, als dieser sich im Kreise fröhlicher Karnevalisten einmal mehr anschickte, sich über das *Franzmännlein* lustig zu machen.

Bis zum Ende der Schulzeit blieb Otto ein schüchternes, stilles Kind. Wenn er aufgerufen wurde, um etwas vorzulesen oder ein Gedicht aufzusagen, zuckte er zusammen. Auch wenn er zu Hause mit einer der älteren Schwestern stundenlang geübt hatte, trug er es stotternd und fahrig vor oder er verhaspelte oder verschluckte sich. Befreiend war für ihn lediglich der Sport. Im Turnen reichte er fast an Hans heran. Beim Fußballspielen war er von allen der Beste.

Wenige Tage vor Weihnachten verabschiedete sich Walter am Schlittenhang bereits lange vor Einbruch der Dunkelheit von seinen Kameraden, die trotz der klirrenden Kälte noch voller Eifer weiter den Buckel hinunterschossen. »Ich muss in der Backstube helfen«, maulte er. »Nach fünf bringen die alten Weiber ihre Bleche zum Rausbacken.«

Damit sprach er die alte Gepflogenheit an, wonach viele lieber ihre Bleche mit selbstgemachten Gutsle zum Bäcker brachten, um sie für ein paar Pfennige optimal temperiert backen zu lassen, anstatt sich den Mühen und Gefahren auszusetzen, die mit dem Brötlebacken in den holzbeheizten Küchenherden verbunden waren. Schnell konnte ein ganzes Blech verdorben sein, weil die Hitze noch zu groß war. Vor allem viele Ältere hatten in ihren Küchen noch keine Gasherde. Andere kochten zwar gerne mit Stadtgas, waren aber im Umgang mit dem Gasbackofen ungeübt. Da der Andrang an den letzten Abenden vor Heiligabend immer groß war, musste der Junge in der elterlichen Backstube oder im Verkauf aushelfen.

Walter klopfte sich die schneenasse Hose ab, zog den Reißverschluss seiner kastanienbraunen Cordjacke bis unters Kinn und stapfte nach Hause. Als er den unbeleuchteten kleinen Park durchquerte und schon im Begriff war, die Treppe zu erreichen, die ihn in Richtung des Marktplatzes und damit in die Nähe des elterlichen Geschäfts führen würde, verspürte er wie aus heiterem Himmel einen kräftigen Stoß, der ihn taumeln ließ. Er war völlig perplex. Zuvor hatte er keinen Laut vernommen. Ehe er sich wieder fangen konnte, schlug ihm ein zweiter Hieb derb die Beine weg. Er stürzte zu Boden und spürte sofort mehrere Personen über sich. Noch ehe er aufschreien konnte, drückten zwei kräftige Hände sein Gesicht in den harschen Schnee. Einer der Wüstlinge rammte ihm beide Knie ins Kreuz. Ehe er sich versah, hatte man ihm die Arme mit einem Garbenstrick hinter dem Rücken zusammengebunden.

Für einen Moment konnte er den Kopf befreien. Im schwachen Licht der beginnenden Nacht sah er einen roten Wollhandschuh. Hatte er solche nicht schon irgendwo mal gesehen? »Schweine«, brüllte er. »Ihr feigen Säue!«

Dann fühlte er, wie man ihm einen groben Sack über den Kopf zerrte. Man richtete ihn auf, schlug ihn mit Fäusten auf die Brust, in den Bauch und auf den Rücken. Um ihn herum war alles nachtschwarz. Er begann zu schreien, worauf sie ihn noch mehr schlugen. Schmerzhaft trat ihn jemand ins Gesäß. Dann hörte der Junge, wie sich viele schnelle Schritte von ihm entfernten. Er sank auf die Knie. Er heulte vor Wut und Schmerz. Seine Lippen schmeckten nach Blut. Am ganzen Körper zitternd quälte er sich wieder auf die Füße. So sehr er sich bemühte, es gelang ihm nicht, den Sack abzustreifen. Später stellte er fest, dass die Übeltäter ihm eine Schnur um den Leib gewickelt hatten. Er torkelte taumelnd und schlitternd in Richtung des Kirchplatzes. Der Schein einer Straßenlampe wies ihm vage den Weg. Endlich hörte er eine Stimme.

»Was haben sie denn mit dir gemacht?«, fragte jemand. Dann war auch schon der Sack entfernt. Kopfschüttelnd sah ihn der Küster der Stadtkirche an. »Junge, Junge, das sind doch irre Zeiten«, sagte der Mann gedankenverloren, während er Walters Fessel entfernte, was einige Mühe bereitete, weil sie fest verknotet war.

Am anderen Morgen fehlte Walter in der Schule. »Hat jemand was von ihm gehört? Ist er krank?« Fragend blickte Hertha Golombeck über die Köpfe hinweg, die sich über Rechenbuch und Rechenheft beugten. Bis zum Ende der Stunde hatten vier Aufgaben gelöst zu sein. Im Grunde genommen wusste sie bereits jetzt, welche Schüler das vollständig, überwiegend, teilweise oder höchstens in Fragmenten schaffen würden. Nur Einzelne blickten auf, schüttelten den Kopf oder zuckten verneinend mit den Schultern.

Kurz nachdem die große Pause zu Ende gegangen war und sich der Heimatkundeunterricht noch im Stadium des eröffnenden Abfragens des Stoffes der vergangenen Stunde befand, ging die Tür zum Klassenzimmer auf. Fräulein Golombeck sah wütend hinter sich, denn derjenige, welcher mit einem lauten, trockenen Knarren die schwere Holztür öffnete, hatte die Unverschämtheit besessen, dies auch noch ohne vorheriges Anklopfen zu tun. Schon wollte sie den Eindringling scharf zu Rede stellen. Gerade noch rechtzeitig konnte sie sich zügeln. Rektor Hönig betrat den Raum. Ihm folgte Bäckermeister Braun mit zornrotem Gesicht und vor Erregung schnaubend. Der Bäckerschurz spannte über seiner Leibesfülle.

Mit ernster Miene trat Karl Hönig neben die Lehrerin. Ihrem fragenden Blick begegnete er mit einer winzigen Geste, die eindeutig signalisierte, dass er ohne weitere Umschweife zu sprechen wünschte. »Es ist etwas Schreckliches passiert«, sagte er mit sonorer Stimme und blickte über die Gesichter und Köpfe der Kinder. »Euer Mitschüler Walter Braun ist gestern das Opfer eines brutalen und feigen Überfalls geworden. Mehrere Täter haben ihn nach dem Schlittenfahren auf das Übelste geschlagen und erheblich verletzt. Ich verspreche euch eines: Ich werde das aufklären. Wer war gestern Nachmittag mit Walter beim Schlittenfahren?«

Zögernd gingen zwei Hände in die Höhe.

»Und? Habt ihr etwas zu sagen?«

Bernd Stamm blickte auffordernd zu Heinz Klenk. Dieser räusperte sich und sagte leise: »Es war alles wie immer. Walter ist früher gegangen, er musste wohl zu Hause helfen.«

»Weiter nichts?«, fragte der Rektor nach und reckte das Kinn weit nach vorne.

»Nein«, mischte sich Heinz Klenk ein, »wir sind weiter Schlitten gefahren. Freddi«, er korrigierte sich rasch, »also Alfred war auch dabei.«

»Alfred«, sagte Fräulein Golombeck laut und eindringlich. »Wieso hast du dich vorhin nicht gemeldet?«

Alfred Burger sah einen winzigen Moment wütend zu Heinz Klenk hinüber und zog dann ängstlich den Kopf ein.

»Alfred, ich höre«, sagte die Lehrerin unerbittlich, der anzumerken war, dass ihr ein derartiger Vorfall in ihrem Verantwortungsbereich unerträglich erschien.

»Tja«, stammelte er, »ich dachte, wenn sich zwei bereits gemeldet haben, ist das genug.«

»Und du meinst, dann könntest du dich wie ein Lügner verhalten?« Hertha Golombeck war so in Rage geraten, dass Rektor Hönig beschwichtigend die Hand hob.

Er versuchte es noch einmal: »Kinder, ich will nur wissen, ob jemand etwas gesehen hat. Es könnten ja auch Schüler dieser Klasse oder zumindest unserer Schule gewesen sein.«

Nun hob ein lebhaftes Gemurmel an. Hertha Golombeck musterte die Schüler Krachmanitz und Lang, die beide schweigend ihren Blick erwiderten.

»Ruhe«, rief der Rektor in das lauter werdende Geschwatze hinein.

Der Bäcker konnte sich nun nicht länger zurückhalten. Weinend hatte ihm sein Sohn berichtet, dass er keinen der Täter erkannt habe, aber der Krachmanitz und der Lang könnten sehr wohl dabei gewesen sein. Er habe sonst mit niemandem Streit. Der Kugler vielleicht noch, aber der sei zu feige für so was. »Wer von euch trägt rote Handschuhe?«, brüllte Gottfried Braun.

Schlagartig wurde es ganz still im Klassenzimmer. Niemand regte sich.

»Ich will wissen, wer rote Handschuhe trägt.«

Zögernd meldeten sich drei Mädchen. Helga Voss, die sich nicht gemeldet hatte, kicherte.

»Helga, du kommst heute Nachmittag. Du wirst zwei Stunden nachsitzen.«

»Aber Fräulein Golombeck ...«

»Drei Stunden.«

»Die Mädchen können es wohl nicht gewesen sein«, sagte Karl Hönig leise zu dem immer noch sichtlich erregten Bäcker.

Schwer atmend setzte dieser mehrfach zum Reden an. Am liebsten hätte er Krachmanitz oder Lang aus der Bank gezerrt und so lange verdroschen, bis einer der Burschen gestanden hätte. Und wenn sie weiter geschwiegen hätten, wären bestimmt auch nicht die Falschen an der Reihe gewesen.

»Kinder«, sagte der Rektor beschwichtigend, »wenn jemand doch etwas weiß oder einem von euch noch etwas einfällt, kann er jederzeit zu mir ins Rektorat kommen.«

Bäcker Braun, der sich bereits der Türe zugewandt hatte, drehte sich nochmals zur Klasse um: »Wenn einer einen Hinweis gibt, der zur Ergreifung der Täter führt, kriegt er von mir zwanzig Mark.«

Gemurmel begleitete seinen Abgang. Zwanzig Mark waren für die Kinder eine geradezu phantastische Summe.

»Ruhe«, rief Hertha Golombeck in das erneut aufschwellende Geschwatze hinein. Streng deutete sie auf Gabi Fischer, die Försterstochter: »Gabi, wo sind wir vorhin stehen geblieben?«

Später auf dem Nachhauseweg sah Hans erst einmal hinter sich, um sicherzugehen, dass niemand ihr Gespräch belauschte. Dann sagte er zu Karl, der neben ihm trottete: »Krachmandel, ich hab dir gleich gesagt, du sollst die Weiberhandschuhe nicht nehmen. Zieh die bloß nie mehr an.«

»Ich hab doch meine nicht gefunden«, nuschelte Karl und sah sichtlich verlegen zu seinem Freund hinüber. »Ich hab dann die von meiner Mutter genommen. Bei der Kälte platzen dir leicht die Hände auf, wenn du jemanden so richtig schlägst.«

»Zwanzig Mark sind ganz schön viel Kohle.«

»Schon«, sagte Karl, der froh über diesen plötzlichen Themenwechsel war. »Aber das nutzt nichts. Uns hat wirklich niemand beobachtet. Sonst wären wir längst dran.«

»Mal abwarten. Und keinen Blödsinn reden. Schweigen ist Gold, Krachmandel. Hörst du?«

Karl Krachmanitz rieb sich seine geröteten Ohren. Verärgert über diese Mahnung setzte er zu einer passenden Antwort an, die er dann doch unterließ, denn in ihrer unmittelbaren Nähe stürmten zwei Kinder aus einer geöffneten Haustür und begannen sofort damit, sich im Schnee zu balgen.

Der fremde Vater

Im Frühjahr 1955 kehrte Ottos Vater Heinz Kugler, der genau genommen sein Stiefvater war, aus der Kriegsgefangenschaft zurück. Seine späte Heimkehr traf mit den Bemühungen der deutschen Regierung zusammen, die ein halbes Jahr später die gefeierte Heimführung der letzten Kriegsgefangenen aus der Sowjetunion auslösten. Dass die Russen ihn so lange gefangen gehalten hatten, lag nicht daran, dass er Angehöriger der SS oder auf andere Weise belastet gewesen wäre. Er war bereits etliche Monate vor Kriegsende als einfacher Obergefreiter der Wehrmacht in Gefangenschaft geraten.

Die ersten Jahre waren für ihn weit weniger schlimm als das, was er aufgrund der NS-Propaganda befürchtet hatte. Bereits im Sammellager in Tilsit wurden er und seine Kameraden von den Rotarmisten weitgehend korrekt behandelt. In Güterwagen, in die wohl für frühere Truppentransporte Pritschen eingebaut waren, brachte man sie zunächst nach Borowitschi, dem trostlosen, zwischen Leningrad und Moskau gelegenen Zentrum der Ziegelherstellung. Nach drei Wochen Quarantäne wurde er mit einem kleineren Teil besonders kräftiger deutscher Kriegsgefangener ins Permer Land verschickt, wo sie im Kohlebergwerk Gremjatschinsk unter Tage arbeiteten. Die Arbeit war lebensgefährlich. Das hatte allerdings weniger mit der Behandlung durch die Russen zu tun. In den bis zu einhundertfünfzig Meter tiefen Stollen gab es noch nicht einmal einen Personenaufzug. Die Bergleute und die mit ihnen eingesetzten Kriegsgefangenen kletterten mit Leitern in die Tiefe und nach der Schicht erschöpft wieder in Freie.

Nach einem Jahr wurde Heinz Kugler ohne Angabe von Gründen in das Bergwerk Polovinka versetzt, wo es ihm und den anderen erstaunlich gut ging. Das Bergwerk war wesentlich moderner, wohl eine Art Musterbetrieb. Sie hatten bessere Unterkünfte, eine gute Verpflegung und erhielten, wenn sie über die geforderte Norm hinaus Kohle förderten, sogar Geld. Sie hatten mehr Freizeit, gründeten Chöre, Musikkapellen und eine Theatergruppe. Eigentlich hätte er bereits 1948 mit seiner Entlassung rechnen können. Er hatte Familie, verhielt sich vorbildlich und war weder in der SS noch in einer anderen berüchtigten NS-Organisation gewesen. Dass er noch immer im Lager war, als andere längst wieder ein mehr oder weniger glückliches Leben in Deutschland führten, hatte lediglich damit zu tun, dass der stille Heinz Kugler ein einziges Mal Mut bewiesen hatte: als ein georgischer Wachsoldat zwischen den Wohnbaracken aus nichtigem Anlass auf einen Mitgefangenen einprügelte, auch noch, als dieser bereits bewusstlos auf dem Boden lag.

In ohnmächtiger Verzweiflung ergriff Kugler da einen groben Besen und schlug zwei-, höchstens dreimal auf den Berserker ein. Daraufhin wurde er von dem Georgier und zwei herbeigeeilten Wachsoldaten so lange geschlagen und getreten, bis man ihn mit einer Schädelfraktur und zahlreichen anderen Verletzungen aufs Krankenrevier bringen musste. Wochenlang schwebte er zwischen Leben und Tod. Und obwohl die Lagergemeinschaft aufgrund seines mutigen Verhaltens alles tat, um ein paar lumpige Medikamente, sauberes Verbandsmaterial und kräftigende Lebensmittel zu organisieren, glaubte niemand ernsthaft an seine Genesung. Aber wie durch ein Wunder überlebte Heinz Kugler. Wenige Tage, nachdem man ihn wieder in die Wohnbaracken überstellt hatte, wurde ihm auf der Kommandantur mitgeteilt, man habe ihn, während er im Krankenrevier gelegen hatte, wegen seines gefährlichen Angriffs auf einen Angehörigen der ruhmreichen sowjetischen Armee zu zwanzig Jahren Lagerhaft verurteilt. Das kam zum damaligen Zeitpunkt einem Todesurteil gleich.

Doch da er kein Funktionsträger des untergegangenen Dritten Reiches gewesen war, wurde er, wie andere auch, nach Stalins Tod begnadigt und schließlich kurz nach Pfingsten 1954 aus dem sibirischen Lager entlassen.

Seine Heimkehr nach Deutschland verzögerte sich, als bei einer medizinischen Untersuchung eine beginnende Tuberkulose diagnostiziert wurde. Die nachfolgende Odyssee führte über mehrere Genesungsheime in eine Klinik auf der Krim, wo abschließend festgestellt wurde, dass es sich wohl nicht um Tuberkulose, sondern um eine Staublunge handelte. Nach einigen sonnigen Herbsttagen mit guter Verpflegung begann seine lange Heimreise. Die Familie erfuhr davon erst, als man ihn mit dem Zug in ein russisches Entlassungslager überführte, wo alle zur Entlassung Vorgesehenen einige weitere Tage blieben. Nochmals untersuchte man sie gründlich. Sie erhielten Verpflegung und hatten jetzt die Gelegenheit, nach Hause zu schreiben.

Die vorletzte Bahnreise führte ihn ins Lager Moschendorf bei Hof. Das frühere Außenlager des Konzentrationslagers Dachau diente etliche Jahre nach Kriegsende noch immer als Durchgangslager für Heimatvertriebene und Spätheimkehrer. Wie alle anderen Neuankömmlinge erhielt Heinz Kugler dort eine Erstausstattung und wurde nochmals eingehend medizinisch untersucht. Da der Aufenthaltsort der Familie bekannt war, wurde er nach Erledigung der notwendigen Formalitäten mit einer Fahrkarte ausgestattet und nach Lichtengrün geschickt. Erst vom Durchgangslager aus konnte er seine Familie über seine genaue Ankunft informieren.

Als seine Frau sein Schreiben in der Hand hielt, wurde sie von der Gewalt heftig widerstreitender Gefühle schier erdrückt. Freude verschmolz mit Hoffnungen, die rasch wieder der Angst wichen, ihr Mann könnte das Kind, das nicht seines war, und damit auch sie selbst in einer Weise ablehnen, die ein weiteres Zusammenleben unmöglich machte. War es nach so langer Zeit überhaupt denkbar, da wieder anzuknüpfen, wo man in jungen Jahren voneinander getrennt worden war? Würde der Mann, der so lange weg gewesen war, mit den neuen Verhältnissen zurechtkommen? Und wie würden die älteren Kinder dem Heimkehrer begegnen, von dem sie lediglich wussten, dass er ihr Vater war, und an den nur der Älteste noch schwache und die mittleren Kinder gar keine Erinnerung mehr hatten?

In einer großen Pause berichtete Otto seinen Freunden Hans und Krachmandel von der bevorstehenden Heimkehr des Familienoberhaupts und auch davon, dass dieses nicht sein leiblicher Vater war.

»Freu dich doch einfach«, erwiderte Hans dem Verängstigten. »Ein Stiefvater ist doch immer noch besser, als gar keinen Vater zu haben.«

Und als das Schellen der Schulglocke das Ende der großen Pause einläutete, fügte Karl aufmunternd hinzu: »Wart's einfach mal ab. Vielleicht wird das noch eine ganz knorke Geschichte.«

Als Heinz Kugler aus dem gelben langschnauzigen Postbus stieg, hatte sich an der Omnibushaltestelle des Dorfes ein mittlerer Menschenauflauf gebildet. Der Bürgermeister begrüßte ihn persönlich und überreichte ihm einen Blumenstrauß sowie ein Einkaufsnetz voller nützlicher Dinge. Die Presse war anwesend und berichtete anderntags mit Bild und Text. Auf dem Foto war unschwer zu erkennen, wie scheu und verlegen sich die beiden Eheleute gegenüberstanden. Vor und neben der Mutter waren die Kinder zu erkennen. Auch Otto stand dabei. Allerdings wurde sein Gesicht auf dem Foto fast vollständig vom Arm seiner Mutter verdeckt.

Nachdem Heide Kugler den Brief aus dem russischen Entlassungslager erhalten hatte, schrieb sie umgehend an ihren Mann. Sie schickte ihre Antwort per Eilpost, doch diese erreichte den Empfänger nicht mehr vor dem Weitertransport nach Moschendorf. So entwickelte sich am frühen Abend eine für alle Familienmitglieder spannungsgeladene, fast gespenstische Situation. Alle Kinder wurden in ihre Zimmer geschickt, was dazu führte, dass Otto wütenden Beschimpfungen seines Halbbruders ausgesetzt war. »Wegen dem Bankert können wir noch nicht einmal unseren Vater ordentlich begrüßen«, raunzte er und gab Otto eine schmerzhafte Kopfnuss.

Nachdem sich der Mann am Wasserstein die Hände und das Gesicht gewaschen hatte, saßen sich die Eheleute lange schweigend in der Küche gegenüber. »Soll ich uns einen Tee machen?«, fragte die Frau in die beklemmende Stille hinein.

Statt auf die Frage zu antworten, erwiderte der Mann: »Der Vierte ist nicht von mir.« Er sprach sehr leise, mit brüchiger Stimme. Weder ein Vorwurf noch Ärger oder gar Entrüstung waren seinem Tonfall zu entnehmen.

»Hast du meinen Brief nicht gelesen?« Sie war aufgestanden.

»Welchen Brief?«

»Ich hab dir geschrieben. Adressiert an den Ort, von dem dein letzter Brief aus Russland kam. Darin hab ich dir alles ausführlich erklärt.«

»Ich hab den Brief nicht bekommen.«

Sie erschrak sichtlich, wurde kreidebleich. Ein Schwindel erfasste sie. Um nicht zu stürzen, setzte sie sich rasch wieder hin. »Ich hab keinen anderen gehabt«, flüsterte sie unter Tränen. »Die Franzosen sind über uns hergefallen, damals, Anfang Mai '45. Ich war nicht die Einzige. Frag die Leute im Dorf, wenn du mir nicht glaubst.«

»Ich brauche Zeit«, sagte Heinz Kugler. Er war müde. Seine Augen brannten. Ein so langes Gespräch mit einer Frau hatte er zuletzt vor zwölf Jahren geführt.

»Wir alle brauchen Zeit«, erwiderte sie leise.

Es stellte sich schnell heraus, dass die neue Familienkonstellation für alle Beteiligten schwierig war. Die Frau hatte ihren Mann nie vergessen und immer darauf gehofft, dass er eines Tages zurückkäme. Aber nun begegnete ihr eine beinahe fremde Person. Auch die Kinder waren irritiert und enttäuscht. Sie hatten ein Bild vom leiblichen Vater aufgebaut, dem der stille, abgehärmte Mann nicht entsprach. Selbst Ottos jüngste Schwester, die den Vater nie gesehen hatte, war von einer Vorstellung beseelt gewesen, die sich aus Erzählungen der Mutter, den wenigen Fotos und ihren eigenen Wünschen und Phantasien gespeist hatte. Auch der älteste Sohn erlebte den Mann nicht als den, an den er noch eine vage Erinnerung hatte. Am meisten aber litten Otto und der nun in sein Leben getretene Stiefvater unter der neuen Situation.

Otto wusste nicht, wie er auf diesen zerbrechlich wirkenden, wortkargen Mann zugehen sollte. Stumm hatte er dem Neuankömmling bei der ersten Begegnung die Hand gegeben, die dieser apathisch genommen hatte, ohne einen aufmunternden Klaps auf die Schulter, ohne ein an ihn gerichtetes Wort, ohne einen Blick, der Freude oder wenigstens Erstaunen zum Ausdruck gebracht hätte. Der Menschenauflauf, das plötzliche Interesse und die Anteilnahme wildfremder Menschen verwirrten und ängstigten den Jungen. Seit er in die Schule gekommen war, ärgerte er sich jetzt das erste Mal über seine frühere Klassenlehrerin Fräulein Schweigler. Diese hatte wohlmeinend während einer vorösterlichen Schulveranstaltung über das *Wunder der Auferstehung* berichtet und angefügt, dass es auch einem Wunder gleichkäme, wenn ein Familienvater nach so vielen Jahren aus Russland zurückkehrte. Sie konnte nicht wissen, dass der Spätheimkehrer nicht Ottos leiblicher Vater war. Bei Antritt ihrer ersten Stelle war sie zu einer Zeit in diesen Ort gekommen, in der niemand mehr mit Außenstehenden über die Ereignisse am Kriegsende und der unmittelbaren Nachkriegszeit sprach. Aus Angst vor weiterem Tratsch und Spott hatte Otto außer Hans und Krachmandel keinen anderen eingeweiht und die beiden ausdrücklich gebeten, niemandem etwas zu erzählen.

Der Heimgekehrte litt mehr unter der neuen Situation, als dass er sich über seine neugewonnene Freiheit gefreut hätte. Das besaß schon deshalb eine besondere Tragik, weil er diese Wiederbegegnung mehr als ein Jahrzehnt lang herbeigesehnt hatte. Körperlich ging es ihm leidlich gut, viel besser zumindest als anderen, die mit ihm zusammen entlassen worden waren. Obwohl er der Schilderung seiner Frau glaubte, stand das Ereignis, aus dem dieser achtjährige Junge hervorgegangen war, trennend zwischen ihnen.

Hinzu kam, dass die Frau gelernt hatte, mit den schwierigen Lebensumständen einer alleinerziehenden Mutter zurechtzukommen. Was ihr selbst in den elenden Tagen der unmittelbaren Nachkriegszeit gelungen war, ging ihr jetzt, da die Verhältnisse wieder besser und die Kinder groß geworden waren, mit Leichtigkeit von der Hand. Obwohl sie ihm anfangs scheu und schüchtern gegenübergetreten war, hatte Heinz Kugler keinen Zweifel daran, dass seine Frau gut ohne ihn durchs Leben gekommen war und ihr dies auch in Zukunft ohne Mühe gelingen würde. Noch hatte er keine Arbeit, obwohl er sich vom ersten Tag an darum bemühte. Aber einen, der im Bergwerk gearbeitet hatte, brauchte man hier nicht. Selbst in Friedrichshall hatte man bereits damit begonnen, die Belegschaft zu verkleinern. Zudem galt einer, der zehn Jahre *beim Russen in der Kohle war*, als erschöpft und ausgezehrt.

Mehr noch beeinträchtigte ihn die plötzliche Konfrontation mit Dingen, die er nicht kannte, und Befindlichkeiten, die ihm vollkommen fremd waren. All das steigerte seine Verwirrung und Verunsicherung. Er, der häufig dem Tod ins Auge gesehen hatte, tauchte nun plötzlich in einer Welt auf, in der es keinen spürbaren Mangel mehr gab und in der die Mehrzahl der Menschen über einen Lebensstandard verfügte, den er aus der Vorkriegszeit nicht kannte. Noch nie hatte er so viele neuartige Autos gesehen. Selbst manche Kleinbauern benutzten Traktoren. Schlimmer noch als dieses unvermittelte Eintauchen in eine Welt schieren Überflusses war die Erkenntnis, dass einer mit seinem Erfahrungsschatz, einer, der so dachte und fühlte, wie er es tat, hier nicht gebraucht wurde. Mehr noch, er störte die neue oberflächliche Zufriedenheit.

Er kam sich vor wie eine riesige grünbraun gesprenkelte Erdkröte, die plötzlich in einem dieser neuen schicken Einkaufsläden auftauchte. Er verwirrte seine Umgebung und niemand wünschte länger als nötig mit ihm konfrontiert zu sein.

Eine Zeitlang zog er sogar in Erwägung, in den Saarstaat oder das Ruhrgebiet auszuwandern. Dort stellte man noch Bergleute ein. Er hatte den Beruf nicht gelernt, verfügte aber über Erfahrung und blickte auf eine lange Bewährungszeit zurück.

Dass zwischen Heinz und Otto Kugler nur schwer eine Beziehung wachsen konnte, lag nicht nur daran, dass beide um die fehlenden Voraussetzungen einer normalen Vater-Sohn-Beziehung wussten. Heinz Kuglers Entfremdung von seiner Frau und die von den neuen Verhältnissen hervorgerufene Verunsicherung ließen nur wenig Raum, sich in angemessener Weise auf seinen Stiefsohn einzulassen. Erschwerend kam hinzu, dass der erstgeborene Karl eifersüchtig darüber wachte, dass zwischen dem lange herbeigesehnten Vater und dem *Franzosenbankert* keine allzu enge Beziehung entstand. Dies legte sich allerdings in dem Maße, wie Karl während der Lehrzeit zunehmend außerfamiliäre Interessen entwickelte, die für ihn nach und nach über den Belangen der Familie standen.

Besonders unwohl fühlte sich Otto, wenn er den Eindruck bekam, seine Mutter sehe ihn voller Zweifel an. Später, als er über die wahren Umstände mehr wusste, fragte er sich immer wieder, ob sie seinen Anblick mit den damaligen Gewaltexzessen in Verbindung brachte. Auch kam ihm der Gedanke, dass er einer Wiederannäherung des so lange getrennten Paares im Weg stand. In derartigen Stimmungslagen suchte Otto Kugler noch mehr als sonst die Nähe zu Hans. Auch wenn er in gleichem Maße mit Krachmandel befreundet war, fiel es ihm schwer, mit diesem über derartige Dinge zu reden. Der stammte aus einer intakten Familie. Vor allem hatte er einen Vater, der sich seiner Armut nicht schämte, sondern hart anpackte. Hans dagegen hatte nur einen *Phantomvater*, dem er noch nie begegnet war. Und auch er hatte einen älteren Halbbruder, der ihm im Großen wie im Kleinen Schwierigkeiten machte.

Loretta

Als Ludwig im Alter von vierzehn Jahren die Schule verließ, wurde es für Hans um einiges leichter. Das hatte er dem Umstand zu verdanken, dass sein Halbbruder aufgrund einer irrationalen, fast manischen Glorifizierung des leiblichen Vaters den Kontakt zu seinem Großvater Lang nicht nur gehalten, sondern noch weiter intensiviert hatte. Der Köcherhofbauer war mit seinem Bemühen erfolgreich, aus dem Jungen einen Bauern zu machen.

Ludwig besuchte den Hof jetzt nicht mehr nur in den Ferien und am Wochenende. Nach einer schlichten Entlassfeier vor Ostern 1959 begann er bei seinem Großvater eine landwirtschaftliche Ausbildung. Er lebte nun vorwiegend auf dem Köcherhof, was für seinen jüngeren Bruder vielfältige Erleichterungen mit sich brachte. Händel und verletzende Grobheiten wurden von nun an seltener. Die Mutter war nicht ständig gezwungen, zwischen den beiden so unterschiedlichen Halbbrüdern zu schlichten und für Ausgleich zu sorgen. Hans genoss es, dass er nun ihre ungeteilte Aufmerksamkeit erhielt.

Auf dem Pausenhof und auf dem Schulweg musste er nicht mehr auf der Hut vor Ludwig und seinen gleichaltrigen Freunden sein. Das trug wesentlich dazu bei, dass er die letzten zwei Schuljahre als seine schönsten in Erinnerung behielt. Mittlerweile fiel es ihm leicht, dem Unterricht zu folgen. Klassenlehrer war während der letzten beiden Schuljahre Rektor Hönig, der die Halbwüchsigen mit milder Strenge dirigierte und Hans so behandelte wie alle anderen auch. In der Klasse bestanden die alten Fronten weiter. Mittlerweile hatte sich eine stabile Balance der Kräfte eingestellt. Keiner derjenigen, die bereits früher zum inneren Zirkel der verfeindeten Gruppen gehört hatte, wechselte nach der vierten Klasse auf eine weiterführende Schule. Lediglich Claudius Beck, der Pfarrerssohn, besuchte die Oberschule. Er hatte die folgenden neun Schuljahre schwer darunter zu leiden, dass er das traditionsreiche St.-Michaels-Gymnasium mit wesentlich mehr Mühen absolvierte als seine drei älteren Brüder. Paul Schreier, der Sohn eines Polizisten, und die Försterstochter Gabi Fischer gingen auf die Mittelschule.

Im September 1960, gleich nach den Sommerferien und am Anfang ihres letzten Schuljahres, ereignete sich noch etwas Ungewöhnliches. Zu Beginn der Deutschstunde, die der Rektor selbst abhielt, kam dieser nicht wie gewohnt auf die Sekunde pünktlich ins Klassenzimmer. Einige Minuten verstrichen. Dann wurde die Tür geöffnet. Scherze, Gelächter und die Unterhaltungen mit den Banknachbarn verstummten. Der Rektor trat ein, aber er kam nicht allein. Er schob ein großes, schüchtern dreinschauendes Mädchen vor sich her, ließ es gleich neben der Tür stehen und stakste voller Elan bis zu den vorderen Bänken. »Ab heute«, hob er an, »wird Loretta in unsere Schule gehen.« Er machte eine kurze Pause. »Loretta ist aus Italien zu uns gekommen.«

Alle starrten verwundert auf das dünne Mädchen mit den dunklen langen Haaren, die von mehreren Spängchen zusammengehalten wurden. Es trug ein fremdländisch wirkendes, gelblichweiß gemustertes Kleid und weiße Kniestrümpfe. In sichtlicher Verlegenheit verhakte sie ihre unruhigen Hände vor dem Schoß. Nach wohl einer halben Minute hob ein erst leises, dann lauter werdendes Getuschel an, welches Rektor Hönig mit energischem Abwinken unterband. »Ich wünsche, dass ihr mit eurer neuen Mitschülerin respektvoll und hilfsbereit umgeht. Sie spricht noch nicht gut Deutsch.«

Mit Letzterem hatte Karl Hönig deutlich untertrieben. Loretta beherrschte zu diesem Zeitpunkt keine zehn deutschen Worte. Sie war die Tochter von Umberto und Carmina Scorese, die sich aus dem winzigen, in den Bergen über Positano gelegenen Örtchen Nocelle aufgemacht hatten, um ihr schweres Leben hinter sich zu lassen und in Deutschland ihr Glück zu suchen. Ohne Maschinen hatten sie, wie schon Generationen vor ihnen, schmale Terrassen bewirtschaftet, die gerade mal für den Wein- und Gemüseanbau taugten. Die kargen Überschüsse, die sie nicht selbst benötigten, transportierten sie über staubige Wege in einem Handkarren auf den Markt nach Positano. Etliche Jahre schon verließen die Jüngeren ihre Heimat. Im Dorf blieben nur die ganz Alten zurück.

Lorettas Vater hatte vor drei Jahren Arbeit in der Saline von Friedrichshall gefunden, wo er mit einem Dutzend anderer Männer in einer erneuerten Wohnbaracke hauste, in der man bis kurz vor Kriegsende Zwangsarbeiter untergebracht hatte. Während seine Kollegen an den Wochenenden zechten, feierten, Karten spielten oder nach Heilbronn aufbrachen, um ins Kino zu gehen oder mit billigen Huren zu verkehren, streifte Umberto Scorese mit dem Fahrrad durch die umliegenden Ortschaften, um eine Unterkunft für sich und seine Familie zu finden, die er aus dem Süden Italiens zu sich holen wollte. Er fand nach langem Suchen eine heruntergekommene Wohnung im Ortskern von Lichtengrün. In Italien hatte Loretta längst die Schule verlassen. Doch ihre Mutter Carmina, eine ernste, tief religiöse Frau, die selbst nur drei Jahre eine Schule besucht hatte, bestand darauf, dass das Mädchen und ihr ein Jahr jüngerer Bruder in Deutschland eingeschult wurden. Arbeit gab es für die Heranwachsenden auf die Schnelle keine und so bestand zumindest die Möglichkeit, dass ihre Kinder die Sprache lernen konnten, die sie selbst bis an ihr Lebensende nur bruchstückhaft beherrschen würde. So kam es, dass Loretta in die Abschlussklasse kam, während ihr Bruder Graziano, der fast auf den Tag genauso alt wie Hans war, gerade mal die sechste Klasse besuchte.

So wie die rasch entfachte Neugierde der einheimischen Mitschüler im Lauf der nächsten Wochen wieder abebbte, erwies sich die Schüchternheit des Mädchens als Ausdruck einer sich nach und nach verflüchtigenden Unsicherheit. Auch wenn sich im letzten Halbjahr zu keinem der anderen Mädchen eine engere Freundschaft ergab, wusste sie sich doch zumindest zu behaupten und bestach beim Spiel und im Schulsport durch kraftstrotzende Energie, die sie seit ihrer frühen Kindheit durch die schwere körperliche Arbeit im Haushalt, vor allem aber auf den steinigen Terrassen, erworben hatte.

Ludwigs beharrliches Nachfragen und sein manchmal schroffes Einfordern von Respekt für seinen toten Vater regte auch seinen Stiefbruder dazu an, vermehrt über seinen leiblichen Vater nachzudenken. Genauer, er fing damit an, Fantasien und Träumereien um dessen Person nachzuhängen. Caroline hatte ihm, wenn er den entsprechenden Wunsch äußerte, Bilder von Arturo Rodriguez gezeigt. Und auf jede seiner vielen Fragen bekam er eine Antwort. Die Mutter bemühte sich, das Schmerzhafte ihrer eigenen Erinnerungen so gut es ging beiseitezuschieben. Wenn er in der Schule oder draußen beim Spiel Kränkungen erlebt hatte, suchte er Trost in der Vorstellung, wie es wäre, wenn sein Vater plötzlich eines Tages hier auftauchen und ihn vor den Augen aller von der Schule abholen würde. Im Lauf der Zeit hatten seine Wünsche und Fantasien viele unterschiedliche Szenarien entstehen lassen. Mit wachsendem Bewusstsein für die Welt und zunehmendem Wissen über Amerika stellte er sich gelegentlich die Frage, wie es sein würde, zusammen mit der Mutter in die Staaten zu gehen und eine Heimat im Land des Vaters zu finden. Seine Mutter beendete diese Träumereien eines Tages abrupt mit dem Hinweis, dass der Vater dort sicher eine andere Familie habe und dort wohl kaum Platz für sie und ihn sei.

Feuerdorn

Den Raufereien der Kindheit folgten die Intrigen Heranwachsender, wobei ihnen nun auch die Hormone immer wieder aufs Neue Streiche spielten. So mancher pubertäre Wachstumsschub führte zu Disproportionen des Körperbildes, die trotz ihres vorübergehenden Charakters allerhand Verunsicherungen auslösten. Vor allem die Mädchen hatten sich stark verändert. Helga, der Hans in den zurückliegenden Schuljahren viel zu verdanken hatte, entwickelte sich zu einer drallen Weibsperson. Mittlerweile hegte er wachsende Sympathien für die einst so stille und schüchterne Petra Eichler. Sie war hübsch geworden, trug modische Kleider, die ihre Mutter Gerda mit großem Eifer selbst nähte. Die Alleinerziehende setzte sich nach getaner Arbeit noch abends an die Nähmaschine und schneiderte nach den Schnittmustern, die der Zeitschrift *Constanze* beigelegt waren. Sie selbst hätte sich das schicke Hochglanzblatt niemals gekauft. Sie ging jedoch zusätzlich zu ihrer Arbeit einmal in der Woche in einem Arzthaushalt putzen. Die Frau des Arztes gab ihr regelmäßig ausgelesene Exemplare mit. Da diese nicht selbst nähte, waren zweimal im Jahr auch die teuren und äußerst begehrten dicken Modehefte mit den Schnittmustern darunter.

Gerda Eichler pflegte zu ihrer einzigen Tochter ein ausgesprochen kameradschaftliches Verhältnis. Sie war bestrebt, das Mädchen, das durch das Fehlen des Vaters allerhand Nachteile und Kränkungen erleben musste, möglichst früh zu einem selbstverantwortlich handelnden Menschen zu erziehen. Im Unterschied zu anderen Eltern duldete sie, dass Hans und Karl ihre Tochter nachmittags besuchten, obwohl sie selbst noch bei der Arbeit war. Nachmittägliches untätiges Herumlungern in fremden Haushalten war bei den meisten Erwachsenen verpönt.

Für Hans begann nun auch ein Lebensabschnitt, in dem seine geringfügig dunklere Hautfarbe nicht immer nur ein Stigma oder ein Makel war. Sie trug hingegen mehr und mehr zu seiner wachsenden Attraktivität bei. Der Junge hatte sich zu einem hübschen Burschen entwickelt, den inzwischen sogar jene Mädchen bewunderten, die ihn während der Kindheit herablassend behandelt oder gar nicht beachtet hatten.

Immer häufiger gingen Hans und Karl, den seine Freunde immer noch Krachmandel riefen, nach dem Mittagessen und flüchtig oder gar nicht erledigten Hausaufgaben nicht schnurstracks auf den Sportplatz, sondern besuchten Petra. Hin und wieder kam auch Annemarie Rückert dazu, für die Karl schon seit Längerem heimlich schwärmte.

Als Hans an einem frühen Nachmittag kurz vor Weihnachten bei Petra klingelte, kam sie dick vermummt zur Haustür. Karl hütete mit einer heftigen Grippe das Bett, Annemarie musste daheim im Haushalt helfen. Petra sagte: »Meine Mutter hat mich gebeten, im Wald etwas Reisig zu besorgen. Sie will mit mir heute Abend einige Weihnachtsgestecke binden.« Während sie ihre Wollfäustlinge überstreifte, fragte sie: »Kommst du mit?«

Hans nickte schweigend und zog die Wollmütze mit dem buschigen Bommel über beide Ohren. Er trug lediglich eine dünne Cordjacke, in der er meinte, reifer, erwachsener zu wirken. Er begann bereits zu frieren, als sie am Friedhof entlang in Richtung des verschneiten Gemeindewaldes stapften. Am Morgen hatte es nochmals heftig geschneit. Nun lag eine große weiße Last auf den Bäumen. Sogar die Waldwege waren knöchelhoch mit Schnee bedeckt. Seit dem Vormittag hatte noch keine einzige Rad- oder Fußspur die weißbläulich schimmernde Oberfläche verletzt.

Sie erreichten eine sanft ansteigende Fläche, auf der vor Kurzem einige Bäume gefällt worden waren. Reisig gab es hier in Hülle und Fülle. Es musste jedoch unter dem Schnee gefunden, hervorgezogen und von Schnee und Eisklümpchen befreit werden. So manchen Wedel legten sie gleich wieder zurück, da er keine geeigneten Zweige trug oder zu vereist war. Hans fror am ganzen Oberkörper. Seine Jacke wärmte nicht. Längst waren seine Handschuhe durchnässt. Als sie genügend Reiser geborgen hatten, standen sie sich einen Moment lang schweigend in der winterlichen Stille des Waldes gegenüber und sahen sich an.

»Du frierst ja«, sagte Petra leise und begann energisch seine Oberarme mit ihren behandschuhten Händen zu rubbeln. Lachend knotete sie sich ihren Schal auf und band ihn dem widerstrebenden Jungen um den Hals.

»Lass das«, sagte Hans und hielt ihre Hände fest. Kleine Vögel trippelten über den tiefen Schnee, der sie trug. Sie pickten nach den gelben Beeren, die noch an den Ruten eines blattlosen Feuerdornbusches hingen, um dann mit lautlosem Flügelschlag in die Höhe zu schießen.

Erst jetzt lösten sich die Augen der beiden wieder voneinander. Verlegen sahen sie den Vögeln nach. Petra fand als Erste aus der noch unbekannten Erstarrung, die sie für einen winzigen Augenblick gefangen gehalten hatte. »Komm, wir gehen. Ich mache uns zu Hause einen Tee.«

In der darauffolgenden Nacht lag Hans noch lange wach, durchdrungen von widerstreitenden Gefühlen. Noch klang der Zauber nach, der ihn wie aus heiterem Himmel übermannt hatte, als er und Petra sich auf dem verschneiten Holzplatz gegenübergestanden hatten. Zugleich wuchs seine Enttäuschung in dem Maße, wie ihm bewusst wurde, dass er im Wald ausgerechnet den Moment hatte verstreichen lassen, in dem Petra sich möglicherweise nicht gegen einen Kuss gewehrt hätte.

Die letzten Schulwochen schienen an Hans vorbeizufliegen. Den gestellten Anforderungen wurde er mittlerweile mühelos gerecht. Noch immer war er der Beste im Sport, vor allem dann, wenn Laufen und Turnen in der Benotung einen besonderen Stellenwert bekamen. Krachmandel sollte zur Überraschung aller doch noch länger zur Schule gehen, obwohl seine Noten nicht an die seines Freundes heranreichten. Seine Eltern, denen nach der für sie schweren Kriegs- und Nachkriegszeit ein erstes Aufatmen in der neuen Heimat vergönnt war, bestanden nun darauf, dass ihr einziger Sohn die zweijährige Handelsschule in Heilbronn besuchte. Vor allem die Mutter sprach seit einigen Jahren immer wieder davon, dass er es einmal besser haben sollte. Sein Vater hatte nach langen Jahren auszehrender Hilfsarbeit eine bessere Stelle gefunden. Entscheidend aber war, dass beide Eltern zu der Gruppe von Flüchtlingen zählten, die von Anfang an die Auffassung vertrat, man müsse sich mit dem Schicksal arrangieren und den Ort, an den es einen nach den Fluchtwirren verschlagen hatte, als neue Heimat betrachten.

Joseph Krachmanitz war einer der wenigen, der dem Getöse der Vertriebenenverbände keinen Glauben schenkte, die bei jeder Gelegenheit die Hoffnung nährten, dass *der Russe* mit Hilfe der Amerikaner aus den besetzten Gebieten vertrieben werden könne. »Herr, bewahre uns vor dem Irrsinn«, pflegte er bei passenden Gelegenheiten zu sagen. »Wenn es nochmal knallt, ist alles verloren, nicht nur die Heimat, sondern unser aller Leben.«

Derartige Äußerungen brachten ihm den Ruf ein, Kommunist zu sein, was ebenso wenig zutraf wie die abgeschwächte Behauptung, dass er mit der *Kommune* zumindest sympathisiere.

Als gegen Ende des Schuljahres mit dem allgemeinen Faschingstreiben ein vorerst letztes fröhliches Feiern der angehenden Schulabgänger in vertrauter Umgebung einsetzte, beteiligte sich Hans nur sehr sporadisch an den Aktivitäten seiner Schulkameraden. Das lag nicht an seiner Rolle als Außenseiter. Daran hatte er sich im Lauf der Jahre gewöhnt und er wusste sich immer besser zu behaupten. Zwar bestanden in seiner Klasse die alten Fronten noch immer. Aber er hatte genügend Freunde und aus dem Kreis der gleichaltrigen Mädchen verspürte er mehr denn je unverhohlene Sympathie.

Doch sein Klassenkamerad Karl hatte ihn sehr verärgert. Ausgerechnet Krachmandel, in dem er seinen besten Freund sah, hatte ihn mit den Worten gekränkt: »Du gehst einfach als Indianer oder als Araber. Dann musst du dich nicht einmal schminken.«

Seine jetzige Zurückgezogenheit hatte dennoch auch mit dieser Verletzung nur wenig zu tun, sondern mit dem Empfinden, dass eine relativ stabile, ihm vertraut gewordene Konstellation im Begriff war, sich aufzulösen. Krachmandel würde er wegen des Schulbesuchs in Heilbronn künftig weniger sehen. So viel stand fest. Gleiches galt für den schweigsamen Otto Kugler, der schwer unter den Ausbrüchen und Stimmungsschwankungen seines so spät aus der Kriegsgefangenschaft heimgekehrten Stiefvaters litt. Auf dessen Drängen würde er in Kürze eine Bäckerlehre beginnen – und das ausgerechnet beim Bäcker Braun.

»Wer bäckt, hat Brot«, sagte Heinz Kugler mit sonorer Stimme in einem fort, so lange, bis Otto sich in sein Schicksal fügte. Die Haltung des nervösen Stiefvaters beruhte darauf, dass gutes Brot für ihn noch etwas ganz Besonderes war. In vier Kriegsjahren und seiner elf Jahre währenden Gefangenschaft hatte er regelmäßig Hunger gelitten. Brot gab es oft gar nicht oder nur in minderer Qualität. Wenigstens war der schmächtige Junge während der Lehrzeit dann doch nicht so häufig wie befürchtet mit Walter konfrontiert. Der Bäckermeister hatte darauf bestanden, dass sein Sohn die Ausbildung in einem anderen Betrieb machte. Aber Ottos neue Beschäftigung hatte zur Folge, dass Hans und er sich schon aufgrund ihrer vollkommen verschiedenen Arbeitszeiten nur noch selten zu sehen bekamen.

Für Hans stand seit Langem fest, dass er eine Schlosserlehre machen würde. Das kam dem Betrieb zugute und förderte die Aussicht, später einmal neben seinem Onkel eine wichtige Rolle im Schaustellergeschäft zu übernehmen. Willi wuchs mehr und mehr in die Rolle des Familienoberhauptes hinein. Noch war der Großvater auf den meisten Rummelplätzen mit dabei. Er besaß ein enormes Wissen, Gerissenheit und viele nützliche Kontakte. Aber es zwickte hier und zwickte dort. Eigentlich zwickte es am ganzen Körper. Der Rücken war zerschunden, auch die Knie. Wenn es kälter wurde, litt er unter heftigen rheumatischen Anfällen, die ihn an die Wohnung fesselten. Das war seiner Stimmung abträglich und wurde für Luise mehr und mehr zur Belastung.

Frédéric Schürbel hatte seinem Enkel eine Lehrstelle besorgt. Das war nicht schwer gewesen, denn der alte Weidner hatte oft genug erleben können, welche Geschicklichkeit der Junge an den Tag legte, wenn es galt, auf dem Betriebsgelände seiner Firma einen Defekt an einem der Schaustellerwagen zu beheben. In der Schlosserei Weidner wurden nicht nur die klassischen Schlosser- und Schmiedearbeiten erledigt. Seit einigen Jahren stellte man Gummi-, Heu- und Ackerwagen her. Noch war die Zeit der Mangelwirtschaft nicht völlig vorüber.

Dem Firmenchef war es vor einigen Jahren gelungen, einen großen Posten Achsen zu organisieren, die man aus nicht mehr fahrbereiten Wehrmachtslastwagen ausgebaut hatte. Aus den Achsen wurden die Differenziale entfernt, wozu die Achsgehäuse abgeschraubt werden mussten. Das war nach einer kurzen Einarbeitung eine der Aufgaben, die von den beiden jüngsten Lehrlingen zu erledigen waren. Achsen des *Opel Blitz* erwiesen sich für die Herstellung landwirtschaftlicher Anhänger als am besten geeignet. Für die weitere Unterkonstruktion wurde alles verwendet, was tauglich schien. Einziges Kriterium war, dass die Anhänger hinreichend stabil sein mussten. Die Holzbeplankung brachte eine Wagnerei auf, die gleich schräg gegenüber lag. Beschläge, Riegel und die Deichsel wurden anschließend wieder von den Weidner-Mitarbeitern angefertigt und montiert. Mittlerweile wurden alle zweiachsigen Anhänger mit Auflaufbremse und einem Eisendrehkranz ausgestattet.

Aus einer klassischen Schmiede war zunächst eine Schlosserei und dann ein Wagenbaubetrieb geworden. Noch immer wurden jede Woche mehrere Pferde beschlagen. Doch das hätte dem Meister und seinen sieben Mitarbeitern kein Auskommen gesichert, zumal jetzt Ackergeräte kaum mehr in Auftrag gegeben wurden. Die großen Firmen boten billiger an. Sie fertigten in großer Stückzahl am Fließband, was früher aufwendige Schmiedearbeit war.

Hans erwies sich beim Schmieden der Eisen und dem Beschlagen der Pferde als so geschickt, dass er am Ende seiner Lehrzeit weitgehend alleine dafür zuständig war. Nur wenn ein alter Bekannter oder gar ein Freund des Firmeninhabers seine Pferde brachte, legte dieser noch selbst Hand an. Die anderen Lehrlinge und Gesellen waren froh, dass sich einer um das Beschlagen kümmerte. Das war nicht jedermanns Sache, obwohl keiner das zugegeben hätte. Hans aber liebte es, die schweren Ackergäule und Fuhrmannspferde mit leisen Worten zu beruhigen, wenn er sie auf die Anbindefläche führte. Er sprach weiter mit ihnen, wenn er die schweren Fesseln hochnahm. Am schwierigsten erwies sich oft das Aufbringen der neuen Eisen. Die Hammerschläge und wohl auch der Geruch verbrannten Horns versetzten immer wieder ein Pferd in Unruhe.

Im Schürbel'schen Schaustellerbetrieb hatte ein Pferd keinen Platz mehr. Seit Onkel Louis seinem Bruder einen amerikanischen Autoscooter überlassen hatte, ging es mit dem Geschäft bergauf. Im Herbst 1959 konnte eine zweite Zugmaschine angeschafft werden. Voller Besitzerstolz fuhr Willi eines Freitags einen *Kaelble K 415 Z* auf das Gelände des Crailsheimer Volksfests. Er genoss die anerkennenden Blicke und Bemerkungen der Schaustellerkollegen. Wichtiger noch war für ihn der offensichtliche Stolz, mit dem sein Vater ihm entgegentrat. Trotz dieser Neuerung machte Willi sich große Sorgen um den Alten und auch um das Unternehmen. Der Patron hatte im Frühjahr einen leichten Schlaganfall erlitten.

Obwohl er sich davon leidlich erholte, war es von nun an unmöglich, dass er noch einen der großen Züge lenkte. Willi war der Meinung, dass es an der Zeit war, Caroline wieder mit auf die Rummelplätze und Volksfeste zu nehmen. Sie war noch immer die beste Animateurin an der Schiffschaukel oder der Losbude. Und nicht immer hatte man einen Mitreisenden, der einen entsprechenden Führerschein besaß. Hans war zu jung, noch in der Ausbildung und ging in seiner Freizeit mehr und mehr eigene Wege. Nur am späten Samstagabend und gelegentlich sonntags arbeitete er am Autoscooter. Vor den Augen der Halbstarken, die auf den Stufen der überdachten Bahn herumlümmelten, parkte er leerstehende *Boxautos* an der Bande ein. Gelegentlich, meist dann, wenn er sich sicher war, dass Mädchen zuschauten, wandte er den einen oder anderen Lenktrick an, den niemand beherrschen konnte, der nicht am Scooter arbeitete. Die Burschen in den blauen Jeans und schwarzen Kunstlederjacken hassten ihn, wenn die Mädchen ihm bewundernde Blicke zuwarfen. Aber mit den Leuten vom Rummel legte man sich besser nicht an, auch nicht mit einem Bürschlein wie diesem. Da tauchte sonst schnell mal ein Älterer auf und schlug dem Angreifer mit einer Kurbel ins Kreuz.

Wie es sich bereits mit dem Beginn der Lehrzeit abgezeichnet hatte, kamen Hans, Krachmandel und Otto immer seltener zusammen. Wenn sie sich trafen, hatten sie sich allerdings ständig Neues zu erzählen. Karl war im Moment der Unglücklichste des Dreigestirns. Nur mit Mühe wurde er den Anforderungen der Handelsschule gerecht. An das frühe Aufstehen hatte er sich auch noch nicht gewöhnen können. Otto, der noch viel früher rausmusste, trug sein Los im ungeliebten Bäckerberuf mit stoischer Gelassenheit, fest entschlossen, eines fernen Tages noch etwas anderes zu beginnen. Hans lebte nach der Schule sichtbar auf. Seine Arbeit machte ihm Spaß und der Meister sorgte dafür, dass die Bemerkungen, die die älteren Lehrlinge und Gesellen über ihn machten, nicht zu sehr ausuferten. »Wer Witze macht, muss auch das Echo ertragen können«, sagte der alte Weidner gelegentlich. »Aber Beleidigungen gibt es bei mir nicht, und wer handgreiflich wird, kann gleich seine Sachen packen.«

Hass

Der 13. August 1961 war ein Tag mit weltgeschichtlicher Bedeutung. Im Morgengrauen hatten Angehörige der Volkspolizei damit begonnen, den Ostteil Berlins vom Westsektor abzuriegeln. Eilig wurde Stacheldraht gespannt. Noch am selben Tag begann man eine Mauer zu errichten. Der Vorfall, der sich zur selben Zeit auf dem Köcherhof ereignete, war gemessen an diesem Großereignis völlig unbedeutend. Aber auch er sollte das Leben mehrerer Menschen nachhaltig beeinflussen.

Im vergangenen Jahr hatte der Altbauer seinen siebzigsten Geburtstag gefeiert. Man hatte in der Scheune ein stattliches Fest ausgerichtet. Der Bürgermeister und Pfarrer Beck waren vorgefahren, ein Vertreter des Bauernverbandes hatte eine Rede gehalten und einen Geschenkkorb überbracht. Erstmals seit langer Zeit war die weitverzweigte Verwandtschaft nahezu vollständig versammelt gewesen. Einzig und allein Pauline konnte von ihren Geschwistern nicht dazu bewegt werden, ihrem Vater persönlich zu gratulieren.

Am 13. August 1961 war es trocken und klar, jedoch für die Jahreszeit deutlich zu kühl. Am Morgen dieses schicksalsschweren Tages fragte der Köcherhofbauer seinen Sohn, ob er am Vormittag den Traktor benötige. Er wolle in den Wald fahren, um ein paar Stangen aus einer Schonung zu schneiden, deren aufschießende Bäume inzwischen viel zu eng standen. Gustav meinte, das sei kein Problem, er habe nach der Stallarbeit noch einiges auf dem Hof zu erledigen, wozu er den *Fendt* nicht brauche.

Vor dem Mittagessen entrostete er noch mehrere uralte Schraubzwingen. Dann wusch er sich im Waschbecken der kleinen Werkstatt die Hände und ging ins Haupthaus. In der Stube saß nur der Knecht Wilhelm vor den dampfenden Schüsseln. Helga half Maria bei den letzten Verrichtungen in der Küche. Wo denn der Vater bleibe, fragte Maria durch die geöffnete Küchentür. »Er hat doch schon vor elf zurück sein wollen.«

»Er hat doch nie eine Uhr dabei. Du weißt doch, wenn er sich mal in einer Arbeit festgebissen hat, hört er ungern auf.«

Es wurde halb eins.

»Das Essen wird kalt«, sagte Maria.

»Fangt ihr schon mal an«, erwiderte Gustav und stand von der Eckbank auf. »Ich fahr mit dem Motorrad zur Schonung. Vielleicht springt der Schlepper nicht an.«

Er hatte sich im letzten Jahr eine nagelneue *BMW R 60* gekauft, mit einem schnittigen *Felber*-Beiwagen, denn Helga fuhr nur ungern auf dem Sozius mit. Derzeit stand der Seitenwagen abmontiert in der kleinen Scheune.

Gustav kurvte ohne Eile die vertrauten Waldwege entlang. Sorgen machte er sich keine. Sein Vater war ein unberechenbarer Mensch. Und das Kraut mit den Leberspatzen würde aufgewärmt noch besser schmecken. Langsam fuhr er den abfallenden Schotterweg hinunter, an dessen Ende die Schonung lag, die der Vater auslichten wollte. Aber nirgends entdeckte er den grünen Schlepper. Ob der Alte einen anderen Weg genommen hatte und längst beim Mittagessen war? Möglich war das, aber er hätte einen gewaltigen Umweg fahren müssen. Er drehte um und fuhr auf halber Höhe in einen unbefestigten Waldweg hinein. Von dort konnte man einen versteckt liegenden Teil der Schonung überblicken. Doch auch hier war weit und breit niemand zu sehen. Erneut drehte er um, nun mit der Absicht, nach Hause zu fahren. Als er den Schotterweg wieder erreicht hatte, folgte er aber einer plötzlichen Eingebung und fuhr nochmals den Berg hinunter. Doch der Vater und der *Fendt* schienen wie vom Erdboden verschluckt zu sein. Er wendete die Maschine auf der Schotterpiste, rangierte nach halber Drehung nochmals zurück und legte den ersten Gang ein. Das Vorderrad berührte sanft den Kamm der Böschung. Er sah den Hang hinab und jetzt erblickte er Spuren.

Zwanzig Meter weiter unten ragte ein Vorderrad aus dem dichten Buschwerk. Vor Schreck würgte er den Motor ab. Er stellte die BMW auf den Ständer und hastete, so schnell es das Gelände zuließ, den Hang hinunter. Der Traktor war umgestürzt und steckte tief im Strauchwerk. Der Vater lag von der Hüfte abwärts eingeklemmt unter dem linken Hinterrad. War er tot? An der Halsschlagader spürte er einen flachen Puls. Vermutlich war er ohnmächtig. Gustav stand auf und sah sich in Panik um. Alleine konnte er dem Vater unmöglich helfen. Er keuchte die steile Böschung hinauf und raste auf den Hof. Fragende Gesichter blickten ihm entgegen.

»Der Vater ist verunglückt«, sagte er nur und rannte in den Flur hinaus, wo er zuerst den Rettungsdienst und dann auf dem benachbarten Finkhof anrief. Der Bauer war selbst am Apparat. Ja, er käme umgehend mit Schlepper und Seilwinde. Er wisse, wo die Schonung sei.

»Hemme, du kommst mit«, rief der Jungbauer in die Stube hinein und rannte auch schon in die Remise, fand dort die Handseilwinde an ihrem Platz und warf sie in den Mercedes, den sonst nur der Vater fuhr.

Mit dem Traktor des Finkhofbauern gelang es ihnen, den *Fendt* so weit aufzurichten, dass sie den Vater bergen konnten. Zwei Sanitäter legten ihn vorsichtig auf die mitgebrachte Trage.

»Wo bringt ihr ihn hin?«, fragte Gustav, während er sich erschöpft Dreck und Schweiß aus dem Gesicht wischte.

»Ins Diak nach Hall«, sagte der ältere der beiden. Zu viert trugen sie den Verunglückten die Böschung hinauf und schoben die Tragbahre in das Rotkreuzauto.

Als Gustav, Maria und Helga am Abend die chirurgische Abteilung des Diakonissenkrankenhauses betraten, nahm Gustav sofort einen penetranten Karbolgeruch wahr, den er seit seiner Odyssee durch Lazarette und Reservelazarette nicht mehr gerochen hatte. Er überwand den plötzlich aufsteigenden Ekel und erkundigte sich bei einer der diensthabenden Schwestern nach Friedrich Lang, worauf man nach der Oberin schickte, die ihnen Minuten später mit ernstem Gesichtsausdruck auf dem langen Flur entgegenkam.

»Er wird noch einmal operiert«, sagte sie, »deshalb müssen Sie mit mir vorliebnehmen. Es ist ein Wunder, dass der Mann noch lebt. Wahrlich, ein großes Wunder.«

Zwei Tage später ließ man Maria und Gustav zum Vater. Ein Arzt empfing sie äußerst freundlich. »Es ist sehr ernst«, sagte er. »Sie müssen mit dem Schlimmsten rechnen.«

»Gustl, ich bleibe hier«, sagte Maria, nachdem sie wohl eine Viertelstunde schweigend am Bett gestanden hatten. Der Alte atmete röchelnd. Er kam nicht zu sich. »Bitte hol mich heut Abend wieder ab.«

Entgegen ihrer ursprünglichen Absicht wachte Maria zwei Tage und eine Nacht am Bett ihres Mannes. Der Köcherhofbauer hatte sich gleich an zwei Stellen das Rückgrat gebrochen und schwerste innere Verletzungen zugezogen. Aber noch starb er nicht.

»Unglaublich«, murmelte ein Oberarzt und putzte sich dabei seine bernsteinfarbene Brille. »Ich habe noch nie einen Menschen mit so schweren Verletzungen noch so lange am Leben gesehen. Er hat ein ungewöhnlich starkes Herz.«

Am Morgen des vierten Tages gelang es Gustav und Helga mit vereinten Kräften, die völlig erschöpfte Maria mit nach Hause zu nehmen.

Ein paar Stunden später, am frühen Nachmittag, betrat eine Frau die Station und sah sich suchend um. Sie trug einen leichten cremefarbenen Sommermantel und hatte trotz der schlechten Ausleuchtung des langen Flures ihre Sonnenbrille nicht abgenommen.

»Sie wünschen?«, fragte eine junge Novizin, die Reste des Mittagessens aus den Zimmern räumte.

»Ich suche Herrn Lang.«

»Sie können nicht zu ihm. Er liegt auf der Intensivstation und jetzt ist keine Besuchszeit.«

Die Frau nahm die Sonnenbrille ab. »Ich bin seine Tochter und habe eine sehr lange Anreise hinter mir. Ich komme aus dem Ausland.« Das war eine Lüge, aber es machte offensichtlich den erwünschten Eindruck.

»Warten Sie bitte einen Moment, ich spreche mit der diensthabenden Schwester.«

Kurz darauf kam die junge Frau zurück. Ihr folgte eine ältere Diakonisse, die die Unbekannte kühl musterte. »Herr Lang hatte bis heute Vormittag durchgehend Besuch. Auch eine Tochter war schon da. Können Sie sich ausweisen?«

»Sie misstrauen mir?«, fragte die Frau und entnahm ihrer Handtasche einen Personalausweis.

»Sie müssen das verstehen«, sagte die Schwester einlenkend. »Schließlich kenne ich Sie nicht und bin für unsere Patienten verantwortlich. Beschränken Sie sich bitte auf eine halbe Stunde.«

Die Besucherin öffnete leise die Glastür zu dem Raum, in dem Friedrich Lang alleine lag. Er erhielt lediglich eine Schmerzmittelinfusion und über einen Schlauch, der unter der Nase befestigt war, zusätzlichen Sauerstoff, um ihm das Atmen zu erleichtern. Minutenlang blieb die Besucherin an der geschlossenen Türe stehen. Dann gab sie sich einen Ruck und trat an das Kopfende des Bettes. Sie beugte sich zu dem Sterbenden hinunter und näherte ihren Mund dessen rechtem Ohr. Leise begann sie zu sprechen, ohne zu wissen, ob der Verunglückte davon irgendetwas mitbekommen würde. »Ich bin gekommen«, flüsterte sie. »Deine Tochter Pauline ist bei dir.«

Nichts deutete darauf hin, dass der Sterbende etwas wahrnahm. Er lag regungslos auf dem Krankenbett, die Augen nahezu geschlossen. Unmerklich bebten die Nasenflügel. Der Atem ging röchelnd und stoßweise. Gelegentlich war ein kaum merkliches Zucken der Mundwinkel zu sehen, das aber auch schon während der letzten Tage aufgetreten war.

Die Frau richtete sich auf. Einen Moment lang wurde sie von uralten Bildern heimgesucht, von denen sie bislang gemeint hatte, sie für immer aus ihren Erinnerungen gebannt zu haben. Wie der besoffene Alte sie von hinten umklammerte, mit der einen Hand ihre Brust so derb drückte, dass es schmerzte. Mit der anderen war er ihr unter die Kittelschürze gefahren, unter der sie nichts trug, weil es ein schwüler, brütend heißer Sommerabend gewesen war. Schlimmer noch waren das stoppelige Gesicht, das ihr hart über Wangen und Nacken strich, und seine mostsauren Ausdünstungen gewesen. Ekel überkam sie.

Wieder beugte sie sich zu dem Sterbenden hinab. »Ich freue mich, dass du verreckst«, flüsterte sie. Der Schwerverletzte zeigte weiterhin keine Regung. »Und ich hoffe, dass du mich hören kannst.« Sie erhob sich, setzte die Sonnenbrille wieder auf und sagte laut, während eine Lernschwester, von ihr unbemerkt, den Raum betrat: »Ich wünsche dir ein langes, qualvolles Sterben.«

Zügig verließ sie daraufhin die Intensivstation, dabei die Fassungslosigkeit der jungen Diakonisse ignorierend, die offensichtlich ihre letzten Worte mit angehört hatte.

Am fünften Tag nach dem Unfall starb der Köcherhofbauer Friedrich Lang. Niemand war in der Stunde seines Todes bei ihm. Maria machte sich deshalb immer wieder bittere Vorwürfe.

Bei der Beerdigung ergriffen genau dieselben Personen das Wort, die vor gar nicht langer Zeit mit launigen Bemerkungen Friedrich Lang zum 70. Geburtstag gratuliert hatten. Zuvor hatte Pfarrer Beck in seiner Predigt darauf abgehoben, dass der Verstorbene während seiner zweiten Ehe ein anderes, ein weitaus verträglicheres Temperament gezeigt hätte als in den früheren Jahren. Auskömmlich sei er gewesen und weniger aufbrausend. Man müsse es als eine Fügung Gottes deuten, schloss der Geistliche, dass es dem Verstorbenen gelungen sei, seinen Frieden mit all jenen zu machen, mit denen er lange Zeit im Streit gelegen habe.

Ich habe nicht meinen Frieden mit ihm gemacht, dachte Pauline nach den Worten des Pfarrers. Ihre Geschwister hatten sie nicht dazu überreden können, in den vorderen Bankreihen im Kreis der anderen Familienmitglieder Platz zu nehmen. Wie schon anlässlich der Beerdigung der Mutter saß sie im hinteren Teil des Kirchenschiffs, gleich neben dem Eingang, dieses Mal allerdings alleine, ohne ihren Lebensgefährten, mit dem sie trotz der Anfeindungen ihrer Umgebung unverheiratet zusammenlebte.

Nach Beendigung des Trauergottesdienstes verließ sie als Erste die kleine Friedhofskirche, die bis auf den letzten Platz gefüllt war. Sie ging auch nicht ans Grab, in dessen Nähe ein Bläserquintett Aufstellung genommen hatte und nun, dem schon früher geäußerten Wunsch des Verstorbenen folgend, *Ich hatt' einen Kameraden* anstimmte.

Später wurde in der *Eiche* ein bescheidener Leichtrunk abgehalten. Wirkliche Freunde hatte der Köcherhofbauer nicht gehabt. Viele hatten ihn respektiert, nicht wenige hatten ihn gefürchtet. Nachdem man Schnitzel mit Kartoffelsalat gegessen hatte, machten sich Hermine und Heinz auf den Heimweg. »Gustav, jetzt bist du der Köcherhofbauer«, sagte Hermine, während sie ihrem Bruder zum Abschied die Hand lange drückte.

»Man wird sehen«, erwiderte dieser leise. »Der Vater hat mir noch einen Streich gespielt. Ich erbe den Hof nur unter der Bedingung, dass ich ihn später an Ludwig abtrete. Vielleicht ist es besser, gleich was anderes anzufangen.«

»Um Gottes willen«, klagte Maria, die von der Verfügung ihres Mannes offensichtlich keine Ahnung gehabt hatte.

Muswies

An einem Sonntag radelte Hans gleich nach dem Mittagessen bei der Großmutter zu dem Mehrfamilienhaus, in dem die Familie Krachmanitz eine größere und modernere Wohnung bezogen hatte. Es war eines der am Ortsrand neu erstellten Achtfamilienhäuser. In jeder Wohnung war jetzt ein eigenes Bad. An der Haustür wurde nicht mehr geklopft oder eine mechanische Klingel betätigt. Fein säuberlich reihten sich auf einem Klingelbrett Knöpfe und gestochen scharf geschriebene Namensschildchen.

Gleich nachdem Hans die Klingel betätigt hatte, ging im zweiten Stock ein schmales Badfenster auf, aus dem sich ein dichter Wuschelkopf zwängte. »Bleib unten, ich komme gleich.« Unten angekommen begrüßte Krachmandel seinen Freund mit einem kräftigen Klaps auf die Schulter. Dann nahm er einen Holzkeil von einem Wandhaken und fixierte damit die Kellertür, die mit Hilfe einer einfachen Feder auch dann zugezogen wurde, wenn jemand vergessen hatte, sie zu schließen. Kraftvoll wuchtete er sein schweres Fahrrad die Betontreppe hinauf und klemmte die in ein Handtuch eingeschlagene Badehose auf den Gepäckträger. Sie radelten gemächlich durch den Ortskern, in dem sonntägliche Stille herrschte, und bogen nach wenigen hundert Metern auf einen Feldweg ab, der sie zum Finsterroter See führte. Nur wenige Familien saßen um diese Zeit am Ufer auf ihren mitgebrachten Decken. In der Mehrzahl waren ältere Kinder und Jugendliche am See. Sie tollten lautstark herum, spielten auf der Liegewiese mit Wasserbällen und rannten hin und wieder an einer flacheren Stelle so weit in den See hinein, bis ihnen das Wasser zur Brust reichte.

Die beiden Freunde schoben ihre Fahrräder zu einem der wenigen noch freien schattigen Plätze und lehnten sie an eine Linde. Eine Zeitlang lagen sie schweigend auf ihren Handtüchern, die Arme unter dem Kopf verschränkt, die Blicke in den Himmel und in die Baumkronen gerichtet. Gelegentlich strich ein sanfter Windhauch durch die Blätter. Dann setzte ein leises Rascheln ein, das manchmal lauter wurde, um dann nach einer Weile wieder abzuschwellen, bis es nicht mehr zu hören war. Ein Hund bellte. Eine Mutter wies energisch ein Kind zurecht. Es möge die Schalen der mitgebrachten hartgekochten Eier in den Papierkorb und nicht daneben werfen. Hin und wieder hörte man ein hartes Platschen. Dann sprangen junge Burschen so wild als möglich in den See, um dann mit schnellen Kraulzügen einen Vorsprung vor ihren Kameraden zu erlangen. Es waren die vertrauten Geräusche eines Sommersonntags am See. Aus der Ferne wehte der Duft der Wurstbraterei herüber. Am Kiosk gab es Coca-Cola, Bluna, süßen und sauren Sprudel, Eis, Mohrenköpfe und Schokowaffeln, eine Rote für teure 70 Pfennige, Senf und Brötchen dazu.

»Du hast es gut«, stöhnte Krachmandel nach einer Weile und sah dabei unverwandt in den strahlend blauen Himmel. »Hast eine gescheite Arbeit und hast Geld.«

»Was sind schon 40 Mark im Monat? Ab und zu gibt's nach dem Beschlagen der Gäule ein zusätzliches Trinkgeld. Mal 30 oder 50 Pfennige, einer hat sogar mal 'ne Mark gegeben. Aber die Arbeit macht mir wirklich Spaß, obwohl sie anstrengend ist.«

»Ich hänge sinnlos auf der Schule rum.«

»Dann geh doch runter, wenn es dir nicht gefällt.«

»Das kann ich meinen Eltern nicht antun. Die wollen, dass aus mir mal was Besseres wird. Aber was ist was Besseres? Kaufmannsgehilfe? Eine Stelle im Büro?«

»Das ist doch gar nicht so schlecht.«

»Aber ist das was Besseres?«

»Du machst dir die Hände nicht schmutzig, holst dir nicht wie ich dauernd Brandblasen und verdienst auch noch mehr Geld.«

»Das kann aber noch dauern«, sagte Karl mit einem Seufzer.

»Krachmandel, da musst du einfach durch. Unsereins muss zäh sein, wenn man es zu was bringen will. Flüchtlinge und unehelich geborene Schaustellerkinder werden nicht mit dem goldenen Löffel gefüttert.« Er wollte noch etwas hinzufügen, als ihn, und Bruchteile von Sekunden später auch Karl, ein eisiger Schreck durchfuhr. Kaltes Wasser platschte auf ihre erhitzten Oberkörper. Wütend setzten sie sich auf und blickten in die lachenden Gesichter ihrer ehemaligen Schulkameradinnen Annemarie Rückert und Petra Eichler, die feixend zu ihren Füßen standen, jede noch eine weiße Gummibademütze in der Hand, in denen sie das kalte Seewasser zum Liegeplatz der Jungen befördert hatten. Unter großem Gekreische spritzten sie die letzten Tropfen in Richtung der beiden Sitzenden.

»Na wartet!« Hans sprang blitzschnell auf und stürmte hinter den schreiend davonrennenden Mädchen her. Karl erhob sich gemächlich und folgte dem Trio mit anfänglichem Abstand. Rasch hatten die beiden Burschen die Mädchen eingeholt. Hans umfasste Petra, hob sie mit Schwung in die Höhe, warf sie über die Schulter und rannte, nunmehr deutlich langsamer, hinunter zum See. Dann hatte auch Karl Annemarie eingeholt und bugsierte sie zum Ufer. Es endete damit, dass alle vier im Wasser landeten. Hans warf Petra mit Schwung ins Nass. Karl zerrte die sich sträubende Annemarie aus der Uferzone hinaus, in der sie mit den Füßen noch den Grund spürte. Es folgte ein länger währendes Toben und Spritzen, Lachen und Kreischen. Fast gleichzeitig kamen sie aus dem Wasser. Außer Atem ließen sich die Jungen auf ihre Handtücher fallen. Petra und Annemarie gingen zu ihren Fahrrädern und schoben sie zum Lagerplatz ihrer früheren Klassenkameraden. Eine Zeitlang lagen alle erschöpft lang ausgestreckt auf dem Rücken. Hans sah zu Petra hinüber, deren Brustkorb sich heftig hob und senkte.

Annemarie stand als Erste auf und holte einen kleinen Weidenkorb, der an der Lenkstange ihres Rades hing. Zu viert teilten sie sich das kleine Picknick, das ursprünglich nur für die beiden Mädchen gedacht gewesen war. Jeder erhielt ein belegtes Brot und ein halbes Ei. Zum Schluss tranken sie reihum Pfefferminztee aus einer Sprudelflasche. Sie brachen auf, als das Sechsuhrläuten vom fernen Kirchturm herüberklang.

Als sie sich trennten, flüsterte Petra Hans zu: »Es war schön, wie du mich auf den Arm genommen hast. Weniger nett war es dann, wie ein Sack über deiner Schulter zu hängen.« Ehe der Junge etwas erwidern konnte, streichelte sie zweimal über seinen nackten Unterarm, hielt dann verlegen inne und trat in die Pedale.

Diese zarte Annäherung versetzte Hans im Verlauf der nächsten Tage in ein noch nie gekanntes Hochgefühl, das gar nicht enden wollte. Er dachte an Petra, wenn er nach dem Klingeln des Weckers noch wenige Minuten mit geschlossenen Augen im warmen Bett liegen blieb. Er meinte das Streicheln zu spüren, wenn er einschlief. Einige Male war er während der Arbeit unkonzentriert, was zu harmlosen Neckereien der anderen führte. Der Altgeselle lag, ohne dass er es wissen konnte, richtig mit seiner Vermutung, dass *der Kleine* sich verliebt haben könnte.

Die Arbeit machte Hans immer mehr Spaß. Das lag zum einen daran, dass er etwas konnte, das die Anerkennung des Meisters fand. Zum anderen hatten Lehrlinge und Gesellen ein gutes Verhältnis zueinander. Natürlich gab es, wie in nahezu allen Männergemeinschaften, Späße und Frotzeleien. Diese waren jedoch meist heiterer Natur und nicht bösartig. Der alte Chef war ein strenger, aber äußerst gerechter Lehrherr, der Streitereien sofort unterband.

Das Einzige, was Hans störte, war der Umstand, dass die anderen Lehrlinge und Gesellen jeden Tag ihr Mittagsbrot hastig hinunterschlangen, um wenigstens eine halbe Stunde mit den jüngeren Mitarbeitern der Wagnerei auf einem kleinen Innenhof Fußball zu spielen. Wenn sie in ungerader Zahl versammelt waren, musste Hans, ob er wollte oder nicht, mitspielen. Meistens hatte er keine Lust dazu, obwohl er ein schneller, trickreicher Spieler war. Aber er maß dem Fußball keine besondere Bedeutung zu, lieber schwamm oder lief er. Noch immer begeisterte er sich eher für Turnen und Akrobatik. Dass er, was Fußball anbelangte, anders dachte und fühlte als die meisten anderen Burschen seines Alters, hatte er vor einigen Jahren deutlich gemerkt, als das deutsche Team Weltmeister geworden war. Das Endspiel hatte er als achtjähriger Knirps in der Schankstube der Großmutter gesehen, wo ein halbes Jahr zuvor eines der ersten Fernsehgeräte der Gegend aufgestellt worden war. Er hatte sich über den unverhofften Ausgang des Spiels gefreut, aber nicht jenes außerordentliche Triumphgefühl verspürt, das seine ganze direkte Umgebung und wohl auch viele andere im Lande erfasst zu haben schien.

Hans hatte gerade die beiden Schnitten gegessen, die ihm seine Mutter in der Frühe zubereitet und in der Aluminiumbüchse verstaut hatte, als auch schon einer der Lehrlinge aus der gegenüberliegenden Wagnerei durchs Fenster sah und ihn aufforderte, mit Fußball zu spielen, es fehle ein Mann, um zwei gleich große Mannschaften bilden zu können.

Eher lustlos ging er ins Freie hinaus, ließ sich zeigen, wer zu seiner Mannschaft gehörte, und ging nach vorne, um seine gewohnte Stürmerposition einzunehmen. Sie bolzten noch etwas mehr als zwanzig Minuten, dann war die Mittagspause zu Ende. Betont lässig schlenderten sie in kleinen Grüppchen vom Hof. Ein schlaksiger Altgeselle, den alle nur Endadod nannten, weil er gelegentlich aus ungestümem Spiel heraus den Ball kraftvoll und unkontrolliert zugleich in Richtung des nahen Dorfweihers donnerte, schloss zu Hans auf und schlurfte neben ihm vom Platz.

»Sag mal«, fragte er, »hat dein Bruder jetzt eine Freundin? Ich hab ihn vor Kurzem mit einem Mädchen gesehen.«

Hans zuckte mit den Schultern. »Ludwig lebt auf dem Köcherhof. Ich weiß nicht, was er treibt. Ist mir auch egal.«

»Eine Hübsche war's, eine mit Pferdeschwanz.«

Hans schüttelte den Kopf. »Viele haben jetzt einen Pferdeschwanz. Aber ich hab keine Ahnung. Wir sehen uns kaum und sprechen wenig miteinander.«

Der Schlaks ging davon in Richtung Wagnerei. Hans hatte am Nachmittag gleich mehrere Pferde zu beschlagen. Der junge Rienödbauer war mit einem Zweispänner vorgefahren und hatte noch ein drittes Pferd hinten am Wagen angebunden. Das war Arbeit bis weit nach Feierabend. Aber das kam ihm zupass, denn ab kommenden Samstag musste er unbedingt einige Tage frei haben, was ihm sein Chef unter der Voraussetzung zubilligte, dass er die Fehltage vor- oder nacharbeitete.

Die *Muswies* stand an. Sie begann am Wochenende und ging noch weit in die darauffolgende Woche hinein. Die Hauptmarkttage waren der Dienstag, der Mittwoch und der Donnerstag. Montags ruhte der Markt. Dienstags kamen viele Ältere. In früheren Zeiten war das die Gelegenheit gewesen, um Ehen anzubahnen. Der Mittwoch war seit alters her der *Ledigentag*. Schon am Freitagabend half Hans beim Aufbau der Schiffschaukel und der Scooterbahn. Der Großvater war trotz seiner angegriffenen Gesundheit wieder mitgefahren. Onkel Willi und zwei mitreisende Männer waren, wie auch die Mutter, bereits seit dem Vortag fast ununterbrochen am Schuften.

Erstmals fuhr Hans auf seinem neuen Moped vor, das er nach langem Warten am Mittwoch ausgehändigt bekommen hatte. Neu im wörtlichen Sinne war die Maschine nicht. Es handelte sich um eine vier Jahre alte *Kreidler Florett* mit 1,75 PS, Dreigangschaltung und einer bescheidenen Höchstgeschwindigkeit von 40 Stundenkilometern. Dass er sie erst jetzt erhalten hatte, lag daran, dass der Verkäufer sich lange Zeit damit gelassen hatte, die schlecht eingestellte Drehgriff-Handschaltung in Ordnung zu bringen. Voller Stolz kurvte Hans über das unebene Gelände und hielt neben dem bereits waagrecht ausgerichteten Unterbau der Scooterbahn.

Obwohl er vor dem Abstellen des Motors nochmals Gas gab, schenkten diejenigen, die sich beim Aufbau der Buden und

Fahrgeschäfte abrackerten, seinem neuen fahrbaren Untersatz zu seiner leichten Enttäuschung nicht die geringste Beachtung. Sein Onkel begrüßte ihn mit den Worten: »Schön, dass du endlich da bist«, ohne dabei seine Arbeit zu unterbrechen.

»Die Muswies ist Pflicht«, sagte Caroline immer. Meist erzählte sie dann gleich von der ersten richtigen Muswies nach dem Krieg, deren Höhepunkt im Herbst des Jahres 1949 der Auftritt zweier Mitglieder der legendären Traber-Familie gewesen war. Die Artisten fuhren mit einem Motorrad auf dem Seil von der Wiese hinter der St.-Michaels-Kirche erst hinauf zum Kirchturm und dann unter dem tosendem Beifall der Muswiesbesucher wieder hinunter. Dabei hatte der Jüngere noch allerlei Kunststücke an einem Trapez vollführt, das unter dem Motorrad befestigt war.

Mittlerweile arbeitete Caroline schon fast dreißig Jahre auf Rummelplätzen, lediglich unterbrochen durch die beiden Schwangerschaften und die Zeit, die sie in Gotteszell in Haft gewesen war. Kurz vor dem Krieg hatte sie ihren späteren Mann, den Vater von Ludwig, auf dem Cannstatter Volksfest kennengelernt. Franz Lang, der schon von Kindesbeinen an gut mit Pferden umgehen konnte, leistete damals seinen Wehrdienst beim 2. Schwadron des Kavallerie-Regiments 18 in der Cannstatter Garnison ab. An einem Freitagnachmittag war er mit einem Kameraden, der aus Sulzbach am Kocher stammte, über den Wasen geschlendert, als ihn Caroline an der Schiffschaukel herausfordernd mit den Worten angesprochen hatte: »Na, Herr Soldat, wie wär's mit einem Versuch? Für Sie kostet das zwei Groschen oder zwanzig Pfennige.«

Vor einer großen Menge Schaulustiger war Franz beim Versuch gescheitert, mit der Schiffschaukel einen vollständigen Überschlag zu vollführen. Doch er kam in der darauffolgenden Woche wieder, bewältigte den ersten und nachfolgend noch weitere Überschläge und warb in den kommenden Monaten zäh und letztendlich erfolgreich um die schöne spröde Frau, die so anders war als die Bauernmädchen, mit denen er sonst Umgang pflegte. Seinem Vater missfiel seine Wahl von Anfang an. Später steigerte sich die anfängliche Ablehnung des Alten zu blindem Hass.

Schon lange stand Caroline nicht mehr an der Schiffschaukel. Sie hatte von der Mutter den »Fresswagen« übernommen, der nur familienintern so abfällig genannt wurde. Der Verkauf von gebrannten Mandeln, Magenbrot, Schokoäpfeln und anderen Süßigkeiten brachte noch immer einen guten Überschuss ein. Die Kinder gierten nach Zuckerwatte und Limonade.

An der Schiffschaukel stand längst Karin, Willis Frau, die er erst mit dreißig kennengelernt hatte. Der kleine Sohn, der wie sein legendärer Großonkel Louis hieß, verbrachte dann immer vergnügliche Tage bei der Oma in Seelbach. Karin besaß nicht Carolines Temperament. Sie war eine kleine, schüchterne, manchmal unbeholfen wirkende Frau, der das freche Mundwerk Carolines fehlte, mit dem diese so manchen zaudernden Rummelplatzbesucher in die Schiffschaukel gelockt hatte.

Wenn Hans mithalf, arbeitete er am Scooter. Onkel Willi hatte meistens keinen festgelegten Einsatzpunkt, war überall da zu finden, wo jemand fehlte, etwas nicht funktionierte oder ein Streit unter Besuchern zu schlichten war. Der Großvater stand, wenn er mitfuhr, an der Schießbude.

Die Muswies lockte auch dieses Jahr wieder tausende von Gästen an. Noch immer waren der Markt und die Ausstellung landwirtschaftlicher Maschinen gut besucht. Aber die Jüngeren drängten zu den Fahrgeschäften. Halbstarke und andere Cliquen umlagerten die Scooterbahn. Diejenigen, die mit ihrer Freundin das Gefährt bestiegen, legten besitzergreifend den einen Arm um das Rundpolster hinter dem Rücken des Mädchens und lenkten lässig mit der freien Hand. Die anderen Burschen, die ohne weibliche Begleitung *Boxauto* fuhren, versuchten die gemächlichen Kreise der Paare zu stören, indem sie abrupt wendeten, um die anderen Wagen zu rammen. Was als Gaudi begann, wuchs sich hin und wieder zu Raufereien aus, vor allem dann, wenn es dunkel wurde und die Halbstarken größere Mengen Bier oder den Schnaps getrunken hatten, den einheimische Erzeuger schon seit alters her auf der Muswies ausschenkten.

Onkel Willi hatte seit zwei Jahren einen besonders kräftigen Mitreisenden dabei. Fred überragte die meisten anderen um Haupteslänge. Er war bis zu einer schweren Schädelverletzung Kirmesboxer gewesen. Die Verletzung hatte ihn reizbar gemacht, aber er war Willi treu ergeben, froh, als ausgemusterter Boxer überhaupt noch eine Beschäftigung gefunden zu haben. Zusammen mit Fred gelang es dem Juniorchef meist rasch, die am Autoscooter aufkeimenden Raufhändel zu unterbinden.

An den Tagen, an denen Hans mithalf, war er meist schon ab drei Uhr nachmittags im Einsatz. An den Werktagen fuhren um diese Zeit ältere Kinder, von denen sich die meisten nur wenige Fahrten leisten konnten. Abends, wenn die Bauernburschen, Lehrlinge und Jungarbeiter kamen, war weitaus mehr Betrieb. Rasch parkte er die leeren Scooter ein. Hin und wieder leerte er das Fach, in das nach Ende der Fahrt die Chips fielen und brachte sie zurück zur Kasse. Manchmal kamen Jugendliche vorbei, die ihn erkannten und nach ihm riefen oder Späße machten. Er genoss die bewundernden Blicke der Mädchen, wenn er die Scooter mit Geschick und eleganter Lässigkeit einparkte.

Auf der Muswies war nach dem Ruhetag auch dienstags der Betrieb an den Fahrgeschäften schwächer. Mittwochs, am Ledigentag, schwoll der Besucherstrom nochmals an. Jetzt gingen auch die Jugendlichen auf den Rummel, die bislang dem Markt ferngeblieben waren. In der Menschenmenge an der Bande erkannte Hans plötzlich seinen Bruder. Er hatte an der Kasse Chips gekauft und rannte nun auf einen freien Scooter zu, um ihn vor einem anderen Burschen zu erreichen, was ihm auch gelang. Hans erstarrte. Ludwig war nicht allein. Galant wies er seiner Begleiterin einen Platz zu. Hans hatte sie sofort erkannt. Es war Petra, die sich neben seinem Bruder auf die enge Sitzbank quetschte.

Die Rache des Bankerts

Während der Jahre, in denen Caroline Rolf Hermanns Geliebte war, hatte es nur anfangs hin und wieder Streit gegeben. Und einmal hatten sie sich längere Zeit nicht gesehen. Das war damals gewesen, als sie ihm vorgeworfen hatte, er habe seine frühere SS-Mitgliedschaft bewusst vor ihr verheimlicht. Sie waren beide im Nachhinein verblüfft und erschrocken darüber, dass sie wegen dieser Sache so sehr in Streit geraten waren, dass er sie wortlos zuhause abgesetzt hatte.

Auch über die Kubakrise hatten sie Jahre später ähnlich heftig gestritten. Caroline war fuchsteufelswild geworden, als Rolf vorschlug, man müsse diesen *Vorhof der Hölle* so lange bombardieren, bis die zottelbärtigen Machthaber klein beigäben. Sie hatte ihn einen skrupellosen Menschen geheißen, einen Kriegstreiber, der offensichtlich nichts aus seinen eigenen schlimmen Erlebnissen gelernt habe. Auf den Vorwurf, er habe seine Lektion noch immer nicht gelernt, reagierte er äußerst empfindlich. Sie sahen sich mehrere Wochen nicht. Als er dann im Dezember unangemeldet mit einem Blumenstrauß auftauchte und sie einlud, mit ihm nach Weihnachten ein paar Tage in Oberstaufen Ski zu fahren, wies sie ihn kühl ab.

»Weihnachten feierst du mit deinem angetrauten Weibchen und die Geliebte darf dann mit zur Skiausfahrt. Nee, lass gut sein. Ich kann ohnehin nicht Ski fahren.«

Er zuckte wortlos mit den Schultern und dachte daran zu gehen. Dann entschied er sich anders, setzte sich auf eine Ecke des Küchentisches und sah ihr eine Weile schweigend dabei zu, wie sie einen Nudelteig auswellte. Sie trug eine Kittelschürze. Ihre Haare hingen ihr in mehreren Strähnen ins Gesicht. Ihre Hände und Unterarme waren mit Mehl bestäubt. Eigentlich kein schöner Anblick, dachte er und merkte dennoch, dass er sie immer noch begehrte. Er stand auf, ging um den Tisch und umfasste sie behutsam von hinten. Sie presste ihre Ellenbogen an den Rumpf und spreizte ihre mehl- und teigbehafteten Finger. »Bitte lass das«, zischte sie, und als er sie nicht sofort losließ, drehte sie sich zur Seite und sagte noch eine Spur gereizter: »Ich hab dir gesagt, du sollst das lassen.«

Er trat einen Schritt zurück. »Was ist denn nur mit dir los? So kenn ich dich gar nicht.« Sein Erstaunen war echt.

Sie wandte sich von ihm ab und wusch ihre Hände unter kaltem Wasser. Mit Hilfe des rissigen roten Gummischlauchs lenkte sie den Wasserstrahl auf ihre mit Mehl bepuderten Unterarme. Anschließend trocknete sie Hände und Arme mit einem blauweißkarierten Leinenhandtuch. Dann erst wandte sie sich ihm wieder zu. Lange sah sie ihrem langjährigen Liebhaber ins Gesicht. Sie schien völlig ruhig zu sein.

»Rolf, ich möchte unser Verhältnis beenden. Mir ist klar geworden, dass du dich nie von deiner Frau scheiden lassen wirst.«

Er war zu überrascht, um gleich zu antworten. Fieberhaft versuchte er, sich an Situationen und Ereignisse zu erinnern, die seiner Geliebten Anlass geboten haben konnten, diese Entscheidung zu treffen. Nach einer Weile sagte er leise: »Das fällt dir aber spät ein. Das ist doch nie Grundlage unserer Beziehung gewesen. Ich habe dir nichts versprochen und du hast nie Forderungen gestellt.«

»Das stimmt«, sagte sie und sah ihn mit leicht zusammengekniffenen Augen an. »Aber alles hat seine Zeit. Ich bin jetzt über vierzig und will endlich mehr Beständigkeit in mein Leben bringen.«

»Hat dir denn irgendetwas gefehlt?«

Sie zögerte einen Moment und erwiderte dann: »Nein, eigentlich nicht. Aber, wie gesagt, alles hat seine Zeit. Und für mich ist jetzt der Zeitpunkt gekommen, diese oberflächlichen Spielchen hinter mir zu lassen.«

»Wir haben gut miteinander harmoniert.«

Wieder zögerte sie mit der Antwort. »Sex ist nicht alles«, sagte sie nach einer Weile.

»Für dich war das nicht mehr?«

»Was gab es noch? Ein paar Ausflüge. Bei den Schwierigkeiten mit den beiden Buben warst du mir nie eine Hilfe.«

»Du hast nie gesagt, dass du Unterstützung brauchst.«

»Rolf, es hat dich nie interessiert.«

»So siehst du das also. Und was uns anbelangt: Ist das dein letztes Wort?«

»Rolf, ich hab lange über uns nachgedacht. Wenn ich mir nicht sicher wäre, hätte ich nicht davon angefangen. Es ist aus.«

Eine Zeitlang stand er schweigend in der Küche. Wut und ein Hauch Traurigkeit rumorten in ihm. Aber er blieb beherrscht. »Also gut«, sagte er. »Ich wünsche dir viel Glück.«

»Das wünsche ich dir auch.«

»Darf ich dich küssen?«

»Nein«, erwiderte sie.

Stumm nickte er ihr zu und ging hinaus. Sie sah durch das Küchenfenster, bis der Wagen in der Kurve der ausgefahrenen Schotterpiste verschwand. Ihr Blick fiel auf einen Wandteller, den er ihr vor langer Zeit geschenkt hatte. Sie überlegte kurz, ob sie ihn in der Wohnzimmerkommode aufbewahren sollte. Dann ging sie hinaus und warf den Schmuckteller mit Motiven von der Amalfiküste in den Dreckeimer.

Nach der Begegnung auf der Muswies blieb Hans von dem Gefühl beherrscht, eine gewaltige Faust drücke ihn zu Boden. Das, was er hatte mitansehen müssen, lastete schwer auf ihm. Jener winzige Moment, in dem Ludwig großkotzig den Arm um die sich an ihn schmiegende Petra legte, hatte sich ihm tief eingeprägt. Wie er mit dem Scooter grinsend eine Runde nach der anderen drehte, dabei das schüchterne Mädchen besitzergreifend an sich pressend. Sie musste ihn gesehen haben, denn er hatte unmittelbar zuvor leere Gefährte an der Stirnseite der Bahn abgestellt. Sie hatte vermieden, ihn anzusehen, während er wie ein geprügelter Hund auf die beiden starrte, die gemächlich ihre Runden drehten.

An einem späten Freitagvormittag beschlug er einen Wallach. Mit jedem Schlag, der das Eisen formte, brach die tief in ihm sitzende Kränkung aufs Neue hervor. Er war wütend auf Ludwig, noch mehr aber über Petras Verhalten. Wenn er an sie dachte, mischten sich Enttäuschung und Trauer mit schier unendlich vielen Fragen. Es war doch offensichtlich gewesen, dass das Mädchen Sympathien für ihn hegte. Was hatte er falsch gemacht? War er zu still, zu zurückhaltend gewesen? Und was war mit seinem Bruder? Ging es dem überhaupt um Petra oder nur darum, ihm einmal mehr eins auszuwischen, ihn zu kränken?

Unbemerkt war sein Meister an ihn herangetreten. »Hans, was ist los mit dir?«, fragte der alte Weidner. »Seit ein paar Tagen kommst du mir wie ein ganz anderer Mensch vor, machst einen völlig abwesenden Eindruck, bist unkonzentriert, schusselig.« Er trat neben seinen Lehrling, der aus seinen Gedanken hochgeschreckt war. »Schau, hier links vorne. Du hast das Eisen viel zu flach getrieben. Das ist doch Gift für das Pferd. So schlechte Arbeit bin ich von dir nicht gewohnt.«

Der Lehrling murmelte eine Entschuldigung. Während der greise Firmenchef kopfschüttelnd von dannen ging, wurde Hans mit einem Mal klar, dass er mit Petra reden musste. Er wollte eine Erklärung haben, ganz gleich, wie die Sache ausging.

Am frühen Samstagabend fuhr er zur Wohnung von Petras Mutter, die nach dem zweiten Klingeln ein Fenster öffnete, um nachzusehen, wer vor der Tür stand. Petra sei nicht da. Die Mutter sagte dies mit offenkundiger Verlegenheit und nach einer Weile fügte sie hinzu, sie wisse nicht, wo das Mädchen sei. Petra sei vor höchstens einer Stunde abgeholt worden.

»Von wem?«, fragte der Junge, wobei er versuchte, seiner Stimme einen festen, energischen Klang zu geben, was ihm nicht so recht gelingen wollte.

»Na, du weißt schon«, erwiderte Frau Eichler sichtlich verlegen.

»Hat Ludwig sie abgeholt?«

Wären Hans nicht tausend Gedanken durch den Kopf geschossen, hätte er bemerken können, dass sich die Frau äußerst unwohl fühlte. Nach einer Weile sagte sie »Tschüss«, schloss das Fenster und zog rasch die Gardinen zu.

Ohne ein Ziel zu haben, startete er die Kreidler und verließ Lichtengrün. Wo sie wohl steckten? Am frühen Samstagabend war in ihrer Gegend nicht viel los. Die wenigen Tanzlokale hatten noch geschlossen. Und mit einem Mädchen ging man üblicherweise nicht ins Wirtshaus. Die Möglichkeit, dass Ludwig Petra mit auf den Köcherhof genommen hatte, war für Hans kaum vorstellbar. Auch wenn der Alte tot war, herrschte dort keine Stimmung, die ein Mädchen bezaubern konnte. Er selbst wäre vielleicht mit Petra spazieren gegangen. Aber das tat Ludwig vermutlich nicht. Blieb also nur die *Eisdiele Simonetti* in Schwäbisch Hall. Die hatte um diese Zeit bereits geöffnet. Hans beschloss, dort vorbeizuschauen.

Schon ehe er den beliebten Haller Jugendtreff erreicht hatte, sah er die Richtigkeit seiner Vermutung bestätigt. Auf der gegenüberliegenden Straßenseite parkte Gustav Langs auffällige Seitenwagenmaschine. Offensichtlich hatte Ludwig sie sich ausgeliehen. Oder er durfte sie benutzen wie alles, was zum Köcherhof gehörte. Hans wunderte sich ein wenig, denn er hatte bislang nicht gehört, dass sein Halbbruder den Führerschein besaß. Aber was wusste er schon von ihm, seit er auf den Hof gegangen war? Im Grunde genommen herzlich wenig.

Die Eisdiele war gut besucht. Als Hans das Lokal betrat, bemerkte er Ludwig und Petra auf Anhieb. In seiner dunkelgrünen Lederjacke unterschied sich Ludwig deutlich von den anderen, von denen die Mehrzahl wohl Oberschüler waren.

Zumindest wirkten sie wie moderne Stadtmenschen. Die Jungs trugen enge schwarze Hemden, Röhrenhosen und Pullover, in denen sie an »Exis« erinnerten, jene Jugendkultur, in der sich diejenigen sammelten, denen es wichtig war, sich von den Halbstarken und den Rock-'n'-Rollern abzugrenzen. Die Mehrzahl der Mädchen hatte enge Röcke an, wie sie jetzt auch in der Provinz die ausladenden Petticoats der Rock-'n'-Roll-Ära abzulösen begannen. Ein paar trugen Blue Jeans, was vor wenigen Jahren noch undenkbar gewesen wäre.

Neben der Eistheke dudelte eine betagte *Princess Wall Mount Jukebox*. Hans hörte nicht auf den Beatles-Song *Please Please Me*. Er stürmte schnurstracks auf das schmale Tischchen zu, an dem Petra und Ludwig saßen. Ohne seinem Halbbruder Beachtung zu schenken, sagte er, dabei seine Erregung verbergend: »Petra, komm bitte mit mir raus. Ich muss mit dir reden.«

Die Angesprochene erbleichte. Hilflos blickte sie zuerst Ludwig an, dann flehend zu Hans. Sie zerknüllte eine Serviette, ehe es kaum hörbar aus ihr hervorbrach: »Das geht jetzt nicht, das musst du verstehen.«

Das überraschende Auftauchen von Hans schien Ludwig einen Moment lang die Sprache verschlagen zu haben. Doch ebenso rasch fing er sich wieder und sagte, dabei keineswegs laut werdend: »Du hast doch gehört. Also, mach die Fliege.«

Hans ignorierte die Bemerkung seines Bruders. »Bitte, Petra, nur ganz kurz.« Dabei fasste er mit beiden Händen den Unterarm des Mädchens. Wenn er sich später an diese Szene erinnerte, wurde ihm jedes Mal aufs Neue klar, dass es ein Fehler gewesen war, das Mädchen so derb anzufassen.

Während sie schreckensbleich schwieg, zischte ihm Ludwig, nun selbstsicher geworden, zu: »Hau endlich ab, du Bankert!«

»Von dir lasse ich mich nicht beleidigen. Was bist denn du für einer?«

Ludwig sprang auf und verharrte in gebückter Haltung. Ein Kellner, aufmerksam geworden und stets darauf bedacht, dass die jungen Leute nicht über die Stränge schlugen, näherte sich ihrem Tisch. »Junger Freund«, sagte er steif und beinahe bedächtig, »bitte belästigen Sie unsere Gäste nicht.«

»Ich bin nicht Ihr *junger Freund*«, äffte Hans den Kellner nach, machte dann eine Kopfbewegung in Ludwigs Richtung und sagte: »Der da hat mich beleidigt.«

»Bitte verlassen Sie sofort das Lokal.«

»Der soll sich zuerst entschuldigen.«

»Wir dulden hier keine Streitereien«, sagte der Kellner und verlieh seinen Worten Nachdruck, indem er Hans mit der freien Hand in Richtung Ausgang drängte.

Der schlug den Arm des Mannes weg und nahm eine Haltung ein, die Bereitschaft zur Gegenwehr demonstrieren sollte. Nun eilte auch der Inhaber herbei. Der Kellner stellte das bislang in der rechten Hand gehaltene Tablett auf einen freien Tisch. Ruhig und so aufeinander abgestimmt, als wäre es nicht das erste Mal, ergriffen die beiden Männer die Arme des Störenfrieds und führten den Widerstrebenden in Richtung Tür. Ein kräftiger Schubs ließ ihn die wenigen Stufen hinuntertaumeln. Hinter sich hörte er vereinzelte Lacher. Eine Stimme rief: »Geschieht ihm recht!«

Er hätte schwören können, dass es Ludwigs Stimme war. Eine Zeitlang kurvte er mit seiner Kreidler wie ein Verrückter durch die Gegend. Mit aufkommender Dunkelheit fuhr er nach Hause, warf sich angezogen aufs Bett und brütete finstere Ideen aus. Dann stürzte er hinaus, schwang sich wieder auf sein Moped und fuhr erneut zu Petras Mutter. Erst nach dem vierten Klingeln wurde die Gardine beiseitegeschoben und das Fenster geöffnet.

Nein, Petra sei nicht da. Sie sei nur kurz nach Hause gekommen, um sich umzuziehen. Ihr Begleiter, sie nannte keinen Namen, habe unten gewartet. Sie wisse nicht, wo die beiden hingegangen seien.

Es war schon nach zehn Uhr, als er den Entschluss fasste, zurück nach Schwäbisch Hall zu fahren. Sein Halbbruder verkehrte regelmäßig im *Sonneck*, wo am Wochenende getanzt wurde. Es war gut möglich, dass er Petra dorthin mitgenommen hatte.

Als er eine halbe Stunde später das Tanzlokal betrat, waren Besucher und Interieur in kaltblaues Licht getaucht. Weiße Kleidchen und die hellen Nyltesthemden der Burschen leuchteten in fluoreszierendem Wolframblau. Letztere waren groß in Mode gekommen, obwohl sie sich auf der Haut widerlich anfühlten und eigentlich für den Besuch von Tanzlokalen ungeeignet waren, da ihre Träger stärker schwitzten und alsbald einen üblen Wildpumageruch verströmten. Der Plattenaufleger spielte den *Peppermint Twist* von »Joey Dee & The Starliters«. Ein kleinerer Teil des Publikums tanzte dazu den neuen berührungsfreien Paartanz, dabei mit funkelnden Augen den infantilen Refrain mitsingend: »*Pap shoo ah, papa papa shoo ah*«. Die Mehrzahl saß an kleinen Tischchen oder stand paarweise oder in Grüppchen neben der Tanzfläche. Hans hatte den Eingang unbehelligt passiert. Doch schon zwei Minuten später kam ein bulliger Bursche in schwarzem amerikanischem T-Shirt mit den Worten auf ihn zu: »Buole, du bisch no z' jong für dahenna.«

»Ich bin mit meinem Bruder hier. Der steht da drüben.« Er zeigte auf Ludwig, den er soeben an einem Tisch auf der anderen Seite der Tanzfläche entdeckt hatte. Mit einem frechen Grinsen fuhr er fort: »Ich bin in Begleitung eines Erwachsenen hier.« Letzteres stimmte nicht, denn auch Ludwig war noch keine einundzwanzig.

»Des wella m'r doch mal seha. Komm mit.« Der Stämmige umkurvte die Tanzfläche, Hans blieb an seinen Fersen.

»Luggi, isch des dein Bruoder?« Offensichtlich kannte er Ludwig.

»Schmeiß den Bastard raus. Ich betrachte ihn nicht als meinen Bruder. Und den Aufpasser spiel ich für den schon gar nicht.«

Hans wollte sich auf Ludwig stürzen. Doch ehe er ihn erreichen konnte, hatte ihn der Schwarzgekleidete von hinten gepackt. Vergeblich wand er sich in der eisernen Umklammerung. Ludwig sprang auf und schlug dem Wehrlosen ins Gesicht. Einen Moment lang registrierte er Petras Entsetzen. Fassungs- und regungslos verfolgte sie das Geschehen. Der Angestellte hielt ihn immer noch umklammert und drängte ihn mit Ludwigs Unterstützung zum Ausgang. Als sie ihn durch die Tür bugsierten, stolperte er und fiel zu Boden.

»Lass dich bloß nemme blicka«, rief ihm der Stämmige hinterher. »Du hasch ab jetz' Lokalverbot.«

Es hatte zu regnen begonnen. Auf dem Weg zu seiner Kreidler entdeckte er das Motorrad mit dem Seitenwagen. Einer spontanen Eingebung folgend löste er die Riemen der Abdeckhaube und war schon im Begriff, ins Innere zu pinkeln, als ihm einfiel, dass Petra später vermutlich im Seitenwagen sitzen würde. Er drehte sich etwas zur Seite und pinkelte über den Lenker, wobei er sich anstrengte, mit seinem Strahl den Kupplungsgriff zu treffen. Urplötzlich hörte er hinter sich Schritte. Dann brüllte jemand: »Du Drecksau.«

Noch ehe er den Hosenstall schließen konnte, traf ihn ein gewaltiger Hieb in den Nacken, der ihn taumeln ließ. Ludwig und ein Dicker mit Meckischnitt, den Hans nicht kannte und der ihm zuvor auch im Tanzlokal nicht aufgefallen war, waren ihm gefolgt. Blind vor Wut hieb Ludwig mit den Fäusten auf seinen Halbbruder ein. Der Dicke schlug nur gelegentlich, achtete mehr darauf, dass sich Hans nicht ausschließlich auf Ludwigs Schläge konzentrieren konnte. Als er benommen auf die Knie sank, traten ihn beide noch ein paarmal mit den Füßen. Erst als er vollends zusammenbrach, ließen sie von ihm ab. Im Weggehen drehte sich Ludwig noch mal zu ihm um: »Lass bloß die Finger von der Maschine, du Drecksack.«

Hans sah durch einen dünnen Blutschleier, wie sich Ludwig gemächlich die Hände an einem karierten Taschentuch abwischte, fast so, als habe er zuvor nichts anderes getan als eine Orange geschält.

Hans kauerte noch einige Minuten am Boden. Dann rappelte er sich stöhnend auf und wankte auf der gegenüberliegenden Straßenseite in einen Garagenhof, auf dem seine

Kreidler stand. Vorsichtig betastete er mit den Fingerspitzen Nase und Wangen. Nichts schien gebrochen zu sein. Mit der Zunge fuhr er über die aufgesprungenen Lippen und prüfte den Sitz seiner Zähne. Keiner wackelte. Im schwachen Licht einer Straßenlampe versuchte er im Rückspiegel des Mopeds sein Gesicht zu betrachten. Sein linkes Auge schwoll zu. Blut lief aus mehreren Risswunden und ließ ihn fürchterlich aussehen. Ob er fahren konnte? Er war überzeugt davon, dass er es schaffen würde.

Während der folgenden Wochen hing er finsteren Rachegedanken nach. Seine Wunden waren rasch verheilt. Einige Tage hatte er den Spott seiner Arbeitskollegen und besorgtes Nachfragen der Mutter und der Großmutter zu ertragen. Beiden Frauen verschwieg er, dass er seine Verletzungen einer Auseinandersetzung mit seinem Halbbruder verdankte, weshalb Caroline sorgenvoll davon ausging, dass es einmal mehr mit der Hautfarbe ihres Sohnes zu tun gehabt hatte.

Ludwig kam nun schon seit Längerem nicht mehr nach Hause. Nach dem Tod des Köcherhofbauern war ein kurzer Machtkampf zwischen Gustav und dem noch minderjährigen Enkel des Verstorbenen ausgebrochen. Maria, seine Witwe, bemühte sich in diesen Tagen mit Erfolg darum, dass der Konflikt nicht ausuferte. Dafür wurden einige Regelungen getroffen. Der Junge würde den Hof übernehmen, sobald er eine Frau gefunden hatte, die bereit war, sich auf die schwierige Rolle einer eingeheirateten Bäuerin einzulassen. Gustav würde seinen Pflichterbteil in bar oder in Form einzelner Grundstücke erhalten. Er hatte wieder eine Anstellung als Werkzeugmacher angenommen und arbeitete nur noch nach Feierabend und am Wochenende gegen ein Zubrot in der Landwirtschaft. Längst hatte er mit Helga den Entschluss gefasst, nur noch so lange auf dem Hof zu bleiben, bis das Geld reichte, um andernorts ein kleines Häuschen zu bauen. Beide waren fleißig und sparsam. Zudem war Gustav ein äußerst geschickter Handwerker. Man würde nicht auf Dauer das Opfer der Willkür des verstorbenen Altbauern und seines launischen Enkels bleiben.

Hans wurde nach und nach immer schweigsamer und in sich gekehrter. Er reagierte kaum auf die Späße und Aufmunterungsversuche der anderen Lehrlinge und der älteren Gesellen. Im Vorjahr hatte er sein Gesellenstück gefertigt. Die Prüfungen bestand er mit Belobigung. Der alte Weidner war freilich schon damals der Meinung gewesen, dass Frédérics Enkel es mit mehr Anstrengung und Konzentration zu weiteren Auszeichnungen gebracht hätte, ja, er hätte eigentlich das Zeug gehabt, zu einem der Allerbesten seines Jahrgangs zu werden. Das lag nun bereits wieder mehr als ein Jahr zurück.

Auch nach dem Zusammenstoß mit Ludwig ließ er sich bei der Arbeit nichts zuschulden kommen, aber seinem erfahrenen Chef fiel auf, dass er nur noch das tat, was genügte, um nicht aufzufallen. Der früher gezeigte Tatendrang war gebremst, nur gelegentlich blitzte seine herausragende Kunstfertigkeit auf.

An einem Mittwochabend im Oktober blieb Hans länger in der Werkstatt. Der Meister hatte den Gesellen erlaubt, sie nach Feierabend für einfache Anfertigungen oder Reparaturen für ihren privaten Bedarf zu nutzen. Größeren Materialverbrauch hatten sie selbstverständlich zu melden und ab einem bestimmten Wert auch zu begleichen. Hans trennte den Griff eines mitgebrachten Absperrventils für die Wasserleitung exakt in der Mitte durch und schweißte eine der Hälften auf ein zuvor passend zugeschnittenes Stück Rundeisen. Dann rundete er alle überstehenden Kanten und schliff die Grate fein säuberlich glatt. Das fertige Werkstück strich er mit Bleimennige und legte es auf einem Stück Blech in seinen Spind. Anderntags pinselte er gleich morgens und ein zweites Mal während der Mittagspause grüne Lackfarbe darüber. Er musste nur noch das Rundeisenstück fest mit einem dünnen Lederband umwickeln, dann war der Schlagring fertig. Prüfend führte er die Finger durch die Öffnungen des halbierten Absperrventils und schloss sie um den lederverkleideten Griff. Sachte schlug er gegen die Lehne der wackeligen Holzbank, die im Umkleideraum gegenüber den Spinden stand. Er war mit seinem Werk zufrieden. Als er den Reißverschluss seines roten Blousons öffnete, um die Waffe in der Innentasche zu verstauen, tauchte mit einem Mal der Altgeselle auf. Der erkannte sofort, was sich Hans da angefertigt hatte und schüttelte missbilligend den Kopf. »Mach bloß keinen Scheiß, Junge, das ist eine gefährliche Waffe. Was hast du damit vor?«

»Nichts.«

»Man bastelt so ein Ding doch nur, wenn man was damit vorhat.«

»Ich hab nichts vor«, log Hans, »aber es ist gut, wenn man sich wehren kann.«

»Red keinen Blödsinn. Damit kann man jemanden schwer verletzen.«

Mehrmals schon war Hans nach Feierabend oder noch später zur Wohnung von Petras Mutter gefahren und hatte geschaut, ob im Zimmer des Mädchens Licht brannte. Oder ob er sie durch das Küchenfenster erspähen konnte, hinter dem er hin und wieder Petras Mutter hantieren sah. Aber er klingelte auch dann nicht, wenn er vermutete, dass sie zu Hause war. Zu sehr fürchtete er sich davor, dass sie ihm klipp und klar sagen würde, er sei ein wirklich netter Kerl, aber sie sei jetzt fest mit Ludwig zusammen. Und gerade weil er diese Aussprache scheute, gingen ihm wilde Fantastereien durch den Kopf und sein Hass auf Ludwig nahm weiter zu, der ihn, seit er denken konnte, zu übervorteilen, zu beleidigen und zu demütigen versuchte. Anders als mit *Bastard* oder *Amibankert* wurde er von ihm in den letzten Jahren kaum noch angesprochen. Wenn sie in Gaststätten oder Tanzlokalen aufeinandertrafen, hatte Ludwig meist eine Clique um sich, der es Vergnügen bereitete, wenn der Ältere seinen Bruder mit Gemeinheiten oder Spott überzog. Hans war kleiner als sein Halbbruder, dafür aber geschickter und beweglicher. Und die schwere Arbeit in der Wagenfabrikation, beim Schmieden und auf den Rummelplätzen hatte ihn kräftig werden lassen. Die Wunden, die ihm Ludwig vor dem *Sonneck* zugefügt hatte, waren längst verheilt. Aber die seelischen Verletzungen wirkten fort. Unverändert brannten Rachegelüste in ihm, ließen ihn oftmals keinen Schlaf finden.

Anfangs dachte er daran, Fred um Hilfe zu bitten. Aber Fred war eine zu auffällige Gestalt. In seinem früheren Leben hatte er sich etliche Vorstrafen eingehandelt. Wenn der Helfer seines Onkels aufflöge, käme er erneut ins Gefängnis. Er überlegte, Graziano zu fragen, mit dem er sich während der letzten zwei Jahre angefreundet hatte. Durch seine Vermittlung konnte der Bruder seiner früheren Schulkameradin Loretta gelegentlich als Mitreisender auf Tour gehen, vor allem dann, wenn die großen Volksfeste anstanden. Da hatte er auch schon häufig seine Fäuste recht geschickt eingesetzt.

Und dann fiel ihm noch einer ein, von dem er glaubte, dass er Spaß an einer handfesten Auseinandersetzung haben könnte. Baldur Holdt, der wegen seines merkwürdigen Vornamens und seiner Neigung zu Raufereien nur Bulle genannt wurde, war der Anführer einer Braunsbacher Mopedclique. Einige Jahre später würden sie sich als »Rocker« bezeichnen und als gefürchtete Schläger einen Namen machen. Besonderen Spaß hatten sie daran, an Wochenenden den Besuchern des Schwäbisch Haller *Club Alpha* in den dortigen Ackeranlagen nachzustellen und unter denen, die sie abfällig *Gimnasiaten* nannten, hin und wieder Angst und Schrecken zu verbreiten.

Hans hatte Bulle Holdt in der Metallklasse der Berufsschule kennengelernt. Anfangs wurde er von ihm als *Bimbobüble* gehänselt. Doch nach und nach war fast so etwas wie eine Freundschaft entstanden. Dem Raufbold imponierte, dass Hans niemals klein beigab. Und im Sportunterricht war er noch immer einer der Besten.

Graziano traf er an einem Samstag vor dem oberen Murrhardter Kino, den *Murrlichtspielen*. In der Abendvorstellung lief Melvilles *Der Teufel mit der weißen Weste* mit dem jungen Jean-Paul Belmondo in der Rolle des *Silien*.

Graziano zögerte. »Wenn das rauskommt«, jammerte er, »schlägt mich mein Alter grün und blau. Bei dir ist es was anderes. Du musst höchstens das Geschrei deiner Mutter ertragen.«

»Meine Mutter schreit nicht.«

»Na, siehst du.«

»Willst du kneifen? Bist du mein Freund oder nicht?«

»Natürlich bin ich dein Freund. Aber wir Ausländer dürfen uns hier nichts zuschulden kommen lassen. Die Leute halten uns sowieso schon alle für gefährliche Bastarde mit zu heißem Blut.«

Der Film hatte beiden nur mäßig gefallen. Spannend war er, aber kompliziert, mit vielen Rückblenden, zu sehr durchsetzt mit Dialogen, die den beiden Burschen langatmig vorkamen.

»Also?«, fragte Hans, während er im Vorraum den Reißverschluss seines Blousons einfädelte.

»Was also?«

»Du weißt schon. Bist du nun dabei? Mein Bruder kennt dich nicht.«

»Lass mich da raus. Es genügt doch, wenn dieser Bulle dabei ist. Der kann mich ohnehin nicht leiden. Wir passen nicht zusammen.«

»Für Bulle wäre es okay, wenn du dabei wärst.« Jetzt log Hans. Er hatte mit dem anderen noch kein Wort über die Sache gesprochen.

Ludwig Lang verließ spät in der Nacht das Murrhardter *Orion*. Der Schuppen hatte erst vor Kurzem aufgemacht und war wesentlich kleiner als die meisten anderen Tanzlokale, die jetzt immer häufiger als *Diskotheken* firmierten. Ludwig war alleine. Petra hatte ihn nicht begleitet. Die blöde Kuh behauptete, er habe sie grob angefasst. Am Abend war er nach Murrhardt gefahren, weil es hieß, im *Orion* verkehrten Weiber, *die es für wenig Geld machten.* Doch er traf auf keine. Vielleicht hatten sie sich alle schon nach oben oder in die Autos verzogen. Die wenigen Frauen, die im Lokal waren, wurden an der Bar und an der Tanzfläche von einer Überzahl junger Männer umlagert. Lauter feine Pinkel waren das, vielleicht auch nur Möchtegernpinkel. Burschen mit kurzen Jacken und affigen Schlaghosen, an denen über den farblich abgesetzten Beinschlitzen Kettchen baumelten.

Er hatte schnell und viel getrunken. Den Rausch bemerkte er erst, als er durch die Kühle der Nacht zum nahegelegenen Stadthallenparkplatz ging, wo er Gustavs Motorrad abgestellt hatte. Den Seitenwagen hatte er abmontiert und auf dem Hof gelassen. Er urinierte in das seitlich der Hallentür wachsende Gebüsch und zündete sich danach eine Zigarette an. Die kurz aufflackernde Flamme brannte genügend lang, um schemenhaft mehrere Kerle sichtbar werden zu lassen, die ihm offensichtlich gefolgt waren. Noch ehe er begriff, was das sollte und mit wem er es zu tun hatte, waren die Gestalten herangekommen und begannen sofort, auf ihn einzuschlagen. Faustschläge prasselten auf ihn nieder. Waren es wirklich nur drei Angreifer? Keiner der Täter gab einen Laut von sich. Mit Wucht traf ihn ein harter Gegenstand. Ein glühender Schmerz schoss über seine linke Wange. Hatte da einer eine Schlagwaffe dabei? Einen Schlagring vielleicht? Panik erfasste ihn. Ludwig versuchte, seinen Kopf mit den Unterarmen zu schützen. Doch immer wieder wurde er hart getroffen. Er brach zusammen. »Hilfe!«, schrie er verzweifelt.

Als er auf der Seite lag, nahmen die Schläge ab. Nur noch einer der Angreifer schlug weiter unbarmherzig auf ihn ein. Ein höllischer Schmerz machte ihm klar, dass es derjenige war, der den Schlagring benutzte.

»Hör auf«, zischte jetzt einer mit einer merkwürdigen Aussprache. »Du schlägst ihn tot.«

Schnelle Schritte waren zu hören. Ein Dritter schien sich zu entfernen. Einen Moment lang gelang es ihm, den Arm festzuhalten, dessen Hand den Schlagring trug. Der Kerl prügelte wie besessen mit der freien Faust auf seinen Kopf, der jetzt ungeschützt war. Plötzlich ging das Licht über dem Portal der Stadthalle an. Oben wurde ein Fenster geöffnet.

»Aufhören! Sofort aufhören!«, brüllte ein Mann. »Ich hol die Polizei.« Es war der Hausmeister, der dort oben in der Halle seine Dienstwohnung hatte.

Im milchigen Licht der Außenbeleuchtung erkannte Ludwig seinen Bruder, der nun halb aufgerichtet über ihm stand. »Bankert, dich bring ich ins Gefängnis«, nuschelte der Verletzte mit zerschlagenen Lippen. Blut füllte seinen Mund.

Hans wollte erneut zuschlagen, wurde aber in diesem Augenblick von einem anderen zurückgerissen. »Es reicht, wir müssen weg.«

Atemlos und mit verzerrtem Gesicht verharrte Hans noch wenige Sekunden im Lichtschein. Dann schloss er sich den beiden an, die bereits in Richtung des Stadtgartens rannten. Neben dem im Dunkel liegenden Museum hatten Hans und Bulle ihre Kleinkrafträder stehen. Graziano war auf der Maschine von Hans mitgefahren.

»Verdammte Scheiße«, fluchte Graziano. Sein Akzent war stärker als sonst. »Als das Licht anging, hat uns dein Bruder bestimmt erkannt.«

Bulle Holdt, der sich noch vor dem Aufleuchten des Außenlichts bereits einige Meter vom Ort des Geschehens entfernt hatte und sich sicher war, dass weder das Opfer noch der Hausmeister ihn erkannt haben konnten, zischte: »Dass das klar ist. Das ist eure Geschichte. Ihr bringt mich in nichts rein. Verstanden?«

Auf dem Dom

Über einer Gruppe arbeitender Männer ging feiner Nieselregen nieder. Alle trugen dicke Tweedjacken oder alte Anoraks. Peter Steiger stand fluchend neben den beiden Burschen, denen es nun schon zum wiederholten Male nicht gelungen war, den Haken einer Strebe in den dafür vorgesehenen Ring einzuhängen.

Hans und Graziano hatten schlimme Tage hinter sich. Nachdem sie sich von Holdt getrennt hatten, waren sie noch in der Nacht nach Ansbach gefahren, wo Willis Fuhrpark stand. Erstmals hatte er in diesem Jahr darauf verzichtet, den Cannstatter Wasen anzufahren. Die Stellplatzkosten waren ins Astronomische gestiegen und die großen Schausteller verdrängten mehr und mehr die kleinen Familienbetriebe. Auf dem Ansbacher Abstellplatz war nur Fred zurückgeblieben. Hätte jemand versucht, in einen der Wagen einzubrechen, wäre der aufgrund seiner Schwerhörigkeit keine rechte Hilfe gewesen. Direkt neben seinem Kopf war im letzten Jahr ein Reifen geplatzt, als er mit Ausbesserungsarbeiten an der alten Zugmaschine beschäftigt war. Als die beiden Jungen von der in einiger Entfernung abgestellten Kreidler über den durchweichten Boden zum Wagenpark wateten, hörten sie schon von weitem Freds lautes Schnarchen. Er ließ auch bei nasskaltem Wetter immer ein Fenster geöffnet. Er bekäme dann besser mit, was draußen vor sich gehe. Tatsächlich aber hätten mögliche Einbrecher hören können, dass da einer selig schlief und bei entsprechender Vorsicht kein Hindernis für ihre Unternehmungen darstellte.

Hans hatte in einem der Wohnwagen immer eine Tasche mit Kleidern. Auf den Rummelplätzen machte man sich schnell mal dreckig und so wollte man schließlich von der Kundschaft, vor allem von den Mädchen, nicht gesehen werden. Er wusste, wie er ein Fenster mithilfe seines metallenen Kammstiels öffnen konnte. Kraftvoll wuchtete er sich in die Höhe und kletterte durch die niedere Öffnung. Im Inneren angelangt reichte er Graziano beide Hände und zog ihn nach oben. »Wir bleiben heute Nacht hier«, wisperte er. »Ehe uns der Schnarcher morgen finden kann, sind wir längst über alle Berge.«

Mit dieser Vermutung hatte er Fred unterschätzt. Der Ex-Boxer war schon früh aufgestanden, um pinkeln zu gehen. Sehr zu Willis Ärger benutzte er, wenn sich die Gelegenheit bot, nicht das enge Klo im Wohnwagen, sondern ging lieber aufs freie Feld oder, wie in diesem Fall, hinter das angrenzende Buschwerk. Als er zu den Wagen zurückschlenderte, fiel sein Blick auf die abgestellte Kreidler. Fred ahnte, dass Hans in einem der Wagen nächtigte. Er weckte ihn nicht, da er vermutete, er habe sich dort mit einem Mädchen verkrochen. Grinsend stieg er die kleine eiserne Treppe zu seinem Wohnwagen hinauf und setzte Kaffeewasser auf. Obwohl sich die Jungen später bemühten, ungesehen wieder zu verschwinden, sah Fred sie über das Gelände huschen. Er ging hinaus. Es war immer noch kalt. Die Sonne ließ sich noch nicht blicken. »Hans«, rief er. »Was machst du da?«

Erschrocken rannte Graziano los, doch Hans blieb sofort stehen. Von Fred ging keine Gefahr aus. Wegen einer Schlägerei würde er sie nicht verpfeifen. Er hatte bereits die erste Tasse Kaffee getrunken, als sich sein Freund endlich traute, an der Tür des Wohnwagens zu klopfen, aus dem leise Radiomusik nach draußen drang. »Komm rein«, sagte Hans. »Wenn du artig fragst, kriegst du von Fred auch einen Kaffee.« Und um seinen immer noch zögernden Gefährten zu beruhigen, ergänzte er: »Fred kennt jemanden, der uns gegen Mithilfe ein paar Tage auf dem Cannstatter Wasen aufnehmen würde.«

Auf diese Weise gelangten Hans und Graziano zu Peter Steiger. Der verzichtete auf Erklärungen, auch weil ihm vertraut war, was Jungs dieses Alters so alles anstellten. Aber er ließ sie ordentlich schuften. Dabei hatten sie vorsichtig zu sein. Sie waren beide noch nicht einundzwanzig und konnten nicht nachweisen, dass sie regulär angestellte Mitreisende oder Angehörige waren. In Stuttgart waren die Kontrollen schärfer als auf anderen Volksfesten und Rummelplätzen.

Am Nachmittag des vierten Tages waren die beiden Ausreißer damit beschäftigt, große Mengen Sägemehl um Steigers Scooter zu verteilen. In der vergangenen Nacht und am Morgen hatte es stark geregnet. Man musste dafür sorgen, dass die Schaulustigen und Kunden möglichst ohne Schlammspritzer zu den jeweiligen Fahrgeschäften kamen, sonst war an diesen kein Umsatz zu machen.

Steiger kam aus dem Kassenwagen. »Jungs, kommt ihr mal«, rief er den beiden knapp, aber bestimmt zu. Sie lehnten ihre Rechen an eine Säule und folgten dem Mann zu seinem Wohnwagen. Nachdem er sich darin auf eine ausladende Ledercouch gesetzt hatte, nahm er ein Papier von einem niederen Glastisch auf, mit dem er demonstrativ wedelte.

»Willi hat mir ein Telegramm geschickt. Jungs, ihr habt jetzt zwei Möglichkeiten. Entweder geht ihr zurück und stellt euch. Oder ihr macht euch aus dem Staub. Hier könnt ihr nicht bleiben. Denn es ist Ehrensache, dass ich deinen Onkel nicht betrüge. Ich werde ihm mitteilen müssen, dass ihr da wart.«

Graziano wurde blass. Erschrocken und ratlos begann er an seinen Fingernägeln zu kauen. Stockend fragte Hans: »Können wir nicht doch noch ein paar Tage hierbleiben?«

»Nee, Jungs. Ich helfe gerne. Das wusste Fred und hat euch zu mir geschickt. Aber früher oder später kommt die Schmiere zu mir. Und darauf hab ich keinen Bock. Außerdem hat dein Onkel Willi den Fred, die alte Matschbirne, so lange ins Gebet genommen, bis er gesungen hat.«

»Wo sollen wir denn hin?«, fragte Graziano leise, fast flüsternd.

»Jungs, das müsst ihr selbst wissen. Ich rate euch, geht nach Hause und steht das durch. Drei bis vier Wochen Arrest, vielleicht etwas Ärger mit euren Leuten. Hans, du wirst deinem Chef einiges erklären müssen, damit er dich behält. Aber das kann man alles hinkriegen.«

»Ich geh nicht zurück. Mein Vater schlägt mich tot«, sagte Graziano. Verzweiflung stand ihm ins Gesicht geschrieben.

»Dann kann ich euch nur raten, euch in die Ferne zu verabschieden. Auf Rummelplätzen werden Leute mit Erfahrung immer gebraucht. Verkauft das Moped und fahrt meinetwegen per Anhalter nach Hamburg. Demnächst geht dort der Winterdom los. Da gibt es Arbeit in Hülle und Fülle.«

»Wir können doch mit dem Moped fahren«, erwiderte Hans, dem der Vorschlag, seine geliebte Kreidler zu verkaufen, völlig abwegig erschien.

»Habt ihr Geld? Das, was ich euch gebe, reicht nicht einmal für den Sprit da hoch. Und ihr müsst unterwegs von was leben, selbst wenn ihr in Scheunen übernachtet. Ich kenne Jungs, die zahlen euch einen fairen Preis.«

Als man sie bei Walsrode aussteigen ließ, waren sie schon einige Tage unterwegs. Noch wies das Autobahnnetz im Norden Deutschlands große Lücken auf. Die letzte Nacht hatten sie sich auf einer dieser neuen Autobahnraststätten um die Ohren geschlagen. Davor hatten sie sich im Frankfurter Bahnhofsviertel rumgetrieben. Graziano war der Vernünftigere gewesen. »Wir müssen hier weg, sonst haben wir bald kein Geld mehr.«

Hans hatte für die Kreidler noch dreihundert Mark erhalten. Das war für den Augenblick viel Geld, aber deutlich weniger, als er erwartet hatte. Eine Art Kaufvertrag hatten sie auf ein Blatt Papier gekritzelt.

»Du hast ja den Brief nicht dabei, da kann ich mir eine Menge Ärger einhandeln. Mehr kannst du nicht kriegen.« Der Kaufinteressent, ein knochiger, stets Westernklamotten tragender Mitreisender, hielt einen Moment inne. »Dreihundert oder das Geschäft platzt.«

Am Walsroder Ortsende reckten sie den spärlich vorbeifahrenden Autos mehrere Stunden lang vergeblich ihre

Daumen entgegen. Schließlich wurden sie in einem gemütlich dahinschaukelnden Lastwagen mitgenommen, einem hochbetagten *Opel Blitz*. »Na, wie heißt ihr denn?«, fragte der Fahrer.

Noch ehe Hans antworten konnte, sagte Graziano: »Ich bin Ringo und der da neben mir heißt Django.« Dabei zeigte er mit dem Daumen auf seinen Freund.

»So, so«, wunderte sich der Fahrer. »Ringo und Django. Das sind hier ja sehr gebräuchliche Namen, was, Jungs?« Er lachte dröhnend.

Als sie ausstiegen und der Lastwagen allmählich in der Ferne verschwand, tippte Hans Graziano mit zwei Fingern auf die Brust. »Sag mal, was soll das? Django! Ich bin doch kein Jazzfreak. ›Elvis‹ hättest du sagen sollen.«

»Ach, Quatsch«, erwiderte der Italiener. »An diesen Zigeunerjazzer Django Reinhardt hab ich dabei gar nicht gedacht. Obwohl der meinem Vater gefällt. Wenn der im Radio kommt, tanzt er sogar ab und zu mit meiner Mutter in der Küche.« Er lachte verlegen. »Django kommt aus dem Ungarischen und bedeutet so was Ähnliches wie ›abhauen‹. Wir sind doch gerade dabei, abzuhauen.«

»Du bist ja ein richtig kluges Kerlchen«, lachte Hans, der seinem Freund so viel Wissen gar nicht zugetraut hatte.

Von nun an wurde Hans für lange Zeit von Gleichaltrigen und solchen, denen er seinen wahren Namen verschwieg, nur noch Django genannt. Nur im Kreis der Familie wurde der Name auch später nie gebräuchlich, obwohl sich Caroline durch ihn an frühere heitere Besuche bei Leonore und Jakob Winter erinnert fühlte, bei denen regelmäßig die Schallplatten von Django Reinhardt aufgelegt worden waren.

Hamburg empfing die beiden Ausreißer mit typisch hanseatischem Nieselwetter. Es war Mitte Oktober. In gut zwei Wochen würde der Winterdom beginnen. Noch blieb genügend Zeit, um bei einem der in den nächsten Tagen ankommenden Aufsteller eine Beschäftigung zu finden. Ihr Wunsch war es, an einem Scooter zu arbeiten. Aber Hamburg war nicht Schwaben, das Unterland oder Hohenlohe. Und die Uhren auf dem Hamburger Dom gingen anders als auf einer Dorfkirmes.

»Soso, da kommt ihr nach Hamburg, wollt am Scooter rumhängen und meint, dafür kriegt ihr auch noch Geld«, entgegnete ihnen Hein Boom, zu dem sie jemand geschickt hatte. Er war gerade im Begriff, auf der Südseite des Platzes einen Wasseranschluss zu installieren.

Hein Booms lautheisere Stimme hörte sich selbst dann, wenn er unaufgeregt sprach, so an, als würde er brüllen. Das nachfolgende Gelächter des Dreizentnermannes ging in ein anhaltendes Husten über. »Dass ich nicht lache«, fuhr er nach einer Weile fort. »Was glaubt ihr, wie viele Jungs von zu Hause abhauen, um hier die große Freiheit zu suchen und auch noch meinen, sie könnten hier auf dem Dom mal so zwischendurch am Scooter arbeiten?« Erneut erdröhnte sein Lachen.

»Ich kenne mich am Scooter aus«, sagte Hans eingeschüchtert. »Mein Großvater ist schon lange im Geschäft.«

Boom musterte den Jungen von oben nach unten. »Und warum bist du dann nicht zu Hause geblieben, um dort am Scooter zu arbeiten? Habt ihr was ausgefressen?«

»So kann man das nicht sagen«, mischte sich Graziano ein, der sich mit dem Namen »Ringo« vorgestellt hatte.

»Hat dich einer gefragt? Junge, du redest nur, wenn du gefragt wirst. Hast du verstanden?«

»Wir wollten einfach mal was anderes erleben, nicht immer nur Provinz, einfach mal raus«, mischte sich Hans erneut ein.

»Ach, was! Und ihr meint, das nehm ich euch so ohne Weiteres ab, ihr Dösbaddel. Alle, die hier auftauchen, wollen nur *einfach mal raus.*« Bei den letzten Worten versuchte er den Tonfall des Jungen nachzuäffen. »Fühlt man denen aber mal ganz vorsichtig auf den Zahn, dann haben sie Krach mit dem Vater oder gleich der ganzen Familie, werden von der Fürsorge gesucht, haben die Lehrstelle geschmissen oder weiß Gott was angestellt. So is datt, ihr Astronauten.«

»Gibt es für uns denn gar nichts zu tun?«, fragte Hans leise.

»Nee, Jungs. Scooter-Boys hab ich genug. Das ist gediegenes Stammpersonal. Der Dom ist nichts für Frischlinge, die noch grün hinter den Ohren sind. Geht mal rüber zu den Buden. Vielleicht wird irgendwo eine Aushilfe gebraucht. Krank wird schließlich immer mal einer.«

»Wir würden auch was anderes machen«, sagte Graziano noch rasch, als sich der schwergewichtige Mann bereits wieder in Richtung seines Wohnwagens aufmachte.

Schneller, als sie es ihm zugetraut hätten, drehte er sich um. »Also gut. Aber ich sage euch gleich, wenn ihr nicht spurt, zieh ich euch die Hammelbeine lang. Und wenn ihr euch heimlich aus dem Staub machen wollt, denkt immer daran: Der Arm von Hein Boom reicht weiter, als ihr Anfänger rennen könnt.«

Sie fingen ganz unten an, im »Ferkelkoben«, wie die anderen hämisch dazu sagten. Ihre Arbeit begann weit vor dem Morgengrauen, wenn die letzten Schnapsleichen das Domgelände verlassen hatten. Im schwachen Licht zweier Strahler räumten sie zuerst den Abfall um die verschiedenen Fahrgeschäfte und Buden weg, die Hein Boom gehörten. Sie lasen zerbrochene Flaschen auf; putzten Erbrochenes weg, schippten Sand, Splitt und Sägespäne in Schlammpfützen. Sobald es hell wurde, machten sie sich an die widerlichste Arbeit, das Reinigen der drei Klowagen, die Hein Boom ebenfalls betrieb. Das Absaugen der Tanks machte ein anderer Angestellter. Aber das, was sie im Innern der Wagen als Überbleibsel des vergangenen Tages vorfanden, löste bei beiden regelmäßig Brechreiz aus. Ehe sie sich daranmachten, einen Wagen zu säubern, knobelten sie darum, wer das Frauen- und wer das Männerklo reinigen musste. Die Frauentoilette war in der Regel weniger verdreckt, wenngleich auch nicht frei von ekelhaften Überraschungen. Hin und wieder döste im Männertrakt noch ein Betrunkener auf einer der Kloschüsseln. Die Männer reagierten ganz unterschiedlich, wenn sie geweckt wurden.

Manche ließen sich widerstandslos aus dem Wagen führen, andere krakeelten, wurden beleidigend oder gingen in Angriffsposition. Und schließlich gab es welche, die konnten erst zum Verlassen ihres erbärmlichen Nachtasyls bewegt werden, wenn die beiden den Wächter hinzuzogen, der im Auftrag der Schausteller nachts in Begleitung eines Schäferhundes das Gelände sicherte.

Wenn Hans und Graziano nach einem Morgenkaffee erschöpft den ihnen zugewiesenen Wagen aufsuchten, stiegen sie in zwei noch warme Betten. Die waren soeben erst von zwei älteren Männern geräumt worden, die als *Morgenschicht* für die anfallenden technischen Arbeiten zuständig waren, Getränke nachfüllten und die Bestückung der Los- und Schießbuden ergänzten. Während Graziano sich nur mit der Unterwäsche bekleidet in das benutzte Bett legte, ekelte sich Hans davor, in einem Bett zu schlafen, in dem vor einer Stunde noch ein anderer gelegen hatte. Er zog eine alte Trainingshose an, drehte das Deckbett und legte ein Handtuch auf das gewendete Kissen. Ruhigen Schlaf fanden sie nur in den ersten Stunden. Spätestens nach dem Zwölfuhrläuten, wenn die Schulkinder nach dem Ende des Unterrichts über das Domgelände schlenderten, wurde es wieder laut. Am frühen Nachmittag nahmen die Fahrgeschäfte ihren Betrieb wieder auf. Die Musik der Karussells, der Scooter und eines einsamen Orchestrions schallte über den Platz.

Schon nach wenigen Tagen befanden sich die beiden Jungen in einem merkwürdigen Zeitrhythmus. Spätestens um vier Uhr nachmittags standen sie auf, besorgten sich etwas Essbares, schlenderten in Richtung Hafen oder über die Straßen von St. Pauli, wo die Huren sich herausputzten, um die Feierabendfreier abzufangen.

»Na, Jungchen«, rief eine ältere Prostituierte Hans durch ein offen stehendes Fenster im ersten Stock zu, ihm dabei ihre frisch lackierten langen Fingernägel entgegenreckend. »Willste mal dran zieh'n? Kostet auch nur zwanzig Pfennige. Mehr gibt's nicht für euch Milchgesichter.«

Schon nach wenigen Tagen begegneten ihnen manche der Frauen wie alte Bekannte. Sie galten als die *beiden Hübschen* oder die *hübschen Jungchen*. Graziano sorgte dafür, dass ihre neuen Namen Verbreitung fanden.

»Ah, da kommen Ringo und Django. Seid ihr schon wach?«

Sollten sie sich dadurch geschmeichelt fühlen, dass die Nutten sich hin und wieder lautstark über die *knackigen Bürschlein* unterhielten, so gab es alsbald einen Dämpfer, als eine erfahrene Prostituierte abschätzig fragte: »Seid ihr die beiden neuen Kloputzer bei Hein Boom?«

Wenn es nicht regnete, marschierten die beiden Jungen zu den Landungsbrücken, in andere Ecken des Überseehafens oder in die Hamburger Altstadt, vorbei an St. Michaelis oder rüber zur Speicherstadt und den dazwischen liegenden Kanälen. Manchmal schlenderten sie vom Jungfernstieg zum Rathaus oder über den Olbersweg zum Altonaer Fischmarkt, wo die Fischer ihren Fang auf Brettern oder aus Fässern heraus verkauften und in der *Hafentreppe* billiges Elbschloss-Bier zu bekommen war. Es gab vieles zu sehen, was ihnen in der Provinz und selbst in Stuttgart noch nicht begegnet war. Graziano träumte davon, sich eine dunkelblaue, an den Hüften eng sitzende Schlaghose zu kaufen, mit dunkelroten Kellerfalten, die in Höhe des Knöchels von silbernen Kettchen zusammengehalten wurden, die bei jedem Schritt leise klirrten.

So gut es ging, versuchte Hans von dem Wenigen, was sie verdienten, etwas zu sparen. Pro Schicht bekamen sie fünfzehn Mark. Auf die sechs Stunden gerechnet, die sie von zwei Uhr nachts bis morgens um acht schufteten, war das ein äußerst bescheidener Stundenlohn. Das sagte Hans am dritten Tag auch zu Hein Boom.

»Junge, du kannst dir ja was anderes suchen«, fauchte Boom und hustete röchelnd. »Ich bezahle euch ordentlich. Da sind sogar zehn Prozent Nachtzuschlag drin. Habt ihr mich?«

Immerhin bekamen sie am Fresswagen kostenlos Verpflegung, wenngleich Eintopf, Bockwurst und Fischbrötchen auf

Dauer keine abwechslungsreiche Kost darstellten. Hans kaufte sich hin und wieder eine Tüte Äpfel, die hier recht teuer waren. Es gelang ihm, einen Laden ausfindig zu machen, in dem er leicht angeschlagenes Obst für den halben Preis bekam.

Die ersten Tage waren sie meist schon ab dem frühen Abend wieder auf dem Rummelplatz. Sie unterschieden sich nicht von den anderen jugendlichen Gaffern, scherzten mit ihren Altersgenossen und sahen den Mädchen nach, von denen jetzt manche im Stil der Zeit Farah-Diba-Frisuren trugen. Das war ihnen im Hohenlohischen noch nicht begegnet. Gelegentlich überließ einer der Scooter-Boys Hans für kurze Zeit seinen Schlüsselbund mit dem daranhängenden Aluminiumchip, um eine kurze Pause zu machen. Dann glänzte er, wie schon auf der Bahn des Onkels, beim Einparken leer herumstehender Autoscooter, wobei er den einen oder anderen bewundernden Blick auch hier registrierte. Aber im Unterschied zu Graziano stellte er auf dem Dom nicht den Mädchen nach. Während sein Freund ständig mit ganzen Trauben plauderte und flirtete, zog er sich mehr und mehr zurück. Noch immer schmerzte die Erinnerung an Petra und die Vorstellung, dass sie mit Ludwig zusammen war. Er verdrängte die Frage, wie es für ihn weitergehen könnte. War es seine Bestimmung, ein Flüchtender, ein Getriebener zu bleiben?

Er erinnerte sich an seine Kindheit, als er davon geträumt hatte, seinen amerikanischen Vater zu finden. Eines Nachts ging ihm der Gedanke durch den Kopf, er müsse nur im Hafen auf einen jener Pötte gelangen, deren Route nach Amerika führte. Vielleicht könnte die Begegnung mit seinem leiblichen Vater seinem Leben die entscheidende Wende geben. Aber dann schalt er sich einen naiven Narren. Man kam nicht so ohne Weiteres auf ein Schiff. Und noch schwieriger wäre es vermutlich, es in einem amerikanischen Hafen anders als in Handschellen zu verlassen. Und ob er dort seinen Vater ausfindig machen würde, stand in den Sternen. Seine Mutter hatte ein einziges Mal erwähnt, dass sie bis in die Fünfzigerjahre hinein Versuche unternommen hatte, ihn über amerikanische Dienststellen auf dem Postweg zu erreichen. Aber dies war offensichtlich erfolglos geblieben.

Am folgenden Tag kaufte sich Hans eine Postkarte, die ein Foto des Hamburger Rathauses zierte, und schickte sie mit den dürren Worten »Liebe Mutter, mir geht es gut, habe eine Arbeit gefunden« nach Hause.

So ganz allmählich gewöhnte sich Hans an den Spitznamen, den Graziano ihm verpasst hatte. Alle, mit denen sie auf dem Dom zu tun hatten, riefen sie nur Django und Ringo. Je mehr in ihm die Überzeugung wuchs, dass es ausgeschlossen war, in absehbarer Zeit wieder nach Hause zurückzukehren, wurde dieser neue Namen ein Bestandteil seiner Person, denn er passte zu seiner neuen Lebenswirklichkeit, hießen doch viele hier auf dem Dom Kudde, Jimmi, Jacki, Fietje oder Buddy. Ein älterer Mitreisender von Boom wurde Edle gerufen. Django traute sich nicht, ihn oder einen anderen danach zu fragen, was es mit dem Namen auf sich hatte. Erst Jahre später erfuhr er durch einen Zufall, dass der Edle gestorben sei, im Suff verunglückt. Den Namen habe er Ende der Vierzigerjahre angehängt bekommen, als er wegen einer verkorksten Liebesgeschichte zwei Flaschen *Eckes Edelkirsch* in sich hineingeschüttet und sich in einer eiskalten Nacht gegen Ende des Winterdoms in Selbstmordabsicht hinter einen Wohnwagen gelegt hatte. Rex, der Hund des Nachtwächters, hatte ihn aufgestöbert. Als er auf der Intensivstation des Hafenkrankenhauses St. Pauli wieder zu sich kam, saß Hein Boom neben seinem Bett, sah ihn endlos lange an und sagte lediglich: »Einmal im Leben kann man so was machen. Du hast deinen Versuch gehabt und nun Schluss damit. Und vergiss nie, dem Rex einmal in der Woche ein Kotelett zu bringen, solange du hier arbeitest. Hast du mich verstanden, mein Alter?«

Wenn abends an den Fahrgeschäften der Betrieb zunahm, machten sich Django und Ringo auf die Suche nach den

Bands, deren Schallplatten bereits seit dem frühen Nachmittag neben den populärsten deutschen Schlagern an den Fahrgeschäften aufgelegt wurden. Häufiger als auf süddeutschen Rummelplätzen wurden an den Scootern und Spidern des Doms die aktuellen Hits gespielt: *Twist and Shout* von den »Beatles«, aber auch als Version einer Band, die hier in Hamburg Kult war, den »Rattles«, *Love Me Do* und *A Taste of Honey*, Henry Mancinis *The Days of Wine and Roses* oder *How Do You Do It?* von »Gerry and the Pacemakers«. Aber noch war der Rock 'n' Roll nicht gänzlich aus der Mode gekommen. Chuck Berrys *Let It Rock* war eine der meistgespielten Singles in den Tanzhallen.

Django liebte zwei Titel ganz besonders: *Atlantis* von »The Shadows« und noch mehr *Come On* von den »Rolling Stones«, das sich für ihn wohltuend vom Gesülze der »Beatles« abhob, wie er manchmal verächtlich sagte. Viele der populären Gruppen waren jetzt in Hamburg zu sehen. Das *Indro*, in dem die »Beatles« ihren Durchbruch geschafft hatten, war schon wenige Jahre später zu einem legendären Ort geworden, auch wenn es immer wieder Phasen gab, in denen es geschlossen blieb. Aber gute Bands traten auch in anderen Clubs auf. Im ehemaligen Hippodrom auf der Reeperbahn hatte das *Top Ten* eröffnet. Schon zu Rock-'n'-Roll-Zeiten fanden im *Kaiserkeller*, der eigentlich ein Nachtklub war, wilde Konzerte statt. Seit 1962 traten im später legendären *Star-Club* berühmte, aber auch noch unbekannte Bands auf.

Bei nasskaltem Schmuddelwetter zogen Django und Ringo ab der zweiten Domwoche um die Clubs, um von draußen etwas von der Musik und der mitreißenden Stimmung vor der Bühne zu erhaschen. Obwohl der Eintritt meist nur zwei oder drei Mark kostete, waren ihnen regelmäßige Konzertbesuche zu teuer. Versuche, sich an den gewitzten Einlassern vorbeizumogeln, unterließen sie bald, denn mit den Türstehern war nicht zu spaßen.

Langsam ging der Winterdom seinem Ende entgegen. Ende November hatte es in Hamburg das erste Mal geschneit. Das machte die Säuberungsarbeiten um die Fahrgeschäfte herum, zwischen den Buden und in den Klos noch mühseliger. Django und Ringo, so nannten sich die beiden mittlerweile auch gegenseitig, hatten am Fresswagen noch eine heiße Erbsensuppe ergattert. Sie löffelten sie im Stehen. Anschließend zogen sie los. Auf dem Strich war laues Geschäft. Vielen Straßenhuren war es zu kalt. Die Dirnen, die trotz des schlechten Wetters draußen waren, froren in ihrer leichten Kleidung. Manche versuchten, in den Eingangszonen der Nachtlokale Schutz zu finden, wo sie von den Animateuren und Türstehern schnell wieder weggejagt wurden. Nur einzelne, meist ältere Männer ließen sie gewähren. Der Schnee fiel nun stärker, blieb an manchen Stellen bereits auf Fahrbahnen und Gehwegen liegen. Django schlug den Kunstpelzkragen seiner Cordjacke hoch. Er wärmte nicht, bedeckte noch nicht einmal vollständig die Ohren. »Komm, wir gehen in den *Star-Club* rüber. Dort treten heute die ›Rattles‹ auf. Hier draußen frieren wir uns noch den Arsch ab.«

Der Eintritt kostete immer noch drei Mark, obwohl die Vorgruppe bereits spielte. Zaghafte Verhandlungsversuche über einen daraus ableitbaren Preisnachlass blieben erfolglos. Der Saal war gut, aber nicht brechend gefüllt. »The Rattles« hatten wieder einmal ein längeres Engagement, spielten also mehrere Abende hintereinander. Sie galten als die *deutschen Beatles*. Und genau wie den Pilzköpfen flogen auch ihnen die Mädchenherzen zu. Das hatte auch damit zu tun, dass sie Titel der »Beatles« coverten.

Die Vorgruppe, deren Name die meisten Gäste nicht interessierte, spielte populäre Dance-Hits. Das gelang ihnen durchaus passabel, ganz im Gegensatz zur Wiedergabe einiger Eigenkompositionen, deren deutsche Texte nach Ansicht mancher Umstehender *das ganz große Grauen von Brunsbüttelkoog* darstellten. Django vermutete, dass die Bandmitglieder in diesem an der Elbmündung gelegenen Ort beheimatet waren, fragte aber niemanden. Mit dem Ende des Vorkonzertes strömten weitere Besucher in den Saal. Es wurde nun richtig eng. Offensichtlich kamen jetzt die Insider hinzu, die gewusst oder zumindest geahnt hatten, dass man sich den Auftritt der Vorgruppe sparen konnte. Die Luft verbrauchte sich rasch, zumal die meisten Burschen und viele Mädchen rauchten. Es dauerte mehr als eine halbe Stunde, bis die Musiker der »Rattles« endlich auf die Bühne kamen. Die vermeintliche Unpünktlichkeit ging auf das Kalkül von Manni Weißleder, einem der beiden Betreiber, zurück. »Wenn die erst spielen«, pflegte er zu sagen, »ordert die Meute keine Getränke mehr.«

An diesem Abend, an dem ihn die Präsentation der »Rattles« wie ein Orkan überrollte, wurde der Keim für Djangos jahrzehntelang anhaltende Begeisterung gelegt. Diese ließ auch nicht nach, als bereits 1968 mit Herbert Hildebrandt und Hermann *Rugy* Rugenstein die letzten beiden echten Rattles die Band verließen.

Die »Rattles« spielten in diesem Konzert bereits etliche Titel, die ein halbes Jahr später auf der Live-LP *Twist im Star-Club Hamburg* veröffentlicht wurden, ihrem ersten Erfolgsalbum. Das erste Mal in seinem Leben hörte er *The Stomp*, *Baby That Is Rock 'n' Roll*, *Bye Bye Jonny* und auch *Twist and Shout*, Letzteres aber anders, viel kraftvoller als von den »Beatles«. Django war vollkommen überwältigt. Als die Band *Dream Baby* anstimmte, nahm er für einen Moment lang ein Mädchen mit langen glatten Haaren in den Arm. Sie ließ es überrascht geschehen, dann entzog sie sich ihm mit einem spöttischen Lächeln. Erst jetzt bemerkte er, dass die ganze Zeit einer mit finsterem Blick neben ihm gestanden hatte, wohl ihr Freund. Rasch hob er zur Entschuldigung die Hände. Der andere ignorierte ihn.

Als sie am anderen Morgen nach getaner Arbeit erschöpft in ihre Betten krochen, hörte es auf zu schneien. »Ich geh da heut Abend noch mal hin«, sagte Django, während er mit unter dem Kopf verschränkten Armen an die nikotingelbe Deckenverkleidung des Wohnwagens starrte.

»Du spinnst doch«, japste Ringo unter ständigem Gähnen. »Völlig plemplem bist du.« Er rollte sich auf die Seite und war binnen weniger Minuten eingeschlafen.

An diesem Abend ging Django das erste Mal alleine in Hamburg aus. Sein Freund hatte sich geweigert, ihn zu einem weiteren Auftritt der »Rattles« zu begleiten. »Die spielen tausendprozentig wieder dasselbe. Außerdem ist es schade ums Geld und saukalt ist es auch. Auch wenn es den beiden Alten stinkt, ich bleib im Wagen. Wenn sie schlafen wollen, leg ich mich auf die Couch.«

Voller Vorfreude hastete Django durch das kalte Hamburg. Jetzt, da er alleine unterwegs war, ging er schneller als sonst, hatte den schmalen Kragen hochgeschlagen und vergrub die Hände in den aufgesetzten Taschen seiner Cordjacke. Vor dem *Star-Club* lungerten mehrere Dutzend Jugendliche herum. Vereinzelt sah man einen älteren Rock-'n'-Roll-Piraten. Der Verantwortliche am Einlass war heute ein anderer. Als Django vor der Kasse angelangt war und die bereitgehaltenen drei Markstücke auf den Tresen legte, schüttelte der Mann den Kopf und sagte auf Englisch: »No members of the armed forces. The visit isn't permitted to soldiers.«

Django hatte nicht alles verstanden, aber die Begriffe *Military* und *Soldiers* waren ihm geläufig. »Nix Military«, sagte er erbost. »Ich bin Deutscher.«

Der andere machte eine entschuldigende Geste, sagte dann aber unverändert energisch: »Du musst das verstehen. Farbige dürfen heute nicht rein. Mit den Negersoldaten der Briten gibt es immer wieder Ärger.«

»Ich bin kein Engländer und kein Soldat. Und ich bin auch kein Neger«, zischte er empört.

Diejenigen, die hinter Django in der Schlange standen, schimpften und murrten. Einer mit schmierigen langen Haaren rief: »Lass den doch rein!« Weiter hinten meinte ein anderer: »Die sollen ihn endlich wegschicken. Wir wollen nicht länger warten.« Der Mann an der Kasse winkte einen der beiden Kartenabreißer herbei und sagte zu Django: »Du kommst da nicht rein.« Er sprach leise, nicht aggressiv. »Nichts gegen dich. Aber wir wollen keinen Ärger.«

»Und wenn ich nicht gehe?«, fragte Django mit zornbebender Stimme.

Der Mann an der Kasse machte eine fast unmerkliche Kopfbewegung in Richtung des herbeigeeilten Kartenabreißers. Der trat einen Schritt nach vorne und legte Django seine schwere Hand auf die Schulter. »Raus jetzt. Du hältst den ganzen Verkehr auf. Sei vernünftig. Der Chef will dich heute hier nicht sehen.«

Widerstandslos ließ sich Django hinausführen. Er war vollkommen perplex. In Hamburg war ihm Derartiges noch nicht widerfahren. Selbst auf dem Dom nicht, wo es rau, laut und oftmals aggressiv zuging. Das erste Mal in seinem Leben betrank er sich hemmungslos. Er trank so lange in billigen Spelunken, bis sein Geld alle war. Frühmorgens wankte er in Richtung Dom, stolperte in den Wohnwagen, machte Licht, das er nach einer wüsten Beschimpfung durch einen der beiden Alten sofort wieder löschte, tastete sich, von weiteren Beschimpfungen und Flüchen begleitet, schwankend zum Tisch, auf dem eine Flasche mit einem Rest Rum stand. Er leerte sie in einem Zug und drängte sich zu seinem Freund aufs Sofa, der schlaftrunken murmelte: »Du stinkst wie der Keller einer Kaschemme in Salerno.«

Nur wenige Stunden später wurde er abrupt aus dem Schlaf gerissen. Ringo hatte ihn heftig geschüttelt. »Wach auf, wach auf. Wir haben komplett verpennt.«

Django schreckte hoch. Durch den schmalen Schlitz eines verklebten Auges konnte er erkennen, dass es draußen bereits dämmerte. Heftige Kopfschmerzen übermannten ihn. Einen Moment lang dachte er daran, Ringo zu bitten, heute alleine zu putzen. Doch eingedenk der Tatsache, dass sie es auch zu zweit nicht mehr bis zum vorgesehenen Zeitpunkt schaffen würden, quälte er sich stöhnend von der Couch. Hemd und Hose hatte er im Suff gar nicht erst ausgezogen. Als er sich beim Binden der Schuhe nach vorne beugte, begann ihn ein heftiger Brechreiz zu würgen.

»Wie war das Konzert?«, fragte Ringo, der bereits vollständig angezogen an der Tür stand.

Django schwieg.

»Na, sag schon.«

Er richtete sich vorsichtig auf und erwiderte: »Ringo, heute Morgen brauche ich einfach nur Ruhe, nichts als Ruhe.«

Der andere zuckte mit den Schultern und ging hinaus. Es war noch kälter geworden. Über den Pfützen hatten sich kleine Eisflächen gebildet. Jetzt musste ordentlich Splitt geschaufelt werden. Sägemehl half da nicht weiter. Ringo arbeitete an diesem Morgen für zwei. Django strengte sich an, musste aber immer wieder Pausen einlegen. Sein Kreislauf begann zu rebellieren. Die frische Luft verstärkte sein Schwindelgefühl.

Schon nach einer Dreiviertelstunde tauchte Hein Boom auf. Mit einer Kaffeetasse in der Hand überquerte er das Gelände und steuerte schnurstracks auf die beiden Jungen zu. Ringo rutschte das Herz in die Hose. Nur jetzt nicht den Job verlieren. Noch immer hoffte er, am Ende des Doms das Geld für einige modische Klamotten gespart zu haben. Und bis jetzt hatte er noch keine achtzig Mark zurückgelegt. Django befürchtete einen Wutausbruch des Patrons, aber gemessen an der in der vorigen Nacht erlittenen Demütigung ließ ihn der Gedanke daran merklich kalt. Entgegen ihrer Befürchtungen blieb Boom ziemlich gelassen. »Verpennt, Jungs?«, fragte er ohne weitere Begrüßung. »Ich sage euch jetzt mal was. Bei mir hat jeder einen Freischuss, versteht ihr?«

Die beiden Burschen starrten ihn fragend an.

»Was glotzt ihr denn wie Ochsenfrösche? Kapiert ihr nicht? Einmal lass ich euch so was durchgehen. Beim nächsten Mal fliegt ihr. So einfach ist das.« Seine letzten Worte gingen in ein dröhnendes Lachen über.

Ringo murmelte sichtlich erleichtert fast unhörbar: »Danke.«

Django nahm wortlos die Schubkarre, um noch mehr Splitt zu holen.

Am zweiten Advent ging der Winterdom zu Ende. Mehr als die Hälfte der Boom-Truppe machte noch den Abbau mit und war danach ohne Beschäftigung. Wenige Festangestellte reichten aus, um die Zeit bis zu den Frühjahrsfesten zu überbrücken.

Im Hause Boom war es schon in der dritten Generation Tradition, nach dem Abbau nochmals alle Beschäftigten in einen in der Nähe der alten Speicher gelegenen Saal einzuladen. Zuerst wurde Grünkohl mit Pinkel serviert. Dazu gab es Bier und Korn. Nach dem Essen stand der Chef der Schaustellersippe schwerfällig auf und hielt eine kurze Ansprache. Er sei mit ihnen, seinen Leuten, sehr zufrieden gewesen. Und da die Geschäfte gut gelaufen seien, kriege jeder noch ein paar Mark extra. Einer der Altgedienten raunte den beiden Neuen zu: »Das macht er immer so, egal wie die Geschäfte laufen.«

Hein Boom ging zu jedem Einzelnen, zückte einen mit dem Namen beschrifteten Umschlag und schüttelte reihum allen die Hand. Ziemlich zum Schluss kam er auch zu Hans und Graziano, die jetzt Django und Ringo hießen. »Na, ihr Astronauten. Fürs erste Mal habt ihr das ganz ordentlich gemacht. Ihr dürft zum Sommerdom gerne wiederkommen. Und wenn ihr euch weiterhin bewährt, steigt ihr auf, dann kommt ihr eines Tages doch noch an einen Scooter.«

Zu viert hausten sie noch drei Tage in dem Wohnwagen. Paul, der Älteste, ging wie jedes Jahr nach dem Winterdom rüber ins *Pik As*, eine zwischen Sternschanze und Dammtor gelegene berüchtigte Obdachlosenunterkunft, die schon vor dem Ersten Weltkrieg bestanden hatte.

Charly, der jüngere der beiden Altgedienten, hob abwehrend die Hände. »Dort kriegen mich keine zehn Pferde rein. Ich werd mal wieder bei meiner Geschiedenen um Asyl bitten, oben in Oldenburg.« Er zögerte und fügte dann leiser hinzu: »Wenn sie mich reinlässt.«

»Habt ihr einen Tipp für uns?«, fragte Ringo.

Paul sah bedächtig von einem zum andern. »Jungs, das reicht jetzt an Abenteuern. Geht nach Hause, bevor ihr auf der Straße verlottert. Bald ist Weihnachten.«

»Geht nicht«, murmelte Django zerknirscht.

»Früher bin ich nach dem Winterdom immer rüber nach Dänemark. Im Tivoli gibt es für Leute mit Erfahrung das ganze Jahr Arbeit. Aber dafür bin ich längst zu müde und zu alt.«

»Dumm nur«, sagte Django, »dass wir keine Pässe haben.«

Der Alte rollte sich schweigend eine Zigarette, zündete sie an und sah den aufsteigenden Schwaden nach. »Sei's drum«, fuhr er fort. »Entweder ihr lasst es, was besser wäre. Oder ihr habt zwei Möglichkeiten.«

»Welche?«, fragte Ringo, der nun neugierig geworden war.

»Eine Möglichkeit besteht darin, dass ihr an die nordfriesische Küste fahrt. Schon in früheren Zeiten haben Fischer allerlei Volk am dänischen Margarethenkoog an Land gesetzt. Das Problem ist nur, die machen das nicht umsonst.«

»Und die zweite Möglichkeit?«, fragte Django schnell.

Der Alte sog grinsend an seiner Selbstgedrehten und spuckte danach etliche Tabakkrümel aus. »Die zweite Möglichkeit ist kostenlos, aber gefährlicher. Ihr fahrt weiter nach Norden, aber mehr ins Landesinnere hinein und geht im dünn besiedelten Gebiet abseits der großen Straßen über die grüne Grenze.« Und lachend ergänzte er noch: »Ihr müsst dabei nur aufpassen, dass ihr nicht im Moor ersauft.«

Tivoli

Hans und Graziano, deren richtige Namen später in Kopenhagen kaum einer in Erfahrung bringen würde, brauchten ganze fünf Tage, um von Hamburg über Schleswig und das unwirtliche Grenzgebiet östlich von Tondern in die dänische Hauptstadt zu gelangen. Als sie die Fähre zwischen Spodsbjerg und Tårs auf Lolland benutzen wollten, verlangte man von ihnen die Vorlage eines Reisedokuments, worauf sie den Hafen fluchtartig verließen. Anderntags reisten sie auf kleinen Fähren unbehelligt nach Seeland. Hier brauchten sie noch einen weiteren Tag, um per Anhalter über Roskilde nach Kopenhagen zu kommen.

Erstmals in ihrem Leben verbrachten die beiden Weihnachten nicht zu Hause im Kreis der Familie. Nach einer schmucklosen Feier im Heim der Kopenhagener Heilsarmee gingen sie mit zu Jesper Jensen, der ihnen in seiner erbärmlichen Wohnung vorübergehend Obdach gab. Es handelte sich dabei nicht um ein reguläres Mietverhältnis. Sie hatten den knapp Sechzigjährigen in einem billigen Lokal auf der östlichen Bahnhofseite kennengelernt. Für ein paar Kronen bot er ihnen einen winzigen Raum an, ohne sich um die Einwilligung seines Vermieters zu scheren. Die Ausstattung bestand aus einem Tisch, drei Stühlen und zwei alten Matratzen, die sie zwei Tage vor Heiligabend kostenlos aus dem Magazin des *Rigshospitalet* abholen konnten. Die Verwaltung des ältesten Kopenhagener Krankenhauses gab zweimal im Jahr ausgemusterte Möbel und Matratzen an Bedürftige ab, nicht ohne zu versichern, dass diese zuvor in der Desinfektionskammer behandelt worden wären und ihre Benutzung vollkommen unbedenklich sei. Sonst stand nichts in dem winzigen Zimmer, das noch nicht einmal einen Ofen hatte. Wenn sie froren, mussten sie Jensen Gesellschaft leisten, der sich beinahe jeden Abend so lange zusoff, bis er endlich auf seinem Stuhl zusammensank. Hin und wieder schreckte er auf, geweckt durch sein eigenes grässliches Geschnarche. Mit wässrigen Augen stierte er seine neuen Mitbewohner wortlos so lange an, bis ihn wieder der Schlaf übermannte.

Bis in den späten Nachmittag des Heiligen Abends hatten sie mit Jensen in der Wohnung getrunken. Danach hatte er sie ins Zentrum der Heilsarmee geschleppt. Wohl an die achtzig Obdachlose, Gestrandete und Vereinsamte ließen sich zu einem kostenlosen Weihnachtsessen einladen. Nach einer Suppe gab es für jeden ein Stück Gänsebraten nach dänischer Art mit Klößen. Bis das Essen gereicht wurde, spielte ein Bläsersextett eine endlose Folge Choräle. Nach dem Essen hielt ein Offizier der Heilsarmee, ein dünner glattrasierter Mann mit dichtem grauem Haar, eine Ansprache, eigentlich wohl eher eine Predigt. Django und Ringo verstanden diese bis auf einige Redewendungen, die dem Deutschen ähnelten, nicht. *Guds nåde* war ihnen als religiöser Begriff vertraut. Bei der Erwähnung der *Fødsel af Kristus*, musste Ringo aber unwillkürlich lachen, worauf ihm einige der alten Speckjäger grimmige Blicke zuwarfen. Später würde er in Erfahrung bringen, dass dies *Christi Geburt* auf Dänisch hieß. Ob der Mann die komplette Weihnachtsgeschichte erzählt hatte?

Da während des Essens nur Tee, Apfelsaft und Wasser ausgeschenkt wurden, drängte Jesper Jensen auf baldigen Aufbruch. In seiner Bruchbude leerten sie noch eine Flasche einfachen Aquavit, von dem ihr Vermieter alleine zwei Drittel trank. Als er, wie schon an den Abenden zuvor, auf dem Stuhl sitzend zu schnarchen begann, unterhielten sich die beiden Freunde leise darüber, wie sie es anstellen konnten, eine bessere Unterkunft zu finden. Nach Dreikönig hatten sie eine Arbeit auf dem Tivoli in Aussicht. Ein kurzes Zeugnis von Hein

Boom hatte geholfen. Aber als minderjährige Ausländer und obendrein ohne Papiere eine Wohnung zu bekommen, schien ihnen nahezu ausgeschlossen.

Anderntags nahm Jensen sie am späten Vormittag mit zu seiner ältesten Tochter. In seinem mit englischen Brocken durchmischten grauenhaften Deutsch erklärte er ihnen, dass alle dänischen Familien am ersten Weihnachtstag zum *Julefrokost*, einem weihnachtlichen Mittagessen, zusammenkämen. Er sei, wie die letzten Male auch, zu Bente eingeladen, die er sonst das ganze Jahr über nicht sehe. Sie könnten mitkommen. Es gebe immer so reichlich zu essen, dass auch für sie etwas abfiele. Von Jespers Wohnung an der *Kalvebod Brygge* bis zu seiner Tochter waren es nur fünfzehn Minuten. Sie gingen ein Stück durch das hinter dem Hauptbahnhof gelegene Rotlichtviertel, wo sich kurz vor dem *Julefrokost* nur einige Gestrandete aufhielten. Schließlich kamen sie zu einer Bruchbude in der *Reventlowsgade*, in der Jesper Jensens Tochter zusammen mit ihrer kleinen Tochter in einer winzigen Wohnung lebte. Sie stand noch in der Küche. Auf ihr Klingeln öffnete das Kind die Wohnungstür, von der innen wie außen die lindgrüne Farbe abblätterte. Die junge Frau musterte die Ankömmlinge kühl, ehe sie einige Worte mit ihrem Vater wechselte, der zwei Flaschen Aquavit und eine Flasche Kräuterschnaps auf dem Küchentisch abstellte. Letzterer enthielt neben anderen Ingredienzien vor allem Wermut, Lakritze und Ingwer. Das würde eine heitere Feier werden!

Dem Gespräch zwischen Vater und Tochter konnten die beiden unangemeldeten Gäste nicht entnehmen, ob die Frau mit ihrem Kommen überhaupt einverstanden war. Doch nach einer Weile wischte sie ihre nassen Hände an einer umgebundenen Schürze ab und streckte ihnen die Rechte entgegen. »Ich heiße Bente«, sagte sie in passablem Deutsch und mit einem Fingerzeig auf ihre etwa vierjährige Tochter fuhr sie fort: »Und das ist Kirsten.«

Django musterte die Frau mit den pechschwarzen Haaren. Vermutlich waren sie gefärbt. Wie alt mochte sie sein?

Er schätzte sie auf Mitte Zwanzig. Wenn sie am Herd stand, wirkte sie äußerst schmal, ja geradezu zerbrechlich.

Mit einem unverständlichen Gemurmel komplimentierte Jesper Jensen die beiden Jungen aus der Küche hinaus. Das Wohnzimmer war sehr einfach, beinahe ärmlich ausgestattet, aber sauber.

Es klingelte erneut. Bente Jensen rief etwas auf Dänisch, was Ringo veranlasste, an die Tür zu gehen.

»Hej«, begrüßte ihn eine junge Frau, die einen auffallenden weißen Kunstpelz trug.

Mit dem Eintreffen von Jesper Jensens jüngster Tochter Helle war die Runde komplett. Zu sechst saßen sie wenig später um den ovalen Wohnzimmertisch. Bente hatte ein gutes Dutzend Platten und Schüsseln aufgetragen: Fleischbällchen nach dänischer Art in Curry, verschiedene Fischpasteten, *Rød pølse*, eine rötliche Brühwurst, Blumenkohlauflauf und *Torsk*, gekochten Dorsch, ferner Kraut und Gurken. Dazu wurde Weihnachtsbier getrunken. Jesper Jensen ließ zu Bentes Ärger Kirsten einen Schluck aus seinem Glas nehmen. Nach dem Essen bekamen alle Erwachsenen ein Henkelglas *Gløgg*, eine besondere Sorte dänischen Glühweins. Währenddessen hatte Jesper Jensen eine Flasche Aquavit aus der Küche geholt und schenkte unaufgefordert die Gläser voll. Kirsten bekam heißen Johannisbeersaft. Nur wenig später holte er auch den *Gammel Dansk* in die Wohnstube und füllte damit die leeren Schnapsgläser. Django schüttelte sich nach einem ersten vorsichtigen Schluck. Ringo suchte verzweifelt nach einer Möglichkeit, den Magenbitter heimlich auszuschütten, denn schon der hervorstechende Geruch nach Lakritze rief bei ihm Brechreiz hervor. Schon am späten Nachmittag waren alle bis auf das Kind mehr oder weniger betrunken. Jensen stimmte blechern ein Lied an und begann dann mit seinen Töchtern zu streiten, weil diese nicht mitsangen.

Bis zum Jahreswechsel verlebten die beiden Ausreißer eintönige Tage. Es war bitterkalt geworden. Wie schon im Vorjahr erreichte auch jetzt wieder eine Kältewelle den mittleren und den nördlichen Teil Europas. Meistens hielten sie sich in der Bruchbude von Jensen auf. Wenn sie seiner ständigen Aufforderungen, gefälligst mit ihm zu trinken, überdrüssig geworden waren, verließen sie tagsüber für wenige Stunden die Wohnung und streiften eine Zeitlang durch die Altstadt oder den Hafen. Mehrfach besuchten sie das Tivoligelände oder schlenderten die Wallanlagen entlang. Aus dem Tipp, den ihnen Boom in Hamburg gegeben hatte, war aufgrund ihrer fehlenden Papiere nun doch nichts geworden. So sehr sie sich auch anstrengten, sie trafen auf niemanden, der ihnen Arbeit gab. »Kommt Ende Januar wieder«, hieß es. »Oder am besten dann, wenn der verdammte Frost nachlässt.«

In der ersten Januarwoche wurde es noch kälter. Auf dem Tivolisee hatte sich eine tragfähige Eisschicht gebildet. Nachmittags vergnügten sich hier zahlreiche Schlittschuhläufer. Vor allem Ringo fror jämmerlich. Er war die harten Winter des Nordens nicht gewohnt. Im Schutz der am See gelegenen chinesischen Pagode zündeten sie sich mit klammen Fingern ihre letzten Zigaretten an.

»Hoffentlich schmeißt uns Jesper nicht noch raus. Spätestens übermorgen können wir ihm nichts mehr geben.«

»Che merda!«, maulte Ringo, der mehr als Django darunter litt, so lange von seiner Familie getrennt zu sein. Mehrfach schon hatte er heimlich in Erwägung gezogen, nach Hause zu trampen. Lediglich die gewaltige Angst vor dem Vater hielt ihn davon ab.

Wenn ihnen gar nichts mehr einfiel, besuchten sie Bente, die ihnen Tee und manchmal auch Kaffee machte. Das Kind brachte sie häufig mehrere Tage bei ihrer Mutter unter, die in einem anderen Viertel Kopenhagens wohnte.

»Es geht nicht immer«, erklärte sie, »nur dann, wenn ihr zweiter Mann auf Fahrt ist.«

Offensichtlich fuhr er zur See, und wenn er nach Hause kam, verspürte er keine große Lust, ein aufgewecktes Kind in der Wohnung zu haben.

Bente arbeitete nachts. Was sie denn mache, wollte Ringo eines Tages wissen, was seinem Freund äußerst peinlich war, denn er hegte schon geraume Zeit die Vermutung, dass Bente auf den Strich ging.

»Ich arbeite in einem Amüsierbetrieb«, antwortete sie ausweichend und zugleich so bestimmt, dass Ringo nicht weiter nachfragte.

Am Morgen nach Dreikönig stellte sich endgültig heraus, dass Jensen sie nicht weiter beherbergen würde, wenn erst einmal ihr letztes Geld ausgegeben war. »Ihr fresst mir noch die Haare vom Kopf«, bruddelte er in seinem typischen Singsang, der sich mit alkoholgeschwängertem Lallen vermengte.

Bente wurde zu ihrer Rettung. Sie bot ihnen an, dass sie bei ihr übernachten konnten, wenn sie bereit waren, während der folgenden Tage ab acht Uhr abends auf das Kind aufzupassen. »Aber tagsüber will ich euch nicht in meiner Wohnung haben. Wenn ich nach Hause komme, haut ihr ab, verstanden?«

Frierend zogen die beiden Jugendlichen ab dem frühen Vormittag durch das kalte Kopenhagen. Hin und wieder wärmten sie sich bei der Heilsarmee auf, wo sie heißen Tee oder eine Suppe ergattern konnten. Nach einigen Tagen gab ihnen dort ein bereits vor Jahren in Kopenhagen gestrandeter Berliner den Tipp, es doch mal im Hafen bei einer Tagelöhnerbörse zu versuchen. Stramme Burschen wie sie erhielten dort bestimmt ab und zu einen Job. Für ihn selbst sei das mittlerweile schwierig geworden. Er zeigte mit dem Zeigefinger auf die spielerisch angespannten und dennoch kläglichen Muskeln seines linken Oberarms und sagte grinsend, wobei er seine schwarzen Zahnstummel zeigte: »Keine Kraft mehr, zu alt.«

Von nun an gingen Django und Ringo an Werktagen abwechselnd noch vor Tagesanbruch in den Hafen. Da sich im Winter nicht so viele Abenteurer und Globetrotter in der Stadt aufhielten, ergatterten sie relativ häufig einen Tagesjob. Meist waren es Pack- und Transportarbeiten. Ein Umzugsunternehmen suchte regelmäßig Leute. Arbeiten im Hafen wurden nicht vergeben. Die dänischen Scheuerleute waren bestens organisiert. Ihre Gewerkschaft sorgte dafür, dass für das Löschen der Ladungen oder das Beladen der Schiffe niemals Tagelöhner angeheuert wurden. Während einer der beiden für eine meist kärgliche Entlohnung schuftete, blieb der andere in der Wohnung, bis Bente nach Hause kam. Wenn einer sich traute, nach der vergangenen Nacht zu fragen, wehrte sie das brüsk ab. Nach einem gemeinsamen Frühstückskaffee schickte sie ihn weg. »Vor Einbruch der Dunkelheit will ich keinen von euch sehen«, sagte sie jeden Morgen in immer gleichem Tonfall vom Bad aus, wo sie damit begonnen hatte, sich vor dem Spiegel abzuschminken.

Kirsten gewöhnte sich rasch an die beiden Fremden, obwohl sie nur einige Brocken Deutsch verstand. Sie brachte ihnen Kartenspiele bei oder überredete sie zu einem *Puslespil*, ging aber immer brav kurz nach acht ins Bett.

Da sie Bente nichts abgeben mussten, reichten ihre geringen Einkünfte aus, um über den Januar zu kommen. An jedem freien Tag schlenderten sie über den Tivoli, um nur ja keine Gelegenheit zu verpassen, hier einen Job zu finden. Insider machten ihnen Hoffnungen, an die sie sich klammerten. Die Ausreißer, die nur bei schönem Wetter auf Trebe gingen, seien jetzt nicht da. Und im März finde der Grand Prix Eurovision, wie der Eurovision Song Contest in seinen Anfangsjahren noch hieß, im *Tivolis Koncertsal* statt. Es würden dann wohl schon bald mehr Saisonkräfte gebraucht als in anderen Jahren. Und sie hatten Glück. An einem kalten Februarmorgen wurde Django an der Tagelöhnerbörse von dem Transportunternehmer Mads Rasmussen verpflichtet, der bereits seit vielen Jahren allerlei Transport- und Regiearbeiten erledigte, die rund um den Tivolibetrieb anfielen. In den kommenden Tagen sollte ein neues, höheres Kettenkarussell aufgebaut werden, dessen Teile, in lange Holzkisten verpackt und vom Hafen zum Tivoligelände transportiert werden mussten. Als Django im VW-Bus von Rasmussen an der Verladestelle ankam, stand auf der gegenüberliegenden Seite ein Tieflader, der dieselbe Zugmaschine hatte, wie sie von seinem Onkel Willi und gelegentlich auch von seiner Mutter gefahren wurde. Rasmussen, ein großer, kräftiger Mann mit blondem, an den Wangen exakt ausrasiertem Vollbart, hörte dem Jungen aufmerksam zu, als er in einer Mischung aus Stolz und Aufgeregtheit erzählte, er kenne sich mit dem *Faun* aus, er habe schon oft Wagen oder den Aufleger angehängt und die Zugmaschine auf den Stellplätzen rangiert.

Am Nachmittag sagte Rasmussen zu ihm: »Wenn du willst, kannst du bei mir anfangen.« Offensichtlich hatte Django den Tag über ausreichend Geschick bewiesen.

»Ich habe noch einen Freund hier«, sagte er rasch. »Der sucht ebenfalls Arbeit.«

»Noch ein Deutscher?«

»Nein, ein Italiener.«

»Bring ihn mit. Ihr arbeitet vierzehn Tage auf Probe.« Er bemerkte den erschrockenen Gesichtsausdruck des jungen Deutschen und fügte gleich hinzu: »Das kriegt ihr natürlich bezahlt.«

Django konnte nicht ahnen, dass Rasmussens Nachfrage nach Ringos Nationalität einen besonderen Grund hatte. In diesem Fall gereichte ihm sein dunkler Teint ausnahmsweise einmal zum Vorteil. Mads Rasmussen war während des Krieges ein führender Kopf des dänischen Widerstandes gewesen. Im Oktober 1943 hatte er als einer der Schiffsführer dazu beigetragen, über sechstausend dänische Juden vor der Deportation zu bewahren, indem man sie in den dunklen Herbstnächten über den Öresund nach Südschweden brachte. Im darauffolgenden Sommer wurde nach Sabotageaktionen zunächst über den Freihafen und kurze Zeit später über die gesamte Stadt der Ausnahmezustand verhängt. Acht willkürlich ausgewählte Männer wurden hingerichtet. Zur weiteren Abschreckung sprengten Pioniere der Wehrmacht die Königliche Porzellanmanufaktur und Teile des Tivoli. Das brachte den dortigen Vergnügungsbetrieb vorübergehend zum Erliegen.

Ab dem 26. Juni kam es zu ersten spontanen Arbeitsniederlegungen, die sich rasch zu einem Generalstreik ausweiteten, der trotz des Terrors von Wehrmacht, SS und Sicherheitspolizei bis zum 4. Juli anhielt. Bei einer Razzia wurde Rasmussens Bruder Jens verhaftet, als Rädelsführer gebrandmarkt und in Verhören so schwer gefoltert, dass er Anfang August an den Folgen starker innerer Verletzungen starb. Mads Rasmussen hatte das den Deutschen bis zum heutigen Tag nicht verziehen. Noch nie hatte er aus dem Kreis der Tramper und Globetrotter, die jedes Jahr aus aller Herren Länder nach Kopenhagen kamen und gelegentlich um Arbeit nachsuchten, einen Deutschen ausgewählt. Django wurde zur ersten und einzigen Ausnahme. Der Mann nahm an, dass er, der offensichtlich der Abkömmling eines farbigen Besatzungssoldaten war, in seiner Heimat einen schweren Stand gehabt hatte. Und damit hatte er ja nicht einmal Unrecht.

Die beiden Freunde strengten sich mächtig an und bestanden ihre Probezeit. Als Rasmussen ihnen eröffnete, dass er sie bis zum Herbst weiterbeschäftigen würde, tat sich für sie ein neues Problem auf. Rasmussen transportierte viel für die zahlreichen Varietés und Konzertveranstalter, die im Tivoli ein buntes Programm organisierten. Das hatte zur Folge, dass seine Mitarbeiter oftmals bis spät in der Nacht arbeiten mussten. Die beiden Jungen konnten nie sagen, ob sie so rechtzeitig zu Bente kamen, um die Betreuung von Kirsten zu übernehmen, wenn ihre Mutter ihrem Gewerbe nachging. Ende Februar legte ihnen Bente nahe, sich eine andere Unterkunft zu suchen. »Jungs, nehmt mir das nicht übel«, sagte sie zum Abschied, »aber das wird mir alles zu chaotisch.«

Rasmussen gestattete ihnen, ein paar Nächte in einem Möbelwagen zu verbringen. Unter den löchrigen Wolldecken, mit denen sonst wertvolles Gut vor Kratzern geschützt wurde, war es leidlich warm. Eines Morgens weckte er sie im Möbelwagen mit den Worten: »Auf, auf, ihr Burschen – er sagte auf Dänisch *Drenge* –, wascht euch gründlich drüben in der Garderobe der *KB Hallen*. Hier habt ihr den Schlüssel zum

Bühneneingang. Und wenn ihr ordentlich ausseht, habe ich vielleicht eine Überraschung für euch.« Es stellte sich heraus, dass er ihnen ganz in der Nähe von Bentes Wohnung in der *Vesterbrogade* bei einer lebensfrohen Witwe eine Unterkunft besorgt hatte. Camilla Hansen hatte lange als Tänzerin im Tivoli und umliegenden Vergnügungslokalen gearbeitet. Später arbeitete sie mit leidlichem Erfolg als Conférencieuse in Kabaretts, Revuen und Varietés. Schon immer hatte sie gerne junge Männer um sich und sah meist großmütig darüber hinweg, wenn ihre Untermieter gelegentlich über die Stränge schlugen. Allerdings war sie schrecklich geizig. Wenn jemand auch nur einen Löffel Kaffee aus ihren Vorräten nahm, stellte sie ihm spätestens am nächsten Tag eine Rechnung.

Da Django und Ringo auf dem Weg zur Arbeit an dem Haus vorbeikamen, in dem Bente mit ihrer Tochter wohnte, trafen sie die beiden hin und wieder auf der Straße. Als sie eines frühen Sonntagmorgens zeitgleich mit Bente nach Hause kamen, lud diese sie auf den späten Nachmittag zum Kaffeetrinken ein. Zur Überraschung der beiden Untergetauchten waren außer Bente und ihrer Tochter auch ihre Schwester Helle und deren Freundin Freja in der kleinen Wohnung. Helle war nicht wiederzuerkennen. War sie noch beim *Julefrokost* zurückhaltend, ja beinahe abweisend gewesen, so scherzte und lachte sie nun in einem fort mit den beiden Jungen. Freja war ein fröhliches Mädchen, immer zu Späßen aufgelegt, ohne dabei plump oder stillos zu erscheinen. Sie hatte ein lustiges, rundes Gesicht, rote Backen und pechschwarz gefärbte Haare, die nicht so ganz zu ihren strahlend blauen Augen passen wollten. Von diesem Nachmittag an sahen sich Django, Ringo, Helle und Freja regelmäßig. Anfangs hatten sie sich nicht einmal verabredet. Hin und wieder begegneten sie sich im Tivolipark. Ein weiteres Mal trafen sie sich an Bentes Geburtstag. Zu der kleinen Feier tauchte auch Jesper Jensen auf, der wie immer betrunken war und zwei Flaschen Schnaps als Geschenk mitbrachte. Django fragte sich, ob Helles frühere abweisende Haltung etwas mit der Anwesenheit des Vaters zu tun hatte, denn sie verhielt sich am Geburtstag ihrer älteren Schwester so schroff und abweisend wie damals am ersten Weihnachtstag.

Beim Abschied verabredeten sich die vier jungen Leute das erste Mal. Sie trafen sich am darauffolgenden Sonntag am frühen Nachmittag an der chinesischen Pagode und gingen, wie viele andere Kopenhagener auch, im Tivolipark spazieren. Noch waren die meisten Blumen in den weitläufigen Rabatten nicht aufgeblüht. Aber an vielen Stellen wucherte zartes Grün und deutete an, dass der Winter zu Ende ging, der dieses Jahr lang und kalt gewesen war. Django und Ringo erzählten den beiden fasziniert zuhörenden Mädchen, dass sie gerade an den Aufbauten für den neunten Grand Prix Eurovision mitarbeiteten. Ihr Chef hatte den Zuschlag für die umfangreichen Transportarbeiten erhalten. Am Tag des Ereignisses sollten einige von Rasmussens Mitarbeitern den Abholservice für die Künstler übernehmen, während andere zur Unterstützung des Sicherheitsdienstes in der Halle herangezogen wurden. Helle und Freja waren sichtlich begeistert, was die beiden Jungen verblüffte.

»Da kommt ihr doch bestimmt leicht an Karten heran«, jubelte Helle. Als Django dies mit einem Kopfschütteln verneinte, wurde er von den beiden Mädchen bestürmt, doch seine Verbindungen spielen zu lassen.

»Ich hab nicht vor, da hinzugehen«, sagte Django, dem allein der Gedanke an den Besuch eines Schlagerwettbewerbs ein Gräuel war.

Auch Ringo machte mit einem übertrieben verzweifelten Gesichtsausdruck eine abwehrende Handbewegung. »Wir können ja mal zusammen zu einem Beatkonzert gehen, meinetwegen auch ins *Jazzhus Montmartre*. Aber zu dem Grand Prix kriegen mich keine zehn Pferde. Ihr müsst das verstehen, das ist einfach nicht unsere Musik.«

Helle stellte sich breitbeinig vor ihm auf und sah ihm direkt in die Augen. Sie drohte: »Wenn ihr weiter mit uns zusammen sein wollt, müsst ihr schon mal ein Opfer bringen.

Immer nur Spaß haben und keine Verpflichtungen übernehmen, das geht nicht.«

Anderntags rang sich Django dazu durch, seinen Chef zu fragen, ob der ihm vier Karten für den Grand Prix Eurovision besorgen könne. Mads Rasmussen war sofort klar, dass es dem Burschen wohl kaum darum ging, selbst dorthin zu müssen, als ein paar jungen Mädchen eine Freude zu bereiten. »Ich wusste bisher noch gar nicht, dass du ein Fan von Bjørn Tidmand bist.« Rasmussen grinste über das ganze Gesicht.

»Wer soll das sein?«

»Was, du kennst Bjørn Tidmand nicht? Das ist der dänische Teilnehmer. Er wird *Sangen om dig* singen. Das heißt in deiner Sprache ›Das Lied von dir‹.«

»So richtig reißt mich das nicht vom Hocker. Und auch Ringos Begeisterung wird sich in Grenzen halten.«

Rasmussen lachte rau und spuckte Reste eines Priems aus. »Ich mach dir und deinem Kumpel einen Vorschlag: Ihr arbeitet an diesem Tag, unterstützt die Leute an den Türen oder den gastronomischen Service. Wenn man euch in frische Hemden steckt, passt ihr da sogar besser rein als meine alten Möbelpacker. Ihr kriegt das anständig bezahlt und bekommt zusätzlich noch zwei Eintrittskarten für eure Schönen.« Er hielt inne und kratzte sich theatralisch am Hinterkopf. »Ich muss aber erst einmal sehen, von wem ich die Karten kriegen kann.«

Caroline

Caroline Lang beging das Weihnachtsfest in einer eigentümlichen Stimmung. Schon Tage zuvor erfassten sie Beklommenheit und Trauer, die sich mit Erinnerungen und Sehnsüchten vermischten. Seit Ludwigs Geburt im Jahr 1944 hatte sie nie Weihnachten ohne einen der beiden Jungen gefeiert. Aber der Ältere ließ sich seit der heftigen Auseinandersetzung mit seinem Halbbruder nicht mehr sehen. Er machte ihr nun bereits seit etlichen Jahren den Vorwurf, sie bevorzuge den Jüngeren und habe den Blick für dessen verwerfliche Taten und seinen schlechten Charakter längst verloren. Was sich zuletzt zwischen den beiden Jungen abgespielt hatte, wurde ihr nicht von Ludwig, sondern von Willi berichtet. Die Polizei sei mehrmals bei ihm aufgetaucht. Auf dem Stellplatz in Ansbach seien sogar die Wohnwagen durchsucht worden. Erst eine Woche später kam der Ortspolizist auch ins *Haller Eck*. Er gab sich zum Glück mit der Auskunft zufrieden, dass Hans schon einige Tage nicht mehr aufgetaucht sei und sie sich Sorgen mache.

Zweimal schon hatte sie auf dem Köcherhof angerufen. Einmal war Maria am Apparat, die ihr versprach, mäßigend auf Ludwig einzuwirken. Allerdings fügte sie sogleich hinzu, dass sie sich wenig Hoffnung mache, damit Erfolg zu haben. Bei einem weiteren Anruf an einem Samstagnachmittag erreichte sie ihren Sohn, der sie sofort mit Vorwürfen zu überhäufen begann. Sie habe seinen Vater stets verleugnet und sich im Zweifelsfall immer auf die Seite des Bankerts geschlagen.

So energisch, wie sie es in diesem Moment vermochte, sagte sie: »Du wirst die Anzeige gegen deinen Bruder zurückziehen.«

»Darauf kannst du warten, bis du schwarz wirst«, erwiderte er und legte grußlos auf.

Sorgen bereiteten ihr auch die eigenen Eltern. Der Vater, der immer sehr robust gewesen war, hatte in kurzer Zeit stark abgebaut. Bei der Mutter war der Gesundheitszustand eher unmerklich über einen längeren Zeitraum hinweg schlechter geworden. Aber 40 Jahre währendes langes Stehen auf Rummelplätzen und in der Schankwirtschaft war nicht ohne Folgen geblieben: Rheuma, Wasser in den Beinen und Durchblutungsstörungen machten ihr zu schaffen. Es war absehbar, dass sie über kurz oder lang nicht mehr in der Wirtshausküche arbeiten konnte. So wie Willi längst für die Fahrgeschäfte verantwortlich war, trug Caroline jetzt die Hauptlast im *Haller Eck*. Nur zu besonderen Anlässen, etwa dann, wenn die *Muswies* anstand, ging sie tageweise mit auf den Rummel. Anders als früher blieb die Gastwirtschaft in dieser Zeit geschlossen.

Mitte Dezember hatte sie endlich eine Nachricht von Hans erhalten. Es gehe ihm gut, hatte er geschrieben, er habe Arbeit, mehr nicht. Die Karte war auf dem Hamburger Hauptpostamt abgestempelt worden. Am Samstag vor Heiligabend kam der alte Weidner ins Lokal und brachte den restlichen Lohn sowie die Papiere des Jungen. Er habe lange zugewartet, darauf gehofft, dass Hans wieder auftauche. Aber zum neuen Jahr müsse er die Stelle mit einem anderen besetzen. »Schade«, sagte er und trank sein Rotweinschorle aus. »Es ist wirklich schade um den Bub.«

Ob er wieder vorsprechen könne, wenn er eines Tages zurück sei, fragte die besorgte Mutter.

Weidner, der schon im Gehen war, zuckte mit den Schultern und legte die Münzen zur Begleichung seiner Zeche auf den blankgewischten Tresen. »Habe die Ehre«, sagte er nur.

Heiligabend verbrachte Caroline nur mit ihren Eltern. Wie immer gab es Saitenwürstchen mit Kartoffelsalat, und obwohl keine Kinder im Haus waren, wurde ein Christbaum geschmückt. Willi hatte ihnen erst vor einigen Tagen etwas verlegen mitgeteilt, seine Frau Karin wünsche sich, einmal nur im Kreis ihrer eigenen kleinen Familie zu feiern. Erst mehrere Jahre nach der Geburt seines Sohnes Louis, den man nach seinem Großonkel benannt hatte, war noch ein Töchterchen geboren worden. Leonie war jetzt sieben und Karin meinte, es sei nun an der Zeit, einmal nur zu viert zu feiern. »Wir kommen dann am zweiten Weihnachtstag«, hatte Willi seiner Schwester am Telefon gesagt. Sie spürte, dass ihm nicht so ganz wohl dabei war.

Das Alleinsein mit den beiden Alten machte ihr an diesem Abend besonders deutlich, dass sie im Grunde genommen auf sich alleine gestellt war. Ihre Geschwister lebten in ihren Familien. Seit dem Bau der Mauer konnte ihre jüngste Schwester Heiderose nicht mehr in den Westen reisen. Dieses Mal hatte sie zu Weihnachten einen Dresdner Christstollen geschickt. Schwere Kost, aber in guter Qualität. Die Zwillinge Leopold und Franziska kamen nur selten zu Besuch. Der Bezug zum Schaustellergeschäft war ihnen mittlerweile völlig abhandengekommen.

Als das Essen beendet war, wurden, wie jedes Jahr, die Christbaumkerzen angezündet. Man rückte zusammen. Nach dem Austausch kleiner Geschenke erstarb die Unterhaltung weitgehend. Frédéric Schürbel starrte wortlos auf den Lichterbaum. Hin und wieder brabbelte er Unverständliches. Die Mutter hatte anfangs versucht, ein Gespräch in Gang zu halten. Was die beiden Ausreißer jetzt wohl machten? Wie es Heiderose in der Ostzone erging? Von Louis hatte man dieses Jahr kein Paket und auch keine sonstige Post erhalten. Hoffentlich sei er nicht krank geworden. Nach längerem Schweigen sah sie zu ihrer Tochter hinüber und sagte unbestimmt: »Kind, Kind.« Dann erlosch das Gespräch vollständig.

Caroline hielt mit beiden Händen ein Glas Wein vor sich und betrachtete das sanfte Flackern einer einzelnen Kerze, die auf dem niederen Couchtisch stand. Außer im Jahr ihres Gefängnisaufenthalts hatte sie Heiligabend nie in einem so kleinen Kreis begangen. Ihr kam einer ihrer letzten Haftage in den Sinn, an dem eine Adventsfeier ausgerichtet wurde. Im Frauengefängnis Gotteszell wurden sie damals am späten Nachmittag zu einer Andacht gebracht, die der evangelische Gefängnisgeistliche mit allen Insassinnen beging, auch mit den katholischen. Er sprach viel von Gnade und Vergebung. Dann wurden die *Politischen* und diejenigen, die wegen *Rassenschande* verurteilt waren, in ihre Zellen gebracht, während die Kindstöterinnen und die anderen Kriminellen an einer einstündigen Feier teilnehmen durften, bei der gesüßter Muckefuck und Gutsle gereicht wurden.

Jetzt saß sie allein mit ihren hinfälligen Eltern zusammen und grübelte darüber nach, ob das Leben nichts anderes mehr für sie bereit hielt als das Alleinsein und die Arbeit. Mittlerweile hatte sie die Hauptlast für die Eltern zu tragen. Während ihr das Kränkeln der Mutter seit Langem vertraut war, gewöhnte sie sich nur schwer daran, den früher so robusten und athletischen Vater so hinfällig zu erleben. Er war immer ihr wichtigster Halt gewesen, ein Fels, auf den sie bauen konnte, obwohl die Mutter ihn regelmäßig einen Hallodri nannte und auch ihr selbst etliche Eskapaden bekannt geworden waren, von denen man besser nicht sprach. Jetzt war sie bereits über vierzig und obwohl ihr alle versicherten, sie sehe für ihr Alter noch ganz passabel aus – was immer das auch heißen mochte –, hatte sie sich damit abgefunden, ohne Partner durchs Leben zu gehen. Nach der Enttäuschung mit Arturo und der zuletzt eher quälenden Beziehung zu Rolf Hermann hatte sie sich nur noch auf eine kurze Liebschaft mit einem Tschechen eingelassen, der einige Jahre als Mitreisender an den Fahrgeschäften arbeitete.

Pawel war charmant und klug und er hatte mit großer Geduld um sie geworben, ohne jemals aufdringlich zu werden. Sie hatte sich immer gefragt, weshalb ein so gebildeter Mensch sich damit begnügte, als saisonale Hilfskraft im Schaustellergewerbe tätig zu sein. Eines Tages war er verschwunden. Erst später wurde ihr zugetragen, dass dieser Mann seit 1945 als Beteiligter am Massaker von Marzabotto gesucht wurde. In

Abwesenheit war er in Italien zu einer lebenslangen Gefängnisstrafe verurteilt worden. Bereits einige Jahre zuvor hatte man über ihn in der Tschechoslowakei wegen anderer Verbrechen, die er als Freiwilliger der 16. Panzergrenadier-Division »Reichsführer SS« begangen hatte, die Todesstrafe verhängt. Weshalb er so plötzlich verschwunden war, blieb unklar, denn es bestand für ihn keine unmittelbare Gefahr. Die Bundesrepublik Deutschland hätte ihn zum damaligen Zeitpunkt weder an die Tschechoslowakei noch an Italien ausgeliefert.

Caroline erfuhr nie, ob Pawel, der möglichweise früher einmal anders geheißen hatte, irgendwo aufgespürt worden war. Sie wunderte sich lediglich darüber, wie anders die Männer ihr gegenüber sein konnten, die sich solch schrecklicher Verbrechen schuldig gemacht hatten. Denn nach Franz Lang und Rolf Hermann war Pawel nun schon ihre dritte Liebesbeziehung zu einem SS-Mann gewesen. Seit dem Verschwinden des Tschechen hatte sie etliche Männer abgewiesen, die um sie geworben hatten. Dies entsprang dem unbestimmten Gefühl, dass es ihr vielleicht niemals gelingen würde, eine glückliche und dauerhafte Partnerschaft zu erleben.

Mehr Sorgen machte sie sich augenblicklich um ihre beiden Jungen. Zu Ludwig hatte sie längst den Zugang verloren. Jeder Versuch, mit Freundlichkeit und Einfühlungsvermögen das völlige Abreißen des Kontaktes zu verhindern, mündete in eine Auseinandersetzung über Ludwigs immer wieder aufs Neue vorgebrachten Vorwurf, sie habe Hans stets bevorzugt. Der Jüngere fehlte ihr sehr. Zugleich fürchtete sie, dass er in weitere Schwierigkeiten geraten sein könnte. Was würde aus ihm, wenn er zurückkäme? Würden sie ihn wegen des Überfalls auf seinen Halbbruder am Ende noch einsperren? Gab ihm sein früherer Chef doch noch eine Chance? Notfalls würde Willi ihm Arbeit geben. Aber auf Dauer nährte der Betrieb keine zwei Familien. Und was wurde aus Ludwig? Petra Eichler hatte sich von ihm getrennt, das hatte Petras Mutter erzählt, die sie in Lichtengrün auf dem Postamt getroffen hatte.

Ludwig verlebte einen einsamen Heiligabend. Maria hatte, wie er es von zu Hause kannte, Saitenwürstchen mit Kartoffelsalat gemacht und zog sich nach einem wortkarg eingenommenen Essen bald zurück. Geschenke gab es nicht, man hatte noch zu Lebzeiten des alten Köcherhofbauern vereinbart, sich gegenseitig nichts mehr zu schenken. Maria wäre eigentlich gerne noch auf ein Glas Wein im Wohnzimmer geblieben. Aber Ludwig hatte schon mittags mit Trinken angefangen, weshalb sie befürchtete, der Abend würde in unguter Stimmung verlaufen.

Gustav war im vergangenen Sommer ausgezogen. Spät waren die beiden Töchter Gabi und Sabine auf die Welt gekommen. Das bedeutete für den fast vierzigjährigen Vater ein großes Glück. Obwohl Helga nach der Geburt des zweiten Kindes nur noch stundenweise arbeiten konnte, gelang ihnen im abgelaufenen Jahr der Kraftakt, den Bau eines kleinen Einfamilienhauses in Großerlach zu vollenden. Nach und nach hatte sich Gustav über mehrere Jahre hinweg seinen Erbteil auszahlen lassen, womit Ludwig gerechnet hatte. Es hatte ihm auch keine große Mühe bereitet. Mehrere bislang fast wertlose Wiesen, die weitab vom Hof am Ortsrand von Seelbach lagen, waren Bauland geworden. Genau dies hatte auch seine Tante Pauline in Erfahrung gebracht, die ihn über einen Anwalt wissen ließ, der ihr nach dem Tod des Altbauern ausbezahlte Pflichtteil sei zu niedrig angesetzt gewesen. Der Seelbacher Gemeinderat habe nämlich bereits wenige Monate vor dessen Unfall einen entsprechenden Bebauungsplan aufgestellt. Mit dieser Feststellung verband der Anwalt eine Forderung in fünfstelliger Höhe.

Während Ludwig aufstand, um Holz in den Kachelofen nachzulegen, der von der Küche aus beheizt wurde, erfasste ihn erneut eine große Wut auf seine Tante. Sie war ihm das erste Mal anlässlich der Beerdigung der Großmutter begegnet. Er griff sich eine angebrochene Flasche Schlehengeist aus dem Küchenbuffet, nahm sie mit ins Wohnzimmer und entkorkte sie. Pauline hatte seines Erachtens nie wirklich zur Familie gehört. Als er noch im Kindesalter hin und wieder die Wochenenden und Teile der Ferien auf dem Hof verbracht hatte, war niemals von ihr die Rede gewesen. Erst nach dem Unfall des Großvaters hatte sie zwei- oder dreimal ihren jüngeren Bruder besucht. Während er sich rasch aufeinander mehrere Schnäpse einschenkte, kam ihm voller Ingrimm der Gedanke, seine ältere Tante Hermine könne Gleiches fordern wie ihre jüngere Schwester. Und wenn dem so wäre, käme er erst einmal gehörig in die Bredouille. Denn es war nicht leicht, den Hof mit einer Magd und der alten Maria umzutreiben. Die Zeit der Knechte ging zu Ende und der Strom ausgebildeter Landarbeiter, die sich aus der Ostzone absetzten, war mit dem Mauerbau völlig versiegt. Sie waren ohnehin oft nur kurz geblieben, denn es zog sie in die Fabrik. Aber der eine oder andere Engpass hatte überbrückt werden können.

Seit Petra ihre kurze Liaison mit ihm beendet hatte, war der Hass auf seinen Halbbruder in Ludwig noch weiter angewachsen. Obwohl er im Grunde genommen wusste, dass letztendlich seine aufbrausende Art das Mädchen zu diesem Schritt bewogen hatte, überdeckte er diese Einsicht mit den Erinnerungen an Hans, wie der sich ihm offen in den Weg gestellt und auf ihn eingedroschen hatte. Der Amibankert sollte seiner gerechten Strafe nicht entgehen. So viel stand fest, auch wenn die Mutter jammerte und schon mehrfach darum gebeten hatte, er möge seine Strafanzeige zurückziehen. Damit wurde wieder einmal deutlich, auf wessen Seite sie im Zweifel stand, auch wenn sie stets behauptete, beide Söhne seien ihr gleich lieb. So hatte Weihnachten keinen Sinn. Er überlegte, ob er nach Heilbronn ins Puff fahren solle. Ein Blick auf die halbleere Flasche machte ihm bewusst, dass das in jeder Hinsicht keine gute Idee war. Nächste Weihnachten musste ein Weib auf dem Hof sein.

Auch Leonore Schimmelpfennig feierte das diesjährige Weihnachtsfest ohne Partner, nur mit ihren beiden Kindern. Obwohl ihr das nichts ausmachte, hatte sie vor einigen Tagen sogar daran gedacht, Caroline zu sich einzuladen, die sie, wie schon so oft in ihrer nun schon Jahrzehnte währenden Freundschaft, mehrere Monate nicht mehr gesehen hatte. Sie hatte über Umwege erfahren, dass sich Carolines Söhne auf unterschiedliche Weise aus dem Staub gemacht hatten. Schließlich überwog aber die Einsicht, dass es wohl besser wäre, wenn Caroline den Abend mit ihren hinfällig gewordenen Eltern verbrachte.

In den letzten Jahren vor seinem Tod hatte Leonore den Kontakt zu ihrem Vater weitgehend verloren. Er war zeitlebens überzeugter Kommunist geblieben und hatte nach dem KPD-Verbot mit allerlei Widrigkeiten zu kämpfen. Hierzu gehörte, dass man ihm eine kleine Zusatzrente als Verfolgter des NS-Regimes mit hanebüchenen Argumenten verweigert hatte. Gerichte hatten in den Fünfzigerjahren absurde Urteile gefällt, etwa dergestalt, dass man einem Bekannten von Christian Schimmelpfennig beschied, *er habe durch seine notorische Propagandatätigkeit gegen die Bundesrepublik Deutschland seinen Entschädigungsanspruch verwirkt.* In den von Hysterie geprägten ersten Monaten nach dem Parteiverbot hatten ihn wohl nur sein fortgeschrittenes Alter und seine angegriffene Gesundheit davor bewahrt, erneut eingesperrt zu werden. Er und eine kleiner werdende Gruppe überzeugter Genossen waren nach dem Bau der Mauer noch weiter in die Isolation geraten, was seinen ohnehin schon ausgeprägten Zynismus ins Grenzenlose steigerte.

Letzten Sommer war Leonores Vater tot in seiner winzigen Stuttgarter Wohnung gefunden worden. Er hatte nackt halb im Bad, halb im Flur gelegen. Der hinzugezogene Arzt attestierte Tod als Folge eines Herzinfarkts. Als sie mit dem neunjährigen Aron und der ein Jahr jüngeren Helene auf dem Stuttgarter Waldfriedhof stand, beschlich sie mit einem Mal der Gedanke, dass ihren Kindern nicht nur der Vater fehlte, der sie 1957 zum zweiten Mal und damit wohl endgültig verlassen hatte. Sie hatten eigentlich auch nie richtige Großeltern gehabt. Jakobs Eltern Joseph und Rosa waren im Dezember

1941 in der Nähe von Riga ermordet worden. Ihre eigene Mutter hatte nicht mehr erlebt, wie die Enkel zur Welt kamen. Und der alte Schimmelpfennig war seinen Enkeln auch nie ein richtiger, ein vitaler und zugewandter Großvater gewesen. Dazu waren sie sich viel zu selten begegnet. Während der wenigen gegenseitigen Besuche hatte er ihr gegenüber immer leidenschaftlich seine politischen Vorstellungen verfochten. Gelegentlich hatten sie deswegen sogar gestritten.

Christian Schimmelpfennig wurde an einem warmen, windstillen Frühsommertag begraben. Leonore war überrascht darüber, wie viele Menschen bei der Beerdigung zugegen waren. Offensichtlich war das isolierte Häuflein derer, die trotz Verfolgung und Parteiverbot immer noch als Kommunisten dachten und fühlten, eng zusammengerückt. Da der Vater Atheist und Mitglied des Freidenkerverbandes gewesen war, sprach nach einem Redner, der früher wohl zu den führenden Köpfen der Stuttgarter KPD gezählt hatte, ein Vertreter der Freidenker, der ihrer Meinung nach ein detailliertes und zutreffendes Bild von Christian Schimmelpfennig zeichnete.

Es gab nun also zu Weihnachten 1963 keine Großeltern mehr, die ihren Enkeln etwas Heimeligkeit vermitteln und ihnen eine Kleinigkeit schenken konnten. Aron spielte mit einer blechernen Berg- und Talbahn, die er sich nach wiederholter Durchsicht des *Quelle-Katalogs* sehnlichst gewünscht hatte. Auf einer festgelegten Spur fuhren ein rotes und ein blaues Blechauto, deren Antrieb zuvor aufgezogen werden musste. Helene hatte eine neue, ihre zweite Puppe bekommen. Schon lange hatte sie sich für ihre alte ein Brüderchen gewünscht. Versonnen schob sie den Puppenwagen durch das weihnachtlich geschmückte Wohnzimmer und über den schmalen langen Flur. Hin und wieder nahm sie beide Puppen heraus, um sie vor den Christbaum zu setzen. Leonore trank einen Schluck Wein und blickte gedankenverloren auf ihre Kinder, die ganz in ihr Spiel vertieft und offensichtlich glücklich über das waren, was sie unter dem Weihnachtsbaum vorgefunden hatten. Leonore fragte sich, ob den beiden bewusst war, dass sie im Unterschied zu anderen Kindern keine Großeltern hatten. Aron schien der robustere zu sein. Er war für sein Alter recht groß. In der Schule kam er problemlos mit und hatte genügend Freunde. Im nächsten Jahr standen vor Ostern die Aufnahmeprüfungen für das Gymnasium an. Der Lehrer, ein ruhiger, schmal gebauter Mann, riet dazu, dass Aron das Gymnasium besuchte. »Der schafft die Aufnahmeprüfung spielend«, hatte er ihr während eines Elternabends im November eröffnet.

Die nur ein gutes Jahr jüngere Helene ließ nicht erkennen, ob sie unter den besonderen Familienverhältnissen litt oder doch leidlich mit diesen zurechtkam. Gelegentlich fragte sie nach dem Vater, was Aron nie tat. Vor sechs Jahren war Jakob nach Amerika gegangen. Ob sich die Kinder überhaupt noch an ihn erinnern konnten? Sehr wahrscheinlich setzte sich das Bild ihres Vaters vor allem aus Erinnerungsfetzen, Phantasien und Wünschen zusammen. Noch hielt Leonore das Schicksal der beiden Großeltern Joseph und Rosa Winter vor ihren Kindern verborgen. Aron hatte ein einziges Mal danach gefragt, wo denn die Eltern des Vaters lebten. Er hatte nicht von den Großeltern gesprochen. Sie seien tot, hatte sie erwidert, ohne zu erwähnen, dass sie, wenn man das Bekanntgewordene richtig deutete, im Dezember 1941 kurz nach ihrer Ankunft in Riga ermordet worden waren. Wie sie eines Tages ihren Kindern darüber berichten sollte, war ihr noch nicht so richtig klar.

Mit Bente allein

Die Tage vor dem 21. März verliefen arbeitsreich und hektisch. Rasmussen lieferte nicht nur die zahlreichen Einzelteile der aufwendigen Bühnendekoration an, die vom Stammpersonal des *Tivolis Koncertsal* zusammengebaut wurde. Die Verantwortlichen vom *Dansk Radio* bestanden darauf, dass das altehrwürdige Gestühl vorübergehend durch farbenfrohe Sitze ersetzt wurde. Außerdem mussten Podeste eingebaut werden, damit diese aufsteigend gestellt werden konnten. Im Vorfeld des harmlosen Schlagerwettbewerbs brandeten nun mit einem Mal Tumulte auf. Demonstranten versammelten sich vor dem Gebäude des dänischen Rundfunks und protestierten gegen die Teilnahme der Künstler aus Spanien und Portugal, die zu der Zeit von den beiden Diktatoren Franco und Salazar beherrscht wurden.

Zwei Tage vor dem Wettbewerb erschien Mads Rasmussen auf dem Hallenvorplatz, auf dem seine Arbeiter soeben dabei waren, bereits die dritte LKW-Ladung neuer Stühle abzuladen. Er winkte Django und Ringo zu sich heran und gab ihnen ein Zeichen, ihm zu folgen. Seitlich von der Eingangszone sah er sich um und sagte dann: »Django, Ringo, hört mal, ihr könnt übermorgen auf keinen Fall in der Halle arbeiten. Wegen der Proteste sind die Sicherheitsmaßnahmen verschärft worden. Man will mit allen Mitteln verhindern, dass die europäischen Fernsehanstalten Bilder von Protestaktionen ausstrahlen. Alle Mitarbeiter, die am Tag des Grand Prix in der Halle zum Einsatz kommen, werden streng überprüft. Ihr seid illegal im Land, habt keine Papiere und arbeitet bei mir schwarz. Man würde euch sofort verhaften und nach Deutschland abschieben.« Er sah in die enttäuschten Gesichter, lachte und fuhr fort: »Ich wusste gar nicht, dass ihr mittlerweile so große Schlagerfans geworden seid.« Dann zog er aus der Innentasche seines karierten Jacketts zwei Karten und hielt sie in die Luft. »Die beiden mir immer noch unbekannten Schönen müssen deshalb nicht auf ihren Spaß verzichten.«

Mit einer Mischung aus Freude und Enttäuschung nahmen sie die Tickets entgegen. Beide freuten sich darüber, dass sie Helle und Freja überraschen konnten. Allerdings würden sie den ganzen Abend nicht gemeinsam mit ihnen verbringen können. Und auf den Karten stand, dass das Publikum bereits zwei Stunden vor Sendebeginn auf seinen Plätzen sein musste. Mit dem Erwerb einer Eintrittskarte hatte sich der Käufer dazu verpflichtet, den Anweisungen der Instrukteure Folge zu leisten.

Am 21. März verließen Django und Ringo ihr winziges Zimmer erst am späten Nachmittag. Camilla Hansen rief ihnen noch nach: »Jungs, bleibt doch hier. Wir können uns gemeinsam die Übertragung anschauen.«

»Keine Zeit«, entgegnete Ringo rasch. Sie schlenderten noch eine halbe Stunde gemeinsam durch Kopenhagen, ehe sie sich auf dem Rathausplatz trennten. Ringo wollte versuchen, doch irgendwie in den *Tivolis Koncertsal* zu gelangen. Er kannte einige Saalmitarbeiter, von denen er sich Unterstützung erhoffte. Zum einen sehnte er sich danach, die Veranstaltung gemeinsam mit Freja zu besuchen. Aber es gab auch noch einen anderen Grund, den er Django und den anderen verschwiegen hatte, um sich nicht deren Spott auszusetzen. Die kleine italienische Interpretin Gigliola Cinquetti wurde von der internationalen Yellow Press als eine der Favoritinnen auf den Sieg gehandelt – und er hatte die Möglichkeit, live dabei zu sein! Erstmals in seinem Leben hatte sich der junge Italiener am Hauptbahnhof ein deutsches *Bravo*-Heft gekauft, in dem die Teilnehmer und Teilnehmerinnen aus sechzehn Ländern vorgestellt wurden. Schon das hatte ihm spöttische Bemerkungen eingebracht.

»Wir kennen doch einige von den Jungs, die im Catering arbeiten. Vielleicht kann mir da einer helfen, doch noch in die Halle zu kommen.« Graziano sprühte vor Aufregung und Hoffnung.

»Na, dann ciao, Ringo«, erwiderte Django mit einem schelmischen Grinsen. »Mal sehen, vielleicht schau ich mir das Spektakel bei Bente im Fernsehen an.« Für Schlagermusik konnte er sich wirklich nicht erwärmen. Vielleicht wäre es ganz hilfreich, einen Stimmungsaufheller mitzubringen. Auf dem Weg zu Bentes Wohnung betrat er deshalb einen neu eröffneten italienischen Delikatessenladen und kaufte eine Flasche *Montepulciano*.

Zu seiner nicht geringen Überraschung traf er Helles Schwester völlig überdreht in ihrer Wohnung an. Sie begrüßte ihn überschwänglicher als sonst, klatschte in die Hände und wuselte lachend durch die Räume. Er ging ins Wohnzimmer, in dem bereits der Fernseher lief. Ein Journalist stellte Lotte Waever, die für die Moderation des Abends vorgesehen war, noch einige nichtssagende Fragen. Ob sie aufgeregt sei, wollte er von ihr wissen, ob sie sich auf die Aufgabe freue.

Bente lachte schallend. Erst jetzt fiel dem Jungen auf, dass sie anders gekleidet war als sonst, schriller, ungewöhnlicher. Über einer mit Goldfäden durchwirkten weißen Strumpfhose trug sie einen aus verschiedenfarbigen Flicken zusammengesetzten Lederrock. Ihre lilafarbene Bluse war weit geöffnet. »Natürlich wird sie aufgeregt sein«, ereiferte sie sich kreischend über die ihrer Meinung nach dämliche Fragestellung des Reporters. »Wer wäre nicht aufgeregt, wenn er eine solche Veranstaltung moderieren dürfte.«

»Wo ist Kirsten?«, fragte Django, dem Bentes Verhalten seltsam und überdreht vorkam. Er konnte nicht wissen, dass sie schon am späten Vormittag damit begonnen hatte, *Pervitin* zu nehmen.

Sie breitete die Arme aus. Obwohl sie in diesem Moment verzweifelt wirkte, lachte sie erneut. »Man hat sie mir genommen.«

»Wer hat sie dir genommen?«, fragte Django verwundert. Er stand auf und stellte den zu laut gestellten Fernseher leiser.

»Sie haben Kirsten zu meiner Mutter gebracht. Ich darf sie vorerst nicht sehen.« Plötzlich schluchzte sie.

»Wer hat sie geholt?«

»Die vom Amt behaupten, ich könne mich bei meinem Lebenswandel nicht um mein Kind kümmern.«

»Das ist doch Quatsch.«

»Ist es auch. Aber die Jugendbehörde ist nicht von allein darauf gekommen. Meine Mutter und ihr Partner haben sie mir auf den Hals gehetzt.«

»Shit.«

»Komm, mach den Wein auf. Es geht gleich los.« Sie stand auf und machte den Ton wieder lauter. Tatsächlich erklang nun die Eurovisionshymne. Sie erzeugte für wenige Augenblicke eine besondere, eine feierliche Stimmung. Wann immer diese Melodie ertönte, hatten viele Fernsehzuschauer den Eindruck, etwas ganz Besonderes stünde an.

Django schlurfte in die Küche, die er noch nie in einem so schrecklichen Zustand vorgefunden hatte. Überall stapelte sich dreckiges Geschirr. Auf dem kleinen Tisch standen angebrochene Lebensmittel. Rasch stellte er einige verderbliche Sachen in den Kühlschrank. Erst nach längerem Suchen fand er den Korkenzieher. Er öffnete die Flasche, spülte zwei Gläser und nahm sie und den Wein mit ins Wohnzimmer. Bente verfolgte schweigend die Anmoderation. Ohne ihn anzusehen, hob sie fordernd die Hand. Er füllte ein Glas und reichte es ihr. Sie hatte es bereits geleert, ehe er sich selbst einschenken konnte.

»Was ist heute los mit dir?«, fragte er verwundert.

»Nichts ist los. Schenk ein.«

»Du solltest langsamer trinken. Das ist ein guter Wein, den schüttet man nicht einfach so hinunter.«

»Laber nicht, schenk ein.«

Jetzt sang der erste Wettbewerbsteilnehmer. Der Franzose Hugues Aufray, der für Luxemburg startete, präsentierte eine melancholische Ballade, die Django nicht sonderlich gefiel. »Wie viele gehen denn an den Start?«, fragte er Bente.

»*Dreng*, du bist nicht auf dem Laufenden. Sechzehn Länder machen mit, zum ersten Mal auch Portugal.«

»Ach ja, stimmt«, erwiderte Django und dachte an die Gespräche im Tivoli. Man vermutete, dass es Ärger geben könnte. Linke Gruppen hatten bereits im Vorfeld gegen den portugiesischen Diktator Salazar demonstriert, darunter wohl auch etliche Ausländer. Das hatte zu Auseinandersetzungen darüber geführt, ob der dänische Staat Protestaktionen von *politisch motivierten Weltenbummlern und Vagabunden* hinnehmen müsse.

»Schau, jetzt kommt unserer«, quiekte Bente. Als vierter Wettbewerbsteilnehmer ging der dänische Sänger Bjørn Tidmand an den Start. Das Saalpublikum klatschte frenetisch. Sein Lied mit dem Titel *Sangen om dig* war kein echter Bringer, eher ein Langweiler. Er würde damit am Ende den neunten Platz belegen.

»War nicht so gut, oder?«, fragte Bente und sah zu dem Jungen hinüber, dem auffiel, dass sie jetzt deutlich schielte. »Komm, schenk mir noch was ein.«

»Mach mal langsam«, erwiderte er und blieb regungslos auf der abgewetzten Couch sitzen.

»Los, schenk mir ein«, nörgelte sie. Das *Pervitin* begann in Verbindung mit dem Alkohol seine ungute Wirkung zu entfalten. Bente nahm die vernebelnde Wirkung des Weins gar nicht mehr wahr.

Jetzt kam der erste Schlagersänger, von dem Django schon einmal gehört hatte. Udo Jürgens sang *Warum nur, warum?* Er startete für Österreich. Nur wenig später betrat die deutsche Vertreterin die Bühne. Sie hieß Nora Nova und war ihm völlig unbekannt. Mit ihrem Lied *Man gewöhnt sich so schnell an das Schöne* landete sie am Ende mit null Punkten auf dem letzten Platz.

»Du bist ein böser, böser Bube.« Bente erhob sich, schwankte leicht und warf sich neben ihn auf die Couch. »Warum gibst du mir nichts mehr zu trinken?«, fragte sie. Dabei blickte sie ihn einen Moment lang schelmisch grinsend an und fuhr mit dem Zeigefinger der rechten Hand über seine Oberlippe.

Er betrachtete ihr Gesicht. Sie war schlecht geschminkt. Irritiert über diese plötzliche Annäherung einer Frau, die sieben Jahre älter war als er selbst, versuchte er ihren Unterkörper von sich wegzuschieben. Behänder, als er es für möglich gehalten hätte, setzte sie sich rittlings auf seinen Schoß. Er spürte das aufgeraute Gewebe ihrer golddurchwirkten Strumpfhose durch den Stoff seiner Hose. »Komm, sei nett zu mir, Kleiner«, lallte sie und machte Anstalten, ihn zu küssen.

Panik erfasste ihn. Als er ihr den Kopf zur Seite zu drehen versuchte, biss sie ihn leicht in den Handrücken. Er kämpfte mit widerstreitenden Gefühlen. Wut und Scham über das aberwitzige Verhalten Bentes mischten sich mit einer seltsamen Erregung. Diese nahm zu, als er ihren linken Oberschenkel berührte, der sich unter dem dünnen Kunstgarn aufreizend fest und muskulös anfühlte, was ihn mit einem Mal richtig geil werden ließ. Er schämte sich dafür, denn eigentlich begehrte er Helle, mit der er jetzt lieber im *Tivolis Koncertsal* gesessen hätte. Seine nachlassende Gegenwehr stimulierte die alkoholisierte Frau, die ihn nun mit Küssen bedeckte. Sein Widerstand war endgültig gebrochen, als sie begann, seinen steifen Schwanz aus der Hose zu wühlen. Sie setzte sich auf ihn, dann öffnete sie ihre Bluse ganz und legte seine Hände auf ihre Brüste. Er kam viel zu schnell. Während sie sich weiter auf ihm abmühte, um selbst noch Befriedigung zu erlangen, sah er aus dem Augenwinkel, dass der heitere Verlauf des Schlagerwettbewerbs wohl eine Störung erfahren hatte. Auf dem Bildschirm war gerade noch zu erkennen, wie Sicherheitskräfte einen Mann von der Bühne schleppten, der sich dort wohl unberechtigterweise Zugang verschafft hatte.

»War es dein erstes Mal, *Dreng*?«, fragte Bente, während sie sich die Bluse zuknöpfte. Django nickte mit geschlossenen Augen.

»Es war schön«, log sie.

Als es klingelte, schreckte der Junge auf. Im Fernsehen lief jetzt die Punktevergabe der teilnehmenden Länder. Das konnten doch unmöglich schon Helle und Freja sein. Oder hatten sie sich am Ende so gelangweilt, dass sie vorzeitig aufgebrochen waren? Bente, die an die Tür gegangen war, kam mit Ringo ins Zimmer zurück. Der junge Italiener war sichtlich schlecht gelaunt und zudem im Frühjahrsregen klitschnass geworden.

»Porca madonna!«, fluchte er und nahm das Handtuch, das Bente ihm wortlos reichte. »Ich hab alles versucht. Aber ich bin nicht in die beschissene Halle reingekommen. Vor jedem noch so kleinen Loch stand ein Wachmann. Nur wegen so Polit-Idioten, die Krawall angekündigt hatten.«

»Am Ende hat aber alles nichts genützt«, griente Django. »Im Fernsehen hat man gesehen, dass einer auf der Bühne protestiert hat.«

»Sag bloß, du hast vorhin Fernsehen geschaut«, fauchte Bente.

»Na ja …«

»Das ist ja echt die Höhe. Erst liefert der Kerl eine ganz flache Nummer ab und dann stellt sich heraus, dass er nebenbei in die Glotze geschaut hat.« Wütend nahm sie einen kräftigen Schluck aus der fast leeren Flasche.

»Hab ich irgendwas verpasst?«, fragte Ringo und streckte sich neben seinem Freund auf der Couch aus.

Es dauerte einige Jahre, bis Django sich von den Gefühlen der Scham und der Peinlichkeit freimachen konnte, die ihn jedes Mal aufs Neue befielen, wenn ihm sein erster Verkehr mit einer Frau in Erinnerung kam.

Kurz nach Mitternacht klingelte es erneut. Bente lag mit leicht geöffnetem Mund schlafend im Sessel. Django stand auf, ordnete notdürftig seine Kleidung und ging an die Tür. Blendend gelaunt und aufgekratzt stürmten Helle und Freja ins Wohnzimmer, nachdem beide ihn mit einem Küsschen auf die Wange begrüßt hatten. Dort stürzten sie sich auf Ringo, küssten und herzten ihn. »Glückwunsch«, rief Helle atemlos. »Ihr habt gewonnen.«

»Wer hat gewonnen?«, fragte Django.

»Habt ihr es gar nicht mitgekriegt? Die kleine Cinquetti hat den ersten Platz belegt. Ringo, Italien hat gewonnen! Freust du dich denn gar nicht?«

»Doch, doch«, beeilte sich Ringo zu erwidern. In diesem Augenblick fühlte er sich das erste Mal seit Langem wieder wie Graciano Scorese und fühlte sich gut dabei. In Nocella wären an diesem Abend alle bei den Verwandten gehockt, die bereits einen Fernseher hatten. Sein Vater Umberto hatte sich vermutlich das erste Mal, seit er in Deutschland war, stolz gefühlt. Die Mutter hatte vielleicht sogar ein paar Tränen vergossen. Später einmal konnte er ihnen sagen, er sei dabei gewesen. Dass er die ganze Zeit wie ein ralliger Kater um die Halle gestreunt war, mussten sie ja nicht erfahren.

Der 1. April 1964 war für Django und Ringo ein guter Tag. Als sie am Nachmittag ihre Arbeit beendet hatten, eröffnete ihnen Mads Rasmussen, dass er sie ab der kommenden Woche nicht nur bei den Transporten, sondern auch bei Montage- und Aufbauarbeiten in der Halle beschäftigen würde. »Ihr habt wacker durchgehalten, Jungs«, lobte er die beiden. »Somit habt ihr euch eine Chance verdient.«

Ringo fiel seinem Freund spontan um den Hals und sagte atemlos zu dem Dänen: »Danke, Mads, du wirst es nicht bereuen.«

Das restliche Frühjahr und der Frühsommer waren für die beiden Streuner eine Zeit neuer Begegnungen und aufregender Überraschungen. Mit Beginn der warmen Jahreszeit pilgerten Europas Hipster wieder nach Kopenhagen. Manche waren schon im letzten Sommer hier gewesen und hatten sich im Herbst in ihre Herkunftsländer zurückgezogen. Einige ganz Verwegene hatten an der Côte d'Azur oder in Marokko überwintert. Viele lockte der Ruf der Stadt, ein freizügiger Ort zu sein, an dem manches möglich war, was in England,

Deutschland oder Frankreich noch verpönt war. Neben einschlägigen Clubs, dem Hafen und dem Hauptbahnhof war der Tivolipark der wichtigste Treffpunkt. Bei gutem Wetter gammelte ein aus aller Herren Länder stammendes Völkchen auf den Grünflächen, was in Kopenhagen im Unterschied zu den meisten anderen europäischen Städten mit Gelassenheit geduldet wurde.

Django traf jetzt viele Deutsche. Es schmeichelte ihm, wenn aus Köln oder München stammende Studenten und Oberschüler ihm mit Respekt begegneten, da er als Kenner Kopenhagens galt, als einer, der es geschafft hatte, mehr als einen kurzen Sommer hier zu leben. Dass sein Verweilen in der Stadt mit Entbehrung und harter Arbeit verbunden war, kam den Beatniks nicht in den Sinn. Das Zusammentreffen mit den rebellischen Abenteurern trug dazu bei, dass sich der Horizont der beiden Ausreißer weitete. Wenn sie in ihrer Freizeit mit den Zugereisten zusammen waren, lauschten sie deren Gesprächen und begannen Bücher zu lesen, die ihnen von Gleichaltrigen als »unheimlich wichtig« empfohlen wurden. Vieles blieb Django unverständlich. So manches Buch, das ihm Abreisende als Geschenk zurückgelassen hatten, legte er bereits nach wenigen Seiten weg. *Der Ekel* von Sartre oder die Schriften von Albert Camus überforderten ihn. Jack Kerouacs *Unterwegs,* das vor wenigen Jahren wie eine Bombe eingeschlagen hatte und zu einer Bibel der im Aufbruch befindlichen Jugend geworden war, erschien ihm spannungsarm und langatmig. Hingegen faszinierte ihn das Buch eines Autors, von dem er bis dahin noch nie etwas gehört hatte. Karin, eine Göttinger Studentin, drückte ihm bei der Verabschiedung im Park *Christus kam nur bis Eboli* von Carlo Levi in die Hand. Mit einem Mal meinte er begreifen zu können, was Faschismus war. Er bestand nicht nur aus schwarzen Uniformen, Krieg und Konzentrationslagern. Hinzu kam auch die möglichst umfassende Kontrolle über sämtliche Lebensbereiche jedes Einzelnen. Ringo sah ihn zweifelnd und kritisch an, wenn er ihm von dem Buch vorschwärmte. Er kannte Levi nur dem Namen nach. Aber in den bäuerlichen Kreisen Kampaniens, aus denen seine Familie stammte, galt er als *Culattone*, als Schwuchtel.

An den Abenden und an den Wochenenden waren sie häufig, wenngleich nicht immer, mit Helle und Freja zusammen. Bentes Schwester hatte eine Ausbildung in einem kleinen Supermarkt begonnen. Freja ging auf eine weiterführende Schule. Wenn die Mädchen keine Zeit hatten, kam es auch öfters vor, dass die beiden Gestrandeten mit Beatniks aus anderen Ländern den Abend im *Nick* verbrachten. Ein paarmal gingen sie mit deutschen und schweizerischen Jazzenthusiasten ins *Jazzhus Montmartre*. Hier sorgte mittlerweile Oscar Pettifort dafür, dass immer mehr amerikanische Jazzgrößen Spaß daran fanden, auch außerhalb der amerikanischen Communities zu leben und musikalisch zu experimentieren.

Das erste Mal in seinem Leben wurde Django in dieser Umgebung nicht ständig daran erinnert, dass er eine dunklere Hautfarbe hatte als die anderen. Manchmal kam es ihm ganz im Gegenteil so vor, als würde sein Aussehen dazu beitragen, dass viele der Hipstermädchen geradezu seine Nähe suchten, ihn sogar auffällig oft ansprachen.

Eines Abends Ende April überraschte Helle ihren jungen deutschen Freund damit, dass sie alleine mit ihm nach Hause ging. Sie verbrachten die Nacht eng umschlungen auf seinem schmalen Bett. Erst einige Tage später schliefen sie miteinander. Und beide hatten, ohne dass sie darüber sprachen, das Gefühl, im anderen etwas gefunden zu haben, das mehr war als eine flüchtige Beziehung.

Dass Helle und Django nun ein Paar waren, brachte sowohl das Verhältnis zwischen Helle und ihrer Freundin als auch zwischen den beiden Jungen aus der bislang bestehenden Balance. Zwischen Ringo und Freja hatte es nicht gefunkt, was der Italiener bedauerte. Freja hatte sein schüchternes Werben bereits vor einiger Zeit mit klaren Worten zurückgewiesen. »Ich bin gerne mit dir befreundet. Aber ich liebe dich nicht.« Und da sie nun öfter nicht dabei war, wenn

Helle zu Django kam, ging Ringo jetzt häufiger seine eigenen Wege.

Da Django am 1. Mai gearbeitet hatte, bekam er den darauffolgenden Montag frei. Während Helle zur Arbeit ging, besuchte er Bente. Sie war soeben erst heimgekommen und war in einer üblen Verfassung. Halb ausgezogen öffnete sie ihm nach mehrmaligem Klingeln. »Willst du einen Kaffee?«, fragte sie, dabei ihren Seiden-BH zurechtzupfend.

»Gern«, erwiderte er, froh darüber, dass sie ihn um diese Zeit freundlich empfing. »Bente, ich muss mit dir reden.«

»Hast du ein Problem?«

»Na ja, du weißt doch, dass du die erste Frau warst, mit der ich geschlafen habe ...«

»Und jetzt sehnst du dich nach mir. Aber das geht so nicht. Wir würden beide Ärger kriegen.«

Er war über diese Wendung erleichtert, ohne sich über den Sinn ihrer Worte weitere Gedanken zu machen. Sie reichte ihm Kaffee. Er nahm ihn wortlos entgegen. Vorsichtig trank er einen Schluck. Dann stellte er die Tasse auf den vollgestellten Tisch. Er fühlte, dass er sich auf unsicherem Terrain bewegte.

»Ich habe eine große Bitte an dich.«

»So, so.« Sie gähnte ausgiebig. Dann fuhr sie sich mit den Fingern der freien Hand durch ihr ungeordnetes Haar.

»Bente, ich bin seit ein paar Tagen mit Helle zusammen.«

»Schlaft ihr miteinander?«

»Wir haben es einmal getan«, erwiderte er verlegen.

»Dann passt bloß auf! Ihr seid beide noch minderjährig. Nehmt ihr Präser? Willst du welche von mir mitnehmen? Bist du deswegen gekommen?«

Django schüttelte den Kopf. Er fühlte sich unbehaglich. »Ich bin gekommen, um dich zu bitten, dass du Helle nicht erzählst, dass wir es gemacht haben. Sie wäre vielleicht enttäuscht und traurig.«

»Du meinst, das kleine Mädchen erleidet einen Schock, wenn es erfährt, dass ihr Liebster zuvor mit einer Hure geschlafen hat, die auch noch ihre Schwester ist?« Um ihre von der Müdigkeit zerknitterten Lippen legte sich ein herber Zug.

Django war blass geworden. »Das wusste ich nicht.«

»Was wusstest du nicht?«

»Du hast gesagt: mit einer Hure.«

»Du wusstest nicht, dass ich anschaffen gehe?« Sie lachte laut auf. Es klang eine Spur zu grell. »Das glaub ich dir nicht.«

»Wirklich nicht«, sagte er und fügte leise hinzu: »Ich hab gedacht, dass du als Barmädchen oder als Tänzerin arbeitest. Aber das ist auch völlig egal. Ich möchte nur nicht, dass Helle das mit uns erfährt.«

Über das Chaos auf dem Tisch hinweg griff sie ihm ans Kinn und drückte es leicht nach oben. »Geht dir die Muffe? Aber du brauchst keine Angst zu haben. Was ich mache, geht Helle nichts an.« Sie stand auf und ging aufs Klo. Als er die Spülung hörte, verspürte er den Wunsch zu gehen.

Bente kam zurück. »Noch einen Kaffee?«, fragte sie. Er schüttelte den Kopf. Sie setzte sich neben ihn auf die Couch. »Nimm mich mal ganz kurz in den Arm. Dann muss ich dringend ins Bett.« Als er zögerte, fuhr sie fort: »Keine Angst, ich falle schon nicht über dich her.«

Er drückte sie an sich. Sie fühlte sich anders an als noch vor ein paar Tagen. Die sonst so laute, resolute Frau wirkte mit einem Mal müde und zerbrechlich. »Wir bleiben Freunde, ja?«, fragte er sie leise.

»Natürlich bleiben wir Freunde. Freunde zu haben ist gut«, erwiderte sie im Halbschlaf.

Er ließ sie vorsichtig zur Seite gleiten. Dann stand er auf, zog ihr die hochhackigen Schuhe aus, legte ihre Beine hoch und breitete eine Wolldecke über sie. Leise verließ er die Wohnung. Er war erleichtert. Gemächlich schlenderte er zum Tivolipark hinüber. Zwischendurch kaufte er in einer Bäckerei, die er durch den bereits geöffneten Hintereingang betrat, ein ofenfrisches dänisches Hörnchen, das er im Gehen mit Genuss verschlang.

Zu dieser frühen Stunde pilgerten die ärmeren Hipsters und Beatniks, die keine feste Bleibe hatten und somit die Nacht in versteckten Biwaks, in Schuppen oder im Hafen verbringen mussten, in den Park zurück, um sich in der Sonne zu wärmen. Noch waren die Nächte kalt. Wer keinen guten Schlafsack hatte, fror jämmerlich. Django gesellte sich zu einer kleinen Gruppe, die er bereits kannte. Sie bestand fast ausnahmslos aus Engländern und Amerikanern. Er setzte sich gerne zu ihnen, obwohl er kaum etwas verstand und selbst nur wenige gängige Phrasen auf Englisch beherrschte. Das meiste davon hatte er auf Rummelplätzen von GIs gelernt. Er hoffte, über diese neuen Kontakte seine Sprachkenntnisse zu verbessern. Außerdem hatten die bunten Vögel, die sich schon am frühen Morgen hier einfanden, immer viel zu erzählen. Da er als Insider galt, der schon länger in Kopenhagen lebte, suchten auch ältere, darunter viele Studenten, das Gespräch mit ihm. Man erhoffte sich Tipps, Hinweise auf billiges Essen, eine kostenlose Schlafmöglichkeit oder ein neues Lokal, in dem die heißesten Platten gespielt wurden.

Allmählich gelang es ihm, unter den in Kopenhagen gestrandeten Globetrottern unterschiedliche Strömungen auszumachen. Da war die große Masse vergnügungssüchtiger Beatniks, die sich ein bisschen intellektuell gaben, aber eigentlich nur auf eine entspannte Zeit und lockere Begegnungen aus waren. Eine andere Gruppe waren die meist aus akademischen Kreisen stammenden Existentialisten. Sie trugen enge dunkle Pullover, lasen Kierkegaard, Camus und Sartre, schwärmten gelegentlich für Juliette Gréco und verkehrten häufig in den Jazzclubs. Und dann gab es noch eine kleine Zahl politisch motivierter Aktivisten, die vor einer Eskalation in Vietnam warnten und stets allerlei kommunistische und anarchistische Klassiker mit sich herumtrugen. Manche hatten bereits damit begonnen, Haschisch zu rauchen, das im Hafen, im *Nick* und in anderen Clubs problemlos zu bekommen war.

Als Django an diesem Morgen im Kreis der englischsprechenden Gruppe auf dem immer noch feuchten Rasen in die

Hocke ging, bot ihm ein schwarzbärtiger Amerikaner eine Pfeife an und ermunterte ihn, daran zu ziehen. Er nahm einen kurzen Zug, ohne den kratzenden Rauch zu inhalieren, und reichte die Pfeife zurück.

»Oh God, what a wimp«, lachte der Amerikaner, den Django auf Mitte zwanzig schätzte.

Wortlos stand der Deutsche auf, holte sich von einer nahen Bank eine liegengebliebene Zeitung und setzte sich zwischen die anderen auf den Rasen, wobei er das Papier als Unterlage benutzte. Der Schwarzbärtige streckte sich im feuchten Gras aus. »Yes, really, he's a wimp.«

Der Tag versprach schön zu werden. Eine sanfte Brise wehte vom Meer herüber. Die Sonne wärmte bereits. Noch war die reichhaltige Blumenpracht des Tivoliparks nicht aufgeblüht. Erste farbige Tupfer mischten sich unter die verschiedenen Grünfärbungen der Wiesen, Rabatten, Bäume und Sträucher.

Ob er Kerouac kenne, fragte ihn eine dunkelhaarige Engländerin. Sie hatte ein Clownsgesicht, lustige flinke Augen, Sommersposssen und volle rote Lippen. Django vermutete, dass die pechschwarzen Haare, wie bei Freja auch, gefärbt waren. »Nein«, antwortete er. »Ich bin ihm noch nicht begegnet.«

Diejenigen, die sein radebrechendes Gemisch aus Englisch, Deutsch und Dänisch verstanden hatten oder zumindest meinten, den Sinn seiner Worte begriffen zu haben, lachten und kicherten.

»Das ist keiner, der hier rumtigert«, sagte das Mädchen.

»Obwohl es ihm hier wahrscheinlich gut gefallen würde«, mischte sich der bärtige Amerikaner ein.

Die Engländerin rückte ein Stück näher an Django heran. »Jack Kerouac ist ein bekannter amerikanischer Schriftsteller. Er steht für Aufbruch, fürs Abhauen, dafür, allen Mief hinter sich zu lassen.«

Er hatte kaum etwas verstanden, nur dass sie etwas wie »Schriftsteller« gesagt hatte. »Was hat er geschrieben?«, wollte er von ihr wissen.

»Du kennst ihn nicht?«

»Nö.« In diesem Moment sagte er nicht die ganze Wahrheit. Karin, die kleine Göttinger Studentin, die ihm vor ihrer Abreise das Buch von Carlo Levi geschenkt hatte, hatte ihn auf die deutsche Ausgabe von Kerouacs Kultbuch *On the Road* aufmerksam gemacht. Später hatte sie es bei einem Besuch in der *Vesterbrogade* liegen lassen, aber er war nicht über ein paar Seiten hinausgekommen. Ihm machte es unbändigen Spaß, weiterhin die Rolle des unerfahrenen, unwissenden Tölpels zu spielen, auch weil er sich sicher war, bereits jetzt schon mehr erlebt zu haben als die meisten dieser Bürgerkinder. Zudem, er hatte das Buch seither wirklich nicht mehr angerührt.

»Vielleicht liest man ihn in Deutschland nicht«, mischte sich ein rothaariges Mädchen ein, ebenfalls eine Engländerin.

»Die Bücher von dem musst du unbedingt lesen«, fuhr die Sommersprossige fort, wobei sie einen unguten missionarischen Eifer an den Tag legte. »*On the Road*, *Big Sur* und *Lonesome Traveller*. Das sind jetzt die Bibeln der amerikanischen Hipsters, Quatsch, was sage ich, der Beatniks weltweit.«

»Keine Ahnung, ob das alles in Deutschland schon erschienen ist«, murmelte Django. Er spürte, wie das feuchte Gras die Zeitung durchweichte. Er bekam einen feuchten Hintern.

»Ich hab eine Idee«, sagte das Mädchen mit dem Clownsgesicht und lächelte ihn an. »Ich lese gerade *On the Road*. Ende der Woche habe ich das Buch ausgelesen, dann kann ich es dir ausleihen.«

Er wollte zuerst ablehnen. Doch dann kam ihm in den Sinn, dass er vielleicht die deutsche und die englische Ausgabe parallel lesen könnte, was seine nur spärlichen Englischkenntnisse deutlich verbessern würde.

»Wie lange bist du noch da?«, fragte er.

»Och«, sagte das Mädchen. »Solange das Geld reicht. Mindestens bis Ende Juni. Im Herbst gehe ich an die Uni. Und was machst du?«

»Arbeiten, leben, Spaß haben und dann wieder arbeiten.«

»It's not so bad«, kicherte der Bärtige und saugte an seiner Pfeife, die er soeben erneut mit einem Gemisch aus Tabak und Haschisch gefüllt hatte. Dann ließ er sie wieder in der Runde kreisen. Django machte, begleitet vom Feixen und Gelächter des Amerikaners, wiederum nur einen Zug ohne zu inhalieren. »So wird das nichts«, meinte er.

»Wie heißt du eigentlich?«, fragte die Sommersprossige.

»Meine Freunde nennen mich Django.«

Die anderen lachten. »Django, ein typisch deutscher Name«, kicherte ein hagerer Bursche mit schulterlangen fettigen Haaren, der bislang nichts gesagt, sondern nur hin und wieder Bruchstücke von Liedtexten vor sich hingesungen hatte, die dem jungen Deutschen unbekannt waren.

»Jetzt lasst ihn doch. Was ist denn dabei, wenn einer Django heißt. Ich heiße Betty«, stellte sich das Mädchen vor.

»Ich muss los«, sagte Django und erhob sich.

»Kommst du morgen wieder?« Fragend schaute Betty zu ihm hoch.

»Ich weiß noch nicht. Tagsüber muss ich auf jeden Fall arbeiten.«

Sooft es ihm möglich war, holte Django Helle von der Arbeit ab. Meistens gingen sie dann in die *Vesterbrogade* im Wissen oder wenigstens in der Hoffnung, dass Ringo nicht zu Hause war und Camilla Hansen vor dem Fernseher saß. Den stellte sie immer so laut, dass die Ankömmlinge unbemerkt in das kleinere der beiden Zimmer schlüpfen konnten. Auffällig war, dass Helle ihn nie mit zu sich nach Hause nahm. Sie sprach nicht über die Gründe und er fragte nicht danach, denn er befürchtete, dass sich aus dieser Frage ein unerfreuliches Gespräch entwickeln könnte. Gelegentlich, meist dann, wenn er alleine war, versuchte er Erklärungen für Helles Verhalten zu finden. Durfte die Mutter nicht wissen, dass sie einen Freund hatte? Oder wollte das Mädchen ihn nicht mit nach Hause nehmen, weil sie vermutete, dass ihre Mutter und der Stiefvater seine Hautfarbe nicht mochten? Er tröstete sich mit dem Gedanken, dass es ihr wohl generell Probleme machte, mit dem Stiefvater zurechtzukommen. Dieser war mit der Mutter erst vor einem knappen Jahr zusammengezogen und die Hochzeit hatte erst im letzten November stattgefunden.

Ohne Ringo

Ab Mitte Mai strömten wieder mehr Menschen nach Kopenhagen. Noch wehte abends eine kühle Brise vom Meer herüber. Aber die Tage waren bereits sonnig und mild. Manche Nachmittage waren schon richtig heiß. Neben schwedischen und englischen Touristen kamen jetzt wieder vermehrt Deutsche, die noch im letzten Jahrzehnt nicht sonderlich erwünscht gewesen waren. Ältere Ehepaare machten Städtereisen. Viele blieben nur übers Wochenende. Man sah tagsüber vermehrt junge Familien mit Kindern, die ihren Strandurlaub mit einer Spritztour nach Kopenhagen abrundeten. Vor allem aber kamen mit dem guten Wetter noch mehr erlebnishungrige junge Leute aus aller Herren Länder, die meisten von ihnen Englisch oder Schwedisch sprechend. Man traf aber auch Franzosen, Deutsche und Schweizer. Sogar einige junge Spanier versuchten, in Dänemark wenigstens für kurze Zeit jene Freiheit zu finden, die ihnen die Franco-Diktatur noch immer verwehrte.

Die Beatniks, und unter diesen die Mädchen noch mehr als die Jungen, fieberten der Ankunft der Beatles entgegen, die ihre erste Europatournee am 4. Juni mit zwei Konzerten in den Kopenhagener KB Hallen eröffnen wollten.

Wenn Django nicht arbeitete oder mit Helle zusammen war, hielt er sich meist im Tivolipark auf. Sobald er ankam, wurde er von denen begrüßt, die schon länger in der Stadt waren. Manche von ihnen lagerten in abenteuerlichen Outfits auf dem Rasen. Immer mehr Langhaarige bevölkerten den Park. Viele trugen dünne Lederbänder ums Haar, poppige Hemden und taillierte Wildlederjacken. Und an den Füßen

Sandalen oder Halbstiefel mit Kreppsohlen. Wenn er sich suchend durch die Gruppen und Grüppchen junger Menschen schlängelte, riefen sie zu ihm herüber oder winkten ihm zu.

An einem Nachmittag im Mai kamen sie früher als geplant vom Hafen zurück, wo sie zu dritt in Kisten verpackte Maschinenteile angeliefert hatten. Als der Fahrer sie auf dem Firmengelände absetzte, kam ihnen sogleich Mads Rasmussen entgegen. »Ihr könnt heute früher Feierabend machen. Ab dem fünfundzwanzigsten sind wir damit beschäftigt, in der Halle Technik und Bühnenteile anzuliefern. Das wird meistens bis spät in die Nacht gehen. Wir dürfen nämlich dafür schuften, dass die Beatles hier ihr Unwesen treiben können.« Er meinte das keineswegs ironisch.

Ringo, den die schwere Tagesarbeit geschlaucht hatte, ging sofort nach Hause. Django schlenderte alleine zum Bahnhofsvorplatz hinüber. An einem Kiosk holte er sich ein Würstchen, das er auf dem Weg in den Tivolipark verzehrte.

Der Schwarzbärtige sah ihn zuerst. »Hey, Buddy«, brüllte er zu ihm herüber und reckte dabei eine Faust so lange in die Höhe, bis der Deutsche den Rufer ausgemacht hatte. Betty, die ihn nun ebenfalls sah, sprang auf und wedelte wild mit den Armen.

Mit gespielter Erschöpfung ließ er sich neben den anderen auf den Boden fallen und verschränkte die Arme unter dem Kopf. Das Gras war angenehm trocken, die Sonne wärmte ihn. Er schloss die Augen.

»Na, wie war's bei der Arbeit?«, fragte ein Mädchen, das erst vor einigen Tagen zu der Gruppe gestoßen war, eine Holländerin namens Wiesje. Sie hatte allen, die mit ihr ins Gespräch kamen, erzählt, dass sie von zu Hause abgehauen sei, als ihre Mutter ihr eröffnet hatte, dass sie mit ihrem neuen Freund zusammenziehen wolle.

»Arbeit ist was für Spießer«, sagte der Hagere mit den fettigen Haaren. Er nannte sich Fox. Manche fragten sich, ob das mit den rotblonden Bartstoppeln zusammenhing, die in seinem sommersprossigen Gesicht wucherten. Im Unterschied dazu waren seine Haare hellbraun und frei von jeglichem Rotstich.

»Ich kann mir wenigstens eine Wohnung leisten«, entgegnete Django.

»Das ist doch spießig.«

»Streitet nicht«, mischte sich Betty ein.

»Wisst ihr schon das Neuste?« Fragend schaute der Deutsche in die Runde. »Am 4. Juni sind die Beatles in Kopenhagen.«

»Wen interessiert das«, dröhnte der Schwarzbärtige. »Kindergekreische. Wenn es Charly Parker wäre. Oder Chubby Checker.«

»Checker ist ja auch nur Mainstream«, schnaubte Fox verächtlich, »ein Twister.«

»Mal langsam, mal langsam. Zumindest ist er ein völlig ausgeflippter Tänzer«, verteidigte sich der Schwarzbärtige.

»Mich interessieren die Beatles schon«, krähte Wiesje und sprang begeistert auf.

»Ich würde da auch hingehen«, sagte Betty.

»Da kriegste eh keine Karten«, knurrte der Schwarzbärtige. »Da wollen doch Horden von Kindern hin.«

»Ich komm da rein«, prahlte Django.

»Du?«, schmachtete ihn Betty an. »Ist das wahr?«

»Wir bauen die Technik auf und betreuen sie während der Konzerte.«

Die Engländerin wälzte sich in seine Richtung und schmiegte sich einen Augenblick einschmeichelnd an ihn. »Du könntest dafür sorgen, dass ich da reinkomme?«

»Und ich auch?« Erwartungsvoll baute sich Wiesje vor ihm auf.

»Ich weiß nicht, ob das geht«, murmelte Django nun sichtlich erschrocken. Er hatte nicht damit gerechnet, dass seine harmlose Prahlerei so viel Resonanz erzielen würde.

Ab dem 25. Mai schufteten sie tatsächlich beinahe jeden Tag zwölf bis vierzehn Stunden. Mads Rasmussen spornte sie mit den Worten an: »Ich zahle euch die Überstunden und noch was extra.« Er hatte den kompletten Auftrag für alle Transporte ergattert, die für die beiden Konzerte notwendig waren. Ausgenommen war das Wenige, was die Beatles während ihrer Welttournee selbst mit sich führten. Im Vergabeverfahren hatte Rasmussen hoch gepokert. Jetzt kam das Unternehmen an seine Leistungsgrenzen, obwohl ein weiterer Fahrer und mehrere Hilfskräfte zusätzlich eingestellt worden waren.

In diesem Dilemma sah Django Erfolgschancen für einen weiteren Vorstoß. »Wenn du uns schon so schuften lässt, dann kannst du uns bestimmt vier Karten für eines der Konzerte besorgen.«

»Das kann ich nicht«, antwortete ihr dänischer Chef genervt, während ihn die beiden Ausreißer erwartungsvoll anschauten.

»Du kriegst das hin«, sagte Ringo, der von dieser Idee geradezu elektrisiert war.

»Ihr müsst an dem Tag ja sowieso arbeiten«, knurrte Rasmussen.

»Prima, dann sind wir ja schon drin!«, jauchzte Django. »Hab dich nicht so. Wir brauchen noch zwei Karten für die Mädchen.«

Die Pilzköpfe und ihr Tross landeten am Mittag des 4. Juni pünktlich auf dem Flugfeld. Die dänische Polizei hatte allergrößte Mühe, die entfesselte, kreischende Masse zurückzudrängen, die seit Stunden das Flughafengebäude umlagerte. Viele Fans waren schon am frühen Morgen hinausgepilgert und einige Unentwegte kampierten hier bereits seit dem Vorabend. Erst Stunden später erreichten Band und Begleiter die *Hammerichsgade*. Als die Musiker unter dem Schutz von Polizei und Wachmännern in das *Royal Hotel* flüchteten, drängte die Menge gegen den Eingang. Etliche der Anstürmenden wurden verletzt, zu Boden gerissen, vor den Türen oder an den Wänden eingeklemmt.

Angekündigt war, dass die Beatles an diesem Tag zwei aufeinanderfolgende Konzerte in den KB-Hallen geben würden. Das erste sollte um sechs Uhr abends, das nachfolgende um halb zehn beginnen. Rund um den Hallentrakt herrschte Chaos. Tausende von der *Beatlemania* infizierte Jugendliche blockierten die Straßen und gerieten bereits in Ekstase, wenn auch nur das Gerücht aufkam, aus einer der Seitenstraßen solle demnächst der von der Polizei eskortierte Wagen anrollen. Das erste Konzert konnte nur rechtzeitig beginnen, weil man die Bandmitglieder einzeln durch den Wäschekeller des Hotels nach außen geschleust hatte und sie die Konzerthalle mit einem Umweg über die *Sønderjyllands Allé* einigermaßen pünktlich erreichen konnten.

Django und Ringo hatten während der beiden Konzerte einen günstigen Standort. Sie waren mehreren professionellen Sicherheitskräften zugeteilt worden, die die vorderen Eingänge in den Innenraum sichern mussten. In der Halle drängten sich fast fünftausend Fans. Im Unterschied zu den Konzerten, die die beiden in Hamburg, im *Jazzhus* oder anderen Kopenhagener Clubs besucht hatten, waren junge Mädchen weitaus in der Überzahl. Als die Band von einem Sprecher mit sich überschlagender Stimme angekündigt wurde, brach das Publikum in ein solch schrilles Kreischen aus, dass den Helfern die Ohren schmerzten. Das Kreischen steigerte sich ins schier Unermessliche, als die vier Musiker die Bühne betraten und hielt an, als die Band nach einigen auf Englisch vorgetragenen Blödeleien mit *I Want To Hold Your Hand* das Konzert eröffneten. John Lennon machte zu Beginn einen unsicheren Eindruck. Später hieß es, er sei betrunken gewesen.

Django schlug seinem Freund krachend auf die Schulter und brüllte mit einem breiten Grinsen: »Du bist ja heute gar nicht mit von der Partie.« Fragend blickte ihn der Italiener an. »Na, guck doch, der am Schlagzeug ist doch auf keinen Fall Ringo Starr. Da trommelt heute ein ganz anderer.« Der junge Deutsche hatte sich nicht getäuscht. Am anderen Tag konnten sie in der Zeitung lesen, dass der vierte Beatle mit einem Rachenkatarrh in London geblieben und Jimmie Nicol für die ersten Konzerte der Tournee eingesprungen war.

Am Vormittag hatte Mads Rasmussen Django ohne weiteren Kommentar zwei Eintrittskarten für das spätere Konzert zugesteckt. Ursprünglich wollten sie diese Helle und Freja schenken. Doch dann hatte Ringo den Vorschlag gemacht, Betty und Wiesje mitzunehmen. Django hatte ihm davon berichtet, welche Reaktion er bei den beiden mit der Erwähnung des Beatles-Konzertes hervorgerufen hatte. »Mit denen wird es bestimmt lustiger«, sagte er, wobei er ausschließlich von dem Gedanken geleitet war, dass sich vielleicht eines der beiden Mädchen später als dankbar erweisen würde. Freja hatte ihm ja bereits zum wiederholten Male zu verstehen gegeben, dass er zwar ein netter Kerl sei, eine engere Beziehung aber nicht in Frage komme. Mit einem schlechten Gewissen Helle gegenüber hatte Django zugestimmt. Da Rasmussen ihnen erst einmal keine Zusage gegeben hatte, hatten sie mit Helle und Freja vorsichtshalber gar nicht erst über diese Möglichkeit gesprochen, an Konzertkarten zu kommen.

Ehe die beiden Jungen nach dem Konzert mit den Mädchen durch die Nacht ziehen konnten, gab es noch einige Aufregung. Das Quartett hatte das zweite Konzert mit *Long Tall Sally* beendet und war dann rasch von der Bühne verschwunden. In das Klatschen, Trampeln und Grölen hinein verkündete der Sprecher, dass die Band keine Zugabe mehr geben würde. Seine Begründung, die Musiker seien völlig erschöpft, ging in einem wüsten Gejohle unter. In mehreren Hallenzonen kam es zu Tumulten. Die Ordner an den Ausgängen hatten alle Hände voll zu tun, um Eingeklemmte und Ohnmächtige zu bergen, die sie draußen den Sanitätern übergaben. Obwohl die Jugendlichen aus Wut über die versagte Zugabe tobten, blieb der Schaden gering. Lediglich im Foyer wurde die Schale eines großen Topfrittersporns zerschlagen. Nach der Räumung der Halle und dem Abrücken der Polizei sollten dann noch etliche weitere Dinge zu Bruch gehen.

Spät in der Nacht trafen Django und Ringo Betty und Wiesje, die geduldig am vereinbarten Treffpunkt, der Busstation *Peter Bangs Vej*, gewartet hatten. Gemeinsam zogen sie durch die Nacht, tranken etwas, knutschten auf dem Rasen. Im Morgengrauen gingen alle vier in die kleine Wohnung. Ringo und Wiesje zogen sich in das kleine Zimmer zurück, wo der Italiener wie erhofft im weiteren Verlauf des frühen Morgens zu seinem ersten Liebesakt kam.

Betty ließ es zu, dass Django wild mit ihr knutschte und ihr unter dem Pullover die linke Brust streichelte. Als er sich unbeholfen daranmachte, an der Gürtelschnalle ihrer Jeans herumzunesteln, wehrte ihn das Mädchen jedoch ab. Sie tat dies sanft und zugleich unmissverständlich. »Ich fahre morgen zurück nach England. Wir werden uns niemals wiedersehen.«

»Wer sagt das?«

»Ich sage das. Und außerdem hast du doch deine Helle. Willst du deine Freundin betrügen?«

»Ach was!«

Sie küsste ihn erneut, diesmal nur ganz zart. Dann schwiegen beide. Aus dem kleinen Zimmer nebenan hörte man eindeutige Geräusche. Gedankenverloren spielte Django mit Bettys Haar. Dann stand er auf und legte eine Kassette in den kleinen Rekorder, den er und Ringo sich gemeinsam angeschafft hatten. Bereits eine Minute später klopfte es von unten. Wahrscheinlich war Camilla Hansen durch den Lärm aufgewacht. Betty zündete sich eine Zigarette an und begann, in ihrem Umhängebeutel zu kramen. Sie nahm ein Buch heraus und drückte es Django in die Hand. Es war eine englische Ausgabe von Carlo Levis *Christus kam nur bis Eboli*. Ehe er fragen konnte, sagte sie: »Hat mir mal einer geschenkt, aber ich werde nun doch nicht Literaturwissenschaft studieren.«

»Was dann?«

Sie zuckte mit den Schultern. »Mal sehen. Vielleicht Psychologie oder Ethnologie.«

Die Geräusche, die nun wieder aus dem kleinen Zimmer drangen, ließen keinen Zweifel daran, dass Ringo zum Höhepunkt kam. Von Wiesje war nichts zu hören. Von unten klopfte es erneut. Mit Camilla Hansen würde es Ärger geben.

In der zu Ende gehenden Nacht fanden sie keinen richtigen Schlaf mehr. Django saß auf der Couch. Manchmal nickte er einen Moment lang ein. Betty lehnte an seiner Schulter. Schade, dachte er. Sie ist ein tolles Mädchen. Er schob sie beiseite und stand auf. Am Waschbecken des winzigen Bads wusch er sich Hände und Gesicht. Dann ging er in die Küche und strich sich ein Brot. Als er kauend ins Zimmer zurückkam, kämmte sich Betty die Haare. Sie sagte: »Gib mir das Buch. Ich schreibe dir noch was rein. Aber du musst mir versprechen, es erst zu lesen, wenn wir uns getrennt haben.«

»Wann fährst du?«, fragte er.

»Um neun geht mein Bus zum Hafen.«

»Willst du so lange hierbleiben?«

Sie schüttelte den Kopf. Kurz nach sechs verließ sie die Wohnung, ohne ihn nochmals zu küssen. »Schade«, sagte sie, während sie sich ein letztes Mal zu ihm umdrehte, »es war einfach nicht unsere Zeit.«

Später krochen Ringo und Wiesje übermüdet aus dem Bett. Auch sie hatten kaum geschlafen. Als sie dann zu dritt das Haus verließen, hörten sie in der Ferne Sirenen, die lauter wurden, je näher sie dem Tivolipark kamen. »Nach dem Konzert muss wohl noch einiges los gewesen sein«, vermutete Ringo.

Er hatte Recht. Bald trafen sie auf Spuren nächtlichen Krawalls. Überall lagen Flaschen und Müll herum. Blumenkübel waren umgeworfen, Rabatten zertrampelt worden. Zwischen den Büschen stöberten gereizte Polizisten Schläfer auf. Manche jagten sie davon. Ausländer nahmen sie mit. Vor dem *Tivolis Koncertsal* trennten sie sich von Wiesje. »Wir müssen möglichst schnell zurück zu den KB-Hallen«, mahnte Django seinen Freund. »Wir nehmen am besten den Bus.«

Im Foyer der riesigen Halle sah es aus wie nach einem Inferno. Unrat bedeckte den Boden. Etliche Spiegel und drei Glastüren waren offensichtlich noch zerschlagen worden, als sie selbst die Halle bereits verlassen hatten. Polizisten debattierten lautstark mit einem Unbekannten, vielleicht jemandem von der Hallenverwaltung oder der Agentur, die die Konzerte organisiert hatte.

Als die beiden Burschen an den Polizisten vorbeigingen, schaute einer zu ihnen herüber. »Was wollt ihr denn hier?«, herrschte er sie an.

»Wir sind hierher bestellt worden, um zu arbeiten«, sagte Django in radebrechendem Dänisch, worauf der Polizist auf sie zuging und laut rief: »Stehen bleiben. Und die Ausweise bitte.«

Django, der ahnte, dass nun Probleme auf sie zukommen würden, sondierte blitzschnell, ob sich noch eine Fluchtmöglichkeit böte. Aber hinaus konnten sie nicht mehr und im Halleninnern saßen sie in der Falle.

»Unser Chef wartet bereits auf uns«, sagte er so ruhig wie möglich. Ringo stand wie in Beton gegossen neben ihm, übermüdet, von den Ereignissen der letzten Nacht überwältigt und nun von wachsender Angst gelähmt. »Wir haben unsere Ausweise in unserer Wohnung«, log Django. Fieberhaft suchte er nach einem Ausweg. »Gleich wird unser Chef hier sein. Sie kennen ihn wahrscheinlich, Mads Rasmussen.«

»Ihr kommt erst mal mit«, sagte der Polizist und winkte einen finster dreinschauenden Kollegen herbei. »Und versucht ja nicht zu türmen. Wir sind verdammt schlecht gelaunt.«

In einem Polizeibus fuhren sie zu ihrer Wohnung. Als sie das Haus betraten, kam ihnen die alte Hansen entgegen. Vorwurfsvoll blickte sie vom einen zum anderen. Die Fragen der Polizei beantwortete sie äußerst schmallippig. Die Wohnung war so unaufgeräumt, wie sie sie verlassen hatten.

»Und jetzt die Ausweise«, sagte der Polizist im Befehlston, der sie bereits zuvor in der Halle angesprochen hatte. Sie versuchten Zeit zu gewinnen, indem sie die Türen der wenigen Möbel aufrissen und planlos hin- und herliefen. »Wir können sie nicht finden«, murmelte Django nach einer Weile.

»Das sehe ich«, sagte der Wortführer der Polizisten. »Jungs, ihr habt uns jetzt lange genug verarscht. Ihr kommt jetzt mit.«

Geistesgegenwärtig schnappte sich Django seinen Rucksack, in dem er die meisten seiner wenigen Habseligkeiten und sein restliches Geld verstaut hatte. Man begleitete sie hinunter zum Wagen und brachte sie ins nächstgelegene Polizeigefängnis, wo man sie in eine Zelle sperrte, die schon mit sieben anderen jungen Männern belegt war. Die meisten waren im Verlauf der letzten Nacht aufgegriffen worden, darunter auch solche, die weder das Konzert besucht hatten noch an den Krawallen beteiligt waren. Wie lange sie hier eingepfercht bleiben würden, wusste keiner. Zumindest wurden sie ordentlich verpflegt. Nach acht kam ein Uniformierter und brachte ihnen Kannen mit Tee und belegte Brote. Das war wohl als Frühstück gedacht. Den ganzen Vormittag über war ein ständiges Kommen und Gehen. Jugendliche wurden weggeführt, andere kamen hinzu. Es waren Deutsche, Engländer, Schweden, auch Holländer und ein Norweger. Mittags gab es eine Suppe. Als sie gegessen hatten, wurden die Metallnäpfe, die man ihnen gefüllt einzeln in die Zelle gereicht hatte, wieder eingesammelt.

Am späten Nachmittag tauchte in Begleitung eines Polizeioffiziers ein Mann in grauem Anzug auf, der sich als Vertreter der deutschen Botschaft vorstellte. Soweit sie Deutsche seien, würden sie alle abgeschoben. Dies gelte auch für die Minderjährigen. Diejenigen, gegen die Verfahren wegen Sachbeschädigung und Landfriedensbruch eingeleitet worden seien, müssten damit rechnen, dass diese auch nach ihrer Ausweisung fortgeführt würden. Die deutsche Vertretung strecke denjenigen, die nicht über genügend Barmittel verfügten, das Geld für die Heimreise vor. Die Kosten würden ihnen aber in Deutschland in Rechnung gestellt. Das gelte allerdings nur für die Volljährigen. Minderjährige würden an der Grenze den deutschen Jugendbehörden übergeben werden. Anschließend notierte der Mann Namen und Anschriften der deutschen Häftlinge. »Bevor wir Sie abreisen lassen, überprüfen wir Ihre Angaben.«

»Und was wird aus mir?«, fragte Ringo. Darüber, dass der deutsche Beamte ihm offensichtlich nicht weiterhelfen würde, geriet er zunehmend in Panik.

»Ich nehme an, dass die italienische Botschaft bereits über Ihren Fall informiert ist. Ich kann nichts für Sie tun.«

»Aber ich lebe in Deutschland. Meine Eltern und meine Schwester wohnen dort.«

»Ich sagte Ihnen doch bereits, dass wir für Sie nicht zuständig sind.«

Mit einem Mal wurde den Freunden klar, dass sie schon in Kürze voneinander getrennt sein würden. Ringo kämpfte mit den Tränen. Django hauchte noch schnell ein verlegenes »Ciao«, dann wurde er mit anderen jungen Deutschen in einen Bus verfrachtet, der sie auf umständlichen Wegen an die deutsche Grenze brachte. Am Nachmittag des darauffolgenden Tages wurden sie von Vertretern des Landesjugendamtes Schleswig-Holstein in Empfang genommen und nachfolgend in einem grauen Kleinbus in das Landesfürsorgeheim Glückstadt gefahren.

Die beiden Männer, die sie begleiteten, sprachen wenig. Auf Djangos Frage, wohin man sie bringe, antwortete der Ältere: »Wir bringen euch eine Nacht in ein Heim. Später werdet ihr in kleinen Gruppen in die Gegend verlegt, aus der ihr kommt.«

Während einer kurzen Rast erhielten sie aus einer zerbeulten Thermoskanne etwas Tee und zwei dünn mit Zervelatwurst belegte Graubrotschnitten. Sie erreichten Glückstadt am frühen Nachmittag. Bei der Aufnahmeprozedur wurde Django das erste Mal seit Langem wieder mit seinem richtigen Vornamen Hans angesprochen. Mehrere Stunden hielt man sie unter Aufsicht in einem Gruppenraum. Gleich nach dem Abendessen schloss man sie in Dreier- und Vierergruppen bis zum anderen Morgen in verschiedenen Räumen ein.

Am nächsten Tag wurden mehrere aus Nordrhein-Westfalen und Niedersachsen stammende Jugendliche von dortigen Fürsorgern abgeholt. Hans und ein Jugendlicher aus Augsburg, er hieß Robert Müller, wurden von zwei Angestellten des hessischen Landeswohlfahrtsverbandes in Empfang genommen. Nach mehrstündiger Fahrt erreichten sie am frühen

Abend das Jugendheim Staffelberg in der Nähe von Biedenkopf. Direkt nach der Ankunft brachte man sie in die geschlossene Aufnahme- und Beobachtungsabteilung. Ohne sie einzubeziehen, debattierten die Erzieher in ihrer Gegenwart darüber, ob sie in einem Mehrbettzimmer oder besser von den anderen getrennt untergebracht werden sollten. Plötzlich sprang Robert auf und versuchte die Tür zu erreichen. Sofort stürzten sich mehrere Erzieher auf ihn.

»Ich geh nicht auf so eine vermüllte Arschfickbude«, schluchzte er und schlug um sich. Die drei Erwachsenen hatten Mühe, ihn zu bändigen. Damit war offensichtlich die Frage ihrer Unterbringung geklärt. Hans und der andere wurden während der Nacht in einen gesonderten Raum gebracht. Sie erhielten Verpflegung und wurden noch bei Tageslicht eingeschlossen. Am anderen Morgen wurden sie früh geweckt. Nach dem Frühstück händigte man ihnen ein Verpflegungspaket aus und ließ sie zusammen mit ein paar anderen Jugendlichen in einem Aufenthaltsraum warten. Es dauerte mehrere Stunden, bis man sie nach draußen brachte. Auf dem umzäunten Hof trennte man sie. Am späten Vormittag begleitete ein Erzieher Hans und Robert erneut in den Aufenthaltsraum, in dem jetzt zwei Männer mittleren Alters saßen. Offensichtlich hatten sie ihr Kommen erwartet. Als sie den Raum betraten, erhoben sich die Fremden. Es handelte sich um Mitarbeiter des Landeswohlfahrtsverbandes Württemberg-Hohenzollern. Einer unterschrieb ein vorbereitetes Formular, das in einer modernen Klarsichthülle bereits auf dem Tisch gelegen hatte. »Komm«, sagte der andere und schob Hans an der Schulter in Richtung Ausgang.

Er entwand sich der Berührung. »Was geschieht jetzt mit mir?«

Derjenige, der unterschrieben hatte, antwortete: »Wir bringen dich ins Ländle zurück. Müller bleibt nur kurz bei uns und wird nach Bayern verlegt. Du kommst erst mal an einen Ort, an dem du dich erholen und überlegen kannst, wie das mit dir weitergehen soll.«

»Ich will nach Hause.«

»Später kannst du vielleicht nach Hause.«

Draußen stand ein *VW Variant*, offensichtlich ihr Dienstfahrzeug. Während der vierstündigen Fahrt sprachen die beiden Jugendlichen nur wenig, während sich die beiden Fürsorger rege über alles Mögliche unterhielten. Sie brachten sie in die Nähe von Beutelsbach im Kreis Waiblingen. Bislang hatte man Hans verschwiegen, dass er auf Anordnung des Kreisjugendamtes Schwäbisch Hall bis auf Weiteres in der geschlossenen Abteilung der Erziehungsanstalt Schönbühl untergebracht werden sollte. Von allen, die sie kannten, wurde sie nur *Schöbbes* genannt.

Zwei Fürsorger nahmen sie in Empfang. Kurze Zeit später kam der Leiter des Heimes, ein Herr Griese, hinzu und quittierte den beiden Angestellten des Landeswohlfahrtsverbandes die Übernahme der Jugendlichen. Hans fühlte sich auf den Haller Viehmarkt versetzt. Dort wechselte ein Stück Vieh mit einem Handschlag den Eigentümer. Hier wechselte mit einer Unterschrift die Zuständigkeit für zwei Menschen. Der Heimleiter führte sie in den leeren Speisesaal. Die Essenszeit war wohl schon vorbei. Auf seine Anweisung richtete eine Küchenhilfe zwei Teller mit belegten Broten und stellte eine Kanne lauwarmen Tee hinzu. Es war Hagebuttentee, den Hans schon als Kind nicht gemocht hatte. Während sie hastig aßen, blieb der hochaufgeschossene Mann in ihrer Nähe. Kurz verschwand er in der Küche und kam mit einer Tasse zurück. Wortlos schenkte er sich Tee ein und setzte sich an den Nachbartisch.

Nachdem sie gegessen und ihr Geschirr an der Essensausgabe abgestellt hatten, befahl ihnen der Leiter, ihm zu folgen. Sie verließen das große Gebäude, in dem sich der Speisesaal befand und überquerten einen geschotterten Vorplatz. Noch während sie auf ein Gebäude in der Größe eines Einfamilienhauses zugingen, wurde an diesem eine schwere Holztür geöffnet. Ein Mann mit Augenklappe trat heraus, ohne die Tür loszulassen. Er grüßte den Heimleiter, stellte jedoch keine Fragen, die die Neuankömmlinge betrafen. Offensichtlich war er über ihr Kommen informiert. Als Hans an dem Einäugigen vorbeiging, konnte er erkennen, dass der Mann noch weitere Narben im Gesicht trug. Offensichtlich war er ein Kriegsversehrter, der hier im Erziehungsdienst gelandet war. Der Leiter blieb hinter ihnen zurück. Der Einäugige brachte die beiden Neuen nach oben. Im Flur des ersten Stocks war der Gang im Treppenhaus mit einer Gittertür verschlossen, die der Kriegsversehrte mit einem riesigen Schlüssel öffnete. Auf beiden Seiten des Flurs befanden sich Holztüren, die offensichtlich nicht vergittert oder auf andere Weise verstärkt waren. Der Mann wies ihnen ein leeres Vierbettzimmer zu.

Der Heimleiter, der als Letzter den ersten Stock betreten hatte, ergriff nochmals das Wort. »Ihr verbringt die Nacht in einem geschlossenen Bereich unseres Hauses. Damit ihr nicht abhaut.« Er wies auf den Raum, den der Mitarbeiter soeben geöffnet hatte. »Das Zimmer hier ist für Leute wie euch gedacht. Es ist unser Verschubraum. Aber ihr habt Glück. Ihr bekommt heute zu zweit ein Zimmer, das eigentlich für vier Personen vorgesehen ist. Ihr seid gut beraten, in der Nacht Ruhe zu bewahren. Herr Merz«, so hieß offensichtlich der Einäugige, »hat heute Nachtdienst. Im Notfall könnt ihr nach ihm läuten.«

Die beiden Männer verließen den Schlafraum. Von außen wurde die Tür verschlossen. Erst jetzt sah Hans, dass auch die drei kleinen Fenster vergittert waren. Die rechten Flügel konnten zum Lüften geöffnet werden, die linken waren arretiert. Robert warf sich in voller Montur auf ein freies Bett und stieß eine Verwünschung aus. Hans ging an das mittlere Fenster und öffnete den beweglichen Flügel. Das massive Gitter war nicht angeschraubt, sondern fest im Sims und in den Leibungen verankert. Unter ihnen erstreckte sich eine schmucklose Wiese. Kein Mensch war zu sehen. Auch im Haus herrschte eine gespenstische Ruhe. Wo waren die Kinder und Jugendlichen, die hier untergebracht waren?

Erst am anderen Morgen begriffen sie, dass die Ruhe der vorigen Nacht das Resultat eines gut organisierten Verwahr- und Unterdrückungssystems war. Sämtliche Bewohner eines Schlafraums waren dazu verpflichtet, diejenigen zu melden, die keine Ruhe gaben. Wenn dem Diensthabenden ein Zimmer aufgefallen und keine Meldung erfolgt war, wurde die gesamte Belegschaft bestraft.

Hans und Robert Müller wurden vom Tagesdienst in den Speisesaal gebracht, in dem mehrere Dutzend ausschließlich männliche Jugendliche ihr Frühstück einnahmen. Beim Betreten des Raumes nahm sie der Saalaufseher in Empfang und wies sie an, nach dem Frühstück sitzen zu bleiben. Er werde sie, sobald alle anderen gegangen waren, zum Heimleiter bringen. Robert Müller wurde als Erster vorgelassen. Der Erzieher, der sie beide hergebracht hatte, blieb mit Hans in dem winzigen Sekretariat zurück. Die Schreibkraft, eine rotbackige Frau mittleren Alters, schaute nur ein einziges Mal wortlos zu ihm herüber. Sie setzte ihre Brille auf und begann die Post, die wohl in Kürze weggebracht werden musste, der Größe nach in eine graue Box zu sortieren. Schon nach wenigen Minuten wurde die Tür zum angrenzenden Büro des Heimleiters geöffnet. Robert Müller kam heraus. »Tschüss«, sagte er, »man bringt mich heute nach Augsburg.«

»Jetzt der andere«, tönte es aus dem Zimmer.

Hans trat ein und setzte sich auf den freien Stuhl, der vor dem ausladenden Empire-Schreibtisch des Heimleiters stand.

»Hat dir jemand gesagt, dass du dich setzen sollst?«, fuhr ihn der großgewachsene Mann an.

Zögernd stand Hans wieder auf.

»Setz dich.«

»Nein, ich bleibe lieber stehen.«

»Ich habe gesagt, du sollst dich setzen.«

»Sie können hier Ihre Zöglinge herumkommandieren, mich nicht.« Er blieb stehen.

Der Heimleiter spielte gedankenverloren mit einem Kugelschreiber und hielt den Kopf leicht schief. Ohne den Jungen anzusehen, sagte er leise, beinahe flüsternd: »Du bist ja ein ganz Mutiger. Widerstehst der Autorität. Aber dumm bist du wohl auch. Sonst hättest du begriffen, dass du ebenfalls – wie sagtest du doch gleich – zu den ›Zöglingen‹ gehörst.«

»Ich bleibe nicht hier. Müller wurde doch auch nach Hause geschickt.«

»Was mit Müller geschieht, geht dich nichts an und hat für deinen Fall keine Bedeutung. Du bleibst erst mal hier.« Er griff nach einem Blatt Papier, auf das er offensichtlich bereits einige Notizen geschrieben hatte. »Herr Bauer, der Leiter des für deinen Fall zuständigen Jugendamtes, hat mir telefonisch mitgeteilt, dass du bis zur endgültigen Klärung deiner Angelegenheiten vorläufig bei uns bleibst. Die Kostenübernahme wurde beim Landeswohlfahrtsverband beantragt. Setz dich jetzt endlich hin.«

Hans sank auf den Stuhl. Er handelte weniger aus Gehorsam, sondern weil er vollkommen überrascht und perplex war. Was hatte man mit ihm vor?

Als habe der Heimleiter seine Gedanken erahnt, fuhr er fort: »Du wirst in die Abteilung 5 verlegt. Du hast deinen Bruder schwer verletzt und bist dann längere Zeit untergetaucht. Deshalb kommst du in eine geschlossene Abteilung. Da du nicht mehr schulpflichtig bist, wirst du tagsüber in der Werkstatt arbeiten.«

»Und wie lange soll das gehen? Ich bin fast achtzehn und habe schon eine Lehre gemacht.«

»Ausgezeichnet, dann kannst du den anderen Zöglingen am Arbeitsplatz ein Vorbild sein. Du bleibst so lange bei uns, bis das Jugendamt, eventuell das Gericht oder beide zusammen anderweitig entschieden haben. Es kann sein, dass du so lange bei uns bleibst, bis du volljährig geworden bist.«

»Das wären ja mehr als drei Jahre Knast«, brauste Hans auf.

»Junge, überlege dir künftig besser, was du sagst. Offensichtlich bis du nicht nur ein Schläger und Ausreißer, sondern auch jemand, der schneller redet, als er denkt. Das entspricht nicht der Reife, die wir bei einem Jugendlichen deines Alters erwarten können. Und merk dir eins. Unser Heim ist kein Gefängnis. Wenn wir einen wie dich einschließen, geschieht dies zu deinem Schutz und dient vor allem deiner Erziehung.«

Schöbbes

War Hans Lang während der Monate in Dänemark für alle nur Django gewesen, so wurde er nun in der geschlossenen Erziehungsanstalt wieder zum Hans. Wenn er gefragt wurde, wie er hieß, antwortete er »Hans«. In den verschiedenen Aufnahmeritualen und den fortgesetzten Überprüfungen seiner Personalien war ohnehin nur von Hans Lang die Rede, geboren am 23. Juni 1946 in Seelbach, Kreis Schwäbisch Hall. Django war der Name der Freiheit. Hans musste sich einordnen, wurde bevormundet, kontrolliert und unterdrückt.

Nachdem das Gespräch mit dem Heimleiter beendet war, holte ihn ein Mann namens Zarthausen, der ihn nach oben unters Dach begleitete, wo die geschlossene Abteilung 5 ihren Platz hatte. Er reichte Hans einen Stapel Textilien. Obendrauf lagen ein blau-weiß längsgestreiftes Handtuch und ein Stück Seife. »Zieh die Klamotten an. Ich warte so lange draußen auf dich. Hier auf der Fünf wird keine Privatkleidung getragen. Die verstaust du in deinem Spind.«

Neben Zarthausen waren für die Abteilung noch die Erzieher Rothenmüller und Kanter zuständig. Die Jugendlichen hatten allen drei Spitznamen gegeben, die die unversöhnliche Gegnerschaft zwischen Personal und Insassen unverhohlen zum Ausdruck brachten: Zartbitter, Rotz und Kante.

Zarthausen brachte Hans auf seine Stube, wies ihm Bett und Spind zu und erklärte ihm, dass er zusammen mit vier weiteren Zöglingen nach dem Abendbrot in diesem Schlafsaal eingeschlossen würde. Nachdem der Junge seine wenigen Habseligkeiten in dem ihm zugewiesenen Spind verstaut hatte, führte ihn der Erzieher zu den Werkstätten, nicht ohne ihn zuvor ermahnt zu haben: »Denk immer daran, wer seine Sachen nicht ordnungsgemäß einschließt, verleitet die anderen zum Kameradendiebstahl.«

Sie betraten ein winziges Büro, von dem aus Oswald Kanter durch zwei riesige Scheiben die Vorgänge in der größeren der beiden Werkstätten überwachen konnte. Kanter wurde von den Heiminsassen nicht nur Kante, sondern gelegentlich auch *Arbeitsminister* genannt, weil er die Macht besaß, Jugendlichen unangenehme oder erträgliche Arbeiten zuzuweisen. »So, Schlosser bist du also«, sagte er, ohne Hans eines Blickes zu würdigen. »Dann wird dir die heutige Beschäftigung leicht von der Hand gehen.«

Er ging mit ihm ans andere Ende der Werkstatt. Mehr als zwanzig neugierige Augenpaare musterten den Neuankömmling. In einer Ecke lagen große Rollen mit verschiedenartigen Drähten. Kanter wies auf einen blassen, rotblonden Jugendlichen. »Hier werden Kabelbäume für Kühlschränke gefertigt. Gerd wird dir zeigen, wie das geht. Pro Kabelstrang erhältst du fünf Pfennig Prämie, aber nur dann, wenn alles in einwandfreiem Zustand ist.«

Der blasse Junge erklärte leise und umständlich den Arbeitsablauf. Im Grunde genommen handelte es sich um eine stumpfsinnige Tätigkeit. Verschiedenfarbige Drähte, die zuerst auf unterschiedliche Längen zurechtgeschnitten werden mussten, befestigte man an einfachen Nagelbrettern. Dann wurden die Stränge fest mit gewachsten Fäden zusammengebunden. Die an sich monotone Arbeit besaß allerdings etliche Tücken. Wer nicht aufpasste, schnitt sich an den gewachsten Schnüren über kurz oder lang die Finger auf. Bereits nach einer halben Stunde hatte Hans wunde Daumen und Zeigefingerkuppen. Fluchend ging er zum Verbandskasten und umwickelte die Fingerspitzen mit Heftpflaster.

»Das wird nicht viel nützen«, sagte ein kleiner Dicker. »Die Pflaster halten nicht lange. Irgendwann wirst du sie mit der Schnur abreißen.«

Und so kam es auch. Als er zum dritten Mal an den Verbandskasten ging, folgte ihm Kanter. »Wenn du weiterhin so sinnlos Verbandsmaterial verbrauchst, ziehen wir das von deiner Prämie ab.«

Beim Mittagessen erfuhr Hans, dass die Kabelkonfektionierung eine Auftragsarbeit für die Firma Bauknecht in Schorndorf war. »Moderne Sklavenarbeit«, nuschelte der Dicke mit den fettigen Haaren.

Kanter, der mit ihnen gemeinsam zu Mittag aß, musste etwas gehört haben. Er sah eindringlich zu dem Dicken hinüber. Der beugte sich schnell über seinen Teller und löffelte, was das Zeug hielt.

Hans aß gemächlich seinen Teller leer. Im Unterschied zu den meisten anderen Zöglingen holte er sich keinen Nachschlag. Er lehnte sich zurück und betrachtete seine aufgerissenen Finger. Er nahm sich vor, am Nachmittag nochmals Heftpflasterstreifen über seine Fingerkuppen zu wickeln. Zumindest an Daumen, Zeige- und Mittelfinger. Müde geworden döste er vor sich hin. Helle kam ihm in den Sinn, von der er sich nicht einmal verabschiedet hatte. Wo Ringo jetzt wohl steckte? Vielleicht brachten sie ihn zu seinen Eltern. Er kam ja aus einer intakten Familie. Dennoch war es nicht ausgeschlossen, dass sie ihn nach Italien ausgewiesen hatten. Mit einem Mal dachte er an Bente, an ihren schmalen, nervösen Körper. Sie würde eines Tages vor die Hunde gehen. Was dann wohl aus Kirsten wurde? Vielleicht war es besser, wenn sie ganz bei der Großmutter blieb.

Gerade als die Müdigkeit ihn gänzlich zu übermannen drohte, erhielt er einen Stoß gegen die rechte Schulter. Hatte er das Ende der Mittagspause verschlafen? Es war aber nicht Kante, der ihn so unsanft seiner Müdigkeit entrissen hatte, sondern ein Jugendlicher, den er bislang noch gar nicht wahrgenommen hatte, obwohl er von seinem Äußeren her eine auffällige Erscheinung war. Ein langer Schlaks in verwaschenen Heimklamotten hatte sich vor ihm aufgebaut. Sein welliges Haar trug er nach hinten gekämmt. Wie zufällig bildeten die Haarspitzen über seinem Hemdkragen einen unvorteilhaft wirkenden Entenschwanz. Hinter dem pickligen Jungen stand der Dicke aus seiner Abteilung. Ohne sich vorzustellen oder ihn auch nur zu begrüßen, sagte der Schlaks: »Käsi«, damit meinte er wohl den Dicken, »hat mir gefunkt, dass wir einen Neuen auf der Bude haben. Ich bin dein Stubenältester und was das für dich als *Küken* bedeutet, werden dir die anderen schon rechtzeitig sagen.«

Der Bursche, der Hans beim Mittagessen nicht aufgefallen war, verschwand in einem angrenzenden Raum. Später würde er sehen können, dass dort ein halbes Dutzend Jugendlicher den ganzen Tag lang schweigend Tüten klebte. »Was grinst du so«, fuhr er den Dicken an.

Ehe dieser etwas erwidern konnte, ertönte eine Sirene. In das sonore Geräusch hinein rief Kante: »Auf, auf, frisch an die Arbeit«, wobei er mehrmals in die Hände klatschte.

Als sie wieder an den Kabelbäumen angelangt waren, fragte Hans den, der von dem Schlaks Käsi genannt worden war: »Was war das für ein Vogel? Und was will er von mir?«

»Das ist Budde. Er ist am längsten auf unserer Stube. Und jeder, der neu hinzukommt, muss ihm eine Woche lang als Zeichen der Ehrerbietung die Füße waschen.« Der Dicke grinste.

»Arschlecken. Der kann mich mal am Arsch lecken«, brauste Hans auf.

»Hier wird nicht vulgär rumgebrüllt«, tönte es aus dem Kabuff des Arbeitsleiters. »Beim nächsten Mal zieh ich dir die Prämie für zehn Kabelbäume ab.«

Nach einem kargen Abendessen wurden die Jugendlichen der Abteilung 5 für eine Stunde auf den umzäunten Hof oder in den Aufenthaltsraum entlassen, in dem eine klapprige Tischtennisplatte stand. Otto Rothenmüller, von den Jugendlichen Rotz genannt, führte hier zeitungslesend Aufsicht.

Als es an der Zeit war ins Bett zu gehen, mussten alle im Aufenthaltsraum antreten. »Ausziehen!«, befahl Rothenmüller. Erstaunt sah Hans zu, wie die anderen sich bis auf die

Unterhose entkleideten. Der Kleiderbestand jedes Einzelnen wurde kontrolliert, ehe er zusammengerollt auf der Tischtennisplatte abgelegt werden musste. »Brauchst du eine Extraeinladung?«, herrschte ihn Rothenmüller an. Hans zog sich schweigend aus. Der Erzieher ließ sich auch von ihm sämtliche Teile seiner Montur einzeln zeigen, ehe er sie hinlegen durfte. Dann reichte er ihm einen verwaschenen Schlafanzug. Sie wurden nach oben geführt und verteilten sich auf die einzelnen Schlafräume. Rothenmüller sah in jedem Zimmer nach, ob alle anwesend waren. »Nacht«, sagte er noch. Dann schloss er die Tür von außen ab.

Hans hörte, wie danach zusätzlich zwei Riegel vorgeschoben wurden. Auch hier waren sämtliche Fenster vergittert. Noch ehe er sich in den zu engen Schlafanzug gezwängt hatte, wurde ihm klar, weshalb der Dicke Käsi genannt wurde. Hatte er in der Werkstatt noch vermutet, dies hinge mit seinem schwabbeligen Erscheinungsbild zusammen, so wies ihm ein penetranter Schweißfußgeruch die zutreffende Erklärung. Auf dem Bett sitzend knöpfte er seine Schlafanzugjacke zu. So spannte es noch mehr unter den Armen.

»Käsi hat mir erzählt, dass du deinen Pflichten nicht nachkommen willst.« Der Schlaks war unbemerkt neben ihn getreten.

Hans sah zu dem Dicken hinüber, der schuldbewusst und verlegen den Blick senkte.

»Käsi ist nett zu dir«, fuhr Budde fort. »Er hat dir bereits das Wasser geholt. Eigentlich ist schon das deine Aufgabe.« Der Schlaks beugte sich zu ihm hinunter. Hans roch seinen schlechten Atem. »Käsi, bring die Schüssel.«

Der Dicke ging in eine Ecke, in der ein emaillierter Nachttopf stand. Sollte man, wenn man in der Nacht mal musste, da reinpissen? Daneben stand eine blauumrandete weiße Schüssel, die der Dicke herüberbrachte und vor das Bett stellte, auf dem sich Budde neben den Neuen gesetzt hatte.

Hans hatte keine Angst. Er fürchtete Budde nicht. Er verließ sich auf seine Schnelligkeit. Die Raufereien seiner Kindheit kamen ihm in den Sinn. Was Krachmandel jetzt wohl machte? Otto Kugler hatte es seinem älteren Stiefbruder gezeigt, als dieser ihn einmal zu oft vor den anderen *Franzosenbankert* genannt hatte. In seiner Hamburger Zeit und im Tivoli war Hans wilderen Burschen begegnet. Mit einem Mal wurde ihm klar, dass nicht der Schlaks sein Problem war. »Wenn einer stärker ist als du«, hatte ihm Fred immer wieder eingetrichtert, »und du hast keine Möglichkeit, ihm zu entkommen, musst du von Anfang an mit aller Kraft auf ihn eindreschen und darfst dabei deine Deckung auf keinen Fall vernachlässigen.«

Nein, den Schlaks brauchte er nicht zu fürchten. Es kam darauf an, wie sich die anderen verhielten. Wenn die gesamte Bude gegen ihn war, hatte er keine Chance. Der dicke Käsfuß war ein Angstbeißer. Der würde machen, was Budde ihm sagte. Dann war da Gerd, der stille Blasse, der ihm am Morgen unaufgeregt die anfallenden Arbeiten erklärt hatte. Der fürchtete Budde sicherlich auch. Aber das war einer, der wohl eher seine Ruhe haben wollte. Wieso so einer überhaupt in der Anstalt war? Kaum zu glauben! Den vierten Mitbewohner hatte er bisher noch gar nicht richtig wahrgenommen. Werner Polchow war ein stiller, ernster Junge. Er musste als verlängerter Arm des *Arbeitsministers* die Schwächeren beaufsichtigen, die den ganzen Tag über nichts anders taten, als Kugelschreiber zusammenzubauen. Auch der gehörte eindeutig nicht hierher.

Der flüchtige Eindruck, den Hans nach dem Abendessen gewonnen hatte, trog nicht. Aber Polchow hatte sich ein einziges Mal gehen lassen, als er sich gegen den zweiten Mann seiner Mutter gestellt hatte, der diese schon seit Jahren schlug oder auf andere Weise drangsalierte. Als er wieder einmal im Suff auf seine Mutter losgegangen war und die beiden jüngeren Schwestern, wie schon so oft, weinend unter den Wohnzimmertisch gekrochen waren, hatte er seinem Stiefvater zugerufen, er solle aufhören. Der ließ von seiner Mutter ab und wandte sich, nun völlig in Rage, ihm zu. Ehe er dazu kam, nach dem Jungen zu schlagen, zog ihm dieser eine volle Bierflasche über den Schädel. Der Suffkopf war gestürzt. Außer einer Platzwunde und einem Brummschädel hatte er keinen weiteren Schaden genommen. Aber der Dreckskerl hatte ihn angezeigt und die Mutter auf eine Weise bedroht, dass diese den wahren Tathergang verschwieg. Eine seiner Schwestern war heimlich aufs Präsidium gegangen. Doch dort hatte man sie weggeschickt. Er kam in ein Haller Heim, aus dem er zweimal weglief, was ihn auch die Lehrstelle kostete. Als *renitent und uneinsichtig* eingestuft, kam er auf den *Schöbbes*.

»Es wird Zeit, dass du anfängst.« Budde riss ihn jäh aus seinen Überlegungen. Hans sah sich in der Stube um. Es gab nichts, was auf den ersten Blick als Waffe taugte, außer vielleicht der Pisspott. Dem mit dem Pisspott eins überzuziehen, wäre vielleicht ein ganz guter Einstieg. Der Gedanke brachte ihn zum Lachen. »Was ist los, du Spinner? Ich sage dir noch ein letztes Mal: Fang an!«

Hans stieß den Dicken zur Seite, sprang nach vorne und baute sich in der Zimmerecke auf, in welcher der Nachttopf stand. »Weißt du was, mein Vater stammt väterlicherseits aus einer aztekischen Häuptlingsfamilie. Und mütterlicherseits bin ich ein Jenischer. Schon meine Familienehre lässt es nicht zu, dass ich mich so erniedrige.«

Beides war ziemlich an den Haaren herbeigezogen. Die genaue Abstammung seines leiblichen Vaters kannte er gar nicht. Und in der Schürbelfamilie hatte es zwar tatsächlich Jenische gegeben, aber das lag wenigstens vier Generationen zurück. Die anderen Zimmergenossen wussten mit diesen merkwürdigen Behauptungen ohnehin nichts anzufangen, spürten aber, dass der Neue unbeugsam war und es ernst meinte. Lediglich Gerd hatte schon von den Jenischen gehört. In Öhringen, wo er herkam, hatte man allerhand Geschichten und Gerüchte zu erzählen gewusst, die von jenischen Hausierern, Scherenschleifern und Kleinkrämern handelten. Im nahen Pfedelbach hatte es von denen wohl etliche gegeben.

Ehe Budde etwas erwidern konnte, ergriff Hans erneut die Initiative. »Wisst ihr was«, sagte er so ruhig wie möglich. »Budde und ich fechten das unter uns aus. Wer verliert, kaut dem anderen einen runter. Ganz sanft, versteht sich.« Er blickte strahlend in die Runde, im Wissen, dass er ganz starken Tobak von sich gegeben und damit ziemlich hoch gepokert hatte.

»Was meinst du damit?«, fragte Budde drohend.

»Na, das ist doch klar. Wer verliert, muss dem anderen den Schwanz lutschen. So einfach ist das.«

»Drecksau.«

»Geht dir die Düse?«

»Vor dir? Dass ich nicht lache.«

Werner Polchow, der bislang den Disput schweigend verfolgt hatte, räusperte sich. »Also gut. Das ist eure Geschichte. Wir halten uns hier raus. Nicht wahr, Gerd?«

Der Angesprochene nickte kaum wahrnehmbar.

Budde spürte instinktiv, dass er auf dem besten Weg war, in eine Falle zu geraten. Am Ende konnte ihm die Hoheit über die Stube verloren gehen. Er wandte sich an den Dicken. »Käsi, sag ihm, dass das die Regel in dieser Stube ist. Wer sich weigert, dem Stubenältesten die Füße zu waschen, legt sich mit allen an.«

Der Dicke nickte mit aufeinandergepressten Lippen. Schweißperlen standen auf seiner Stirn.

»Das mit der Lutscherei ist aber eine andere Sache.« Gerd sagte dies mit solch einer Ernsthaftigkeit, dass Hans Mühe hatte, nicht laut aufzulachen. Es lief genau so, wie er es sich wünschte. Kein Rudel würde ihn festhalten, damit der Rudelführer ihn gefahrlos schlagen oder auf andere Weise quälen konnte.

»Also, was ist los?«, fragte er in die angespannte Stille hinein. »Tragen wir das jetzt aus? Oder willst du gleich meinen Schwanz in den Mund nehmen?« Er nestelte provozierend an der Knopfleiste seiner Schlafanzughose.

Der lange Schlaks machte einen Ausfallschritt nach vorne und versuchte mit der rechten Faust das Kinn des anderen zu treffen. Hans, der damit gerechnet hatte, wich dem Schlag geschickt aus, schlug selbst einige Finten und platzierte dann in schneller Folge Fausthiebe am Kopf des Angreifers. Fred wäre mit ihm zufrieden gewesen. Wie ein wilder Stier drängte Budde jetzt in seine Richtung. Hans wich ihm erneut aus, setzte einen wirkungsvollen Leberhaken, der dem anderen die Luft nahm, und landete mehrere schnelle Treffer im ungeschützten Gesicht des Schlakses. Jetzt konzentriert bleiben, dachte Hans. Noch bestand die Möglichkeit, dass der andere in der Lage war, neue, vielleicht entscheidende Kräfte zu mobilisieren. Er zog sich zwischen zwei Betten zurück. Der andere stolperte auf ihn zu. Geschickt sprang er auf das links von ihm stehende Bett und trat Budde mit großer Wucht in die Magengrube, sodass er sich krümmte. Ein Tritt von hinten ließ ihn polternd zwischen die Betten sinken. Dabei schob er eines zur Seite. Die davor stehende blecherne Waschschüssel fiel polternd um. Das Wasser ergoss sich über den hölzernen Riemenboden und sickerte durch die Ritzen zwischen den Dielenbrettern.

Im Treppenhaus ertönte Hundegebell. »Vorsicht, der Wachtel«, mahnte Werner mit gedämpfter Stimme. Jetzt waren laute Flüche und allerlei Verwünschungen zu vernehmen. Alle rannten zu ihren Betten und legten sich hinein. Hans blieb gerade noch Zeit, sein verschobenes Bett wieder geradezurücken.

Sie hörten, wie zuerst der untere, dann der obere Riegel zurückgeschoben wurde. Dann schloss der Einäugige, der nachts im Haus und auf dem Gelände seinen Wachdienst tat, die massive Tür auf. Im Flurlicht war zu erkennen, dass der Hund unbeweglich neben seinem Herrn saß. Was das Ergebnis guter Dressur war, wirkte beinahe so, als sei das Tier vollkommen uninteressiert an dem, was sich in dem dunklen Raum abspielte.

»Ein Wort zu viel«, zischte Hans in die Richtung, in der er Buddes Bett vermutete, »und ich mach dich alle. Egal, was dann passiert.«

Der Alte ließ den Lichtstrahl seiner vor dem Bauch baumelnden Lampe über die Betten streifen. »Noch ein Ton, ihr

Nichtsnutze«, krächzte er, »und ich melde euch morgen beim Frühdienst.«

Alle verhielten sich ruhig. Der eine oder andere stellte sich schlafend. Als der Wachmann die beiden Riegel wieder vorgeschoben und die Tür abgeschlossen hatte, lauschten alle noch einen Moment lang den leiser werdenden Schritten. Hans, der gewillt war, die Gunst der Stunde zu nutzen, sprang als Erster aus dem Bett und rannte zu Budde hinüber. Mit der Gewandtheit eines guten Turners grätschte er über dessen Oberkörper und umklammerte sofort den Hals seines Widersachers. So laut, dass alle es hören konnten, sagte er: »Weil ich heute milde gestimmt bin, erspare ich dir das Vergnügen, meinen Schwanz zu lutschen. Aber wenn du noch einmal den Versuch machst, mir blöd zu kommen, bring ich dich um. Und wenn ich verhindert bin, macht das einer meiner älteren Brüder.«

Um den Ernst seiner Drohung zu unterstreichen, drückte er noch mehrmals kräftig zu. Dann sprang er auf und tänzelte aus der Reichweite Buddes. Ihm war bewusst, dass er sich damit einen Feind gemacht hatte, der ihn nur so lange in Ruhe lassen würde, wie seine Angst seine Rachegelüste dominierte.

Wenn er sich später gelegentlich an die Ereignisse dieser Nacht erinnerte, war er geneigt, sich dafür zu schämen, was er damals in seiner Bedrängnis von sich gegeben hatte. Aber zuletzt tröstete er sich immer damit, dass ihm keine andere Wahl geblieben war. Noch etliche Tage rechnete er hinterher damit, dass Budde sich bei passender Gelegenheit auf ihn stürzen würde. Seine Angespanntheit ließ ihn schlecht schlafen. Aber nichts dergleichen geschah. Wenn er gelegentlich durch die Werkstatt ging, begegneten ihm respektvolle Blicke. Der Alte hatte wohl nichts gemeldet. Werner, den er darauf ansprach, erwiderte: »Der Wachtel macht meistens nur leere Drohungen. Der will doch nichts als seine Ruhe. Ist doch selbst 'ne arme Sau. Der hat so wenig Rente, dass er hier nachts Dienst schieben muss. Wir können im Grunde genommen froh sein, dass der da ist. Stell dir mal vor, die Bude fängt Feuer. Wir kommen doch aus den Schlafsälen nie und nimmer raus. Das ist auch der Grund dafür, weshalb alle Buden aufpassen, dass keiner raucht. Das hat nichts mit Respekt vor der Hausordnung zu tun, sondern damit, dass alle die Scheiße hier überleben wollen.«

Dass dies nicht allen gelang, zeigte sich wenige Tage später. Aus einer anderen Gruppe der Abteilung 5 stürzte sich ein Junge aus Gemmrigheim durch ein unvergittertes Fenster im Treppenhaus auf den gepflasterten Hof. Er war erst sechzehn Jahre alt gewesen. Vor ein paar Tagen hatte das Familiengericht dem Antrag des Jugendamtes entsprochen, wonach er bis zur Erlangung der Volljährigkeit in geschlossener Fürsorgeerziehung verbleiben sollte. Seine Mutter, die ihn gerne wieder bei sich gehabt hätte, wurde als *zu einer angemessenen Erziehung nicht befähigt* eingestuft. Die jüngeren Geschwister verteilte man auf andere Heime.

Die Teilnahme am sonntäglichen Gottesdienst war Pflicht. Der Anstaltsgeistliche nahm den Selbstmord des verzweifelten Jungen zum Anlass, vor der *Sünde der Selbstentleibung* zu warnen. Niemand habe das Recht, eigenmächtig in den Plan Gottes einzugreifen. Als einige zu tuscheln begannen, erhob sich der Heimleiter und drohte: »Bei der nächsten Störung fallen die samstäglichen Sportangebote der nächsten drei Wochen weg.«

Am Sonntagnachmittag leerte sich das Heim. Die Zöglinge aus den offenen Abteilungen durften, sofern sie das Wochenende nicht bei ihren Familien verbrachten, das Heim für einige Stunden verlassen. Die meisten gingen hinunter in den nahegelegenen Flecken Beutelsbach. Manche tranken in einer der Dorfbeizen ein Bier, obwohl das verboten war.

Die Insassen der Abteilung 5 konnten auf dem Hof Fußball oder im Aufenthaltsraum Tischtennis spielen. Die Schlafräume waren um diese Zeit verschlossen. Hans setzte sich zu Werner Polchow, der ein ausgeliehenes Buch las. »Was liest du denn?«, fragte Hans.

»Ach, nichts. Alles was spannend ist, wird uns vorenthalten. Hier«, er hob das Buch in die Höhe, »Moralquatsch mit gequirlter Soße. Einer beschreibt, wie er im Krieg vor lauter Todesangst zu Gott gefunden hat.«

»Das kann doch eine ganz spannende Geschichte sein.«

»Kann es, nur ist es dieser Roman nicht.«

Hans wechselte das Thema, indem er fragte: »Weißt du, wie es bei dir weitergeht?«

Werner blickte finster drein und zuckte mit den Schultern. »Ich habe meinen Stiefvater verprügelt, als das besoffene Schwein auf meine Mutter losging. Und da meine Mutter so viel Angst vor ihm hat, dass sie nicht die Wahrheit sagt, glaubt man ihm mehr als mir. Ich gelte als gemeingefährlicher Schläger. Ein Fall für die geschlossene Fürsorge.«

Hans blies beide Backen auf und ließ die aufgestaute Luft langsam zwischen seinen gespitzten Lippen entweichen. »Sauerei«, presste er hervor. »Wenn man dich schon wegen so einer Lappalie wegsperrt, was habe ich dann zu erwarten?«

»Wie alt bist du?«

»Ich werde nächste Woche achtzehn.«

»Geh einfach davon aus, dass du es in drei Jahren hinter dir hast. Wer sich anfangs zu viele falsche Hoffnungen macht, bricht unter der Last der Realität zusammen. Wie der Junge, der sich aus dem Fenster gestürzt hat.«

Hans blickte auf den Boden und schüttelte den Kopf. »Na, du bist gut. Das ist ja wie drei Jahre Knast. Für nichts eigentlich. Das hab ich auch schon dem Heimleiter gesagt. Aber das interessiert den nicht die Bohne.«

Gerade weil ihm Werner Polchow so kühle, nüchterne Antworten gab, wurde er ihm von einem aufs andere Mal sympathischer. Er hätte ihm gerne seine Freundschaft angeboten. Aber die Sätze, die ihm diesbezüglich durch den Kopf gingen, schienen ihm zu weich, zu pathetisch zu sein. So sagte er nur: »Du bist schon in Ordnung. Und danke auch dafür, dass du dich damals nicht auf Buddes Seite geschlagen hast.«

»Dafür gab es keinen Grund. Budde hatte schon lange eine Abreibung verdient. Es ist im Kleinen wie im Großen. Die Masse lässt sich immer terrorisieren, wenn die Mitläufer überhandnehmen.«

»Du machst aber kluge Sprüche.«

»Ist doch so.«

»Ich werd darüber nachdenken«, sagte Hans und erhob sich. Er nahm aus einer Schachtel vier Tischtennisbälle und begann zur Freude der Umstehenden damit zu jonglieren. Der Spaß hielt nur kurz an. Durch das fröhliche Gefeixe wurde Zartbitter angelockt, der wegen seines Wochenenddienstes ohnehin schon schlechte Laune hatte. Er eilte herbei und unterband die Vorführung mit den Worten: »Das sind Tischtennisbälle. Damit wird Tischtennis gespielt und kein Blödsinn getrieben. Leg sie wieder in die Schachtel.«

Tage vergingen. Bald wurden es Wochen und Monate. Alle auf ihrer Stube waren bereits der Schulpflicht entwachsen, somit vom Schulbesuch befreit. Ihre Tage verliefen zäh und immer gleich: Aufstehen, Bettenbau, Frühstück, Arbeit, Mittagessen, nachmittägliche Arbeit, Abendessen, Freistunden, Nachtruhe. Das Licht wurde gelöscht. Manchmal vernahm Hans draußen im Gang das Schlurfen des alten Wachmannes oder das kurzatmige Hecheln seines ebenfalls schon recht betagten Hundes. Er hörte das leise Gewimmer und das Stöhnen unglücklicher Träumer. Hin und wieder meinte er, die unterdrückten Laute eines heimlich Onanierenden vernehmen zu können. Schweißnasse Hände vibrierten unter zu heißen Bettdecken. Ein Aufschnauben und ein beschleunigtes Atmen ließen Entladung ahnen. Manchmal erwachte er durch das Knarren der Bodenbretter, wenn jemand im Dunklen zu der Ecke schlich, in der der Pisspott stand. Wenn es sogleich plätscherte, hatte schon vorher einer reingeschifft.

Nur die Sonntage verliefen anders als die übrigen Tage. Der Vormittagsgottesdienst war Pflicht. Der Pfarrer beendete diesen immer mit mahnenden Worten. Besserung, Demut, Glaube, Fleiß und Gehorsam wurden in wechselnder Reihenfolge und Akzentsetzung eingefordert. Es gab besseres Essen und einige zusätzliche nachmittägliche Freistunden. Dann war es bereits wieder an der Zeit, die Heimkleidung zusammengerollt im Aufenthaltsraum abzulegen. Der schwere Schlüssel wand sich im quietschenden Schloss. »Klack« machte es und dann noch einmal »Klack«. Der obere und der untere Riegel waren vorgeschoben worden.

Der Erbe vom Köcherhof

Auf dem Köcherhof war es einsam geworden. Menschen, deren Weg bereits vor zehn oder noch mehr Jahren hierher geführt hatte, wären über die Stille erstaunt gewesen, die jetzt von der Hofstelle ausging. Ludwig hatte die Landwirtschaft von Grund auf modernisiert. Geld war da gewesen. Da war zum einen das ererbte Geldvermögen des Großvaters. Ferner hatte die bauliche Entwicklung Seelbachs dazu geführt, dass mehrere fern der Hofstelle gelegene Magerwiesen wertvolles Bauland geworden waren. Eine rationelle Betriebsführung war überlebensnotwendig geworden. In Zeiten Ludwig Erhards gab es keine jungen Bauernmädchen mehr, die sich als Magd auf einem Hof verdingten. Auch Knechte waren rar geworden. Nach dem Mauerbau kamen auch keine aus der DDR geflüchteten Landarbeiter mehr, die froh waren, zumindest so lange auf einem Hof unterzukommen, bis sie etwas Besseres fanden. Die Hauptlast des Köcherhofs lag jetzt auf Ludwigs Schultern. Er hatte einen zweiten Traktor, moderne Gerätschaften und eine Melkmaschine angeschafft. Als vollwertige Kraft stand ihm seit zwei Jahren ein Lette zur Seite, den das Schicksal und die politischen Verhältnisse dazu zwangen, in Deutschland zu bleiben.

Jan Dalberg war Mitte vierzig, hatte nach dem Krieg einige Jahre in Murrhardt gelebt und war Alkoholiker. Aber noch war ihm genügend Substanz geblieben, die ihn zu einem zähen und zuverlässigen Arbeiter machte. Vor einem Jahr hatte der Mann, der in seinem früheren Leben Janis Dalbergis geheißen hatte, um Arbeit vorgesprochen. Ihm genügten Kost, eine kleine Vergütung und Logis im Ausdinghaus, in dem zuletzt Knechte und Mägde und sogar einige Zeit Ludwigs Mutter gewohnt hatten. Dalberg verstand sich auf landwirtschaftliche Arbeit. Er mied Menschen, konnte aber gut mit Tieren umgehen. Niemand in seiner näheren Umgebung ahnte, dass ein sowjetisches Gericht ihn bereits in den Vierzigerjahren in Abwesenheit zum Tod durch den Strang verurteilt hatte. Der Kalte Krieg und der daraus resultierende Umstand, dass Deutschland Auslieferungsgesuche der Ostblockstaaten stets abschlägig beschied, schützten ihn und andere. Der Balte liebte die Abgeschiedenheit des Köcherhofes. Der Jungbauer stellte ihm keine Fragen. Und er hielt seinen Vater in Ehren, der genau wie er in der SS gewesen war.

Immer sonntags, wenn er in der Stube mit Maria und Ludwig zu Mittag aß, musterte Dalberg unauffällig die Fotografien, die den verstorbenen Großvater Friedrich Lang und Franz, den Vater Ludwigs, zeigten. Auf zwei Fotos war Franz in zeittypischer Manier in Uniform zu sehen, mit ernstem, in die Ferne gerichtetem Blick, die Mütze streng so ausgerichtet, wie es Vorschrift gewesen war. Dennoch sprach Dalberg auch mit dem Jungbauern nicht über seine Vergangenheit. Die wenigen Fragen, die Ludwig stellte, beantwortete er ausweichend. Der Russe ließe ihn nicht zurück. Die Kommunisten hätten noch ein Hühnchen mit ihm, dem unbeugsamen Letten, zu rupfen.

Maria, die noch immer den Haushalt führte, fragte niemals, was er früher gemacht hatte. Sie richtete ihm die guten Hemden. Alles andere erledigte er im kleinen Häuschen selbst. Die Witwe des Altbauern war nach dem Auszug von Gustav und dessen Familie noch stiller geworden. Mit Ludwig verband sie nicht viel. Aber er behandelte sie mit leidlichem Respekt, wie es zur Überraschung aller auch sein verstorbener Großvater getan hatte.

Schon kurz nach der überstürzten Flucht seines Halbbruders war die konfliktbehaftete Beziehung zwischen Ludwig und Petra Eichler gescheitert. Petra ertrug sein cholerisches und gewalttätiges Wesen nicht länger. Auch die wöchentlichen Besäufnisse in Tanzlokalen und *Boizen* und das Beisein widerlicher Trinkkumpane ließen in dem stillen, ernsten Mädchen nach kurzer Zeit die Einsicht reifen, dass sie sich von Ludwig trennen musste. Ihre Mutter, zu der unverändert eine enge und vertrauensvolle Beziehung bestand, zeigte sich erleichtert. Ludwig hatte die von ihr angstvoll vorgetragene Absicht erstaunlich ruhig zur Kenntnis genommen, was auch damit zu tun hatte, dass die besonnene Petra von seinen Freunden regelmäßig als *Langweilerin* gesehen wurde, der es an *Pfeffer im Arsch* fehle. Letztes ging vor allem darauf zurück, dass sie den meisten alkoholgeschwängerten Wochenendunternehmungen fernblieb.

Eine Zeitlang suchte er Ablenkung in rasch wechselnden Beziehungen. Keines der Mädchen ließ die Bereitschaft erkennen, später einmal ein Leben als Bäuerin führen zu wollen. Ohnehin war er fürs Heiraten noch zu jung, ja er war noch nicht einmal volljährig. Willi hatte sich angeboten, bis zum Folgejahr, in dem er endlich einundzwanzig wurde, sein Vormund zu sein. Caroline erschien den Behörden als unverheiratete Mutter und Schaustellerin als »charakterlich nicht geeignet«. Doch der gewitzte Jungbauer sorgte dafür, dass Maria, die Witwe seines Großvaters, die Vormundschaft übertragen bekam. Er versprach sich davon mehr Freiräume. Die Frau würde ihm keine Scherereien machen. Er war sich sicher, sie würde ihm alles unterschreiben, was er ihr vorlegte, und sich seinen Vorstellungen ohne Widerspruch fügen. Es war ja ohnehin ein absurder Zustand. Er, der für den Hof verantwortlich war, musste sich Entscheidungen von großer Reichweite von einem alten Weib absegnen lassen.

An einem Samstagnachmittag stand er mit nacktem Oberkörper und heruntergelassenen Hosenträgern vor dem Waschbecken und rasierte sich. Prüfend schaute er ab und an in den fleckigen Spiegel. Vor dem Haupthaus fuhr ein Wagen vor. Leise fluchend schabte er noch die wichtigsten Stellen und wischte dann die verbliebenen Schaumreste aus dem Gesicht. Rasch streifte er einen verwaschenen Pullover über. Als er am Treppenabsatz angekommen war, stand seine Mutter bereits im Hausflur. Ihr folgte ein Mann, der trotz der großen Hitze einen Anzug trug und einen extravaganten, wahrscheinlich teuren Hut aufhatte.

»Hallo, Ludwig«, begrüßte ihn Caroline. »Schön, dass du zu Hause bist.« Und während er die Treppe hinunterging, fügte sie hinzu: »Gut schaust du aus.« Zielstrebig ging sie voraus in die Stube. Der Fremde nickte Ludwig zu und folgte ihr. Ihm blieb nichts anderes übrig, als sich den beiden anzuschließen.

Maria, die in der Küche gewerkelt und nicht mitbekommen hatte, dass jemand zu Besuch gekommen war, begrüßte Caroline mit einer Mischung aus Freude und Erstaunen. »Das ist ja eine Überraschung«, sagte sie. »Schön, dass man dich mal wieder sieht, Caroline. Ich mach uns gleich einen Kaffee.«

Während die alte Frau sich wieder in die Küche zurückzog, forderte Caroline den Fremden auf, Platz zu nehmen und setzte sich ebenfalls an den Stubentisch.

»Also Mutter, was willst du? Du kommst doch bestimmt nicht ohne Absicht.« Ludwig war stehen geblieben und lehnte sich mit der Hüfte leger an die Kommode.

»Herr Lacroix ist so nett gewesen, mich hier rauszufahren. Aber du hast Recht, ich muss mit dir reden. Komm, setz dich her, Bub.«

Ludwig stieß sich mit den Hinterbacken von der Kommode ab, schlurfte zum Tisch hinüber und setzte sich rittlings auf einen Stuhl. Caroline musterte ihren Ältesten. Sie hätte ihm gerne über die Haare gestrichen, unterdrückte aber diese Regung.

Maria schob mit dem Fuß die Küchentür auf. Mit der einen Hand balancierte sie einen großen Teller mit einem Gugelhupf, in der anderen hielt sie die geblümte Kaffeekanne. »So«, strahlte sie, »rasch noch das Geschirr, dann können wir Kaffee trinken. Der Gugelhupf ist noch warm. Als ob ich geahnt hätte, dass ihr heute kommt.«

»Soll ich dir was helfen?«, fragte Caroline.

»Nein, nein, lass nur. Ich bin gleich so weit.«

Während Maria das Geschirr auf den Tisch stellte, musterte Ludwig misstrauisch die beiden Ankömmlinge. »Mutter, du kommst doch nicht einfach so vorbei, um mich oder Maria zu sehen.«

»Doch«, erwiderte Caroline energisch. »Natürlich freue ich mich, mal wieder meinen Ältesten zu sehen, der den Weg zu seiner Mutter und zu seinen betagten Großeltern anscheinend nicht mehr findet.«

»Wie geht es den beiden?«

»Sie sind recht hinfällig geworden. Die Oma hat es mit dem Herz und das Wasser in den Beinen plagt sie immer mehr. Dem Großvater geht es nicht gut. Seine Kräfte lassen rapide nach. Du solltest sie wirklich mal besuchen.«

»Der Schürbel-Opa hat doch immer den Bankert vorgezogen«, brauste Ludwig auf.

»Ludwig, das stimmt nicht und das weißt du auch. Und sprich bitte in meiner Gegenwart nicht so von deinem Bruder.«

Maria kam aus der Küche und schenkte Kaffee ein. Dann schnitt sie den Gugelhupf auf und reichte jedem ein Stück.

»Vielen Dank«, sagte Lacroix, der bislang geschwiegen hatte.

»Und wer sind Sie?«, fragte Maria, nun neugierig geworden.

»Entschuldigen Sie, dass ich mich noch nicht vorgestellt habe. Aber ich wollte Ihre Unterhaltung nicht stören.« Der Mann stand auf und reichte erst Maria und dann Ludwig die Hand.

»Sind Sie ein Freund von Caroline?«, hakte Maria nach.

»Das auch«, schwindelte der Mann. »Aber in erster Linie kümmere ich mich um die Belange ihres zweiten Sohnes.«

»Um Hans?« Maria Lang lächelte dem Fremden freundlich zu. »Wo steckt er denn? Man hat ja schon lange nichts mehr von ihm gehört. Und der Jungbauer«, sie schaute vorwurfsvoll zu Ludwig hinüber, »erzählt ja selten mal was von der anderen Familie. In den letzten Jahren gab es für ihn nur noch den Köcherhofbauern. Bis zu seinem Tod.«

»Ist dir eigentlich jemals klar geworden, dass der von dir so geliebte Großvater mich aus Hass und wegen einer Nichtigkeit ins Gefängnis gebracht hat?« Caroline musterte wütend ihren Sohn.

Mit einer abwehrenden Handbewegung erwiderte er kleinlaut: »Mutter, das waren ganz andere Zeiten.«

»Die du nicht beurteilen kannst. Selbst dein Vater hat das anders gesehen und deinem Großvater Paroli geboten, obwohl er in der SS war.«

»Lass meinen Vater aus dem Spiel. Der ist ja von euch immer nur verachtet worden.«

»Bub, was redest du da. Ich habe deinen Vater geliebt. Und allein ihm habe ich es zu verdanken, dass ich früher als erwartet aus dem Gefängnis kam.«

»Du erzählst Märchen.«

»Willst du behaupten, ich wäre eine Lügnerin?«

»Nein.«

»Trotzdem glaubst du mir nicht. In Ludwigsburg lebt ein Mann namens Gottfried Böhringer, ein ehemaliger Kriegsgerichtsrat. Der hat sich auf Wunsch deines Vaters meiner Sache angenommen. Den kannst du fragen, wenn du mir nicht glaubst.«

»Die schwätzen dir doch alle nach dem Maul.«

»Ach, glaub doch, was du willst.«

»Streitet euch doch nicht.« Maria war darum bemüht, die Auseinandersetzung zwischen Mutter und Sohn nicht weiter eskalieren zu lassen.

Der Fremde beugte sich nach vorne, so als wolle er sich in einer Konferenz zu Wort melden. Es fehlte nur noch, dass er die Hand hob. Erst jetzt fiel Ludwig auf, dass der Mann noch immer seinen Hut aufhatte. Einen komischen Vogel hatte seine Mutter da angeschleppt. »Entschuldigen Sie, dass ich mich an dieser Stelle einmische. Aber ich bin mit den Sachverhalten gut vertraut und kann bestätigen, dass Ihre Mutter die Wahrheit sagt.«

Obwohl Ludwig den Mann nicht kannte und auch keinen Grund hatte, ihm zu glauben, war er in diesem Augenblick seltsam berührt. Das Verhältnis zwischen seinen Eltern erschien ihm mit einem Mal in einem gänzlich neuen, bislang unbekannten Licht. Caroline erspürte diesen kurzen Moment, in dem ihr ältester Sohn nicht wie sonst eine demonstrative, abweisende Härte an den Tag legte, und nutzte ihn, um ihr Anliegen vorzubringen. »Ludwig, ich wollte dich bitten, die Anzeige gegen deinen Bruder zurückzuziehen.«

Der Gefühlspanzer des Jungbauern, der einen Moment lang aufgebrochen zu sein schien, schloss sich sofort wieder. Leise und anhaltend pfiff er durch die Zähne. »Also von daher weht der Wind. Aber das könnt ihr euch abschminken. Der soll seiner gerechten Strafe nicht entgehen.«

»Bub, versündige dich nicht«, sagte Maria leise, fast flüsternd und sah Lacroix hilfesuchend an.

»Hans ist genug gestraft. Zurzeit ist er in Schönbühl bei Waiblingen, in der geschlossenen Abteilung. Das ist wie Gefängnis.« Lacroix sah auf seine Armbanduhr. »Frau Lang, wir sollten uns auf den Rückweg machen. Wenn ich Sie nach Hause gebracht habe, brauche ich noch anderthalb Stunden, um nach Stuttgart zu kommen.«

Als sie sich bereits verabschiedet hatten, kam Lacroix noch einmal in die Stube zurück. »Herr Lang, kann ich Sie einen Moment sprechen? Es dauert nicht lange.«

»Was denn noch?«

Lacroix blickte Maria an, ehe er freundlich und bestimmt zugleich fragte: »Frau Lang, können Sie uns einen Augenblick alleine lassen? Ich habe mit dem Herrn noch etwas unter vier Augen zu bereden.«

Maria nickte schweigend, sammelte rasch noch die Kuchenteller ein und zog sich in die Küche zurück. Lacroix nahm zügig den Platz ein, auf dem er schon die ganze Zeit zuvor gesessen hatte. Zögernd folgte ihm Ludwig an den Tisch. »Herr Lang, was bezwecken Sie mit der Anzeige gegen Ihren Bruder?«

»Er ist nicht mein Bruder.«

»Ich verbessere mich, Ihr Halbbruder.« Lacroix blickte versonnen zur Kommode hinüber, auf der ein Teil der Fotos stand, die Franz Lang in Uniform zeigten. »Nun, was bezwecken Sie damit? Rache? Empfinden Sie Genugtuung angesichts der Tortur, die er jetzt über sich ergehen lassen muss?«

»Ich will Gerechtigkeit.« Ludwig räusperte sich. Das Gespräch mit dem Fremden war ihm unangenehm. Er überlegte, ob er ihn nicht besser hinauswerfen sollte.

»Ich bin auch für Gerechtigkeit. Aber wenn es zum Prozess kommt, erhält Ihr Halbbruder höchstens eine Geldstrafe oder Jugendarrest. Und wenn Sie großes Glück haben, erreichen Sie in einem anschließenden Zivilprozess, dass Sie zweihundert Mark Schadensersatz oder Schmerzensgeld erhalten.« Er schwieg einige Sekunden und fuhr dann energisch fort: »Ich mache Ihnen einen Vorschlag. Ich bin befugt, Ihnen einen Vergleich anzubieten. Sie ziehen die Anzeige zurück und erhalten im Gegenzug fünfhundert Mark.«

»Ich will mindestens tausend«, platzte es aus Ludwig heraus. Die Gier hatte ihn übermannt.

Der Fremde schwieg, sah eine Zeitlang zum Fenster hinaus und sagte nach einer Weile: »Tausend Mark sind viel Geld. Aber ich bin einverstanden, Ihrer Mutter zuliebe. Verstehen Sie?« Er öffnete seine schmale Ledertasche und entnahm ihr einen dünnen Hefter. »Ich habe ein Schreiben vorbereitet. Das Datum und der Betrag müssen noch eingetragen werden. Dann unterschreiben wir beide. Sie erhalten ein Exemplar, eines nehme ich mit. Das ist alles.«

»Sie hatten das schon vorbereitet?«, fragte Ludwig verwundert.

»Ja, aber ich hätte nicht gedacht, dass ich eine so hohe Summe eintragen muss.«

Ein triumphierendes Lächeln huschte über das gerötete Gesicht des jungen Mannes.

Am übernächsten Tag, es war ein Montag, ging Rechtsanwalt Lacroix in aller Frühe persönlich durch die Innenstadt auf das Stuttgarter Hauptpostamt in der Lautenschlagerstraße. Er stellte sich am Ende der kurzen Schlange am Telegrammschalter an und gab ein Auslandstelegramm auf. Empfänger war die *Hedwig and Louis Schürbel Foundation* und hatte folgenden Inhalt: »He took less than the half. Lacroix.«

Mit Ludwigs Rücknahme der Strafanzeige waren die Probleme von Hans nur unmerklich kleiner geworden. Zum einen prüfte die Staatsanwaltschaft, ob es sich bei dem nun schon länger zurückliegenden Vorfall um schwere Körperverletzung handelte. Das würde die Sache zu einem Offizialdelikt machen, in dem von Amts wegen auch dann weiter ermittelt werden konnte, wenn der Geschädigte seine Anzeige zurückzog. Zum anderen war noch keine abschließende Beurteilung des Falles durch das Jugendamt erfolgt. Neben dem gewaltsam ausgetragenen Konflikt mit seinem Halbbruder hatte die Fürsorge weitere Belange zu berücksichtigen. So war die Frage zu klären, ob der Achtzehnjährige bereits deutliche Züge der Verwahrlosung aufwies oder ob zumindest nicht auszuschließen war, dass Verwahrlosung drohte. In beiden Fällen konnte die Fortführung der geschlossenen Unterbringung geboten sein. Weiterhin bestand die Gefahr, dass das Jugendgericht die vom Jugendamt verfügte *vorläufige Fürsorgeerziehung* zu einer dauerhaften machte.

Zusammen mit ihrem Bruder Willi hatte Caroline bereits zweimal den alten Weidner aufgesucht. Ob Hans denn nicht wieder bei ihm anfangen könne? Er sei doch ein guter Arbeiter gewesen.

Der Alte zögerte. »Hans war nicht nur ein guter, er war zeitweilig sogar ein sehr guter Arbeiter, fleißig, gewissenhaft, findig und so ziemlich der Einzige der Jüngeren, der vernünftig mit den Pferden umgehen konnte, die zum Beschlagen gebracht wurden. Aber das nimmt jetzt immer mehr ab. Nicht mehr nur von Jahr zu Jahr, man merkt es bereits von einem Monat zum anderen.« Er blickte von Willi zu Caroline, straffte sich und fuhr dann mit lauter Stimme fort: »Aber das ist nicht der einzige Grund, weshalb ich immer noch zögere. Über kurz oder lang gebe ich den Betrieb an meinen Jungen ab. Und ich möchte ihm keine Elster ins Amselnest setzen.«

»Was erlauben Sie sich. Mein Sohn ist doch kein Dieb.«

Beschwichtigend hob Weidner beide Arme. »So war das nicht gemeint. Wenn mein Sohn übernimmt, möchte ich nicht kurz davor einen wieder einstellen, der zum Problemfall geworden ist und leicht wieder einer werden kann.«

»Mein Sohn wird kein Problemfall mehr.«

»Also gut. Ich werde das mit meinem Sohn besprechen, auch Ihrem Vater zuliebe.« Weidner erhob sich.

Man merkt nicht, dass der schon weit über siebzig ist, dachte Caroline, ganz anders als beim Vater.

Frédéric Schürbel hatte sich mittlerweile vollständig vom Schaustellergeschäft zurückgezogen. Die Folgen seines Schlaganfalls fesselten ihn ans Haus. Er wurde immer mürrischer und seiner ebenfalls leidenden Ehefrau zur wachsenden Last. Willi wusste, dass es für die Mutter schwer sein würde, wenn der Vater auf Dauer zu Hause blieb. Er sah jedoch keine Möglichkeit, den Alten im harten Schaustellergewerbe noch sinnvoll zu beschäftigen. Selbst für leichtere Arbeiten war er nicht mehr zu gebrauchen. Sogar für den Chip-Verkauf im Kassenhaus des Scooters fehlten ihm jetzt die notwendigen feinmotorischen Fähigkeiten, um Chips und Wechselgeld in der gebotenen Geschwindigkeit herauszugeben.

Die Mutter kam mit ihren alten Leiden weitgehend zurecht. Das Wasser in den Beinen machte das zeitraubende Anlegen von Bandagen oder Stützstrümpfen erforderlich. Zudem hatte sich das Asthma so verschlimmert, dass sie nicht einmal mehr stundenweise in der Schänke mitarbeiten konnte. Das *Haller Eck* wurde mittlerweile von Caroline weitgehend alleine betrieben. Nur für Familienfeiern und besondere Anlässe beschäftigte sie Aushilfen. Wenn die Sache mit dem Jungen geklärt war, wollte sie den Eltern vorschlagen, das Anwesen in Lichtengrün zu vermieten oder sogar zu verkaufen. Die Eltern konnten dort nicht mehr alleine leben und für sie selbst war der Aufwand zu groß, täglich zwischen den beiden Örtlichkeiten zu pendeln. Und als Liebesnest hatte sie das abgelegene Haus schon lange nicht mehr genutzt. Sie konnte nicht ahnen, dass es dort alsbald zu einem merkwürdigen Déjà-vu kommen würde, zu einem erneuten Zusammentreffen zweier Frauen, die sich bereits vor vielen Jahren unversöhnlich gegenübergestanden hatten.

Über den Dächern von Beutelsbach

Seit Wochen schon litten die Menschen im nördlichen Württemberg unter einer nicht enden wollenden Hitzewelle. Träge und öde zugleich verfloss der Alltag im Erziehungsheim. Arbeitsleiter und Erzieher waren noch gereizter als sonst. Die monotone Schufterei in den überhitzten Werkstätten fiel allen schwer. Die Jungen an der Kabelkonfektionierung hatten Mühe, mit ihren schweißnassen Händen die Kabelstränge zu binden. Noch öfter als sonst schnitten sie sich ihre aufgeweichten Finger an den dünnen, gewachsten Schnüren blutig.

Auch die Nächte waren unerträglich. In den unter dem Dach liegenden Räumen der Abteilung 5 staute sich die Hitze. In den Schlafsälen konnten nur jeweils zwei der vergitterten Fenster geöffnet werden. Meist fanden die Jungen erst im Morgengrauen einen kurzen, unruhigen Schlaf. Tagsüber verrichteten sie müde, fast apathisch ihre Arbeit. In dem Maße, wie sich die Fehler häuften, nahm das gereizte Gebrüll der Arbeitsanleiter zu.

An einem Dienstagvormittag, die Temperaturen hatten noch nicht ihren Höchststand erreicht, tauchte Zartbitter in der Werkstatt auf. Er wechselte einige erregte Worte mit dem *Arbeitsminister* und stürmte dann zu den Beschäftigten der Kabelkonfektionierung hinüber.

»Polchow, mitkommen!«

Werner Polchow, der Zarthausens Kommen nicht bemerkt hatte, wandte sich im Sitzen um. »Was ist denn los? Kann das nicht bis Mittag warten?«

»Nein«, brüllte Zartbitter. »Die Sauerei, die du angestellt hast, lässt keinen Aufschub zu. Der Chef will dich sprechen und zwar auf der Stelle.«

Fragend sah Polchow zu Hans hinüber. Leise sagte er: »Ich weiß nicht, von was der redet. Ich hab nichts angestellt. Und schon gar keine Sauereien. Du weißt es.«

Hans nickte stumm, wusste aber nicht, wie er Polchow, den er mittlerweile zu seinen Freunden rechnete, unterstützen konnte.

Der restliche Vormittag verstrich unendlich zäh. Die monotonen Arbeitsabläufe wurden nur zweimal unterbrochen. Einmal brüllte der *Arbeitsminister*, sie seien faule Hunde, täten noch weniger als sonst. Eine Viertelstunde ehe die schrille Klingel die Mittagspause verkündete, hörte man vor der Werkstatt Lärm. Unmittelbar darauf wurde die Metalltür aufgerissen. Polchow stürzte herein, brüllte und schluchzte zugleich: »Diese Schweine!«

Hans beschlich sofort die Ahnung, dass etwas Außergewöhnliches vorgefallen sein musste. Hinter Polchow tauchten jetzt Zartbitter und Rotz auf. Sie ergriffen den Jungen und zerrten ihn mit vereinten Kräften aus der Werkstatt.

»Weiterarbeiten«, brüllte Kante. »Hier gibt es nichts zu glotzen.«

Hans war aufgestanden und wandte sich zur Tür. Gerd, der sonst sehr zurückhaltend war, trat rasch zu ihm hin und fasste ihn fest um die Schulter. »Bleib ruhig. Du kannst nicht das Geringste für ihn tun.«

Als Hans eine Viertelstunde später den Speisesaal betrat, sah er sich suchend um. Obwohl sie das Mittagessen schweigend einzunehmen hatten, machten zahlreiche Fragen, Vermutungen und Gerüchte die Runde. Einer wollte erfahren haben, dass ein Sittlichkeitsdelikt vorgefallen sei. Das zumindest würden Jugendliche aus der offenen Abteilung behaupten.

»Quatsch«, sagte Hans so laut, dass sofort die Saalaufsicht aufbrüllte: »Ruhe, ihr Klabautermänner! Hier wird schweigend gegessen!«

»Was für ein Quatsch«, wiederholte Hans nun deutlich leiser und sah zu Budde hinüber, der wortlos mit den Schultern zuckte. Das erste Mal verspürte Hans den dringenden Wusch, dass alle Jungs aus der Geschlossenen zusammenhielten und Werner Polchow die Unterstützung gaben, die er jetzt brauchte, egal was früher zwischen ihnen vorgefallen war.

Caroline Lang erkannte die Frau sofort, die, ohne zu klingeln, durch die geöffnete Tür in den Hausflur getreten war. »Sie?«, fragte Caroline erstaunt. »Ich hätte nicht gedacht, dass Sie uns immer noch nicht in Ruhe lassen.«

Die andere nickte und tupfte sich wortlos mit einem bestickten Taschentuch den Schweiß von den Schläfen. Caroline wies schroff auf die Wohnzimmertür. »Sie kennen sich ja aus. Ich trockne mir nur rasch die Hände ab.«

Wanda Rubiczek war in die Jahre gekommen, grau geworden, viel grauer noch als sie selbst. Aber ihr Typus, ihre Haltung, ja sogar ihre Kleidung entsprachen immer noch dem Bild, das Caroline in unangenehmer Erinnerung behalten hatte. Zwei Frauen im fortgeschrittenen Alter begegneten sich das erste Mal nach fünfzehn Jahren wieder.

Unauffällig sah sich die Fürsorgerin um. Im Haus hatte sich wenig verändert. Das Wohnzimmer war inzwischen mit wesentlich leichteren Möbeln ausgestattet. Dennoch wirkte alles so wie damals, als sie auf umständliche Weise mehrfach hierher reisen musste, um die widerspenstige Mutter von der Richtigkeit einer Adoption ihres zweiten Kindes zu überzeugen. Sie hatte nicht viel Hoffnung, dass ihr heutiges Kommen und das Gespräch mit der Mutter im Sinne der Jugendhilfe, wie sie sie verstand, hilfreich sein würden. Aber in den deutschen Heimen rumorte es. Immer mehr selbsternannte Experten riefen zu einer Reform der Heimerziehung auf. Der Junge, um den es hier ging, war bald neunzehn Jahre alt und ob die Unterbringung in der geschlossenen Fürsorgeeinrichtung Schönbühl nur kurz oder bis zur Vollendung des einundzwanzigsten Lebensjahres währen würde, wusste zur Stunde niemand. Nun war mit dem Geld eines amerikanischen Verwandten ein prominenter Anwalt eingeschaltet worden. Die erfahrene Jugendamtsmitarbeiterin hatte sofort gespürt, dass ihr neuer Chef diesen Juristen fürchtete, dem der Ruf vorauseilte, schon etliche gleichermaßen überraschende wie spektakuläre Gerichtsentscheide herbeigeführt zu haben. Vor einem halben Jahr war Gottfried Bauer in den Ruhestand gegangen. Auf der Fahrt hierher hatte Wanda Rubiczek hinter dem Steuer darüber gegrübelt, ob sie in Bauer eine wirkungsvollere Unterstützung gehabt hätte. Sie war zu keinem eindeutigen Urteil gelangt. Resignierend zog sie daraus den Schluss, dass in der heutigen Zeit die Lauen dominierten.

Erneut musterte Caroline Lang die Frau, die ihr eingangs der Fünfzigerjahre reichlich Angst und Schrecken eingejagt hatte. Obwohl sie Hans gegenüber Wut und Enttäuschung verspürte, war sie nicht bereit, klein beizugeben. Jetzt fehlte nur noch, dass diese Frau behauptete, sie sei schon damals von einer ungünstigen Sozialprognose für das weitere Leben des Kindes überzeugt gewesen. Caroline war auf diese Begegnung, die ihr zuvor schriftlich und telefonisch angekündigt worden war, zwar mehr oder weniger vorbereitet gewesen. Allerdings war sie davon ausgegangen, dass eine neue, jüngere Fürsorgerin zu ihr käme.

»Kaffee?«, fragte sie die unwillkommene Besucherin. Diese nickte, worauf Caroline ihre Tasse füllte. Ihr fiel auf, dass Wanda Rubiczek immer noch dieselbe Frisur trug wie vor fünfzehn Jahren. Ihr Kostüm schien ziemlich neu zu sein. Schnitt und Muster waren dem damaligen recht ähnlich. Und dennoch war vieles anders. Seinerzeit strahlte die Frau die Gefährlichkeit eines Menschen aus, der gewillt war, einen Auftrag der niemals zu hinterfragenden Obrigkeit mit allen Mitteln durchzusetzen. Obwohl Caroline selbst im gleichen Maße gealtert war und dies frei von Illusionen Tag für Tag aufs Neue feststellte, wirkte dieses ältliche Fräulein wie ein Relikt aus einer lange zurückliegenden Zeit. Sie war gleichsam Mahnung und Erinnerung an unangenehme Ereignisse, aber letztendlich harmlos geworden, von gestern eben. Natürlich ahnte Caroline, dass es nicht gut um ihren Jüngsten bestellt war. Im Grunde genommen stand es um beide Söhne nicht gut. Denn nicht nur Hans machte Probleme. Sein Bruder Ludwig war ein Trinker geworden, unfähig, eine Frau dauerhaft an seiner Seite zu halten, cholerisch und zugleich verbissen darauf bedacht, den Hof, das Erbe seines Großvaters, erfolgreich weiterzuführen.

In den vergangenen Tagen hatte Caroline mehrmals mit dem Stuttgarter Anwalt telefoniert, den die *Hedwig and Louis Schürbel Foundation* beauftragt hatte, sich um die Belange von Hans zu kümmern. Man müsse jetzt vor allem die Sache mit der Arbeitsstelle voranbringen, meinte Lacroix, der normalerweise mit schweren Strafsachen zu tun hatte. Es gehe jetzt vor allem um eine günstige Sozialprognose. »Die Sache mit dem Bruder«, so drückte er sich aus, sei ärgerlich, aber nicht schwerwiegend. Zu einer Strafhaft werde Hans selbst dann nicht verurteilt werden, wenn die Staatsanwaltschaft das Verfahren weiter betreibe. Man müsse jedoch vermeiden, dass vonseiten des Jugendgerichts wegen »anhaltender Trebegängerei« geschlossene Fürsorgeerziehung bis zum Erreichen der Volljährigkeit angeordnet werde. Dabei spiele das Vorhandensein einer Arbeitsstelle eine entscheidende Rolle. Und er hatte rasch hinzugefügt: »Weder im Jugendstrafverfahren noch für die Positionierung des Jugendamtes ist es förderlich, wenn es heißt, der Junge könne eine Arbeit auf dem Rummelplatz finden.«

Caroline wollte zuerst aufbegehren, hatte dann aber nichts dazu gesagt. Obwohl es ihrem Vater nicht gut ging, hatte er ihr angeboten, sie bei ihrer dritten Fahrt zur Weidner'schen Wagenfabrik zu begleiten. Sie schwankte kurz, entschied sich dann aber dafür, ihn mitzunehmen. Vielleicht würde sein Anblick seinen Altersgenossen erweichen.

Richtige Greise sind wir geworden, dachte Frédéric Schürbel, als er dem alten Weidner gegenübersaß, den er aus den

Anfängen ihrer gemeinsamen Militärzeit kannte. Im ersten Krieg war das noch gewesen. 1914 waren sie gemeinsam nach Ludwigsburg eingerückt.

Der alte Weidner war zuletzt doch erneut unentschlossen gewesen, ob er Hans tatsächlich auf Probe wieder einstellen sollte. Zu sehr hatte dieser ihn enttäuscht, gerade auch, weil er bei dem Jungen ganz besondere Begabungen entdeckt hatte. Der Anblick, den ihm Schürbel jetzt bot, stimmte ihn milder. Aus dem pfiffigen, weltgewandten und überaus beweglichen Artisten war ein Wrack geworden, ein Tattergreis. Sichtlich verlegen schaute Weidner meist zur Tochter hinüber und hoffte, dass man sein Erschrecken bei Schürbels Eintreten nicht wahrgenommen hatte. Am Ende ließ er sich dazu erweichen, es mit Hans noch einmal zu versuchen.

»Aber vorerst nur auf Probe«, fügte er rasch hinzu, während der Großvater holprig dankte. »Beim kleinsten Anlass ist er die Stelle für immer los. Aber zuerst muss ich meinen Sohn noch überzeugen.«

Im Wissen um diese Chance und im Vertrauen auf die Durchsetzungsfähigkeit des Anwaltes Lacroix sah Caroline der erneuten Konfrontation mit dem Jugendamt nun einigermaßen gelassen entgegen. Sie hatte eigentlich damit gerechnet, dass die Jugendamtsmitarbeiterin ihr vorhalten würde, sich mit der Verhinderung der Adoption ihres Kindes für die falsche Alternative entschieden zu haben. Aber nichts dergleichen geschah. Wanda Rubiczek informierte die Mutter lediglich über Details der aktuellen Heimunterbringung ihres Sohnes und betonte mehrmals, dass es in derartigen Fällen meist bei der geschlossenen Unterbringung blieb, wenn nicht neue Sachverhalte geltend gemacht werden konnten.

Caroline war bereits im Begriff, von ihren Bemühungen um eine Wiederbeschäftigung ihres Sohnes im alten Betrieb zu berichten, entschied sich dann aber dagegen. Wenn der junge Weidner nicht zustimmte, konnten eine vorschnelle Äußerung und die fehlende Arbeitsstelle als schlagende Argumente gegen die Aufhebung der geschlossenen Unterbringung ins Feld geführt werden. So plätscherte das Gespräch dahin, bis sich endlich die seltsam rat- und kraftlos wirkende Fürsorgerin erhob. »Sie hören von uns«, sagte sie und ging nach draußen. Vor dem Haus stand ein dunkelgrüner *VW Käfer*, wohl ein Dienstfahrzeug des Landratsamtes.

Auch nach der Mittagspause blieb Werner Polchows Platz verwaist. Hans ertrug die Ungewissheit nicht länger. Unter den Blicken der anderen näherte er sich eine halbe Stunde nach Wiederaufnahme der Arbeit Kanters verglastem Büro. Der sah ihm sichtlich erstaunt durch die Scheibe entgegen.

»Wir wollen jetzt wissen, was ihr mit Werner gemacht habt«, sagte Hans mit vor Erregung bebender Stimme.

»Bürschlein, du hast hier keine Forderungen zu stellen. Verschwinde sofort wieder an deinen Arbeitsplatz.«

Hans betrat das Büro.

»Wird's bald. Wenn du nicht sofort wieder an deine Arbeit gehst, ziehe ich dir die Prämie für eine ganze Woche ab.«

Hans wollte noch etwas erwidern. Doch wie bereits am Vormittag trat Gerd an ihn heran, der ihm gefolgt war, legte schweigend einen Arm um seine Schulter und zog ihn mit der freien Hand aus dem Büro. Widerstandslos ließ er sich an seinen Platz bringen.

Die Mittagshitze ging in die Schwüle des Nachmittags über. Eine Stunde vor Feierabend erhob sich in der Ferne ein leises Grollen. Alle, die in der Werkstatt schwitzten, sehnten sich nach einem kräftigen Gewitterregen.

»Fast noch eine Stunde«, stöhnte Käsi, der sich schweißnass an einem Kabelbaum festhielt.

»Dass die uns nicht mal bei so 'ner Hitze schwimmen geh'n lassen«, knurrte Budde.

»Viel zu gefährlich«, sagte Hans. »Da könnten ja gleich zwei verloren gehen. Einer säuft ab und ein anderer türmt.«

Das Gewitter kam näher. Das Donnergrollen wurde lauter. Noch blieb der erlösende Wind aus, der vor den ersten Regentropfen den trockenen Staub und die verdorrten Blüten der Rabatten aufwirbeln würde, aber erste Kühlung brächte.

Die Heiminsassen verrichteten schweigend ihre Arbeit und lauschten dem sich nähernden Gewitter. Durch die Fenster der Werkstätten sah man ferne Blitze. Sekundenbruchteile später übertönte der polternde Donner das helle Klirren eines zerspringenden Ziegels. Dann ertönte ein Schrei. Er war nur kurz, nicht sehr laut, aber deutlich zu hören. Gleich darauf folgte ein Geräusch, das die meisten noch nach Jahren nicht vergessen würden.

Das Geräusch, das die Beschäftigten der Abteilung 5 des Erziehungsheims Schönbühl und auch ihr Arbeitsanleiter Oswald Kanter an diesem Nachmittag vernahmen, hörte sich an wie eine saftige reife Melone, die aus großer Höhe auf einen Betonboden fiel und beim Aufprall zerplatzte.

Draußen war es dunkel geworden. In den aufkommenden Regen hinein war plötzlich das Getrappel herbeieilender Personen zu vernehmen. Hektische Rufe ließen erahnen, dass etwas Außergewöhnliches passiert sein musste.

Es dauerte mehrere Wochen, bis Caroline Lang einen Termin beim Leiter des Kreisjugendamts bekam. Anfangs hatte die Sekretärin sie an die zuständige Bezirksfürsorgerin verwiesen. Diese sei mit dem Sachverhalt in vollem Umfang vertraut. Um zum Leiter vorgelassen zu werden, hatte es mehrerer Telefonate und des Hinweises bedurft, man habe sich in dieser Angelegenheit schon einmal eines Anwalts bedient. Erneut begleitete Willi seine Schwester, obwohl er eigens dafür von Bad Mergentheim anreisen musste, wo sie begonnen hatten, die Fahrgeschäfte aufzubauen.

Als er den Wagen auf einem Parkplatz in der Nähe des Haller Jugendgefängnisses verschloss, sagte er missmutig zu seiner Schwester: »Der Junge kostet einen wirklich den letzten Nerv. Die anderen müssen die Arbeit jetzt mal wieder ohne mich machen.«

Die Sekretärin führte die beiden Geschwister in das Büro des Amtsleiters. War das derselbe Raum wie damals? Zweifelnd sah sich Caroline um. Sie erkannte das Büro nicht wieder. Auch der Mann, der sie mit einem knappen »Angenehm, nehmen Sie Platz« begrüßte, war ein anderer, was er einleitend auch erläuterte: »Mein Name ist Georg Kessler. Ich habe das Amt von Herrn Bauer übernommen, der vor einem knappen Jahr seinen verdienten Ruhestand angetreten hat. Er hat sich nach dem Krieg große Verdienste beim Wiederaufbau einer geordneten Jugendhilfe erworben.« Neugierig schaute er von Caroline zu Willi. »Sie kannten ihn?«

»Ja. Ich kannte ihn«, erwiderte Caroline rasch, ehe ihr Bruder etwas erwidern konnte. »Ich war eine von den vielen alleinerziehenden Müttern, die es nach dem Krieg gegeben hat.«

»Kriegerwitwe?«

»Auch das.« Der heitere Ton, in dem Caroline das sagte, wollte nicht so recht zu der ernsten Thematik passen. »Aber ich habe zwei Kinder. Der jüngere Sohn wurde unehelich geboren, ein *Amibankert*, wie man hier in der Gegend sagt.«

»So würde ich mich niemals ausdrücken«, empörte sich Georg Kessler.

»Ich meine auch nicht Sie persönlich.«

»Aber wegen dieses Jungen haben Sie um einen Termin gebeten?«

Willi, der spürte, dass seine Schwester im Begriff war, sich in Rage zu reden, beugte sich vor und legte ihr beschwichtigend die Hand auf den linken Unterarm. »Ihr Sohn Hans, geboren am 23. Juni 1946, ist bereits seit mehreren Monaten in der geschlossenen Abteilung des *Schöbbes* untergebracht.«

»Sie meinen die Erziehungseinrichtung Schönbühl? Der Vorgang ist mir bekannt.«

»Ja, er ist auf dem Schönbühl. Sie müssen entschuldigen, aber ich kenne niemanden, der nicht *Schöbbes* sagt. Der Junge ist aus nichtigem Anlass ausgerissen. Ein weiterer Verbleib wäre unverhältnismäßig.« Willi war stolz darauf, die passenden Worte gefunden zu haben. Derartige Gespräche führte er nicht oft.

»Nun, Herr …«

»Entschuldigen Sie, dass ich mich nicht richtig vorgestellt habe. Ich heiße Willi Schürbel. Ich bin der jüngere Bruder von Frau Lang, also der Onkel des Jungen.«

»Nun, Herr Schürbel, Ihr Neffe ist ja nicht deshalb in der geschlossenen Fürsorgeerziehung untergebracht, weil er mal eine Zeitlang verschwunden war.« Er blätterte in den Unterlagen, die die zuständige Fürsorgerin Wanda Rubiczek für ihn herausgesucht hatte. »Was lese ich da? Mittelschwere Körperverletzung, den Arbeitsplatz verloren, Hausfriedensbruch.«

»Wieso Hausfriedensbruch?«, fragte Caroline.

»Er soll auf dem Gelände eines Tanzlokals randaliert haben.«

»Ach, das hat mein älterer Sohn doch nur behauptet, um seinem Bruder eins auszuwischen. Das hat sich doch alles aufgeklärt. Ludwig, mein Ältester, hat doch die Anzeige längst zurückgezogen. Und seine Stelle hat Hans auch wieder.« Sie öffnete ihre Handtasche und nahm einen Briefumschlag heraus. Über ihr Gesicht huschte ein Lächeln. Während der Amtsleiter den Brief entgegennahm, fuhr sie fort: »Seine frühere Firma stellt ihn wieder ein. In dem Schreiben, das Sie vor sich haben, bestätigt das der Juniorchef.«

Kessler überflog den kurzen Text. »Er wird zur Bewährung angestellt. Was soll das heißen?«

Willi mischte sich ein: »Ganz einfach, der Junge darf sich nichts weiter zuschulden kommen lassen. Aber ewig wird ihm die Stelle nicht freigehalten. Er sollte möglichst rasch aus dem Heim entlassen werden.«

»Nun«, sagte Kessler und richtete sich auf. »Wir werden das alles gründlich prüfen. Das mit der Arbeitsstelle und die Rücknahme der Anzeige durch den Geschädigten sind Belange, die sich positiv auf die Sozialprognose Ihres Sohnes auswirken können. Ob das ausreicht, damit er aus dem Heim entlassen wird, kann ich Ihnen beim derzeitigen Stand des Verfahrens nicht versprechen.«

»Meinen Sie, es ist hilfreich, wenn er endgültig seine Arbeitsstelle verliert? Dann kommt er in zweieinhalb Jahren raus, wenn er einundzwanzig geworden ist und steht vor dem Nichts.«

»Das Heim ist bekannt dafür, dass es sich darum bemüht, den ehemaligen Zöglingen zu einem gelungenen Berufseinstieg zu verhelfen.«

»Dass ich nicht lache«, ereiferte sich Caroline. »Was meinen Sie, welche Chancen einer auf dem Arbeitsmarkt hat, wenn er nach Vollendung des einundzwanzigsten Lebensjahrs drei Jahre Schönbühl auf dem Buckel hat.«

»Komm, Caroline.« Willi war unbemerkt von seiner Schwester aufgestanden. »Es ist alles gesagt. Jetzt muss das Amt entscheiden.«

Als die beiden Geschwister das Verwaltungsgebäude verließen, schien die Sonne noch recht kräftig. Das veranlasste Willi, zu seiner Schwester zu sagen: »Caroline, wann waren wir eigentlich das letzte Mal zusammen ein Eis essen? Ich glaube, da waren wir noch Kinder. Noch vor dem Krieg muss das gewesen sein.« Er schaute nur kurz auf die Uhr der Michaeliskirche. »Jetzt ist es grad egal. Komm, wir gehen ins *Simonetti*. Ich spendier dir einen Eisbecher.«

Als der Erzieher Kurt Zarthausen Werner Polchow aus der Werkstatt holte, um ihn weisungsgemäß dem Heimleiter vorzuführen, hatte dies einen gewichtigen Grund. Roland Jetter und Klaus Funk waren aus freien Stücken im Büro des Leiters aufgetaucht und behaupteten, Werner Polchow habe sich ihnen bereits mehrfach in unsittlicher Weise genähert. Anfangs schenkte Heimleiter Griese ihren Schilderungen keinen Glauben. Griese war ein erfahrener Mann. Schon seit 1932 arbeitete er als Diakon und Fürsorger. Zu oft schon hatte er erlebt, wie Zöglinge andere Heiminsassen übel verleumdeten. Und gerade die Behauptung, es sei ein sexueller Übergriff vorgefallen, war ein scharfes Schwert. Zum einen löste eine derartige Beschuldigung große Empörung und einen entsprechenden Handlungsdruck auf die Verantwortlichen eines Heims aus. Zum anderen war ein Entlastungsnachweis genauso schwer zu erbringen, wie es möglich war, die Behauptung zu belegen. In diesem Fall wurde die Anschuldigung von zwei Buben vorgebracht, die vierzehn und fünfzehn Jahre alt waren. Zudem behaupteten sie, es gebe mit Alfred Steiger, einem achtzehnjährigen Jugendlichen aus Aalen, einen weiteren Zeugen.

Warum sie erst jetzt zu ihm kämen, fragte Griese. Zumindest der erste geschilderte Vorfall läge doch schon einige Zeit zurück. Das habe mehrere Gründe, erklärte der Ältere der beiden. Man habe anfangs gehofft, dass sich die Sache von selbst erledige. Außerdem sei das Ganze peinlich und man spreche nicht gern darüber. Bei dieser Bemerkung schlug Roland Jetter verschämt die Augen nieder. Entscheidend aber sei gewesen, dass Polchow gedroht habe, ihnen den Schädel einzuschlagen, wenn sie auch nur ein Sterbenswörtchen darüber verlören. Aber jetzt zeichne sich ab, dass die Belästigung ständig weitergehe. Also hätten sie sich entschieden, sich auf diese Weise von dem Schmutz zu befreien.

Griese reagierte besonnen. Heimerziehung, zumal die geschlossene Unterbringung, kam immer mehr ins Gerede. Da galt es Fehler zu vermeiden. Er bat umgehend sämtliche Erzieher zu sich, auch Edgar Schmitt, der für die Wohngruppe von Jetter und Funk verantwortlich war. Rothenmüller und Zarthausen waren bei Werner Polchow »derlei Neigungen«, wie sie sich ausdrückten, bislang noch nicht aufgefallen. Schmitt konnte zu Polchow nichts sagen. Allerdings habe ihn einmal der unbeteiligte Alfred Steiger angesprochen und gefragt, an wen sich jemand wenden könne, der von einem anderen Jungen ständig betatscht und geküsst werde. Weitere Nachfragen habe er abgeblockt. »Ich habe ihm zum Schluss gesagt«, fuhr Schmitt fort, »dass er sich entweder an einen Erzieher oder direkt an den Heimleiter wenden könne.«

Man ging ohne konkretes Ergebnis aus der Mitarbeiterbesprechung. Griese rief Zarthausen noch einmal zurück. »Bringen Sie mir Polchow, jetzt sofort«, verlangte er.

Werner Polchow erwies sich in den Augen des irritierten Heimleiters als einer der hartnäckigsten Leugner, die ihm während seiner mehr als drei Jahrzehnte währenden Laufbahn untergekommen waren. Anfangs wirkte der Bursche bestürzt und so erschrocken, dass Griese davon ausging, der Kerl werde in den nächsten Minuten alles gestehen. Doch mit zunehmender Dauer des streng geführten Gesprächs wurde der Befragte immer verstockter und gab nicht das Geringste zu. Er habe den Jungen keinerlei Angebote gemacht und sie weder geküsst noch auf andere Weise berührt. Das Gegenteil sei der Fall. Steiger habe ihm angeboten, er könne »jeden dieser kleinen Ärsche für fünf Mark vögeln«. Er habe das entrüstet abgelehnt und Steiger angedroht, ihm das nächste Mal eine zu knallen.

Es war gerade diese hartnäckige Verstocktheit, die Griese besonders erboste. »Du zwingst mich tatsächlich dazu, die Polizei einzuschalten. Hier handelt es sich eindeutig um ein Sittlichkeitsdelikt. Du gehst jetzt nicht zurück in die Werkstatt, sondern begibst dich in den Aufenthaltsraum. Dort wartest du, bis man dich ruft.«

Gepeinigt von Entsetzen und Wut stürmte Werner Polchow aus dem Büro des Heimleiters. Er hatte bereits des Öfteren mit dem Gedanken gespielt, aus dem *Schöbbes* zu fliehen. Verzweifelt versuchte er seine Gedanken zu ordnen und sich an seine Überlegungen zu einer möglichen Flucht zu erinnern. Doch nichts von dem, was er sich früher ausgedacht hatte, war so einfach auf die Schnelle umzusetzen. Der Aufenthaltsraum war leer. Alle waren in der heimeigenen Schule oder am Arbeitsplatz. Ob Hans ihm helfen konnte? Einen Augenblick dachte er darüber nach, wie er mit ihm Kontakt aufnehmen könnte, ohne dass der *Arbeitsminister* etwas davon mitbekäme. In der Panik, die ihn ergriffen hatte, gelang es ihm aber immer noch nicht, einen klaren Gedanken zu fassen.

Was, wenn die anderen davon erfuhren, was man ihm zum Vorwurf machte? Als schwul zu gelten war schon schlimm genug. Aber ein Kinderschänder zu sein, war das Allerletzte. Werner Polchow hatte schon bislang das Heim mit all seinen Regeln, Schikanen und Torturen nur äußerst schwer ertragen. Doch dieser ungeheuerliche Vorwurf schmetterte ihn vollends zu Boden. Zumal kein Zweifel daran bestand, dass er während der nächsten Stunden im gesamten Heim die Runde machen würde. Er war ein Nichts, schlimmer noch, er war in den Augen der anderen Abschaum. Über kurz oder lang würden sie über ihn herfallen. Und wenn ihn die Polizei von hier wegbrachte? Dann würden noch Gewalttätigere ihn im Jugendknast übel zurichten.

Werner Polchow, der nur ganz selten rauchte, griff an die Brusttasche seiner Heimkluft. Dass er unter dem Stoff eine Aktive ertasten konnte, hatte etwas Tröstendes. Er ging hinaus ins Treppenhaus. Niemand war zu sehen. Er gelangte zu der Stelle, an der Budde, der öfter heimlich rauchte, Streichhölzer versteckt hatte. Sie waren an ihrem Platz. Er steckte sie ein und lauschte. Alles war so ruhig wie vorher. In der Ferne ertönte schwacher Lärm aus den Werkstätten. Er ging nach oben. Die Schlafräume waren um diese Zeit verschlossen. Aber dort wollte er auch gar nicht hin. Er ging am Schlafsaal ihrer Gruppe vorbei. Noch einmal blickte er auf die Tür der Abteilung 5. Gerd hatte ihn nie belästigt und Hans war ein wirklich guter Kumpel. Die anderen waren ihm egal.

Vom oberen Stockwerk führten noch acht Stufen auf einen Treppenabsatz. Dort hatte man vor einem Teil der Dachschräge eine provisorische Wand eingezogen. Hinter einer dünnen, lediglich einen Meter zwanzig hohen Tür lagerten zurückgebliebene Utensilien, Koffer, Rucksäcke und Persilkartons. Manche beinhalteten wertloses altes Zeug. Die Tür war verschlossen, es steckte kein Schlüssel. Er zwängte sechs Finger hinter das dünne Türblatt und zog daran so kräftig wie er konnte. In den vergrößerten Spalt schob er die Finger der rechten Hand so weit hinein, bis es wehtat. Er ignorierte den

Schmerz und wartete auf den nächsten Donnerschlag. Mit einem kräftigen Ruck brachte er das trockene Holz in der Höhe des Schlosses zum Splittern. Er zog die Tür auf, entfernte einige Splitter des schmalen Rahmens und räumte eilig einen Teil des Gerümpels auf den Treppenabsatz. In Türbreite waren nur noch Dachsparren, Latten und Ziegel vor ihm. Noch hatte man nicht damit begonnen, Dächer, ganz gleich welcher Art, zu isolieren.

Er hob den ersten Ziegel, riss sich dabei die Hand auf, was er nicht beachtete. Mit der anderen Hand drehte er den Ziegel unter denen hervor, die darüber lagen. Als er zwei weitere entfernt hatte, wurde es einfacher. Der Wind erfrischte ihn. Einen Moment lang ließ er sich vom Schauspiel der Blitze in Bann ziehen. Und er genoss es, dass die Windböen seinen schweißnassen Körper umspielten. Wenn er nach rechts sah, konnte er einige Häuser Beutelsbachs erkennen und in der Ferne erahnen, wo das Remstal verlief. Ein grünglänzender kleiner Käfer war auf seine Hand gekrabbelt, die eine Dachlatte umklammerte. Er sah ihm einige Sekunden lang zu, ehe er ihn mit dem Zeigefinger der anderen Hand wegschnippte. Er wuchtete die Schulter kraftvoll gegen die obere der beiden freigelegten Dachlatten. Ein Schmerz durchfuhr seine Schulter, doch die Latte brach nicht.

Er trat zurück und lauschte ins Treppenhaus hinunter. Der Junge hörte nichts, was ihn in Hektik verfallen ließ. Kräftig trat er mit der Fußsohle gegen die Dachlatte. Beim zweiten Tritt brach sie und kurz darauf war auch die andere entfernt. Behände kletterte er aufs Dach hinaus und tastete sich vorsichtig zur Seite. Die Ziegel waren trotz des aufkommenden Gewitters immer noch heißer als erwartet. Die gespeicherte Hitze war durch die Hose hindurch und an den Händen zu spüren, wenn er sich auf den Ziegeln aufstützte. Er drohte zu rutschen, aber er rutschte nicht. Mit Bedacht steckte er die Zigarette in den Mund und zündete sie an, wofür er drei Streichhölzer benötigte. Seine Mutter hätte ihm Verschwendung vorgeworfen. Er musste lachen.

Seine Großmutter hatte ihm einmal die Geschichte eines Mannes erzählt, der sich zusammen mit seiner Frau durch eine Gasexplosion in die Luft sprengen wollte. Um das ausströmende Gas zu entzünden, benötigte er ein zweites Zündholz, weswegen seine Frau ihn kurz vor dem Tod noch einen Verschwender schalt. Es sei eine wahre Geschichte, hatte die Großmutter immer wieder betont, was Werner von klein auf bezweifelte. Es blieben Ungereimtheiten, die sich nicht auflösten. Wie hatte man davon erfahren, wenn doch beide umgekommen waren? Oder hatte am Ende jemand überlebt? Oder gar beide?

Er inhalierte den Rauch. Hier draußen schwitzte er nicht mehr so stark. Komisch eigentlich, dass ihn noch niemand entdeckt hatte. War das zu bedauern? Eigentlich nicht. Hier konnte er ohnehin nicht bleiben. Und der Weg nach Hause war ihm versperrt. Wenn er es recht bedachte, gab es keinen Platz auf der Erde, an dem er willkommen war. Er drückte den Rest der Zigarette auf einem Dachziegel aus. Mit dem Stummel malte er ein schwarzes »W« auf die poröse Oberfläche. »W« stand für Werner. Ursprünglich hatte er vorgehabt, sich zur Dachrinne hinuntergleiten zu lassen. Er lachte plötzlich auf, denn er hatte eine andere Idee. Mit einem leichten Schwung ging er in die Hocke und rollte sich nach vorne ab. Sein Hinterkopf streifte schmerzhaft über die unteren Ziegel und schlug unmittelbar darauf an die Dachrinne. Er fiel.

Die Unruhe, die das Heim ergriffen hatte, war auch in der Geschlossenen zu spüren. Anfangs wusste hier keiner, was geschehen war. Einzig das Fehlen von Werner Polchow wurde registriert. Niemand außer Hans machte sich darüber Gedanken. Später kam die Anweisung, alle Abteilungen hätten in ihren Räumen zu bleiben. Dass etwas passiert sein musste, war aus dem Sachverhalt zu schließen, dass nur wenig später ein dunkelgrüner *VW Käfer* der Waiblinger Polizei und unmittelbar darauf ein Rotkreuzfahrzeug vorfuhren. Nach einigen weiteren Minuten folgte ein drittes Fahrzeug, ein grauer

VW Variant, dem drei Beamte der Waiblinger Kriminalpolizei entstiegen. Nach und nach fuhren noch weitere Fahrzeuge auf den Hof, denen niemand mehr größere Beachtung schenkte.

Die Jungen mussten mehrere Stunden in ihren Werkstätten und Klassenzimmern ausharren. Die Küche wurde angewiesen, abends auf die gewohnte Essensausgabe zu verzichten. Das Abendbrot sollte erst gereicht werden, wenn die Arbeit der Polizei beendet war.

Zuerst wurden der Heimleiter und dann die diensthabenden Erzieher befragt. Griese sprach offen die gegen Polchow vorgebrachten Anschuldigungen an, was die Aufmerksamkeit auf Roland Jetter und Klaus Funk lenkte. Letzterer brach schon nach einer kurzen scharfen Befragung zusammen und berichtete schluchzend und deshalb schwer verständlich davon, dass Alfred Steiger sehr ungehalten darüber gewesen sei, dass Werner Polchow sich dem von ihm vorgeschlagenen »Geschäft« verweigert hatte. Auf die Frage, welche Art von Geschäft das gewesen sei, schwieg der Junge, was den erfahrenen Kriminalisten vermuten ließ, er, Klaus Funk, gehe für Steiger auf den Strich. Anfangs leugnete er. Aber der Kriminalbeamte hatte sich festgebissen, drohte damit, dass man ihn eingehend medizinisch untersuchen lassen würde. Vielleicht käme er ohnehin in die Jugendpsychiatrie nach Winnenden. Klaus Funk war der Abfolge von Drohungen, Gebrüll und bohrenden Fragen, gefolgt von hektischem Türenschlagen und ungeduldigem Schütteln seiner Schultern nur eine Viertelstunde gewachsen. Als anschließend Roland Jetter mit dem Geständnis von Funk konfrontiert wurde, belastete dieser ebenfalls Alfred Steiger.

Im Zuge der weiteren Ermittlungen wurden auch die Jugendlichen der Abteilung 5 verhört. Weshalb er hier sei, wollte der Beamte von Hans wissen. Man habe ihn aus Dänemark abgeschoben, antwortete der. Dann sei er hier gelandet.

»Soso, ein Treber bist du also«, sagte der Beamte und fragte, welches Verhältnis Hans zu dem Selbstmörder gehabt habe.

Erst durch diese Frage erfuhr Hans, was mit Werner Polchow passiert war. Seine sichtliche Verstörung wurde von dem Polizisten falsch gedeutet. Ob er zu dem Toten ein sexuelles Verhältnis gehabt habe, wollte er von Hans wissen.

»Spinnen Sie?«, brüllte der mit sich überschlagender Stimme.

Der Beamte sprang auf, umrundete den Tisch und verpasste ihm eine gewaltige Ohrfeige. Hans unterdrückte das aufkommende Bedürfnis, zurückzuschlagen. »Er war mein Freund«, presste er hervor. »Werner war kein Homo. Wer das behauptet, der lügt.«

Spät abends wurde das Abendbrot ausgegeben. Zudem gab es reichlich Milchreis mit Zimt und Zucker. Niemand redete bei Tisch. Noch während gegessen wurde, kam Griese herein, sprach von tragischen Umständen und einer »unverständlichen Tat«.

Dass das Ganze etwas mit Alfred Steiger zu tun gehabt hatte, war der Tatsache zu entnehmen, dass der kleine Zuhälter in einen stillgelegten Bereich des geschlossenen Trakts verlegt worden war. Jetter und Funk wurden von einigen Älteren der offenen Abteilung so lange verprügelt, bis sie die falschen Anschuldigungen gegen Polchow zugaben. Alfred Steiger habe sie dazu angestiftet. Schon einen Tag später, es war ein Samstag, erreichte die Nachricht auch die Geschlossene.

Budde trat, beide Hände tief in den Hosentaschen vergraben, an Hans heran, der mit geschlossenen Augen auf dem Bett lag. Er hatte nicht geschlafen, das Kommen des anderen gehört und setzte sich auf.

»War Polchow dein Freund?«

Hans nickte.

»Morgen nach dem Kirchgang schnappen wir Steiger, die Drecksau. Bist du dabei?«

»Was soll das noch bringen? Die überführen den doch in den nächsten Tagen in den Jugendknast.«

»Aber nicht wegen der Sache mit Werner. Wegen Zuhälterei und Unzucht mit Minderjährigen.«

»Das macht Werner auch nicht wieder lebendig. Und wir kriegen noch mehr Probleme.«

»Ich wusste gar nicht, dass du feige bist. Selbst Käsi macht mit.« Der Dicke nickte unaufgefordert.

»Also gut«, sagte Hans. Er stand auf und ging zu einem der vergitterten Fenster. Während er auf den Hof starrte, fragte er: »Und wie soll das Ganze morgen laufen?«

Ursprünglich waren die meisten davon ausgegangen, dass Steiger am Sonntag dem Gottesdienst fernbleiben würde. Zur Überraschung aller hatte er energisch darauf bestanden, aus seinem Trakt freigeschlossen zu werden. War es Selbstbewusstsein oder Dummheit? Oder meinte er, sein Fernbleiben käme einem Schuldeingeständnis gleich?

Der Anstaltsgeistliche sprach von der Tragödie des frühen Todes und der »Sünde der Selbstentleibung«. Kein Mensch habe das Recht, seine Hand gegen den wunderbaren Plan Gottes zu erheben.

Als Steiger zusammen mit den anderen den schlichten Saal verließ, gruppierten sich wie zufällig sechs Jungen um ihn. Neben Budde, Käsi, Gerd und Hans beteiligten sich zwei Zwanzigjährige aus dem offenen Heimvollzug. In Höhe der Abzweigung zu einem schmalen Gang, der zu zwei Toiletten führte, blieben Gerd und der Dicke kurz so auf dem Flur stehen, dass die Nachfolgenden am Weitergehen gehindert wurden. Die beiden aus der Offenen ergriffen den Verdutzten an den Armen. Hans eilte hinzu und nahm ihn von hinten in den Schwitzkasten. Budde schob ihm einen Knebel in den Mund, den Gerd mit einem weiteren Tuchfetzen umwickelte. Hurtig schoben sie ihn in das linke WC. Käsi musste Schmiere stehen. Mit Gewalt drückten sie seinen Oberkörper über die Kloschüssel. Gerd setzte sich rittlings auf seinen Rücken. Zu zweit zerrten sie ihm die Hose vom Leib. Budde nahm einen zuvor hinter der Kloschüssel abgestellten Eimer mit Schmierseife auf, in dem eine hölzerne Klobürste steckte. Mit dem Argument, dass man ihn schließlich nicht umbringen wolle, hatten sie sich gegen eine dieser modernen Plastikklobürsten entschieden, da deren Borsten in der Schmierseife nicht schmiegsamer wurden. Budde zog die Klobürste nochmals durch die flüssige Seife. Dann drückte er sie mit den Borsten voraus in den After des Wehrlosen. Dessen Schmerzensschreie waren nur als leises ersticktes Gurgeln zu vernehmen.

»Das ist für Werner. Und merk dir eins: Wenn du auch nur ein Wort sagst, kommen wir wieder. Dann aber mit einer Plastikbürste und ohne Schmierseife.«

Gerd stieg von dem bebenden Rücken. Gemeinsam zogen sie sich von ihrem Opfer zurück.

»Alle halten das Maul, egal was passiert«, raunte Budde den anderen zu, ehe sie sich einzeln auf den Weg in den Speisesaal machten.

Schweigend hatten sie sich am Abend wieder einschließen lassen. Als Rothenmüller die Vollständigkeit ihrer Kleidung kontrollierte, tat er dies im Gegensatz zu sonst nahezu wortlos. Was hätte er ihnen auch sagen können? Für Aufmunterungen durch ihre Erzieher waren die Jungen der Abteilung 5 nicht zugänglich. Dazu war die Distanz zu groß und die Abneigung zu gewaltig. Sie sahen in den Angestellten nur ihre Peiniger und Schließer und keine Menschen, die ihnen hilfreich sein konnten. Dass Rothenmüller seine Kontrolle und das Einschließen schweigend durchführte, betrachteten sie auch als Indiz dafür, dass Alfred Steiger den Mund gehalten hatte. Offensichtlich nahm er ihre Drohung ernst. Aber das musste nicht so bleiben.

Obwohl es seit dem Gewitter deutlich abgekühlt hatte, war es im Obergeschoss immer noch heiß. Bis auf Käsi, der leise schnarchte, schlief noch keiner. Hans, der lange schweigend auf dem Rücken gelegen hatte, setzte sich auf. Im Restlicht des zu Ende gehenden Tages starrte er auf das Bett, in dem noch vor wenigen Nächten Werner Polchow gelegen hatte. Der hatte in seinem Leben nichts getan, was gerechtfertigt hätte, dass er an diesem Ort eingesperrt und seiner Zukunft beraubt wurde. Das galt für die meisten hier. Ja, wenn er darüber nachdachte, gab es eigentlich niemanden, der zu Recht so behandelt wurde. Vielleicht Alfred Steiger, der bislang in der offenen Heimerziehung untergebracht gewesen war. Aber selbst Budde, den er nicht leiden konnte, weil er ein Fiesling war, wurde hier ganz offensichtlich zu Unrecht festgehalten.

Und er selbst? Er hatte seinen Bruder verprügelt und war aus Dänemark ausgewiesen worden. Das konnte aber doch nicht bedeuten, dass er so behandelt werden durfte, wie es hier geschah! Aber so war es nun einmal. Er war ein uneheliches Kind und besaß eine dunklere Hautfarbe. Seine Mutter hatte zwei Kinder, die ohne Väter aufwuchsen, und stammte aus einer nicht gut beleumundeten Familie. Da geschahen mache Dinge zwangsläufig, waren eben so was wie Schicksal.

Eigentlich hatte sich alles in ihm gegen die Beteiligung an der Racheaktion gesträubt. Aber er hatte nicht schon wieder ausscheren wollen. Oft genug hatte er sich gegen die Gruppe gestellt. Auch war Werner Polchow der Einzige gewesen, zu dem er sich freundschaftlich hingezogen gefühlt hatte. Hans hörte das Quietschen eines Bettrostes. Dann tapsten nackte Füße über den Holzboden zur Ecke, in der der Pisspott stand. Budde erleichterte sich und schlich zu den Betten zurück. Er setzte sich auf das leere Bett von Werner Polchow. »Kannst du auch nicht schlafen?« Fragend sah er dorthin, wo er das Gesicht von Hans vermutete.

»Wir hätten das nicht machen sollen.«

»Was?«

»Na, das mit der Drecksau.«

»Hast du Mitleid mit dem?«

»Das nicht. Aber an allem, was hier läuft, ist nur die Scheiße schuld, die man hier mit uns anstellt.«

»Was redest du da für wirres Zeug?«

»Dass einer wie der Steiger ein paar Jungs als Pferdchen laufen lassen kann, die ihren Arsch für fünf Mark anbieten, funktioniert doch nur hier drin. Dass wir uns wie Tiere verhalten, hat doch was mit dem Käfig zu tun, in dem man uns hier hält.«

»Das ist mir zu hoch. Die Sau hat ihre Strafe verdient. Und außerdem gewöhnt er sich so an das, was ihm im Knast blüht.«

»Wie meinst du das?«

»Na, wenn die im Haller Jugendknast erfahren, dass er Jungs angefasst und auf den Anstaltsstrich geschickt hat, machen die mit ihm noch ganz andere Sachen.«

Bereits zum zweiten Mal war sein Großonkel Louis an seiner Rettung beteiligt. Und wie beim ersten Mal hatte Hans davon nicht die geringste Ahnung. Drei Wochen nach Werner Polchows Selbsttötung wurde er vom Arbeitsplatz weg zum Heimleiter gerufen. Zartbitter begleitete ihn dorthin, nahm aber nicht an dem Gespräch teil. Griese hatte seine Akte vor sich liegen.

»Lang«, sagte er und sah dabei zu ihm auf. »Ich will es kurz machen. Das Jugendamt hat verfügt, dass wir dich zu entlassen haben.« Er blätterte in den Papieren. »Wenn du meine ehrliche Meinung hören willst. Ich hätte anders entschieden. Du hast zu keinem Zeitpunkt Bereitschaft gezeigt, den tieferen Sinn dieser Erziehungsmaßnahme zu ergründen oder gar zu verinnerlichen. Du hast dir nichts zuschulden kommen lassen. Aber du warst von Anfang an nicht mitwirkungsbereit, vollkommen verstockt.«

Er zögerte, griff nach seiner Brille und sah erneut zu ihm hoch. »Meine vorgetragenen Bedenken wurden nicht im gebotenen Maß gewürdigt. Du wirst morgen aus unserer Einrichtung entlassen. Hol dir den Laufzettel und erledige die darin aufgeführten Dinge. Morgen nach dem Frühstück kannst du dir deine restliche Prämie abholen. Anschließend bringt dich jemand zum Bahnhof. Ich wünsche dir alles Gute.« Griese hatte keinerlei Anstalten gemacht, aufzustehen oder ihn gar mit einem Handschlag zu verabschieden.

Selbst die letzte Nacht verbrachte Hans im Schlafsaal seiner Gruppe auf der Abteilung 5. Rotz war derjenige, der ihn das letzte Mal zusammen mit den anderen einschloss.

Einhundertvierundsechzig Mark Prämie wurden ihm am anderen Morgen für die wochenlange Schufterei ausbezahlt. Er fuhr mit dem Zug über Waiblingen und Hessental nach Seelbach. Er war froh darüber, dass er auf dem Weg vom Bahnhof zum *Haller Eck* niemanden traf, den er kannte. Zu Hause bereitete man ihm einen kühlen Empfang. Er war bestürzt über die schlechte Verfassung seines Großvaters, der wie abwesend in der Stube saß.

»Mein Gott, der Junge ist wieder da.« Die Großmutter sprach mit belegter Stimme. Sie wirkte aufgeschwemmt, atmete schwer. Ob das von den Medikamenten kam, die sie einnehmen musste? Hans tätschelte Frédéric Schürbel die Hand und ging dann in sein Zimmer. Hier schien alles unverändert geblieben zu sein. Kein Stäubchen lag auf den Möbeln. Wahrscheinlich hatte seine Mutter erst vor Kurzem geputzt. Er traf sie in der großen Küche der Schankwirtschaft an. Als sie ihn kommen sah, setzte sie mit energischen Bewegungen ihre begonnene Tätigkeit fort.

Er blieb im Durchgang stehen und sagte: »Hallo.«

Sie reagierte nicht.

»Hallo, Mutter.«

Wortlos wandte sie sich ab und öffnete die Tür der geräumigen Speisekammer. Eigentlich war hier alles noch wie früher. Er hatte nie erlebt, dass hier jemals ein Umbau vorgenommen worden war. Kühlschränke kamen hinzu und ein neuer Gasherd war angeschafft worden. Aber sonst hatte man nichts verändert. Ob es hier bereits so ausgesehen hatte, als das Anwesen noch einem Juden gehört hatte? Merkwürdig, dass er gerade jetzt daran dachte.

»Willst du nicht mit mir reden?« Er hatte lauter gesprochen. »Ich kann das verstehen.«

Alte Freunde

Die Maßnahmen des Rechtsanwaltes Lacroix, der im Auftrag der *Hedwig and Louis Schürbel Foundation* tätig geworden war, hatten die Weichen richtig gestellt. Entscheidend war, dass Ludwig seine Anzeige zurückgezogen hatte. Auch der Umstand, dass der alte Weidner seinen Sohn davon überzeugen konnte, dem vor seinem Verschwinden stets zuverlässig arbeitenden Gesellen noch eine Chance zu geben, trug zu der günstigen Entscheidung der Behörden bei.

Am 1. September 1964 hatte Kurt Weidner die Leitung des Betriebes von seinem Vater übernommen, der bereits über siebzig war. Der Sohn hatte die Übernahme systematisch vorbereitet. Die letzten Jahre war er in leitender Position bei der Backnanger Firma *Kaelble* tätig gewesen. Jetzt kam er mit vielen neuen Ideen in den alteingesessenen Familienbetrieb zurück. »Bewährtes erhalten – Neues gestalten« war seine Losung, die er anlässlich des Wechsels in einer kleinen Betriebsfeier verkündete, nachdem man seinen Vater mit einem Geschenkkorb der Belegschaft und einer langen Folge von Lobesreden aus seiner Führungsverantwortung verabschiedet hatte.

Kurt Weidner war ein nüchterner, streng betriebswirtschaftlich denkender Mensch. Er stellte Hans Lang wieder ein, weil er ihm von seinem Vater und den übrigen Kollegen als guter Mitarbeiter beschrieben wurde. An seinem ersten Arbeitstag bat er ihn in sein Büro. Hans sah erstaunt, dass der Raum nicht nur komplett renoviert, sondern vollkommen neu möbliert worden war. Schleiflackmöbel ersetzten die gediegene Büroausstattung, die noch vom Großvater stammte. Einzig und allein eine Fotografie des Urgroßvaters, des Firmengründers, war an ihrem alten Platz geblieben.

Kurt Weidner saß nicht, wie noch der Vater, in einem grünen Arbeitskittel im Büro. Als er kurz aufstand, um Hans einen Stuhl anzubieten, fiel diesem auf, dass der neue Chef eine dunkle Anzughose und ein weißes Hemd trug.

»Setz dich.« Weidner sah flüchtig auf seine Notizen, ehe er fortfuhr. »Willst du über die alte Geschichte reden?«

Hans schüttelte den Kopf.

»Das ist in Ordnung. Ich nehme an, dass dir in der Zwischenzeit einiges klar geworden ist.«

Hans wusste nichts zu entgegnen. Die Situation befremdete ihn. Er hatte eine Standpauke erwartet und keine Psychospielchen.

»Nun?«

»Ich hab meine Arbeit gut gemacht. Das meinte zumindest Ihr Vater. Ich werde da wieder anknüpfen.« Er gab diese Antwort, um nicht erneut schweigen zu müssen.

»Das setze ich voraus. Ohne das Wohlwollen meines Vaters wärst du nicht wieder eingestellt worden.« Weidner lehnte sich zurück und legte die Fingerkuppen der einen exakt auf die der anderen Hand. »Mir geht es um etwas anderes. Du bist eines Tages nicht mehr aufgetaucht. Es gab keine Abmeldung, noch nicht einmal einen läppischen Anruf. Mein Vater galt immer als Raubauz. Aber im Grunde genommen ist er ein gutmütiger Mensch. Er hat dir die Stelle lange freigehalten.« Er beugte sich vor und sah Hans scharf an. »So was darf nie wieder passieren. Noch so ein Vorfall und du wirst fristlos gekündigt.«

Hans nickte wortlos. So fremd ihm das umgestaltete Büro und der neue Chef auch waren, dessen Botschaft war ihm nicht neu, hatte er doch in den letzten Tagen mehrfach Ähnliches zu hören bekommen. Alle, mit denen er zu tun hatte, verdeutlichten ihm mit Nachdruck seine Lage als ein Gestrauchelter, der glücklich darüber zu sein hatte, dass man ihm noch eine Chance gab. Und wenn sich bei ihm auch kein

Glücksgefühl deshalb einstellte, so sollte er doch wenigstens Dankbarkeit zeigen.

Es vergingen einige Tage, bis seine Mutter erstmals das Wort an ihn richtete. Wieder traf er sie in der Küche an. Sie stand am Herd, ihm den Rücken zugewandt. Mit einer kraftvollen Bewegung drehte sie sich um. »Wenn nochmals so was vorkommt, hast du hier keine Bleibe mehr. Was glaubst du eigentlich, wer du bist?« Sie war an ihn herangetreten, kämpfte mit den Tränen. »Wochenlang keine Nachricht von dir …« Schweigend nahm sie wieder ihre Arbeit auf.

Er spürte, dass es nicht der richtige Zeitpunkt war, um zu widersprechen. »Ist gut, Mutter«, sagte er leise und ging in sein Zimmer. Erst jetzt machte er sich daran, seine wenigen Habseligkeiten auszupacken. Dann brachte er seine schmutzige Wäsche in die Waschküche.

Zur Mittagszeit rief Caroline nach ihm. Sie hatte Gaisburger Marsch gekocht. Gegessen wurde gemeinsam mit den Großeltern. Schweigend löffelten alle vier den schmackhaften Eintopf.

»Wie ist es gewesen?«, fragte die Großmutter in die anhaltende Stille hinein. Mit einer Serviette wischte sie sich zwei dünne Fäden Flüssigkeit ab, die ihr in winzigen Rinnsalen die Mundwinkel hinabliefen.

»Durchwachsen«, antwortete der Junge. Der Anblick seines Großvaters erfüllte ihn erneut mit Trauer. Mit zittriger Hand führte er den Löffel zum Mund. Stärker noch als bei der Großmutter sabberte die fette Flüssigkeit aus beiden Mundwinkeln. Wortlos stand Caroline auf und band ihm ein Küchenhandtuch um.

»Ein Paket ist da«, sagte sie nach einer Weile. »Ich habe es nicht aufgemacht. Es steht vor der Kellertür.«

Er schüttelte verwundert den Kopf. Im Heim hatte er nichts zurückgelassen. Als er nach dem Essen die Sendung begutachtete, erkannte er sofort, wer sie geschickt hatte. Mads Rasmussen, der fürsorgliche Däne, hatte ihm seine in Kopenhagen zurückgebliebenen Habseligkeiten zukommen lassen. Wieder kam ihm in den Sinn, dass noch nicht einmal Zeit geblieben war, die Unterkunft zu räumen und sich von seinen Freunden zu verabschieden. Wie es wohl Helle jetzt ging? Er hatte in der Nacht, in der sie in Glückstadt Station gemacht hatten, einen hastigen Brief geschrieben. Vor der Abfahrt hatte er diesen zusammen mit den nötigen Münzen für eine Briefmarke einem älteren Fürsorger in die Hand gedrückt. Ob der den Brief überhaupt abgeschickt hatte? Im *Schöbbes* wurde ihm nicht gestattet, nach Dänemark zu schreiben. Es war vermutlich ein Fehler gewesen, wahrheitsgemäß anzugeben, dass es sich um seine Freundin handelte. Man hatte ihm lediglich erlaubt, seine Mutter zu informieren. »Und Eingaben an das Jugendamt leiten wir selbstverständlich weiter«, hatte man ihm noch erklärt. Aber er hatte keine derartigen Erklärungen abgegeben.

Das Paket von Mads Rasmussen enthielt ausschließlich Habseligkeiten, die sie in der Wohnung von Camilla Hansen zurückgelassen hatten. Es waren auch einige neue Kleidungsstücke darunter, die sich Graziano in Kopenhagen gekauft hatte. Wo mochte der jetzt stecken? Er glaubte nicht, dass Ringo, der in Lichtengrün nie so genannt werden würde, bereits im Lande war. Dazu hatte der viel zu viel Angst vor seinem Vater. Wenn sie ihn überhaupt hereinließen.

Ganz unten in dem Karton fand er einige Bücher, darunter Kerouacs *On the Road*, das ihm Betty bei ihrer Abreise aus Kopenhagen dagelassen hatte sowie die deutsche und die englische Ausgabe von *Christus kam nur bis Eboli*. Ob er das jemals lesen würde? Was ihm in den Sommertagen in Kopenhagen so wichtig erschienen war, hatte hier seine Bedeutung verloren. Den kurzen Ausflug in eine bislang noch nie genossene Freiheit hatte er mit den Erlebnissen auf dem Schönbühl bezahlt. Er fühlte sich noch immer verhöhnt, wenn das, was sich angefühlt hatte wie eine Gefängnisstrafe, von den Verantwortlichen als »erzieherische Maßnahme« bezeichnet wurde.

Ihm kam es vor, als lägen die Begegnungen mit Helle und den anderen bereits Jahre zurück. Mit Verwunderung stellte er fest, dass er seit der Einweisung in das Erziehungsheim kaum an Helle gedacht hatte. War er ein gefühlskalter Mensch? Oder hatten lediglich die Umstände dazu geführt, dass er ständig mit anderen Gedanken beschäftigt war? Er nahm sich vor, Helle in einem Brief nochmals alles zu erklären.

Mads Rasmussen hatte eine Karte beigelegt und geschrieben, er werde ihm den restlichen Lohn mittels einer Postanweisung zukommen lassen. Er solle ihm schreiben und am besten vorab in seinem Heimatpostamt klären, welche weiteren Angaben notwendig wären. Ihm genüge eine Adresse. Er würde dann beider Restlohn auf einmal anweisen. Er vertraue darauf, dass Hans seinen Freund nicht betrüge. Kurz nach halb drei kaufte er eine Postkarte und schrieb darauf eine kurze Nachricht an Mads Rasmussen. »Vielen Dank für alles«, schrieb er am Schluss.

»Das geht so nicht«, sagte der uniformierte Schalterbeamte. »Bei einer Postkarte nach Dänemark müssen Sie noch eine Zehnpfennigmarke zusätzlich draufkleben.«

Hans legte einen Groschen auf die Schalterablage. Beim Gehen traf er auf die Inhaberin des Gemüseladens, die einmal in der Woche Ware ins *Haller Eck* lieferte. Sie musterte ihn abschätzig. »Na, bist du zurück? Deiner Mutter hast du ja gehörig Kummer bereitet.« Sie sagte das ohne die geringste Spur von Freundlichkeit.

Zuhause angekommen suchte er seine Mutter. Er fand sie in der Wirtshausküche. Sie war dabei, kleine Brote zu formen. Noch immer benutzte sie den alten gemauerten Backofen, in dem bereits der jüdische Matzenbäcker David Leonberger seine ungesäuerten Brote gebacken hatte. Jetzt, da alle wieder reichlich zu essen hatten, war gutes selbstgebackenes Brot wieder begehrt.

»Kannst du mir deinen Roller ausleihen? Ich muss Grazianos Eltern ein paar Sachen bringen, die mir unser früherer Chef aus Kopenhagen für ihn mitgeschickt hat.«

»Ich hab den Roller verkauft, dieses alte Ding«, antwortete sie und lachte das erste Mal, seit er zurückgekehrt war. »Wenn ich mal nach Lichtengrün fahre, nehme ich Karins kleinen *Prinz*. Wenn sie auf die Rummelplätze mitfährt, braucht sie ihr Auto nicht.«

»Ich wusste gar nicht, dass du den Führerschein hast.«

»Junge, wo hast du denn deinen Kopf? Ich hab doch schon vor fünfzehn Jahren die schwere Zugmaschine gefahren. In der Waschküche stehen genug Fahrräder. Such dir eins aus, damit kommst du auch nach Lichtengrün.«

Als Hans knapp eineinhalb Stunden später in die Gasse einbog, in der die Familie Scorese wohnte, beschlich ihn ein mulmiges Gefühl. Er hoffte, dass Grazianos Vater bei der Arbeit war. Aber da er in Friedrichshall im Schichtbetrieb arbeitete, konnte er am Nachmittag auch zu Hause sein.

Carmina Scorese öffnete ihm. Als Grazianos Mutter ihn erkannte, brach sie in Tränen aus. »Maledetto«, schluchzte sie. »Verfluchter Teufel, du hast meinen Sohn ins Unglück gestürzt. Was willst du?«

Hans hielt erschrocken inne. Sichtlich verunsichert sagte er: »Ich wollte nur einige Sachen von Graziano vorbeibringen. Man hat sie mir aus Kopenhagen geschickt.« Er reichte der Mutter seines Freundes die paar Habseligkeiten.

Achtlos legte die Frau den kleinen Stapel auf einen abgewetzten Sessel. Es war das erste Mal, dass sie ihn nicht zum Essen einlud. Er konnte sich nicht daran erinnern, jemals hier gewesen zu sein, ohne dass ihm etwas zu essen oder zu trinken angeboten wurde. Sie hantierte achtlos herum, schüttelte Kissen auf, die es gar nicht nötig hatten, und griff sich einzelne Kleidungsstücke aus dem Stapel der Dinge, die ihrem Sohn gehörten.

»Wo ist Graziano jetzt?«, fragte Hans in die angespannte Stille hinein.

Carmina Scorese sah ihn verwundert an. »Was fragst du? Du warst doch mit ihm zusammen.«

»Wir wurden noch in Kopenhagen getrennt.«

»Man hat ihn nicht nach Deutschland einreisen lassen. Er lebt jetzt bei seinem Onkel in Montepertuso.«

»Mein Bruder hat die Anzeige zurückgenommen. Vielleicht hilft das auch Graziano.«

»Einem Italiener hilft nichts und niemand.«

Voller Beklemmung sagte er: »Ich muss jetzt los.«

»Ja, geh nur. Gleich kommt mein Mann von der Arbeit. Ich will nicht, dass der vor Wut auf dich losgeht.«

»Auf Wiedersehen.«

Die Frau erwiderte nichts. Schweigend und voller Trauer über den fehlenden Sohn sah sie noch immer zur Wohnungstür, als Hans längst das Haus verlassen hatte. Er nahm das Fahrrad und schwang das rechte Bein just in dem Augenblick über die hohe Querstange, als Loretta in die Gasse einbog und sogleich die Fahrbahn überquerte. Er hatte sie länger als ein Jahr nicht mehr gesehen. Das große Mädchen, das im letzten Schuljahr so albern gekleidet in seine Klasse gekommen war, hatte sich in ein hübsches Ding verwandelt. Er wartete, bis sie auf seiner Seite angelangt war.

»Hallo, Loretta.«

»Was willst du hier?« Ihre Augen blitzten. Man sah ihr an, dass sie nicht gut auf ihn zu sprechen war.

»Ich habe Grazianos Klamotten gebracht.«

»Du hast ihn ganz schön in die Scheiße geritten.«

»Du sprichst schon recht gut Deutsch.«

»Verarsch mich nicht.«

»Nein, ehrlich. Als du zu uns in die Klasse gekommen bist, hast du keine fünf Worte gesprochen.«

»Das ist viele Jahre her.« Sie lächelte das erste Mal. Dann sah sie ihn an und sagte mit hörbarem Stolz: »Ich arbeite jetzt in der Lungenklinik in Löwenstein.«

»Als Krankenschwester?«, fragte er überrascht.

»Nein, in der Küche. Aber die Arbeit macht mir Spaß. Wenn nur die blöde Fahrerei nicht wäre.«

»Hast du den Führerschein?«

»Nur den kleinen. Ich habe mir von meinem eigenen Geld eine Vespa gekauft.« Erneut hörte er Stolz aus dem, was sie sagte.

»Also dann«, murmelte er. »Ich muss los. Und wenn du mal Kontakt mit Graziano hast, grüß ihn von mir.«

»Vor Weihnachten werde ich ihn nicht mehr sehen. Wir fahren über die Feiertage nach Hause. Er lebt bei einem Onkel.«

»Das hat mir deine Mutter bereits erzählt.«

»Er ist sehr unglücklich. Vor allem fürchtet er sich vor der Begegnung mit meinem Vater.«

»Woher weißt du das?«

»Ich bin einmal in Stuttgart gewesen und habe vom Hauptpostamt mit meinem Onkel und ganz kurz auch mit ihm telefoniert. Mein Onkel ist der Einzige im Dorf, der außer dem Bürgermeister und dem Pfarrer ein Telefon hat. Alle kommen in seine Kneipe, wenn sie telefonieren wollen.«

»Wenn du mal mit deinem Bruder sprechen kannst, grüß ihn von mir. Vergiss es nicht. Hörst du?«

Loretta war unentschlossen. Sie setzte mehrmals zu einer Antwort an, ehe sie erwiderte: »Mal sehen. Aber meine Eltern dürfen nichts mitkriegen. Die sind ganz schön wütend auf dich.«

In der zweiten Arbeitswoche begann er sich darüber zu wundern, dass keine Pferde mehr zum Beschlagen gebracht wurden. Dass es weniger werden würden, war ihm klar gewesen. Aber er hatte fest damit gerechnet, wenigstens hin und wieder seiner Lieblingstätigkeit nachgehen zu können.

Während einer Mittagspause, in der ausnahmsweise nicht Fußball gespielt wurde, fragte er den Altgesellen. Der grinste nur und erwiderte: »Hast wohl noch nicht alles mitbekommen. Mit dem Junior ist hier eine neue Zeit eingezogen. Neues Büro, neue Aufträge und die Hufschmiede hat er dichtgemacht. Er sagt, sie rechnet sich nicht und bindet Personal, das an anderer Stelle gebraucht wird.«

Diese Antwort versetzte Hans einen kleinen Stich. Es war immer ein schöner Moment gewesen, wenn ein Pferd das neue Hufeisen auf den Boden gesetzt und er ermunternd und zugleich beruhigend den Hals des Tieres getätschelt hatte.

Stattdessen hatte man ihm eine stupide Arbeit gegeben. Er sägte U-Eisen, die als Kantenschutz an die Seitenwände von Gummiwagen montiert wurden. Wenn er einen den Maßen entsprechenden Vorrat abgelängt hatte, schweißte er zwei kurze Teile an das Längsstück, welches den Kantenschutz einer Seiten-, Vorder- oder Rückwand bildete. Ihm war klar, dass er sich zunächst einmal bei einer Arbeit bewähren musste, die von den anderen genauso wenig geschätzt wurde. Er beklagte sich nicht und hoffte, dass er eines Tages wieder interessantere Aufgaben zugewiesen bekäme, die mehr Abwechslung böten und seinem in der Zwischenzeit eher noch gewachsenen Können entsprächen. Die meisten Kollegen kannte er noch von früher. Lediglich ein Lehrling und ein älterer Hilfsarbeiter waren neu eingestellt worden. Letzterer war meistens damit beschäftigt, mit Hilfe vorgefertigter Schablonen Löcher in Beschläge, Verblendungen und Flacheisen zu bohren.

Man hatte ihn mit Zurückhaltung, aber ohne Häme empfangen. Niemand stellte unangenehme Fragen. Aber es gab auch kein aufmunterndes Schulterklopfen oder wenigstens ab und zu eine Bemerkung, die Freude über seine Rückkehr zum Ausdruck gebracht hätte. Anfangs hatte er das Gefühl, er werde ständig beobachtet. Aber schon nach wenigen Wochen war alles beinahe wie früher. Nur die Arbeit war und blieb monoton und anspruchslos.

Bis Weihnachten ging er lediglich ein einziges Mal mit den Schaustellern auf Tour. Willi hatte in den meisten Fällen genügend Leute zur Verfügung. Hans drängte sich nicht auf. Dazu war ihm das Geschehen auf den Rummelplätzen nicht mehr wichtig genug. Doch im laufenden Jahr hatte sich sein Onkel erfolgreich um Schaustellerplätze außerhalb seines traditionellen Einzugsgebiets beworben. Hans reiste mit nach

Villingen. Auf dem Herbstmarkt in der Innenstadt kannte ihn keiner, was ihm ganz recht war. Er wollte nicht mehr auf die Ereignisse des letzten Jahres angesprochen werden.

Es häuften sich die Momente, in denen ihm deutlich vor Augen geführt wurde, dass er hier in der Gegend nicht mehr viele Freunde hatte. Otto war der Einzige, der sich gelegentlich bei ihm blicken ließ. Spät an einem Samstagnachmittag war er auf seiner weißen *DKW Hummel Aero* zu ihm nach Seelbach gekommen. Dem Stil der Zeit entsprechend trug er einen ferrariroten Integralhelm, auf den er zwei schwarze Streifen aufgemalt hatte, die mittig über den Scheitel liefen. Otto hatte im *Haller Eck* nach Hans gefragt und Caroline hatte ihn gleich nach oben geschickt. Verlegen blieb er in der offenen Tür stehen. Hans forderte ihn auf, hereinzukommen und sich zu setzen.

»Na, du machst ja Sachen.« Otto meinte es herzlich. Unsicher hielt er den abgenommenen Helm auf dem Schoß.

»Und du?«

»Mir geht es gut. Seit mein Bruder ausgezogen ist, läuft alles prima. Selbst mit dem Alten kann man reden.«

»Du verstehst dich mit ihm?«

»Immer besser.«

Sie schwiegen beide, vermieden es, sich anzublicken. Hans wollte nicht über die zurückliegenden Ereignisse sprechen und Otto traute sich nicht, Fragen zu stellen.

Als er die beklemmende Stille nicht mehr ertrug, fragte Hans: »Bist du noch oft mit Krachmandel zusammen?«

»Ach, der.« Otto lachte unsicher. »Er wohnt jetzt in Heilbronn. Eigentlich geht es ihm gut. Aber er hat immer was zu meckern. Obwohl er jetzt eine Freundin hat, eine aus Böckingen.«

»Und du?«

Otto zog die Schultern hoch. »Mal so, mal so. Zurzeit wieder so.«

»Solo?«

Der andere nickte. »Hast du heute Abend schon was vor? Wir könnten doch unser Wiedersehen feiern.«

In den darauffolgenden Wochen unternahmen sie hin und wieder etwas gemeinsam. Otto war nicht mehr der schüchterne, zurückhaltende Junge, der er in der Schulzeit gewesen war. Einmal bekannte er Hans gegenüber: »Seit ich meinem Stiefbruder, der mich immer so drangsaliert hat, gezeigt hab, wo der Bartel den Most holt, geht's mir viel besser.« Das schien ein Schlüsselerlebnis für ihn gewesen zu sein.

Anfang Dezember erreichte Hans eine Postanweisung aus Dänemark. Wenige Tage später brachte der Postbote einen Brief von Mads Rasmussen, der eine genaue Auflistung enthielt. Ihm standen noch Kronen im Wert von dreihundertsiebenundachtzig Mark zu. Graziano, der immer wieder einen Vorschuss gebraucht hatte, erhielt noch hundertzweiundzwanzig Mark. Er überlegte, was er mit dem Geld seines Freundes machen sollte. Kurz vor Weihnachten nahm er sich vor, es den Eltern auszuhändigen. Aber sehr wahrscheinlich würde die Familie über die Festtage nach Italien fahren. Und zudem: Bestand nicht die Möglichkeit, dass der wütende Vater dem Sohn das Geld vorenthielt? Das Klügste wäre, es bei passender Gelegenheit Loretta zu geben.

Der Entschluss, das Geld so lange zu behalten, bis gewährleistet war, dass Graziano es auch erhielt, beschleunigte die Anschaffung eines gebrauchten Mopeds. Für achthundert Mark kaufte er sich wieder eine gebrauchte Kreidler. Sein Freund würde seinen Teil eines Tages mit Zins und Zinseszins zurückerhalten. Zweihundert Mark hatte er vom Oktober- und Novemberlohn zurücklegen können. Hundert Mark gab ihm seine Mutter mit den Worten: »Mach bloß keinen Blödsinn.« Sie befürchtete, er würde sich einer dieser Moped-Cliquen anschließen, die jetzt überall wie Pilze aus dem Boden schossen und sich großspurig *Rocker* nannten.

»Keine Angst, Mutter«, erwiderte er lachend, »einen mit meiner Hautfarbe nehmen die sowieso nicht.«

Am letzten Samstag vor dem Fest besuchten Hans und Otto ihren alten Kumpel Krachmandel in Heilbronn. In der *Harmonie* sollte abends eine Beatveranstaltung stattfinden. Mehrere Bands waren angekündigt. Hans wollte unbedingt dorthin, denn seit er Kopenhagen verlassen musste, hatte er kein einziges Konzert mehr besucht. Er hoffte, dass ihn die beiden früheren Schulkameraden dorthin begleiten würden – wie in alten Zeiten. Otto hatte bereits während der Hinfahrt zugestimmt. Sie trafen Karl Krachmanitz in einem Café. Er trug einen schicken dunkelblauen Anzug und war wohl noch am Vormittag beim Friseur gewesen. Zu ihrer Überraschung war er in Begleitung eines Mädchens, das er ohne weitere Erklärungen als »Helga« vorstellte. Die nachfolgende Unterhaltung kam erst schwer in Gang und verlief dann äußerst zäh. Hans spürte, dass Karl damit überfordert war, gleichzeitig dem Mädchen und seinen alten Freunden gerecht zu werden. Otto langweilte sich sichtlich. Nach einer Stunde sagte er: »Wir treffen uns demnächst mal wieder. Hans und ich müssen jetzt los. Wir gehen zum Beatwettbewerb in die *Harmonie*.«

Krachmandel wirkte sichtlich erleichtert. Sogleich stellte er klar, dass er den Abend mit seiner Begleiterin und nicht mit seinen Freunden verbringen würde. »Helga steht nicht so auf Beatmusik«, fügte er wie zur Entschuldigung hinzu. Diejenige, von der die Rede war, zeigte dagegen keine Regung.

Noch lange wirkte die Enttäuschung aus der Begegnung mit Krachmandel nach. Hans verstand nicht, wie eine solche Entfremdung zustande kommen konnte. Hatte sich in ihrer Kindheit und Jugend kein genügend tragfähiges Fundament für eine dauerhafte Freundschaft entwickelt?

Auch zu Hause herrschte zunehmend Tristesse, was ihn sehr beklemmte. Im *Haller Eck*, in dem er sich in seiner Kindheit angenommen und geborgen gefühlt hatte, verspürte er nur noch schwache Reste einstiger Heimeligkeit. Der rasch fortschreitende Verfall seiner Großeltern, vor allem des Großvaters, bedrückte ihn ebenso wie die zähe, verbitterte Geschäftigkeit seiner Mutter. Mehr noch als im Vorjahr in Kopenhagen fürchtete er sich vor den Festtagen.

Chattanooga

Am späten Vormittag des 10. März 1965, es war ein Mittwoch, stromerte Hans durch die Straßen und Gassen des 2. Wiener Gemeindebezirks. Müde und durchgefroren, die Hände in den Taschen vergraben, stolperte er ohne Ziel über die gepflasterten Trottoirs, nur darauf bedacht, in Bewegung zu bleiben und die Zeit totzuschlagen. Den ersten Teil der Nacht hatte er jämmerlich frierend unter der aufgespannten Pergola eines abgelegenen kleinen Lokals verbracht. Vor zwei Tagen war in ihm der Entschluss gereift, mit der Kreidler in die österreichische Hauptstadt zu fahren, wo an diesem Freitag das *Wiener Beat-Festival* stattfinden sollte.

Die Idee, alles hinzuschmeißen, hatte lange schon in ihm gegärt. Er hatte sie mehrfach verworfen. Aber Urlaub hätten sie ihm wohl jetzt noch nicht gegeben. Und wenn er unentschuldigt der Arbeit fernblieb, würde ihm der junge Weidner sofort kündigen. Mehrmals hatte er ihm ja bereits angedroht, dass er ihn bei der nächsten Verfehlung rausschmeißen würde. Und dieses Mal könne sich *der alte Herr* – er meinte damit seinen Vater, den früheren Firmenchef – nicht mehr schützend vor ihn stellen. Das hatte er gebetsmühlenartig wiederholt und es gab keinen Grund, die Ernsthaftigkeit dieser Androhung in Zweifel zu ziehen. Hans spürte hierbei den Groll des Nachfolgers gegen seinen Vater, denn Kurt Weidner konnte es sich nicht verzeihen, dass er sich von ihm zur Wiedereinstellung dieses Streuners hatte überreden lassen. Obwohl er damals zugestimmt hatte, kam es ihm so vor, als habe der Alte ihm damit eine Laus in den Pelz gesetzt.

Hans war sich dieser Problematik wohl bewusst und hatte Angst vor den Konsequenzen, wenn er nun auch seine zweite Chance vergäbe. Aber er litt, seit er wieder zurückgekehrt war, zu sehr unter dem Verlust des Vertrauten und Familiären, das er während und unmittelbar nach seiner Lehrzeit im Weidner'schen Betrieb erlebt und schätzen gelernt hatte. Damals war es ihm so leichtgefallen, hier zu arbeiten. Keiner der Kollegen verhielt sich ihm gegenüber feindselig oder machte anzügliche Bemerkungen über seine Hautfarbe. Aber offenbar war seine überstürzte Flucht eine Zäsur gewesen. Sie bestärkte die Vorurteile, die manche insgeheim wohl doch gegen ihn hegten. Und nach der Gewaltattacke auf seinen Bruder galt er bei vielen als unberechenbar und gefährlich.

Das letzte halbe Jahr war er diszipliniert, aber mit wachsender Unlust zur Arbeit gegangen. Und am Ende war es ihm schon fast egal, ob er seinen Arbeitsplatz verlieren würde. Am Dienstag nahm er seinen Matchsack aus rotem Lederimitat mit ins Geschäft. Nach Feierabend räumte er die wenigen Dinge, die ihm wichtig waren, aus seinem Spind. Anderes, etwa Arbeitsschuhe, ein Stück Seife, eine angebrochene Dose Handreinigungspaste und ein Handtuch legte er zurück. Zuhause angekommen packte er alles sonst Nötige ein. Mit einem Spanngurt schnallte er einen gebrauchten Armeeschlafsack auf den Gepäckträger seiner *Kreidler*. Den Schlafsack hatte er nebst einem abgetragenen Parka für zusammen zwanzig Mark beim *Ami-Kiemele* in Seifertshofen erstanden, wo in höchst merkwürdiger Weise Abertausende Militärstiefel, Schlafsäcke, Parkas und anderes ausgemustertes Militärmaterial auf großen Haufen im Freien gelagert wurden. Mit zwei weiteren Spanngurten sicherte er seine Habseligkeiten zusätzlich.

Der Wecker klingelte wie an jedem Werktag um halb sechs. Eine Dreiviertelstunde später startete er die Kreidler Florett und fuhr zur nächsten Tankstelle, um Zweitaktmischung nachzufüllen. Nur wenig später erreichte er Gaildorf.

Von dort fuhr er das Kochertal hinunter. Auf dem Weg nach Nördlingen legten sich die Gewissensbisse, dass er seiner Mutter vorgegaukelt hatte, er würde wie immer um diese Zeit zur Arbeit fahren.

An der bayerisch-österreichischen Grenze kontrollierte ihn ein finster dreinblickender Zollbeamter, der aufs Genaueste einen Abgleich zwischen markanten Merkmalen seines Gesichtes und dem Foto seines Personalausweises vornahm. Was er in Österreich zu tun gedenke? Er wolle einen Freund besuchen. Hans wusste aus Erzählungen, dass inzwischen einige Staaten den neuerdings in großer Zahl herumreisenden Beatniks und Beatfans die Einreise verweigerten.

»Wo soll denn dieser Freund wohnen?«

»In Wien.«

»Sie haben doch sicher die Adresse parat?«

Ja, die habe er. Aber er träfe den Freund am Opernhaus. Er warte dort ab sechs Uhr abends zu jeder vollen Stunde. Der Freund habe das so vorgeschlagen. Er wohne in einer Straße, die nicht leicht zu finden sei.

Der Grenzbeamte schien vom Wahrheitsgehalt dieser Schilderung nicht überzeugt zu sein. Doch als Hans nachgewiesen hatte, dass seine Barschaft groß genug war, um nicht als Bettler in Österreichs Hauptstadt herumstreunen zu müssen, ließ er ihn einreisen, nicht ohne ihm weitere Ermahnungen mit auf den Weg zu geben.

Nachdem Hans deutlich günstiger als in Deutschland nachgetankt und an einer Frittenbude hastig ein *Würstel mit Strutz und Schaß* verschlungen hatte, erreichte er am späten Nachmittag die Wiener Innenstadt. Er kannte in Wien keinen Menschen. Eingangs des Gemeindebezirks Leopoldstadt bog er von der Hauptallee in den Laternenweg ab und machte am *Konstantinteich* Halt. Er schob sein Moped auf der gegenüberliegenden Straßenseite in ein Gebüsch, hinter dem sich eine große Liegewiese eröffnete. Dort ließ er sich erst einmal nieder. Später würde er in Erfahrung bringen, dass er sich auf der *Grafenwiese* ausgeruht hatte.

Als er aufstand, erblickte er im Nordwesten das Riesenrad mit seinen fünfzehn Gondeln. Jetzt ärgerte er sich darüber, dass er seinen Onkel nicht gefragt hatte, ob dieser einen der Praterschausteller persönlich kannte. Als es dunkelte, fuhr er in den 2. Bezirk zurück, dessen unübersichtliches Gewirr aus Straßen, Gassen und Plätzen ihm große Orientierungsschwierigkeiten bereitete. Er aß einen Happen in einer Schnellgaststätte. Dann machte er sich auf die Suche nach dem Beat- und Jazzlokal *Chattanooga.* Nach längerer Irrfahrt fand er im 1. Bezirk das zwischen Donaukanal und Hofburg gelegene Jazzdomizil, in dem neuerdings auch die Beatfreunde verkehrten. Als er ankam, war der Laden noch fast leer. Erst nach zehn Uhr wurde er richtig voll. Auch hier wurden jetzt unendlich viele Titel der »Beatles« gespielt. Mehrmals verwies der Plattenaufleger in seinen Zwischenmoderationen auf das kommende Beat-Festival in der Wiener Stadthalle. Es würde von den »Liverbirds« eröffnet werden. Das Hauptkonzert sollte zum Abschluss des Abends die *Hamburger Starclubband* »The Rattles« bestreiten.

Hans verbrachte mehrere Stunden im *Chattanooga.* Seit er den Entschluss gefasst hatte, komme, was da wolle, nach Wien zu fahren, war er bester Laune. Er fühlte sich von einer Zentnerlast befreit, auch wenn es ihn am Ende den Arbeitsplatz kosten würde. Mit dem, was er konnte, ergaben sich bestimmt auch neue Möglichkeiten. Auf Dauer hätte er es ohnehin nicht unter der Fuchtel des jungen Weidner ausgehalten. Der war zerfressen von dem Bestreben, den familiär geführten Kleinbetrieb mit aller Macht zu einem modernen Unternehmen umzukrempeln.

Er trank nur so viel, dass er dem Personal des *Chattanooga* nicht unangenehm auffiel. Zwischendurch plauderte er mit dieser oder jener Zufallsbekanntschaft. Einige, die meisten von ihnen waren Österreicher aus anderen Teilen des Landes, waren wie er wegen des Beat-Festivals in die Stadt gekommen. Aus den Gesprächen war die Vorfreude auf das übermorgen stattfindende Ereignis deutlich herauszuhören. Acht- bis neuntausend Beatfans wurden erwartet. Die Wiener Stadthalle würde brechend voll sein.

»Dös wird a Pfundsgaudi«, sagte einer, mit dem sich Hans länger unterhielt. Seine *Puch-Blasn* hatte ursprünglich vorgehabt, gemeinsam aus Linz anzureisen. Am Ende sei er als Einziger gefahren. »San ollas Wappler.«

Es war bereits deutlich nach Mitternacht, als er sich überlegte, ob es nicht besser wäre aufzubrechen. Obwohl er auch mit etlichen Einheimischen geredet hatte, war es ihm zuwider, jemanden nach so kurzer Bekanntschaft bereits um einen Schlafplatz zu bitten. In ein Hotel würde er aber auch nicht gehen. Dazu war die Barschaft zu knapp.

Als er gerade sein Glas zum letzten Mal leerte, fiel ihm ein Mädchen auf, das offensichtlich soeben erst das Lokal betreten hatte. Sie trug eine Peggy-March-Frisur und hatte einen kurzen Rock an, der möglicherweise blau war. Genau konnte er das im Farbspiel der bunten Lichtreflexe nicht erkennen. Darüber hatte sie eine Rüschenbluse gestreift, die im Kunstlicht an vielen Stellen glitzerte. Das Mädchen war auffallend schlank und schien noch sehr jung zu sein. Das wunderte ihn, hingen doch im Treppenhaus und im Foyer mehrere Schilder mit dem Hinweis, dass Minderjährige das Jazz- und Beatlokal spätestens um 22 Uhr zu verlassen hatten. Er betrachtete sie verstohlen. Sie schien es dennoch zu bemerken, denn sie blickte mit einem Mal zu ihm herüber, hielt seinen Blicken stand, sah nicht weg. Er stieß sich schwungvoll von der Theke ab, sagte »Tschüss« zu dem Linzer und ging in Richtung des Mädchens. Erst jetzt wandte sie ihren Blick zur Seite.

»Hallo, ich beobachte dich schon eine ganze Zeit.« Etwas Besseres war ihm nicht eingefallen.

Sie entgegnete spitz: »So lang kann das nicht gewesen sein. Ich bin doch erst seit ein paar Minuten hier.«

»Wollen wir tanzen?«

Sie schüttelte den Kopf.

»Gefällt dir die Musik nicht? Ich geh rüber zum Plattenaufleger und sage ihm, was du hören möchtest.«

»Ich bin nur hier, um mich kurz aufzuwärmen.«

»Du bist noch nicht volljährig.«

Sie musterte ihn. »Du doch auch nicht.«

»Aber fast.«

»Das spielt keine Rolle, wenn die Kieberer vom Jugendschutz auftauchen.«

»Hast du Angst?«

»Ich bin gleich wieder weg.«

»Hast du vielleicht einen Schlafplatz für mich? Auf der Couch oder auf dem Boden?«

Sie zögerte einen Augenblick, ehe sie antwortete: »Das geht heute nicht. Wirklich nicht.«

»Und morgen?«

Wieder wartete sie mit der Antwort. »Schon eher.«

»Treffen wir uns hier?«

Sie nickte.

»Morgen um acht?«

»Nein, später. Vor elf kann ich nicht hier sein.«

»Sollen wir doch noch tanzen? Wenigstens ein Lied?«

»Nein, ich muss los.«

Hans sah ihr hinterher. Sie hatte einen schönen Gang. »Wie heißt du?«, rief er ihr nach.

Sie hatte ihn wohl gehört, denn sie drehte sich um und sagte: »Sag Lea zu mir. Und du?«

»Ich heiße Hans.«

»Soso, der Hans.«

Er brach wenige Minuten nach ihr auf. Er holte seine Tasche an der Garderobe und ging hinaus. Neben dem Eingang stritt ein Pärchen. Er drückte sich rasch vorbei. Als er den Schutz des Windfangs verließ, schlug ihm ein eiskalter Wind entgegen. Das waren keine zehn Grad mehr, vielleicht gerade mal fünf. Jetzt ärgerte er sich doch darüber, dass er keinen der Burschen, mit denen er im Lauf des Abends geredet hatte, um einen Schlafplatz angehauen hatte. Er schaute sich um. Die meisten Bierbeizen und Weinlauben waren bereits geschlossen. Nur Bars und Vergnügungslokale hatten noch geöffnet.

Hier ging der Betrieb erst jetzt richtig los. Sollte er die Nacht durchmachen? Er verwarf den Gedanken. Dazu reichte sein Geld nicht.

Selbst auf der schmalen Straße vor dem *Chattanooga* fuhren noch zahlreiche Autos, viele davon schneller als erlaubt. Einheimische wie ortsfremde Freier und andere Erlebnishungrige rasten auf der späten Suche nach Amüsement durch die historische Altstadt. Nur die Arrivierteren ließen es ruhiger angehen, ließen sich häufig in Taxis chauffieren. Er ging ein Stück die Straße hinunter und dann so lange weiter, bis er an das äußerste Ende eines kleinen Parks gelangte. Er prüfte den Rasen. Hier konnte er die Nacht über nicht bleiben. Das Gras war kalt und feucht. Er überquerte die Chaussee. Auch auf der anderen Straßenseite fand er keinen geeigneten Flecken. Er musste wieder in die schmalen Nebenstraßen, aber dorthin, wo es ruhiger war. Über eine Stunde irrte er durch das nächtliche Wien. Würde er noch den Weg zurück zu seiner Kreidler finden, die er am eisernen Zaun vor einem Bierlokal angekettet hatte? Das war im Moment egal, morgen hatte er genügend Zeit, sie zu suchen. Jetzt musste erst einmal ein Platz zum Pennen her.

In einer der Seitengassen stieß er auf ein bereits geschlossenes Bistro. Auf der vorgelagerten Veranda standen gestapelte Tische und Stühle, die mit einer langen Kette gesichert waren. Noch war es tagsüber zu frisch, um im Freien zu sitzen. Aber über der Veranda war die Markise nicht aufgerollt worden. Er beschloss, hier zu bleiben. Immerhin war er so im Trockenen. Und hinter den aufgestapelten Terrassenmöbeln konnte man ihn nicht sofort sehen. Er zog seine Stiefel aus und kroch in seinen Schlafsack. Den Matchsack schob er sich unter den Kopf. Er wusste sofort, dass es eine fürchterliche Nacht werden würde.

Hans wurde unsanft geweckt. Irgendwann musste er also doch eingeschlafen sein. Er hatte keine Ahnung, wie spät es war. Gleißendes Licht blendete ihn. Erst allmählich wurde ihm klar, wo er sich befand. Zwei Polizisten hatten ihn aufgestöbert und geweckt. Der eine trat noch näher an ihn heran.

»Auf, Buali, lieg net do umadum. Sandler wernd do net duldet. Und die Papiere, bittschen.«

Hans krabbelte aus seinem Schlafsack. Das Licht blendete ihn. »Können Sie die Lampe herunternehmen?«

»Werd net frech, Biascherl. Bist sicha a Piefke, a Reichsdeitscher.«

Hans reichte dem ihm zunächst stehenden Polizisten seinen Personalausweis.

»Sog i's net, des is a Piefke.«

Eine Zeitlang debattierten die beiden Polizisten darüber, ob sie ihn mit aufs Revier nehmen sollten. Am Ende setzte sich das Phlegma des Älteren durch, der offensichtlich keine Lust dazu hatte, mitten in der Nacht ein Protokoll aufsetzen zu müssen. Mit den Worten: »A zweits Moi woi ma di net beim Blottn mocha ontreffa«, gab ihm der ihn kontrollierende Beamte den Ausweis zurück. Sie warteten im Wagen vor dem Bistro so lange, bis er ihrem Blickfeld entschwunden war.

Hans irrte durch die Nacht. Er hatte keine Ahnung, wie spät es war. Er erspähte die eine oder andere Stelle, an der er sich hinlegen konnte. Aber aus Angst davor, noch vor dem Beat-Festival ausgewiesen zu werden, traute er sich nicht mehr, sich unter ein schützendes Vordach oder wenigstens auf eine Bank zu legen. Erst als der Morgen graute, legte er sich hinter einer Tankstelle auf seinen Schlafsack. Er schlief nicht mehr ein, es war zu kalt. Als es hell geworden war, versuchte er sich daran zu erinnern, wo er sein Moped gelassen hatte. Am Ende dauerte es eine weitere Stunde, bis er die Kreidler wiederfand.

Während Hans suchend umherirrte, war ihm der Gedanke gekommen, dass es vermutlich auch in Wien eine Suppenküche der Heilsarmee geben könnte. Die Menschen, die er in Bahnhofsnähe danach fragte, sahen ihn teils verwundert, teils misstrauisch und abweisend an. Ein Eisenbahner, der zum Dienst ging, wies ihm aber schließlich den Weg. Hans ließ das

Moped stehen und ging das letzte Stück zu Fuß. Es konnte ja sein, dass einer nicht willkommen war, der sich den Luxus leisten konnte, mit einem Zweirad vorzufahren. Er dachte an die Zeit in Kopenhagen. Jasper Jensen, der alte Säufer, hatte ihn und Graziano an Heiligabend zur Heilsarmee geschleppt. Das Essen war vorzüglich gewesen. Am Abend hatten sie dann mit ansehen müssen, wie Jensen sich in seiner verwahrlosten Wohnung zusoff. Wie es Helle jetzt wohl ging? Er hatte ihr nicht nochmals geschrieben.

Der Saal der Heilsarmee war bereits geöffnet. An einfachen Tischen saßen wohl an die sechzig Personen. In der Mehrzahl waren es früh gealterte Männer, denen man das lange Leben im Elend und auf der Straße ansah. Er stellte sich an einer kurzen Schlange an. Ein freiwilliger Helfer schenkte dort Muckefuck aus.

»Host an Hunger?«, fragte dieser und wies sogleich auf die Essensausgabe. Für jeden gab es zwei Schnitten mit Margarine und etwas Wurst. Hans suchte sich einen freien Platz. Stumm nickte er denen zu, die in seiner Nähe saßen. Mit einem angebissenen Wurstbrot in der Hand döste er ein. Vergeblich kämpfte er dagegen an, dann sank sein Kopf auf den freien Unterarm. Doch schon wenige Minuten später wurde er durch ein kräftiges Schütteln an der Schulter geweckt. Ein Helfer wies ihn darauf hin, dass hier nicht geschlafen werden durfte.

Hans schlang seine Brote hinunter, nahm sein Gepäck auf und trollte sich. Wieder steuerte er einen kleinen Park an, fand eine leere Bank und setzte sich darauf. Obwohl es immer noch kühl war und auch um die Mittagszeit ein unangenehmer Wind ging, nickte er immer wieder ein. Doch auch hier wurde er kurze Zeit später von einer Bediensteten der Stadtgärtnerei geweckt. Einer spontanen Regung folgend fragte er Passanten nach einer öffentlichen Badeanstalt. Er hatte davon gehört, dass diese altertümliche Institution in mehreren Wiener Bezirken noch existierte. Ein älterer Mann wies ihm den Weg. Das schönste Bad sei eigentlich das

Ratschkybad in Meidling. Das befinde sich in der Ratschkygasse im 12. Wiener Bezirk. Hier in der Nähe finde er ein *Tröpferlbad* in der Vereinsgasse 31. Er sei jung. Da mache es wohl kaum was aus, dass in den *Gstettn* drumrum *die Strichkotzn in die Hockn gehn* würden. Hans fuhr mit dem Moped dorthin. Ohne Mühe fand er das mehrstöckige altertümliche Gebäude, das wohl noch vor der Jahrhundertwende errichtet worden war. Er betrat es durch ein imposantes doppelflügeliges Holzportal. Im Obergeschoss befand sich die Abteilung für die Herren. Die meisten Kabinen waren um diese Zeit frei. Erst am Wochenende herrschte hier mehr Betrieb. Für ein paar Schillinge ließ ihm eine dicke Frau in weißem Kittel ein Wannenbad ein. Dann händigte sie ihm ein winziges Stück Seife und ein Handtuch aus und belehrte ihn darüber, dass er mit An- und Auskleiden höchstens fünfundvierzig Minuten in der Badekabine verbleiben dürfe.

Todmüde stieg er in das heiße Wasser. Statt sich sogleich von Kopf bis Fuß abzuseifen, döste er noch eine Weile vor sich hin. Er schloss die Augen und legte den Kopf auf den Wannenrand zurück. Dabei dachte er erneut an Helle. Im Grunde genommen war sie die erste große Liebe seines Lebens gewesen, die er ausgelebt hatte. Petra hatte er zwar begehrt und der Schmerz, sie in den Armen seines Bruders zu sehen, war groß gewesen. Aber eigentlich war nichts wirklich Bedeutendes zwischen ihnen vorgefallen. Dagegen waren die Monate in Kopenhagen voller wichtiger und schöner Erlebnisse gewesen. Aber nach seiner Abschiebung aus Dänemark hatte ihn das Leben gebeutelt. Auf einmal kam ihm Bente in den Sinn. Seine Hand umschloss sein schlaffes Glied.

Er musste eingeschlafen sein. Das derbe Gezeter der Bademeisterin ließ ihn hochschrecken. Das Wasser war nur noch lauwarm. Er hatte keine Ahnung, wie lange er bereits in der Wanne saß. »Bin gleich so weit!«, rief er.

Das Geraunze der Frau hörte nicht auf. Notdürftig trocknete Hans sich ab. Die noch nassen Haare kämmte er hastig nach hinten. Er griff nach seinem Gepäck, schob den Riegel zurück und drängte sich rasch an der drallen Angestellten des *Tröpferlbades* vorbei. Er wollte ihr keine Gelegenheit geben, wegen einer möglichen Überschreitung der Badezeit noch eine Nachgebühr einzufordern.

Am Nachmittag fuhr er wieder zur *Strudlhofstiege*, um bei der Heilsarmee die Zeit totzuschlagen und dabei einen kostenlosen Kaffee zu ergattern. Er blieb nicht so lange, wie er es vorgehabt hatte. Als er auf einem freien Stuhl Platz nahm, eilte ein alter Mann auf ihn zu und setzte sich unaufgefordert ihm gegenüber an den Tisch. Er sprach von den Zeichen der Endzeit, die jeder, der guten Glaubens und Willens sei, erkennen könne. Dabei behielt er seinen abgewetzten Hut auf. Jeder Sünder habe die Möglichkeit, noch rechtzeitig zum Glauben zurückzufinden. Das gelte auch für ihn als noch jungen Menschen. Er schloss seinen Appell mit den Worten: »Der Teufel geht um wie ein brüllender Löwe.«

So rasch er konnte, trank Hans den sehr heißen Kaffee. Dann stand er grußlos auf und ging hinüber zu einer in Stein gemeißelten Gedichttafel, die sich neben einem Brunnen befand, der in den unteren Teil der Stiege eingelassen war. Flüchtig wusch er sich unter dem kalten Strahl die Hände. Es dunkelte bereits. Doch um ins *Chattanooga* zu gehen, war es noch zu früh. Er fuhr zum Prater hinaus, stellte sein Moped ab und schlenderte über das weitläufige Gelände. An einer Wurstbude kaufte er sich eine Bratwurst. Als es vollkommen Nacht geworden war, fragte er einen Losverkäufer nach der Uhrzeit.

»Sog i dir erscht, wannst a Los kafst.« Er lachte blechern, zog aber dann doch seine Taschenuhr aus der Uhrentasche seiner betagten Hose. Mittlerweile war es halb neun geworden. Jetzt hatte das Beat- und Jazzlokal im *Graben* bereits geöffnet, aber Lea würde erst viel später auftauchen. Ob sie überhaupt kam? Vielleicht wollte sie sich mit ihm nur einen Jux machen. Er war überrascht, als sie bereits vor halb elf das *Chattanooga* betrat. So früh hatte er nicht mit ihr gerechnet.

Anfangs bemerkte er ihre Anwesenheit gar nicht, denn er war wie schon am Vorabend in Gespräche mit Beatfans vertieft, die begeistert von dem morgigen Großereignis sprachen und dabei insbesondere von den »Rattles« schwärmten.

Sie tippte ihn von hinten an. »Hallo, da bin ich.«

»Willst du was trinken?«, fragte er, als er sie im gedämpften Licht des Thekenbereichs erkannte.

»Nein. Ich bin müd.«

Hans wäre gerne länger geblieben. Aber noch größer war sein Wunsch, für diese und vielleicht auch die nächste Nacht eine vernünftige Schlafgelegenheit zu ergattern.

»Kann ich bei dir übernachten?«, fragte er eilig.

»Wenn du mich in Ruh lässt.«

Erst als sie in ihrem winzigen Zimmer angelangt waren, stellte er die Frage, die ihm schon seit gestern auf der Zunge lag. »Du gehst anschaffen, stimmt's?«

Sie stand mit dem Rücken zu ihm und war gerade dabei, den wenigen Schmuck, den sie trug, auf der Ablage einer alten, für das kleine Zimmer viel zu ausladenden Spiegelkommode abzulegen.

»Geht's di was an?«, fragte sie, ohne sich umzudrehen.

»Nein, das geht mich nichts an. Aber ich weiß, wie das ist, ich hatte mal 'ne Freundin, die auch anschaffen ging.« War Bente eine Freundin gewesen? Er war selbst überrascht, aber eigentlich hatte er soeben die Wahrheit gesagt. Bente war nicht »seine« Freundin, auch wenn er einmal mit ihr geschlafen hatte. Aber sie hatte sich immer wie eine Freundin verhalten. Ohne sie hätten Graziano und er es in Kopenhagen weitaus schwerer gehabt. »Warum hast du mich gestern im *Chattanooga* so lange angeschaut?«, fragte er Lea.

Sie lachte. Seit sie sich begegnet waren, war dies das erste Mal. »Im Diskolicht sieht man halt noch stärker, dass dein Vater ein Farbiger ist.«

»Wieso mein Vater?«, fragte er verblüfft. »Es könnte doch auch meine Mutter sein.«

»Na ja, theoretisch schon, aber in deinem Alter …«

»Mein Vater ist wohl halb schwarz, halb braun. Der Großvater war Mexikaner, die Großmutter eine amerikanische Negerin. So hat es mir wenigstens meine Mutter erzählt.«

»Du hast deinen Vater nie gesehen?«

»Nein. Als Kind hab ich oft davon geträumt, meinen Vater in Amerika zu finden. Aber je älter ich wurde, umso mehr verblasste der Traum. Aber was hat das mit dir zu tun? Du bist doch weiß wie eine Prinzessin aus dem Märchen.«

»Ich bin auch ein Bastard. Mein Vater ist ein Russ.«

Hans schwieg. Dass es in der Ostzone zahlreiche Kinder mit russischen Vätern gab, war ihm geläufig. Von den Verhältnissen in Österreich hatte er bislang noch nichts gehört. Und interessiert hatte es ihn auch nicht.

Das Mädchen ging hinaus auf den Flur und schloss die Tür. Offensichtlich war sie im Bad gewesen, denn als sie zurückkam, trug sie einen seidenen Bademantel. »Willst du auch ins Bad?«, fragte sie. »Ich bin müde. Du kannst bei mir im Bett schlafen. Aber Sex gibt's nicht.«

Weil Hans beim Betreten der Wohnung an der Flurgarderobe Kleidungsstücke einer älteren Frau aufgefallen waren, fragte er: »Wohnst du hier noch bei deiner Mutter?«

»Nein. Zu meiner Mutter habe ich keinen Kontakt mehr. Als es ihr zu viel wurde mit mir, hat sie mich einfach weggegeben. Später bin ich ins Heim gekommen. Von dort bin ich abgehauen. Die Frau, die hier wohnt, hat mich bei sich aufgenommen. Das ist illegal. Ich bin ja, wie du gestern schon bemerkt hast, noch nicht großjährig. Aber sie sagt, sie hätte schon so viel überstanden, da spielt das auch keine Rolle mehr.«

Lea wohnte bei Zsófia Székely, einer ungarischen Jüdin, die die Deportation in das Lager Munkács überlebt hatte. Bis zum Beginn der *Endlösung der ungarischen Judenfrage* im Jahr 1944 war sie sowohl in Ungarn als auch in Österreich eine bekannte Schauspielerin und Sängerin gewesen. Als eine der wenigen Überlebenden ließ sie sich nach Kriegsende in Wien nieder, dem Ort, der ihr noch von zahlreichen Engagements und Gastspielen vertraut war und wo sie aus der ersten ihrer drei Ehen eine kleine Wohnung besaß. In der zerstörten Stadt hatte man sie keineswegs mit offenen Armen empfangen. In ihrer früheren Wohnung wohnten jetzt andere Leute, die nicht bereit waren, diese aufzugeben oder ihr wenigstens ein winziges Zimmerchen zu überlassen. Später, als die Verhältnisse sich besserten, hatte die Künstlerin wieder an Revuetheatern gearbeitet. Aber ihre große Zeit war unwiederbringlich vorbei. Und weil ihre Rente kärglich ausfiel, hatte sie schon immer Untermieterinnen genommen. Lea war durch einen Zufall an sie geraten. Das war ihre Rettung, denn es geschah zu einem Zeitpunkt, als die Ausreißerin kurz davor war, Selbstmord zu begehen.

Schweigend lagen sie nebeneinander im Bett. Hans spürte die Hüfte des Mädchens. Er rückte von ihr weg, so weit es möglich war. Vorsichtig drehte er sich auf die Seite. Schwere rote Vorhänge verdunkelten das Zimmer nahezu vollständig. Nur an den Rändern war ein rötlicher Lichtschimmer zu erahnen. Einen Moment lang dachte Hans an die Vermieterin. Wie die wohl morgen reagieren würde, wenn sie mitbekam, dass er hier übernachtet hatte? Besser, er ging ihr aus dem Weg. Nach einigen Minuten spürte er die Hand des Mädchens auf seiner Schulter. »Ditschgerln mog i net, oba in Oam nehma derfst mi scho.« Im wohligen Halbschlaf rutschte sie vollends in den Dialekt ab, der ihr als letzte Erinnerung an ihre Großmutter geblieben war.

»Warum gehst du eigentlich anschaffen?«, fragte Hans am nächsten Morgen brüsk. Sie saßen in der altmodischen Küche beim Frühstück. Zsófia Székely hatte ihn wortkarg begrüßt, während sie einen Hafen Milch warm machte. Danach hatte sie zu Lea gesagt, sie gehe in die Stadt zum Einkaufen und habe anschließend um halb elf ihren monatlichen Frisörtermin. Die beiden hatte sie allein am Frühstückstisch zurückgelassen.

Das Mädchen zündete sich eine Zigarette an und sah Hans forschend ins Gesicht. »Du hast mich nicht mal gefragt, ob ich wirklich Lea heiße. Den richtigen Namen einer Nutte muss man nicht wissen, oder?«

Erschrocken fuhr er zurück. »Aber nein! Entschuldige, ich dachte, du heißt wirklich so.«

»Mein richtiger Name ist Leonore. Ich will dir sagen, weshalb ich *in die Hockn geh*. Ich mach's lieber auf eigene Rechnung, statt mich zwingen zu lassen.« Hastig paffte sie ein paar Züge.

»Man hat dich gezwungen?«, fragte Hans und dachte einen Moment lang an die andere Leonore, die Freundin seiner Mutter, was ihn leicht verwirrte.

»Die G'schicht glaubt mir eh kein Mensch. Keinem Heimkind glauben die Leut, egal, was war – und wer glaubt schon einem Russenbankert wie mir? Meine Mutter wollte mich ja gleich nach meiner Geburt weggeben. Aber meine Großmutter war dagegen und hat mich zu sich genommen. Das waren meine schönsten Jahre.« Sie schwieg und nestelte fahrig eine weitere Zigarette aus dem zerknüllten Päckchen.

»Und was ist dann passiert?«, fragte er. Die Stille war ihm unerträglich geworden.

»Als meine Großmutter starb, war ich gerade mal neun Jahre alt. Kurz hintereinander bin ich in zwei Pflegefamilien gelandet. Bei beiden ging's so schauerlich zu, dass es sogar der Fürsorge aufgefallen ist. Aber an den eigentlichen Ort des Grauens kam ich erst danach. Mit grad mal elf.«

Hans bemerkte sofort, dass die bislang so gefasst Wirkende zu zittern begann. Als sie anfing zu weinen, versicherte er ihr schnell: »Lass es gut sein. Du musst mir nichts erzählen, was dich quält.«

Mit einem Küchentuch wischte sie sich trotzig die Tränen ab. Er lächelte ihr zu. Durch das heftige Reiben hatte sie sich etwas Lidschatten so neben die Augenbrauen geschmiert, dass diese nun wesentlich länger wirkten.

»Doch, ich will es dir ja erzählen. Ich kann mit dir reden, weil du einer bist, der es wahrscheinlich auch nicht leicht gehabt hat. Man hat mich dann ins Kinderheim im Schloss Wilhelminenberg gebracht. Das ist hier in Wien.«

Hans hatte den Namen noch nie gehört, unterbrach sie aber nicht.

»Ich war ja noch ein Kind, aber ich hab gleich gemerkt, dass da irgendwas nicht gestimmt hat. Viele Mädchen waren ganz verstört. Sie wirkten ängstlich und verschlossen. Ich hielt mich an ein Mädchen, das am selben Tag wie ich aufgenommen worden war. Sie war ein Jahr älter als ich. Sie hieß Juliane, aber alle sagten nur Juli zu ihr. Sie gab mir etwas Halt. Weißt du, ich war noch immer völlig schockiert, dass ich in einem Heim gelandet war. Ich war bislang das, was man ein braves Mädchen nennt, hatte nie was angestellt.«

Wieder kullerten ein paar Tränen über Leas Wangen, aber sie fuhr unbeirrt in ihrem Bericht fort: »In der Schule war ich immer unter den Besten. Das hatte ich meiner Großmutter zu verdanken. Die war immer lieb zu mir, aber beim Lernen hat sie keinen Spaß verstanden, da war sie richtig streng. Sie hat meine Hausaufgaben kontrolliert, hat mich abgehört, wenn ich Gedichte und Psalmen auswendig lernen musste, und hat mir sogar zusätzliche Rechenaufgaben gegeben.«

Mit leiser Stimme, aber doch unüberhörbarem Stolz, erzählte Lea auch davon, dass ihr Lehrer, als sie in der vierten Klasse war, zu ihrem damaligen Pflegevater gekommen sei und ihn gebeten habe, er möge sie doch das Gymnasium oder wenigstens die Mittelschule besuchen lassen. Er war der Meinung, sie habe das Zeug dazu. Aber der Pflegevater lehnte ab und fand darin sogar noch Unterstützung beim Jugendamt.

Lea unterbrach ihren Bericht und zündete sich erneut eine Zigarette an.

»Du rauchst zu viel«, sagte Hans.

»Langweile ich dich?«

»Nein, nein, bitte erzähl weiter.«

»Als es aufs Wochenende zuging, wurden die anderen Mädchen immer nervöser und wortkarger. In einem anderen Flügel des Heims gab es auch eine Abteilung für Buben. Ein älteres Mädchen warnte Juli und mich vor zwei Erziehern aus der *Heinzelmännchen-Gruppe*. Sie hießen Joe und Björn. Alle

Gruppen dort hatten merkwürdige Namen. Ich war bei den *Hasen*. Wir waren die *Hasen-Gruppe*. Ja, das war schon der richtige Namen für uns.« Sie lachte sarkastisch.

»Haben die euch angefasst?«

Nochmals lachte sie auf. »Angefasst, das ist gut. Die Schweine haben sich ein paar von den Mädchen ausgesucht und gefügig gemacht. Mit denen hatte ich Gott sei Dank nichts zu tun, aber viel besser ist es uns anderen dann auch nicht gegangen. Am Samstagnachmittag kamen unsere Erzieherinnen. Es waren die Waltraud und die Linda. Von der Linda hat es geheißen, dass sie schon bei den Nazis in einem Mädchenheim gearbeitet hat. Sie schickten uns noch einmal zum Duschen. Ich fand das klasse, hab mich aber gewundert, weil die anderen immer ängstlicher wurden. Einige Mädchen hatten richtig Panik, die schrubbten sich weinend mit Bürste und Seife ab. Eine hörte damit gar nicht mehr auf. Danach bekamen wir frische Kleider. Die Mädchen wisperten was von einer *Schlangenwiese*, das hat mir überhaupt nichts gesagt. Ich hab mich sogar noch gefreut, weil ich frische duftende Unterwäsche und ein hübsches kurzes Kleidchen anbekommen hatte. Sie haben uns dann auf unsere Zimmer gebracht. Mit einem Mal tauchten mehrere völlig fremde Männer auf. Sie fielen über uns her wie wilde Tiere. Es spielte keine Rolle, wie alt du warst. Alle kamen dran. Ich werde diese schrecklichen Schmerzen niemals vergessen. Und ich war nicht einmal die Jüngste. Die Männer wollten wohl nur Kinder. Deshalb wurden den Mädchen, die schon etwas fraulicher waren, die Schamhaare abgeschnitten.«

Hans konnte jetzt nicht mehr an sich halten und fragte: »Warum bist du nicht abgehauen oder zur Polizei gegangen?«

Lea wippte mit ihrem Stuhl nach hinten und lachte schrill. »Du bist vielleicht naiv! Es gab ein paar Mädchen, die haben damit gedroht, dass sie sich an die Polizei wenden. Die wurden vor den Augen der anderen bestialisch gequält. Wie, kann ich dir gar nicht erzählen. Und außerdem, was wäre passiert, wenn wirklich eine zur Polizei gegangen wäre? Die hätten sie zurückgebracht und dann wäre sie noch schlimmer dran gewesen. Ich hab das alles drei Jahre lang ertragen.

Ich nehme an, dass die Kerle viel Geld dafür bezahlt haben, so frisches Fleisch serviert zu bekommen. Immer wenn ›ein Besuch anstand‹, wie die Erzieherinnen es nannten, wurden wir schick zurechtgemacht. Als ich etwas älter war, haben sie mir Nylonstrümpfe mit einem Strumpfbandgürtel gegeben. Ich hatte so was noch nie angehabt. Aber es gab offenbar Besucher, die auf so was standen. Es waren fast nie dieselben. Nur Einzelne kamen regelmäßig. Die mussten wir mit *Onkel* anreden. Ich erinnere mich an einen schmierigen Fettsack, zu dem musste ich Onkel Heini sagen. Ein anderer hieß Onkel Kurt. Als ich vierzehn war, wollte ich um jeden Preis weg. Und ich wollte es so anstellen, dass man mich auf keinen Fall zurückbringen würde. Ich war völlig versaut worden von denen. Aber ich hatte für mich beschlossen: Wenn schon Nutte, dann wenigstens auf eigene Rechnung.«

»Aber die Kerle laufen immer noch frei rum. Und die Erzieherinnen machen jetzt andere Mädchen hübsch.«

»Unsereins ändert das nicht. Ich hatte jedenfalls genug damit zu tun, da rauszukommen. Eines Nachmittags hab ich mitbekommen, dass die Waltraud wegen einer *Frauensache* ins Spital musste. Sie gehörte zu den wenigen, die im Heim ein eigenes kleines Zimmer hatten. Die anderen mussten sich im Wechsel ein Bereitschaftszimmer teilen, wenn sie Nachtdienst hatten. Im Knast und im Erziehungsheim lernt man allerhand Praktisches. Ich konnte mit einer Nagelfeile einfache Türschlösser öffnen. Ich schlich zu Waltrauds Zimmerchen. Es lag etwas abseits am Ende eines Seitenflures. Niemand beobachtete mich beim Öffnen der Tür. Ich schloss sie hinter mir und fand nach kurzer Zeit, was ich suchte. Waltraud bewahrte siebenhundert Schilling in ihrem Zimmer auf. Sie hatte sich nicht einmal die Mühe gemacht, das Geld zu verstecken. Es befand sich in einer altertümlichen Geldbörse, die gleich vorne in der Tischschublade lag. Ich nahm das Geld heraus, öffnete leise die Tür, holte eine Tasche mit dem Nötigsten und verließ das Heim durch den Keller eines Seitenflügels. Als Erstes ließ ich mir die Haare schneiden und färben.«

Sie strich sich über ihren Bubikopf und fuhr dann fort: »Ich wollte mit allen Mitteln erreichen, dass die Bestien mich wenigstens in Ruhe ließen, wenn ich ihnen schon nichts anhaben konnte. Ich kaufte mir ein Billett nach Lustenau. Dort ging ich aufs Postamt. Im örtlichen Telefonbuch fand ich die Adresse der einzigen Frau, die in Lustenau als Rechtsanwältin niedergelassen war. Ich verfasste einen Brief an Björn, den ich für den Gefährlichsten hielt. Ich schrieb, ich hätte die schriftlichen Erklärungen von mir und drei weiteren Mädchen – Namen nannte ich keine – in einem verschlossenen Umschlag bei einer Rechtsanwältin in Lustenau hinterlegt. Die Anwältin hätte von mir die Anweisung, den Umschlag zu öffnen, wenn mir etwas zugestoßen wäre. Ich hoffte darauf, dass das Pack herausfinden würde, dass es tatsächlich eine Anwältin in Lustenau gab, sie es aber nicht wagen würden, bei dieser Frau weitere Informationen einzuholen. Ich setzte darauf, dass sie in einer Rechtsanwältin eine weitaus gefährlichere Gegnerin sehen würden als in deren männlichen Kollegen oder mir kleinem Hascherl. Männer waren mir eh suspekt. Unter denen, die sich an uns vergangen hatten, waren etliche, die nach teurem Toiletten- und Rasierwasser gerochen hatten.«

Hans hatte ihr mit angehaltenem Atem zugehört. Fast mehr noch als der schreckliche Inhalt von Leas Bericht hatte ihn schockiert, wie scheinbar distanziert sie ihm von all den furchtbaren Geschehnissen im Heim erzählt hatte. Weil ihn ihre klug eingefädelte Flucht stark beeindruckte, sagte er voll Anerkennung: »Du bist wirklich clever. Und das ging gut?«

Lea schnaubte hörbar auf. »Es ging gut. Zumindest bis jetzt. Als ich nach Wien zurückkam, hatte ich wieder großes Glück. Einmal nachmittags saß ich in einem Kaffeehaus. Draußen regnete es in Strömen. Wie ein Häufchen Elend muss ich da gewirkt haben, denn nach einer Weile kam eine ältere Frau auf mich zu und fragte frei heraus, warum ich denn so traurig und deprimiert aussehe und ob sie mir helfen könnte. Ich hatte keinen blassen Schimmer, ob ich ihr vertrauen sollte. Sie konnte ja von der Schmiere sein, eine Zivile oder eine von den Jugendschutzstreifen. Später haben wir oft darüber gelacht, Zsófia und ich. Sie wäre dafür doch schon viel zu alt gewesen. Aber damals im Kaffeehaus war ich halt nicht sicher und ließ es trotzdem einfach drauf ankommen. Entweder würde sie mir helfen oder ich war endgültig verloren. Denn zurück ins Schloss wäre ich auf keinen Fall gegangen. Eher hätte ich mich umgebracht.

Aber wie gesagt, ich hatte Glück. Die unbekannte Frau war Zsófia Székely, meine jetzige Vermieterin, und sie hat mir wirklich geholfen. Nach meiner Oma ist sie der liebste Mensch, dem ich in meinem Leben begegnet bin. Außerdem ist sie sehr mutig und gewitzt und sie hat sogar mein vertracktes Ausweisproblem gelöst. Mit sechzehn muss man ja einen Ausweis haben. Für eine wie sie, die die Konzentrationslager überlebt hat, war das kein großes Problem – und sie hat eben immer noch eine Mordswut auf den Staat, auf alle Bürgerlichen und besonders auf die Polizei.«

»Und sie hat nichts dagegen, dass du auf den Strich gehst?«

»Natürlich hat sie was dagegen. Es vergeht keine Woche, in der wir nicht darüber streiten. Sie kennt ja viele Leute hier in Wien, vor allem aus Künstlerkreisen. Da wollte sie mir am liebsten eine ›ordentliche Arbeit‹ vermitteln, als Putzfrau oder als Hausmädchen. Aber letztendlich lässt sie mich machen, was ich will. Streng verboten hat sie mir allerdings, Freier hierherzubringen. Und daran halte ich mich.«

»Und da stört es sie nicht, wenn ich hier auftauche?«

»Ich hab gelernt, dass es das Beste ist, ihr immer die Wahrheit zu sagen. Sie lässt sich nicht täuschen. Nur hab ich in deinem Fall etwas übertrieben.« Ein Lächeln glitt jetzt über Leas verweintes Gesicht, als sie sich an ihre kleine Notlüge erinnerte. »Ich hab ihr erzählt, man hätte dich gestern im *Chattanooga* wegen deiner Hautfarbe belästigt. Sie meint sowieso, dass die Mehrzahl der Wiener immer noch Nazis, Antisemiten und Rassisten sind.« Sie lachte nun richtig laut heraus und zündete sich erneut eine Zigarette an. Sie wirkte erleichtert, nun, nachdem sie alles losgeworden war.

Eine Zeitlang schwiegen beide. Hans verspürte eine fürchterliche Wut. Sie richtete sich nicht nur gegen die Täter, die Lea und den anderen Mädchen das Leben zur Hölle gemacht hatten. Sie war allgemeiner, universeller. Ihm wurde immer stärker bewusst, dass es Menschen gab, die andere quälten, aus purer Boshaftigkeit und einfach, weil sie die Macht dazu hatten. Die meisten ihrer Opfer waren dem schicksalhaft ausgeliefert. Es kam ihm so vor, als ob er am Ende auch zu Letzteren gehörte, obwohl er ein Mann war.

»An was denkst du?«, fragte sie.

Er ignorierte ihre Frage. »Hättest du Lust, mit mir heute Abend zum Wiener Beat-Festival zu gehen? Die ›Rattles‹ kommen.«

Sie schüttelte so entschieden den Kopf, dass er sie nicht weiter bedrängte.

»Ich geh dann mal. Vielen Dank für alles. Du bist ein ganz wunderbarer Mensch.«

»Bin i nöd.« Sie lachte verlegen.

»Doch, das bist du.«

Er stand auf. Sie blieb auf der Couch sitzen und griff nach seiner Hand. »Nimm mich noch mal in den Arm. Du weißt ja, ditschgerln mog i net, oba in Oam nehma derfst mi scho.« Offenbar gefiel ihr dieser Satz.

Er überlegte kurz, ob er sich zu ihr auf die Couch setzen sollte. Er entschied sich anders, zog sie sanft an beiden Händen hoch und nahm sie fest in die Arme. Lange standen sie eng umschlungen in dem kleinen Zimmer.

»Heut Nacht kannst du nicht bei mir bleiben. Ich werd nicht zu Haus sein.« Sie spürte sein stummes, verständnisvolles Nicken.

Mashed Potatoes

Als er den Durchgang zur Straße passierte, waren nur wenige Menschen unterwegs. Einige Hausfrauen trugen ihre gefüllten Einkaufsnetze nach Hause. Es war später Vormittag. Er schlenderte dorthin, wo er sein Moped abgestellt hatte. Mit der Kreidler war alles in Ordnung. An einem nahegelegenen Kiosk kaufte er sich für wenig Geld einen Kaffee und einen Krapfen. Die Sonne gewann die Oberhand über eine lockere Bewölkung. Es war nicht mehr kalt. Er hatte sich eigentlich vorgenommen, den restlichen Tag entspannt in einem der vielen Parks zu verbringen, aber nun überlegte er es sich anders. Mit dem Moped fuhr er so weit aus der Stadt hinaus, bis die Bebauung hinter ihm zurückblieb. Als er einen geeigneten Abstellplatz gefunden hatte, nahm er seinen Matchsack vom Gepäckträger und suchte sich auf einer flach abfallenden Auwiese einen trockenen Platz. Eine Zeitlang schaute er auf die Donau, die immer noch viel Wasser führte. Dann legte er sich zurück und schloss die Augen.

Die Sonne begann wohltuend zu wärmen. Hans dachte an Lea, dann mit wachsender Wehmut an Helle. Die Zeit in Kopenhagen schien ihm im Rückblick so völlig ohne Probleme gewesen zu sein. Doch er wusste, dass das nicht stimmte. Im Nu war er eingeschlafen. Stunden später wachte er fröstelnd auf. Die Sonne war verschwunden. Er hatte keine Ahnung, wie spät es war. Er fuhr in die Wiener Innenstadt zurück. Die Zeiger einer Uhr, die sich über einer Litfaßsäule drehte, standen auf halb vier. Wieder hielt er an einem Kiosk, aß ein *Würstl* und trank eine Cola dazu. Einem plötzlichen Sauberkeitsbedürfnis folgend fragte er den Kioskbetreiber, ob es in der Nähe eine öffentliche Badeanstalt gebe. Der nickte und beschrieb ihm den Weg zum *Penzinger Bad* in der Hütteldorfer Straße. Dort hätte er die Wahlmöglichkeit zwischen Wannen- und Brausebad. Auch wenn Hans erst gestern ein öffentliches Bad aufgesucht hatte, fand er, es wäre nicht das Schlechteste, frisch abgebraust und sauber in die lange Beat-Nacht zu gehen. Und etwas Wärme tat immer gut. Die Bademeisterin händigte ihm ein Stück Seife und ein verwaschenes weißes Leinenhandtuch aus, auf dem mit rotem Zwirn der Name des Bades aufgestickt war. Er genoss es, sich in die dampfende Wanne zu legen. Sobald das Wasser abkühlte, ließ er heißes Wasser nachlaufen. Er ließ es darauf ankommen, dass die Angestellte ihn aufforderte, sich zu beeilen. Prompt klopfte sie mit einem harten Gegenstand an die Tür. »Dös is koa Sandlerasyl.«

Als er das *Penzinger Bad* verließ, dunkelte es bereits. Er überlegte, wo er sein Moped abstellen konnte. Möglichst nah an der Wiener Stadthalle, aber auch sicher sollte es sein. Er fuhr in eine stille Wohnstraße. Dort stellte er die Kreidler an einem Lichtmast ab. Er dachte daran, den Matchsack mit in die Halle zu nehmen, entschied sich aber für eine andere Lösung. Er löste nochmals die Kette, mit der er bereits sein Moped gesichert hatte und führte sie durch die Schnürung des kunstledernen Beutels, den er zuvor mit Spanngurten auf dem Gepäckträger befestigt hatte.

Den Weg zum Wiener Beat-Festival zu finden, bereitete ihm keine Mühe. Schon nach wenigen Minuten hörte er Musikfetzen. Offensichtlich war man gerade dabei, die Beschallungsanlage zu testen. Dann vernahm er auch schon Geschrei, Gelächter und Gegröle. Von allen Seiten strömten lärmende Jugendliche auf die Wiener Stadthalle zu. Autos und Straßenbahnen kamen nur noch mit Mühe voran. Aus jeder Bahn, die die Haltestelle erreichte, drängte ein neuer Pulk begeisterter Beat-Anhänger. Bereits weit vor dem Halleneingang staute sich die Menge. Wahrscheinlich würden nicht alle eine Eintrittskarte bekommen. Hans war froh darüber, dass er bereits am Vorabend ein Ticket im *Chattanooga* erstanden hatte.

Schon nach einer halben Stunde bestätigte sich seine Vermutung. Ein Mann hielt eine eilends geschriebene Papptafel hoch, die an einem Besenstiel befestigt war. »Ausverkauft« stand in Großbuchstaben darauf. Und darunter: »Zugang nur noch für Karteninhaber.« Ein wüstes Gejohle, Gepfeife und Geschubse war die Folge. Hans wurde von den Kräften der Masse erfasst, die ihn mal in die eine und dann wieder in eine andere Ecke drängten. Schutzpolizisten zogen auf, bildeten vor dem Eingang eine Doppelreihe und ließen an einem Durchlass nur noch Karteninhaber passieren. Gerade als Hans die Einlasskontrollen hinter sich gebracht hatte, begann auch schon die erste Band zu spielen.

Die »Liverbirds« waren eine reine Frauenband, eine der ersten überhaupt. Hans bekam nicht viel von ihnen mit. Viel zu sehr zogen ihn die brodelnde Masse und die in der Halle herrschende Stimmung in den Bann. Jungs grölten, Mädchen kreischten. Die Musik spielte dabei erst einmal nur eine untergeordnete Rolle. Die Magie der Masse riss alle mit. Hans bemühte sich während des dreiviertelstündigen Auftritts der »Liverbirds« darum, einen Platz in der Nähe der linken Hallenwand zu finden. Als die Musikerinnen mit freundlichem Beifall verabschiedet wurden, hatte er einen Platz in der Leibung einer Außentür ergattert.

Hans war überrascht davon, welche urwüchsige Kraft die folgende Gruppe entfaltete. Die »Tielman Brothers« bildeten die erste international bekannte Beatband Ostindiens. Die vier Brüder brannten ein musikalisches Feuerwerk ab, machten waghalsige Sprünge und wälzten sich auf dem Boden. Den Titel *Java Guitars* hatte er bereits in den Clubs rund um den Tivoli gehört. Bei *Black Eyes* und mehr noch bei *Little Girl* kreischte vor allem das weibliche Publikum. Doch gemessen an dem, was sich ereignete, als die »Rattles« die Bühne betraten, war der gefeierte Abgang der »Tielman Brothers« nur ein laues Lüftchen.

Schon als Dicky Tarrach als Erster nach vorne kam und mit einigen Schlägen nochmals die Spannung seiner Trommeln prüfte, hob ein ohrenbetäubendes Getrampel und Gekreische an, das alsbald in ein rhythmisches Klatschen überging. Hans malte sich einen Moment lang aus, was alles geschehen könnte, wenn das Konzert zu diesem Zeitpunkt noch aufgrund eines technischen Defekts ausfallen müsste. Chaos und Gewalt wären sicher die Folge. Ein lautstarkes schrilles Kreischen brandete auf und lenkte seine Aufmerksamkeit auf mehrere Mädchen, die selbstgemalte Plakate in die Höhe hielten. »Achim, ich liebe dich« stand auf einem. Soeben hatte der Sänger Achim Reichel die Bühne betreten.

Als »Rugy« Rugenstein seine Gitarre erklingen ließ, wurden die ersten Akkorde vom Lärmen des Publikums übertönt. Die Menge drängte nach vorne. Schon war der erste weibliche Teenager auf die Bühne geklettert und umarmte einige Sekunden lang den Sänger, ehe das vor Glück strahlende Mädchen von Sicherheitskräften wieder ins Publikum gedrängt wurde. Ohne Zwischenpause spielte die Band *Baby, That Is Rock 'n' Roll* und *Mashed Potatoes*. Jeden Moment konnte alles aus den Fugen geraten. Die Jugendlichen drängten mit Macht gegen die Bühnenrampe. Es bestand die Gefahr, dass jemand stürzte oder eingeklemmt wurde. Nervöse Ordner hockten am Bühnenrand, immer darauf bedacht, jene zu bergen, die in Ohnmacht gefallen waren.

Immer wenn die Menge gegen die Bühne gebrandet war, flutete sie wie eine Welle in die entgegengesetzte Richtung. Flaschen zerbrachen. Es kam zu kleineren Raufereien, weil einer dem anderen mit der Zigarettenglut ein Loch in den Parka oder die Jeansjacke gesengt hatte. Immer wieder stolperten Besucher über umgeworfene Stühle. Alle standen, niemand saß. Vor all dem war Hans in seiner Nische weitgehend geschützt. Er verfolgte die blitzschnell wechselnden Ereignisse mal erschreckt, mal fasziniert, dann wieder mit ungläubigem Staunen. Beim Vortrag ihrer Coverversion von *Twist And Shout* kreischte der weibliche Teil des Publikums so enthemmt, als stünden die »Beatles« höchstpersönlich auf der Bühne.

Hans bemerkte, wie eine Jugendliche, die auf den Schultern ihres Freundes saß, ihren gelben Pullover über den Kopf streifte. Das hatte Signalwirkung. Andere Mädchen gingen noch weiter und entledigten sich auch ihrer Büstenhalter. Das führte zu neuen Tumulten, denn sofort versuchten Saalordner und Polizisten dieser Mädchen habhaft zu werden, um sie aus der Halle zu drängen. Das konnte nur über die Seitenausgänge oder die Bühne geschehen, weil vor dem Haupteingang längst eine Schlacht zwischen der Polizei und den Jugendlichen tobte, die keine Eintrittskarten bekommen hatten. Als die »Rattles« *Hippy Hippy Shake* anstimmten, schwoll der Tumult so gewaltig an, dass die Musiker ihr Spiel unterbrachen. Mit sich überschlagender Stimme mahnte der Hallensprecher das Publikum, sich vernünftig zu verhalten, nicht auf den Stühlen zu stehen und nicht mehr die Bühne zu erklimmen. Es liege ihm eine Information des Einsatzleiters der Schutzpolizei vor, der drohe, das Konzert abzubrechen.

Johlen, Pfeifen und Buhrufe ertönten, aber einen Moment lang drängte die Masse nicht mehr gegen die Bühne. Mit den ersten Akkorden von *Dream Baby* beruhigte sich der männliche Teil des Publikums. Nur die Mädchen kreischten in unveränderter Lautstärke. Die »Rattles« verabschiedeten sich mit zwei Zugaben. Hans war erschöpft und erleichtert. Es war ein tolles Konzert gewesen, aber das enthemmte und latent aggressive Verhalten des Publikums war ihm unheimlich. Mit Bedauern kam ihm in den Sinn, dass er die restliche Nacht nicht bei Lea verbringen konnte. Er hatte sich in das Mädchen verliebt. Er fand, dass ihr »Künstlername« zu ihr und zum Wiener Milieu viel besser passte als »Leonore«.

Abrupt wurde er aus seinen Gedanken gerissen. Die Menschenmassen, die nun aus der Wiener Stadthalle drängten, wurden aufgehalten. Im Nu war er bis zur Bewegungsunfähigkeit eingekeilt. Die Wucht der nach draußen Drängenden nahm ihm den Atem. Offensichtlich waren die Haupteingänge blockiert, weil sich die Schutzpolizei noch immer mit Jugendlichen auf dem Vorplatz prügelte. Der Druck war sekundenlang so groß, dass er die Bodenhaftung vollkommen verlor. Die Menge hob ihn in die Höhe. Jetzt durfte er nicht fallen oder das Bewusstsein verlieren. Mädchen schrien. Warum öffnete niemand die Seitentüren? Zusammen mit anderen wurde er durch eine der inneren Hallentüren gepresst. Auch im Foyer herrschte ein großes Geschiebe. Er blickte sich um. Es gab kein Entweichen. Dann endlich wurde der Weg ins Freie leichter, so als habe man einen verstopften Abfluss durchgespült. Offensichtlich waren die Randalierer inzwischen von der Polizei abgedrängt worden.

Draußen brannten nur wenige Lampen. Einige waren zerstört worden. Immerhin regnete es nicht. Nichts wie weg von hier, sagte sich Hans. Er nahm sich vor, noch in der Nacht mit der Kreidler ein Stück aus Wien hinauszufahren. Irgendwo würde er einen Heustadl finden, in dem er übernachten konnte. Hoffentlich hatten sie ihm nicht sein Gepäck geklaut. Zusammen mit zahlreichen weiteren Konzertbesuchern betrat er den Vorplatz. Er spürte die frische Nachtluft, atmete tief und befreit ein. In seiner Nähe rief ein Jugendlicher einigen sichtlich erschöpften Polizisten zu: »Kieberer, haut's ab.«

Die aufgestaute Wut auf die jugendlichen Rabauken spornte die Polizisten nochmals an. Ein paar von ihnen rannten auf den Schreihals zu, erreichten ihn und hielten ihn fest. Er wehrte sich. Ein jüngerer Beamter schlug nach ihm. Ein Mädchen stürmte heran und fiel einem der Polizisten in den Arm. »Lasst's ihn los, ihr Verbrecher!«

Rüde drehte ihr der junge Polizist den Arm auf den Rücken.

»Loslassen, loslassen!«, rief Hans, ohne einzugreifen.

»Schau do, a Piefke«, sagte einer der Polizisten. »Und no a Schworzer dazuo.«

»Ein Piefke behindert die Arbeit der Polizei. Da hört sich doch alles auf«, knurrte ein anderer wütend.

Hans war stehen geblieben. Er war zu verblüfft, um sich schnell noch aus dem Staub zu machen.

Man entließ ihn des Morgens mit der Auflage aus der Haft, das Land sofort zu verlassen. Er war sich darüber im Klaren, dass sich soeben in seinem Leben ein gewaltiger Einschnitt vollzogen hatte. Kurz dachte er daran, in seiner Firma anzurufen. Aber zum einen musste er erst ein Postamt finden, von dem aus er nach Deutschland telefonieren konnte. Und zum anderen machte er sich keinerlei Illusionen. Der junge Weidner hatte ihn nur widerwillig aufgrund der Fürsprache seines Vaters wieder eingestellt. Er würde an ihm ein Exempel statuieren, zeigen, dass im Betrieb eine neue Zeit angebrochen war und Härte und Konsequenz die alterskurzsichtige Gutmütigkeit des Vaters abgelöst hatten.

Von dem wenigen Geld, das er noch besaß, hatte man ihm die *Bewirtungskosten* des Gefängnisaufenthalts abgezogen. Also bewältigte er den langen Weg von der *Justizanstalt Josefstadt* bis zur Stadthalle zu Fuß. Er fand zu seiner Kreidler. Sie war leicht beschädigt. Der Vorderreifen war platt, der Stab des linken Spiegels war verbogen und das Spiegelglas eingeschlagen. Er erkundigte sich nach der nächsten Werkstatt und schob das Gefährt eine Dreiviertelstunde durch Wien. Je nach Laune beschimpften ihn manche der Passanten auf den belebten Trottoirs oder sie machten sich über ihn lustig. Einer spottete, achtunddreißig seien die Piefkes schneidiger durch Wien gezogen. Der Inhaber der kleinen Werkstatt in der *Galvanigasse* war ein älterer gutmütiger Mann. Er verkaufte ihm einen Schlauch ohne Rechnung zum halben Preis und ließ ihn das Rad auf dem Hof reparieren. Nachdem Hans den Mantel wieder über die Felge gewuchtet und den Reifen aufgepumpt hatte, schob der Meister die Kreidler einige Meter prüfend über den Hof. Dann hob er sie einige Male an, um dann das Vorderrad auf den Betonboden knallen zu lassen.

»Damit kummst hoam.« Mehr sagte er nicht.

Hans tankte voll und fuhr los. Als er die Grenze erreicht hatte, dunkelte es bereits. Die deutschen Grenzer ließen ihn seine dürftige Habe auspacken und kontrollierten auch mögliche Verstecke am Moped. »Du schaugst aus wia oaner von dene Haschischbürscherl«, grantelte einer der Beamten in breitem Bayerisch.

Als er wieder auf der Landstraße dahinrollte, überlegte Hans, ob er versuchen sollte, noch vor zweiundzwanzig Uhr eine Jugendherberge zu erreichen. Er verwarf den Gedanken jedoch, nachdem er seine verbliebene Barschaft überschlagen hatte. Es dauerte lange, bis er einen offenen Schopf fand, der außerhalb eines Dorfes lag. Er schob die Maschine hinein und verschloss die Tür provisorisch von innen. Über eine Leiter erreichte er einen Bretterboden. Mit den Füßen formte er aus den vorhandenen Heuresten ein spärliches Nachtlager.

Die morgendliche Kühle weckte ihn, noch ehe es hell wurde. Er pisste im Freien und säuberte sich notdürftig von den Spelzen, die sich sogar unter seinem T-Shirt und in seiner Unterhose verfangen hatten. Mit gespreizten Fingern fuhr er sich mehrmals durchs Haar. Eine Stunde später stoppte er in Bogen vor einer Bäckerei. Im Verkaufsraum standen mehrere Hausfrauen vor ihm. Diejenigen, die sich nach ihm umsahen, musterten ihn befremdet, ohne das Wort an ihn zu richten. Als er an der Reihe war, begrüßte ihn die Bäckersfrau zu seiner Überraschung im eigenen vertrauten Dialekt mit den Worten: »Bisch wohl d' Nacht im Heu g'wesa.«

Die Umstehenden lachten. Er kaufte zwei Brötchen und einen halben Liter Frischmilch in der Flasche. Zu mehr würde sein Geld nicht mehr reichen, denn er musste wenigstens noch einmal tanken. Und drei Mark wollte er als äußerste Reserve behalten. In Neumarkt überlegte er, ob er Nürnberg auf Nebenstraßen umfahren sollte oder noch einen Abstecher in die Innenstadt machen konnte. Er öffnete den Tankdeckel und prüfte den Inhalt mit einem sauberen Hölzchen. Der verbliebene Rest würde reichen, um nach Hause zu kommen. Er hatte schon mehrfach von der bei der Jugend äußerst populären Diskothek *Pferdestall* gehört. Wenn der Laden nicht zu teuer war, konnte er dort noch zwei oder drei Bier trinken. Er umkurvte weiträumig die Burg und fuhr unterhalb der *Fleischbrücke* zum Pegnitzufer hinunter. Auf einzelnen Bänken genossen Rentner die letzten Sonnenstrahlen. Sie wurden alsbald von Liebespaaren abgelöst, die trotz der aufkommenden Kühle mangels anderer Gelegenheiten die frühen Nachtstunden im Freien zubrachten.

Hans stellte sein Moped ab und schlenderte so lange das Ufer entlang, bis er eine freie Holzbank fand. Er wollte hier warten, bis es dunkel war und dann rein in den *Pferdestall*. Und wenn der zumachte, würde er die letzten Stunden der Nacht wieder auf solch einer Bank verbringen. Vorausgesetzt, es regnete nicht.

Haller Eck

Obwohl er sich im Klaren darüber war, dass die Entscheidung über seine Entlassung bereits gefallen war, fasste er noch auf der Heimfahrt den Entschluss, am anderen Morgen zu Arbeitsbeginn im Betrieb zu sein. Als er ankam, überlegte er kurz, ob er nicht zuerst in die Montagehalle gehen sollte, um die Stimmung zu erkunden. Er verwarf diesen Gedanken und ging direkt zum Chefbüro. Weidners Sekretärin hieß ihn im stickigen Vorraum warten. Obwohl er mit seiner Entlassung rechnete, hatte er Herzklopfen.

»Sie dürfen jetzt rein«, sagte die Sekretärin nach einer Weile.

Kurt Weidner blickte nicht von seiner Arbeit auf, als Hans den Raum betrat. Da ihm kein Stuhl angeboten wurde, blieb er in einigem Abstand zum Schreibtisch stehen. Noch immer machte Weidner keine Anstalten, sich ihm zuzuwenden.

»Chef«, eröffnete Hans das Gespräch, »es hat da ein Problem gegeben. Aber ich werd die versäumte Zeit wieder reinarbeiten.«

Jetzt endlich ließ Weidner von seiner Arbeit ab. Er unterbrach Hans mit einer energischen Geste. »Du hast mich enttäuscht und jetzt enttäuschst du mich bereits wieder. Ich hätte nicht vermutet, dass du mich für so einen Weichling hältst. Glaubst du tatsächlich, ich mache dir klar, dass nicht das Geringste mehr vorfallen darf, um jetzt seelenruhig so zu tun, als wäre nichts geschehen?« Er schüttelte den Kopf. »Nein, wirklich, das enttäuscht mich. Und zwingt mich dazu, der Frage nachzugehen, wie ich auf dich so inkonsequent wirken konnte. Wirklich, darüber muss ich nachdenken.«

Er lehnte sich in seinem Schreibtischstuhl zurück. Etwas zu theatralisch, wie Hans fand. Wollte der Mann ihn veräppeln?

Kurze Zeit später stand Weidner auf. Er ging mit elastischen Schritten um den Schreibtisch herum und streckte Hans die Rechte entgegen. »Frau Weinreich wird dir die Abrechnung fertig machen. Du erhältst ein ordentliches Zeugnis, denn wenn du zur Arbeit kommst, bist du ein fleißiger Mitarbeiter. Einer mit guter Auffassungsgabe. Das wird genau so drinstehen. Ich wünsche dir alles Gute.«

Diese ruhig vorgetragene Mitteilung verwirrte den Jungen mehr, als es ein heftiger Ausbruch getan hätte. Er hatte Vorwürfe und Beschimpfungen erwartet. Diese ruhige Geschäftsmäßigkeit war verletzender als jede heftige Standpauke. Auf der Fahrt nach Hause überlegte er krampfhaft, was er als Nächstes tun sollte. Die Sekretärin hatte ihm beim Abschied geraten, sich alsbald arbeitslos zu melden. Damit hatte er, wie überhaupt im Umgang mit Behörden, keinerlei Erfahrung. Er beschloss, zuerst den allerschwersten Gang hinter sich zu bringen.

Als Hans am Nachmittag die Küche des alten Hauses betrat, war seine Mutter nicht da. Als er spätnachts nach Hause gekommen war, hatte sie bereits geschlafen, doch er wusste, dass sich die Begegnung, vor der er sich fürchtete, nun nicht länger vermeiden ließ. Er fand Caroline im Garten. Sie legte gerade ein Beet an. Den Rücken hatte sie ihm zugewandt.

»Hallo«, sagte er leise.

Sie unterbrach ihre Arbeit nicht, würdigte ihn keines Blickes.

»Hallo«, sagte er noch mal.

Auch dieses Mal antwortete sie nicht.

»Weidner hat mich gefeuert.«

Caroline unterbrach auch jetzt ihre Arbeit nicht. Mit einem Rechen glättete sie ein frisch umgegrabenes Beet. Ohne sich umzudrehen sagte sie: »Du kannst machen, was du willst. Aber du wirst mir nicht auf der Tasche liegen. Hier ist kein

Platz für unnütze Esser.« Erst jetzt wandte sie sich zu ihm um. Sie sah müde aus. Wahrscheinlich hatte sie in letzter Zeit schlecht geschlafen.

»Weißt du was? Ich suche mir sofort eine Arbeit. Aber bis ich eine gefunden habe, helfe ich dir hier über Mittag. Du brauchst dir keine Sorgen zu machen. Ich komme schon zurecht. Weidner schreibt mir ein gutes Zeugnis.«

»Was soll der Unsinn? Weshalb hat er dich dann entlassen? Zeiten sind das.«

Wichtigste Einnahmequelle für Caroline und die alten Schürbels waren derzeit die Mittagsgäste. Abends kamen nur noch wenige alte Bruddler und Grantler ins Lokal. Die saßen lange vor ihrem Bier oder ihrem Viertele. Das lohnte sich kaum. Die Mehrzahl derer, die mittags im *Haller Eck* aßen, kam regelmäßig. Es waren die Bediensteten der Stadt, einige Selbstständige und etliche, die es als Monteure oder als Vertreter in die Gegend verschlagen hatte.

Hans half während der nächsten Tage im Ausschank und servierte die Getränke. Einige Gäste waren neugierig, wollten wissen, weshalb er auf einmal im Lokal mitarbeite. Er gab ausweichende Antworten und ging rasch wieder hinter den Tresen zurück. Eines Mittags fesselte ihn, was er von einer Unterhaltung aufschnappen konnte, die Mitarbeiter des Bauhofs und des nahegelegenen Forstamts an einem der Tische führten. Er hörte, dass sein früherer Schulkamerad, Walter Braun, verhaftet worden sei. Er habe sich in der Backstube an einem Lehrmädchen vergangen, die im Verkauf arbeitete. Der Vorfall war in den Augen der am Tisch Versammelten insofern ungewöhnlich, als die Eltern des Mädchens allen Versuchen widerstanden hätten, die Sache gütlich zu regeln. Das Gegenteil sei der Fall gewesen. Die Mutter habe mit ihrer Tochter sofort eine Ärztin aufgesucht und deren Gutachten wiege noch schwerer als die Beschuldigung durch die Betroffene. Das Gespräch drehte sich dann vorrangig um die Frage, ob es nicht sein könne, dass der Jungbäcker reingelegt werden solle. Das sei Quatsch, entgegnete einer entschieden. Geld habe man dem Mädchen ja schließlich geboten. Aber das habe sie im Einvernehmen mit ihren Eltern ausgeschlagen.

Diese Schilderung legte bei Hans verschüttete Erinnerungen an die Schulzeit frei. War seinem alten Widerpart so etwas zuzutrauen? Walter Braun war bereits als Kind äußerst jähzornig gewesen. Wenn es nicht nach seinem Willen ging, neigte er zu Wutausbrüchen, die selbst seine Freunde gefürchtet hatten. Neu war, dass mittlerweile offen und nicht nur hinter vorgehaltener Hand über einen solchen Vorfall geredet wurde. Noch vor wenigen Jahren wäre Derartiges von allen Beteiligten eiligst vertuscht worden.

Mit Wohlwollen erinnerte Hans sich auch daran, dass es anfangs vor allem Mädchen gewesen waren, die ihn gegen die Anfeindungen von Walter Braun und den Mitschülern verteidigt hatten, die er zu seinen Feinden zählte. Alfred Burger hatte inzwischen die Schlosserei seines Vaters übernommen. Von Bernd Stamm hatte er gehört, dass er einen guten Posten bei einer Firma hatte, die neuartige Fertighäuser auf den Markt brachte. Heinz Klenk arbeitete im Lebensmittelgeschäft seines Vaters. Aus dem früheren *Konsum* war mittlerweile eine SPAR-Filiale geworden. Der stille Paul Schreiner hatte seinem Vater nachgeeifert und war Polizist geworden. Auch seine beiden Freunde Krachmandel und Otto hatten längst ordentliche Berufe. Vom Pfarrersohn Claudius Beck wurde erzählt, dass er das Abitur erst im zweiten Anlauf geschafft hatte.

Von denen, die mit ihm die Volksschule besucht hatten, war Hans nicht der Schlechteste gewesen. Aber alle anderen schienen ihn abgehängt zu haben. Mit derlei düsteren Gedanken verließ er am Nachmittag den Gastraum. Selbst die Mädchen aus seiner Klasse hatten ihr Auskommen. Helga Voss arbeitete in Lichtengrün in der Gaststätte ihrer Eltern. Sie würde sie eines Tages übernehmen. Es hieß, sie sei verlobt. Annemarie Rückert hatte eine Anstellung im SPAR-Laden der Klenks gefunden. Man munkelte, der pickelige Heinz habe ein Auge auf sie geworfen. Die künstlerisch begabte Försterstochter Gabi Fischer hatte die Mittelschule als Beste abgeschlossen und machte eine Ausbildung beim Landratsamt. Von Petra Eichler wusste er lediglich, dass sie, wohl inspiriert durch ihre Mutter, eine Ausbildung als Textilverkäuferin in einem Oberbekleidungsgeschäft gemacht hatte und dort weiterhin tätig war. Der Gedanke an Petra Eichler versetzte ihm einen Stich. Einen Augenblick lang erwog er, sie nach Feierabend einfach aufs Geratewohl zu besuchen. Rasch verwarf er den Gedanken und fuhr stattdessen nach Murrhardt, wo Willi seine Fahrgeschäfte aufgebaut hatte.

Sein Onkel war jetzt gezwungen, vermehrt auch die kleinen Kirmesrummel sowie unbedeutendere Dorf- und Stadtfeste anzufahren. Seit etlichen Jahren schon steckte das Schaustellergewerbe in der Krise. In der Nachkriegszeit hatten sich die Menschen auf jede noch so kleine Vergnügung gestürzt. Jetzt galt der Rummel als altmodischer Zeitvertreib. Große Konkurrenz war durch das Fernsehen, die überall aus dem Boden schießenden Diskotheken, sommerliche Urlaubsfahrten in den Süden und die ersten Erlebnisparks entstanden. Willi hatte die Probleme, die aus diesen Entwicklungen resultierten, immer seltener mit seinem Vater besprochen. Er wusste seit Langem, dass dieser ihm keinen brauchbaren Rat mehr geben konnte. Wozu sollte er den Alten in Unruhe versetzen? Mittlerweile waren das Crailsheimer Volksfest und die *Muswies* die beiden größten Veranstaltungen, bei denen er sich um Standrechte bewarb. Mit dem, was er anzubieten hatte, konnte er weder beim Cannstatter Volksfest noch bei anderen Großveranstaltungen konkurrieren. Seit sie in Mannheim Rummel und Buden vom *Alten Meßplatz* auf einen eigens angelegten neuen Standort in der nördlichen Neckarstadt verlegt hatten, bekam er auch für die *Mannemer Maimess* keinen Zuschlag mehr. Also steuerte er neben den Haller Kocherwiesen und der Backnanger Bleichwiese so wenig besuchte Standorte an wie den winzigen Festplatz hinter der Murrhardter Stadthalle. Dort war er der alleinige Anbieter. Außer seinem Scooter, dem Kinderkarussell und der Schiffschaukel konnten dort noch eine Schießbude, der Losverkauf und ein Imbisswagen aufgestellt werden. Und dafür musste er noch zwei verlotterte Weitsprunggruben abdecken, die am äußersten Rand des Platzes dem Schul- und Vereinssport dienten. Aufgrund der engen Bebauung in der unmittelbaren Nachbarschaft war der Betrieb an allen Tagen außer Samstag bereits um zweiundzwanzig Uhr einzustellen.

Hans erreichte den kleinen Rummelplatz am frühen Abend. Noch während er das Gelände in einem Neunziggradbogen umkurvte, konnte er feststellen, dass der Besuch äußerst mäßig war. Am Scooter lungerten einige Halbwüchsige herum. Das Kinderkarussell war zwar in Betrieb. Aber es kreiste auch, wenn viele Plätze frei blieben. Die Schiffschaukel stand unbenutzt inmitten der geschotterten Fläche. Er stellte die Kreidler hinter den verrosteten Fangzaun des benachbarten Sportplatzes und schlenderte auf das Gelände. Vom Scooter schallte Schlagergeträller zu ihm herüber. Er musste Willi unbedingt davon überzeugen, dass es heutzutage wichtig war, die neuesten Beatplatten zu spielen. So funktionierte das Gewerbe auf dem Dom und so hatte er es auch auf dem Tivoli erlebt. Er ging hinüber zur Kasse des Scooters und begrüßte dort seinen Neffen Louis, der die Chips verkaufte. Der Junge war bereits dreizehn geworden. Louis winkte ihm durch die Scheibe zu und zeigte mit dem Finger ans andere Ende der Bahn. Dort reparierte Willi einen Scooter.

Karin arbeitete am Fresswagen, an dem früher seine Mutter und zuvor schon seine Großmutter gestanden hatten. Das Angebot hatte sich in den letzten vierzig Jahren kaum verändert. Gebrannte Mandeln, Magenbrot, Türkischer Honig, Schokoladenherzen mit zeitlosen Aufschriften in Zuckerguss und Schokobananen. Und noch immer gab es die von den Kindern so begehrte Zuckerwatte in gelber und rosa Färbung. Eine Popcornmaschine war die einzige Neuerung. Zudem betrieb Willi seit zwei Jahren einen weiteren kleinen Stand, an dem es rote Würste und Kaltgetränke gab. An diesem arbeitete gerade der ehemalige Kirmesboxer Fred, der ansonsten an der Schiffschaukel zu finden war. Die Schießbude, an der zuletzt noch der Großvater gestanden hatte, betreute jetzt Harald Stallmaier. Der ledig gebliebene stille Mann Mitte dreißig, der schon anfangs der Fünfzigerjahre gelegentlich als Mitreisender ausgeholfen hatte, war der jüngere Bruder von Gustav Langs Frau Helga und wie diese eine unauffällige, aber angenehme Erscheinung. Vor der Losbude stand eine ältere Hilfskraft, die Hans unbekannt war. Lautstark animierte die auffällig gekleidete und geschminkte Frau mit Hilfe eines Mikrofons zum Kauf von Losen. Der Hauptgewinn und andere wertvolle Preise befänden sich sämtlich noch im Lostopf.

Hans ging zu Willi hinüber. Der begrüßte ihn, während er am Unterbau eines auf die Seite gekippten Scooters hantierte, mit den Worten: »Junge, du machst vielleicht Sachen.«

»Was meinst du damit?«

»Deine Mutter hat mich vor drei Wochen angerufen und mir erzählt, dass du wohl deinen Job verlieren wirst.«

»Das konnte sie doch damals gar nicht wissen.«

»Und? Hat man dir gekündigt?«

»Ja, aber das hat sich erst vor ein paar Tagen herausgestellt.«

»Deine Mutter war sich sicher, dass dir der junge Weidner keine zweite Chance geben würde.«

»Kann ich so lange bei dir arbeiten, bis ich etwas anderes gefunden habe?«

»Junge, wie stellst du dir das vor?« Willi war plötzlich laut geworden, was äußerst selten vorkam. »Ich hab genug damit zu tun, uns, das heißt die Familie und Fred, über die Runden zu bringen. Alle anderen, die du hier siehst, arbeiten nur noch als Aushilfskräfte bei mir. Harry«, er meinte damit Harald Stallmaier, »reist bloß noch vom Frühjahr bis zum Herbst mit.«

»Kann ich nicht wenigstens beim Auf- und Abbau helfen?«

»Ja, das könntest du.« Willis Tonfall wurde wieder normal. »Aber das ist doch nichts für dich. Im Schaustellergewerbe liegt für uns Kleine nicht mehr viel Potential. Ein so junges und keinesfalls ungeschicktes Bürschchen wie du sollte sehen, dass es woanders unterkommt.«

»Lass mich an den Auf- und Abbautagen mitarbeiten, bis ich etwas anderes gefunden habe.«

Willi schien unentschlossen zu sein. Er zögerte die Antwort hinaus, indem er sagte: »Hilf mir mal, den Bock hier etwas anzuheben. Ich komme nicht richtig mit der Zange ran.«

Der Kopf einer der vier Schrauben, die der Befestigung einer Verblendung dienten, war abgesprengt worden. Willi bemühte sich ohne Erfolg, den Stummel mit der Zange zu greifen.

»Das muss man aufbohren«, sagte Hans. »Hast du eine Bohrmaschine? Ich mach das für dich.«

Sein Onkel nickte. Dann erhob er sich und ging hinüber zum Kassenhäuschen, in dem eines seiner Werkzeugdepots verstaut war. Er kam mit einer Bohrmaschine und einer Kabeltrommel zurück. Hans, der froh war, gebraucht zu werden, wiederholte: »Ich mach das.«

Mit viel Geschick bohrte er das festsitzende Gewinde heraus. Dann suchte er eine passende Schraube und drehte sie in das erweiterte Loch. Sie hielt. Gemeinsam mit seinem Onkel, der zwischenzeitlich am Kinderkarussell hantiert hatte, richtete er den Scooter wieder auf und schob ihn zu den anderen, die leer an der Bande standen.

»Also gut«, sagte Willi nach einer Weile. »Du kommst an den Auf- und Abbautagen. Ich bezahle dich nach den gearbeiteten Stunden. In deiner freien Zeit kümmerst du dich um deine Angelegenheiten und hilfst deiner Mutter. Die arbeitet sich im *Haller Eck* genauso krumm, wie es schon deine Oma getan hat.«

Froh über diese Wendung schlenderte Hans zum Bratwurststand hinüber, um Fred zu begrüßen und mit ihm einige Worte Schaustellerschnack zu wechseln. Während er mit dem früheren Rummelboxer flachste, fiel sein Blick auf eine Frau mittleren Alters, die ihm bekannt vorkam, deren Name ihm aber nicht gleich einfallen wollte. Sie hatte zwei Kinder bei sich. Ein Junge, er mochte um die zehn Jahre alt sein, sprang ununterbrochen auf dem geschotterten Boden herum.

Er hatte Vergnügen daran, wenn die Steinchen in alle Richtungen davonspritzten. Ein jüngeres Mädchen mit dunkelblonden langen Zöpfen zerrte am Ärmel der Mutter. Es war offensichtlich, dass es unbedingt zum Kinderkarussell wollte. »Ich will auf das weiße Pferdchen«, quengelte die Kleine und versuchte, ihre Mutter dorthin zu dirigieren. Hans beobachtete die Szene. Ihn interessierte, wie die Sache wohl ausginge. Jetzt erinnerte er sich auch wieder an den Namen der Frau. Ja natürlich, es war Leonore, die alte Freundin seiner Mutter, von der er wusste, dass sie mit einem Juden verheiratet gewesen war. Er hatte auch gehört, dass der sie wohl samt den Kindern sitzen gelassen hatte und alleine nach Amerika ausgewandert war.

Nun kam ihm sein eigener Vater in den Sinn, den er außer auf Fotos noch nie gesehen hatte. Lange hatte er seinem Kindheitstraum nachgehangen, dass er eines Tages nach Amerika aufbrechen würde, um den Vater zu finden. Jetzt war er doch frei. Warum nicht Amerika? Er erschrak über seine eigene Kühnheit, schalt sich einen närrischen Träumer und verspürte zum ersten Mal so etwas wie Gewissheit, dass etwas Derartiges nie passieren würde.

Er nickte der Frau zu. Sie hatte sich verändert. Ihre dichten schwarzgelockten Haare waren in einer modischen Frisur gebändigt. Sie hatte ihn offensichtlich auch erkannt, denn sie kam zu ihm herüber. »Hallo, Hans. Das ist ja eine Überraschung. Du kennst mich noch?«

Der Angesprochene nickte. »Sie sind doch eine Freundin meiner Mutter. Leonore, nicht wahr? Ihren Nachnamen weiß ich leider nicht.«

Die Frau lachte, während ihre Tochter unverdrossen weiter an ihrem Ärmel zog. »Winter heiße ich mit Nachnamen.«

»Lassen Sie die Kleine doch auf das Karussell. Ich organisiere ihr eine Freifahrt.«

»Das muss aber wirklich nicht sein. Die Kinder haben mich hierhergezerrt. Sie wollten nur mal schauen, zuschauen, wie sich das Karussell dreht.«

»Ich will lieber bei den Boxautos zugucken«, drängelte der Junge. Noch immer stauchte er seine Füße mit Schwung in den Schotter und war begeistert, wenn die Steinchen wegflogen.

»Aron, lass das. Du machst deine Schuhe kaputt«, mahnte die Mutter.

»Wissen Sie was?« Hans setzte zu einem Vorschlag an. »Sie lassen die Kleine hier auf dem Pferdchen reiten und ich nehme den Jungen mit rüber und fahre mit ihm eine Runde Scooter.«

»Um Gottes willen, der ist doch noch zu klein.«

»Ich fahre ja mit.« Ohne weitere Einwände Leonores abzuwarten, nahm Hans den Jungen an der Hand und ging hinüber zu seinem Onkel. Nur wenige Gefährte waren besetzt. Die Fahrt würde ruhig verlaufen. Er ließ sich eine Kette mit einem angehängten Aluminiumchip aushändigen und half dem Kleinen in einen freien Scooter. Dann schwang er sich neben ihn und drehte, nachdem das Startsignal ertönt war, einige ruhige Runden. Aufgeregt umklammerte der Junge die vordere Polsterkante. Als Hans urplötzlich rückwärts fuhr und dabei auf einer inneren Linie andere Scooter überholte, kreischte er vor Vergnügen und Aufregung.

Einzelne fühlten sich von dem rückwärts an ihnen vorbeiziehenden Scooter provoziert und versuchten, das Gefährt zu rammen. Hans hatte das vorausgesehen. Mit großem Geschick wich er den auf sie zubrausenden Tölpeln aus, drehte das Gefährt blitzartig um hundertachtzig Grad und rammte den einen oder anderen Burschen von der Seite. Aron erlebte dies mit einer Mischung aus Furcht und Begeisterung. Als die Stromzufuhr unterbrochen wurde und die Scooter nach langsamem Ausrollen zum Stehen kamen, wollte der Knirps das Fahrzeug nicht verlassen. »Noch mal, noch mal«, bettelte er.

»Also gut«, sagte Hans und stieg wieder ein. »Aber nach der nächsten Fahrt ist definitiv Schluss.«

Hans brachte den sichtlich stolzen Knaben zurück zu seiner Mutter. Das Mädchen hatte seine Karussellfahrt bereits beendet. Versonnen sah es dem weißen Pferdchen nach, das sich im Kreis der Kutschen, Autos und Motorräder weiterdrehte.

»Danke«, sagte Leonore und nahm ihren Sohn an die freie Hand, um zu verhindern, dass er weiter übers Gelände tollte. »Grüßen Sie Ihre Mutter von mir. Sie soll sich doch mal wieder bei mir melden.«

Auf der Haalmauer

Im Sommer 1966 schien es nur noch ein Thema zu geben: »War der Ball drin oder nicht?« War er vor, auf oder hinter der Linie gelandet, ehe Weber ihn über die Querlatte köpfte? Manchmal kam es Hans so vor, als seien seine Mutter und er die Einzigen, die sich nicht für Fußball interessierten. Er hatte die sonntägliche Übertragung des Endspiels im *Haller Eck* erlebt. Allerdings stand er meist mit dem Rücken zum Bildschirm, vor sich die von Erregung und Alkohol geröteten Gesichter. Manche hatten einen verzerrten Mund, die Augen weit aufgerissen. Hände mit zwischen die Finger geklemmten Zigaretten fuchtelten über den Häuptern. Er zapfte Bier, brachte es an die Tische, auf denen die Aschenbecher in schneller Folge überquollen. Nur kurz sah er sich Ausschnitte der Übertragung an. Zuletzt hatte er auf den Bildschirm geschaut, als Jubel und Gegröle signalisierten, dass etwas passiert sein musste. Einige waren aufgestanden und hatten ihren Nachbarn oder gleich mehrere umarmt. Andere hopsten ekstatisch umher. Stühle wurden umgeworfen. Wolfgang Weber, der das Spiel seines Lebens machte, hatte kurz vor Schluss die Führung der Engländer egalisiert. Als alles vorüber war, leerte sich das Lokal rasch. Kaum einer hatte Lust, mit anzusehen, wie die Queen den *Coupe Jules Rimet* an Bobby Moore überreichte. Manche, die zu erregt waren, um sofort nach Hause zu gehen, tranken in einer anderen Beiz weiter.

Hans wischte den Tresen ab, stellte Tische und Stühle an ihren Platz und leerte nochmals die Aschenbecher. Dann rief er in die Küche: »Mutter, ich geh jetzt.«

Sie kam zu ihm heraus, wischte sich beide Hände an ihrer geblümten Schürze ab und entnahm der Kasse einen Zehnmarkschein.

»Ist schon gut, Mutter. Ich verdiene beim Onkel Willi genügend.«

Sie sah ihn traurig an. Er wusste sofort, dass sie die Lüge, die lediglich der Beschwichtigung dienen sollte, durchschaut hatte. Willis Geschäfte liefen schlecht. Es kam vor, dass er ihn drei Wochen lang nur am Samstagabend und an Sonntagnachmittagen beschäftigen konnte. Selbst beim Auf- und Abrüsten benötigte er ihn nur hin und wieder. Hans lebte von einem besseren Taschengeld, und hätte er nicht bei seiner Mutter Kost und Logis frei gehabt, wäre es ihm nicht einmal möglich gewesen, sein Moped zu behalten.

Er fuhr nach Hall, schaute kurz in die *Weinstube Ellinger*. Ältere Gymnasiasten hatten sich nach der Fußballübertragung hier getroffen und debattierten mit Leidenschaft das Spiel. Junge Gesichter schauten fragend zu ihm auf. Keiner seiner Bekannten, die er gelegentlich unter der Woche hier antraf, war unter den Anwesenden. Grußlos ging er hinaus und schaute in *Lindners Schnellgaststätte* vorbei. Drei Mädchen unterhielten sich auf Englisch mit zwei Afrikanern. Wahrscheinlich waren es Stipendiaten des Goethe-Instituts. Eine mit langen blonden Haaren blickte demonstrativ zu ihm herüber. Stand sie auf Dunkelhäutige und verglich seine milchkaffeebraune Hautfarbe mit den dunkleren Gesichtern ihrer Gesprächspartner? Die Bedienung sah ihn fragend an. Er sah keinen Grund, länger zu bleiben. »Tschüss«, sagte er und ging an ihr vorbei ins Freie.

Er stieg auf seine Kreidler und fuhr zum Haalplatz. Dort setzte er sich so auf die Haalmauer, dass er das Mädchengymnasium vor sich hatte. Etwas entfernt von ihm saßen zwei Burschen mit so langen Haaren, wie er es nur aus Kopenhagen kannte. Er selbst hatte sich bislang noch nicht dazu durchringen können, sich die Haare wachsen zu lassen. Er fühlte sich durch seine Hautfarbe schon auffällig genug. Aber vielleicht würde er sie doch eines Tages länger tragen. Er starrte auf die Fensterhöhlen des Gymnasiums. Er kannte keine, die hier zur Schule gegangen war. Hierher kamen nur behütete Mädchen aus gutem Hause. In Kopenhagen hatte er etliche Mädchen kennengelernt, die die Oberschule besuchten oder bereits studierten. Weibliche Beatniks eben. Oder frühe Hippies. In Hall gab es so etwas nicht. Wenn er in die Clubs oder Diskotheken ging, die jetzt überall wie Pilze aus dem Boden schossen, traf er meist Arbeitermädchen, Verkäuferinnen oder Bedienungen aus den Bierlokalen.

Während der letzten Monate hatte er keine feste Freundin gehabt. Gelegentlich ging er mit Mädchen aus, die er auf Rummelplätzen kennen gelernt hatte. Meist waren sie ihm aufgefallen, wenn sie an der Bande des Autoscooters mit ihren Freundinnen tuschelten. Er wusste dann, dass sie ihn dabei beobachteten, wie er mit geschmeidiger Eleganz leere Scooter an die Bande manövrierte. Mehr als eine hastige Vögelei in einem Wohnwagen oder einem Hausflur hatte sich daraus nie ergeben. Meist kam es noch nicht einmal dazu, blieb es beim Quatschen, Händchenhalten und bei scheuen Küssen, die niemand aus der Umgebung des Mädchens sehen durfte. Nächstes Jahr wurde er volljährig. Bis dahin, nahm er sich vor, sollte sein Leben wieder in geordneten Bahnen verlaufen, mit festem Arbeitsplatz und eigener Unterkunft.

Ohne sich dies einzugestehen, hatten ihn die beiden Abschiebungen aus Kopenhagen und aus Wien tief verletzt. Man hatte ihn fortgejagt wie einen Kriminellen, wie einen räudigen Köter. Ob die Dinge einen anderen Verlauf genommen hätten, wenn er hellhäutig gewesen wäre? Zuletzt hatte er vermehrt darüber nachgedacht, wieder nach Hamburg zu trampen. Auf dem Dom hatte er trotz der schweren Arbeit eine gute Zeit gehabt. Vertrauter Mopedlärm riss ihn aus seinen Gedanken. Drei Burschen fuhren auf Kreidlern auf den Haalplatz. Zwei trugen neuartige Integralhelme. Der Vorausfahrende hatte einen altmodischen Halbschalenhelm auf. Er steuerte direkt auf ihn zu. Die anderen fuhren in geringem Abstand hinterher. Mit einem abrupten Bremsmanöver stoppte der Erste genau vor seinen Füßen. Die beiden anderen fuhren links und rechts von ihm an die Mauer heran. Einen Moment lang fühlte er sich bedroht. Dann erkannte er den Träger des Halbschalenhelms. Die seitlichen weißen Flächen hatte er mit Eisernen Kreuzen bemalt.

»Tag, Ami, lang nicht gesehen«, begrüßte ihn Bulle Holdt, der ihm und Graziano seinerzeit bei dem Überfall auf Ludwig beigestanden hatte. Er wuchtete sein Moped auf den Ständer. Die beiden anderen blieben mit abgespreizten Beinen auf ihren Maschinen sitzen. Einer der beiden schob das außen liegende Visier nach oben und nahm schließlich ebenfalls den Helm ab.

»Weißt du, eine Sache hab ich dir nie vergessen, Ami.« Wie aufgezogen plapperte Baldur Holdt drauflos. »Du hast mich damals nicht verpfiffen, Respekt. Hab gehört, dass du zurück bist. Seither hab ich nach dir gesucht. Meine Jungs haben darauf bestanden, dass ich die Sache bereinige.«

»Es gibt nichts zu bereinigen. Du hast uns geholfen. Ringo und ich haben dafür bezahlt.«

»Ringo? Wer soll das sein?«

»Der Italiener. Mit richtigem Namen heißt er Graziano.«

»Also, hör zu. Wir können nicht ewig hier rummachen. Ich hab dir damals geholfen, Ami. Aber damit hat es sich auch. Meine Jungs haben darauf bestanden, dass ich dir das erkläre.«

»Was soll das Ganze?«

»Wir sind jetzt Rocker. Ich respektiere dich. Aber künftig unterstütze ich keinen Schwarzen mehr. Das ist nicht gegen dich gerichtet. Aber so sind unsere Regeln.«

Hans versuchte ruhig zu bleiben. Eigentlich gab es keinen Anlass, sich aufzuregen. Mit den Blödmännern würde er künftig nicht viel zu tun haben. Bemüht, sie nicht gegen sich aufzubringen, sagte er so beherrscht wie möglich: »So, Rocker seid ihr also. Und Leute mit anderer Hautfarbe gehören nicht zu euch.«

»Das verstößt gegen unsere Rockerehre«, sagte der, der seinen Integralhelm abgenommen hatte.

»Aber ihr wollt jetzt keinen Zoff mit mir, oder?« Hans war entgegen seiner ursprünglichen Absicht wütend geworden.

»Quatsch«, versuchte Bulle zu beschwichtigen. »Wir kennen uns. Du hast dich damals korrekt verhalten. Dir passiert nichts.« Und er fügte rasch hinzu: »Wir fahren später ins *Sonneck*. Heut Abend spielt da ’ne Band. Ich sorge dafür, dass du da reinkommst. Wir bürgen für dich.«

Hans wollte etwas entgegnen. Doch er verkniff sich die ironische Antwort, die ihm auf der Zunge lag. Die Dorftrottel konnten sie leicht missverstehen. »Gut. Kann sein, dass ich mal vorbeischaue.«

Als er nach acht Uhr das *Sonneck* betrat, waren die Helfer noch damit beschäftigt, die Anlage aufzubauen. Der Schlagzeuger nagelte das kurze Stück einer Dachlatte vor seine *Bassdrum*, um zu verhindern, dass sie beim Spielen nach vorne rutschte. Das musste der Inhaber des Lokals mitbekommen haben, denn er stürmte wie von der Tarantel gestochen auf die niedere Bühne und tanzte wild gestikulierend vor dem Musiker herum, der gerade damit begonnen hatte, zwischen einzelnen Beats seine *Snare Drum* nachzuspannen.

»Du machst sofort die Latte weg!«, brüllte der Wirt mit hochrotem Kopf.

»Die Latte bleibt«, sagte der Mann am Schlagzeug. »Ich rutsch sonst spätestens nach dem dritten Lied von deiner glattgebohnerten Bühne.«

»Wenn die Latte nicht wegkommt, tretet ihr hier nicht auf.«

»Jetzt hab dich nicht so. Die zwei winzigen Löcher hast du doch spätestens morgen mit Bohnerwachs und Dreck zugeschmiert.«

»Ihr spielt so nicht«, grunzte der Wirt und atmete schwer.

Ein anderer, der wohl was zu sagen hatte, kam hinzu. »Also gut, wir gehen. Aber haben Sie mal einen Blick in den Vertrag geworfen? Da steht drin, dass Sie eine Bühne mit wenigstens acht Meter Länge und sechs Meter Breite in bespielbarem Zustand bereitstellen müssen. Diese hat höchstens drei fuffzig auf sechs Meter und ist arschglatt. Wir gehen und Sie haben uns die Gage trotzdem zu bezahlen.«

Jetzt lenkte der Gastwirt ein. War ihm klar geworden, dass er am kürzeren Hebel saß? »Also gut, Jungs«, japste er. »Aber nach dem Konzert macht ihr die Latte so weg, dass es nicht noch weitere Macken auf dem Boden gibt.«

»Klar, Chef«, griente der Schlagzeuger.

Interessiert hatten die wenigen Gäste den Disput verfolgt.

Bulle Holdt kam zu Hans herüber, wies auf eines von zwei nagelneuen Tischfußballgeräten, die im Vorraum des Saals aufgestellt waren und forderte ihn auf: »Komm, lass uns kickern. Ist ja noch Zeit.«

»Wir beide spielen zusammen gegen deine neuen Kumpel«, sagte Hans zu Baldur Holdt, während er zwanzig Pfennig auf die Ablage hinter der Zählvorrichtung legte. »Ich zahle das erste Spiel.«

»Nicht so knausrig«, sagte der kleinere der beiden Integralhelmträger. »Drei Spiele gibt's für fünfzig Pfennig.«

»Also gut«, lenkte Hans ein und tauschte die Münzen aus.

»Diejenigen, die zwei von drei Spielen verloren haben, zahlen dem anderen Doppel ein Bier.«

»Mit Revanche?«, fragte der Kleinere.

»Natürlich mit Revanche«, erwiderte Hans. »Aber bezahlt wird gleich anschließend.«

Auf dem Dom und in Kopenhagen hatten sich Hans und Graziano mit anderen Jungs oft die Zeit mit Tischfußballspielen vertrieben, fast in jeder Kneipe fand man inzwischen auch hier solch einen Kickerkasten. Auch wenn der Gerätetyp im *Sonneck* ihm unbekannt war, ging er davon aus, dass es ein Leichtes wäre, gemeinsam mit Holdt die beiden Dorfrowdys zu besiegen – vorausgesetzt, der Anführer dieser Clique erwies sich nicht als völlige Pfeife. Es kam so, wie er es vermutet hatte. Holdt, der an den vorderen beiden Stangen spielte, schonte seine Kumpels nicht. Und gegen seinen Partner, der den Torwart und die Abwehrreihe bediente, war selten ein Durchkommen. Sie gewannen die ersten beiden Spiele haushoch. In der dritten Partie ließ Hans einige Bälle durch. Sie gewannen hauchdünn mit sechs zu fünf. Die anderen witterten nun ihre Chance und forderten Revanche, die ihnen gewährt wurde. Auch die zweite Runde ging mit hohen Siegen an Hans und Bulle.

»Zwei Freibiere sind doch ein guter Einstieg in den Abend.« Lachend klopfte Holdt seinem Spielpartner auf die Schulter. Der konnte eben noch sehen, wie der größere der beiden Verlierer seinem Cliquenboss wütende Blicke zuwarf.

Kurz danach wurden alle, die sich bereits im *Sonneck*-Saal aufgehalten hatten, hinausgeschickt. Mittels eines Wirtshaustisches wurde im Vorraum der Einlass aufgebaut. Wer bleiben wollte, musste drei Mark Eintritt zahlen.

»Dafür kannst du ja ein Konzert der ›Rattles‹ besuchen«, nörgelte Holdt, als er an der Reihe war.

»Das war früher mal«, sagte der Mann am Einlass, ohne aufzublicken. »Seit die berühmt sind, nehmen die ganz andere Preise.«

Das Konzert begann kurz vor neun. Nach dem dritten Lied wusste Hans, dass das nicht sein Abend werden würde. Enttäuscht sagte er zu Holdt: »Die spielen ja nur englische und deutsche Schnulzen nach.«

Der sah ihn verständnislos an. »Die sind doch super, die Jungs.«

Jetzt coverte die Band *Follow the Boys* von Connie Francis. Er verspürte den Drang, zu gehen. Dass er auf Bulles Vorschlag eingegangen war, ärgerte ihn gewaltig. Um die drei Dorfrocker nicht zu verärgern, wartete er so lange, bis der Sänger eine viertelstündige Pause ankündigte.

»Ich zieh dann mal weiter«, rief er zu Holdt hinüber und hob zum Abschied die Hand. Und als der zu krakeelen begann, fügte er rasch hinzu: »Ich hab im *Orion* noch eine Verabredung.« Über diese Ausrede kam er überhaupt erst auf die Idee, mal wieder in der winzigen Murrhardter Diskothek vorbeizuschauen. Er war lange nicht mehr dort gewesen, was nicht nur damit zusammenhing, dass Ludwig dort gelegentlich verkehrte. Das Publikum und die dort gespielte Musik waren nicht nach seinem Geschmack. Er stellte sein Moped auf dem Vorplatz der Berufsschule ab. Das war verboten, aber nachts kontrollierte die Polizei nur selten. Als er die roten Vorhänge zurückschlug, die das winzige Foyer von der Bar und der Tanzfläche trennten, war er enttäuscht. Nur wenige Gäste lungerten herum. Er hatte eigentlich nichts davon gehört, dass der Laden schlecht liefe. Niemand tanzte.

Unter den wenigen, die an schmalen Tischen oder an der Theke saßen, kannte er nur einen, den seine Freunde Gill nannten, *Gill – der König des Boogaloo*. Wenn er tanzte, erinnerten seine schlangenartigen Bewegungen und das Stakkato seiner Schritte an Johnny Ventura. Als Hans eintrat, lief gerade *Can't Buy Me Love* von den »Beatles«. Und auch später spielte der gelangweilte Plattenaufleger vorwiegend deren Titel ab. Wer schon einmal dabei gewesen war, als Gill auf der Tanzfläche explodierte, war überrascht, wie leise und schüchtern der Mittzwanziger auftrat, wenn man mit ihm sprach oder ihm andernorts begegnete. Er war einer der Wenigen, die Hans unter seinem Ausreißernamen Django kannten. Hans ging zu ihm hinüber, bestellte eine Cola und hörte in die stockende Unterhaltung hinein, die der Boogaloo-Experte mit einem anderen jungen Mann führte, den er zuvor noch nie gesehen hatte. Nach einer Weile verstummte das Gespräch. Hans nickte dem Unbekannten zu und fragte beiläufig: »Neu hier?«

Der Angesprochene schaute auf, lachte gewinnend und nickte. Wenn Hans später an diese erste Begegnung dachte, fiel ihm als Erstes dieses offen wirkende, gewinnende Lachen ein. Eigentlich hätte es ihn warnen müssen.

Keith Betz

Das ganze Wochenende regnete es. Willi hatte vorausschauend nur einen Teil seiner Fahrgeschäfte auf dem winzigen Rummel nahe der Gaildorfer Körhalle aufgebaut. Einige Jugendliche versuchten unter dem Dach des Autoscooters Schutz zu finden. Das Kinderkarussell stand die meiste Zeit. Auf dem geschotterten Gelände bildeten sich Pfützen, die sich rasch ausdehnten. Hans wurde hier als Arbeitskraft nicht benötigt. Er war weder an den Vortagen beim Aufbau dabei, noch kam er während des dreitägigen Betriebs zum Einsatz.

»Such dir endlich eine andere Arbeit«, blaffte ihn seine Mutter an, als er ihr berichtete, ihr Bruder hätte ihn in Gaildorf wieder nicht gebraucht. »Von dem Geschäft kann höchstens noch Willi mit seiner Familie leben. Wie oft muss ich dir das noch sagen?«

»Ist schon gut, Mutter.« Sichtlich genervt stand Hans vom Küchentisch auf und verließ das Haus. Noch immer regnete es in Strömen. Eine Zeitlang werkelte er in der Remise an seiner Kreidler. Im Grunde genommen war nichts zu tun. Das Moped war in gutem Zustand. Gelangweilt bürstete er den Kontakt der Zündkerze. Dann drehte er sie wieder rein, betätigte den Starter und gab im Leerlauf Gas. Alles funktionierte. Etliche Bekannte, die so alt waren wie er, hatten sich gebrauchte Autos gekauft, meist einen *VW Käfer*, einen *R4* oder einen Opel. Sein Halbbruder fuhr einen *220er Daimler*. Krachmandel hatte sich einen nagelneuen *NSU TTS* angeschafft. Stolz hatte er ihn bei ihrer letzten Begegnung auf den Doppelvergaser, die Überrollbügel, die Hosenträgergurte und den mit einer speziellen Nabe ausgestatteten Sportlenker hingewiesen. Er klärte ihn auch darüber auf, dass die aufgestellte Heckklappe der verbesserten Luftzufuhr für den Vergaser diene.

Sie trafen sich nur noch selten. Ein halbes Jahr, nachdem Krachmandel seine kaufmännische Lehre beendet hatte, verließ er Heilbronn und nahm eine Stelle in der Verwaltung der Backnanger Firma *Kaelble* an. Er war immer noch mit Helga zusammen. Und nur mit ihr ging er hin und wieder aus. Samstags sah man das Paar gelegentlich in der *Tenne*, wo immer recht biedere Tanzmusik aufgelegt wurde. Die Erinnerung an den alten Freund brachte Hans auf die Idee, einmal wieder nach Backnang zu fahren. Vor Kurzem sollte im Obergeschoss des *Deutschen Kaisers* eine neue Diskothek eröffnet worden sein. Und er hatte davon gehört, dass im *Club* fast ausschließlich Rocktitel gespielt wurden.

Nachdem es an der Kreidler nichts mehr zu schrauben und abzustimmen gab und er einschließlich der beiden Spiegel alles geputzt und poliert hatte, warf er sich auf einen defekten Liegestuhl, den er vor einiger Zeit in die Remise gestellt hatte. Eines Tages würde er ihn zerlegen, aber bis dahin tat er ihm noch gute Dienste. Draußen rauschte der Regen. Einzelne dicke Tropfen lösten sich von den Vorsprüngen der Dächer und platschten in die Pfützen, in denen der gleichmäßige Regen das Geräusch einer leise und sanft gespielten Snare Drum erzeugte. Der Aufprall der dicken Tropfen unterlegte dem Ganzen einen dumpfen Rhythmus. Ein faszinierender Gedanke kam ihm. Man müsste eigentlich nur die Klänge festhalten, die in der Natur zu hören waren. Daraus ließe sich dann die eine oder andere Melodie ableiten. Er lauschte konzentriert auf die monotonen Geräusche des verregneten Vorabends.

Er musste wohl eingeschlafen sein. Als er erwachte, war es bereits dunkel. Es hatte aufgehört zu regnen. Beim Aufstehen knickte er weg. Sein rechtes Bein war eingeschlafen. Er stützte sich an einem Holzpfosten ab. Mit der anderen Hand klopfte er feinen Staub von seinen Hosenbeinen. Dann zog er seine Jeansjacke aus und wischte einige Spinnweben von Ärmeln und Rückenteil. Er schob die Kreidler ins Freie. Im Unterschied zu sonst nahm er Helm und Schutzbrille mit. Auch wenn es nicht mehr regnete, würde ihm das Spritzwasser zu schaffen machen. Er streifte die Jeansjacke über, knöpfte sie zu und zog seine dunkelgrüne Motorradjacke darüber. Er wählte die Strecke über Löwenstein-Hirrweiler. Zwischen Spiegelberg und Sulzbach begegnete ihm kein Mensch. Seine Hose war längst durchgeweicht, seine Finger wurden allmählich klamm.

Im Erdgeschoss des *Deutschen Kaisers* hatte die geschäftstüchtige Wirtin vor Kurzem einen zusätzlichen Imbiss eröffnet. Etliche Hungrige standen davor. Hans bog in die Friedrichstraße ein und stellte sein Moped in der Nähe des Arbeitsamtes ab. Die Musik der neuen Diskothek dröhnte über ihn hinweg. Er umrundete das Gebäude, gelangte zum Imbiss und bestellte bei einem kleinen Dunkelhaarigen ein als »Neuheit« ausgeschildertes Angebot: Currywurst mit Pommes frites.

»Ohne, weiß, rot oder rotweiß?«, fragte der Junge am Grill.

»Was redest du da für nen Scheiß?«

»Ja, mein Gott, ich will ja nur wissen, ob mit Mayo, Ketchup, beidem oder gar nichts drauf.«

»Dann red halt vernünftig mit mir.«

»Was nun?«

Hans zögerte und sagte dann: »Ketchup.«

Schon beim ersten Bissen merkte er, dass er sich falsch entschieden hatte. Er mochte keinen Ketchup. Auch von der Currywurst war er deshalb nicht sonderlich begeistert.

Der Eingang zur Diskothek war nicht an der Vorder-, sondern an der Rückseite des Hauses. Ein Türsteher musterte ihn finster, ließ ihn aber passieren. Eine gewundene schmale Treppe führte in den ersten Stock, direkt auf eine winzige Tanzfläche zu, die lediglich mittels einer einfachen Balkenkonstruktion vom Treppenschacht getrennt war. Einige Mädchen tanzten zu *All Day and All of the Night* von den »Kinks«.

Junge Männer lümmelten, der Tanzfläche zugewandt, an der Bar oder an der gegenüberliegenden Seite der Fachwerkkonstruktion. Hans kaufte sich ein Bier und stellte sich zu den anderen, die das Parkett umlagerten. Er fühlte sich sofort wohl und vergaß vorübergehend die Misere, in der er sich nun bereits seit längerer Zeit befand. Die Musik, die hier gespielt wurde, gefiel ihm. Und er hatte Spaß daran, die tanzenden Mädchen völlig ungeniert betrachten zu können. Die meisten trugen jetzt Jeans, in die sie ihre Bluse oder ihr Hemd gestopft hatten.

Eine junge Frau, er schätzte sie auf Anfang zwanzig, erregte seine Aufmerksamkeit. Sie war ziemlich groß, sicher größer als er selbst, trug einen fischgrätgemusterten mittellangen Rock, darüber eine weite anthrazitfarbene Lederjacke. Ihre nackten Füße steckten in Sandalen mit extrem dünnen Riemen. Sie war die Einzige in der Diskothek, die eine Kopfbedeckung trug, einen hellen Sommerhut. Noch ungewöhnlicher war ihre Art zu tanzen. Die anderen Mädchen bewegten sich zu den Titeln, die gespielt wurden, weich und fließend. Die Frau, die er nur von hinten sehen konnte, tanzte mit merkwürdig eckigen Bewegungen. Als wollte sie ihrer Größe die Wirkung nehmen, kippte sie mit einer ausladenden Pose schräg nach vorne. Von den Füßen bis zu den Fingerspitzen der linken Hand formte sich für einen kurzen Moment ein nahezu gleichmäßiger Bogen.

Obwohl ihre Bewegungen kraftvoll und ruckartig waren, wirkte die Frau keineswegs linkisch oder gar grobschlächtig. Sie demonstrierte ihren Betrachtern ein selbstsicheres Anderssein. Hans verspürte mit einem Mal den Wunsch, ihr ins Gesicht zu sehen. Er war bereits im Begriff, selbst auf die Tanzfläche zu gehen, als er eine Hand auf seiner Schulter spürte. Hinter ihm, allerdings auf der anderen Seite des Fachwerks, stand Keith Betz, der seine Pranke auch dann noch auf seiner Schulter liegen ließ, als Hans sich ihm zuwandte. Das war der Typ, der ihm vor ein paar Tagen in Begleitung des melancholischen Gill im *Orion* begegnet war.

»Na, Bursche«, begrüßte ihn der Ältere, »wir haben uns lange nicht mehr gesehen. Komm doch an unseren Tisch. Wir sitzen da hinten.« Er wies in Richtung einiger Tische, die links von der Theke an der Rückwand aufgereiht waren.

Hans verspürte keine rechte Lust dazu. Lange nicht gesehen? Was für ein oberflächlicher Scheiß! Viel lieber hätte er weiter der Frau mit dem hellen Hut beim Tanzen zugeschaut. Der andere schien seine Unlust zu spüren.

»Komm rüber«, sagte er aufmunternd und bestimmend zugleich und klopfte ihm dabei mehrmals auf die Schulter. Selbstherrlich und herablassend fühlte sich das an. Widerwillig folgte Hans ihm an den Tisch, an dem nur noch ein anderer Mann saß. Er war Mitte zwanzig und trug ein auffallend buntes T-Shirt. Sein mittellanges krauses Haar ging in präzise geschnittene Koteletten über. Er trug einen dichten schwarzen Schnurrbart, um den Stalin ihn beneidet hätte. Mit den Worten: »Das ist Django, von dem hab ich dir neulich schon erzählt«, stellte Keith ihn dem anderen vor, um sogleich fortzufahren: »Werner Klenk, besser bekannt unter dem Namen Wommi.«

Später konnte Hans nicht mehr sagen, was genau ihn dazu bewogen hatte, sich an den Tisch zu setzen und sich die Vorschläge anzuhören, die Betz und der andere ihm zu machen hatten. War es die Autorität der Älteren? Fiel er von Anfang an auf Betz' souveränes und dennoch so leger wirkendes Auftreten herein? Oder spielte gar eine Rolle, dass er das erste Mal seit langer Zeit, wieder mit Django angesprochen wurde? Wahrscheinlich hatte alles zusammen seine Wirkung auf ihn gehabt und jedes Detail trug dazu bei, dass Hans sich diesem Mann nicht so ohne Weiteres entziehen konnte.

»Wen bringst du da, Kiesbeet?« Der Mann, der Betzens Namen auf so merkwürdige Weise verballhornte, sah missmutig zu Hans hinüber.

Betz schlug Hans nochmals auf die Schulter. »Das ist genau der Mann, den wir brauchen.« Und ehe der Jüngere fragen konnte, wie das gemeint war, fuhr er fort: »Setz dich.«

Unverzüglich ging er zum Tresen und kam alsbald mit drei Asbach-Cola zurück.

»Ich trink das nicht«, wehrte sich Hans. »Bin mit dem Moped da.«

»Django, zier dich nicht. Wir haben Großes vor und du kannst ein Teil davon werden.«

»Was soll der Quatsch?«

»Du hast doch gerade dort drüben die Weiber betrachtet. Was ist dir dabei aufgefallen?«

»Nichts.«

»Nichts? Da hatte ich aber einen völlig anderen Eindruck.«

»Habt ihr mich beobachtet?«

»Lass doch«, mischte sich Wommi ein. »Mit dem bringt das nichts.«

»Schnauze«, entgegnete Betz sichtlich gereizt, um dann sofort ruhiger fortzufahren: »Natürlich ist dir was aufgefallen.« Nun legte er Hans den Arm um die Schulter. Der fühlte sich unwohl dabei. »Du hast doch das Weib förmlich aufgefressen, das Riesenweib, das so merkwürdig getanzt hat. Die mit dem Hut.«

»Die war halt anders als die anderen.«

»Siehst du. Jetzt hast du verstanden, um was es geht. Und was ist mit den anderen Weibern?«

Hans zögerte. Er wusste nicht, worauf Betz hinauswollte. »Da ist nichts Besonderes. Die sind völlig normal.«

»›Normal‹, sagt der Bursche.« Mit gespielter Entrüstung schlug sich Keith auf die Schenkel. »Die sind nicht mal konventionell, nein, die kommen völlig provinziell daher! Wollen das die jungen Frauen heutzutage? Daherkommen wie die Gretel vom Lande?«

Hans zuckte mit den Schultern. »Was weiß ich.«

»Du bist es doch gewesen, der die mit der modischen Lederjacke und dem Hut angestarrt hat. Frauen wollen das. Sie wollen raus aus den Konventionen und wir helfen ihnen dabei.« Er sah zu seinem Begleiter hinüber. »Wommi und ich haben eine fantastische Geschäftsidee. Es gibt jetzt so tolle Klamotten. Da gibt's einen sündhaft teuren Lederschuppen, mein Freund Wommi hier bringt für den jeden Tag Lieferungen in den Versand. London, München, Barcelona – überall entstehen jetzt hippe Läden, die die neue, ungewöhnliche Mode anbieten. Boutiquen nennt man diese neuen Verkaufstempel.«

»Kenn ich aus Kopenhagen.«

»Siehst du, er hat's begriffen.«

»Ja, und? Das Ganze interessiert mich nicht die Bohne.«

»Django, du bist doch clever. So ein cleveres Bürschchen wie du würde gut zu uns passen.«

Woher kannte der Kerl eigentlich seinen anderen Namen? Was als Ausdruck besonderer Vertrautheit gemeint war, irritierte Hans, zumal die ganze Situation äußerst merkwürdig war. Sollte er aufstehen, »Tschüss« oder »Kein Interesse« sagen und wieder rüber zur Tanzfläche gehen?

Wommi winkte das Mädchen heran, das hier gelegentlich bediente. »Fee, bring uns noch drei Asbach-Cola.«

»Auf dich, Django«, prostete ihm Betz mit seinem leeren Glas zu. »Und nun mal zur Sache. Hast du einen Führerschein?«

»Ja, den Mopedführerschein.«

»Mist.« Fragend sah Betz Werner Klenk an.

Der zuckte mit den Schultern. »Hab dir doch gleich gesagt, der ist nicht zu gebrauchen.«

»Nee, nee, wir finden schon einen Weg«, knurrte Betz und schlug Hans erneut auf die Schulter. »Dann müssen wir unseren Plan eben ändern. Django holt die Sachen aus dem Lager und du fährst.«

»Ich mache dir nicht den Fahrer«, protestierte Braun.

»Von was redet ihr eigentlich die ganze Zeit?«

Betz tat so, als konzentrierte er sich auf die Musik. Dann sagte er beiläufig: »Wir machen unseren Schnitt. Und du kannst uns dabei helfen. Du kommst doch viel rum mit deinem Karussell.«

»Das ist nicht mein Karussell. Ich arbeite nur hin und wieder für meinen Onkel.«

»Umso besser. Dann hast du genügend Zeit, um mehr Kohle zu machen, als du jemals auf den Rummelplätzen verdienen wirst.«

»Und wie soll das gehen?«

»Import-Export«, lallte Wommi, der die Kontrolle über seine Zunge verloren zu haben schien, was Hans nach zwei Gläsern Alkohol doch merkwürdig vorkam.

»Stimmt nicht. Export-Import. Zuerst Export, dann erfolgt der Import.«

»Kiesbeet, du bisch a Käpsele«, brachte Wommi nun wieder halbwegs verständlich heraus. Gleich darauf brachen Betz und Braun in albernes Kichern aus und lachten schließlich, bis ihnen die Tränen aus den Augen traten. Hans vermutete, dass die beiden etwas eingeworfen hatten. Bente hatte auch immer so gelacht, wenn sie Pervitin genommen hatte. Das könnte passen, Pervitin in Verbindung mit Alkohol.

Die Geschäftsidee der beiden war ebenso simpel wie kriminell. In Sulzbach hatte eine Designerboutique eröffnet, in der fantasievolle Lederbekleidung für modebewusste junge Leute nicht nur verkauft, sondern auch hergestellt wurde. Die kleine Belegschaft arbeitete bis zum Umfallen, um das wachsende Auftragsvolumen bewältigen zu können. Betz hatte in Erfahrung gebracht, dass die jeweiligen Kollektionen in beachtlicher Stückzahl produziert wurden, die in verschieden großen Tranchen in den Versand gingen. Einmal, höchstens zweimal würde es möglich sein, eine ganze Produktion zu »übernehmen«. Der Absatz wäre kein Problem. Die farbigen GIs in Mannheim, Ludwigsburg, Heilbronn und Gmünd waren ganz wild auf extravagante Klamotten. Kleider und Röcke könnte man mit etwas Geschick an deren Freundinnen verhökern. Manche von denen beglichen die Rechnung mit *Shit* und *Speed*, was bei deutschen Jugendlichen von einem Wochenende aufs nächste immer besser an den Mann zu bringen war.

Keith Betz, der in Wirklichkeit mit Vornamen Kurt hieß, nannte sich seit einer schmerzlichen Begegnung vor einigen Jahren nur noch nach dem Gitarristen der Rolling Stones. Als er in Offenbach die Aufnahmeprüfung zur Werkkunstschule bestanden hatte, wofür ihm seine Sattlerausbildung eine wertvolle Hilfe gewesen war, besuchte er wie alle Neulinge zu Beginn des Studienjahres die schon traditionelle Eröffnungsparty. Ein Mädchen, mit dem er dort zu flirten versuchte, zeigte ihm die kalte Schulter. »Du bist so hässlich wie Keith Richards«, sagte sie ihm herzlos ins Gesicht und floh sogleich wieder in die Gesellschaft ihrer Freundinnen.

Eine, die anfangs unter den Offenbacher Kunststudenten auch eher am Rand gestanden hatte, war die kleine rothaarige Usch, ein Mädchen aus der schwäbischen Provinz, die Tochter jenes Lederfabrikanten, dessen wirtschaftlicher Erfolg in der Nachkriegszeit auf der Erfindung des Schulmäppchens mit Reißverschluss basierte. Usch hatte im Betrieb des Vaters eine Ausbildung zur Feintäschnerin begonnen, die sie in einem Stuttgarter Betrieb beendete, um sich der starken Persönlichkeit ihres Vaters zu entziehen. Als sie nach Offenbach kam, betrat sie eine neue Welt, die sie verunsicherte. Obwohl viele Männer sie äußerst attraktiv fanden, schämte sie sich ihrer Sommersprossen so sehr, dass sie versuchte, sie mit *Frucht's Schwanenweiß* zu bleichen. Erst Jahre später würde bekannt werden, dass dieser kosmetische Aufheller giftiges Quecksilber enthielt.

Usch, wie sie von ihren Freunden genannt wurde, demonstrierte dennoch Selbstbewusstsein. Sie ging gelegentlich auch alleine aus, was Betz anfangs glauben ließ, sie sei ungebunden. Doch in ihrem Leben gab es bereits Pit, der ebenfalls an der Werkkunstschule studierte. Er sah aus wie ein Amerikaner, was ihnen den Zutritt zu den Amiclubs in Frankfurt, Hanau und Offenbach erleichterte. Betz war viel mit den beiden unterwegs, obwohl er eigentlich nicht zu ihnen passte. Sie verabscheuten Rock 'n' Roller – er war ein waschechter.

Usch hatte ein Jahr vor ihm mit dem Studium begonnen. Das erste Mal begegnete er ihr zur Faschingszeit auf dem *Künstlerball Zinnober*, der schon seit etlichen Jahren weit über Offenbach hinaus Kultstatus besaß. Jedes Mal wurde ein anderes Motto gewählt, zu dem jede Werkkunstklasse eine thematisch passende Dekoration erstellen musste. In dem Jahr, als Betz das erste Mal auftauchte, war neben der überfüllten Tanzfläche ein kunstvoll gestalteter Zauberwald der beliebteste Ort. In diesen zogen sich die Pärchen zurück, die ungestört knutschen wollten. Betz blieb nahezu den gesamten Abend mit Usch zusammen. Aber mehr als ihr Lächeln konnte er nicht ergattern.

Am darauffolgenden Tag tauchte Pit auf. Betz begriff sofort, wie die Verhältnisse waren. Die beiden nahmen ihn von nun an hin und wieder mit nach Frankfurt oder Hanau. Und sie waren äußerst großzügig. Immer wenn er abgebrannt war, und das war Betz häufig, konnte er auf Usch's Unterstützung zählen. Die besserte die schmale väterliche Unterstützung dadurch auf, dass sie mehrere Nächte in der Woche in der Abfüllanlage der Offenbacher Kaiser-Friedrich-Quelle schuftete. Zwei Mark fünfzig gab es auf die Stunde, Nachtzuschlag bereits inbegriffen. Weshalb sie ihn, den Rock 'n' Roller, über ein halbes Jahr mit durch die Clubs schleppten, blieb ihm auch später schleierhaft. Sie waren *Exis*. Usch hatte ihr kurzes Haar passend zu ihren Klamotten jetzt schwarz gefärbt. Meist trug sie schwarze enge Kleider.

An den Wochenenden fuhren sie jetzt häufig nach Frankfurt. Wann immer eine der amerikanischen Jazzgrößen im Rhein-Main-Gebiet auftauchte, waren sie dort. Louis Armstrong gab ein Konzert im Frankfurter Zoo. Oscar Peterson hörten sie, Benny Goodman und Dizzy Gillespie. Diejenigen, die noch nicht genug hatten, folgten den Künstlern in den *Jazzkeller* oder in die Stiftstraße, wo Carlo Bohländer das *Storyville* eröffnet hatte. Wenn sie die Clubs verließen, wurde es oftmals schon hell. Letzte Adresse war die *New York City Bar* in der Moselstraße, wo Hersch Beker noch harmlos kellnerte, ehe er sich aufmachte, einer der Großen des Frankfurter Milieus zu werden. Oder man nahm einen Absacker im *Paradiso* in der Kaiserstraße. Wenn das Geld fast alle war, landeten sie im *Mexicana*, dem billigsten Nachtlokal weit und breit. Das Bier kostete eins achtzig.

Hatte jemand ein Auto dabei, so fuhren sie an manchen Samstagen rüber nach Hanau, wo sich die Amis vergnügten. Der dort gespielte Rock 'n' Roll gefiel aber nur Betz. In der *Jolly Bar* erlebten sie gemeinsam ein Konzert der »Tielman Brothers«. Die *First Dutch East Indies Band* galt als die verrückteste Formation der damaligen Zeit. Bis in den Morgen hinein hatte die *Moonlight Bar* in der Krämerstraße geöffnet. An der Tür wies ein Schild darauf hin, dass »junge Damen unter 18 und junge Herren unter 20 keinen Zutritt« hatten. Immer wieder kam es zu Jugendschutzrazzien, was die Stimmung der Gäste trübte und ein paar zu sehr Angeheiterte dazu herausforderte, sich mit den Kontrolleuren verbale Scharmützel zu liefern.

Keith Betz war durchaus handwerklich begabt. Dennoch scheiterte er an den gewachsenen künstlerischen Anforderungen der Werkkunstschule. Er war zwar sehr geschickt, jedoch nahezu frei von Kreativität und zudem völlig ohne Ehrgeiz. Als er im zweiten Jahr eine Prüfung zum wiederholten Male nicht bestanden hatte, meinte sein Lehrer lapidar: »Der Augenblick der Trennung ist gekommen.«

Noch eine Zeitlang schlug er sich in Offenbach und Frankfurt durch. Einige Monate später ging er zurück nach Kiel, wo er seine Jugend verbracht hatte.

Dass das Pärchen, mit dem er durch die Clubs gepilgert war, später den Erfolg hatte, der ihm versagt geblieben war, las er etliche Jahre danach ausgerechnet in der *Bravo*. In einem doppelseitigen Artikel war von einer Kollektion die Rede, die aus der schwäbischen Provinz heraus in der Popszene Europas Furore machte. Fast hätte er die beiden auf dem Foto gar nicht erkannt. Usch posierte in einer extravaganten Lederkombination aus Rock und kurzer Jacke. Pit trug neuerdings Bart und hatte zudem einen Hut auf. In den darauffolgenden Monaten las er von ihnen noch ein paarmal auf den Gesellschaftsseiten der Illustrierten. Da ihn in Kiel nichts hielt, trampte er Richtung Süden. In Offenbach traf er niemanden mehr an, der ihm die Adresse der beiden hätte geben können. Also machte er sich so auf den Weg.

Der erste Anblick des winzigen Ortes Sulzbach enttäuschte ihn. Ein wortkarger Bauer hatte ihn kurz nach Löwenstein aufgegabelt und nahe der Kirche abgesetzt. Wo man hier übernachten könne, fragte er eine alte Frau, die in ihrem Garten werkelte, der zwischen Kirche und Bundesstraße gelegen war.

Sie musterte ihn nur kurz. »Da gangat Se am beschta nuff in d' Kolonie.«

Er verstand weder den Dialekt, noch konnte er sich unter der »Kolonie«, dem einzigen Wort, das er meinte verstanden zu haben, etwas vorstellen. Später sollte die Schilderung dieser Begegnung stets ein sicherer Lacherfolg für ihn werden. Das Weiblein hatte ihn unverfroren an die Nichtsesshaftenunterkunft *Arbeiterkolonie Erlach* verwiesen, in der Neuankömmlinge die ersten Wochen in einem Schlafsaal mit dreißig Betten verbringen mussten. Es war dann aber nicht schwer, Usch und Pit ausfindig zu machen. Noch lebten sie beengt im Haus ihrer Eltern.

»Zwei Nächte kannst du bleiben, mehr geht nicht«, sagte Pit statt einer Begrüßung.

»Wenn du Arbeit suchst, ich kann mit meinem Vater reden«, fügte Usch hinzu.

Betz konnte in der Feintäschnerei anfangen. Die Arbeit bewältigte er routiniert, aber lustlos. »Du hast mehr drauf«, mahnte ihn sein Meister in kürzer werdenden Abständen.

Aus der Ferne beobachtete er Usch, jetzt mit Kurzhaarschnitt und in blauem Leinenkleid, bei der Entwicklung und Fertigung ihrer Kollektion. Mehrere Zuschneidetische im Betrieb ihres Vaters waren dafür freigemacht worden. Aber er hatte gehört, dass sie und Pit sich selbstständig machen wollten. Noch immer zog er mit ihnen »um die Häuser«, wie man jetzt sagte. Nicht mehr so regelmäßig wie in Offenbach, aber doch wenigstens ab und zu.

Manchmal gingen sie noch spätnachts in eine der engen Unterkünfte der zahlreichen griechischen Gastarbeiter, die in letzter Zeit hierhergekommen waren. Deren Zusammenkünfte mündeten regelmäßig in ausgelassene Feiern. Spiros Lahanidis, der Griechenland vor zwei Jahren verlassen hatte, um in dem jämmerlichen Ort eine bessere Zukunft zu finden, spielte Bouzouki. Er spiele wie ein Gott, schwärmte Pit regelmäßig und tanzte alsbald mit den Männern Sirtaki oder das, was er dafür hielt, wenn Lahanidis sich überreden ließ, einmal nicht traurige Rembetika anzustimmen. Als sich im Dorf herumsprach, dass Pit nachts regelmäßig und mit wachsender Begeisterung mit den jungen Griechen tanzte, beide Arme über die Schultern schlanker hübscher Männer gelegt, hieß es beim Bäcker und in der Metzgerei: »Der von d'r Usch isch jetz andersrom.«

Werner Wommi Braun lernte Keith Betz bald im Backnanger *Club* kennen. Keith schätzte den Ort, weil sich hier häufig unkomplizierte Liebschaften ergaben, die allerdings nie lange hielten. Hin und wieder gingen die beiden Männer zusammen auf Tour. In Stuttgart gab es einen neuen Laden, das *Conny*. Dort versorgten sie sich mit Hasch und Speed. Betz und Braun bekamen Zugang zu den Ludwigsburger Amiclubs. Im *Lassas* verkehrte ein gemischtes Publikum. Dorthin kamen auch Musikverrückte von weiter her, genau wie zu den Rockkonzerten, die jetzt landauf, landab veranstaltet wurden.

Als Hans das nächste Mal mit den beiden zusammentraf, hatten sie längst den Entschluss gefasst, bei passender Gelegenheit eine möglichst große Menge an Hosen, Kleidern, Westen und Jacken zu entwenden und auf den Schwarzmärkten der Szene nach und nach zu verscherbeln. Umtost von lauter Musik versuchten die beiden Ganoven, Hans in den geplanten Ablauf einzubinden.

»Deine Aufgabe ist ganz harmlos«, fing Betz an und beugte sich weit über das kleine Tischchen, an dem sie saßen. Ihre Gesichter berührten sich fast. »Ich kann von einem Schrottler einen Lastwagen besorgen. Den fährst du, auch wenn du keinen Führerschein hast. Du wirst als Schiffschaukelanschucker doch mit Zugmaschinen gefahren sein. Wommi, der die Pakete zur Post fährt, sorgt am Vortag dafür, dass das Schloss einer Außentür nicht eingerastet ist.«

»Da gibt es zwei Probleme.« Hans versuchte ruhig zu wirken, suchte fieberhaft nach einem Ausweg. »Erstens gebt ihr auf diese Weise einen Hinweis darauf, dass einer aus dem Betrieb beteiligt sein muss.«

»Das spielt keine Rolle.« Betz wischte die Bedenken beiseite. »Da sind so viele. Außerdem kommen jeden Tag zahlreiche Lieferanten, Fahrer und Vertreter in den Betrieb des Alten.«

»Und zweitens?«, fragte Wommi, während er sich eine Zigarette anzündete.

»Und zweitens habe ich keinen Führerschein«, erwiderte Hans und lehnte sich mit verschränkten Armen so weit zurück, wie es der unbequeme Kneipenstuhl zuließ. »Auch wenn ich Zugmaschinen fahren kann, ohne Führerschein fahre ich nicht nachts einen Lastwagen in der Gegend herum.«

»Scheißdreck«, fluchte Keith Betz. »Wommi, dann fährst eben du.«

»Wieso ich?«, brauste der Angesprochene auf. »Fahr doch du den alten Hobel.«

»Du fährst. Django geht mit rein.«

Volljährig

Als Hans ein paar Tage später nach Lichtengrün fuhr, fragten sich vermutlich alle, die ihm begegneten, was der Bursche da in dem prall gefüllten Sack hatte, den er mit zwei Spanngurten auf dem viel zu kleinen Gepäckträger der Kreidler festgezurrt hatte. Die Last wäre vermutlich bereits verrutscht, hätte er sie nicht zusätzlich mit Schnüren festgebunden. Er wusste, dass es riskant war, das Zeug am helllichten Tag mit dem Moped zu transportieren. Aber er hatte sich dagegen entschieden, nachts zu fahren. Wäre ihm da eine Polizeistreife begegnet, wäre eine Kontrolle noch wahrscheinlicher gewesen.

Er war erleichtert, als er den Schotterweg erreichte, der zum Besitz seines Großvaters führte. Es entpuppte sich als Glücksfall, dass sich noch kein Käufer für das mittlerweile recht heruntergekommene Anwesen gefunden hatte. Die Rabatten vor dem Haus und der jahrzehntelang akkurat bewirtschaftete Garten waren verwildert. Seine Mutter hatte ihm zu seinem Erstaunen den Schlüssel ausgehändigt, ohne Fragen zu stellen. Er wolle noch ein paar Tage dort verbringen, ehe alles in fremde Hände käme, hatte er behauptet. Danach wolle er sich unverzüglich um Arbeit bemühen. Vielleicht gebe es in Heilbronn etwas für ihn.

Er schloss die alte Haustür auf. Sie klemmte ein wenig und schleifte beim Öffnen über den Steinboden. Dann band er den Sack vom Gepäckträger und trug ihn ins Haus. Er musste sehen, dass er das Zeug rasch loswurde. Während der ganzen Fahrt hierher hatte er kaum daran gedacht, dass er angehalten oder gar verhaftet werden könnte. Er war ganz von seinem Ärger erfüllt, auf diesen Kiesbeet hereingefallen zu sein, ihm nicht widerstanden zu haben. Der Schwätzer hatte überhaupt keine Abnehmer für die gestohlene Ware. Und Geld hatte er auch keins. Zuletzt hatte er Hans einen Teil der Klamotten und dreißig Gramm Haschisch gegeben und noch großmäulig dahergeredet: »Wenn du das alles vertickst, hast du mehr Kohle gemacht, als dir zusteht.«

Hans stapelte die Lederbekleidung auf dem Wohnzimmertisch. Es waren extravagante Stücke, die er in seinem Freundes- und Bekanntenkreis gar nicht verkaufen konnte. Er musste von jetzt an auf der Hut sein. Den *Shit* konnte er im *Club*, auf Konzerten oder auf Rummelplätzen verkaufen, wenn ihn sein Onkel mal wieder für eine Kirmes anheuerte. Die auffälligen Klamotten musste er unter schwarzen GIs an den Mann bringen, die auf so was standen. Gott sei Dank hatte er mehr Männer- als Frauenkleidung ergattert. Seine Hoffnung war, dass er den Jungs, denen er die engen Hosen und taillierten Lederwesten verkaufen konnte, auch den einen oder anderen Lederrock für ihre Freundinnen andrehen konnte. Es dunkelte bereits. Ob er heute in Heilbronn einen ersten Versuch machen sollte?

Im *Conny* am Cannstatter Wilhelmsplatz gingen die Geschäfte gut. Hans hatte einen Tipp berücksichtigt, den er seinerzeit indirekt von dem Schwarzbärtigen in Kopenhagen erhalten hatte. Dabei wollte dieser eigentlich nur die im Tivolipark versammelte Runde vor minderwertigem Haschisch warnen. Vor allem in dunklen Shit mischten die Dealer alles Mögliche mit rein. Manche zerstießen schwarze Oliven, feingemahlenen Thymian und andere Gewürze so lange im Mörser, bis eine ölige, faserige Masse entstand, die mit feinem Sägemehl abgebunden wurde. Das Gemisch roch fantastisch. Der dunkle Glanz vervollkommnete den Eindruck bester Qualität. Er verkaufte sein gestrecktes Haschisch allerdings nicht in Amiclubs. Man hatte ihn davor gewarnt.

»Die Jungs kennen sich aus und sind nicht zimperlich«, meinte Dräge, ein Murrhardter Dealer. Rolf Dräge hatte zweimal die Lehre geschmissen und war einer der Ersten gewesen, der die Haare richtig lang trug, länger jedenfalls als diejenigen, die so aussehen wollten wie Dave Dee oder einer von den »Beatles«. Und er war auch einer der Ersten, der sich ins *Business* wagte. Er verkaufte in der Provinz, was in Städten wie Hamburg und Frankfurt schon länger »in« war: Haschisch und Speed. Später wurde LSD sein Schicksal. Er konsumierte selbst, schmiss 1972 einen Horrortrip, der ihn mehrere Jahre in die Psychiatrie brachte. Zyniker aus seinem Umfeld meinten, das habe ihm den Knast erspart. Mit seinen unsauberen Methoden wäre er früher oder später dort gelandet.

Hans, den etliche in der Szene jetzt wieder Django nannten, kam sich besonders clever vor, wenn er das gute Haschisch, das es damals noch gab und das er ohne Probleme besorgen konnte, mit allen möglichen Stoffen streckte. Manchmal fügte er etwas Schuhcreme hinzu. Oder er verwendete im Mörser zerriebene Minze. Notfalls gingen auch Taubnesselblätter. Auch Maggiwürfel waren bestens geeignet. Einmal fragte ihn seine Mutter, ob er sich etwas gekocht habe. Es seien doch noch etliche Brühwürfel im Küchenschrank gewesen. Jetzt finde sie keine mehr.

»Kann schon sein«, antwortete er ausweichend. »Aber vielleicht hat Oma welche gebraucht.«

Sein gestrecktes Zeug verkaufte er vor allem an unerfahrene junge Einheimische, sehr gerne an erlebnishungrige Oberschüler. Wenn er im *Conny* war, mied er die wenigen Amis, die hier verkehrten und auch die Jungs, die sich als »Rocker« bezeichneten. Hier verkaufte er bevorzugt an Studenten, die sich im Begriff sahen, zu neuen Ufern aufzubrechen und sich in der Nachfolge der Beatniks oder der französischen Existenzialisten wähnten. Ihr Ziel war Bewusstseinserweiterung, weswegen sie mit verschiedenen Drogen zu experimentieren begannen. Dieser Typus war im *Conny* rar. Der Laden war als rau und »prollig« verschrien.

Einmal fuhr er nach Tübingen. Im *Club Voltaire* versprach er sich guten Absatz. Zu seiner großen Enttäuschung musste er feststellen, dass sich dort bereits feste Vertriebsstrukturen entwickelt hatten. Als unbekannter Provinzler wurde er kritisch beäugt. Noch stand der bloße Konsum nicht unter Strafe und der Handel stellte lediglich einen Verstoß gegen das Steuerrecht dar. Nach dem Tübinger Misserfolg bot er vermehrt im *Conny* an und berücksichtigte meistens den Rat, nicht an Rocker zu verkaufen. Nur wenn er angesprochen wurde und der Abend nicht optimal gelaufen war, verkaufte er auch an die Kuttenträger aus Stammheim, Weilimdorf oder dem Hallschlag.

Seinen einundzwanzigsten Geburtstag feierte er im *Club*. Kiesbeet und Wommi waren da. Krachmandel hatte sich von Zuhause losgeeist, was Hans anfangs besonders freute. Ein paar andere gratulierten ihm ebenfalls. Gerti, ein Mädchen aus Oppenweiler gab ihm einen betörenden Kuss auf den Mund. Später stellte ihm Kiesbeet Xeni vor, eine junge Frau aus Bibersfeld, die ebenfalls vor kurzem volljährig geworden war. Ihre umherirrenden Augen, ihre Gesten und das schmale Gesicht erinnerten entfernt an die Schauspielerin Sonja Ziemann. Xeni kam ein paarmal an ihren Tisch, wenn sie sich nicht auf der Tanzfläche oder am schmalen Tresen aufhielt. Kurz vor Mitternacht grölte Wommi: »Xeni, noch hat der Bursche hier Geburtstag. Wenn du ihm noch gratulieren willst, musst du dich beeilen. Er ist heute volljährig geworden.«

Sie kam zu ihm herüber, beugte sich über ihn, und ehe er sich versah, hatte sie ihm ihre gewaltige Zunge zwischen die Zähne geschoben und saugte sich mit den Lippen an seinem Mund fest. Außer Atem sagte sie danach lediglich: »Glückwunsch.« Sie trank einen Schluck Cola und ging wieder auf die Tanzfläche. Er war verärgert und irritiert. Musste er sich das gefallen lassen? Es war ein vulgärer Kuss gewesen, ekelhaft, zugleich aber auch sexuell aufwühlend.

Im weiteren Verlauf des Abends war die Freude darüber, dass Krachmandel seiner Einladung gefolgt war, der Einsicht gewichen, dass er und sein einstmals bester Freund sich nicht mehr viel zu sagen hatten. Karl Krachmanitz redete in einem fort, erzählte von seinem beruflichen Fortkommen und davon, wie toll seine Freundin sei. Später müsse die einmal nicht mehr arbeiten. Er werde sie heiraten – aber erst, wenn er in der Lage sei, eine Familie zu versorgen. Wenn er dann doch mal das Thema wechselte, redete er über seine kleinen Fahrabenteuer mit dem *NSU TTS* oder über Fußball. Noch immer kommentierte er die letztjährige Weltmeisterschaft, erinnerte an das überragende 5 : 0 gegen die Schweiz und an das Tor gegen Spanien, »das *Emma* aus einem völlig unmöglichen Winkel geschossen hat«. Und immer wieder ging es um die Frage: War er nun drin gewesen oder nicht? »Wenn die uns nicht betrogen hätten, hätten wir das Finale gewonnen.«

»Wenn d'r Hund net g'schissa hätt. Und was soll das heißen: ›Wir‹? Warst du dabei? Ich nicht.«

Hans verabschiedete sich kurz nach zwölf, was Wommi mit einem hämischen Kommentar begleitete.

Schon am anderen Tag fuhr er mit der Kreidler ein weiteres Mal »geschäftlich« nach Cannstatt. Die Strecke zog sich. Es war an der Zeit, dass er endlich den Autoführerschein machte. Fahren konnte er längst, aber das Geld reichte hinten und vorne nicht. Er hatte aus fünfzehn Gramm bestem schwarzem Afghanen die doppelte Menge *Mischung* hergestellt. Wenn er das im *Conny* loswürde, reichte es für die ersten Fahrstunden. Kurz nach Waiblingen fing es an zu tröpfeln. Nur wenige Minuten später, er hatte Fellbach soeben erreicht, ging ein gewaltiger Platzregen nieder. Klitschnass erreichte er eine Straßenbahnhaltestelle. Er schob das Moped in einer Seitenstraße an eine Hecke, stellte sich unter und nahm die erste Straßenbahn, die nach Stuttgart fuhr. Was als Ärgernis begann, sollte sich nur wenig später als günstige Fügung erweisen. Er konnte direkt am *Conny* aussteigen. Es regnete noch immer in Strömen. Er rannte über die Straße. Ein zu schnell vorbeifahrendes Auto spritzte ihn von oben bis unten nass. Er wischte sich die Nässe aus dem Gesicht und strich die klitschnassen Haare nach hinten.

»Schaut mal, wer da kommt«, hörte er jemanden sagen. Er sah zum Eingang. Obwohl der Regen nicht aufgehört hatte, drängten sich einige Stammheimer Rocker vor der Tür. Noch ehe er erkennen konnte, ob ein Bekannter darunter war, fragte einer: »Hast du was zu verkaufen?«

Hans nickte.

Mit einem Mal umringten ihn fünf Burschen. Alle trugen selbstgefertigte Kutten, die außer dem Namenszug wenig Einheitlichkeit aufwiesen. Eine Vorstadtblase eben. Aber jetzt wollten alle »Höllenengel« sein.

Schon als Marlon Brando in dem Film *The Wild One* den Anführer des *Black Rebel Motorcycle Clubs* spielte, identifizierten sich die meisten Kinobesucher keineswegs mit den Guten. Alle wollten so sein wie Brando auf seiner *Triumph Thunderbird*: wild, ungezähmt und gewalttätig. Im vergangenen Jahr war in den Großstadtkinos Roger Cormans *Die wilden Engel* gelaufen. Danach schossen überall in Deutschland Rockergruppen aus dem Boden, auch wenn die Mehrzahl der Jungrocker Moped oder Mokick fuhr, vielleicht gerade noch eine Kreidler Florett. Viele, die sich Rocker nannten, waren Fußlatscher, die sich noch nicht einmal eine gebrauchte *Quickly* leisten konnten.

Die Stammheimer, die Hans in ihre Mitte nahmen, waren schon etwas profilierter. Sie gehörten zu den ersten Stuttgarter Rockergruppen und nahmen keinen mehr auf, der nicht motorisiert war. Einer mit schwarzen Haaren, die aussahen wie abgefressen, gab ihm einen Stoß. »Wollen doch mal sehen, was du heute verkaufst.«

»Ich verkaufe gar nichts. Und dir sowieso nicht.«

»Ach! Aber letztes Mal hast du einem von uns Shit verkauft, der war die reinste Kamelscheiße.«

Ein anderer mischte sich ein: »Das machst du nicht mit uns, kapiert? Mit uns nicht!«

Der Schwarzhaarige fuhr fort: »Zwei von uns ist es von deinem Gepansche schlecht geworden.« Er grinste böse.

Plötzlich ging alles ganz schnell. Drei hielten ihn fest, zwei machten sich daran, seine Taschen zu durchsuchen. Als er einem von ihnen einen Tritt verpasste, trafen ihn gleich mehrere Hiebe.

»Schaut euch das an«, sagte der, der eben sechs in Stanniolpapier eingewickelte *Fünf-Gramm-Pieces* aus seiner Jackentasche fingerte. Das wenige Geld, das er bei sich hatte, nahmen sie ihm ebenfalls ab. Unter schrillem Pfeifen zog ihm der Schwarzhaarige das Fuchsschwanzende mit dem Mopedschlüssel aus der Brusttasche. »Wusst ich's doch. Der Bursche hat doch 'ne Karre. Wo steht sie denn?«

»Ich bin nicht mit dem Moped hergefahren.«

»Willst du uns verarschen?« zischte der Schwarzhaarige. »Du zeigst uns jetzt, wo dein Hobel steht.«

»Ich hab die Straßenbahn genommen.«

Die Stammheimer feixten. »Der Drogenverchecker kommt mit der Straßenbahn«, quäkte einer.

»Das ist die perfekte Tarnung«, prustete ein anderer.

»So ein Witzbold.«

Hans hatte die rettende Idee. »In meiner linken Hosentasche ist das Billett.« Noch nie war er so froh darüber gewesen, nicht schwarzgefahren zu sein. Sie ließen von ihm ab. Er kramte den Fahrschein hervor. »Hier, vorhin erst abgeknipst.«

Das Ticket ging von Hand zu Hand.

»Weißt du was, Afro«, sagte der Schwarzhaarige, der offensichtlich ihr Anführer war. »Wir glauben dir. Aber wenn du mit der Strampe gekommen bist, brauchst du den hier nicht mehr.« Übertrieben lässig steckte er das Fuchsschwanzende in die Brusttasche seiner Jeansjacke, deren Ärmel er, wie seine Kumpane auch, mit einer Schere abgetrennt hatte.

»Behalt den Fuchs, aber gib mir wenigstens den Schlüssel zurück.«

»Brauchst du doch nicht. Wo du doch kein Moped hast. Du bist doch der Straßenbahnfahrer.«

Lachend und feixend verschwand die Clique im *Conny*.

Obwohl sie ihn nicht sonderlich malträtiert hatten, fühlte sich Hans, als hätten sie ihn völlig fertiggemacht, wie in den

Staub getreten. Er ging kurz in die Hocke. Neue Gäste der Diskothek sahen auf ihn herunter. Ein Mädchen fragte sogar: »Alles okay mit dir?« Ihr Begleiter zog sie energisch weiter.

Er stieß einen Fluch aus. Kein Gewinn, keine Führerscheinprüfung. Und jetzt hatte er die Wahl, ob er nach Fellbach laufen oder es per Anhalter probieren sollte. Und dann musste er entweder sein eigenes Moped kurzschließen und dazu noch das Schloss zerstören, oder er versuchte, nach Hause zu trampen, und kam morgen oder übermorgen mit dem Zweitschlüssel zurück.

Er richtete sich auf, stieß wilde Verwünschungen aus und schlug mit der Faust so heftig gegen ein Verkehrsschild, dass es schmerzte. Er beschloss, irgendwie direkt nach Hause zu kommen. Das Schloss seiner Kreidler zu knacken brachte er nicht übers Herz. Es hatte wieder zu regnen begonnen. In Cannstatt nahm ihn an der B 14 niemand mit. Er lief bis nach Fellbach. Wie spät mochte es jetzt sein? Am Ortsende lasen ihn zwei junge Männer auf. Sie hatten sich fein zurechtgemacht.

»Du kannst bis Winnenden mitfahren. Wir gehen ins *Wien*. Kommst du mit?«

Der Beifahrer meinte das *Tanzcafé Wien*, in dem wenig getanzt wurde. Es war ein Amüsierbetrieb.

»Keine Zeit, kein Geld.«

»Tja, dann geht nix«, sagte der Fahrer. »Der Laden ist teuer. Sonst hätten wir dich auf ein Bier mitgenommen. Um diese Zeit sind die besten Mädels noch nicht unten.«

Fast eine Stunde stand er dann noch vor dem *Wien*. Zahllose Autos fuhren an ihm vorbei. Als die Turmuhr aus der Ferne Mitternacht schlug, machte Hans sich zu Fuß auf den Weg. Bis Backnang ging er die B 14 entlang. Wenn ein Wagen nahte, streckte er den Daumen raus. Aber niemand hielt an, um einen zerzausten, klitschnassen Kerl in sein Auto zu laden. Er durchquerte Backnang zu Fuß. Zwei Stunden später war er in Sulzbach. Dort verließ er die Bundesstraße. In der Dunkelheit stolperte er das Fischbachtal hinauf. Großerlach durchquerte er im ersten Licht des neuen Tages.

In Mainhardt war es bereits hell und die Besucher des Frühgottesdienstes beäugten den erschöpften Wanderer misstrauisch. Ob da einer bis in den Morgen hinein gesoffen hatte und jetzt nach Hause taumelte? Aber von hier war der nicht. Das war ein Neger, mindestens ein Halbneger. So, wie der aussah, konnte er ja nicht von hier sein. Ein *Bimbobüble* und dann auch noch so verdreckt und besoffen. Dass der sich nicht schämte!

Obwohl Hans sich leise ins Haus schlich, hörte ihn seine Mutter die Treppe heraufkommen. Sie kam ins Treppenhaus und sah von oben, wie ihr Sohn sich am Geländer hinaufzog. Es sah aus, als hätte er die ganze Nacht durchgezecht.

»Mein Gott, was ist bloß aus dir geworden?«, brach es plötzlich aus ihr heraus. In diesem Augenblick wurde sie von Verzweiflung, Trauer, Ratlosigkeit, Selbstvorwürfen und Ängsten überwältigt, die in einer unheilvollen Allianz über sie hereinbrachen.

Obwohl Hans mit den Kräften am Ende war, spürte er die tiefe Niedergeschlagenheit, die in diesem lapidaren Ausruf seiner Mutter zum Ausdruck kam. Und er gab ihr ja recht: Was war aus ihm geworden?

Er ging hoch in sein Zimmer. Stickige Luft staute sich im Raum. Er öffnete das Fenster und zog die beiden Vorhänge zu. Sie stammten noch aus der Zeit, als Ludwig und er hier drin gemeinsam ihr Kinderzimmer hatten. Er zog die Schuhe aus und legte sich angezogen ins Bett. Mit unter dem Kopf verschränkten Armen starrte er an die Decke. Was war denn nun tatsächlich aus ihm geworden? Zu was hatte es der kleine Negerbastard, das Kirmeskind, gebracht?

Als er klein war, hatten manche Wirtshausgäste in boshaften oder scheinbar arglosen Bemerkungen darüber gescherzt, wie gut er als Dunkelhäutiger auf den Rummel passe. Schon als Kind hatte er die derben Bemerkungen hören können, vor allem dann, wenn die Kneipengänger angetrunken lauter redeten als sonst. Mit zunehmendem Alter hatte er dann auch verstanden, worum es ging, obwohl die Großmutter und die Mutter den schlimmsten Schandmäulern immer wieder Einhalt geboten. Mehr als einmal hatte die Großmutter einen Gast hinausgeworfen, der mit seinem Geschwätz kein Ende fand.

Aber neuerdings reichte es bei ihm nicht einmal mehr zu einer festen Anstellung auf dem Rummel. Sein Onkel forderte ihn immer seltener an. Die Jugend ging jetzt zu Tanzveranstaltungen, in Diskotheken und zu Rock- und Popkonzerten. Der Platz an der Scooterbahn taugte nicht mal mehr dafür, einem Mädchen zu imponieren. Sein letzter Gedanke war, dass er sich schleunigst um seine Kreidler kümmern musste. Dann war er eingeschlafen.

Ein düsterer Traum führte ihn wieder zurück vors *Conny*. Zwischen den Stammheimer Rockern tauchte mit einem Mal Ludwig auf. »Schlagt den Amibankert. Schlagt den Bastard!«, rief sein Bruder. Er rannte los. Aber je mehr er sich anstrengte, umso weniger kam er vom Fleck. Ludwig war am Eingang zurückgeblieben. Die anderen rannten hinter ihm her. Plötzlich stand er vor einer hölzernen Treppe. Mit letzter Kraft keuchte er hinauf. Bereits auf halber Höhe verließ ihn die Kraft. Er stieg nach oben, zog sich am Geländer hoch. Doch trotz aller Anstrengung befand er sich alsbald wieder an derselben Stelle. Die Stammheimer kamen ihm immer näher. Schweißgebadet wachte er auf. Fragmente des Traums standen ihm weiter vor Augen, als wäre alles real gewesen. Eine tiefe Traurigkeit erfasste ihn.

Er stand auf und wusch sich kalt. Dann ging er in den Wohnbereich seiner Großeltern hinüber. Großvater Frédéric lag im Bett. Er schien sein Kommen nicht bemerkt zu haben. Milchige Rinnsale sabberten über beide Mundwinkel. Sein Atem war flach. Hans trat an das Bett heran und wischte mit einem Papiertaschentuch den Speichel ab. Der Alte gab einen Laut von sich. Hatte er ihn erkannt? Hans strich ihm über die Stirn und ergriff seine rechte Hand. Der Großvater war der Einzige gewesen, der ihm niemals Vorwürfe gemacht hatte. Er hörte die Großmutter ins Zimmer kommen. Sie atmete schwer, es klang asthmatisch. »Ach Bub, ach Bub«, murmelnd blieb sie nur einen kurzen Augenblick unentschlossen inmitten des Zimmers stehen. Dann ging sie wortlos hinaus und schloss hinter sich die Tür. Frédéric Schürbel hatte die Augen geschlossen. Hans blieb noch einige Minuten bei ihm.

Ereignislos zogen die nächsten Tage an Hans vorüber. Er hatte noch nicht einmal die Energie aufbringen können, sein Moped aus Fellbach zu holen. Es war ihm beinahe egal. Vielleicht war es bereits gestohlen oder so stark beschädigt, dass es unbrauchbar geworden war. Seine Mutter sorgte schließlich dafür, dass die Kreidler geborgen wurde. Sie wandte sich an ihren Bruder. Der veranlasste einen befreundeten Waiblinger Schausteller, das Gefährt kurzerhand aufzuladen und vorläufig auf seinem Betriebshof unterzustellen.

Hans mied seine alten und seine neuen Freunde, verkehrte weder im *Club* noch an anderen Treffpunkten der Jugendlichen. Wenn jemand anrief, ließ er sich verleugnen. Er verspürte kein Interesse, Kiesbeet oder Wommi zu begegnen. Mit Sicherheit würden sie ihn mit einer weiteren abstrusen »Geschäftsidee« belästigen.

Der Sonntag war warm und freundlich. Hans packte seine Sachen zusammen und fuhr das erste Mal seit Langem mit dem Fahrrad an den Finsterroter See. Die Steigungen strengten ihn an. Er schwitzte. Autos fuhren an ihm vorbei. Manche Fahrer hupten. Fuhr er so langsam? Er war erleichtert, wenn ihm ein Waldstück Schatten spendete. Wie oft war er früher mit Otto und Krachmandel hier gewesen! Wenigstens mit Otto sollte er den Kontakt nicht völlig abreißen lassen, nahm er sich vor. Otto war immer ein zuverlässiger Freund gewesen, eigentlich der Einzige, der ihn nie enttäuscht hatte.

Er suchte einen Uferstreifen auf, der schwächer bevölkert war. Er lehnte das Fahrrad an ein Gebüsch und legte sich angezogen auf das mitgebrachte Badehandtuch. Er war noch unschlüssig, ob er ins Wasser gehen sollte. Die Badehose trug er unter seiner Jeans. Er betrachtete den Himmel. Schönwetterwolken standen nahezu unbeweglich über ihm. Es würde wohl einer der letzten heißen Tage des Jahres werden. Bis Weihnachten, so viel stand für ihn fest, wollte er wieder auf eigenen Füßen stehen. Und er musste sich eine eigene Wohnung oder wenigstens ein möbliertes Zimmer suchen. Jeder Blick der Mutter war ein wortloser Vorwurf. Sie hatte zeitlebens für ihn gekämpft. Jetzt machte sie aus ihrer Enttäuschung keinen Hehl. Er schloss die Augen.

Er musste eingeschlafen sein. Ein Kitzeln und Ziehen am Schläfenhaar weckte ihn. Er öffnete die Augen. Petra stand über ihm und lächelte scheu. Vorsichtig löste sie die Grasrispe aus seinem Haar. »Ich hab dich herfahren sehen«, sagte sie. Es klang wie eine Entschuldigung. Leise fragte sie: »Darf ich mich zu dir setzen?«

Er nickte und rückte so weit zur Seite, dass sie neben ihm auf dem Badetuch Platz fand, ohne ihn zu berühren.

Sie sah eine Zeitlang schweigend aufs Wasser. Dann fing sie stockend an zu sprechen. »Ich hab gehört, du hast viel mitmachen müssen. Das tut mir leid.«

»Was hast du gehört? Was habe ich mitmachen müssen?«, fragte er schroff. Nur mit Mühe unterdrückte er die in ihm aufkeimende Wut. In seinen Augen war ihr Verhalten doch ein Teil des Ganzen, ein Auslöser für alles Weitere gewesen. Aber vielleicht tat er ihr unrecht.

»Na, dass du auf dem Schönbühl gewesen bist. Darüber haben die Leute gesprochen. Das war sicher schlimm für dich.«

Er erwiderte nichts. Widerstreitende Gedanken und Gefühle lähmten ihn. Um sich damit nicht weiter beschäftigen zu müssen, fragte er: »Und wie ist es dir ergangen?«

Sie war dankbar für diese Wendung. Rasch erwiderte sie: »Du weißt ja, dass zwischen Ludwig und mir nie wirklich etwas gewesen ist.«

»So«, sagte er erstaunt. »Das hab ich aber anders gesehen. Oder genauer, das hat auf Außenstehende einen völlig anderen Eindruck gemacht.«

»Nein, wirklich«, sie errötete leicht, »da ist nichts Ernsthaftes passiert. Na, du kennst doch deinen Bruder – dem seine Wutanfälle, das war wirklich kaum auszuhalten.«

»Und was machst du so? Beruflich, meine ich.«

Sie war erleichtert über den erneuten Themenwechsel. Zumal sie voller Stolz berichten konnte, dass sie nach abgeschlossener Schneiderlehre eine Stelle im Textilhaus Breuninger in Stuttgart bekommen hatte. »Ich bin dort Änderungsschneiderin.«

»Und du wohnst noch zu Hause?«

»Unter der Woche wohne ich möbliert in Stuttgart. Nur sonntags bin ich bei meiner Mutter.«

»Dann können wir samstags mal zusammen ins *Conny* gehen.«

Lachend schüttelte sie den Kopf. »Da kriegen mich keine zehn Pferde rein. Da gehen wir lieber mal ins *Sonneck*.«

Er erwiderte nichts. Ihn erstaunte diese plötzliche Wendung.

»Ist das kein guter Vorschlag?«, hakte sie nach.

»Doch, doch.« Er schaute sie an. Ihr Gesicht war runder geworden, fraulicher, auf jeden Fall hübscher. »Doch, das ist ein guter Vorschlag.«

In der darauffolgenden Woche war Hans damit beschäftigt, sein leicht beschädigtes Moped wieder in einen fahrbaren Zustand zu versetzen. Seine Mutter stellte ihm immer wieder aufs Neue die Frage, wann er sich endlich um eine geregelte Arbeit kümmern wolle. »Ich füttere dich nicht länger durch. Hast du verstanden?«

Er wusste, dass dies keine leere Drohung war. »Lass mir noch ein paar Tage Zeit«, sagte er abwehrend. »Ich geh das auf jeden Fall in der nächsten Woche an. Schließlich will ich ja auch endlich meinen Führerschein machen.«

Am Samstag klingelte er zur vereinbarten Zeit an der Wohnung von Petras Mutter. Petra kam sofort zur Haustür. Freudig winkte sie mit einem Autoschlüssel. »Wir nehmen den Wagen meiner Mam. Wir sind doch schon zu alt, um zu zweit mit dem Moped durch die Nacht zu kutschieren.«

»Hast du denn den Führerschein?«

Sie lachte. »Glaubst du vielleicht, ich fahre schwarz? Ich hab ihn schon über ein Jahr. Und meine Mutter erlaubt mir, ihren alten Käfer zu benutzen, wenn sie ihn selbst nicht braucht.«

Als sie nur wenig später das *Sonneck* betraten, beschlich Hans sofort das Gefühl, dass es vielleicht doch kein so guter Gedanke gewesen war, hierher zu gehen. Als Erster begrüßte ihn Bulle Holdt. Er war mit seiner gesamten Braunsbacher Rockerclique da. Statt sich in Ruhe mit Petra unterhalten zu können und vielleicht sogar mal mit ihr zu tanzen, musste er erst einmal Bulles wildes Begrüßungsritual über sich ergehen lassen.

Obwohl er sich jetzt als Rocker fühlte, ließ er sich nicht davon abhalten, Hans als Freund zu betrachten. Zunächst versuchte er, ihn für ihre Trinkspiele zu gewinnen. Kurze Zeit später forderte er ihn zu einer Runde Tischfußball auf. Da konnte Hans sich nicht ständig entziehen, wenn er keinen Ärger wollte. Zumal Baldur Holdt zwar reichlich beschränkt, ihm gegenüber jedoch stets loyal gewesen war. Auch wenn er immer wieder Blödsinn daherredete, verlassen konnte man sich auf ihn.

Sie blieben etwa noch eine Stunde, dann machte Hans Petra den Vorschlag, in die Stadt zu fahren und noch ein Eis zu essen, ehe die Eisdiele schloss. Petra war einverstanden und steuerte den Wagen auf den Haalplatz. Auf der Haalmauer lärmte eine Clique jüngerer Burschen. Fast ausnahmslos trugen sie Nietenjacken. Auf den Rücken hatten sie in groben Stichen selbstgefertigte Embleme genäht.

Petra und Hans waren die letzten Gäste in der *Eisdiele Simonetti*. Langsam neigte sich die Saison ihrem Ende zu. Als Hans vorschlug, noch einen Bummel durch die Ackeranlagen zu machen, nickte Petra ohne Worte. Aus dem Dunkel war Musik zu vernehmen. Je näher sie dem ehemaligen Anlagencafé kamen, umso lauter dröhnte ihnen Hippiemusik entgegen, *Acid Rock*.

»Oberschülermucke.«

Petra meinte aus seiner Bemerkung einen verächtlichen Ton herausgehört zu haben. »Das Lokal gibt's noch nicht lange. *Club Alpha* nennen die ihren Laden. Die machen alles selbst, es gibt auch ein Veranstaltungsprogramm. Sollen wir mal reinschauen?«

»Ich glaube, zu denen passen wir nicht. Lass uns weitergehen«, meinte Hans. Sie tasteten sich die dunklen Wege entlang. Immer leiser wurde die Musik.

»Dunkel hier«, sagte Petra halblaut und nahm Hans bei der Hand. Sie gingen bis ans Ende der Anlage. Der Weg führte weiter in Richtung Steinbach. »Sollen wir umkehren?«, fragte sie Hans.

»Einen Moment noch.« Er küsste sie. Sie ließ es zu. »Erinnerst du dich noch daran, als wir am Ende unserer Schulzeit mal gemeinsam in den Wald gegangen sind?«, fragte er.

»Klar, sehr gut sogar«, erwiderte Petra. »Hättest du mich damals in den Arm genommen, wäre vieles anders gelaufen.«

»Du wärst nicht mit Ludwig gegangen?«

»Ludwig ist ein aufgeblasener Kerl. Ich hab mich schnell wieder von ihm getrennt. Aber das weißt du doch.«

Schweigend drückte er sie an sich. Sie ließ es zu, ohne seinen sanften Druck zu erwidern. »Komm, lass uns gehen«, sagte sie nach einer Weile.

Als Petra den Wagen ihrer Mutter auf deren Stellplatz eingeparkt hatte, küssten sie sich erneut, dieses Mal voller Leidenschaft. Hans sah zur Wohnung ihrer Mutter hinauf. Alle Fenster waren dunkel. »Schläft deine Mutter schon?«, fragte er.

»Nein«, erwiderte sie. »An manchen Samstagen geht sie mit einem Verehrer aus. Er holt sie ab. Nur deshalb kann ich den Wagen haben.«

»Gehen wir hoch?«, fragte er halblaut. Dabei streichelte er ihre linke Wange.

Im Dunkeln drehte sie den Kopf zur Seite. »Nein, das geht nicht. Sie wird bald nach Hause kommen. Und außerdem schlafe ich nicht mit Jungs.«

»Du schläfst nicht mit Jungs? Du hast nicht mit Ludwig geschlafen?«

»Spinner! Du solltest jetzt gehen.«

»Sehen wir uns wieder?«

»Lass mich darüber nachdenken.« Im Dunkeln tastete sie nach seiner Hand. »Wir telefonieren. Ich ruf dich in der Wirtschaft deiner Mutter an. Einverstanden?«

Von nun an gingen sie gelegentlich miteinander aus. Hätte man Hans gefragt, ob er mit Petra zusammen war, hätte er es weder bejahen noch verneinen können. Sie redeten viel. Hin und wieder küssten sie sich oder tauschten Zärtlichkeiten aus. Jede noch so kleine weitergehende sexuelle Annäherung wehrte sie aber ab. Immerhin trugen ihre Ermahnungen dazu bei, dass er ernsthaft damit anfing, sich eine Arbeit zu suchen. In der Mainhardter Maßstabfabrik machten sie ihm erste Hoffnungen. Zwar sei es jetzt im frühen Herbst nicht günstig. Aber Ende des Jahres gingen zwei verdiente Mitarbeiter in Rente. Er könne Mitte Dezember nochmals vorsprechen. Möglicher Arbeitsbeginn sei dann nach Dreikönig.

Beschwingt von dieser vagen Aussicht ging er Ende September das erste Mal seit langem mit seinem Onkel auf Tour. Willi hatte auf dem Crailsheimer Volksfest schon immer Standplätze gehabt. Hans half dieses Mal wieder beim Aufbau. Am Scooter kam er nur als Springer zum Einsatz. Die meiste Zeit pendelte er zwischen Schiffschaukel und Losbude. Beides machte er nur ungern. Denn anders als am Scooter musste er die Lose und das altmodische Schiffschaukeln möglichst laut und dazu noch mit gleichermaßen heiteren wie originellen Sprüchen anpreisen. Das war ihm äußerst unangenehm und zudem war nach spätestens zwei Stunden seine Stimme ruiniert.

Am zweiten Freitag hatte es nachmittags stark geregnet. Der Platz war mit Pfützen übersät. Wie seinerzeit auf dem Hamburger Dom war er bei Einbruch der Dunkelheit damit beschäftigt, rund um die Fahrgeschäfte seines Onkels zumindest die allergrößten Pfützen mit Schotter und Splitt zuzuschütten. Was Ringo jetzt wohl machte? Sobald er wieder genügend angespart hatte, wollte er seinem Freund das restliche Geld abliefern, das er von der Schlusszahlung Rasmussens bis jetzt einbehalten hatte. Es hatte wohl keinen Sinn, länger darauf zu warten, dass er hier wieder auftauchte. Mit dem Schubkarren brachte er das Füllgut zu den Pfützen und verteilte es mit einem Eisenrechen.

Während er kraftvoll ausholte, tippte ihn jemand von hinten auf die Schulter. Eine schwarzhaarige junge Frau hatte sich an ihn herangeschlichen. Als er verdutzt aufsah, fingen deren zwei Begleiterinnen zu kichern an. Die beiden waren ein paar Schritte hinter ihr zurückgeblieben, als sie ihn nun ansprach: »Mensch, sag bloß, du erkennst mich nicht?«

Ohne sie anzusehen, schüttelte er den Kopf. Was wollte sie von ihm?

»Das deprimiert mich aber. Hab ich so wenig Eindruck auf dich gemacht? Ich bin doch die Xeni. Die dir an deinem Geburtstag den leidenschaftlichsten Kuss gegeben hat.«

War ihm das peinlich! Aber es dunkelte bereits und damals war das Mädchen blond gewesen, die Haare leicht gelockt. Jetzt waren die Haare deutlich kürzer, glatt und schwarz gefärbt. »Du hattest damals eine ganz andere Frisur«, sagte er rasch.

»Stimmt«, sagte sie und boxte ihm wie zur Bestätigung kräftig in die Seite. »Und? Wie lange musst du noch arbeiten? Wir könnten doch was zusammen unternehmen.« Sie sah zu ihren beiden Begleiterinnen hinüber. »Die beiden da haben eh auf nichts mehr Bock.«

»Zehn Uhr wird's mindestens.« Er verspürte keine rechte Lust, darauf einzugehen. Sie entsprach nicht seinem Geschmack und ihre Aufdringlichkeit war ihm unangenehm.

»Das macht gar nichts. Ich bring meine Freundinnen nach Hause und hol dich dann ab. Mein Vater hat mir heute seinen Opel überlassen.«

Zum großen Verdruss seines Onkels sprang das Abendgeschäft nicht richtig an. Es hatte aufgehört zu regnen, aber es blieb kühl. Ein böiger Ostwind wehte über den Volksfestplatz. Das Kinderkarussell stand schon lange. Auch die Losbude konnte bereits vor zehn Uhr geschlossen werden. Nur am Scooter lungerten noch ein paar Unentwegte herum.

Als Xeni wieder auftauchte, bemerkte Hans, dass sie nicht nur ihre Freundinnen nach Hause gebracht hatte – wenn das überhaupt stimmte. Sie hatte auch die Zeit gefunden, sich umzuziehen. Statt Jeans und Pullover trug sie jetzt trotz der Kühle ein kurzes rotes Kleid.

»Da will dich eine abholen«, murrte Willi. Gemeinsam betrachteten sie die Frau, die Mühe hatte, mit ihren Stöckelschuhen den unebenen Platz zu überqueren. »Es ist eh nichts mehr los. Du kannst gehen. Aber mach mir nicht wieder Dummheiten.« Er drückte Hans zwei Zwanzigmarkscheine in die Hand. »Ein Vorschuss.«

Xeni kannte die Crailsheimer Amiclubs und sie kannte speziell auch die, in denen sie mit einem deutschen Mann Zutritt hatte. Es war weit nach drei Uhr, als sie wieder auf das Volkfestgelände fuhren. Sie stellte den Motor ab und begann sein Gesicht zu streicheln. »Es wäre doch schade, wenn jetzt jeder seiner Wege ginge.«

Hans war hin- und hergerissen. Normalerweise teilte er sich bei seinen Kurzeinsätzen den Wohnwagen mit Fred. Aber der war mit einer verschleppten Angina ausgefallen. Das war auch der Grund dafür gewesen, weshalb ihn sein Onkel um Mithilfe gebeten hatte. Er hatte jetzt die Möglichkeit, Xeni mit in den Wohnwagen zu nehmen. Zumal er schon lange keine Frau mehr gehabt hatte. Aber sie war ihm eigentlich nicht besonders sympathisch, obwohl sie sexuell anziehend war. Von Liebe oder wenigstens einem bisschen Verliebtsein konnte nicht die Rede sein.

Und dann war da auch noch Petra, die sich bislang geweigert hatte, mit ihm zu schlafen. Aber in sie hatte er sich dennoch nun schon zum zweiten Mal verliebt. Letztendlich ließ sich Hans, wie schon so oft in seinem Leben, von den Umständen lenken. Xeni ergriff erneut die Initiative, indem sie ihm, wie an seinem Geburtstag, die Zunge in den Mund drückte. Ihr Lippenstift schmeckte merkwürdig, ganz anders als bei den anderen Mädchen, deren geschminkte Lippen er bereits geküsst hatte.

Sie schlichen sich in Freds Wagen. Er machte kein Licht, warf ein frisches Leintuch über das Bett, das er regelmäßig benutzte. Sie vögelten mit der ungezähmten Wildheit zweier hochvitaler junger Menschen. Als sie sich zum wiederholten Male ausgekostet hatten, wurde es draußen bereits wieder hell. Beide hatten sich vollkommen verausgabt. Sie lag unbedeckt auf dem Rücken und war im Begriff, sich eine Zigarette anzuzünden.

»Lass das«, sagte er eine Spur zu laut. »Fred mag das nicht.«

»Aber hallo«, sagte sie mit gespieltem Erstaunen.

Er verspürte eine große Leere und zugleich eine leise Traurigkeit. Er hatte sie zwar begehrt, aber er liebte sie nun einmal nicht.

Leise tapsende Geräusche signalisierten ihm, dass Xeni sich anzuziehen begann. »Ich fahr dann mal«, sagte sie. »Wenn ich den Karren meines Alten habe, kann ich nicht die ganze Nacht wegbleiben. Morgen habe ich keine Zeit. Aber nächste Woche können wir uns sehen. Hast du Lust?«

»Lust schon, aber ich muss lange arbeiten.«

»Das macht nichts. Ich komm zu dir.«

Er hörte, wie sie den Opel startete. Der Wagen rollte langsam über den Schotter. Eigentlich hätte er ihr sagen sollen, dass er keine dauerhafte Beziehung zu ihr wollte. Aber er fürchtete ihre Fragen und Vorwürfe. Petra würde er davon nichts erzählen, so viel stand fest. Sein letzter Gedanke vor dem Einschlafen war, dass es sicher klug wäre, die beiden Geschichten vollkommen getrennt zu halten. Wenigstens so lange, bis klar war, wie das mit Petra weiterging.

Die Reifeprüfung

»Man kann nicht auf zwei Schultern Wasser tragen.« Diesen Satz verwendete die Schürbel-Großmutter zu passenden wie unpassenden Gelegenheiten. Schon als Kind hatte er ihn gehört. So ganz leuchtete ihm der Wesenskern dieser Aussage nicht ein. Er kannte Bilder und Zeichnungen aus alten Büchern, auf denen Menschen geschwungen geformte Holzgestelle trugen, mit deren Hilfe sie auf beiden Seiten Wassereimer schleppten. Es war also sehr wohl möglich, auf beiden Schultern Wasser zu tragen. Aber die zweifelhafte großmütterliche Lebensweisheit fiel ihm kurz vor Weihnachten 1967 wieder ein, als er nicht zum ersten Mal von dem Gefühl beherrscht wurde, zwischen den beiden Frauen erdrückt oder zerrieben zu werden.

Noch immer schlief er gelegentlich mit Xeni. Aber er konnte auch von Petra nicht lassen und das erst recht, seit sie ihn am Samstagabend vor dem zweiten Advent das erste Mal mit in die Wohnung ihrer Mutter genommen hatte. Es gab Tee und Gutsle. Die Mutter hatte sich kaum am Gespräch beteiligt. Als er ging, sagte Petra zu ihm, dass sie ihn liebe, dass sie aber noch ein wenig Zeit brauche. Ein gleichermaßen versonnenes wie verlegenes Lächeln war ihr dabei übers Gesicht gehuscht.

Bei all dem Hin- und Hergerissensein waren wieder neue Energien in ihm frei geworden. Zweimal kurz hintereinander war er in der Mainhardter Maßstabfabrik vorstellig geworden. Mit der Einstellung nach Dreikönig konnte es was werden. Den Dezember hindurch half er seinem Onkel, der nach mehreren vergeblichen Anläufen einen Stand auf dem Stuttgarter Weihnachtsmarkt genehmigt bekommen hatte. Er verkaufte dort gebrannte Mandeln und all das andere süße Zeug. Willi hatte ihm bereits im November einen Vorschuss gegeben, damit er endlich seinen Führerschein machen konnte. Aber noch fuhr er Kreidler.

Bis jetzt war es Hans ganz gut gelungen, die beiden Beziehungen auseinanderzuhalten. Wenn ihm das Ganze gelegentlich über den Kopf zu wachsen drohte, gab er vor, für seinen Onkel arbeiten zu müssen. Stets achtete er darauf, mit Petra möglichst nur Orte zu besuchen, an denen ein plötzliches Auftauchen von Xeni nicht zu erwarten war. Manchmal wunderte sie sich darüber, dass er mit ihr nicht mehr im *Sonneck* verkehrte. Auch der Backnanger *Club* kam nicht mehr in Frage. Er wollte vermeiden, dass Petra dort mit Kiesbeet und Wommi und ihren kriminellen Machenschaften konfrontiert wurde. Und auch er selbst wollte keinen Kontakt mehr zu ihnen.

Obwohl er sich nicht zwischen den beiden Frauen entscheiden konnte, erschienen ihm sein Leben und seine Aussichten wieder in einem besseren Licht. Nur einmal wurde er unruhig. Petra besuchte ihn unangekündigt am Stand auf dem Stuttgarter Weihnachtsmarkt.

»Für mich ist das nur ein Katzensprung. Freust du dich?«

»Schon, aber ich hab ja hier nicht viel von dir.«

Sie verabschiedete sich mit den Worten: »Ich komm dann die nächsten Tage wieder vorbei. Vielleicht können wir abends mal was unternehmen, wenn du mit der Arbeit fertig bist.«

In diese verlockende Aussicht hinein platzte nur zwei Stunden später eine ebenso überraschende Begegnung mit Xeni. Sie tauchte mit einer Freundin an Willis Stand auf. »Bis man dich gefunden hat«, stöhnte sie. »Du hättest mir doch wenigstens erklären können, wo ihr steht.«

»Dann wäre es ja keine Überraschung gewesen«, sagte er und schluckte.

Am Montag nach dem dritten Advent besuchte ihn Petra erneut auf dem Weihnachtsmarkt. Er arbeitete heute mit Willis Frau zusammen, die nach dem Wochenendbetrieb am Morgen eine ausgiebige Grundreinigung vorgenommen hatte, getreu der Überzeugung, dass Männer dies nicht richtig erledigten.

»Ich geh mit Petra ein paar Minuten um die Häuser«, sagte Hans, band seine Schürze ab und schlüpfte in seinen Anorak.

Petra hängte sich bei ihm ein, sah ihn aufmerksam an und sagte dann: »Du, ich hab eine Überraschung für dich. Am 23. muss ich nicht mehr arbeiten und fahre erst an Heiligabend mittags zu meiner Mutter. Wir könnten da doch abends was zusammen unternehmen. Vielleicht schaffe ich es, dich an meiner strengen Vermieterin vorbeizuschmuggeln.«

Später würde er immer wieder an diesen einen Tag denken, den Tag vor Heiligabend 1967. Schon mittags hatte er den Stand Karin übergeben. Er war früh aufgestanden, hatte die nötigen Besorgungen gemacht und dafür gesorgt, dass noch eine Ersatzgasflasche für den Heizstrahler angeliefert wurde. Er traf Petra am frühen Nachmittag. Wohl eine Stunde lang schlenderten sie über den Weihnachtsmarkt und tranken zwischendurch einen Glühwein. Dann bummelten sie über die vorweihnachtlich geschmückte Königstraße. Links und rechts der verstopften Fahrbahn drängten sich heitere und hektische Menschen. Schon bald würde man hier mit der Einrichtung einer Fußgängerzone beginnen. Sie hängte sich bei ihm ein und zeigte ihm während eines Bummels über den Marktplatz, wo sie arbeitete. »Ich bin froh, dass ich schon im Oktober den freien Tag beantragt habe. Die Leute spinnen. Kurz vor Weihnachten kaufen sie in aller Eile Klamotten, und wenn sie nicht richtig sitzen, soll die Änderung gleich in der nächsten halben Stunde fertig werden.«

Sie gingen zurück auf die Königstraße. Hans lud Petra in den *Wienerwald* ein. Sie bestellten halbe Hähnchen mit Pommes frites. Am frühen Abend begann es zu schneien. Petra schlug vor, ins Kino zu gehen. Hans wäre gerne in *Helga – Vom Werden des menschlichen Lebens* gegangen, der seit einigen Wochen auch in Stuttgart Furore machte. Aber Petra bestand vehement auf dem Film *Die Reifeprüfung*. »Da spielt ein ganz süßer kleiner Schauspieler mit.«

Hans willigte missmutig ein. Der Streifen begann äußerst langatmig. Ein unbeholfener Schnösel in seinem Alter wurde in seinem reichen Elternhaus für seinen überragenden College-Abschluss gefeiert. Der Bursche war ein richtiger Zwerg mit riesiger Nase, gespielt von einem ihm unbekannten Schauspieler namens Dustin Hoffman.

Doch dann ging dieser unbedarfte Bursche nacheinander zwei skandalöse Beziehungen ein. Zuerst verführte ihn die Frau des besten Freundes seines Vaters. Nur wenig später begann er ein Verhältnis mit ihrer Tochter. Diese abrupte Wendung eines eingangs eher langweiligen Films erschütterte ihn, zumal ihm sofort klar wurde, dass das Happy End des Films kaum als Blaupause für sein eigenes verworrenes Liebesleben taugte. Nach der Vorstellung stand das Paar sich unentschlossen vor dem Ausgang gegenüber. Sie bemerkten dabei nicht, dass sie anderen Kinobesuchern im Weg waren. Auch den leichten Schneefall nahmen sie nicht wahr. Verlegen griff sie nach seiner Hand. »Wir gehen zu mir, ja?«

Es hörte sich mehr wie eine Frage an. Sie sah ihm in die Augen. Petra war nur wenig kleiner als er.

So leise wie möglich öffnete sie die schwere Eingangstür des Hauses in der Alexanderstraße. Ohne das Licht im Hausflur anzuknipsen, schlichen sie auf Zehenspitzen die ausgetretenen Stufen hoch. Bei jedem Knarren legte Petra den Zeigefinger an die Lippen. Bohnerwachsgeruch vermischte sich mit den bituminösen Ausdünstungen des *Stragulas*, das man auf den Treppenabsätzen verlegt hatte. Sie nahm sich viel Zeit für das Aufschließen der Wohnungstür. Leise quietschend schwang sie auf. Aus der rechts vom Flur gelegenen Wohnstube erklang Musik. Sie ergriff seine Hand und huschte mit ihm in die entgegengesetzte Richtung, wo sich ihr Zimmer befand.

Als sie die Tür hinter sich geschlossen hatte, ohne dass etwas von der Vermieterin zu hören war, lehnte sich die junge Frau einen Augenblick lang sichtlich erleichtert von innen gegen die Zimmertür. Dann rannte sie mit Schwung auf ihn zu und fiel ihm um den Hals. Offensichtlich hatte sie schon vorher den Vorsatz gefasst, heute das erste Mal mit ihm zu schlafen. Das merkte er daran, dass sie nach dem ersten zärtlichen Kuscheln von ihrem Bett aufstand und ihrer Handtasche zwei Präservative entnahm. Er vermutete, dass es sie allerhand Überwindung gekostet haben musste, sie in der Apotheke zu besorgen. Noch war das Aufstellen von Kondomautomaten außerhalb von Männerpissoirs juristisch umstritten. Er nahm sich vor, ihr ganz sanft und zärtlich zu begegnen. Das war das, was er von dem aberwitzigen Verkehr mit Bente in Erinnerung behalten hatte. Der Gedanke daran beschämte ihn erneut.

Am anderen Morgen lag sie seitlich in seinem Arm. Er streichelte ihre unbedeckte Schulter. Sie erwachte und räkelte sich wie eine Katze. »Frohe Weihnachten«, raunte sie und drehte sich ihm zu, um ihn zu küssen.

Eine Zeitlang schlief er mit beiden Frauen. Er liebte Petra und zugleich begehrte er Xeni, die es ihm auch nicht leicht machte, von ihr wegzukommen. Nach der Entlassung aus dem Schönbühl hatte er sich lange Zeit treiben lassen und in den Tag hineingelebt. Jetzt war sein Leben hektisch und voller Zweifel. Es fand in zwei Welten statt. Er wollte Xeni nicht lassen und Petra nicht verlieren. Im Januar hatte er die Arbeit in der Mainhardter Maßstabfabrik bekommen. Sie war einfach, eintönig und schlecht bezahlt. Aber er strengte sich an, ging morgens pünktlich aus dem Haus, was dazu führte, dass ihm seine Mutter wieder mit mehr Herzlichkeit begegnete. Nach dem Stuttgarter Weihnachtsmarkt hatte er nicht mehr für seinen Onkel gearbeitet. Die nächste *Muswies* würde er aber wieder mitmachen und vielleicht auch das Fränkische Volksfest. Im März erhielt er endlich den langersehnten Führerschein ausgehändigt. Ein bisschen hatten dazu pikanterweise auch die beiden Frauen beigetragen, denn einige Male hatten ihn sowohl Xeni mit dem Opel ihres Vaters als auch Petra mit dem VW ihrer Mutter auf abgelegenen Wegen üben lassen.

Überall auf der Welt war jetzt die Jugend in Aufruhr. Es interessierte ihn nicht. Nur einmal hatte er aufgehorcht, als er in den Radionachrichten von Krawallen in Kopenhagen hörte. Und die *Vestergade* war zu einem Szenetreffpunkt geworden. Er nahm nur flüchtig wahr, dass selbst in Hall Jugendliche auf der Haalmauer, im *Club Alpha 60* und in der *Ilge* den Aufbruch in eine neue Zeit diskutierten. Er ärgerte sich darüber, dass seine Arbeitskollegen in der Mainhardter Maßstabfabrik sich über die »verlausten Gammler« ereiferten, denen man »das Lager« oder Schlimmeres wünschte. Aber er beteiligte sich kaum an den Gesprächen, ging meist schweigend seiner Arbeit nach und hatte auch nicht die Energie, sich mehr als nur oberflächlich mit den Vorgängen zu beschäftigen.

An einem kalten Maiabend hatte er wieder einmal mit Xeni geschlafen. Mittlerweile nahm sie ihn auch mit zu sich nach Hause. Hans spürte den unausgesprochenen Widerwillen ihres Vaters. Ihr Vorschlag, sie könnten doch im Sommer eine, vielleicht sogar zwei Wochen miteinander in Urlaub fahren, erschreckte ihn. An einem Samstagvormittag, Petra musste noch arbeiten, nahm er das erste Mal zusammen mit Xeni und ihrer Mutter das Frühstück ein. Die Mutter war eine dicke, unbeholfen wirkende Frau mit depressiven Anflügen. Sie litt schon seit vielen Jahren unter der herrschsüchtigen, manchmal cholerischen Art ihres Mannes, der ihr im Lauf der Ehe auch den letzten Rest von Selbstbewusstsein genommen hatte.

Als Hans von Bibersfeld nach Hause fuhr, tat er dies mit dem festen Vorsatz, die Beziehung mit Xeni alsbald zu beenden. Die beiden Welten, in denen er nun seit Längerem lebte, schienen sich mehr und mehr aufeinander zuzubewegen. Sein Gefühl sagte ihm, dass er irgendwann die Kontrolle verlieren würde.

Drei Wochen vor seinem 22. Geburtstag starb sein Großvater. Mitte Mai hatte der alte Schausteller einen weiteren Schlaganfall erlitten und war ab diesem Zeitpunkt endgültig ans Bett gefesselt. Hans besuchte ihn, so oft er konnte. Seine Mutter, die einmal mehr die Hauptlast der Pflege und aller anderen anfallenden Arbeiten trug, sah ihn dankbar an, wenn er auf eine halbe Stunde ins Schlafzimmer seiner Großeltern hinaufging und sich ans Bett des Alten setzte. Schon lange verspürte er dabei eine große Beklemmung und eine Traurigkeit, die bei jedem weiteren Besuch zunahm. Ihm wurde bewusst, dass der Großvater neben der Mutter sein wichtigster Halt gewesen war.

Frédéric Schürbel wurde an einem sonnigen Tag beerdigt. Über die stattliche Zahl an Trauergästen hätte sich der Verstorbene wahrscheinlich gefreut. Vermutlich hätte er die eine oder andere zotige Bemerkung fallen lassen.

Louis war mit seiner ganzen Familie aus den Staaten angereist. Hedy trug nach Meinung vieler weiblicher Beerdigungsgäste ein viel zu helles Kostüm. Die beiden Söhne Glenn und Hank entsprachen ziemlich genau dem Typenideal des erfolgreichen weißen Amerikaners. Beide hatten mittlerweile die vierzig überschritten und trugen dennoch den typischen kurzen Militärhaarschnitt. Das wenige, was sie auf Deutsch sagten, litt unter einem starken Akzent.

Anton, der andere Bruder, kam in Begleitung seines Sohnes Martin. Seine Frau war krank geworden.

Sehr zum Leidwesen der Witwe hatte ihre Tochter Heiderose nicht aus der »sogenannten DDR« ausreisen dürfen. Liesel ging schwer atmend neben Hans, der seine Großmutter ein ums andere Mal stützen musste. Ludwig reiste zusammen mit Maria an. Die beiden Halbbrüder sprachen den ganzen Tag kein Wort miteinander. Auch Gustav war gekommen. Caroline freute sich darüber, als sie ihn unter den Trauergästen entdeckte. Petra hatte Hans darum gebeten, der Beerdigung fernbleiben zu dürfen. Offensichtlich scheute sie die Begegnung mit Ludwig.

Das Leben von Friedrich Schürbel war nicht immer einfach gewesen. Vor allem darauf hob der Pfarrer in seiner Predigt ab. Und auch seine Beerdigung gestaltete sich komplizierter als gedacht. Seinem Wunsch entsprechend wurde er in dem seit mehreren Generationen genutzten Familiengrab in Lichtengrün beigesetzt. Das machte die Umsetzung eines weiteren, von ihm oft geäußerten Wunsches schwierig. Der Patron hatte verfügt, dass es im Anschluss an seine Beerdigung eine »krachende Leich« geben solle. Und der Umtrunk, zu dem alle einzuladen wären, die an der Beerdigung teilnähmen, hätte im Seelbacher *Haller Eck* stattzufinden. Es genügte ein Blick auf den Parkplatz vor dem Friedhof, um zu erkennen, dass es dafür an Fahrgelegenheiten mangelte. Einmal mehr war es der Großzügigkeit von Louis zu verdanken, dass dennoch alles reibungslos vonstattenging. Als ihm kurz vor Beginn der Trauerfeier der Lichtengrüner Bürgermeister vorgestellt wurde, bat er diesen, seinen Amtsbonus in die Waagschale zu werfen, um kurzfristig einen Bus zu organisieren. Selbstverständlich käme er für die Kosten auf.

Für Liesel war ein Stuhl in der Nähe des offenen Grabs aufgestellt worden. Sie war erstaunt und ergriffen über die vielen Menschen, die gekommen waren. Aber ihr Mann war eben nicht nur ein regional bekannter Schausteller gewesen, sondern hatte zudem im Lauf seines Lebens mit vielen und mit allem Möglichen Handel getrieben. Man kannte und schätzte ihn, auch wenn er, wie er selbst immer wieder betont hatte, aus einem Karren stammte. Etliche Schaustellerkollegen hatten weite Wege auf sich genommen. Ein Sprecher des Verbandes würdigte den Toten als einen Mann mit enormer Schaffenskraft, den Rückschläge nie entmutigt hätten. Willi freute sich besonders darüber, dass Harald Stallmaier gekommen war, der erste Mitreisende nach dem Krieg.

Der Pfarrer hatte die Zeremonie beendet. Er ging auf die Angehörigen zu und drückte zuerst der Großmutter und dann Caroline die Hand. Wenn Hans Jahre später an den Tag der Beerdigung dachte, fiel ihm meist jener Moment ein, in dem er an das offene Grab treten wollte. Genau in diesem Moment drängte sich Ludwig an ihm vorbei. Er sah ihn breitbeinig vor sich auf dem lehmbeschmutzten Reisig am Rand der Grube stehen. Sein massiver Rücken war etwas gebeugt.

Als der Ältere wieder vom Grab zurücktrat, bemühten sich beide darum, sich nicht anzusehen. Es hatte Hans nicht einmal sonderlich gekränkt. Vielmehr sah er darin die erneute Bestätigung unzähliger Erfahrungen, die bis in die Kindertage zurückreichten. Wenn er sich jetzt daran erinnerte, geschah dies nur noch mit schwachem Groll, eher in der Gewissheit, dass sich ihre Beziehung niemals ändern würde. Es war das Beste, sich, so gut es ging, aus dem Weg zu gehen.

Mit einem Mal fiel ihm auf, dass es eigentlich niemanden gab, mit dem er hierüber sprechen könnte. Die Mutter wollte er nicht weiter damit belasten, die Oma schon gar nicht. Petra wäre im Unterschied zu Xeni eine einfühlsame Gesprächspartnerin gewesen. Aber er befürchtete, bei ihr würden alte Wunden aufgerissen. Otto fiel ihm ein. Der hatte ja mit seinem Stiefbruder Ähnliches erlebt.

Als die Trauergesellschaft im Bus und in weiteren Kraftwagen vor dem *Haller Eck* ankam, war bereits alles vorbereitet. Caroline hatte schon im Morgengrauen angefeuert. Später unterstützten sie ihre Schwester Franziska und ihre Freundin Leonore. Letztere war als Einzige nicht auf dem Friedhof gewesen, um während der Beerdigung weitere Vorbereitungen treffen zu können. Frédéric hatte ausdrücklich verfügt, man solle den Leichtrunk für einen alten Schausteller heiter gestalten, reichlich auftischen und es an *Gfinkeltem* – er gebrauchte den alten jenischen Begriff für Hochprozentiges – nicht fehlen lassen. Trotz des traurigen Anlasses fiel es den Gästen leicht, dem Wunsch des Verstorbenen zu entsprechen. Einzig seine Frau Luise, genannt Liesel, saß apathisch und zusammengesunken am Tisch. Wenn sie angesprochen wurde, wirkte sie vollkommen abwesend. Hedy setzte sich längere Zeit neben sie. Aber ein richtiges Gespräch wollte zwischen den beiden nicht in Gang kommen.

Hans versuchte, sich mit Glenn und Hank zu unterhalten. Er erzählte von seinen Erlebnissen mit den amerikanischen Beatniks in Kopenhagen. Rasch musste er feststellen, dass die beiden Brüder für diese Leute nicht viel übrig hatten. Als ein weiteres Mal Schnaps gereicht wurde, setzte sich der Pfarrer, der während des Leichenschmauses immer wieder den Platz gewechselt hatte, neben Hans auf einen freien Stuhl. Er wolle ihm nochmals persönlich kondolieren. Er habe beobachten können, dass der Großvater für ihn eine besonders wichtige Bezugsperson gewesen sei. Der alte Schürbel sei eine bedeutende Persönlichkeit gewesen, ein Mensch, dem man nicht angemerkt hätte, dass er die schrecklichen Gräuel des Jahrhunderts habe durchleben müssen.

Hans ärgerte sich über die gestelzten und seiner Meinung nach oberflächlichen Worte des Geistlichen. »Doch«, widersprach er trotzig, obwohl er sich darüber nie wirklich Gedanken gemacht hatte, »wer den Großvater kannte, hat ihm schon gelegentlich anmerken können, was er alles durchgemacht hat.«

Louis' Familie blieb nach der Beerdigung noch ein paar Tage in Deutschland. Sie waren in Schwäbisch Hall untergebracht und unternahmen von dort aus noch etliche Spritztouren. Zwischendurch kamen die »Amerikaner« noch zwei Mal mit ihrer Verwandtschaft zusammen. »Man weiß ja nicht, ob man sich noch einmal sehen wird«, sagte Louis bei jedem der Besuche und lächelte dabei verschmitzt.

Am Tag vor der Abreise kam er noch mal alleine ins *Haller Eck*. Das Lokal war die Tage nach der Beerdigung Frédérics geschlossen gewesen. Louis traf seine Schwägerin und Caroline in der oberen Wohnung an. Es sei ihm ein Bedürfnis gewesen, sie noch einmal zu sehen. Hedy und die Jungen machten einen Ausflug nach Heidelberg, wie es sich seine Frau gewünscht habe. Als er sich nach dem Kaffee verabschiedete, zog er einen Briefumschlag aus der Brusttasche und gab ihn Liesel. »Ihr werdet mit der Beerdigung meines Bruders große

Unkosten gehabt haben. Die ganzen Leute, die da waren. Die haben ja gehörig zugelangt.« Er lachte schallend und schüttelte dabei mehrmals den Kopf.

Liesel öffnete den Umschlag und entnahm ihm mit einem Ausdruck der Fassungslosigkeit zehn Hundertmarkscheine. »Das können wir doch unmöglich annehmen«, stieß sie schwer atmend hervor. »Louis, das geht beim besten Willen nicht.«

Caroline konnte sehen, dass ihre Mutter vor lauter Aufregung und Verlegenheit blass wurde und zu zittern anfing. Ihr Schwager tätschelte ihr sanft die Wange. »Doch, doch, das kannst du. Du hast ein schweres Leben gehabt.« Er nahm sie in den Arm und plötzlich brachen beide in Tränen aus. Minuten später lachte er bereits wieder. Er wischte sich umständlich einige Tränen von der Wange und verabschiedete sich von Caroline mit einer sanften Umarmung und einem kräftigen Händedruck. In Erinnerung blieb ihr das Bild eines aufrecht stehenden, immer noch durchtrainierten Mannes, dem man sein wahres Alter nicht ansah. Er winkte ein letztes Mal mit seinem unverwüstlichen Stetson und schloss von außen die Wohnungstür. Weder Caroline noch die Mutter ahnten, dass sie ihn niemals wiedersehen würden.

In einem Punkt hatte der Pfarrer recht gehabt. Sein Großvater fehlte Hans mehr, als er zuzugeben bereit war. Immer wieder kamen ihm einige prägende Szenen seiner Kindheit in Erinnerung. Eine ihrer innigsten Phasen war die Zeit gewesen, in der sie über mehrere Wochen hinweg den großartigen Zweimastsegler gebaut hatten, die *Flying Fish*. Gemeinsam hatten sie das schwimmfähige Holzmodell in der Nähe der unteren Seelbrücke zu Wasser gelassen und mühevoll ausbalanciert. Am darauffolgenden Sonntag ging das Schiff auf große Fahrt auf dem Fornsbacher Waldsee. Und dann hatte er es einige Wochen später zusammen mit dem kleinen Otto wieder auf der Seel schwimmen lassen. Kurz nach ihnen tauchte eine Clique auf, einige davon waren aus Ludwigs Klasse. Erst hänselten sie ihn und machten sich über sein »Negersklavenschiff« lustig. Dann warf plötzlich einer einen Stein in Richtung des Zweimasters. Er verfehlte ihn nur knapp.

»Flasche«, rief ein anderer, worauf der Junge erneut zu einem Stein griff. Der nächste Wurf war noch näher dran. Hans ahnte die Gefahr und versuchte das Schiff so rasch wie möglich an der Sicherungsschnur an Land zu ziehen. Doch dabei kam es näher an die Burschen heran. Und mit einem Mal bückten sich alle nach Steinen. Begleitet von Gejohle und Gelächter warfen sie nun, was das Zeug hielt. Die ersten Treffer richteten noch keinen Schaden an. Doch dann brach einer der Masten und das Ruder wurde beschädigt. Heulend stürzte Hans sich in das flache Wasser und beugte sich schützend über sein Boot. Otto verharrte schreckensbleich am Ufer. Er war fassungslos über das, was hier geschah. Ein letzter Stein traf Hans schmerzhaft im Rücken. Dann stob die Horde davon.

Verheult, verrotzt und mit aufgeschlagenen Knien kam er zu Hause an. Das beschädigte Schiff trug er unter dem Arm. Der Erste, der ihm begegnete, war sein Onkel Willi, der in der Remise des Seelbacher Anwesens werkelte. Er sah sofort, was passiert war. Wer das gewesen sei, wollte er wissen. Hans nannte die Namen derer, die er kannte. Willi startete sein Motorrad und fuhr die Orte ab, an denen sich die Buben in der Gegend üblicherweise nachmittags aufhielten. Schon nach einer halben Stunde kam er zurück. Wortlos ging er schnellen Schrittes an Hans vorbei, der ihm zögernd in die Küche folgte. Er stürzte auf Ludwig zu, der begonnen hatte, seine Hausaufgaben zu machen. Ansatzlos gab er dem überraschten Jungen eine schallende Ohrfeige. »Du hast die Bagage angestiftet, deinem Bruder eins auszuwischen.« Seine Worte klangen merkwürdig sanft.

»Nein«, erwiderte Ludwig. Er war blass geworden. Auf seiner linken Wange glühte ein roter Fleck.

Willi zog den Jungen mit einem energischen Ruck an den Trägern seiner Lederhose vom Stuhl hoch und dann so nah als möglich an sich heran. »Ich will jetzt wissen, weshalb du die Gauner angestiftet hast.«

»Ich hab niemanden angestiftet.«

»Lüg nicht.« Er schlug ihn wieder.

Caroline kam in die Küche. »Lass sofort den Jungen los!«

»Er hat seine Blase dazu aufgehetzt, das Boot von dem Kleinen zusammenzuschmeißen.«

»Stimmt das?«, fragte die Mutter.

Ludwig schwieg.

»Ich will wissen, ob das stimmt.«

»Nein.«

»Lüg mich bloß nicht an.«

»Er war es«, sagte Willi in unverändert sanftem Ton. »Zwei der Sauburschen haben es ausgeplaudert, als ich sie am Schlafittchen hatte.« Er ließ die Hosenträger los. Ludwig taumelte nach hinten und plumpste auf die Eckbank.

Später, als es bereits dunkel zu werden begann, kam der Großvater nach Hause.

An Ludwig gewandt hatte er lediglich gesagt: »Das war das erste und auch das letzte Mal. Sonst lernst du deinen Großvater anders kennen.«

Dann hatte er das Schiff begutachtet. »Das kriegen wir wieder hin«, sagte er nach einer Weile und lächelte Hans aufmunternd zu. »Es ist eigentlich nur der Mast.« Prüfend hob er die *Flying Fish* in die Höhe. »Und einige Plankenbrettchen müssen ausgewechselt werden. Ein paar Stellen verspachteln wir und gehen mit dem Pinsel drüber.«

Die Wochen nach dem Tod des Großvaters wurden für Hans äußerst arbeitsreich. Kaum hatte er sich an die regelmäßige Arbeit in der Maßstabfabrik gewöhnt, fragte ihn Willi, ob er nicht an einigen Wochenenden einspringen könnte. Fred sei ernsthaft erkrankt. Petra hatte Verständnis dafür, als er ihr eröffnete, dass er sie mehrere Wochen nur sporadisch sehen könne. Schwieriger gestaltete sich der Umgang mit Xeni, die ihm aufs Geratewohl unterstellte, er habe wohl irgendwo ein anderes Weib sitzen.

Zu alldem eröffnete ihm seine Mutter Ende Mai, dass nun das Anwesen in Lichtengrün ausgeräumt werden müsse. Es habe sich ein Interessent gefunden, der es vorerst mieten, später vielleicht sogar kaufen wolle. Diese Nachricht versetzte ihm einen Stich. Mit dem alten Familiensitz verband er zahlreiche Kindheits- und Jugenderinnerungen. Bis weit nach der Schulzeit hatte er dort gewohnt. Und in jüngster Zeit hatte er den verschwiegenen Ort auch mit Xeni aufgesucht, die er grundsätzlich nicht nach Seelbach mitnahm.

Zwei Tage vor seinem 22. Geburtstag, es war ein Freitag, holte Hans mit dem Wagen seines Onkels einen älteren Malergesellen aus Löwenstein ab, der schon gelegentlich für die Familie tätig geworden war. Es war kurz vor der Sonnwende und somit so lange hell, dass nach Feierabend noch einige Stunden bei ordentlichem Licht gemalert werden konnte. Das Haus war jetzt weitgehend leergeräumt. Nur die größere der beiden Scheunen wurde, wie schon vom Großvater, auch von Willi als Unterstellmöglichkeit genutzt. Hans hatte einige Erinnerungsstücke an seine Kindheit und an diesen Ort in eine wurmstichige Holzkiste gepackt, darunter etliche Bücher und seine alten, holzgeschnitzten Kasperlepuppen, von denen die meisten der Großvater angefertigt hatte. Den Polizisten, daran erinnerte er sich noch, hatte ihm Willi zum sechsten Geburtstag geschenkt. Während er den lackierten Kopf betrachtete, wusste er nicht, ob der Onkel die Puppe im Spielzeugladen gekauft oder ebenfalls selbst geschnitzt hatte.

Während der Maler das Wohnzimmer neu tapezierte, strich Hans die beiden Küchenfenster. Ihm behagte die Gleichförmigkeit der einfachen Arbeit. Schon als Kind hatte er dem Großvater geholfen, die Fahrzeuge und Figuren des Kinderkarussells zu streichen. Manchmal hatte der sich neben ihn gestellt und hatte, ohne ihn jemals zu tadeln, mit wenigen Pinselstrichen am einen oder anderen Fleck eine Nachbesserung vorgenommen. War diese Gleichförmigkeit das, was er auf Dauer suchte und wollte? Er war sich dessen nicht sicher. Zwischen Petra und Xeni hin- und hergerissen zu sein, war anstrengend, machte sein Leben aber auch spannend. Oder war er einfach nur ein mieser Drecksack? Es war klar, dass er sich irgendwann entscheiden musste. Und wann immer er in Gedanken diesen Punkt erreichte, kam er zu dem Schluss, dass es eine Entscheidung für Petra werden würde. Aber noch zögerte er eine Aussprache mit Xeni hinaus. Ihre sexuelle Anziehungskraft war ungebrochen. Zudem fürchtete er ihre gewaltigen Gefühlsausbrüche und ihre Unberechenbarkeit. Wenn es einmal so weit war, musste er mit bösen Überraschungen rechnen. Das Wichtigste war, dass Petra von der Geschichte nichts erfuhr.

Als es dunkel zu werden begann, reinigten sie ihr Werkzeug. Danach brachte er den Malergesellen nach Hause und fuhr dann sofort weiter nach Seelbach. Zu seiner Überraschung saßen seine Mutter, die Großmutter, seine Tante Franziska, Willi und Karin in der Stube. Er spürte sofort, dass etwas vorgefallen sein musste. Ohne ihn zu begrüßen sagte seine Mutter leise: »Onkel Louis ist gestorben. Am frühen Abend hat der Briefträger ein Telegramm gebracht.«

Obwohl er den Großonkel sehr gern gehabt hatte, war sein erster Gedanke, dass er in diesem Jahr, wie schon nach seiner Ausweisung aus Dänemark, als er den Sommer im Heim verbringen musste, seinen Geburtstag nicht anständig feiern konnte.

Caroline litt am stärksten unter dem Tod ihres Onkels. Sie hatte ihm viel zu verdanken. Man verständigte sich darauf, dass die Großmutter im Namen der gesamten Familie einen Kondolenzbrief aufgeben würde. Willi sollte anderntags eine Postanweisung vornehmen. Mit dem Geld sollte ein Kranz bezahlt werden. Man hatte sich auf einen Text geeinigt. *Family Schürbel – Lichtengrün Germany* sollte auf der Schleife stehen. Caroline nahm sich vor, sich etwas später in einem persönlichen Brief an Tante Hedy für die Unterstützung zu bedanken, die ihr und ihren Söhnen zuteil geworden war.

Am Kressenbach

Den Abend seines zweiundzwanzigsten Geburtstags verbrachte Hans mit Petra in Stuttgart. Er hatte kein Auto auftreiben können, weshalb er mit der Kreidler fuhr. Es war warm, er fuhr mit offener Jeansjacke. Petra hatte ihn ins *Peking* eingeladen, ein neu eröffnetes Chinarestaurant. Es lag gleich neben dem *Spielwarengeschäft Kurz*. An dessen umlaufenden Schaufensterscheiben hatten Ludwig und er sich als Kinder die Nasen plattgedrückt, wenn sie ihre Mutter beim Einkaufsbummel begleiten durften.

Petra war von den fremden Speisen begeistert, es war für sie das erste Mal, dass sie etwas so Exotisches probierte. Um ihr die Freude nicht zu verderben, erwähnte er nicht, dass er in Kopenhagen schon gelegentlich bei Chinesen gegessen hatte, da diese wesentlich billiger waren als die dänischen Lokale.

Entgegen seinen Erwartungen nahm ihn Petra nach dem Essen nicht mit zu sich. »Meine Vermieterin ist krank. Seit Tagen schon liegt sie ganze Nächte wach.«

Es ärgerte ihn, zumal er sofort an den langen Heimweg dachte, den er nun vor sich hatte. Aber er bedrängte sie nicht. Unterwegs überlegte er, ob er noch bei Xeni vorbeifahren sollte. Rasch verwarf er den Gedanken wieder. Als er sein Moped in die Remise schob, verspürte er ein beklemmendes Gefühl des Abschieds und zugleich eine gespannte Erwartung auf einen Neubeginn. In ein paar Tagen würde er sein erstes Auto in Empfang nehmen, einen betagten hellgrauen *R4*. Das war nichts, womit er angeben konnte, aber immerhin war es ein fahrbarer Untersatz auf vier Rädern und dazu robust und praktisch. Sechs Jahre war er mit Unterbrechungen Kreidler gefahren. Diese Epoche ging nun zu Ende. Liebevoll strich er über das brüchige Leder der Sitzbank.

Beim nächsten Zusammentreffen mit Xeni machte sie ihm zuerst eine Szene, weil er seinen Geburtstag nicht mit ihr gefeiert hatte. Die Frage, wo er gewesen sei, beantwortete er ausweichend. Sogleich unterbreitete sie zum wiederholten Mal den Vorschlag, er solle mit ihr in Urlaub fahren. Ende August ginge es bei ihr. Was um Himmels willen sollte er Petra sagen? Es fiel ihm einfach keine passende Erklärung dafür ein, dass er zwei Wochen wegfahren würde.

An einem sonnigen Septembersonntag saß Hans mit seiner Mutter und der Großmutter beim Frühstück. Mit Vorfreude auf den zu erwartenden Genuss bestrich er eine Scheibe Weißbrot mit Butter und Brombeergsälz. Eine arbeitsreiche Zeit lag hinter ihm. Aber nun war das Anwesen in Lichtengrün vermietet und dieses Wochenende hatte er das erste Mal seit Anfang August nicht auf dem Rummelplatz arbeiten müssen. Fred war wieder leidlich hergestellt und ging seit Freitag seinem Onkel wieder zur Hand.

Hin und wieder machte die Mutter eine knappe Bemerkung, die die Großmutter meist mit wenigen geflüsterten Worten und manchmal auch nur mit einem Brummen kommentierte. Er biss in sein Gsälzbrot und genoss die Ruhe. Noch am Morgen hatte die Mutter das Weißbrot gebacken. Es war bereits seine fünfte Scheibe. Es klingelte. Einmal nur kurz, dann folgte ein lang anhaltendes Läuten.

»Erwartest du jemanden?« Seine Mutter sah ihn fragend an.

Er schüttelte den Kopf, während er genießerisch kaute.

Es klingelte erneut.

»Soll ich aufmachen?«, fragte er, während er noch immer kaute.

»Bleib sitzen, ich gehe«, erwiderte die Mutter. Nach kurzem Summen des Türöffners ertönten polternde Schritte auf der Treppe.

Hans hörte im Treppenhaus eine Männerstimme fragen: »Wo ist der Zigeuner?« Und er vernahm die unerschrockene Antwort der Mutter: »Hier gibt es keine Zigeuner.«

Ob sie die Mutter von Hans Lang sei? Hans erkannte die Stimme jetzt. Es war die von Xenis Vater.

»Hans, da will jemand was von dir.«

Xenis Vater drängte in den Flur und dann in die Stube. Mit verweinten Augen und einem verquollenen Gesicht folgte die Tochter. Beinahe stolperte sie über die Türschwelle.

Der Drecksack hat sie bestimmt geschlagen, dachte Hans.

Was denn los sei, fragte Caroline hinter dem Rücken des Eindringlings.

»Der Bastard hat meine Tochter geschwängert.« Die Stimme von Xenis Vater überschlug sich. »Als ob es hier nicht schon genügend Negerbankerte gäbe.«

Die Mutter versuchte die Fassung zu wahren. »Jetzt setzen Sie sich erst einmal«, sagte sie so beherrscht als möglich und rückte zwei Stühle zurecht.

Die Großmutter schien nicht begriffen zu haben, worum es ging.

Hans saß rauchend auf dem Fahrersitz und starrte in die Nacht hinaus. Verschwommen sah er helle und rote Leuchten anderer Fahrzeuge. Ein sintflutartiger Regen ließ sämtliche Konturen verschwimmen. Seit Stunden stand er auf der Raststätte Wunnenstein. Als alles vorbei war, hatte er den starken Wunsch verspürt, alleine zu sein, einfach wegzufahren und alles hinter sich zu lassen. Er war eine Zeitlang ziellos in der Gegend herumgefahren. Kurz hatte er in Erwägung gezogen, Petra zu suchen. Oder wenigstens mit ihr zu telefonieren. Aber dann hatte er erschrocken davon Abstand genommen. Er war nicht zu ihr gefahren und hatte auch keine Telefonzelle gesucht. Er wollte nur noch weg, einfach weg. Dieses Gefühl beherrschte ihn, als Xeni, mit der er kein Wort sprechen konnte, im Schlepptau ihres Vaters gegangen war.

»Und jetzt?« Laut hatte seine Mutter gefragt. Dieser fragende Ausruf hatte etwas Angsteinflößendes, etwas Schneidendes.

»Bub, Bub«, brabbelte die Großmutter. »Bub, Bub.«

»Und jetzt?«, fragte seine Mutter wieder.

Er war aufgesprungen, hatte die Autoschlüssel genommen und war in einem Tempo die Treppe hinuntergerannt, als sei er auf der Flucht.

»Du kannst nicht immer nur davonlaufen«, hatte ihm seine Mutter hinterhergerufen.

Und jetzt? Zahllose unausgegorene Ideen schossen ihm durch den Kopf. Xenis Vater hatte noch eine Zeitlang getobt. Er hatte geflucht und ihn mehrmals beleidigt. Und mit einem Mal hatte er ganz ruhig gesagt: »Du wirst sie heiraten. Du lässt sie nicht in der Schande sitzen.«

Hans hatte in seiner Erregung nicht bemerkt, dass es gerade diese Worte waren, die seiner Mutter einen besonders heftigen Stich versetzten. Sein Vater hatte sie einst verlassen, als sie hochschwanger war, und sie dadurch all den Schwierigkeiten ausgesetzt, die eine junge Mutter mit einem farbigen Kind im Nachkriegsdeutschland haben konnte. Während er ziellos durch die Gegend fuhr, überkam ihn der Wunsch, einfach nach Kopenhagen zu fahren und nach Helle zu suchen. Aber er wusste nicht einmal, ob er überhaupt in Dänemark einreisen durfte. Außerdem waren schon etliche Jahre vergangen. Helle hatte bestimmt einen anderen. Zumal er sich trotz entsprechender Vorsätze nie wieder bei ihr gemeldet hatte.

Er könnte auch nach Hamburg fahren. In gut einem Monat begann wieder der Winterdom. Ringo kam ihm in den Sinn. Stets hatte ihn die Angst vor erneuten Vorwürfen davon abgehalten, seine Eltern zu besuchen. Und wenn Graziano doch in Deutschland war, würde er bestimmt kein zweites Mal mit ihm nach Hamburg durchbrennen.

Er kam spät nach Hause. Am darauffolgenden Morgen fühlte er sich krank. Er beschloss, zum Arzt zu gehen. Erst am späten Vormittag verließ er sein Zimmer, nachdem er hören konnte, dass seine Mutter unten in der Wirtschaft hantierte.

Er beschloss, Leonore zu besuchen, ihre alte Freundin, eine starke Frau, die nie von ihrem unkonventionellen Lebensstil abgewichen war. Er fuhr nach Murrhardt, fand auf Anhieb die Straße, in der sie wohnte. Er klingelte mehrmals, doch niemand öffnete. Unentschlossen stieg er wieder in seinen *R4*, tankte in der Bahnhofstraße und fuhr in Richtung Backnang und anschließend über den Zubringer auf die Autobahn. Wie schon am Vortag gingen heftige Regenschauer nieder. Die Scheibenwischer bewältigten die Sturzbäche nur unzulänglich. Die Gischt der vor ihm fahrenden Wagen nahm ihm fast vollständig die Sicht.

Einem inneren Zwang folgend fuhr er wieder auf die Raststätte Wunnenstein und parkte den Renault abseits der Rastanlage. Er blieb im Wagen und starrte lange durch die Windschutzscheibe. Er sah nur Fragmente, Fetzen, farbige Kleckse, flüchtige Silhouetten hastender Menschen, hörte das Prasseln des Regens, das mal lauter und dann plötzlich wieder ganz leise, fast unhörbar wurde, um dann, von einer Bö gepeitscht, wieder anzuschwellen. Eigentlich hatte er den Nachmittag und vielleicht auch den Abend mit Petra verbringen wollen. Eine unendliche Trauer erfasste ihn, getragen von der plötzlichen Gewissheit, dass sie jetzt die Verbindung lösen würde. Er konnte nicht mehr gegensteuern. Wie er sich verhielt, war bedeutungslos geworden. Er biss sich so lange und so heftig in den Arm, bis ihm der Schmerz Tränen in die Augen trieb. Die schwach blutende Wunde verband er notdürftig mit einem Taschentuch, über das er einen Gummiring streifte. Dann startete er den Wagen.

Sie hatten formlos geheiratet. Xenis Schwangerschaft war bereits deutlich zu erkennen gewesen. Als er sie am Ende der Zeremonie küsste, starrte er erschrocken in ihr blasses, fettglänzendes Gesicht. Kaum zwei Dutzend Hochzeitsgäste waren später zum Essen ins *Haller Eck* mitgekommen. Er hatte Krachmandel und Otto Kugler eingeladen. Beide hatten mit dem Verweis auf bereits länger feststehende unaufschiebbare Verpflichtungen abgesagt. Otto hatte ihm eine Karte geschrieben, wünschte Glück und alles Gute. »Kopf hoch« hatte er noch an den Rand gekritzelt, ein Hinweis darauf, dass er wusste, wie es um ihn stand. Ludwig war nicht gekommen, was ihm ganz recht war.

Als er mit der sichtlich schwangeren Braut vor den Altar getreten war, meinte er in den hinteren Bankreihen ein Tuscheln zu hören. Onkel Willi war sein Trauzeuge. Caroline hatte den Vorschlag gemacht und ihn mit dem Einverständnis ihres Sohnes darum gebeten. Später würden diejenigen, die bei der Hochzeit dabei gewesen waren, sich bei entsprechenden Gelegenheiten gegenseitig darin bestätigen, dass der Bräutigam schon während der Trauzeremonie einen unglücklichen Eindruck gemacht habe.

Zur Überraschung aller wohnten die Frischvermählten die ersten Wochen nach der Hochzeit nicht zusammen. Hans machte keine Anstalten, die dringend notwendige Dreizimmerwohnung zu finden. Als im Haus von Xenis Eltern in Bibersfeld eine kleine Dachwohnung frei wurde, lag es nahe, dass das junge Paar wenigstens fürs Erste dort einzog. Hans sträubte sich dagegen. Er spürte bei jeder Begegnung, dass Xenis Vater ihn zutiefst verabscheute, und er fürchtete sich davor, von nun an permanent dessen herablassender Arroganz ausgesetzt zu sein. Da er nichts anderes vorschlagen konnte, blieb ihm jedoch keine andere Wahl. Er strich die beiden Zimmer und die winzige Küche alleine und ergänzte die noch unvollständige Ausstattung mit Möbeln, die noch aus dem Lichtengrüner Anwesen stammten.

An einem grauen Novembertag fuhr er das Wenige, was er an persönlicher Habe besaß, in seinem *R4* nach Bibersfeld. Mit vier Kartons, zwei Koffern, der Holzkiste mit seinen Kindheitserinnerungen, einem Rucksack und einem amerikanischen Wäschesack zog er in die gemeinsame Wohnung ein. Am Kressenbach – sollte das von nun an sein Lebensmittelpunkt sein? Während Xeni klappernd in der Küche hantierte, packte er seine wenigen Habseligkeiten aus. Dabei fielen ihm verschiedene Bücher aus seiner Kopenhagener Zeit in die Hand. Er hatte vollkommen vergessen, dass er die deutsche und die englische Ausgabe von Kerouacs *Unterwegs* und Carlo Levis *Christus kam nur bis Eboli* noch immer besaß. Hatte er nicht die Absicht gehabt, die deutschen und die englischen Ausgaben parallel zu lesen, um seine Englischkenntnisse zu verbessern? Und hatte er diesen Gedanken nicht regelmäßig mit Fantasien darüber verbunden, was aus seinem Vater geworden war? Er setzte sich auf einen der vier neuen Wohnzimmerstühle. Es gab so manches, das er sich vorgenommen und nicht zu Ende gebracht oder wenigstens begonnen hatte. Was hatte er denn erreicht? Eigentlich nichts.

Er hörte Xeni wohlgelaunt aus der Küche rufen: »Schatz, möchtest du einen Tee?«

Er gab keine Antwort. Stattdessen schüttelte er den Kopf und begann zu lachen. Erst leise, dann etwas lauter, nicht fröhlich, schon gar nicht glücklich, eher mit einer Mischung aus Unglauben und Sarkasmus. Er starrte auf ein Blumenbild, das seine Frau über der gebrauchten Wohnzimmercouch aufgehängt hatte. Er fand den blassrosa gehaltenen Hintergrund unerträglich, hatte aber nichts dazu gesagt. Erneut schüttelte er den Kopf. »Christus kam nur bis Eboli.« Wieder lachte er. Hatte er sich nicht immer wieder vorgenommen, eines Tages mit den Nachforschungen nach seinem Vater zu beginnen? Gedankenverloren sah er auf die braune hölzerne Büfettuhr, die auf der Kommode leise tickte, ein Hochzeitsgeschenk von Xenis Taufpatin. Er hätte darauf wetten können, dass sie nicht neu war. Er warf sich rückwärts auf die Couch. »Das ist gut. Das ist wirklich irre. Christus kam nur bis Eboli. Und Django kam nur bis Bibersfeld.«

Den verstorbenen Zeitzeugen zur Erinnerung

Wie bereits beim Vorgängerroman »Hundsgeschrei« stand auch beim Verfassen dieses Buches das Bemühen im Vordergrund, eine in Schwaben und Hohenlohe angesiedelte fiktive Romanhandlung möglichst genau den historischen Ereignissen anzupassen. Neben den Ergebnissen eigener Recherchen wurden hierfür Dutzende Zeitzeugeninterviews herangezogen, die zwischen 1982 und 2013 geführt worden sind. An drei Zeitzeugen, die während der Entstehung dieses Buches gestorben sind, möchte ich mit Dank erinnern.

Alfred Benz aus Oberrot hat mir und meinem Sohn umfassend über dörfliches Leben in den Dreißiger- und Vierzigerjahren berichtet. Freimütig und detailgenau erzählte er auch über seine Erlebnisse während der alliierten Invasion in der Normandie und die Fahnenflucht, die er zusammen mit drei Kameraden beging, um im April 1945 dem sinnlosen »Endkampf um Heilbronn« zu entfliehen. Alfred Benz verstarb 85-jährig am 1. Juni 2011.

Fritz Kinzler war bereits zu Lebzeiten eine Schaustellerlegende. Der energische und kreative Mann war Erfinder zahlreicher Neuerungen an Fahrgeschäften, darunter auch der ersten transportablen Achterbahn mit Vertikallooping. Er hat mir in mehreren Telefonaten gern und umfänglich über den Wiederbeginn des Schaustellergeschäfts nach dem Zweiten Weltkrieg erzählt. Ein bereits vereinbartes weiteres Interview konnte nicht mehr durchgeführt werden. Nach zwei Herzoperationen verstarb Fritz Kinzler im Alter von 77 Jahren im November 2012.

Meine Tante **Liselotte Schenk** hat mir zwischen 1986 und 2012 in insgesamt sechs Interviews und unzähligen weiteren Gesprächen über ihre Jugend während des Krieges, BDM- und Kriegshilfsdienst, die Zerstörung Pforzheims, das Kriegsende und die Nachkriegszeit berichtet. Auch über die Anfänge der späteren Weltfirma ARWA in Backnang und Unterrot besaß sie, die dort zwischen 1950 und 1973 tätig war, umfangreiches Wissen. Die in die Romanhandlung eingeflochtene Vergewaltigung Murrhardter Frauen und Mädchen durch französische Besatzungssoldaten wurden von ihr während des vorletzten Interviews im Jahr 2012 offen und detailliert geschildert. Liselotte Schenk starb 86-jährig am 5. April 2014.

Murrhardt und Oberrot im Herbst 2014
Titus Simon